HEYNE <

DIE PHILEASSON-SAGA

Nordwärts
Himmelsturm
Die Wölfin
Silberflamme
Schlangengrab
Totenmeer

BERNHARD
HENNEN
ROBERT CORVUS

NORDWÄRTS

DIE PHILEASSON-SAGA

ERSTER ROMAN

WILHELM HEYNE VERLAG
MÜNCHEN

FSC
www.fsc.org
MIX
Papier aus verantwortungsvollen Quellen
FSC® C083411

Verlagsgruppe Random House FSC® N001967

3. Auflage
Originalausgabe 05/2016
Redaktion: Catherine Beck

Dieses Werk wurde vermittelt durch
die Michael Meller Literary Agency GmbH, München
Printed in the Czech Republic
Umschlaggestaltung: DAS ILLUSTRAT, München
Umschlagillustration: Kerem Beyit
Innenillustrationen: Nadine Schäkel
Karte: Daniel Jödemann
Satz: Leingärtner, Nabburg
Druck und Bindung: CPI books GmbH, Leck

ISBN: 978-3-453-31751-2
www.heyne.de

www.twitter.com/HeyneFantasySF@heyneFantasySF

PROLOG

Meer der Sieben Winde,
achtundzwanzigster Tag im Sturmmond

Gischtfahnen sprühten über das Vorderkastell der Kogge. Fianna spürte den Rumpf des Schiffes zur Seite rollen. Ihre Hände klammerten sich um die Reling des hohen Achterkastells. Die *Goldener Anker* war nicht für solche Stürme gebaut worden. So spät im Jahr hätten sie nicht nach Norden segeln dürfen! Sie wusste, wie verzweifelt die Lage ihres Vaters war. Dass er alles auf diese letzte Handelsfahrt gesetzt hatte.

»In so einem Sturm spürt man erst richtig, wie man lebt!« Die donnernde Stimme ihres Vaters übertönte sogar den heulenden Wind. Unerschütterlich wie ein Fels wirkte er.

Voller Achtung sah Fianna zu ihm auf und schämte sich für ihre Angst. Arbolan war immer mehr Seemann als Kaufherr gewesen. Er fürchtete die Gefahren des Meeres nicht. Regen und Gischt strömten über sein wettergegerbtes Gesicht, das im gelben Licht der Hecklaterne seltsam fahl wirkte. Ihn so unverzagt zu sehen machte Fianna Mut. Er war immer ihr Held gewesen.

Arbolan deutete nach backbord. »Siehst du die weiße Brandungslinie? Wir fahren nicht weit von der Küste. Diese Nacht noch erreichen wir Thorwal! Und morgen Abend schon werden wir wieder reich sein!«

Fianna kniff die Augen zusammen und blinzelte gegen den Regen an. Da war eine weiße Linie … In der Dunkelheit vermochte sie nicht zu schätzen, wie weit die Küste entfernt war. Aber auch wenn sie nur wenig über die Seefahrt wusste, spürte sie doch, wie Wind und Wellen sie langsam zum Land hin drückten. Zwei Reffs hatte ihr Vater schon befohlen, und vom großen, rechteckigen Segel der Kogge blähte sich nicht einmal mehr die Hälfte im Wind. Ganz einholen konnten sie das Segel nicht. Dann würden sie keine Fahrt mehr machen und wären ganz der Gnade Efferds, des Gottes der Meere, ausgeliefert.

Nur die untere Hälfte des großen goldenen Ankers war noch auf dem roten Segeltuch zu sehen. Er war das Wappen des Kontors. Die Gorbarans gehörten zu den ältesten Kauffahrerfamilien Havenas, doch dieses Jahr hatte für das Kontor unter keinem guten Stern gestanden. Die *Fianna*, das Schiff, das ihren Namen getragen hatte und der beste Segler ihrer kleinen Handelsflotte gewesen war, war gesunken. Der Sultan von Al'Toum hatte den bewaffneten Kauffahrer *Eisenfaust* beschlagnahmt, um die Schlagkraft seiner Piratenflotte zu stärken. Und die Ladung aus Tabak und Zuckerrohr lag in den Kontoren des Herrschers.

Nie zuvor hatte ihre Familie ein solches Jahr überstehen müssen. In Havena hatten ihnen die Gläubiger die Tür eingerannt. Ihr Vater hatte alles zu Silber gemacht, was ihre Familie besaß, und dennoch hatte es kaum gereicht, um die drängendsten Schulden zu tilgen.

Allerdings waren sie nicht die Einzigen, die ein schlechtes Jahr gehabt hatten. Im Norden hatte es magere Ernten gegeben. In Thorwal drohte eine Hungersnot. Arbolan würde das Korn und das Rauchfleisch, das die Frachträume der Kogge füllte, für ein Vielfaches des Marktwertes verkaufen können. Diese eine Fahrt würde für ihre Familie das Blatt wenden, wenn sie gelang. Doch nur Verzweifelte wagten es zur Zeit der Winterstürme, gen Norden zu segeln.

Schwer legte sich die Hand ihres Vaters auf ihre Schulter. »Die *Anker* hat uns nie im Stich gelassen. Sie ist der Anker unseres Kontors. Wir schaffen das!« Er grinste schief. »Du musst das Gute sehen. Bei dem Wetter brauchen wir ganz sicher keine räuberischen Ottas zu fürchten. Kein Thorwaler, der auch nur einen Funken Verstand besitzt, bringt bei dem Sturm ein Langboot aufs Meer.« Mit diesen Worten drehte er sich zum Steuermann um. Borric stemmte sich breitbeinig gegen die Ruderpinne, die weit ins Achterkastell hineinragte. Er wirkte unerschütterlich wie ein Fels. »… sollten … nicht Küste …« Der Wind riss die Worte ihres Vaters davon.

Fianna blickte wieder zu dem Streifen der Brandung. In der Finsternis konnte sie keine Küste erkennen. Nur die aufgewühlte Gischt, die auf das Land einpeitschte. Die Vierzehnjährige kämpfte gegen die Tränen an, obwohl sie in dem Regen niemand bemerken würde. Sie war Arbolans Tochter! Sie wollte so hart sein wie ihr Vater, da sie wusste, wie sehr er an ihrem älteren Bruder gehangen hatte. Er hatte das Kontor Gorbaran übernehmen sollen, wenn Arbolan alt war, so wie dieser es einst von seinem Vater übernommen hatte. Aber im Sommer vor zwei Jahren war Seann gestorben. Seitdem versuchte Fianna, der Sohn zu werden, den ihr Vater verloren hatte. Sie hatte sogar Fechtstunden genommen. Hatte sich mit hölzernen Übungsschwertern verprügeln lassen und war von dem aufgeblasenen Fechtmeister aus Grangor auf fast jede Art gedemütigt worden. Letzte Woche hatte er sie gezwungen, mit Rapierstößen junge Katzen zu durchbohren, und sie verspottet, als sie gezögert hatte. Wer nicht einmal eine Katze aufspießen könne, der sei auch nicht fähig, den Stahl auf ein Menschenherz zu richten, wenn es darauf ankäme, hatte er ihr vorgehalten. Sie hatte die Katzen getötet und danach dafür gesorgt, dass ihr Vater den Fechtlehrer entließ. Wenn der Tag kam, an dem sie das Kontor der Familie übernahm, würde sie es genauso führen wie ihr Vater. Mit Härte, vor allem aber gerecht.

Ihre Hand tastete über den schlanken Parierdolch an ihrer Seite. Ihr Vater hatte ihr verboten, das lange Rapier an Deck zu tragen. Auf einem Schiff sei es nur hinderlich, hatte er gesagt. Aber wenigstens den Dolch mit dem schön gearbeiteten Korb aus sich windenden Bronzeschlangen hatte sie umgürten dürfen. Sie war ein schlankes, dunkelhaariges Mädchen, und in Havena hatten schon einige aufgeblasene Stutzer versucht, ihr den Hof zu machen. Aber hier an Bord hatte sie niemand mit aufdringlichen Blicken verfolgt oder gar eine unziemliche Bemerkung gemacht. Fianna lächelte. Sie wusste, dass das nicht an ihren finsteren Blicken und dem prächtigen Dolch lag. Alle respektierten ihren Vater. Deshalb wurde sie behandelt wie ein junger Mann, was genau ihren Vorstellungen entsprach. Sie profitierte von geborgtem Ansehen. Aber sie war entschlossen, sich auf dieser Reise einen Namen zu machen. Künftig würde man sie respektieren, weil sie furchtlos und kühn war.

Stainakr,
achtundzwanzigster Tag im Sturmmond

»Na los! Zünde das verdammte Feuer an!«

»Ich kann nicht, Vater«, beteuerte Tylstyr. »So geht es nicht!«

»Red keinen Stuss! Wir alle haben gesehen, wie vor drei Tagen eine Flammenkugel über deiner Hand tanzte. Jetzt mach dich endlich mal nützlich, du verdammter Wechselbalg!«

»Das war ein kaltes Feuer. Es spendet nur Licht. Es kann nichts entzünden, Vater. Es …«

Hagrid schlug ihn mit einer Wucht, dass es ihn von den Beinen riss.

Tylstyrs linke Wange brannte. Blut troff von seinen aufgeplatzten Lippen.

Sein Vater stand breitbeinig über ihm, drohend die Hand erhoben. Zorn blitzte in seinen dunklen Augen.

»Verdammter Wechselbalg. Ich wüsste zu gern, wer dich in den Bauch deiner Mutter gepflanzt hat. Bei den Göttern, ich war es nicht! So etwas wie dich hat es in meiner Familie nie gegeben!«

Die Worte schmerzten Tylstyr mehr als die Ohrfeige. Sein Vater wollte ihn weggeben. In Thorwal gab es ein großes Haus für solche wie ihn. Mit neun hatten sie ihn zum ersten Mal dorthin geschickt, um ihn, den Sonderling, loszuwerden. Die Schule der Hellsicht zu Thorwal. Auch dort war er abgewiesen worden. Zu jung war er gewesen. Und was noch schlimmer war: Sie hatten seinem Vater bestätigt, dass er kein normaler Junge war und man gut auf ihn aufpassen solle. Fortan war er im Dorf wie ein Aussätziger behandelt worden. Die meisten Kinder hatten ebenso wenig mit ihm zu tun haben wollen wie mit Schlitzmaul, Jyrkis Sohn mit der gespaltenen Lippe. Nur Tjorne, der jüngste Sohn des Hetmannes, hatte manchmal mit ihm gespielt. Er träumte davon, eines Tages ein großer Held zu sein. Und wie die Fürsten an ihren Höfen wollte er einen Leibmagier haben.

Tylstyr erinnerte sich, wie sie manchmal im Frühling zusammen in die Klippen gestiegen waren, um Möweneier zu stehlen. Er war ein guter Kletterer, und sie hatten versucht, sich gegenseitig zu überbieten. Es war ein Wunder, dass es ihnen nicht wie Stig ergangen war. Aber sie hatten immer Glück gehabt. Weder brüchige Felsen noch die Angriffe der aufgebrachten Möwen hatten sie stürzen lassen. Swafnir liebte sie. Damals hatte Tylstyr das wirklich geglaubt.

Alles war ihnen möglich erschienen, wenn sie nach ihren Raubzügen in den Klippen gelegen, Möweneier ausgetrunken, in den Himmel geblickt und davon geträumt hatten, was sie einmal sein würden. Tylstyr hatte gern über die halb angewachsenen Ohrläppchen Tjornes gescherzt. Alle Männer seiner Sippe teilten diese Eigenart, und Tjorne war stolz darauf. Gut erinnerte sich Tylstyr daran, wie sein Kindheitsfreund ihm einmal sehr ernst geantwortet hatte. *Eines Tages wird ein Kapitän mit wildem Bart und blitzenden Augen vor dich treten und dich auffordern, mit ihm auf seiner Otta auf große Fahrt zu gehen. Er wird dich erschrecken, bis du ihn an den Ohrläppchen erkennst, und dann werden wir zusammen auf große Fahrt gehen. Und die Skalden werden in allen Festhallen Thorwals von unseren Abenteuern singen. Von dem wagemutigen Tjorne Warulfson und seinem Erzmagier, Tylstyr Hagridson.*

Eine Ewigkeit schien seit jenen Tagen vergangen zu sein. Mit zwölf, vor drei Jahren, hatte sein Vater Tylstyr ein zweites Mal nach Thorwal gebracht, und diesmal hatten sie ihn in der Akademie behalten. Dort hatte sich Tylstyr zum ersten Mal in seinem Leben normal gefühlt, denn die meisten Jungen und Mädchen an der Akademie waren weitaus seltsamer als er, von den Meistern ganz zu schweigen. Er war nur noch einmal nach Stainakr zurückgekehrt, weil seine Mutter auf dem Totenbett gelegen hatte. Sie hatte ihn noch ein letztes Mal sehen wollen, bevor sie für immer ging. Er war zu spät gekommen.

Wieder war er der Ausgestoßene im Dorf. Und sein Vater, der keine Mühen gescheut hatte, um ihm einen Boten nach Thorwal zu schicken, war unendlich enttäuscht gewesen, dass er erneut versagt hatte. Zur Beerdigung war er noch rechtzeitig gekommen.

Jetzt konnte Tylstyr nicht sagen, was ihn an diesem verregneten Nachmittag geritten hatte. Er hatte es für eine gute Idee gehalten, sich auf besondere Art von seiner Mutter zu verabschieden. Und er hatte den anderen zeigen wollen, dass er mehr war als nur ein seltsamer Junge. Er hatte Dinge gelernt, die niemand anders im Dorf verstehen würde. Die ganze Welt ließ sich in Formeln fassen, wenn man nur gründlich nachdachte. Auch die Magie. Konzentration, Begabung und die rechten Worte oder Gesten formten die Kraft, die in jenen schlummerte, die die Gabe besaßen. Eine kleine, helle Kugel über seiner Handfläche schweben zu lassen war einer der wirklich leicht zu beherrschenden Zauber. Ein Licht über ihrem Grab. Ein Licht an diesem tristen, grauen Tag. An jenem Nachmittag war ihm das alles richtig erschienen. Jetzt wusste er, wie falsch es gewesen war. Die anderen waren ängstlich vor ihm zurückgewichen. Er hatte das Licht verlöschen lassen, und danach war der Tag noch grauer und noch trostloser gewesen als zuvor. Drei Tage lag das jetzt zurück.

»Kaltes Feuer«, schnaubte sein Vater verächtlich. »So ein Unsinn! Wer hätte je von kaltem Feuer gehört. Aber was hab ich erwartet? Du hast dich ja noch nie nützlich gemacht.« Hagrid kniete neben dem großen Holzstoß nieder, legte einen Zunderschwamm auf ein kleines Häufchen trockener Späne und beugte sich darüber, um es gegen Wind und Regen zu schützen.

Tylstyr blickte zu den Schatten. Dort standen der Hetmann Warulf und seine drei Söhne. Und schon kamen weitere Dorfbewohner aus dem Dunkel der Nacht. Boten waren ins Dorf und zu den entlegenen Höfen gelaufen, kaum dass der Meldereiter nach Stainakr gekommen war, um von dem fetten Kauffahrer zu berichten, der sich durch den Sturm die Küste hinaufkämpfte.

Tylstyr wusste, bevor der Winter vorüber war, würde es Tote geben. Er hatte schon zwei Hungerwinter erlebt. Er erinnerte sich noch gut an die Schrecken. Zuerst starben die kleinen Kinder und die Alten. Und zuletzt hatte niemand mehr die Kraft, Gräber für die Toten auszuheben. Und dennoch war das, was sie jetzt tun wollten, falsch. Er hatte versucht, auf seinen Vater einzureden, doch der wollte ihn nicht hören. Wütend hatte Hagrid ihn gefragt, ob er einfach zusehen wollte, wie Stigs kleine Schwester Ingrid starb – und all die anderen Kinder.

Jetzt sah Hagrid zu ihm auf. Eine Flamme loderte zwischen den Spänen. »Ein Mann kämpft für die Seinen, das wohl«, zischte er. »Aber du fühlst dich Stainakr offenbar nicht sonderlich verbunden, Bastard!«

Sein Vater zog ein feuchtes Scheit aus dem Holzstoß und langte ins Innere, wo trockener Reisig lag. Dann nahm er vorsichtig ein paar der brennenden Späne und schob sie tief in den Holzhaufen. Nur ein paar Herzschläge vergingen, bis dichter, weißer Rauch zwischen den Scheiten hervorquoll. Die Flammen fanden Nahrung und weiteten sich aus.

Immer mehr Schattengestalten versammelten sich auf den Klippen. Sie trugen Knüppel und Äxte bei sich. Ganz vorne standen die Jungmannen. In dieser Nacht sollten sie sich bewähren. Tylstyr erkannte Stig. Er war ein langer, schlaksiger Kerl, der niemals auf einem Langboot auf große Fahrt gehen würde. Kein Kapitän würde ihn in seine Mannschaft wählen. Vor zwei Jahren hatten die Möwen ihn beim Eierstehlen angegriffen. Er war von den Klippen gestürzt und hatte sich etliche Knochen gebrochen. Am schlimmsten war es um sein rechtes Bein bestellt gewesen. Ein halbes Jahr hatte er gebraucht, um sich zu erholen, doch das Bein war nie wieder gut geworden. Es war verdreht, und er hinkte so stark, dass er für die schnellen Angriffe und Rückzüge einer Langbootmannschaft nicht mehr zu gebrauchen war. Stig stützte sich auf einen Speer und blickte auf das Meer hinaus.

Heute war einer der wenigen Tage, an denen auch er ein Recke sein konnte.

An den Möwen hatten sie in jenem Frühjahr blutige Rache genommen und Dutzende von ihnen erschlagen. Jeder der Jungmannen trug seitdem eine Kette aus Möwenknochen um den Hals. Aber was half es? Stig würde nie wieder richtig gehen können.

Als die erste Stichflamme aus dem Holzhaufen schlug, richtete Hagrid sich auf und trat ein paar Schritte zurück. Keuchend kam Kol ans Feuer. Sein schwarz gelocktes Haar klebte ihm in wirren Strähnen am Kopf. Der Junge nickte Hagrid zu, Tylstyr ignorierte er. Nervös trat Kol von einem Bein aufs andere. Er war der Kleinste unter den sieben Jungmannen des Dorfes.

»Ich werd diese Nacht 'ne Kehle aufschlitzen, das wohl«, sagte er an Hagrid gewandt. »Ich weiß es!« Um seine Worte zu unterstreichen, zog er ein Messer, das schon so oft gewetzt worden war, dass es eine ganz schmale Klinge hatte. Kol war der Sohn eines Torfstechers. Seine Hände waren von dunklem Braun, zerfressen von dem sauren Wasser des Hochmoors. Er wollte weg aus Stainakr. Solange Tylstyr ihn kannte, redete Kol von fast nichts anderem. Er machte sich Sorgen, dass kein Kapitän ihn in die Mannschaft nehmen würde, weil er relativ klein war. Deshalb bemühte er sich, gefährlich auszusehen, schnitt Grimassen, kniff die Augen zusammen und redete reichlich Unfug.

Er warf das Messer von einer Hand in die andere. »Ist wie 'ne Ziege schlachten. Einfach ratsch die Kehle durchschneiden, den Kopf nach hinten reißen und ausbluten lassen. So werde ich es machen!«, murmelte er halblaut vor sich hin.

Tylstyr sah aus dem Augenwinkel, wie Hagrid Kol mit einem wohlwollenden Lächeln beobachtete. Er war sich sicher zu wissen, was sein Vater jetzt dachte. So einen Sohn hätte er auch gern. Der war richtig, auch wenn er etwas klein geraten war.

Zischend quoll Feuchtigkeit aus dem nassen Holz. Tylstyr spürte die Hitze des Feuers auf dem Gesicht. Auch er wich ein wenig zurück, als sein Vater ihn am Arm packte und ihm eine Axt in die Hand drückte. Alles Wohlwollen war aus dem Blick seines Vaters gewichen. »Heute Nacht wirst du zum Mann oder zum Verräter. Einen dritten Weg gibt es für dich nicht.«

Meer der Sieben Winde,
achtundzwanzigster Tag im Sturmmond

Fianna war bis auf die Knochen durchnässt. Eisiges Wasser spülte über das Hauptdeck und vermochte nicht so schnell durch die Speigatten abzufließen, wie der Sturm neue Wellen über die Reling peitschte.

Borric, der Steuermann, versuchte, die Wellen über den Bug abzureiten. Die *Goldener Anker* war ein schwerfälliger Kauffahrer. Sie schaffte es nur ein kleines Stück, die obsidianschwarzen Wasserwände zu erklimmen, bevor die Wellen donnernd über dem Vorderkastell zusammenbrachen.

Verzweifelt blickte Fianna zur Brandung. Viel deutlicher sah sie nun die Wellen, die sich an der Küste brachen, doch immer noch blieb das Ufer in der Finsternis unsichtbar. Sie wurden unerbittlich zum Strand hin gedrückt. Höchstens eine Stunde noch, und sie würden auf Grund laufen.

Eine gelbe Flamme stieg hoch über der Brandung auf.

»Das Leuchtfeuer von Thorwal!«, rief ihr Vater und lachte überschwänglich und unendlich erleichtert. »Efferd sei Dank! Wir schaffen es, Fianna, ganz, wie ich es dir versprochen habe!« Mit aller Kraft stemmte er sich gegen die lange Ruderpinne und rief noch andere Seeleute auf das Achterkastell. »Wir müssen sie auf Kurs zur Küste bringen.« Seine Augen strahlten im Licht der Hecklaterne.

Er wirkte, als sei ihm eine gewaltige Last von der Seele genommen. Er musste davon überzeugt gewesen sein, dass sie alle sterben würden, dachte Fianna, und hatte es so gut überspielt, dass sie ihm geglaubt hatte, als er ihr Mut gemacht hatte.

Die *Goldener Anker* neigte sich bedenklich auf die Seite, als sie aus dem Wind drehte und querab zu den Wellen lag. Der Regen peitschte jetzt noch wütender auf die Kogge hinab. Fianna konnte fast nichts mehr sehen. Sie blinzelte gegen das Wasser an, das ihr in die Augen lief. Das Licht war nur ein verschwommener gelber Fleck inmitten der Finsternis. Es würde sie sicher in die Fahrrinne zum Hafen führen.

Dicht bei der Buglaterne sah sie den Schiffsjungen auf und nieder hüpfen und mit den Armen winken. Er schien etwas zu rufen, aber das Sturmgetöse verschlang seine Worte.

Die Wellen rannten gegen den Rumpf, sodass es sich anfühlte, als trommelten wütende Riesen mit ihren Fäusten auf die Kogge ein. Fianna hatte Mühe, sich noch auf den Beinen zu halten. Immer neue Brecher spülten über das Achterdeck. Verzweifelt sah sie zu ihrem Vater. Sein Antlitz war eine Maske des Schreckens. Er schrie auf den Steuermann ein. Die beiden versuchten, das Ruder herumzureißen.

Der schwer beladene Kauffahrer schwang nach backbord, sodass die Wellen nun gegen das Heck drückten. Der Rumpf wurde emporgehoben. Steil zeigte der Bugspriet in den Himmel hinauf. Leicht steuerbord brannte das Leuchtfeuer. Sie waren auf dem rechten Kurs! Das Schiff senkte sich und stürzte in ein Wellental. Da war etwas Dunkles in den aufgewühlten Fluten. Die Wellen brachen sich in brodelnder Gischt daran.

Felsen!

Erschrocken sah sie zu ihrem Vater, der noch immer mit der langen Ruderpinne rang. Dann kniff sie in Erwartung des Aufpralls die Augen zusammen. Ihre Hände krallten sich in die Reling. Stumm betete sie zu Efferd. Und der Gott des Meeres erhörte sie! Statt zu zerschellen, hob sich der Rumpf wieder.

»O ihr Götter …«, rief Borric.

Fianna eilte nach backbord. Ein Wunder war geschehen! Um weniger als einen Schritt hatten sie die Klippen verfehlt. Sie spürte den Rumpf rucken. War da ein Knirschen? Die Wellen hatten sie doch über die Klippen hinweggehoben. Wieder senkte sich das Schiff und ritt eine Woge hinab, und Fianna blickte in einen Abgrund brodelnder Gischt, in dem gleich riesigen, schwarzen Reißzähnen ein ganzes Dutzend scharfkantiger Felsen aufragte. Unfähig, sich zu bewegen, zu rufen, ja, auch nur einen Atemzug zu tun, sah das Mädchen die *Goldener Anker* auf die Klippen zuhalten.

Mit infernalischem Getöse stürzte der Bug in sein steinernes Grab. Der Aufprall riss Fianna über die Reling. Kopfüber stürzte sie in das eisige Wasser. Die wütende Brandung warf sie hin und her. Verzweifelt kämpfte sie gegen die Macht des Meeres an und wurde doch gegen einen muschelüberkrusteten Felsen geschleudert.

Rings um sie trieben gesplitterte Planken im Wasser. Benommen sah sie zum Schiff. Jetzt wirkte es beängstigend groß. Die *Anker* hatte sich von den Felsen losgerissen, die ihren Rumpf durchbohrt hatten. Für einen Moment sah es so aus, als wollte sie vor der feindlichen Küste zurück aufs Meer fliehen, bis sie erneut von einer Woge angehoben und mit ohrenbetäubendem Krachen gegen die Felsen geworfen wurde.

Der Mast stürzte auf das Vorderkastell, zerschlug das Schanzkleid und ließ das Hauptdeck unter einem Gewirr aus Segeltuch und zerfetzten Leinen verschwinden. Der Schiffsjunge, der auf dem Vorderkastell Ausschau gehalten hatte, war von der Rah eingeklemmt worden. Er lehnte halb über der Reling und spie Blut. Überall in der sprühenden Gischt waren jetzt Männer, die sich lieber dem Meer anvertrauten, als noch länger auf dem sterbenden Schiff zu bleiben. Ein Stück voraus entdeckte Fianna den roten Haarschopf des Steuermannes, dann war er in den Fluten verschwunden.

Auch sie trieb wieder auf die Felsen zu. Schützend hob sie die Hände, um dem zu erwartenden Aufprall zumindest ein wenig von seiner Wucht zu nehmen. Scharfe Muschelschalen schnitten in ihr Fleisch, als sie gegen den mit Tang bedeckten Felsen geschleudert wurde. Ihre Schläfe schlug gegen den Fels. Grelle Lichter tanzten ihr vor den Augen.

Die Kälte des Wassers war betäubend. Sie fühlte keinen Schmerz in den Händen, obwohl diese blutüberströmt waren. Wieder zog der Gezeitenstrom sie vom Felsen fort. Sie ließ sich treiben, kämpfte nicht länger gegen ihr Schicksal an. Hier in der kalten See vor der Felsküste würde sie sterben.

Benommen blickte sie zum Schiff. Ihr Vater stand an der Reling. Er winkte ihr, dann sprang er ohne zu zögern in die tobende Gischt. Fianna wollte etwas rufen, aber eisiges Wasser spülte in ihren Mund und erstickte ihre Stimme. Prustend rang sie um Atem, als eine Welle sie unter Wasser drückte. Wieder wurde sie von der Strömung zu den Felsen gezogen. Wenn sie jetzt einfach einatmen würde … dann wäre die Qual vorüber. Ihr sperriger Parierdolch schlug in der Strömung gegen ihre Beine. Wie Blei hing er von ihrem Gürtel. Wenn sie aufhörte, mit den Armen zu rudern, würde sie in die schwarze Tiefe sinken …

Jemand packte sie. »Ich bring … dich an … Land«, rief ihr Vater prustend. Mit unbändiger Kraft kämpfte er gegen die Strömung zwischen den Klippen an. »Weiter südlich … dürfen nicht hier an den Strand.« Er packte ihr Haar und zog sie mit sich.

Eine Welle schob sie zwischen zwei Klippen hindurch. Rechts von ihnen entdeckte Fianna Fackeln. Der Strand! Er war keine hundert Schritt entfernt. Aber ihr Vater zog sie von diesem Ufer fort.

Küste bei Stainakr,
achtundzwanzigster Tag im Sturmmond

Ihr war so kalt, dass sie sich nicht mehr rühren konnte. Der Wind schnitt ihr wie Messer in den Leib. Tränen standen ihr in den Augen. Sie wünschte, sie wäre tot. Sie lag an einem Strand aus Sand und groben Steinen. Zusammengekrümmt hoffte sie, dass vielleicht ein Funken Wärme in ihr erwachsen würde, wenn sie nur lange genug lebte.

Sie erinnerte sich nicht, wie sie hierhergekommen war. Als ihr Vater um ihr Leben gekämpft hatte, musste sie im Wasser das Bewusstsein verloren haben.

Vater?

Wo war er?

Sie wollte den Kopf heben und sich umsehen, doch die Kälte hielt ihre Glieder in eisige Fesseln geschlagen. Sie vermochte sich nicht zu bewegen. Ihr Körper verweigerte sich ihrem Geist.

Die Wolkendecke riss auf. Der Mond hüllte sich zur Hälfte in Schatten und warf nur wenig Licht auf den Strand. Die Ebbe musste eingesetzt haben. Sie lag neben einem Priel. Auf dem dunklen Wasserstrom, der dem Meer entgegenstrebte, brach sich silbernes Licht.

Ihr Mund war trocken, und der salzige Nachgeschmack des Meeres brannte auf ihrer Zunge. Fianna zitterte. Ihre nassen Kleider klebten wie eine Haut aus Eis auf ihrem Leib. Ihre Zähne klapperten. Langsam krümmte sie die Finger im groben Kies. Sie wandte den Kopf zur Seite. Dem Meer entgegen, das sie fast getötet hatte. Keinen Schritt entfernt lag ihr Vater. Er schien genauso am Ende der Kräfte zu sein wie sie, aber er lächelte ihr zu, und in seine Augen stand seine Liebe geschrieben. »Wenn wir zurück in Havena sind, bring ich dir das Schwimmen bei«, sagte er mit rasselndem Atem. »War nicht leicht, dich der See zu stehlen.«

Er grub die Ellbogen in den Kies und robbte ein Stück auf sie zu. Sein Bart war sandverkrustet. »Wir sind abgetrieben. Das ist gut. Hier werden sie uns nicht …«

Ein Schatten fiel vor ihm auf den Priel und ließ das silberne Funkeln auf dem Wasser verschwinden. Arbolan drehte sich halb um, als ihn ein Knüppel mitten ins Gesicht traf.

Fianna schrie auf. Ihr Vater stürzte mit dem Kopf voran ins Wasser, und der Fremde setzte ihm einen Fuß in den Nacken, damit er nicht mehr hochkam.

Verzweifelt versuchte Fianna sich aufzurichten, doch ihre Glieder schienen mit dem kiesigen Boden verwachsen zu sein. Ihr fehlte die Kraft. Mit der Rechten tastete sie nach dem Dolch an ihrem Gürtel. Die Hand war taub von der Kälte. Sie schob sie in den Korb der Waffe, vermochte aber nicht, die Finger um den Griff zu krümmen. Sie waren hart wie Holz.

Blasen stiegen neben dem Kopf ihres Vaters aus dem Wasser. Das Mondlicht verwandelte sie in silberne Perlen, während sie auf dem dunklen Gezeitenstrom dem Meer entgegentrieben.

Arbolan versuchte sich aufzubäumen, doch gegen die Kraft des stämmigen jungen Mannes kam er nicht an. Sein Widerstand wurde schwächer. Seine Arme und Beine zuckten.

Fiannas Hand schloss sich um den Dolchgriff. Es war, als sei ein Bann gebrochen. Ihre Glieder gehorchten ihr wieder. Sie erhob sich, langsam und schwerfällig, aber sie kam auf die Beine.

Der Schattenmann drehte sich zu ihr um. Sein Gesicht war entstellt. Seine Oberlippe zerteilt. Der Spalt war so breit, dass man einen Finger hätte hineinlegen können. Er reichte bis zur Nase hinauf. Seine blauen Augen wirkten traurig. »Ich muss ihn totmachen, das wohl«, sagte er näselnd. »Niemand darf von dieser Nacht erzählen.«

Ihr Vater bäumte sich ein letztes Mal auf und versuchte dem Fuß zu entkommen, der ihn gnadenlos ins Wasser drückte, dann lag er still.

Mit einem Schrei, geboren aus blindem Zorn, stürzte sich Fianna auf den Entstellten. Doch sie war zu langsam. Er wich aus. Sein Knüppel schwang hoch. Er traf sie seitlich am Kopf, und die Welt wurde zu Schmerz und Finsternis.

Küste vor Stainakr,
achtundzwanzigster Tag im Sturmmond

»Komm her, Tylstyr!« Der Hetmann winkte ihn an seine Seite zu dem großen Feuer, in dem sie die angespülten Wrackteile verbrannten.

Tylstyr gehorchte mit einem besorgten Blick zu seinem Vater. Hagrid beäugte ihn misstrauisch. Tylstyr hatte keinen Gestrandeten erschlagen. Es hatte kaum Überlebende gegeben, und er war nicht schnell genug gewesen, um einem von ihnen den Rest zu geben. Er hatte sie den anderen Jungmannen des Dorfes überlassen, die darauf hofften, im nächsten Frühling auf ihre erste Plünderfahrt zu gehen. Sie hatten sich darin hervorgetan, die zu Tode erschöpften Gestalten niederzumachen, die von der Brandung ausgespien worden waren. Sie schwelgten in Gewalt. Tylstyr hatte das nicht tun können. Sollte sein Vater ihn für einen

Verräter halten – zumindest war er kein Mörder. Die wehrlosen Seeleute zu erschlagen war keine Ruhmestat.

Veli, ein stiller Junge mit zerzaustem, braunem Haar und einem freundlichen Gesicht voller Sommersprossen, zog einen Toten hinter sich her. Ein Kind, dessen Gesicht nur noch eine blutige Masse war. »Hat sich zwischen den Felsen versteckt«, erklärte Veli und ließ den toten Schiffsjungen vor Warulfs Füßen liegen. »War schon arg mitgenommen. Konnte gar nicht mehr reden, hat nur Blut gespuckt. Hab ihm schnell den Garaus gemacht.«

Der Hetmann nickte. »Gut! Keiner darf uns entkommen. Auch kein Kind!«

Tylstyr vermochte den Blick nicht vom entstellten Gesicht des Jungen abzuwenden. *Schnell den Garaus gemacht?* Veli schien immer und immer wieder mit seinem Knüppel in das Gesicht des Kindes geschlagen zu haben. Aber warum? Nie zuvor hatte Tylstyr Veli grausam erlebt. Er kam nur selten ins Dorf. Sein Vater hatte einen Hof, der ein gutes Stück entfernt lag. Sie züchteten Ziegen.

»Nun bist du ein Mann«, erklärte Warulf feierlich. »Morgen Abend wirst du in meiner Halla deinen ersten Armreif bekommen!«

Veli grinste glücklich. Dann machte er sich davon, wohl um nach weiteren Opfern Ausschau zu halten.

Der Hetmann streckte seine Hände dem Feuer entgegen. Warulfs Schwertarm war mit den Narben zahlloser Kämpfe bedeckt. Breite, weiße Strähnen hatten sich in seinem Bart eingenistet. Er ging leicht gebeugt, aber in seinen blauen Augen spiegelten sich ungebrochen Härte und Entschlossenheit. Stainakr war ein armes Dorf. Es gab hier keines jener schlanken Schiffe, auf denen die Recken im späten Frühjahr gen Süden segelten, in der Hoffnung, auf Raubzügen an fremden Küsten ihr Glück zu machen. Aber die Männer Stainakrs waren als gnadenlose Kämpfer bekannt. Jeder Kapitän nahm sie gern an Bord. Mehr als zwanzig Jahre waren sein

Vater Hagrid und Warulf gemeinsam auf Fahrt gegangen. Manchmal erzählten sie von ihren Raubzügen, meist aber schwiegen sie mit harten Gesichtern. Früher hatte sein Vater ab und an gesagt: Die Wirklichkeit hat nichts mit den Liedern der Skalden gemein.

Tylstyr blickte zu dem zerschundenen Wrack, das sich im ersten Morgenlicht schwarz gegen den Himmel abzeichnete. Die Riffe hatten seinen Rumpf aufgerissen. Fässer und Kisten wurden von der Ebbe hinaus aufs Meer gezogen. Es erinnerte Tylstyr an einen Kadaver, dem Wölfe die Eingeweide herausgezerrt hatten. Nie waren die Worte seines Vaters so wahr gewesen wie in dieser Nacht. *Die Wirklichkeit hat nichts mit den Liedern der Skalden gemein.*

Kol kam zum Feuer. Entsetzt sah Tylstyr, dass der Junge einen Kopf bei den Haaren gepackt trug und ihn munter hin und her schlenkerte, wie eine der mit Kieseln gefüllten Kürbisflaschen, mit denen die Kinder die Möwen von den Räuchergestellen fernhielten. Die Fischer brachten ihren Fang dorthin, um Heilbutt, Tintenfisch und Seehund in Streifen zu schneiden und in den Rauch von frischem Buchenholz zu hängen, damit der Fisch für den Winter haltbar blieb.

»Wo ist der Rest von dem Kerl?«, fragte Warulf amüsiert, als Kol ihm den Kopf vor die Füße legte.

»Kommt noch, Hetmann. War ein Versehen, das mit dem Kopf. Wollt ihm eigentlich nur die Kehle durchschneiden.« Bei diesen Worten hielt er sein blutiges Messer hoch. »Aber er hatte nen verdammt dünnen Hals. Da ist es dann passiert …«

Warulf lachte.

»Du hast wohl zu viel Kraft, Junge«, sagte Hagrid wohlwollend. »Man schneidet doch nicht aus Versehen einen Kopf ab.«

»Es sei denn, man ist ein Mann aus Stainakr, das wohl«, warf Warulf ein. »Und man steht im Saft der Jugend. Da kann so ein Missgeschick schon mal passieren.«

Die beiden lachten. Zum ersten Mal in seinem Leben war Tylstyr sein Vater peinlich. Bisher hatte er ihn für grob und zu oft für ungerecht gehalten. Jetzt sah er ihn mit anderen Augen. Er war ein Barbar!

»Du wirst mit den Booten hinausfahren, Tylstyr«, befahl Warulf, und seine gute Laune war verflogen.

»Zum Schiff?«

Der Hetmann wandte sich ihm zu. Regen troff von seinen buschigen Augenbrauen. Plötzlich wirkte er melancholisch, doch der Schein trog. Tylstyr kannte Warulf sein ganzes Leben lang. Er war ein harter Mann, der sich ganz gewiss nicht zum Sklaven seines Gewissens machte. Scherze über abgeschnittene Köpfe: Das war seine Welt!

»Dein Vater fährt zu der Kogge hinaus. Deine Familie wird ihren Anteil bekommen. Dafür ist gesorgt. Du sollst weiter hinaus. Hinter die Riffe ein ganzes Stück auf die offene See.« Er nickte in Richtung der Toten, die in langer Reihe am Ufer lagen. »Du weißt, von denen darf man keinen mehr finden.« Er weitete die Arme, als wolle er Strand, Schiff und Meer umfangen. »Alles hier muss verschwinden. Nicht einmal Asche darf an diesem Ufer bleiben. Sie werden nach der Kogge suchen.« Er beugte sich zu Tylstyr hinab, bis ihre Gesichter keine drei Fingerbreiten mehr voneinander entfernt waren. »Du weißt, was Strandräuber erwartet! Ich kann mich doch auf dich verlassen, oder?«

»Natürlich!«, beteuerte Tylstyr.

»Auch wenn du wieder bei diesen Zauberbrüdern in Thorwal bist? Du wirst auch dort nicht vergessen, wohin du gehörst?«

»Ich bin ein Sohn Stainakrs«, entgegnete Tylstyr eingeschüchtert und wünschte sich, nicht zu dieser Mörderbande zu gehören.

»Wäre besser gewesen, wenn du heute dein erstes Blut vergossen hättest. Dann hätten alle gesehen, dass du wirklich einer von uns bist, Junge.« Warulfs blaue Augen schienen bis auf den Grund seiner Seele zu blicken.

Tylstyr wich zurück. Er wagte es nicht, etwas zu sagen. Er hatte sich nicht wirklich bemüht, vor den anderen einen der Gestrandeten zu erreichen und ihm den Schädel einzuschlagen. Das war Warulf gewiss ebenso wenig verborgen geblieben wie seinem Vater.

»Fast alle Jungmannen haben heute getötet. Du hast eine gute Gelegenheit verpasst.« Er streckte sich. Ein Knochen knackte hörbar.

Tylstyr fand nicht, dass er etwas verpasst hatte. Er würde nicht den Weg des Kriegers gehen. Er war nicht dazu bestimmt, zu morden und Blut zu vergießen.

Warulf rammte ihm den Zeigefinger in die Brust. Tylstyr taumelte zurück und wäre fast gestolpert.

»Was glaubst du, was mich zum Hetmann macht? Ich kann in Gesichtern lesen. Ich weiß, was du denkst, Junge.«

Tylstyr schluckte.

»Es ist besser, wenn du bald wieder das Dorf verlässt. Du passt nicht hierher. Du …« Er blickte auf. »Eigil! Komm her! Zeig mir, wen du da gefunden hast.«

Tylstyr blickte über die Schulter und sah Schlitzmaul den Strand herabkommen. Schlitzmaul nannten ihn fast alle im Dorf wegen der grässlichen Spalte in seiner Oberlippe. Er war der Einzige, der in der Hierarchie der Jungmannen noch unter ihm stand. Eigil, wie sein eigentlicher Name war, trug einen massigen Mann auf den Schultern. Der Gang des Jungen war unsicher, dennoch war es eine beeindruckende Kraftleistung.

»Hierher!« Warulf deutete neben seinen rechten Fuß, als befehle er einem Hund, einen Stock zu bringen.

Mit einem tiefen Seufzer ließ Eigil den Toten am zugewiesenen Platz auf den Boden fallen.

Er hielt den Kopf gesenkt, das lange, nasse Haar hing ihm vors Gesicht und verdeckte seine entstellte Oberlippe.

»Wo hast du ihn gefunden?«, wollte Warulf wissen.

»Fünfhundert Schritt von hier. Hinter den Felsen.« Wie stets sprach Eigil mit näselnder, leiser Stimme. Beschämt erinnerte sich Tylstyr, wie auch er Schlitzmauls Art zu sprechen immer wieder nachgeahmt hatte, nur um sich dann vor Lachen auszuschütten.

»Waren da noch mehr?« Der Hetmann drehte den Toten mit dem Fuß herum, sodass er ihm ins Gesicht sehen konnte. Glasige Augen starrten in den grauen Morgenhimmel. Sein Haar war mit Blut verklebt.

»Hab nur ihn gefunden.«

»Du hast ihm den Rest gegeben, Eigil, nicht wahr?«

Schlitzmaul nickte, hielt dabei aber immer noch den Kopf gesenkt.

»Gut gemacht, Junge.« Warulf sah zu Tylstyr. »Also haben alle Jungmannen erstes Blut vergossen, außer dir.« Ohne den Blick von Tylstyr abzuwenden, stieß er mit dem Stiefel gegen die rechte Hand des Toten, an der der Mittelfinger fehlte. »Den Ring, Eigil. Gold, Silber und Schmuck gehören dem Hetmann, damit er die Schätze gerecht verteilt.«

Schlitzmaul zuckte erschrocken zusammen.

»Ich werd dich nicht verprügeln, keine Angst.« Fordernd streckte der Hetmann die Hand aus. »Du hast heute Nacht bewiesen, dass du mehr Mann als Kind bist, Eigil. Komm zur Dämmerung zu meinem Langhaus. Du hast es dir verdient, mit den Recken zu trinken.«

Eigil hob den Kopf. Mit weit offenem Mund sah er den Hetmann an. »An der Tafel der Recken …«

»Ganz recht. Dort ist dein Platz. Und Tylstyr wird nicht dort sitzen. Aber jetzt gibst du mir den Ring.«

Immer noch ganz verdattert, kramte Eigil in dem Leinenbeutel, den er um die Schulter geschlungen trug. Endlich brachte er den Ring hervor, samt dem fehlenden Finger.

Lächelnd zog Warulf den großen goldenen Siegelring ab, auf dem ein Anker prangte, und schob ihn sich selbst auf den Ringfinger. »Schönes Stück.« Er drückte Tylstyr den abgetrennten Finger in die Hand. »Sorg dafür, dass er mit dem Rest verschwindet. Wie ich schon sagte: Es darf nicht mal Asche am Strand zurückbleiben.« Er streckte seine Hände den lodernden Flammen entgegen. »Übrigens, Eigil, natürlich habe ich bemerkt, dass du ihm auch den Gürtel gestohlen hast. Aber den darfst du behalten.«

Schlitzmaul grinste breit. Er sah aus, als sei dies der schönste Tag in seinem Leben. »Ich trinke mit den Recken!«, näselte er.

Tylstyrs Hand schloss sich um den kalten Finger. Er würde es nicht vermissen, unter lauter Mördern an Warulfs Tafel zu sitzen. Er wünschte, Meister Eddrik wäre schon gekommen, um ihn zurück zur Akademie zu holen. Er passte nicht mehr nach Stainakr. Er hatte niemals hierher gepasst.

Küste vor Stainakr,
dreißigster Tag im Sturmmond

Finsternis umfing Fianna. Hatte sie die Augen geöffnet? Es machte keinen Unterschied. Sie vermochte nichts um sich herum zu erkennen. Dumpfer, pochender Schmerz wütete in ihrem Kopf. Und es war kalt.

Sie versuchte sich aufzurichten. Vergebens … Ihre rechte Hand war an den rechten Fußknöchel gefesselt. Auf der linken

Seite war es dasselbe. Sie lag mit dem Gesicht auf kaltem Stein. Irgendwo tropfte etwas.

Ihr Mund war eine Salzwüste. Sie hatte viel Wasser geschluckt. Der Kampf in der Brandung drängte in ihre Erinnerung. Ihr Vater … Er hatte sie aus der wütenden See gerettet, nur um dann vor ihren Augen zu sterben.

Wütend bäumte Fianna sich auf. Sie konnte sich aufsetzen, doch aufzustehen machte ihr die Art der Fesselung unmöglich. Sie konnte auf Knien vorwärtskriechen … Der Boden war rau. Als sie mit der Stirn gegen einen Felsen stieß, verharrte sie. Sie war in einer Höhle gefangen. Wohl nicht sehr weit vom Strand. Leise konnte sie die Brandung hören.

Ihre Zähne begannen zu klappern. Immer noch trug sie ihre nasse Kleidung. Es war schneidend kalt. Ob es wohl Nacht war? Nie hatte sie sich an einem so finsteren Ort befunden. Was sollte mit ihr geschehen? Hatte der Kerl mit der gespaltenen Lippe sie hierher gebracht? Sie konnte sich nur zu gut vorstellen, was er mit ihr machen würde.

Mit verzweifelter Wut zerrte sie an ihren Fesseln. Vergebens. Es schienen breite Lederriemen zu sein. Gürtel?

Immer noch verharrte sie mit der Stirn gegen die Felswand gelehnt. Sie spürte ihre Füße nicht mehr. Drückten ihr die Fesseln das Blut ab? War es die Kälte?

Wieder hörte sie es tropfen. Ihr Mund war völlig ausgedörrt. Der salzige Geschmack des Meerwassers wollte nicht weichen. Wie lange war sie schon hier?

Sie kroch auf das Geräusch zu. Ihr Knie stieß gegen etwas Sprödes. Sie hielt inne und tastete mit den an die Knöchel gefesselten Händen mühselig über den Boden. Ein Stück Holzkohle … noch eins. Jemand hatte hier ein Feuer gemacht. Vor Tagen oder noch längerer Zeit … Wenn doch nur eine winzige Flamme brennen würde! Allein der Gedanke daran vertiefte das Gefühl der Kälte in ihr. Es saß tief in Fiannas Innerem wie ein eisiger Block und fühlte sich an, als würde sie langsam von innen nach außen gefrieren. Sie wollte die Arme um ihren Körper schlingen und sich zusammenrollen, doch die Fesseln hielten ihre Hände unbarmherzig an den Fußknöcheln.

Einen Moment lang wünschte sie sich, sie wäre tot. Würde aller Qual entfliehen und vielleicht dahin gehen, wo auch ihr Vater war. Die Erinnerung an ihn erfüllte sie mit Scham. Er war immer stark gewesen, ganz gleich, wie sehr das Schicksal ihm zugesetzt hatte. Er hatte nicht aufgegeben oder den Versuch gemacht davonzulaufen. Er hatte sich stets allen Widrigkeiten gestellt und gekämpft, bis die Geschäfte des Kontors Gorbaran wieder in ruhiges Fahrwasser fanden. Er hätte es auch diesmal geschafft, hätte er nicht Kurs auf das falsche Leuchtfeuer genommen. Sie war die Einzige, die ihn noch rächen konnte. Die Letzte ihrer Familie. Das Haus der Gorbarans würde verlöschen, wenn sie sich jetzt aufgab. Ausgemerzt von Dieben und Mördern.

Der Zorn half gegen die Kälte. Er vertrieb sie nicht, aber er gab ihr die Kraft, ihr Schicksal zu ertragen. Noch lebte sie. Noch konnte sie Widerstand leisten. Sie würde aus dieser Höhle – oder wo immer sie hier war – herauskommen!

Langsam kroch sie in Richtung des Plätscherns. Fingerbreite um Fingerbreite erkundete sie den rauen Boden, bis sie eine feuchte Stelle fand. Wie ein Tier leckte sie das Wasser auf. Es war kalt, schmeckte nach Stein und vermochte ihren Durst nicht zu löschen.

War da über ihr ein Spalt im Gestein? In weiter Ferne sah sie ein blasses Licht. Ein einzelner Stern am Himmel? Hin und wieder verschwand er. Hinter vorbeiziehenden Wolken? Wie ein Zeichen der Götter war er. Auch in einer Welt voller Finsternis blieb stets ein Funke Hoffnung.

Der Funke blühte zu einer Flamme auf. Erschrocken wich sie ein Stück zurück, und die Flamme fiel vom Himmel direkt in ihre Höhle herab.

Küste vor Stainakr,
dreißigster Tag im Sturmmond

Eigil zog den Knoten fest und prüfte das Seil, das er um die dicke Wurzel geschlungen hatte. Nervös schob er die Zungenspitze durch die Spalte in seiner Oberlippe. Er wusste, dass es bescheuert aussah, aber hier sah ihn ja niemand. Noch nicht!

Voller Erwartung sah er zu der Fackel hinab, die er in die Felsspalte geworfen hatte. Dies war der beste Tag seines Lebens! Erst hatte er mit den Recken des Dorfes an der Tafel von Hetmann Warulf gesessen und Met getrunken, und jetzt würde er sich sein erstes Weib nehmen. Ihm war ein wenig schwindelig vor Glück und vielleicht auch wegen der drei Hörner Met, die er getrunken hatte. Alle hatten ihm auf die Schulter geklopft! Die Zeit, in der er weniger wert war als der Dreck unter den Stiefeln der anderen, war endlich vorbei. Er hatte einen Mann umgebracht. Sein erstes Blut vergossen. Alle Jungmannen hatten das getan, nur Tylstyr nicht. Er war auch nicht an die Tafel geladen worden, der verdammte Hexer. Die Fischer nahmen ihn gern in ihren Booten mit. Sie glaubten fest, dass das Meer ruhiger war und mehr Fische kamen, wenn er an Bord war. Aber sobald sie an Land zurückkamen, mieden sie Tylstyr. Er hatte auch nie richtig dazugehört. Sieben waren sie. Tjorne, der Wortführer, Sohn des Warulf, Kol, Stig, Veli und Atagord. Und dann noch er selbst und Tylstyr. Sie waren die Jungmannen. Zu alt, um Kinder zu sein, aber nicht alt genug, um schon als Männer zu zählen. Eine beschissene Zeit, in der man zwischen allen Stühlen saß. Immer hatten sich alle über ihn lustig gemacht. Schlitzmaul – wie oft hatte er diesen Spitznamen hören müssen, und wie unendlich hasste er ihn! Aber heute an der Tafel des Hetmannes hatte ihn niemand so genannt. Die Zeit von Schlitzmaul war vorbei.

Er grinste zufrieden. Und wenn die anderen Jungmannen wüssten, was er jetzt tun würde … Er war der Erste von ihnen, der ein richtiger Mann wurde. Die anderen mochten halb ersoffene Seeleute getötet haben, aber er würde jetzt ein Weib herannehmen. Der Entstellte, der niemals eines der Weiber aus dem Dorf bekommen hätte, wäre nun der Erste. Und wenn er später die anderen auch mal heranließ, würden sie ihn alle mögen.

Das Herz wollte ihm schier überquellen vor Glück. Sein ganzes Leben lang hatte es den Göttern gefallen, ihn zu quälen, aber jetzt wurde er überreichlich beschenkt. Er packte das Seil und ließ sich in die Felsspalte hinab. Das Schiffsmädchen war ein bisschen dünn. Aber wenn er sie gut fütterte und ihr ein Kind machte, würde sich das schon geben. Ins Dorf konnte er sie nicht mitnehmen. Sie würden sie totschlagen. Warulf würde keine Überlebenden vom Schiff dulden. Sie müsste für immer hier in der Felsspalte bleiben, aber das machte ihm nichts aus. Er musste sie nicht herumzeigen. Und wenn sie ihm zu viel wurde, würde er einfach nicht mehr kommen. Hier konnte sie keiner schreien hören. Niemand kam hierher. Niemand kannte die Höhle am Grund der Felsspalte.

Eigil stemmte die Füße gegen den dunklen Stein, stieß sich ab und ließ sich weiter das Seil hinabgleiten. Hunderte Male war er schon hier gewesen. Immer wenn er sich vor allen hatte verstecken wollen. Binnen Augenblicken hatte er den Abstieg geschafft und hob die Fackel auf, die er hinabgeworfen hatte. Er wollte die Kleine vom Schiff sehen, wenn er sie nahm. Es nicht im Dunkeln tun wie die Tiere im Stall. Sie hatte Haare, schwarz wie Rabenflügel. Das mochte er. Sie war anders als die blonden und rothaarigen Dorfmädchen, die ihn verspottet hatten. Das Schiffsmädchen passte zu ihm.

Er schwenkte die Fackel, um die Höhle auszuleuchten, die sich am Grund des Felsspalts ins dunkle Gestein wand. Da war sie! Kroch vor ihm davon. Zeigte ihm ihren Arsch. Er musste grinsen. Das war gut!

Mit zwei schnellen Schritten war er bei ihr. Die Fackel schleuderte er in eine trockene Ecke und umfasste mit beiden Händen ihre Taille, um ihren Arsch an seine Schenkel zu ziehen. Das schwere Wollkleid des Mädchens war immer noch nass. Sie war glitschig wie ein Fisch. Wand sich in seinem Griff und vermochte ihm doch nicht zu entkommen.

»Komm, halt still. Ich hab oben Essen, und ich mach uns ein Feuer, wenn wir fertig sind. Du wirst in meinem Arm liegen ...«

Sie schrie. Es schienen Worte zu sein, auch wenn er keins davon verstand.

Eigil schob seine Rechte unter ihr Kleid, während er sie mit der Linken fest an sich presste. »Halt still!«, stöhnte er. Sein Blut pochte wild in seinen Adern. Ihm war schwindelig, und zugleich erfüllte ihn eine wohlige Wärme. Sein Schwanz war so hart, dass es fast schon schmerzte.

Sie trug eine lange Hose aus angenehm weichem Stoff unter dem Kleid. Wolle konnte das nicht sein. Auch sie war durchnässt. Er zerrte daran, bis sie zerriss. Dann schob er seine Hose hinab. Er wusste nur ungefähr, was zu tun war, wenn man eine Frau besteigen wollte. Er hatte bei Hunden zugesehen und auch bei Pferden. Oder den schwarzen Krebsen, die bei Ebbe über den Strand wanderten. Ungelenk rammte er seine Hüften gegen ihren Hintern.

Sie schrie immer noch, fluchte und weinte. Er stieß ihr den Ellbogen gegen den Kopf. »Halt's Maul, dummes Weib!« Dass sie so etwas Einfaches, wie eine verständliche Rede zu führen, nicht beherrschte! Bestimmt konnte sie auch nicht kochen oder weben oder ein Boot rudern. Deshalb war sie wahrscheinlich auf dem Schiff gewesen. Sie war Ballast. Jedes Schiff brauchte Ballast. Und für das, was er wollte, war sie auch zu gebrauchen.

Immer schneller rammte er gegen ihren Hintern. Eine Spannung, so wie ganz am Ende, wenn er sich mit der Hand Erleichterung verschaffte, baute sich in ihm auf. Aber das hier war viel schöner. Mit einem Schrei ergoss er sich. Eigil sank schwer auf ihren Rücken. Sein Herz schlug wie eine Trommel in seiner Brust. Er keuchte in ihren Nacken. »Das war gut! Oben am Klippenrand habe ich ein paar Sachen. Essen, etwas Holz. Ich mach uns ein Feuer. Hier unten kann es ganz gemütlich sein. Wenn uns warm ist, dann machen wir es noch mal. Ich will dich nackt sehen.«

Sie sagte kein Wort. Sie schluchzte nicht einmal mehr. Ihr Gesicht war unter den Haaren verborgen.

Eigil starrte auf ihren Hintern. *Zu knochig*, dachte er. Aber er wollte sie ja auch nicht heiraten. Er wollte seinen Spaß haben, und dann würde er sie verleihen.

Küste vor Stainakr,
achter Tag im Goimond

Ein Möwenschrei ließ Tylstyr aufblicken. Er kauerte im Windschatten eines Felsens und hatte gelesen. Eigentlich war es nicht erlaubt, ein Buch mit ins Freie zu nehmen. Zu groß war die Gefahr, dass es Schaden nahm. Schaudernd stellte sich Tylstyr vor, wie ihm eine Möwe auf die Seiten schiss, und klappte das Buch hastig zu. Dabei behielt er einen Daumen an der Stelle, bis zu der er gelesen hatte. *Leben und Thaten des Snorri Halström* hatte ihm in diesem längsten aller Winter viel Trost gespendet. Magister Eddrik, sein Tutor an der Schule der Hellsicht, hatte ihm das Buch in die Hand gedrückt, bevor er zur Beerdigung seiner Mutter abgereist war. Es war eine gute Wahl gewesen. Snorri beschrieb ausführlich seine Jugend in einem Fischerdorf nördlich von Thorwal. Die Angst davor, verprügelt und verspottet zu werden. Anders zu sein als die anderen. Und wie es war, hinter all der Gewalt die Furcht derjenigen zu spüren, die einem doch eigentlich die Nächsten sein sollten.

Hier war Tylstyr in seiner Heimat. Er war in dem alten Haus mit den beiden gekreuzten Schwanenköpfen über dem Giebel geboren worden. Auf dem Lehmpfad davor, dort, wo sich in tiefen Pfützen die Schweine suhlten, hatte er Laufen gelernt. Aber er hätte sich in einer Oase in der fernen Khôm-Wüste nicht fremder fühlen können. Selbst Schlitzmaul war hier beliebter als er. Die Jungmannen, die früher keine Gemeinheit gegenüber Eigil ausgelassen hatten, behandelten ihn nun mit ausgesuchter Freundlichkeit. Ja, es schien sogar, als seien sie zu einer verschworenen Gemeinschaft geworden. Tylstyr konnte sich das nicht erklären. Ihn hingegen hatten sie gestern noch mit Schweinemist beworfen.

Am schmerzhaftesten aber war, wie sein eigener Vater ihn behandelte. Hagrid sprach kaum noch ein Wort mit ihm. Fast den ganzen Tag verbrachte er schnitzend und vor sich hinbrütend vor der Feuergrube. Deshalb floh Tylstyr ins Freie, wann immer das Wetter es zuließ.

Der Winter lockerte seine eisigen Fesseln. Die Eisschollen, die er am Ufer unter den Klippen aufgetürmt hatte, begannen zu schmelzen. Bald würde mit dem warmen Südwind der erste Regen kommen, auch wenn es gestern Nacht noch einmal stundenlang geschneit hatte. Zehn Wochen waren vergangen, seit die Kogge auf den Klippen zerschellt war. Niemand war in diesem Winter Hungers gestorben. Im Gegenteil, sie hatten sogar Fett angesetzt, und die geraubten Vorräte würden noch weit bis in den Sommer reichen. Vielleicht hatte die Entscheidung des Hetmannes, das falsche Signalfeuer zu entzünden, am Ende mehr Leben gerettet, als sie gekostet hatte. Dennoch konnte Tylstyr sie nicht gutheißen. In jener Nacht waren sie ein Dorf von Mördern geworden. Und nun beäugten sie ihn misstrauisch, weil er bald gehen würde. Er, der einzige unter den Jungmannen, der sich nicht an den Morden beteiligt hatte.

Tylstyr zog seinen Daumen aus dem Buch und klemmte es unter den Arm. Er trug eine dicke Weste aus Schaffell und gesteppte Hosen, die den Frost fernhielten. Seine Finger jedoch hatte der Winterodem rot gefärbt. Er ballte sie zu Fäusten und streckte sie wieder, bis das taube Gefühl wich, das mit der Kälte gekommen war.

Weit über die steinigen Äcker, die seinem Dorf den Namen gegeben hatten, hallte das Getöse von Holzschwertern, die auf Schilde krachten. Vor dem Langhaus des Hetmannes übten sich die Jungmannen im Kampf. Tylstyr betrachtete die Gefährten seiner Kindheit mit gemischten Gefühlen. Er wünschte, er wäre wie sie. Anfangs hatte er sogar an den Kampfübungen teilgenommen. Was für eine dämliche Idee! Alle hatten sie ihn mit Begeisterung verdroschen. Eine Woche lang hatte er sich kaum noch von seinem Lager erheben können.

Tylstyr blickte nach Norden. Wann würde Eddrik endlich kommen? Sein Lehrmeister aus der Akademie hätte bereits vor Wochen kommen wollen, um ihn abzuholen. Schon vor der Nacht, als die Kogge auf die Klippen gelockt wurde. Was hatte ihn aufgehalten? Wäre er nur rechtzeitig eingetroffen!

Beklommen sah Tylstyr zum Strand hinab. Alle Spuren waren getilgt. Das Wrack war verbrannt, die Asche verschwunden. Die Toten hatten sie weit hinaus aufs Meer gebracht und mit Säcken voller Steine an den Füßen in der grauen Wintersee versenkt. In seinen Träumen sah Tylstyr immer noch die leeren Augen der Seeleute. Er hätte den Mut haben sollen, ihre Augenlider zuzudrücken. Stattdessen hatte er nur mit einem Ledereimer das mit Blut gemischte Wasser aus dem Boot geschöpft. Auch wenn der Sturm abgeflaut war, ging die See am Tag nach den Morden immer noch stürmisch. Den ganzen Tag hatten sie für die drei Fahrten mit den Toten gebraucht. Am Ende waren sie alle bis auf die Knochen durchnässt gewesen, und das Schweigen der Toten war tief in ihre Herzen gedrungen. Wäre Eddrik doch nur rechtzeitig gekommen und hätte ihn davor bewahrt!

Sein Lehrmeister galt als unzuverlässig, exzentrisch und genial. Ihn als Tutor zu haben war zugleich Geschenk und Fluch. Nie zuvor hatte Tylstyr jemanden kennengelernt, der seinen Geist so frei fliegen lassen konnte. Auch ohne einen Zauber zu weben, war sein Magister auf geradezu unheimliche Art hellsichtig. Nichts blieb ihm verborgen. So wollte auch Tylstyr einmal sein, doch ohne dabei seine Andersartigkeit so genüsslich zur Schau zu stellen, wie Eddrik es tat.

Lange sah der junge Magier hinaus aufs Meer und hielt dabei Snorri Halströms Buch gegen die Brust gedrückt. Es würden bessere Tage kommen! Einen Winter wie diesen würde es nie wieder in seinem Leben geben. Er musste all dies erleben, um zu wissen, wohin er gehörte. Stainakr war nur noch der Ort, an dem er geboren worden war, seine Heimat war es nicht mehr. Es gab hier nichts mehr, das er an der Akademie vermissen würde. Seine Familie waren nun Eddrik, die anderen Magister und die Schüler.

Das leise Knirschen von Schritten im Schnee ließ ihn aus

seinen Gedanken aufschrecken. Zugleich wurde ihm bewusst, dass das Lärmen der Holzschwerter verklungen war. Tylstyr widerstand dem Impuls, sich umzudrehen. Er konnte sich nur zu gut vorstellen, wie die Jungmannen heranschlichen, um irgendeinen dämlichen Scherz mit ihm zu treiben. Er wünschte sich, er wäre schon tiefer in das Arkanum des Zauberwebens eingedrungen. Wünschte sich, er könne etwas Spektakuläres vollbringen, das ihm Respekt einbrachte und Frieden.

Eine Hand legte sich schwer auf seine Schulter. »Wir haben wenig miteinander gesprochen in diesem Winter«, sagte eine vertraute raue Stimme. Tjorne, der Sohn des Hetmannes, der einzige unter den Jungmannen, dem sich Tylstyr immer verbunden gefühlt hatte. Tjorne war der Drittgeborene, und seine beiden älteren Brüder waren charismatische junge Männer. Er würde niemals zum Hetmann in Stainakr gewählt werden, und es gab für ihn keine Hoffnung auf Land, denn sein Vater würde den Hof nicht aufteilen. Tjorne wusste das, seit er alt genug war, klar zu denken. Man erwartete von ihm, dass er gehen würde, damit der Frieden im Dorf bewahrt blieb. Genauso, wie man von Tylstyr erwartete, dass er nicht blieb. Doch seitdem die Kogge auf den Klippen zerschellt war, hatte sich auch Tjorne von ihm abgewandt, und Tylstyr war nicht in der Stimmung, mit ihm zu plaudern, als sei nichts gewesen.

»Ich werde nach Thorwal gehen, sobald die Wildgänse zurückkehren«, sagte Tjorne gut gelaunt. »Ich komme dich in diesem Gelehrtenhaus besuchen …«

»Der Akademie«, unterbrach ihn Tylstyr. »Und dort kommst du nicht ohne Weiteres hinein. Du wirst mir eine Nachricht schicken müssen. Wir können uns dann in der Stadt treffen.« Er sagte es kühl und abweisend, obwohl er eigentlich jeden Freund in Thorwal gut gebrauchen könnte.

»Ich hoffe, ich finde eine Ottajasko, die mich aufnimmt. Ich brenne darauf, mir endlich einen Namen als Recke zu machen. Wenn ich eine eigene Otta habe, hole ich dich an Bord, und du glättest dann die Wogen für mich. Wir werden berühmt werden, Tylstyr.« Er sprach voller Überzeugung, als sei das nicht ein kühner Jungentraum, sondern Gewissheit, die schon seit Jahrhunderten festgeschrieben war.

»Eines Tages, Tylstyr, wird man unsere beiden Namen in ganz Thorwal kennen, und die Skalden werden Lieder über unsere Heldentaten singen.«

Jetzt drehte er sich doch zu Tjorne um. Die Wangen seines Freundes waren gerötet, das lange blonde Haar von Schweiß verklebt. Quer über die rechte Wange lief ein dunkelroter Striemen, der bis zum Abend sicher blau angelaufen sein würde.

»Schlecht pariert?«

Tjorne schnaubte. »Das ist nichts. Du solltest mal Atagord sehen. Der kann von Glück sagen, dass er noch alle Zähne im Maul hat. Küssen wird der so schnell keine mehr.«

Atagord, der Sohn des Schmieds, hatte eine Statur wie ein Bär. Er war riesig, unglaublich stark, aber ein wenig behäbig und nicht sehr helle.

»Atagord hat mich gerade noch mit Glück erwischt.«

»Übertreibt ihr nicht mit dem Kämpfen?« Tylstyr dachte an die Abreibung, die er sich bei den Kampfübungen geholt hatte. Gegen Atagord war er gar nicht erst angetreten. Der Hüne hätte ihm die Knochen gebrochen.

»Mein Vater sagt immer: Nur aus Fehlern, die schmerzen, lernt man. Je härter ich übe, desto besser werde ich sein, wenn ich in meinen ersten richtigen Kampf ziehe. Ich werde gut sein. Ich weiß das!«

Tylstyr sah das Leuchten in den eisblauen Augen seines Freundes.

Er brannte vor Ehrgeiz. »Bei mir wird es noch etwas dauern, bis ich ein richtiger Mann werde. Es sind ja keine halb ertrunkenen Schiffbrüchigen mehr zur Hand, denen ich den Rest geben könnte.«

Statt wütend über die bissige Bemerkung zu werden, grinste Tjorne nur breit. »Selbst wenn heute Nacht das nächste Schiff auf die Klippen liefe, würdest du niemanden töten. Das ist einfach nicht deine Art. Aber es gibt viele Wege, ein Mann zu werden.« Sein Grinsen wurde noch breiter. »Komm eine Stunde nach Sonnenuntergang zu den drei Witwen, dann helf ich dir, dass auch du zum Mann wirst.«

»Und wie?«

Tjorne schüttelte den Kopf. »Es gehört zum Mannwerden dazu, dass du mutig genug bist, es herauszufinden. Komm einfach. Ich verspreche dir, es wird dir gefallen.«

Küste vor Stainakr,
achter Tag im Goimond

Tylstyr kauerte bei den drei Witwen und fluchte leise. Eisiger Wind strich zwischen den schwarzen Felsen hindurch, die sich unweit der Steilklippe erhoben. Von Ferne sahen sie ein wenig aus wie kauernde Weiber in schwarzen Umhängen. Die meisten Dörfler mieden diesen Ort. Es hieß, wer hier zu lange verweilte, der würde früher ins Grab kommen, weil die Witwen ihm heimlich von den ihm zugemessenen Tagen stahlen. Er spürte noch nichts, aber vielleicht war es ja ein besonders fein gesponnener Zauber.

Mit jedem Herzschlag wurde er wütender. Wie hatte er sich der Illusion hingeben können, dass Tjorne Gutes im Schilde führte? Ja, früher einmal waren sie Freunde gewesen. Aber nicht in diesem Winter. Tjorne hätte viel Zeit gehabt, aber wie all die anderen Jungmannen hatte er sich lieber geprügelt oder war irgendwo in den Hügeln verschwunden.

Tylstyr zog den Umhang enger um die Schultern und erhob sich aus dem Windschatten des größten der drei Felsen. Den Rest der Nacht würde er an einem wärmenden Feuer verbringen.

Der Wind schnitt ihm ins Gesicht. Schneeschleier tanzten über den Boden. Der Mond tauchte das Land in trügerisches Licht. Es war eine Nacht für Geister und Elfen. Menschen sollten besser hinter verschlossenen Türen bleiben.

Fröstelnd eilte Tylstyr über den verharschten Schnee. Aus dem Augenwinkel sah er eine Schattengestalt. Etwa hundert Schritt entfernt lief sie den drei Witwen entgegen. Kam Tjorne also doch noch? Die Gestalt wirkte größer und viel breiter in den Schultern. Und sie ging seltsam. Leicht taumelnd.

Tylstyr kauerte sich nieder. Die Felsen der drei Witwen lagen hinter ihm, sodass seine Silhouette vor dem dunklen Hintergrund so gut wie unsichtbar blieb. Der junge Zauberschüler tastete nach dem Dolch an seinem Gürtel. Auch wenn dies keine der Nächte war, in denen geisterhaftes Nordlicht über den Himmel tanzte, konnte er nicht ganz sicher sein, ob sich nicht Schattengestalten, Wiedergänger oder anderes, unnatürliches Gelichter aus verborgenen Felsspalten oder dem Hochmoor ein Stück landeinwärts erhoben hatte. In Nächten wie diesen suchten sie einsame Wanderer. Tylstyr kannte Dutzende Geschichten darüber, was diese Unholde mit ihren Opfern anstellten. Keine Winternacht, in der sich ein Haushalt um die Feuergrube scharte, verging ohne solche Erzählungen.

Den Dolch in der Hand, wartete Tylstyr. Er würde nicht angreifen, wenn es nicht nötig war. Es war am besten, wenn einen so ein Unhold erst gar nicht bemerkte.

Schwankend und schnaufend kam die Gestalt näher. Wolken schoben sich vor die silberne Scheibe des Mondes, und das verschneite Land versank in Schatten. Tylstyr konnte den Unhold kaum noch erkennen, hörte die schweren Schritte auf dem überfrorenen Schnee aber deutlich. Der junge Zauberlehrling hielt den Atem an. Hoffentlich roch die Kreatur ihn nicht. Die Geschöpfe der Nacht waren berühmt für ihre feinen Nasen, wenn es darum ging, dem Duft von Menschenfleisch nachzuspüren.

»Verdammt, Tylstyr, wo steckst du?«, lallte eine raue Stimme zwischen den Felsen. »Bist du etwa nicht hier?«

Erleichtert schob Tylstyr den Dolch in seine Scheide zurück und erhob sich. »Du kommst spät«, sagte er vorwurfsvoll.

»Hast du eine Ahnung, wie schwer es war, sich unauffällig zu verdrücken? Du gehst nicht einfach aus dem Langhaus meines Vaters fort, wenn dort die alten Recken ihre Geschichten erzählen.« Er klopfte sich auf seine unnatürlich breiten Schultern. »Außerdem brauchte ich noch das hier und musste es irgendwie herausschmuggeln.« Mit diesen Worten öffnete er den Umhang, und eine Seilrolle, die er über den Kopf gestülpt hatte, wurde sichtbar. »Ich musste das hier gut verstecken. Mir wäre keine Ausrede eingefallen, warum ich ein Seil brauche, wenn ich zum Pinkeln gehe.«

»Und wozu brauchen wir ein Seil?«

Tjorne grinste verschlagen. »Wirst schon sehen. Komm!« Er führte Tylstyr zur Küste und dann Richtung Süden. Der Wind zerrte an ihren Umhängen. Zwei Mal noch versuchte Tylstyr, etwas aus Tjorne herauszubekommen, dann gab er es auf.

Fast eine halbe Stunde gingen sie, dann erreichten sie eine breite Fährte, die in den Schnee gestapft war. Wer bei den Göttern war zu diesem entlegenen Winkel der Küste gekommen?, fragte sich Tylstyr. Hier gab es nichts außer Felsen.

Der in den Schnee getrampelte Pfad endete vor einer tiefen Felsspalte. Hier kniete sich Tjorne nieder und befestigte das Seil an einer knorrigen Wurzel, die zwischen den Felsen hervorragte. Dann baute er sich grinsend dicht vor Tylstyr auf. »Da musst du nun hinunter. Es wird dir gefallen, das wohl.« Er lallte immer noch ein wenig, und sein Atem roch süßlich nach Met.

Unschlüssig blickte der Zauberlehrling in den finsteren Felsspalt. Was erwartete ihn dort unten? Die anderen Jungmannen? Würde er wieder eine Abreibung bekommen? Eigentlich traute er Tjorne so einen Verrat nicht zu. Aber es war unübersehbar, dass diese Spalte den Winter über oft besucht worden war. Verbarg sich hier das Geheimnis seiner Jugendfreunde?

Tylstyr griff nach dem Seil. Er war kein Schwertkämpfer und auch kein Muskelprotz. Aber ein Feigling war er ganz sicher auch nicht. Entschlossen stieg er ins Dunkel hinab.

Leichter Fäkaliengeruch drang in seine Nase. Er zögerte kurz, die Füße fest gegen die Felswand gestemmt. Vor drei Jahren war er im Winter dabei gewesen, als eine Wolfshöhle ausgeräuchert worden war. Der Gestank dort war anders gewesen. Raubtierexkremente waren das hier nicht. Auch hing der Geruch von kaltem Rauch in der Luft.

Er stieg weiter hinab und erreichte bald festen Boden.

»Ich komme auch runter!«, rief Tjorne hoch über ihm.

Leises Rascheln drang aus der Dunkelheit unmittelbar vor ihm. Es war hier unten so finster, dass er die Hand vor Augen nicht sehen konnte. Tylstyr tastete erneut nach seinem Dolch.

»Da liegen irgendwo Feuerstein und Stahl. Such mal weiter links. Zunder ist auch genug vorhanden. Wir brauchen Licht. Im Dunkeln macht es weniger Spaß!«

Tylstyr kniete nieder und tastete um sich. Er fand Holz und Reisig. Tjorne erreichte neben ihm den Boden. Seine eisige

Hand streifte Tylstyrs Nacken. »Nicht hier.« Er tastete sich weiter. Nur einen Augenblick später schlug Stein auf Stahl. Funken stoben auf.

Hinter ihnen im Dunkel erklang ein leises Wimmern. Ein Laut, der nicht wirklich menschlich klang, aber auch nicht wie irgendein Tier, das er kannte.

Eine winzige Flamme loderte auf. Das Licht schnitt Tjornes Gesicht aus der Dunkelheit, viel weiter reichte es nicht. Sein Freund legte Reisig auf den glimmenden Zunder. Die Flamme wuchs ein wenig. Behutsam blies Tjorne in die Glut.

Wieder erklang das Wimmern. Noch bedrückender als eben.

»Was ist das?«, flüsterte Tylstyr.

»Das Beste, was dir in deinem Leben passiert ist.« Tjorne erhob sich. Das Licht der stärker werdenden Flamme beleuchtete von unten sein Gesicht und verlieh ihm etwas Düsteres, Dämonisches. In seinen stahlblauen Augen spiegelte sich das Feuer. Er hob eine Fackel auf und hielt sie ins Feuer. Gierig leckten Flammen über die harzgetränkten Lumpen.

Tjorne trat ein paar Schritte vor, sodass das Licht bis in den hintersten Winkel der Höhle reichte. »Das ist mein Geschenk an dich, Tylstyr. Heute Nacht wirst auch du zum Mann werden, das wohl.«

In eine Decke gehüllt kauerte dort eine Gestalt mit langem, verfilztem Haar, das ihr Gesicht verbarg. Ihre Hände waren mit Gürteln an die Fußknöchel gefesselt. Sie zitterte.

»Wer ist das?«

»Keine Ahnung«, entgegnete Tjorne. »Sie ist ein bisschen wirr im Kopf. Sie spricht nicht einmal unsere Sprache. Nur ein paar Worte, die wir ihr beigebracht haben.« Er zog einen großen Lederbeutel aus einer Felsnische und hielt ihn hoch. »Du weißt ja«, Tjorne sprach jetzt sehr langsam und eindringlich, als würde er mit einem kleinen Kind reden, »erst haben wir Spaß, dann gibt es Essen.«

»Sie ist von dem Schiff, nicht wahr?«

Tjorne nickte. »Natürlich, woher sonst? Schlitzmaul hat sie gefunden. Er hat eine ganze Weile allein mit ihr rumgemacht, und dann hat er uns eingeladen. Sie ist ein bisschen dürr und dämlich. Man kann nicht mit ihr reden. Aber sie fickt gut. Wir haben sie ordentlich abgerichtet.«

Tylstyr war fassungslos. Sein Freund schien es vollkommen normal zu finden, ein Mädchen gefangen zu halten und über den ganzen Winter hin zu quälen.

»Sieh mich nicht so an«, maulte Tjorne, der ihm seine Gedanken wohl vom Gesicht abgelesen hatte. »Wir haben ihr das Leben gerettet. Sie wäre am Strand erschlagen worden … Du weißt ja, was mein Vater befohlen hat. Es darf keine Überlebenden geben. Niemanden, der über den Schiffbruch reden könnte.«

»Und wie lange wollt ihr sie hierbehalten? Und was geschieht, wenn ihr genug von ihr habt oder sie schwanger wird?«

Tjorne wich seinem Blick aus. Diesem Mädchen war keineswegs das Leben geschenkt worden. Wenn sie genug von ihr hatten, würde auch sie den Grund des Meeres besuchen und Aalfutter sein.

»Du denkst zu viel«, grummelte Tjorne. »Hab doch einfach deinen Spaß. Die Götter haben sie uns geschenkt, damit wir richtige Männer werden. So einfach ist das.« Er trat zu ihr und schob die Decke hoch, in die sie sich eingewickelt hatte. Sie hob ihren Hintern, ohne einen Laut von sich zu geben. Die helle Haut ihrer Schenkel war von Prellungen und Striemen bedeckt. Der Anblick erschreckte Tylstyr. Was seine Freunde getan hatten, ekelte ihn an, und doch schoss auch ihm das Blut zwischen die Schenkel.

»Ich mach ein Feuer an, damit es wärmer ist. Sie ist dann zugänglicher.« Er grinste lüstern. »Sie strengt sich richtig an. Sie weiß, sie wird nur gefüttert, wenn wir zufrieden waren.«

»Gefüttert? Sie ist doch kein Tier!«

»Du kennst sie nicht. Du weißt nicht, wovon du redest. Man bekommt kein vernünftiges Wort aus ihr heraus. Sie grunzt und stöhnt oder schreit. Was ist das? Ein Mensch? Anfangs hat sie gebissen und gekratzt. Aber das hat Schlitzmaul ihr abgewöhnt. Jetzt will sie uns nur noch Spaß machen und dann gut gefüttert werden.« Tjorne stellte einige Holzscheite über ein Häuflein aus Reisig und hielt die Fackel hinein, bis die Flammen übersprangen. »Ich weiß, dass du sie willst.« Er deutete mit der Fackel auf Tylstyrs Schritt. »Es ist nicht zu übersehen. Also piss dich nicht so ein. So eine wirst du an deiner Schule in Thorwal nicht bekommen.«

Das Mädchen hatte sich inzwischen ganz aus der Decke gewickelt. Eine Lederschlinge lag um ihren Hals. Daran war eine Kette befestigt, die zur Felswand führte. Sie kroch dem Feuer entgegen und seufzte dabei. Ihr Körper starrte vor Schmutz. Die Ellbogen waren voller Schorf.

Kurz bevor sie das Feuer erreichte, spannte die Kette. Sie streckte sich, um den wärmenden Flammen so nah wie möglich zu kommen.

Tjorne füllte etwas Wasser in eine Holzschale und schob sie zu ihr hinüber. Gierig schleckte sie daraus.

»Jetzt zieh schon deine Hose herunter, oder hast du Angst, ich könnte den anderen erzählen, was es da zu sehen gibt?«

Das Mädchen hob den Kopf. Sein strähniges Haar fiel zurück, und es sah ihn mit großen, tiefgrünen Augen an. Das waren Augen, hinter denen keine Seele mehr zu leben schien. Sie blickten durch ihn hindurch, als sei dieser Ort nur eine Illusion und alles, was von Bedeutung war, weit fort von hier, wo nur sie es sehen konnten. Die schmalen Lippen waren von Schorf verkrustet. Auf der linken Wange malten sich in Grün und Blau die Finger einer Hand ab.

»Das war Stig.« Tjorne deutete auf ihre Wange. »Er ist verrückt. Er schlägt sie jedes Mal, wenn er bei ihr ist. Ich glaube …« Er schüttelte den Kopf. »Wir haben es ihm verboten. Aber er hört nicht. Ich denke, er wird demnächst eine ordentliche Abreibung bekommen. Vielleicht muss er ja noch mal von den Klippen fallen.« Tjorne lachte. Es klang falsch, aufgesetzt.

Tylstyr hatte den Blick nicht von dem Mädchen gewandt.

Es öffnete den Mund und machte ein schmatzendes Geräusch.

»Gib ihr nichts zu essen, auch wenn sie bettelt. Futter gibt es erst hinterher.«

»Ich kann das nicht …« Wieder machte sie ein schmatzendes Geräusch und öffnete jetzt ein wenig weiter den Mund.

»Wie meinst du das? Du kannst nicht?«

Tylstyr wurde klar, dass es, wenn er jetzt einen Fehler machte, vielleicht keine Gelegenheit mehr geben würde, dem Mädchen zu helfen. Er musste es hier herausholen, das hier beenden! »Ich meine, ich kann nicht, wenn du mir dabei zusiehst, verdammt. Los, mach dich davon. Ich schaff das hier schon.«

Einen Moment lang wirkte Tjorne misstrauisch. Dann grinste er. »Kol ist es genauso ergangen. Er konnte auch erst, als wir nicht mehr zugesehen haben. Ich steige hinauf und warte oben auf dich.« Sein Grinsen wurde noch breiter. »Und ich höre euch beiden ein bisschen zu.« Behände kletterte er an dem Seil nach oben, bis er im Dunkel verschwand. »Komm nicht auf die Idee, ihre Fesseln zu lösen. Das kleine Biest würde dir die Augen auskratzen. Und das wäre noch der angenehme Teil …«

Küste vor Stainakr,
achter Tag im Goimond

Fianna beobachtete den Neuen verstohlen. Er wirkte schüchtern. Auch war er schwächlicher als die anderen. Aber es würde nichts helfen. Selbst wenn sie ihn umbrachte, war oben immer noch der große Blonde. Ihm war sie nicht gewachsen, jedenfalls nicht ohne Waffe. Sie würde weiter warten müssen. Irgendwann gäbe es eine Gelegenheit zu fliehen. Bis dahin musste sie bei Kräften bleiben, und dazu musste sie essen ... Sie blickte zu dem schlaksigen Thorwaler mit dem schmalen Gesicht auf. Er schien nicht zu wissen, was er mit ihr tun sollte. Er kniete sich nieder und strich ihr übers Haar.

Fianna schloss die Augen und kämpfte gegen die Wut an. Sie war kein Hündchen, das man streichelte. Diese Bastarde wollten sie zu einem Tier machen. Aber diese Barbarenbrut würde sich noch wundern. Sie würde sie alle umbringen, einen nach dem anderen. Und sie würden einen langen, grausamen Tod sterben, um das zu vergelten, was sie ihr angetan hatten. Wenn ihre Peiniger fort waren und sie wieder endlos lang allein in der Dunkelheit lag, dann stellte sie sich vor, wie sie diese Bestien ermordete. Sie sollten schreien, bis es ihnen die Kehle zerriss. Jedes Leid würde sie ihnen hundertfach vergelten. Sie würde ...

»Du sprichst Garethi, nicht wahr?«, flüsterte der schlaksige Junge. Er hatte einen fürchterlichen Akzent, war aber zu verstehen. »Wie kann ich dir helfen?« Er hob die Schale mit dem Wasser. »Soll ich es neben das Feuer stellen und ein wenig anwärmen? Dir muss schrecklich kalt sein.«

Idiot, dachte sie. Natürlich war ihr kalt. Was glaubte er denn? Wie konnte man in einem Felsloch mit nichts als einer verfilzten alten Decke nicht frieren? Allein die Glut ihres Zorns hatte sie am Leben gehalten.

»Ich weiß, dass du Garethi sprichst und mich verstehst. Sie haben mir das Logbuch der *Goldener Anker* gebracht, bevor sie es verbrannt haben. Es war ein Schiff des Kontors Gorbaran aus Havena.«

Den Namen ihrer Familie zu hören versetzte Fianna einen Stich. Sie hatte gedacht, nach all dem, was geschehen war, könne sie nichts mehr verletzen. Ihre Seele hatte sie hinter einem Wall aus Eis verborgen. Sie biss sich auf die Lippen und unterdrückte ein Schluchzen. Fest dachte sie an die Kälte. Sie war für immer ein Teil von ihr geworden. Sie würde sie schützen.

Tjorne rief nach Tylstyr. Soweit Fianna verstand, wunderte er sich darüber, nichts zu hören. Er drängte Tylstyr, endlich zur Sache zu kommen.

Tjorne wird bald herunterkommen, dachte Fianna bestürzt. Sie gab einen der falschen Lustlaute von sich, die sie gelernt hatte und die ihre Peiniger so gern hörten.

Der Kerl, den Tjorne Tylstyr genannt hatte, sah sie überrascht an. *Das wird nicht deine letzte Überraschung sein*, dachte sie kalt. Nun kenne ich deinen Namen. Ich werde dich wiederfinden, wenn die Zeit gekommen ist, Tylstyr aus Stainakr. Alle Namen hatte sie sich gemerkt. Eigil oder Schlitzmaul, wie ihn die anderen nannten, wenn er es nicht hörte. Der Mörder ihres Vaters. Er würde der Erste sein, an dem sie sich rächen würde. Tjorne, der Sohn des Hetmannes, Kol, der riesige Atagord, der rothaarige Stig, den es aufgeilte, wenn er ihr wehtat, Veli und nun Tylstyr. Sieben! Sie würde sie alle wiederfinden. Ihr ganzes Leben würde sie ihnen widmen, wenn es sein musste.

Wieder stieß sie einen tiefen, kehligen Laut aus und ließ ihre nackten Oberschenkel gegeneinanderklatschen. Das wiederholte sie mehrmals und sah ihn dabei auffordernd an.

Er war ein wenig begriffsstutzig. Dann endlich verstand er, welches Geräusch sie nachzuahmen versuchte. Er klatschte mit der flachen Hand auf ihre Haut. Zögerlich erst ... Sie nickte zustimmend.

Er klatschte wieder und wieder, immer schneller. Dazu keuchte sie. Tjorne rief etwas, das Fianna nicht verstand. Wahrscheinlich feuerte er seinen Freund an, sie hart ranzunehmen.

Tränen rannen über ihre Wangen. Sie biss sich auf die Lippen. Sie wollte keine Schwäche zeigen.

Tylstyr starrte mit offenem Mund auf sie hinab. Der Narr schien gar nicht zu begreifen, was hier vor sich ging.

Sie stieß einen wilden Schrei aus und sackte am Ende ihrer Kräfte in sich zusammen. Genug geschauspielert. Das musste für Tjorne reichen.

Der Hetmannssohn rief etwas von Essen.

Jetzt würde sie wieder gefüttert werden wie ein artiger Hund.

Tjorne mahnte zur Eile.

Tylstyr legte Holz auf das Feuer. Dann schob er ein paar Scheite zu ihr herüber, sodass sie sie später in die Flammen werfen konnte. So würde sie die Wärme ein wenig länger in der Höhle halten können.

Angewidert betrachtete der Junge das Essen im Ledersack. Schließlich nahm er etwas trockenes Brot heraus, brach die schimmelnden Stücke ab und legte ihr den Rest auf einen Stein beim Feuer. Dazu ein Stück Käse.

»Das muss enden«, flüsterte er ernst. »Ich werde wiederkommen.« Er betrachtete sie nachdenklich. »Ich ... Ich entschuldige mich ...« Er rang um Worte.

Idiot, dachte Fianna. Für das, was geschehen war, gab es keine Worte. Es konnte nicht wiedergutgemacht werden. Es schrie nach Rache! Nach blutiger Vergeltung. Über den Schaden, den

Worte beheben konnten, war es längst hinausgewachsen. Worte würden ihr niemals Genugtuung verschaffen.

Tjorne drängte zur Eile. Diesmal klang er ernsthaft verärgert.

Tylstyr beugte sich zu ihr herab und löste den Ledergürtel, der ihre rechte Hand an den rechten Knöchel gefesselt hatte. »Ich komme wieder. Noch diese Nacht. Ich hol dich hier heraus. Aber das geht nicht, solange Tjorne dort oben wartet. Vertraue mir. Ich werde dich retten.« Mit diesen Worten griff er nach dem Seil, das in die Felsspalte hing, und stieg nach oben.

Fianna hob den befreiten Arm. Ein Krampf ließ sie zusammenzucken. In all den Wochen ihrer Gefangenschaft hatten die Schweine nur für ein paar Stunden ihre Fesseln gelöst. Sie wollten sie buckelnd und kriechend sehen. Fianna biss die Zähne zusammen und streckte den Arm. So dünn war er! Wie sollte sie so nur Rache nehmen? Sie hatte kaum noch Kraft.

Über ihr tuschelten Tjorne und Tylstyr. Würde er wirklich wiederkommen und sie befreien? Sie tastete nach dem zweiten Gürtel. Ihre tauben Finger glitten immer wieder von dem Lederriemen ab.

Sie durfte ihm nicht vertrauen. In ihrer Lage waren trügerische Hoffnungen ein Gift, das sie töten würde. Er war ein Mann. Nie wieder würde sie einem Mann vertrauen.

Sie schob zwei Fingernägel unter den dreckverkrusteten Lederriemen und versuchte ihn durch die Lederöse zu ziehen. Er ruckte. Dann knickten ihre Nägel um. Es war ein kurzer, scharfer Schmerz. Sie fluchte und versuchte es erneut. Sie würde niemals aufgeben. Sie war eine Gorbaran. Und die Gorbarans hatten immer alle ihre Schulden eingetrieben. Vor allem Blutschulden!

Küste vor Stainakr,
achter Tag im Goimond

»Was hast du so lange mit ihr getrieben?«, zischte Tjorne ärgerlich.

Tylstyr wusste nicht, was er darauf antworten sollte.

Sein Freund zog das Seil hoch und rollte es auf. »Du hast sie ja ganz schön singen lassen. So ist sie selten mitgegangen. Hast du in Thorwal etwa schon Mädchen gehabt? Das war doch nicht das erste Mal, dass du dir eine genommen hast. Das konnte man hören.« Er legte das Seil über seine Schultern und zog den Umhang darüber. Dann rieb er sich die Hände und stampfte mit den Füßen auf. »Verdammt kalt. Los, hauen wir ab.«

Schweigend gingen sie am Rand der Klippen entlang. Dass Tjorne ihm zutraute, schon Frauen gehabt zu haben, schmeichelte Tylstyr. Er entschied, diesen Irrtum nicht zu korrigieren, und zugleich schämte er sich dafür. Warum bedeutete es ihm noch etwas, was die anderen von ihm dachten? In ein paar Tagen würde er Stainakr verlassen und vielleicht niemals wiederkehren. Es war nichts als Eitelkeit.

Er starrte auf seine Füße und war froh, dass auch Tjorne nicht in der Stimmung war zu reden. Sobald er den Hetmannssohn zum Langhaus seines Vaters gebracht hatte, würde er ein paar Sachen zusammensuchen und das Mädchen aus der Höhle holen. Zunächst müsste sie mit einem anderen Versteck in den Klippen vorliebnehmen. Sie müsste zu Kräften kommen, um dann irgendwann zu flüchten. Vielleicht könnte er sie ja nach Thorwal holen. Er dachte an ihre Schenkel und die kleinen Brüste. Ihm wurde warm. Das war falsch, verflucht! Tief atmete er die kalte Winterluft ein, um die Hitze zu vertreiben, die die Gedanken an sie entfachten. Er konnte verstehen, warum die anderen es getan hatten … Verstehen, aber nicht gutheißen! Und doch hatte Tjorne die Wahrheit gesprochen. Hätte Schlitzmaul sie nicht in die Klippen getragen und zu seiner Sklavin gemacht, sie wäre schon längst tot. Aber war ihr Leben ein Geschenk? Nein, sie würde nur einen viel längeren, qualvolleren Weg gehen als die Männer, die in der See und am Strand gestorben waren. Ihr Leben war verwirkt gewesen, als das Schiff Kurs auf die Klippen genommen hatte.

»Tylstyr!«

Die vertraute Stimme wirkte wie ein Guss Eiswasser in den Nacken. Sein Vater! Warum lief er durch die Nacht und suchte nach ihm? Tjorne sah genauso erschrocken aus. »Es ist besser, wenn man uns nicht zusammen sieht! Ich hätte dich nicht dorthin bringen dürfen, ohne vorher mit den anderen zu reden. Das war falsch …« Eilends machte sich sein Freund davon.

Wieder war die Stimme seines Vaters zu hören. Der Wind verzerrte sie. Es war nicht ganz klar, aus welcher Richtung sie kam. Tylstyr entschied, weiter zum Dorf zu gehen und vorläufig noch nicht zu antworten. Dann sah er ein Licht bei den Felsen, zu denen er sich so gern zurückzog. Es konnte keine Fackel sein, dafür war es zu matt und brannte zu gleichmäßig. Sein Vater wusste also, wohin er flüchtete, wenn ihm jeder in Stainakr zu viel war und er nur die Einsamkeit zum Gefährten haben wollte.

»Vater!« Er winkte Hagrid, und dieser lief ihm mit schwankender Laterne entgegen.

»Wo warst du?« Der Bart seines Vaters war von Raureif gesprenkelt. Hagrid wirkte gehetzt, nicht besorgt. »Verdammter Mistkerl! Was treibt dich in der Nacht hinaus in die Klippen?«

»Es war nicht das erste Mal«, log Tylstyr. »Nur hast du mich bis jetzt nie vermisst.« Sein Vater stank nach Met. Er war schon früh am Abend in die große Halla des Hetmannes gegangen.

Manchmal hatte Tylstyr das Gefühl, dass das Leben seines Vaters nur noch aus der Erinnerung an die Vergangenheit bestand. Seit Mutters Tod war es noch schlimmer geworden. Den halben Winter über war sein Vater betrunken gewesen. Und wenn er nüchtern war, hatte er schlechte Laune.

Hagrid packte ihn bei der Schaffellweste. »Du kommst jetzt mit mir!« Ihn vor sich herstoßend wie einen Gefangenen, brachte sein Vater ihn zu der erbärmlichen Hütte mit den gekreuzten Schwanenhälsen am Giebel. Drinnen brannte ein Licht. Einen Herzschlag lang dachte Tylstyr, seine Mutter sei zurückgekehrt, und es könne wieder so wie früher werden. Dann wurde er sich bewusst, welch kindischer Unsinn dieser Gedanke war.

Hagrid schob die Tür auf, und Tylstyr erkannte eine vertraute Silhouette am Tisch vor der Feuergrube. Eddrik, sein Tutor. Endlich war er gekommen.

Der Magister wandte sich ihm zu. Die Glut des Feuers hauchte blasses Rot auf die bleichen Wangen des Lehrmeisters. Eddrik rasierte sich jeden Tag. Nicht der leiseste Bartschatten zeigte sich in einem Gesicht, das jugendlich gewirkt hätte, wären da nicht die tiefen Krähenfüße in den Augenwinkeln gewesen. »Schön, dich zu sehen, Tylstyr. Es tut mir leid, dass ich so spät komme. Ich bin auf meiner Reise aufgehalten worden.« Er klopfte seine Meerschaumpfeife mit dem langen, geschwungenen Rohr auf der Tischkante aus und klappte das Buch zu, das auf seinem Schoß lag. »Ich hoffe, es ist dir den Winter über gut ergangen.«

Tylstyr spürte, dass dies mehr als nur eine Höflichkeitsfloskel war. Eddrik las in ihm. Er ahnte, dass etwas nicht in Ordnung war.

»Plaudern könnt ihr später«, murrte Hagrid. »Wir müssen zum Hetmann. Er mag es nicht, wenn Fremde im Dorf sind und sich ihm nicht vorstellen. Ich habe meinen Sohn geholt, wie du es gewünscht hast, Meister, doch nun dulde ich keinen weiteren Aufschub.«

Eddrik ignorierte ihn. Seine Augen blieben unverwandt auf Tylstyr gerichtet. Der Junge hatte das Gefühl, dass die Blicke ihn durchbohrten und sein Innerstes so offen vor seinem Tutor lag wie eben noch das aufgeschlagene Buch auf dessen Schoß.

»Du hast dich verändert, Tylstyr. Dein Gesicht ... Es ist härter geworden.«

»So ist das mit den Wintern hier«, knurrte Hagrid, packte Tylstyr und schob ihn wieder zur Tür hinaus. »Die Winter in Stainakr bringen einen um, oder sie machen einen härter. Und nun komm, Herr.«

Endlich erhob sich Eddrik. Er warf sich seinen weiten blauen Umhang um die Schultern. Das Buch und die Pfeife ließ er auf dem Tisch liegen.

Ihr Haus lag ein ganzes Stück von der Festhalle des Hetmannes entfernt. Tylstyr hätte tausend Fragen an seinen Meister gehabt, doch zwang er sich, kein Wort zu sagen. Zu gut wusste er um die Fähigkeit Eddriks, zwischen den Worten das Ungesagte zu entdecken. Da war es besser, ganz den Mund zu halten, obwohl gewiss auch dies einiges verriet.

Auf dem Weg zur Halla schlug das Wetter um. Große, nasse Schneeflocken tanzten vom Himmel herab und bildeten bald eine dünne Kruste auf ihren Umhängen. Der pappige Schnee blieb in Klumpen an den Stiefeln hängen.

Vor dem Langhaus des Hetmannes stank es nach Erbrochenem. Von drinnen waren grölende Stimmen zu hören. Sie sangen ein beliebtes Lied über die Fahrten des Hrolf Axtbrecher, eines Hetmannes aus Vesterbygt, der vor einem halben Jahrhundert mit seinen kühnen Fahrten den Ehrentitel »König der Meere« errungen hatte.

Tylstyr öffnete die schwere Eichentür der Halla, hinter der eine winzige, durch eine Tranfunzel beleuchtete Kammer lag, in der sie sich den Schnee von den Kleidern klopften und mit Schabeisen die Stiefel säuberten. Eddrik machte ausführlichen Gebrauch von dem Fettnäpfchen, um seine gelben Stiefel einzuschmieren.

Schwere Wollvorhänge trennten die Kammer von der Halla, in der noch immer von Hrolf Axtbrechers Heldentaten gesungen wurde.

»Nun mach schon«, drängte Hagrid, doch der Magister ließ sich nicht aus der Ruhe bringen.

»Ich werde doch nicht dem Hetmann von Stainakr mit schmutzigen Stiefeln unter die Augen treten«, entgegnete er mit einem vieldeutigen Lächeln. »Er ist doch auch ein Held, der so manches Schiff erbeutet hat, nicht wahr?«

Tylstyr hielt den Atem an. Wusste sein Meister, was geschehen war?

Hagrid legte den Kopf schief. Tylstyr sah, wie es im Gesicht seines Vaters arbeitete. Er war kein Mann subtiler Worte. »Ich war mit Warulf auf mancher Fahrt, das wohl. Er war nie Kapitän einer Otta. Aber er ist ein wackerer Recke. Seine Axt hat viele Helme durchschlagen, und er ist immer noch ein kräftiger Mann.«

Eddrik legte den Lappen zur Seite, mit dem er das Fett auf seinen gelben Stiefeln verteilt hatte. »Ich bin gespannt, den Mann und die Axt zu sehen«, entgegnete er höflich.

Tylstyr war froh, dass sein Vater sich jedes weitere Wort verkniff und stattdessen nur die Vorhänge zur Seite zog. Eddrik bedachte ihn mit einem Augenzwinkern, das wohl bedeuten sollte, dass alles in Ordnung war. Wenn sein Meister nur nicht auf die Kogge zu sprechen kam! Alle in der Halla hatten schon seit Stunden getrunken. Ein falsches Wort, und Warulfs große Axt

Schildbrecher würde nicht auf ihrem Ehrenplatz über dem Hochsitz des Hetmannes bleiben. Niemand, der nicht in Stainakr geboren war, durfte wissen, was diesen Winter geschehen war.

Verglichen mit den Langhäusern, die Tylstyr in Thorwal gesehen hatte, war die Halla Warulfs eher ärmlich. Sie maß nur zehn Schritt und war weniger als fünf Schritt breit. In ihrer Mitte war eine lange Feuergrube aus dem gestampften Lehmboden ausgehoben, in der Scheite aus Fichtenholz glommen. Zu beiden Seiten der Grube stand eine Reihe Bänke, auf der die Zecher saßen, die der Hetmann um sich versammelt hatte. Warulf selbst thronte auf einem leicht erhöht stehenden Stuhl am Ende der Feuergrube. Die mächtige Rückenlehne war mit geschnitzten Seeschlangen verziert, deren weit aufgerissene Mäuler Tylstyr als Kind Albträume beschert hatten. Ebenso wie der in Teer getauchte Kopf eines Keilers, der knapp unter der Decke angebracht war und wie ein schwarzer Dämon von dort herabstarrte. Der Keilerkopf prangte auch auf den zerschlagenen Schilden an der Rückwand. Er war seit vielen Generationen das Erkennungszeichen von Warulfs Sippe.

Blaugrauer Rauch zog durch die Halla, die vom rötlichen Licht der Glut erfüllt war.

Tylstyr brannten die Augen, und seine Kehle kratzte. Neben den Fichtenscheiten war auch Torf aus dem Hochmoor in der Grube verheizt worden.

Zwei Dutzend gerötete Gesichter sahen zu ihnen. Jeder der Gäste hielt ein Trinkhorn fest umklammert. Alle Jungmannen waren anwesend. Mit glasigen Augen stierten sie Tylstyr an. Nur Tjorne wirkte nüchterner und besorgt. Hatte sein Freund etwa Angst, er würde hier etwas über das Mädchen erzählen?

»Was für einen Gecken bringst du da in meine Halla?«, fragte Warulf geradeheraus.

»Das ist der Lehrer von Tylstyr. Er kam nach Sonnenuntergang ins Dorf. Er wird ihn mitnehmen …«

Eddrik trat vor und verbeugte sich auf eine Art, wie man es vielleicht an Fürstenhöfen tat. Hier brachte ihm das nur allgemeines Gelächter ein. Doch ihn schien das nicht zu stören. »Gestattet, dass ich mich selbst vorstelle?« Er sah kurz zu Hagrid, wartete aber keine Antwort ab. »Ich bin Eddrik Gundarson, Magister an der Magischen Akademie zur Erforschung seherischer Phänomene sowie deren Umsetzung zu Neu-Hjaldingard, weit gereister Anthropologe und Philanthrop, Forscher der kryptischen Tiefen unserer Psyche und nicht zuletzt auch Tutor des jungen Tylstyr Hagridson.«

Warulf antwortete mit einem donnernden Rülpser. »Ich bin nur Krieger, das wohl«, entgegnete er. Dann runzelte er die Stirn. »Und ich frage mich, was ein Junge wie Tylstyr mit einem Mann anfängt, der sich ein *Tut Ohr* nennt. Ganz zu schweigen von dem anderen Unsinn, den du brabbelst.« Er grinste breit. »Aber es ist mir eine Freude, das erste Tut Ohr zu empfangen, das seinen Weg nach Stainakr gefunden hat.«

Tylstyr wäre am liebsten im Boden versunken, als die Recken auf den Bänken in grölendes Gelächter ausbrachen. Ihm war unbegreiflich, wie Eddrik sich so hatte vorstellen können. Sein Meister wusste durchaus, wie einfache Männer dachten.

»Es freut mich, dass mein Auftritt solche Heiterkeit hervorruft«, sagte Eddrik überraschend laut, obwohl er dabei keineswegs schrie. »Leicht zu erheitern zu sein ist ein häufiges Geschenk der Götter an Individuen, die sie ansonsten mit bestenfalls mediokren kognitiven Gaben gesegnet haben.«

Tylstyr hielt die Luft an. War sein Meister lebensmüde? Auch wenn er lächelnd in freundlichem, ja fast schon kriecherischem Ton gesprochen hatte, waren seine Worte an Verächtlichkeit kaum zu überbieten. Nur schien das in der Halla des Hetmannes niemandem aufzufallen.

»Weißt du, Eddrik, auch ich bin weit gereist, das wohl«, sagte Warulf herablassend. »Doch einem Mann wie dir bin ich noch nicht begegnet. Gelbe Stiefel, grüne Hosen, ein Hemd in einem zarten Rosa, um das dich sicherlich die Gassenhuren Gareths beneiden werden, eine rote Weste und ein blauer Umhang.«

Hilflos dabeizustehen, wenn sein Meister verspottet wurde, quälte Tylstyr. Vor allem der Punkt mit der Kleidung schmerzte, weil es selbst an der Akademie manchmal zu Disputen darüber kam. Die Gilde sah es ungern, wenn man die Gewandungsvorschriften für Magier außer Acht ließ.

»In den Südlanden halten sich reiche Herren gern Vögel«, fuhr der Hetmann fort, »die genauso bunt sind wie du. Die Federviecher vermögen sogar zu sprechen, doch plappern sie ohne Sinn und Verstand, ganz so wie du. Ihr müsst verwandte Seelen sein.« Er wies auf die Sitzplätze, die seinem Stuhl am nächsten waren, und verscheuchte mit einer harschen Geste seine beiden Erstgeborenen. »Kommt her, Tylstyr und Eddrik. Wir hier in Stainakr haben eine Probe, um zu sehen, ob flatterhafte Gestalten oder wahre Männer zu uns gekommen sind.«

Jetzt war es totenstill in der kleinen Festhalle.

Tylstyr schlug das Herz bis zum Hals. Eddrik wirkte vollkommen gelassen. Kannte sein Meister denn keine Angst? In aller Ruhe ließ er sich auf dem Platz nieder, den Warulf ihm zugewiesen hatte. Tylstyr schlotterten die Knie, als er sich setzte.

»Gishild! Hol den Mannfäller!«, rief Warulf gut gelaunt.

Nun wirkte auch Eddrik etwas nervös. Die Männer und Jungmannen in der Halla grinsten. Sie schienen zu wissen, was nun kam. Tylstyr war schon lange nicht mehr hier gewesen. Er wurde nicht eingeladen, wenn die Recken tranken. Als Kind hatte er an den Festen teilgenommen. Aber als Jungmann hatte er keine Taten vollbracht, die seine Anwesenheit in der Halla rechtfertigten.

Hagrid trat hinter ihn und legte ihm beide Hände auf die Schultern. »Nun wird sich zeigen, ob wenigstens ein paar Tropfen von meinem Blut in deinen Adern fließen.«

Tylstyrs Innerstes zog sich zusammen. Sein Vater hatte im Winter schon öfter solche Andeutungen gemacht. Solange seine Mutter gelebt hatte, hatte er Tylstyr gegenüber nie ein Wort darüber verloren, dass er glaube, sie seien vielleicht nicht vom selben Blute. Nun aber wurde er mit jedem Tag übellauniger und hartherziger. Tylstyr konnte sich nicht vorstellen, dass seine Mutter einen heimlichen Geliebten gehabt haben könnte und er ein Bastard war. Das passte nicht zu ihr. Sie hatte Hagrid geliebt, warum auch immer.

Gishild kehrte zurück. Sie hielt ein riesiges Auerochsenhorn hoch, dessen Mund in Gold gefasst war. Ein Lächeln lag auf ihrem schmalen, verkniffenen Gesicht, das so schlecht zu ihren üppigen Formen passte. »Der Mannfäller ist randvoll«, rief sie in die Halla.

Warulf deutete auf Tylstyr. »Du machst den Anfang, Junge. Zeig dem bunten Vogel mit dem Tut Ohr, wie ein Mann aus Stainakr trinken kann!«

»Blamier mich bloß nicht!«, zischte ihm sein Vater ins Ohr. »Wenn du ins Feuer kotzt oder das Horn nicht leerst, brauchst du mir nicht mehr durch die Tür zu kommen.«

Gishild reichte ihm das Trinkhorn. Es war fast so lang wie sein Arm. Kalt schmiegte sich der Goldbeschlag an seine Lippen, als er das Horn ansetzte. Tylstyr schloss die Augen und begann zu schlucken. Der Met war kühl. Schwerer Honigduft füllte ihm die

Nase. Er schluckte und schluckte. Es war ein Gefühl, als würde er ertrinken.

Als er einen Moment innehielt, ohne dabei das Horn abzusetzen, krallten sich die Finger seines Vaters tief in Tylstyrs Schultern. »Weiter!«, zischte ihm Hagrid ins Ohr. »Mach mir ein Mal keine Schande. Nur ein einziges Mal!«

Die Worte waren Tylstyr bitter wie Galle. Er kämpfte gegen das Gefühl an, im Met zu ersaufen, und schluckte. Er dachte an das Gesicht seiner Mutter, die ihn immer bedingungslos geliebt hatte. Dachte an unbeschwerte Sommertage ... Langsam hob er das Horn höher. Der Strom von Met wollte kein Ende nehmen. Einiges lief an seinem Kinn hinab auf seine Brust.

»Weiter! Du schaffst es!«, erklang eine Stimme. Tjorne? Tylstyr war sich nicht sicher. Ihm war schwindelig. Die Welt versank. Hätte sein Vater ihn nicht gehalten, er wäre rücklings von der Bank gestürzt. Der Met hätte ihn einfach hinweggespült.

Die Flut endete. Keuchend setzte Tylstyr das riesige Horn ab und wäre fast vornüber von der Bank in die Glut der Feuergrube dicht vor seinen Füßen gestürzt. Die Festhalle schien hinter einer Wand aus trübem Glas zu liegen. Alles wirkte seltsam entfernt. Tjorne winkte und rief etwas, aber die Worte dehnten sich bis zur Unverständlichkeit. Tylstyr riss den Kopf in den Nacken. Dicht über ihm erschien das Gesicht seines Vaters. »Bist also doch ein Mann.« Er lächelte, doch seine Augen blieben kalt.

Eddrik wurde das neu gefüllte Horn gereicht. Er setzte es tapfer an die Lippen. Plötzlich verlor Tylstyr den Halt. Er stürzte nach hinten, und Finsternis umfing ihn.

Stainakr,
neunter Tag im Goimond

»Aufwachen!«

Tylstyr hatte das Gefühl, seine Augenlider seien mit Harz verklebt. Seine Zunge schien mit Daunenfedern bedeckt zu sein, und er hatte den Geschmack von Erbrochenem im Mund. Er wollte nicht aufwachen!

»Du hast den ganzen Tag verschlafen. Komm schon …« Eine Hand tätschelte seine Wange. »Ich weiß, wie du dich fühlst. Ich hab hier etwas – wenn du das trinkst, dann wird es dir besser gehen.«

Trinken? Allein der Gedanke daran verursachte Tylstyr Übelkeit. Er wollte etwas sagen, bekam aber nur ein unwilliges Knurren über die Lippen.

»Aufstehen ist besser, als hier liegen zu bleiben.«

Jetzt erkannte Tylstyr die Stimme. Es war Eddrik.

»Sie haben mir gesagt, dass sie dich keine zweite Nacht in dieser Halla dulden werden, weil du säufst wie ein Weibsbild ohne Titten. Was das bedeuten soll, wollten sie mir nicht erklären. Aber wenn du bis Sonnenuntergang nicht fort bist, dann werden sie dich in den Schweinestall hinter der Halla werfen. Du solltest also wirklich aufstehen. Es war eine üble Nacht. Am schlimmsten hat dieser Kerl mit dem entstellten Mund über dich gesprochen. Er hat sogar versucht, dir ins Gesicht zu pissen, als du betrunken am Boden lagst. Aber keine Sorge, zumindest das konnte ich verhindern.« Eddrik packte ihn unter den Armen und zog ihn zur Wand der Festhalle, wo er an den rauen Lehmputz gelehnt sitzen blieb.

Tylstyr blinzelte. Rotes Licht aus der Feuergrube durchtränkte das Langhaus. Es vermochte kaum die Schatten zu vertreiben.

»Los, trinken!«

Eddrik setzte ihm einen Becher an die Lippen.

»Was … ist das?« Jedes Wort schnitt wie ein Messer in seine Kehle.

»Rohes Ei, gemischt mit etwas frischem Hühnerblut und Honig. Das sind die appetitlichen Zutaten. Den Rest willst du nicht wissen. Aber es wirkt fast wie ein Zaubertrank.« Eddrik drückte ihm mit Daumen und Zeigefinger die Nase zu und hob den Becher an, sodass ihm gar nichts anderes übrig blieb, als die warme, schleimige Brühe zu schlucken.

Der Geschmack nach Erbrochenem verschwand augenblicklich. Jetzt fühlte es sich eher an, als habe er eine Münze im Mund. Müde rieb sich Tylstyr die Augen. Tief in seinem Kopf wütete ein pochender Schmerz. Aber ihm war nicht mehr schwindelig.

»Wir werden jetzt rausgehen!«, entschied Eddrik, zerrte ihn hoch und schlang sich Tylstyrs rechten Arm über die Schultern. »Kalte Winterluft ist fast genauso belebend wie mein kleiner Hühnertrunk. Und untersteh dich, irgendjemandem in der Akademie zu erzählen, ich würde Blutmagie wirken.«

Das sollte wohl ein Scherz sein, dachte Tylstyr. Obwohl … Ein Huhn hatte sein Leben gelassen, damit es ihm besser ging. Jetzt, da er ein wenig klarer denken konnte und sich bewusst wurde, was er da zu sich genommen hatte, kehrte die Übelkeit zurück.

»Du wirst nicht schon wieder über meine Stiefel kotzen!«, zischte Eddrik. »Das hast du gestern Nacht und heute Morgen getan. Zweimal ist genug!«

Tylstyr vermochte sich an nichts zu erinnern. Dafür fiel ihm etwas anderes ein. »Wie spät ist es?«

»Kurz vor der Abenddämmerung, wie ich schon sagte.«

Tylstyr unterdrückte einen Fluch. Ihm war klar, dass Eddrik ihn argwöhnisch beobachtete. Allerdings stellte sein Tutor keine Frage.

Tylstyr kämpfte sich auf die Beine. Ihm wurde wieder schwindelig. Eine Welle von Übelkeit spülte über ihn hinweg. Sein Magen verkrampfte sich, und scharfe Säure stieg ihm durch die Speiseröhre bis fast in den Mund.

»Raus!« Eddrik packte ihn bei den Schultern und schob ihn vor sich her durch die Halla, vorbei an einem großen, grauen Wolfshund, der an einer Pfütze von Erbrochenem leckte. »Frische Luft, das ist das Einzige, was jetzt noch hilft.«

Tylstyr ließ sich willig führen. Er hätte zu den Klippen gemusst, aber das konnte er seinem Meister nicht sagen. Ihm das Mädchen zu zeigen hieße, alles zu verraten. Er konnte sein Dorf nicht derart hintergehen. Aber er hatte ihr versprochen, sie zu holen. Er musste einen Weg zu ihr finden! Wahrscheinlich würde sein Tutor schon morgen darauf drängen abzureisen. Wenn er das Mädchen in dieser Nacht nicht befreite, dann würden die übrigen Jungmannen sie langsam zu Tode quälen. Tief unter der Erde verborgen, ohne eine Möglichkeit zu fliehen, war sie eigentlich schon genauso eine Tote wie alle ihre Gefährten vom Schiff, die am Grund der See zum Fraß für die Aale ruhten. Er allein konnte ihr das Leben zurückgeben. Er hatte ihr Hoffnung gemacht und sie enttäuscht.

Eddrik schob ihn zwischen den Wollvorhängen hindurch und öffnete die schwere Eichentür zum Langhaus. Eisiger Wind heulte unter dem Giebel und trieb dem jungen Magier Schneeflocken ins Gesicht. Tylstyr atmete tief ein. Die frische, kalte Luft war wahrlich wie ein Lebenselixier. Seine Kopfschmerzen ließen nach.

»Lass uns ein Stück gehen«, sagte Eddrik.

Tylstyr nickte. Was hätte er tun sollen? Die Wünsche eines Tutors waren gleichbedeutend mit Befehlen. Und er durfte den Argwohn seines Lehrmeisters nicht wecken.

Ihre Schritte führten sie zur Klippe am Rand des Dorfes. Die Sonne hing, verschleiert von tanzendem Schnee, als mattroter Feuerball dicht über der See. Kälte kroch Tylstyr in die Glieder, und langsam verdrängte nagender Hunger das Gefühl der Übelkeit.

»Angst liegt über dem Dorf«, sagte Eddrik, als sie die Klippen erreicht hatten. Die nächsten Hütten lagen mehr als zwanzig Schritt entfernt, und es gab hier keine Felsblöcke oder Büsche, hinter denen sich jemand verstecken könnte. Sie waren allein.

»So wie Warulf sich aufgeführt hat, ist offensichtlich, dass er möchte, dass wir so schnell wie möglich verschwinden, auch wenn die Gastfreundschaft ihm verbietet, das offen auszusprechen.« Eddrik blieb stehen und sah ihn scharf an. Er stellte keine Frage.

Tylstyr sah auf das Meer. Unten am Strand ragten einige schwarze Eichenpfosten aus dem Wasser. Sobald die Zeit der Frühlingsstürme vorüber wäre, würden dort wieder die Fischerboote des Dorfes vertäut liegen. Den Winter über ruhten die schmalen, flachbordigen Boote in Schuppen zwischen Netzen, Fischreusen und geflochtenen Körben. Niemand fuhr nun ohne Not auf die See hinaus. Allenfalls die Ärmsten gingen im Winter hinab zum Strand, um bei Ebbe zwischen den Felsen nach schwarzen Krebsen zu suchen, aus denen sich eine dünne Suppe kochen ließ.

Als Tylstyr wieder aufsah, ruhte der Blick seines Meisters noch immer auf ihm. Ruhig, durchdringend und wissend. »Du bist in die Dinge verwickelt, die geschehen sind.«

Er zögerte. Dann nickte Tylstyr. Mit diesem Eingeständnis hatte er schließlich nicht verraten, was sie getan hatten, um den Winter ohne Hungertote zu überstehen.

»Und es gibt noch etwas, das nicht erledigt ist«, fuhr Eddrik fort.

Wieder sah Tylstyr zum Strand hinab. Er durfte darauf nicht antworten. Schon jetzt war er der Grenze zum Verrat bedenklich nahe gekommen.

»Geh und tue, was du tun musst. Morgen beim ersten Tageslicht werden wir Stainakr verlassen. Bis dahin musst du deine Angelegenheiten in Ordnung gebracht haben. Dieses Dorf tut dir nicht gut. Du solltest nie mehr hierher zurückkehren. Nun geh!«

Tylstyr war unendlich erleichtert, dass sein Meister keine Fragen stellte. Er sagte nichts, hoffte aber, dass Eddrik die Dankbarkeit in seinem Blick las. Eilig stapfte der Junge die Klippen entlang davon. Hoffentlich war sein Vater nicht im Haus. Er brauchte ein Seil, Lebensmittel und einige der alten Kleider seiner Mutter.

Noch bevor er das Haus seines Vaters erreichte, war die Sonne im Meer versunken. Wolken zogen auf, und Finsternis legte sich über die Küste.

Küste vor Stainakr,
neunter Tag im Goimond

»Eigil, Kol, Stig, Veli, Atagord, Tjorne und Tylstyr«, wiederholte Fianna die Namen ihrer sieben Peiniger. Sie laut auszusprechen bedeutete, Öl in das Feuer ihres Hasses zu gießen.

Wie Messer schnitt die Kälte in ihre nackten Füße. Der Wind trieb ihr den Schnee ins Gesicht, der auf ihrem zerzausten Haar und der ausgefransten Decke, die sie um die Schultern geschlungen hatte, nicht mehr schmelzen wollte. Wie Bänder aus Eis hingen die beiden Gürtel von ihrer Hüfte, die in der Felsspalte so lange ihre Fesseln gewesen waren. Längst war alle Wärme aus ihrem Herzen und ihrem geschundenen Leib gewichen. Nur brennender Hass war geblieben. Er hielt sie am Leben. Er hatte sie einen dritten Versuch machen lassen, die steile Wand der Felsspalte hinaufzusteigen, obwohl sie schon zweimal schwer gestürzt war. Beim zweiten Sturz hatte sie sich den rechten Arm verstaucht. Sie versuchte, das nutzlose Glied nun so wenig wie möglich zu bewegen. Dumpfer Schmerz wütete in dem Arm. Doch das war nichts im Vergleich zu dem Schmerz, den ihre Seele empfand.

»Tylstyr«, zischte sie mit blau gefrorenen Lippen. Er hatte sie nicht angerührt und war doch in die Reihe ihrer Peiniger getreten. Ganz gleich, auf welche Art er sie vergewaltigt hätte, er hätte ihr nichts mehr antun können, was sie in diesem endlosen Winter nicht schon erlebt hatte. Und als sei ihm das bewusst gewesen, hatte er seinen eigenen Weg gefunden, sie zu verletzen, tiefer, als es die viehischen Gelüste seiner Freunde vermochten. Er hatte ihr Hoffnung geschenkt, als sie sich aufgegeben hatte, nur um diese Hoffnung dann genüsslich zu zerstören. Die ganze Nacht und den darauffolgenden Tag hatte sie auf ihn gewartet. Bis Sonnenuntergang hatte sie sich eingeredet, dass er noch kommen würde, dass er vielleicht nur aufgehalten worden war. Dann hatte sie es besser gewusst. Er war nicht anders als die Übrigen.

Rauch lag in der Winterluft. Sie musste das Dorf gefunden haben. Das Schneetreiben machte sie so gut wie blind. Erschöpft, tief gegen den Sturm gebeugt, tastete sie sich vorwärts und fand schließlich eine Holzwand. Für ein paar Herzschläge kauerte sie sich in den Schutz der Hütte. Dann tastete sie sich weiter.

Niemand war in diesem Wetter unterwegs. Sie erkundete das Dorf, fand den schmalen Weg, der zwischen den Klippen hinab zum Strand führte. Die Nacht schritt voran. Fianna spürte keine Kälte mehr. »Eigil, Kol, Stig, Veli, Atagord, Tjorne, Tylstyr«, das war der Zauberspruch, der sie am Leben hielt. Und der Plan, den sie geschmiedet hatte.

Endlich ließ der wütende Sturm nach. Die Wolken lichteten sich ein wenig, und ein fahler Mond zeigte sich am Himmel. Silbernes Licht brach sich auf dem eisigen Leichentuch, das sich über das Dorf gelegt hatte. Fianna entdeckte ein besonders großes Langhaus. Das musste die Halla sein, von der ihre Peiniger oft gesprochen hatten. Dort trafen sie sich mit den Kriegern, um zu trinken. Sie stieg über ein Gatter in einen niedrigen Stall und kauerte sich zwischen die Ziegen. Von hier aus konnte sie den Eingang zum Langhaus im Blick behalten.

Die Körper der Tiere strahlten Wärme ab. Sie war ihr unangenehm, machte sie ihr die Kälte doch nur umso bewusster. Fianna stellte sich einen Teller warmer Suppe vor. Sie dachte an ein weiches, sauberes Bett.

Wütend biss sie sich auf die Lippen. Sie durfte sich nicht ablenken. Sie war hier, um sich zu rächen oder bei dem Versuch zu sterben.

Die Tür des Langhauses öffnete sich. Im Lichtschein der Halla erschien eine schwarze Silhouette. Ein Körper ohne Konturen und Tiefe. Nur ein aufrecht stehender Schatten. Es war nicht der, auf den sie wartete. Ihn würde sie unter Tausenden erkennen.

Geduldig lauerte sie. Drei weitere Männer verließen die Halla. War er nicht dort? Musste sie sein Haus finden? Sie hatte keine Ahnung, wo er wohnte, wusste nur, dass er wie ihre anderen Peiniger oft hierherkam, um zu trinken.

Endlich trat er hinaus ins Mondlicht. Er torkelte. Fianna ballte die Linke zur Faust. Ihr rechter Arm war völlig gefühllos und wollte ihr nicht mehr gehorchen.

Eigil ging über den Platz vor dem Langhaus des Hetmannes. Er summte vor sich hin.

Lautlos stieg Fianna über das Ziegengatter und hielt sich im Schatten der Hauswand. »Schlitzmaul!«, rief sie leise. Es war eines der wenigen Wörter in der barbarischen Sprache, das sie gelernt hatte. Was Schlitz und Maul bedeuteten, hatten sie ihr gnadenlos klargemacht, als sie sich an ihr vergangen hatten. Erst nach vielen Wochen war ihr klar geworden, dass seine Gefährten Eigil so nannten, wenn er nicht in Hörweite war.

»Schlitzmaul«, zischte sie erneut.

Ihr Peiniger blieb stehen, spähte ins Dunkel.

Wieder rief sie seinen Spottnamen und huschte aus der Deckung der Hauswand, als er in ihre Richtung sah. Sie wollte, dass er ihr folgte.

»Wer bist du?«, lallte Eigil. »Halt's Maul, oder ich prügel dich grün und blau, das wohl.«

»Schlitzmaul!«

Schwerfällig torkelte er in ihre Richtung. Fianna lief zum Brunnen und blieb deutlich sichtbar neben ihm stehen.

»Stig? Bist du das?«

Fianna achtete darauf, dass der Abstand zwischen ihnen nie geringer als zehn Schritt wurde. Sie lockte ihn zu den Klippen. Zu dem schmalen Pfad, der zum Strand hinabführte. Als sie zwischen den Ziegen gekauert hatte, hatte sie entschieden, was sie mit ihm tun wollte.

Schmerz überwand die Taubheit ihrer halb erfrorenen Füße, als sie den steinigen Weg hinablief. Eigil musste sich immer wieder an den Felswänden abstützen, als er ihr folgte.

Der Wind, der ungehindert über die aufgewühlte See fegte, zerrte an der Decke um ihre Schultern. Mitten auf dem steinigen Strand blieb sie stehen. »Schlitzmaul!«, rief sie erneut, als Eigil aus dem Hohlweg trat.

»Du?«

Hier gab es keine Schatten mehr, die ihre Gestalt verschleierten. Fianna wollte sich auch nicht länger verstecken. Sie stürmte ihm entgegen. Jetzt war die Stunde ihrer Rache gekommen.

Eigil machte einen unsicheren Schritt zurück und tastete nach dem Dolch, den er ihr gestohlen hatte. Doch sie war schneller. Ihre Hand schloss sich um den Griff der Waffe, und sie zog sie aus der Scheide. Er sollte nicht schnell sterben. Sie hatte die schwarzen Krebse gesehen, die aus der Brandung auf den Strand gekrochen waren. Immer wieder hatte er ihr solche Krebse in das Versteck gebracht und sie gezwungen, sie roh zu verspeisen, und dabei gelacht.

Fianna wünschte, sie würde mehr Worte aus seiner Sprache kennen, um ihm zu sagen, was ihn erwartete.

Eigil blieb erstaunlich ruhig. Er trat zurück und löste den Ledergürtel, den er um seine Hüften trug. Schlitzmaul sagte etwas, das sie nicht verstand. Plötzlich holte er mit dem Gürtel aus. Fianna bog sich zurück, wie ihr Fechtlehrer es ihr beigebracht hatte, und kaum einen Fingerbreit vor ihrem Gesicht zischte die Gürtelschnalle über sie hinweg.

Ohne zu zögern, schnellte sie vor, machte einen Ausfallschritt, stieß Eigil die schlanke Klinge in das rechte Schultergelenk und zog den Stahl mit einem knirschenden Ruck zurück.

Der Mistkerl stieß einen gellenden Schrei aus. Sein Arm sackte kraftlos nieder. Der Gürtel entglitt seinen Fingern.

Fianna dachte an die Fechtstunden zurück. An all die Geschichten, die ihr Lehrer ihr über Duelle in Grangor erzählt hatte. Manchmal, wenn einer der Duellanten einen Grund gehabt hatte, den Zweikampf in aller Heimlichkeit zu führen, war ein besonderer Angriff nützlich gewesen. Ein Stich dicht unter dem Kehlknorpel. Richtig platziert und nicht zu tief gestoßen, raubte ein solcher Treffer dem Opfer die Stimme. Diese Wunde war nicht tödlich, doch vermochte der Verletzte fortan nicht mehr als ein leises Röcheln von sich zu geben. Die größte Gefahr bestand darin, dass er an seinem Blut erstickte.

Schlitzmaul ging in die Knie, und seine Hände krallten sich in Sand und Kiesel. Er wimmerte etwas. So hatte sie ihn sehen wollen! Er sollte für all das büßen, was er ihr angetan hatte! Lange büßen.

Plötzlich riss Eigil die Arme hoch und schleuderte ihr zwei Faust voll kleine Kiesel ins Gesicht.

Geblendet wich Fianna zurück. Klatschend schlug der Gürtel nach ihrem rechten Oberschenkel. Sie blinzelte gegen den Sand in ihren Augen an.

Eigil hatte den Gürtel in seine Linke gewechselt. Grunzend holte er zu einem weiteren Schlag aus. Diesmal peitschte das Leder über ihren verstauchten Arm. Der sengende Schmerz raubte ihr fast das Bewusstsein.

Der Lederriemen hatte sich um ihren Arm gewickelt. Grob zog Eigil sie zu sich heran. Fianna hob den Dolch und hämmerte ihm den Knauf mit aller Kraft dicht über dem Nasenbein gegen die Stirn.

Schlitzmaul stürzte wie ein nasser Sack.

Für eine Weile beobachtete sie ihn misstrauisch. War er wirklich bewusstlos? War er vielleicht sogar tot? Sie lauschte auf die Brandung. Die dunkle See zog sich immer weiter vom Ufer zurück. Schließlich beugte sie sich hinab und zog ihm die Stiefel aus. Er hatte Stroh hineingestopft, weil sie ihm zu groß waren. Ihre Füße würden in diesen riesigen, grobschlächtig vernähten Latschen schwimmen, aber alles war besser, als länger barfuß zu laufen. Sie zog ihm die Hose aus, zerrte ihm die dick gefütterte Ziegenfellweste vom Leib und auch die Wolltunika, die er darunter trug.

Als Fianna in seine Kleider schlüpfte, waren sie noch warm vom Körper ihres Peinigers. Sein Geruch vermengte sich mit dem ihren. Wieder einmal …

Als sie angezogen war, sah sie ihm lange in sein unförmiges Gesicht. Sie würde ihn niemals vergessen können. Er hatte es nicht verdient, einen schnellen Tod zu sterben. Sie strich über die beiden Gürtel, die sie um ihre Taille geschlungen hatte. Die Gürtel, die so lange ihre Fesseln gewesen waren. Der ihres Vaters und ihr eigener.

»Niemand soll dich schreien hören«, sagte sie leise und setzte die Spitze des Dolches an seine Kehle, dicht unter dem Knorpel. Dann drückte sie die Klinge nieder. Langsam, mit Bedacht.

Eigils Augenlider flatterten. Dann sah er sie an. Maßloses Entsetzen lag in seinem Gesicht. Er versuchte sich aufzusetzen.

Fianna zog den Dolch zurück und versetzte ihm einen weiteren, heftigen Schlag mit dem Knauf. Diesmal hatte sie schlecht gezielt. Die Waffe zerschmetterte das Nasenbein, genau zwischen den Augen. Blut ergoss sich über Schlitzmauls entstellte Lippen. Er wand sich. Wollte schreien und brachte doch nur ein leises Röcheln hervor.

Ein weiterer Schlag mit dem schweren, runden Knauf, diesmal gegen seine Schläfe, ließ ihn verstummen. Fianna ließ die Waffe fallen, packte ihn bei den Haaren und zerrte ihn in Richtung der schwarzen Pfähle, die aus Sand und Kies ragten. Die Gezeiten hatten hier Rinnen in den Strand gewaschen, und Pfützen mit dunklem Wasser standen um die mit Seepocken gesprenkelten Pfähle.

Sie zerriss die Kette aus aufgefädelten Knöchelchen, die er um den Hals trug. Einen der hohlen Möwenknochen schob sie in die Halswunde, sodass diese nicht verklebte und er trotz des Blutes Luft bekäme.

Eigil röchelte, als sie ihn ins Wasser zerrte, doch war er noch zu benommen, um sich zu wehren. Sie nahm den Gürtel ihres Vaters, mit dem Emblem des Ankers auf der Bronzeschnalle, und fesselte Schlitzmaul mit den Händen auf dem Rücken an den mittleren Pfahl. Dann nahm sie ihren Gürtel und schlang ihn Eigil oberhalb der Stelle, aus der das hohle Knöchelchen hervorlugte, um den Hals. Erbarmungslos zog sie ihn zu, sodass sich der Thorwaler nicht mehr rühren konnte.

Sie ging ein Stück den Strand hinauf und holte sich ihren Dolch. Sie schnitt ihm in die Oberschenkel. Nicht zu tief, damit er nicht schnell verblutete. Ruhig sah sie zu, wie das dunkle Blut über seine fahle Haut hinab ins Brackwasser tropfte, das vom Gezeitenstrom zum Meer gezogen wurde. Eigil wand sich. Er wollte schreien, und doch brachte er nur ein kehliges Röcheln hervor.

»Ich habe gehört, Krebse fressen Aas, das am Strand herumliegt.«

Er sah sie mit weit aufgerissenen Augen an. Fianna war sich bewusst, dass er kein Wort verstand. »Du hast mich gezwungen, Dutzende dieser Viecher roh zu fressen. Du hast dich an meinem Ekel geweidet und daran, wie ich in meinem Hunger schließlich doch verschlungen habe, was mich anwiderte. Du bist Aas unter uns Menschen, und deshalb werde ich dich den Krebsen zum Geschenk machen.« Mit diesen Worten beugte sie sich hinab und durchtrennte die Sehnen seiner Kniekehlen, sodass er hilflos in sich zusammensackte. »Ich wünschte, ich könnte ihnen bei ihrem Mahl zusehen und mich an dem Anblick weiden, so wie du dich daran geweidet hast, wie sich deine Freunde an mir vergangen haben. Sie alle werden denselben Weg gehen, den du heute gehst. Ich werde sie alle holen, einen nach dem anderen. Ihr habt dafür gesorgt, dass ich euch niemals vergessen werde. Eure Gesichter werden mich für immer verfolgen. Und mein Gesicht soll das letzte menschliche Gesicht sein, das ein jeder von euch sieht, bevor ich euch in einen Abgrund der Schmerzen schicke.«

Eigil sah sie flehend an. Er stieß hilfloses Röcheln aus.

Fianna spuckte ihm ins Gesicht. »Ich wünsche dir einen schweren Tod, Schlitzmaul.«

Stainakr,
zehnter Tag im Goimond

Tylstyr erwachte in dem Bewusstsein, nicht allein zu sein. Er brauchte einen Moment, um sich zu erinnern, wo er war. Sein Vater hatte ihn am letzten Abend nicht mehr ins Haus gelassen. Seine Stimme hinter der verschlossenen Tür hatte so geklungen, als sei er bereits betrunken. So hatte Tylstyr sich in einem der Bootshäuser einen Unterschlupf gesucht und gewartet, bis er sich sicher fühlte. Seile hatte es hier genug gegeben. Er hatte sich auf den langen Weg zur Felsspalte gemacht, nur um den Ort verlassen vorzufinden. War das Tjornes Werk? Oder hatten alle Jungmannen es zusammen getan? Hatten sie das Mädchen in ein anderes Versteck gebracht? Oder war sie …

»Ich habe selten jemanden mit einem so unglücklichen Gesicht erwachen sehen«, erklang Eddriks Stimme aus den Schatten neben der Tür.

Tylstyr blinzelte benommen. Klingen aus gleißendem Licht fielen durch die Spalten der Bretterwand. Den Aufbruch im Morgengrauen hatte er offensichtlich verschlafen, doch sein Meister schien nicht erzürnt zu sein.

Nachdem er von der Felsspalte zurückgekehrt war, hatte Tylstyr sich noch stundenlang Vorwürfe gemacht, vom Mannfäller getrunken zu haben. Diese Entscheidung hatte dem Mädchen die

Gelegenheit zur Flucht genommen. Immer wieder stellte er sich vor, wie sie hoffnungsvoll darauf gewartet hatte, dass er zu ihr hinabstieg. Doch an seiner Stelle waren nur ihre Folterknechte gekommen.

»Wenn du reden willst … Ich bin ein guter Zuhörer.«

»Nein, ich … Ich hatte einen schlechten Traum.«

Eine blaugraue Wolke Pfeifenrauch zog durch eine der Lichtklingen. Tylstyr wurde bewusst, wie dumm es war, Eddrik mit Ausflüchten zu kommen. Der Magier las in ihm wie in einem offenen Buch. »Ich …«

»Du musst jetzt nicht reden. Wir sollten einfach gehen. Ich habe schon des Öfteren die Erfahrung gemacht, dass ein strammer Spaziergang an einem klaren Wintermorgen besser hilft, die Seele zu lüften, als noch so viele gut gemeinte Ratschläge. Lass uns gehen und schweigen.«

Tylstyr war Eddrik unendlich dankbar, dass er nicht versuchte, in ihn zu dringen und seine Geheimnisse ans Licht zu zerren.

Steif von der kalten Nacht auf einem unbequemen Lager, erhob er sich. Verlegen sah er sich um. Hier im Bootshaus gab es nichts, was ihm gehörte. Es gab nichts zu packen. Er hatte nur bei sich, was er am Leibe trug. Sein Bündel und vor allem das Buch, das Eddrik ihm mitgegeben hatte, lagen noch im Haus seines Vaters. Hoffentlich war der inzwischen wieder nüchtern und bei Verstand. Sonst würde er Eddrik um Hilfe bitten müssen, und das wäre ihm zutiefst peinlich. Sein Meister hatte gewiss schon jetzt kein gutes Bild von Stainakr.

Eddrik stieß die Tür des Schuppens auf und trat hinaus ins Freie. Zu seiner farbenfrohen Gewandung war noch ein roter Wollschal hinzugekommen. Der Schleier graublauen Rauchs milderte das grelle Morgenlicht, als Tylstyr zur Tür ging. Schwerer Vanilleduft umfing ihn. Er mochte das seltsame Kraut, das sein Meister rauchte. Dennoch würde ihm immer unverständlich bleiben, wie man für einen Duft aus dem fernen Süden ein Vermögen ausgeben konnte. Doch Eddrik war wohl jeder Preis recht, um als Exot zu gelten.

»Du wirst dich wundern, wie weit man gehen kann, wenn man sich ein Herz fasst und den ersten Schritt tut. Wenn ich dich betrachte, sehe ich einen Reisenden, Tylstyr. Einen rastlos Suchenden. Dieses Dorf ist längst zu klein für dich geworden.«

Der Junge musste lächeln. Eddrik wollte ihn aufmuntern, und es war ihm gelungen. Ein Reisender … Tylstyr lachte leise. Ein Niemand war er. In der Tür der Hütte, die dem Bootsschuppen gegenüberlag, hockte ein altes Weib mit strähnigem grauen Haar und putzte einen Lachs. Die Schuppen, die in den Neuschnee segelten, schillerten in allen Regenbogenfarben. Es war Eldrid, die Großmutter des hünenhaften Atagord. Als sie Tylstyr sah, spuckte sie in den Schnee. Die Geschichte über den Mannfäller hatte also offensichtlich die Runde gemacht.

Eddrik legte ihm den Arm um die Schultern. Ein warmes Gefühl der Geborgenheit überkam Tylstyr. Sein Meister hatte recht. Es war richtig, Stainakr den Rücken zu kehren. Eddrik benahm sich ihm gegenüber väterlicher, als es sein leiblicher Vater jemals getan hatte.

»Wir gehen deine Sachen holen.«

»Ich … ähm …« Auch das wusste er also. Tylstyr war es zutiefst peinlich, dass seinem Lehrer bekannt war, dass er kein Zuhause mehr hatte.

»Bitte verzeih mir meine Offenheit, aber dein Vater ist nichts als ein saufender Misthaufen. Ich weiß nicht, was für ein Mann er vor dem Tod deiner Mutter war. Manche zerbrechen, wenn sie ihre Frau verlieren … So wie er jetzt ist, ist er es nicht wert, einen Sohn wie dich zu haben.«

Die Worte waren Balsam für Tylstyrs Seele, und doch tat es ihm auch leid, Eddrik so über seinen Vater sprechen zu hören. Hagrid war nicht böse. Vielleicht stimmte es ja, und etwas war in ihm zerbrochen.

Sie gingen über die mageren, von Bruchsteinmauern eingefassten Weiden am Rand des Dorfes. Wohl um ihm weitere Begegnungen wie die mit Eldrid zu ersparen, dachte Tylstyr. Schließlich erreichten sie das Haus mit den zwei Schwänen am Giebel, und bei dem Gedanken, es nie wiederzusehen, saß Tylstyr ein Kloß im Hals.

Eddrik klopfte energisch. Es dauerte eine Weile, bis die Tür einen Spalt geöffnet wurde. Das helle Morgenlicht zeigte gnadenlos Hagrids Trinkernase. Dunkle Ringe zeichneten sich unter den Augen ab, der Bart war struppig. Misstrauisch stierte er sie an. »Was?«

»Das Gepäck meines Schülers. Es wäre schön, wenn du die Tür ein wenig weiter öffnen könntest, stolzer Hagrid von Stainakr, Schrecken des Südmeeres und Gefährte des großen Warulf.« Etwas seltsam Zwingendes lag in den Worten, als sei ein Zauber hineingewoben.

Hagrid stutzte einen Moment, dann ließ er den Magister ein. Sein Blick machte Tylstyr jedoch überdeutlich, dass er es besser nicht wagen sollte, seinen Fuß über die Schwelle zu setzen.

Eddrik kam bald mit einem Bündel und Snorri Halströms Buch zurück. »Wir danken dir, Hagrid«, sagte er mit einer Höflichkeit, die dem alten Krieger sichtlich guttat. »Ich bin mir sicher, ich werde von deinen Taten in den Liedern der Skalden hören. Lebe wohl.«

»Wünsch euch ne gute Reise, bunter Vogel«, knurrte Hagrid und verzog die Lippen zu dem, was bei ihm einem Lächeln am Nächsten kam. Er sah Tylstyr an, und plötzlich waren seine Augen feucht. »Mach's gut, Junge. Stainakr ist nichts für dich. Anderswo wird es dir besser ergehen.«

Ergriffen wollte Tylstyr seinen Vater umarmen, doch Eddrik hielt ihn zurück. »Lass das«, flüsterte der Magier. »Dein Vater ist kein Mann für so etwas. Er würde es weibisch finden.«

So nickte Tylstyr Hagrid ein letztes Mal zu, dann ging er an der Seite seines Meisters die Dorfstraße hinab, Richtung Norden. Und dieses Mal fochten ihn die missbilligenden Blicke der anderen Dorfbewohner nicht an. Sie alle würden in diesem Kaff am Ende der Welt zurückbleiben, ihm aber war es bestimmt, in die Welt hinauszuziehen. *Wenn ich dich betrachte, sehe ich einen Reisenden.* Wieder und wieder gingen ihm die Worte seines Meisters durch den Kopf. Das wollte er sein. Ein Reisender! Und er wollte so viel von der Welt sehen, wie nur möglich war.

»Zauberer!«, dröhnte die Stimme Warulfs hinter ihnen. »Auf ein Wort!«

Tylstyr blickte zurück. Der Hetmann war aus seiner Halla getreten. Einige Männer mit Speeren begleiteten ihn. Neben sich zog er ein Mädchen her. Ingrid, Stigs kleine Schwester.

»Die Kleine sagt, am Strand sei ein Blutmann. Ich habe keine Ahnung, was sie damit meint. Aber ihre Angst ist echt, das wohl. Du wirst mit uns kommen, Zauberer. Mit solchen Kreaturen kennst du dich doch aus, oder?«

Tylstyr schluckte. Eddrik war ein Meister in den Künsten der Hellsicht. Er war niemand, der sich der Zauberei verschrieben hatte, um sie im Kampf zu nutzen oder gar Dämonen zu beschwören. Er war ganz und gar der Falsche für eine Begegnung mit einem Ungeheuer.

»Ein Blutmann?« Der Magister stocherte mit dem kleinen Finger im Kopf seiner Pfeife herum. »Das hört sich interessant an. Ich werde mit euch kommen. Und mein Schüler wird uns begleiten. Mich dünkt, er wird an diesem Morgen etwas lernen.«

Warulf zog ärgerlich seine dichten Brauen zusammen. »Mich dünkt, dein Schüler wird gleich die Hosen gestrichen voll haben und uns mit seinem Gestank belästigen. Aber soll er nur mitkommen!« Warulf winkte seinen Männern, und sie gingen zu dem Weg, der zwischen Klippen zum Strand hinabführte.

Nur Ingrids schmale Fußabdrücke waren im frischen Schnee auf dem Pfad zu sehen. Deutlich war zu erkennen, dass sie auf den Weg hinunter herumgetippelt war, zurück aber war sie in weiten Sätzen gelaufen. Zweimal war sie dabei in ihrer Eile gestürzt.

Am Ende des Weges lag ein umgestürzter Korb. Verschlungene Spuren führten zum Meer. Etwas entfernt sah Tylstyr dunkle Punkte im Schnee. Krebse. Undeutlich erkannte er etwas bei den schwarzen Pfählen. Einen Fleck, heller als das dunkle Holz. Eine kauernde Gestalt.

Ingrid deutete mit ausgestrecktem Arm zum Anlegeplatz. »Das ist er. Der Blutmann.«

Warulf nahm die Axt von der Schulter und ging ohne zu zögern auf die Gestalt zu. Eddrik blieb an der Seite des Hetmannes. Tylstyr zögerte. Er ging zehn Schritt hinter den beiden. Warulfs Recken, die dicht bei ihrem Hetmann blieben, versperrten dem Jungen die Sicht. Ingrid eilte den Klippenpfad wieder hinauf.

Ein Blutmann … Eine düstere Stimmung überkam Tylstyr. Die Ahnung, dass ihnen allen etwas Schreckliches bevorstand. Die Härchen in seinem Nacken richteten sich auf. Das Böse war an diesem Strand stark. Es erwartete sie …

Der Junge versuchte sich gegen die Ahnung zu sperren. Suchte in Gedanken Gründe, warum es Unsinn war, seinem Gefühl zu vertrauen, und vermochte es doch nicht zu beherrschen. Hier war etwas Dunkles geschehen, etwas, das das Leben aller verändern würde, die hier herab zum Strand gekommen waren. Wie ein Schatten war das Böse gegenwärtig, ohne greifbar zu sein.

Warulf stieß einen überraschten Laut aus. Zwischen seinen Wachen bildete sich eine Lücke, sodass auch Tylstyr den Blutmann sehen konnte. Eine Gestalt, die zusammengesunken an einen der Pfähle gefesselt war. Dutzende Krebse wimmelten auf den Beinen und dem Oberkörper. Ihre Scheren zwackten in das Fleisch des Geschundenen. Unablässig. Er blutete aus unzähligen kleinen Schnitten. Sein Leib war eine einzige Wunde. Selbst sein Gesicht war entstellt. Dann erkannte Tylstyr den tiefen Spalt in der Oberlippe.

Im selben Moment sprach Warulf den Namen aus, unter dem ihn alle im Dorf besser gekannt hatten als unter jenem Namen, den sein Vater ihm einst erwählt hatte.

»Schlitzmaul!«

Für etliche Herzschläge herrschte Stille. Nur das leise Klicken der Krebsscheren und der gepanzerten Leiber, die aneinanderstießen, war zu hören.

»Macht ihn los!«, befahl Warulf schließlich.

»Was ist hier geschehen?«, fragte Jal, der Dorfschmied, der zum Gefolge der Bewaffneten gehörte.

»Dunkle Magie!« Mit diesen Worten wandte sich Warulf halb zu Eddrik. »Keine Spur außer der von Ingrid führte hinab zum Strand. Als hätten Geister, Dämonen oder Kreaturen aus den Tiefen der See ihn hierher gebracht. Ihn, der am lautesten in meiner Halla über den Magier und seinen missratenen Schüler gespottet hat.«

Tylstyr sah, wie sich die Fäuste Warulfs um den Griff seiner Streitaxt krampften, bis die Knöchel weiß hervortraten. Der Hetmann sprach mit gepresster Stimme, als müsse er alle Kraft aufbieten, seinen Zorn nur in Worte zu fassen, statt ihm in Taten freien Lauf zu lassen.

»Du hast ihn gehasst, das wohl!«

Eddrik blieb gelassen. »Ich habe nichts damit zu tun«, sagte er ruhig.

»Du bist neu hier im Dorf. Du hast einen Grund, ihn zu töten. Er hat deine Ehre mit Füßen getreten und deinen Schützling beleidigt. So etwas ist nie zuvor geschehen. Warum hat ihn keiner schreien hören? Der Wind kam in der Nacht vom Meer. Wir hätten seine Schreie bemerken müssen! Das alles stinkt nach Zauberwerk. Und du bist ein Zauberer!« Warulf gab seinen Begleitern einen Wink. »Zwingt ihn auf die Knie!« Er deutete auf Tylstyr. »Und den schnappt ihr auch!«

Ehe Tylstyr sichs versah, wurde er gepackt und neben seinem Meister zu Boden gestoßen.

»Ruhig«, flüsterte Eddrik in Garethi, sodass die anderen ihn nicht verstehen konnten. »Ich habe alles im Griff.«

»Das … das sieht nicht so aus«, stammelte Tylstyr. Er kannte den Hetmann, seit er denken konnte, und er wusste, was jetzt kommen würde. Warulf war niemand, der lange verhandelte. Er war schnell dabei, Gerechtigkeit zu üben.

»Was tuschelt ihr da?«

Eddrik drehte den Kopf zur Seite, sodass er dem Hetmann ins Gesicht sehen konnte. »Wenn ich sterbe, wird herauskommen, was mit der *Goldener Anker* geschehen ist.«

Woher wusste sein Meister das? Tylstyr sah zu Warulf, der ihn mit seinen Blicken durchbohrte. »Du Wurm! Verräter! Du …«

Ein Prickeln überlief Tylstyr. Etwas veränderte sich. Magie wogte auf.

»Lass von ihm ab!« Eddriks Stimme war wie ein Orkan. Die Männer, die ihn niedergeworfen hatten, wichen erschrocken zurück.

»Glaubt ihr, der Meister braucht die Hilfe seines Schülers?« Der Zauberer richtete sich auf und klopfte den Sand von seinen

Kleidern. »Das Einzige, was Tylstyr vorzuwerfen wäre, ist sein Schweigen. Es war auffällig. Ebenso wie sein düsteres Gemüt. Schon im ersten Augenblick habe ich mich gefragt, was mit dem lächelnden Jungen geschehen war, der vor vier Monden Thorwal verlassen hat.« Er deutete auf Warulf. »Noch auffälliger war allerdings dein Verhalten. Du wolltest, dass ich Stainakr so schnell wie möglich verlasse. Deshalb hast du mich nicht wie einen Gast empfangen, sondern wie einen räudigen Hund, den es zu verjagen gilt. Aber warum? Der Grund, dass ich so spät kam, war, dass ich zunächst noch ein Stück nach Süden gereist bin. Ich war in Merske. Dort hat man zu Beginn des Winters die *Goldener Anker* dicht unter der Küste nach Norden segeln sehen. In Thorwal ist sie nie eingetroffen. Dabei wurde die Kogge voller Lebensmittel dringend erwartet.«

»Das Meer nimmt viele Schiffe, das wohl«, sagte Warulf drohend. »Merske liegt zehn Meilen entfernt. Ein weiter Weg, auf dem viel geschehen kann.«

»Auf dem Totenacker von Merske habe ich sechs neue Gräber gesehen. Vier Alte und zwei Kinder haben den Winter nicht überlebt. Und die Männer und Frauen dort sind kaum mehr als Haut und Knochen. Der Winter hat ihr Fleisch gefressen. Hier sah ich keine frischen Gräber, und ihr alle seht wohlgenährt aus ...«

»Wir konnten besser haushalten.« Warulf gab seinen Leuten einen Wink, Eddrik erneut zu packen, doch diese zögerten.

Wütend stapfte der Hetmann auf Tylstyr zu.

Der Junge wollte fortkriechen, doch seine Glieder waren wie gelähmt. Warulf griff ihm ins Haar und setzte ihm die Schneide seiner Axt an die Kehle. »Dann fange ich eben mit ihm hier an, Zauberer! Mir machst du mit deiner Stimme keine Angst.« Er hob seine Axt. »Und vor *Schildbrecher* wird dich deine Stimme ganz sicher nicht schützen.«

Wieder senkte sich der kalte Stahl auf Tylstyrs Kehle. Verzweifelt suchte er nach einem Argument, das Warulfs Wut zu besänftigen vermochte. Doch alles, an das er denken konnte, waren die traurigen blauen Augen seiner Mutter.

»In deinem Haus habe ich ein Salzfass mit einem geschnitzten Anker gesehen. Und Schlitzmaul ist mit einem Gürtel gefesselt, auf dessen Bronzeschnalle ein goldener Anker prangt. In euren Bootshäusern stehen Heringsfässer, in die ein Anker eingebrannt wurde. Man könnte meinen, die Kogge hätte hier angelegt, um mit euch Handel zu treiben. Doch womit mag ein so armes Dorf gezahlt haben?«

Warulfs Klinge schnitt in Tylstyrs Hals, und er spürte, wie warmes Blut seine Kehle hinabrann.

»Wenn ich nicht nach Thorwal zurückkehre, Warulf, dann wird die Oberste Hetfrau Garhelt nach mir suchen lassen. Im Gegensatz zum Meer verschlingt das Land nur sehr selten jemanden. Sie werden hierherkommen. Sie werden sehen, dass ihr in diesem Winter nicht gehungert habt und dass es keine frischen Gräber gibt. Willst du das riskieren?«

Tylstyr wagte nur flach zu atmen. Immer noch drückte die Schneide der Axt auf seine Kehle. Kalter Schweiß rann ihm den Rücken hinab. Er kannte Warulf zu gut. Er wusste, dass der Hetmann sie lieber umbringen würde, als vor seinen Gefolgsleuten als einer dazustehen, der durch bloße Worte einzuschüchtern war.

»Wenn mir und Tylstyr etwas geschieht …« Ein klägliches Röcheln erklang hinter Eddrik. Eigil! Er schlug die Augen auf. Bei den Göttern! Wie konnte er noch leben?

Warulf ließ die Axt sinken. Er stapfte zu dem Gequälten.

Auch Eddrik eilte zu dem Jungen. »Seine Kehle … Jemand hat ihm einen meisterlichen Stich in die Kehle versetzt. Er wurde seiner Stimme beraubt. Deshalb hat ihn niemand schreien hören.«

Der Zaubermeister zog das geschundene Fleisch auseinander und zeigte auf die klaffende Stichwunde. Tylstyr wandte den Blick ab. Er hatte Eigil nie leiden mögen, aber das hatte er nicht verdient.

»Da steckt etwas in seinem Hals«, hörte er die Stimme seines Meisters.

»Zeig her!«, verlangte Warulf schroff.

Aus dem Augenwinkel sah Tylstyr etwas wie ein Ästchen auf Eddriks blutiger Hand liegen.

»Ein Knochen. Ist wohl zu klein, um von einem Menschen zu stammen. Ein Vogel vielleicht?«

»Vor allem ist er hohl. Das ist entscheidend«, entgegnete Eddrik. »Gib ihn wieder her, ich kann die Wunde nicht ewig offen halten. Es ist dieses kleine Knöchelchen, das Eigil am Leben erhält. Dadurch kann er atmen.«

Tylstyr kämpfte gegen seine Übelkeit an. Auf keinen Fall wollte er sich übergeben.

»Er wird den Tag nicht überleben«, sagte Eddrik kühl. »Allein die Götter wissen, wie er so lange durchhalten konnte.«

Warulf strich dem Jungen über das nasse Haar. »Wir bringen dich in meine Halla, Eigil. Wenn deine Zeit kommt, sollst du *Schildbrecher* in Händen halten. Du wirst zu Swafnir gehen wie ein Mann.« Er löste die Gürtel, mit denen Eigil gefesselt war, und warf sie auf den Strand. Dann hob er den Jungen auf die Arme.

»Geh!«, herrschte der Hetmann Eddrik an. »Er lebt, also seid ihr keine Mörder. Geht, und kommt nie wieder. Und behalte deine Lügen über die *Goldener Anker* und mein Dorf für dich, Zauberer, sonst werde ich dich finden, und du wirst mit meiner Axt ein Tänzchen wagen dürfen. Und dir wird auch nicht helfen, wenn du dich hinter den Rockzipfeln der Obersten Hetfrau versteckst.«

Eddrik kam zu Tylstyr und half ihm auf. Vorsichtig tastete er über die Wunde am Hals. »Nicht tief. Wir kümmern uns später darum. Nun lass uns gehen, bevor der Irre wieder seine Meinung ändert.« Er griff nach dem Kleiderbündel und dem Buch, die auf dem steinigen Strand lagen. »Schnell!«, drängte er.

Tylstyrs Beine wollten kaum sein Gewicht tragen. Immer wieder spürte er die Klinge der Axt am Hals. Warulf hätte ihn getötet, wenn Eigil nicht die Augen aufgeschlagen hätte. Schlitzmaul hatte ihm das Leben gerettet.

»Schnell«, mahnte Eddrik nochmals und zog ihn neben sich her. Sie gingen den Strand entlang nach Norden.

Plötzlich hielt sein Lehrer inne. »Wir müssen sie warnen. Er versteht nicht, was hier geschehen ist …«

Er verstand es auch nicht, dachte Tylstyr. Was war Eigil widerfahren? Waren die Geister der Ertrunkenen aus der See gestiegen, um sich zu rächen? Er kannte etliche Geschichten über rachsüchtige Tote.

»Warulf von Stainakr«, rief Eddrik noch einmal mit Donnerstimme.

Der Hetmann hatte fast den Sand bei den Klippen erreicht. Eigil auf den Armen, drehte er sich zu ihnen um. Der Wind zerrte an seinem langen Haar und dem schweren Umhang aus Bärenfell. Er sah aus wie der tragische Held einer Saga, dachte Tylstyr. Ein alter Recke, im Kampf ungeschlagen, von unbeugsamem Stolz und doch dem Ende nahe.

»Aus dunklen Taten wird Dunkelheit geboren, Warulf!«, rief Eddrik. »Behüte die Deinen. Ich weiß nicht, wer oder was über Eigil gekommen ist, aber ich prophezeie dir, es wird noch mehr Blut vergossen werden. Was hier in dieser Nacht geschehen ist, war erst der Anfang.«

I DIE DUNKLEN NÄCHTE

Thorwal,
dreißigster Tag im Frostmond

Asleif Foggwulf Phileasson schmunzelte, während er zu erraten versuchte, von wem die Laute der Lust kamen. Die beiden bemühten sich, die anderen Schläfer nicht zu wecken, die in der Halle des Langhauses lagen. Das Seufzen der Frau und das Stöhnen des Mannes hätten auch Phileasson kaum gestört. Vermutlich hatte einer von ihnen die Beherrschung verloren. Phileasson glaubte, im Erwachen einen spitzen Schrei gehört zu haben. Alarmiert hatte er an seine Seite gegriffen, wo das Breitschwert unter dem Eisbärenfell an seinem nackten Körper lag. Ohne bewusstes Zutun war die Hand über den elfenbeinernen Griff geglitten.

Phileassons Lächeln wurde breiter. Seine Sinne waren durch die Abenteuerfahrten geschärft, die ihn bis ins Packeis des Nordens und bis ins Feuermeer, zu den Küsten des Güldenlands und auf Yumudas Insel geführt hatten. Fern der Heimat hing das Leben von der Schnelligkeit des Stahls ab.

Doch hier war er zu Gast in der Ottaskin der Windzwinger. Das runde, von einer Palisade umfriedete Areal mit dem guten Dutzend Langhäuser war der Mutterschoß, der die Stadt Thorwal geboren hatte. Obwohl Phileasson aus dem kleinen Brattasö stammte, fühlte er sich hier zu Hause. In Sicherheit. Zumindest, wenn er nicht durch spitze Schreie geweckt wurde …

Seine Finger fuhren den zu einem lang gestreckten, springenden Wolf geschnittenen Schwertgriff nach. Er drehte den Kopf.

Unter Asche schwelende Glut beleuchtete die Halle nur spärlich. Menschen lagen auf dem Stroh wie erstarrte Wellen eines nächtlichen Ozeans. Phileasson konnte die See lesen wie ein Gelehrter ein Buch. Weit draußen auf dem Meer der Sieben Winde, über das vor vielen Generationen seine Vorfahren gekommen waren und das man auch heute noch überquerte, wenn man es wagte, in ihre sagenumwobene Heimat zu reisen, sah man in keiner Richtung Land. Aus dem, was Wolken und Wasser verrieten, musste ein Kapitän erkennen, ob man das Segel setzen konnte oder besser den Mast umlegte, um das Schiff auf einen Sturm vorzubereiten. Als Phileasson die Augen schloss und tief einatmete, wich der Geruch von menschlichen Körpern und Rauch dem frischen Salz einer Brise. Er glaubte sogar, die Brandung einer fremden Küste zu hören.

Das gemeinsame Aufstöhnen des Liebespaares setzte der Illusion ein Ende. Phileasson sah einen Schatten, der sich von einem anderen herunterrollte.

Er wandte den Kopf zur anderen Seite. Auf einer Bank an einer der Feuerstellen saß ein Mann und sah in die Glut. In dem schummrigen Licht brauchten die Augen eine Weile, um die aschfarbenen Strähnen im schwarzen Haar zu erkennen. Es lag offen auf Schultern, die von der Kraft zeugten, die sie in jüngeren Jahren erfüllt hatte. Zwischen geschabten Wangen verdunkelte ein Bart den Bereich um den Mund.

Stumm prostete der Mann ihm mit seinem hörnernen Becher zu. Dabei gab er den Blick auf einen in Leder eingeschlagenen Gegenstand frei, der neben ihm lehnte. Eine Leier. Daran erkannte Phileasson Ohm Follker. Während des Winterhjaldings, das bereits seit zwei Wochen andauerte und heute zu Ende ginge, hatten die beiden Männer ihre Freundschaft erneuert. Bevor das Treffen der Hetleute fortgesetzt würde, wollten der gerühmte Entdecker und der hoch respektierte Skalde einen Tag lang den Wald durchstreifen. Vorgeblich, um Holz für das Feuer zu sammeln, das an der Klippe durch die dunkelste Nacht des Jahres leuchten sollte. In Wahrheit allerdings, um ungestört einige Stunden allein zu verbringen. Nur redend, wenn es etwas zu sagen gäbe. Ihre Freundschaft gründete darauf, dass sie sich schweigend verstanden.

Phileasson wusste nicht, wie spät es war, aber da außer Ohm und dem Pärchen niemand wach zu sein schien, konnte der Tag noch nicht angebrochen sein. Das bestätigte auch die Schwere seiner Lider. Er schob den zusammengerollten Umhang zurecht, um dem Kopf eine angenehmere Unterlage zu schaffen, drehte sich wieder auf die Seite und versuchte, die Küsten des Güldenlands in seinem Geist zu beschwören.

Die Liebenden vergaßen ihre Bedenken, was die Nachtruhe der anderen anging. Erneut wandten sie sich einander zu und zeigten diesmal weniger Zurückhaltung. Phileasson scheiterte bei dem Versuch, sie zu ignorieren.

Er schlug das Bärenfell zurück, stand auf und streckte den Rücken. Als er sich ankleidete, musterte Ohm Follker ihn mit einem verständnisvollen, aber auch etwas spöttischen Blick. Die Augen des Skalden hatten ein halbes Jahrhundert gesehen. Seine Zunge und die Finger an der elfenbeinernen Leier hatten vielem von dem, dessen Zeuge er geworden war, Bild und Form in den Köpfen der Zuhörer gegeben. Jeder Drachenführer jubelte, wenn sich Ohm entschloss, auf seinem Schiff zu fahren. Andere mochten kunstfertiger sein, wenn es darum ging, die alten Sagas in sorgsam gedrechselte Verse zu fassen, die von Jurgas Überfahrt oder dem ewigen Kampf des Gottwals Swafnir berichteten. Doch niemand verstand es besser, eine Abenteuerfahrt packend zu schildern und so den Ruhm der Lebenden zu mehren.

Phileasson gürtete sein Schwert. Die Lustschreie des Paars weckten weitere Schläfer, die sich jedoch mit dem Ende der Nachtruhe nicht abfinden wollten und sich trotzig herumdrehten. Einige hatten dem Honigbier so freimütig zugesprochen, dass sie auch weitergeschlafen hätten, wenn Flammen aus dem Dach des Langhauses geschlagen wären.

Ohm erwartete ihn mit auf den Rücken geschnallter Leier. Stumm fanden sie ihren Weg hinaus.

Phileasson drückte die Schultern durch, als die Kälte ihn traf. Schnee fiel aus einer zerrissenen Wolkendecke. Die Sterne tauchten die verschneite Stadt in ein magisches und trügerisches Licht. Ein Licht, das das Auge des Menschen täuschte und aus tiefen Schatten Geister gebären mochte.

Die Ottaskin der Windzwinger lag auf einem Hügel, sodass der Westwind den Geruch des Meeres ungehindert zwischen die Langhäuser trug. Phileasson atmete tief ein.

Er folgte Ohms Blick nach Osten. Schwarze Wolken verbargen den Horizont.

»Das Morgengrauen ist noch weit entfernt«, sagte Phileasson.

Ohm Follker nickte. »Man muss aufbrechen, wenn man bereit ist. Wer darauf wartet, dass ihm die Welt ein fertiges Schiff unter die Füße schiebt, wird niemals auslaufen.« Im spärlichen Sternenlicht glaubte Phileasson, ihn lächeln zu sehen.

Das Gelände der Windzwinger befand sich inmitten der Stadt, die eine Festung an der Mündung des Bodir und eine umlaufende Palisade mit mehreren Türmen schützten. Dennoch runzelte Phileasson die Stirn, als sie das Tor in der Befestigung der Ottaskin offen und unbewacht fanden. Zwar war kein Angriff zu erwarten, aber das wüssten auch diejenigen, die Thorwal oder der Ottajasko übelwollten. Wer sorglos war, schenkte seinen Gegnern damit bereits den ersten Sieg.

Phileasson verscheuchte den Gedanken mit einem Kopfschütteln. Er war hier nur zu Gast. Es ging ihn nichts an, wenn die Windzwinger die Disziplin mitten im Frieden und in den dunkelsten Tagen des Jahres schleifen ließen.

Die Silhouetten der Langhäuser erinnerten Phileasson an auf Land gezogene Schiffe. Er liebte diese Art zu wohnen. Nirgendwo traf man auf solche Gastfreundschaft wie in seinem Heimatland. Herbergen gab es nur im Westen der Stadt. Ein Thorwaler fand in Thorwal stets Aufnahme in einem Langhaus. War er so berühmt wie Phileasson, stand er sogar vor dem Problem, ständig bei einem anderen Gastgeber nächtigen und dennoch einige enttäuschen zu müssen, weil so viele ihr Dach anboten. Gerade in den dunklen Tagen kamen die Menschen in den Langhäusern zusammen, setzten sich um die Feuer in den Hallen und lauschten den Geschichten von Skalden und Abenteurern. Wie oft hatte er schon die monotone Arbeit an den Riemen mit Überlegungen verkürzt, wie er seine Erlebnisse zu Hause am besten darbieten könnte. Was er verschweigen sollte und was noch ein wenig auszuschmücken war.

Das Leben war seltsam. Lag die *Seeadler* in einem Hafen, zog es Phileasson hinaus aufs Meer, doch kaum war die heimatliche Küste außer Sicht, lächelte auch der raueste Seebär, wenn die Sprache auf die farbigen Schnitzereien an den Giebeln der Langhäuser kam.

Die winterliche Kälte stach durch die Wollkleidung, als sie die nördliche der beiden Zugbrücken erreichten, die den Kapitän-Kerlok-Kanal überspannten. Sie verbanden den alten Teil

Thorwals mit der Weststadt, die den Bedürfnissen der ausländischen Gäste entgegenkam. Dort unterhielten verschiedene Gesandtschaften ihre Häuser, es gab Handelskontore und Herbergen.

Als Phileasson bemerkte, dass Ohm stehen geblieben war, wandte er sich um. Sein Begleiter beugte sich über das Geländer und sah auf den Kanal.

Hierher fand nur wenig Salzwasser seinen Weg. Bei der momentanen Kälte fror der Kanal vom Ufer her zu, und jetzt erschien er als helles Band, weil Schnee auf das Eis gefallen war. Nur in der Mitte war ein Streifen offen. Sicher würde man den Wasserweg tagsüber wieder freischlagen. Die meisten Schiffe lagen wie Phileassons *Seeadler* im Winterhafen, den der Kanal mit der Bodirmündung verband, und man wollte sie immer auslaufbereit wissen. Zwar machte sich kaum ein Kapitän freiwillig bei dieser Witterung auf den Weg, aber im Falle eines Angriffs waren die wendigen Drachenschiffe ein wichtiger Schutz für die Stadt.

Die Befestigung des Winterhafens befand sich nur zehn Schritt entfernt, Phileasson konnte gegen die Sterne die Schattenrisse der Wachen auf den Türmen erkennen. Ohm Follker blickte jedoch in die andere Richtung.

»Was ist?«, fragte Phileasson.

Ohm beugte sich noch weiter über das Geländer. Er sah nicht auf den Kanal hinaus, sondern versuchte, etwas unter der Brücke zu erspähen.

Phileasson tat es ihm gleich. Die Turmwachen mussten den Eindruck gewinnen, zwei Zecher ließen sich ihren Trunk noch einmal durch den Kopf gehen.

Auf dem Eis wuselten Hunderte kleiner Körper. In das Säuseln des Windes mischte sich das Geräusch von schabenden Fingernägeln, wie es eine Rasselbande von Kindern auf einer Tischplatte erzeugen mochte. Es ging von den Tieren aus.

»Krebse«, stellte Phileasson fest.

»Irgendetwas muss unter der Brücke sein«, meinte Ohm. »Aber von hier aus kann ich es nicht erkennen.«

Sie gingen zurück und hielten sich gegenseitig fest, um sich an der schneebedeckten Böschung zu sichern. Vorsichtig belasteten sie die Füße. Keiner von ihnen legte Wert darauf, eine Schlitterpartie den Hang hinab damit zu beenden, durch das Eis des Kanals zu brechen.

»Da ist etwas«, sagte Ohm.

Der Hauptstrom der Krebse strebte einem der Pfähle zu, die die Brücke abstützten.

Phileasson zog sein Schwert und schob mit der Spitze einige orientierungslose Tiere beiseite, um sie nicht zu zertreten, als er sich näherte. »Wir brauchen Licht.« Die Krebse krochen am Pfahl hoch, was Phileasson beinahe so gut hörte, wie er es sah. Aber da war noch etwas anderes, Unförmiges, das an dem Holz klebte oder daran festgebunden war.

»Als ich noch so jung war wie du, hätte ich mich auf meine Augen verlassen können.« Ohm stieg ein wenig den Hang hinauf, gerade genug, um von den Krebsen wegzukommen, und arbeitete sich unter die Brücke vor.

Phileasson zog nun auch das Wurfbeil aus dem Gürtel. »Die Sache gefällt mir nicht«, murmelte er. Bei solcher Kälte hatte er Krebse noch nie so emsig gesehen. Sie wirkten aufgebracht und gierig, als fürchteten sie, zu spät zu erreichen, was immer dort an dem Pfahl war. Befanden sie sich in der Paarungszeit? Mitten im Winter? Phileasson hielt sich nicht zum ersten Mal während des Frostmonds in Thorwal auf, aber so etwas war ihm neu.

Ohm schrie auf.

Phileasson sprang an die Seite des Freundes.

»Hier ist jemand gefesselt!«, rief Ohm. »Sie fressen ihn auf!«

Mit bloßen Händen griff er in das Gewimmel und fegte ein Dutzend Krebse hinunter.

Phileasson tastete mit der Linken, in der er auch das Wurfbeil hielt. Seine Fingerkuppen stießen auf etwas Warmes, Weiches, Klebriges. Ein menschlicher Körper? Eine Schulter? Der Schatten, den er in der spärlichen, vom Schnee zurückgeworfenen Helligkeit erahnte, mochte dazu passen.

»Mach ihn los!«, rief Ohm.

Phileasson schob sein Schwert in die geölte Lederscheide, um besser tasten zu können. Der Hinterkopf lag fest am Holz an, weil ein Strick um die Stirn geführt war. Er durchtrennte ihn mit dem Wurfbeil. Der Kopf sackte nach vorn, bis das Kinn auf der Brust lag.

»Wer da?«, rief eine Wache von einem der Türme am Winterhafen. »Was geht da vor?«

»Holt Hilfe!«, rief Ohm. »Einen Heiler! Schnell!«

Wieso war der Arm des Gefesselten so klebrig?

Phileasson zerschlug ein Seil, das seine Brust hielt, dann einen Lederriemen, mit dem die Handgelenke hinter dem Pfahl zusammengebunden waren. Die Stricke um die Beine hatten die Krebse bereits zerfressen. Einige von ihnen zwickten in Phileassons Hand, als er sie beiseiteschob, um das letzte Seil zu erreichen. Es war das dickste und band die Fußgelenke. Phileasson brauchte drei Hiebe, um es zu durchtrennen.

Ohm lud sich den massigen Körper auf die Schulter und trug ihn aus dem Schatten der Brücke, wobei er auf den Befreiten einredete. Er erhielt keine Antwort.

Phileasson trat die Krebse fort, so gut er konnte. Einige blieben beim Pfahl zurück, aber viele folgten Ohm. Es musste an dem klebrigen Zeug liegen, mit dem der Mann eingeschmiert war. Irgendjemand hatte den armen Kerl besonders schmackhaft für sie zubereitet. Wer tat so etwas?

Fackelschein begleitete die beiden Krieger, die vom Winterhafen herbeieilten. Einer hielt ihnen seinen Speer entgegen, damit sie sich leichter die Böschung hinaufziehen konnten. Phileasson stützte Ohm.

»Verfluchtes Werk Hranngars!«, flüsterte eine der Wachen, als das Licht den Zustand des Befreiten offenbarte. Eilig spuckte der Krieger über die Schulter und schlug ein Schutzzeichen, um das Böse abzuwenden.

Man hatte den Geschundenen seiner Kleidung beraubt und mit einer Paste eingerieben, einem braungelben Sirup, der süßlich roch. Diese Delikatesse für Krebse war nur noch an den wenigen Stellen zu erkennen, die die scherenbewehrten, kleinen Ungeheuer nicht erreicht hatten. Die Beine des Mannes waren völlig zerbissen, und auch in den Bauch hatten die Scheren einen Weg geschnitten. Gerade fiel ein Krebs, der sich offenbar an der Leber gelabt hatte, aus der offenen Bauchhöhle. Ohms Rücken war rot vom Blut des Opfers.

Auch der zweite Krieger spuckte aus, um das Böse abzuwehren, das von diesem Anblick ausgehen mochte.

»Was ist mit dem Heiler?«, fragte Ohm.

Erst als er seine Last in den Schnee legte, bemerkte er selbst das Ausmaß der Verletzungen.

»Wer ist das?«, fragte eine der Wachen.

Phileasson nahm dem Krieger die Fackel ab und leuchtete in das Gesicht des Toten. Die helle Flamme brach den Zauber des Sternenlichts und offenbarte, welch Gnade die Dunkelheit gewesen war. In seinem bewegten Leben hatte Phileasson schon vieles gesehen, aber diese entstellte Fratze, diesen blutigen Hohn auf ein menschliches Antlitz würde er nie mehr vergessen. Er hätte den Mann selbst dann nicht erkannt, wenn er in seiner Schiffsgemeinschaft gerudert hätte. Offenbar fanden die Krebse

Augen besonders schmackhaft, und auch fleischige Teile wie Lippen und Wangen hatten sie sich munden lassen.

Ohm sah von der Brücke zu den Türmen und zurück. »Habt ihr nichts gehört? Jemand, der so stirbt, schreit sich die Lunge aus dem Hals.«

»Vielleicht war er schon tot«, schlug einer der Krieger vor.

Die ersten Thorwaler aus den nahen Langhäusern fanden sich ein. Manche hatten Laternen dabei oder einen Brand aus einer Feuerstelle mitgenommen. Ihre entsetzten Rufe nahmen schnell an Lautstärke zu.

»Er ist noch warm«, bemerkte Phileasson.

»Niemand kann so besoffen sein, dass er nicht merkt, wenn er bei lebendigem Leibe aufgefressen wird!« Ohm stampfte auf.

»Und kein Besoffener bindet sich an einen Pfahl. Er wurde ermordet!«

Phileasson überwand seinen Ekel und hockte sich neben der Leiche in den Schnee. Er zwang sich, sie genau in Augenschein zu nehmen, und zeigte auf eine Schwellung an der Schläfe des Mannes. »Das hier war kein Krebs.«

»Du meinst, er wurde woanders überwältigt, ausgezogen und dann hierhergebracht? Warum sollte sein Feind das tun?«

»Wahrscheinlich gibt es hier mehr Krebse als dort, wo sie gekämpft haben.«

Ohm schnaubte.

Phileasson befühlte ein Röhrchen unterhalb der Kehle. »Das ist kein Schmuck. Es steckt in der Luftröhre.« Er fühlte einen Schnitt, der sich zu beiden Seiten eine Fingerbreite fortsetzte.

Ohm tastete nach der gleichen Stelle an seinem eigenen Hals, dort, wo er in die Brust überging. »Wollte ihm jemand besondere Schmerzen zufügen?«

»Er sollte nicht schreien.«

Phileasson wandte sich zu dem Sprecher um. Der Stab und das graue Gewand verrieten auf den ersten Blick den Magier. Er stand mit einer Laterne auf der Brücke und sah zu ihnen herab. Hatte er einen Zauber gewirkt, um auf diese Entfernung eine solche Einzelheit zu erkennen?

»Die Luftröhre wurde durchtrennt«, fuhr der Magier fort, als er alle Blicke auf sich gerichtet sah, »aber durch das hohle Knöchelchen konnte er dennoch atmen. Etwas Blut wird in die Lunge gekommen sein und ihn zum Husten gereizt haben. Ein leises, röchelndes Husten, das Wind und Wellen übertönt haben.«

Als er den kleinen Gegenstand aus dem Hals zog, erkannte Phileasson, dass das vermeintliche Röhrchen tatsächlich ein Vogelknochen war. An der Außenseite waren Runen eingeschnitten.

Der Zauberer mochte fünfundzwanzig Jahre alt sein. Er hatte einen langen, aber dünnen Bart. Sein abgetragenes Gewand ließ vermuten, dass er zu denjenigen seiner Zunft gehörte, denen die Wände einer Studierstube zu eng waren, um ihr Leben darin zu verbringen. Zwar war es grau und entsprach in seinem Schnitt der Anforderung, einen Magier auf den ersten Blick kenntlich zu machen, aber der grobe Stoff war an mehreren Stellen geflickt. Die Wattierung machte ihn widerstandsfähig und warm genug für eine Reise.

»Wie lautet dein Name?«, fragte Phileasson.

»Ich bin Tylstyr Hagridson, Magus der Akademie zur Erforschung seherischer Phänomene sowie deren Umsetzung zu Neu-Hjaldingard.«

Unter anderen Umständen hätte die Nennung der offiziellen Bezeichnung der Schule der Hellsicht hochnäsig gewirkt, aber Phileasson erkannte, dass der junge Magier Halt in Formalitäten suchte.

»Hast du schon einmal einen Ermordeten wie diesen hier gesehen, oder lernt man das aus Büchern, Tylstyr Hagridson?«

Der junge Zauberer setzte zu einer Antwort an, als weitere Magier der Akademie erschienen, begleitet von Fackelträgern. Geschwätzig scharten sie sich um den Toten, und Tylstyr zog es vor zu schweigen. Man beschloss, sofort die Umgebung nach dem Mörder abzusuchen. Phileasson beteiligte sich daran, doch es war müßig. Die Spuren unter der Brücke, die der Neuschnee noch nicht verdeckt hatte, waren zertrampelt worden. Die Fußfessel, die Phileasson für ein zähes Seil gehalten hatte, war ein geflochtener Ledergürtel, der vielleicht dem Toten gehört hatte. Das war die einzige neue Erkenntnis. Während die Magier mit Kreide seltsame Zeichen auf die Brückenpfeiler malten, trugen einige Männer die Leiche in feierlichem Schweigen zum Traviatempel.

Als der Morgen dämmerte, war allen klar, dass der Täter entkommen war.

Thorwal,
dreißigster Tag im Frostmond

Beorn erwachte von einem leisen Rumoren jenseits des dichten Wollvorhanges. Ein bohrender Schmerz nistete hinter der vernarbten Augenhöhle in seinem Kopf. Er hatte zu viel vom schweren Met getrunken.

Das Tuscheln hinter dem Vorhang wurde nicht leiser. In mürrischer Stimmung schob er den schlanken Arm, der über seiner Brust lag, zur Seite und setzte sich auf. Der Gestank von kaltem Rauch und ungewaschenen Leibern drang bis in die kleine Schlafnische unter der Dachschräge. Es war der Mief des Winters, wenn alle sich um die Feuer in den Langhäusern scharten und auf den Frühling warteten. Er hasste diese Zeit des Jahres, wenn die Drachenboote in die Häfen geflohen waren oder hoch auf den Strand gezogen in Winterschlaf gesunken lagen.

Beorn schob den Vorhang zur Seite und setzte sich auf den Rand des Lagers. Binsenstreu kitzelte seine Füße. Ein hagerer Hund sah zu ihm auf und wedelte mit dem Schwanz. Zwei junge Mägde saßen an der Feuergrube und tuschelten mit einem Knaben, der frisches Brot gebracht hatte.

Beorn machte ein paar Schritte. Trotz der Glut in der Feuergrube war es kühl in der Halle. Sein Blick schweifte über die Vorhänge der anderen Schlafnischen, die sich an den langen Seitenwänden aufreihten. Alle waren sie noch zugezogen. Neben ihm drang grollendes Schnarchen durch die graue Wolle.

Beorn entdeckte einen Holzeimer, in dem einige leere Methörner schwammen. Breitbeinig stellte er sich darüber und erleichterte sich, was die Mädchen zu leisem Kichern brachte.

»Es gab einen Mord, Beorn«, sagte der Junge, und ihm war der Stolz anzuhören, diesem grauen Morgen mit dieser Neuigkeit ein wenig Farbe zu verleihen.

»Wen hat's erwischt?« Beorn rieb sich die vernarbte Augenhöhle. Dieser verdammte Schmerz wollte einfach nicht weichen.

»Kann man nicht sagen. Die Krebse haben zu viel vom Toten gefressen.« Der Kleine genoss sichtlich das Schaudern der beiden Mädchen. »Sein halbes Gesicht ist weggefressen«, setzte er mit einem Grinsen hinzu. »Übler Anblick, das wohl!«

»Wenigstens hatten die Krebse ein Frühstück«, murrte Beorn, ging zur Feuergrube und brach sich einen Kanten Brot ab. »Ich bin halb verhungert.«

»Es gibt noch eingelegten Hering.« Eine der Mägde, eine kleine, dralle Blondine, erhob sich.

»Bring mir einen Becher Met!«, befahl Beorn und kaute auf dem trockenen Brot. »Nach so einer Nacht muss Fisch schwimmen, oder er wird nicht bleiben.« Er erinnerte sich nur noch vage an den gestrigen Abend. Eine hübsche Skaldin hatte die Gretbrilda-Saga vorgetragen. Ihm hatte es nicht gefallen. Sagas waren etwas für Männerstimmen! Dafür hatte sie unbestreitbar andere Vorzüge gehabt. Lächelnd blickte er zurück zu seiner Schlafnische.

»Willst du den Toten sehen, Beorn? Ich kann dich zu ihm führen. Unter der Brücke am Kanal liegt er …«

Er gähnte, ohne den Blick von seiner Schlafnische zu wenden. »Was interessiert mich das Frühstück von Krebsen.«

»Dein Met, Beorn.« Die junge Magd reichte ihm ein großes Trinkhorn. Er erinnerte sich, sie gestern Nacht auf Olavs Schoß sitzen gesehen zu haben. Sie hatte keck mit dem langen, schwarzen Bart seines Steuermannes gespielt.

Beorn nahm einen tiefen Zug aus dem Horn. Es tat gut, den kühlen Met in der Kehle zu spüren. Das Trinkhorn und die Skaldin würden genügen, um den Kopfschmerz vergessen zu lassen. Er ging zurück zu seinem Schlafplatz. Was scherte ihn ein Toter, den die Krebse gefressen hatten, wenn dort warmes, lebendes Fleisch auf ihn wartete? Beorn nahm noch einen tiefen Schluck.

Versonnen betrachtete er die Blondine, die sein Bett wärmte. Sie lag zusammengerollt und wandte ihm den Rücken zu. Ihre Schultern hoben und senkten sich. Sie schlief. Sie war eine gute Gespielin gewesen. Sie hatte ihm geschmeichelt und davon gesprochen, dass sie ein Lied über ihn schreiben wolle. Sie müsse ihn gut kennen, damit das Lied eine Seele bekäme, hatte sie gesagt. Beorn lächelte versonnen. Auf diese Art hatte noch keine mit ihm angebandelt. Er würde ihr diesen grauen Tag schenken und ihr erlauben, eins mit ihm zu sein.

Er legte das leere Methorn in die Binsen und kroch auf das Lager zurück, als sein Blick an etwas Hellem haften blieb, das unter seinem Umhang hervorlugte, den er zu einem Kissen gefaltet hatte. Er zog es heraus. Es war ein Walrosszahn, um den sich ein Runenband wand. Die dunkelroten Zeichen waren tief in das Elfenbein gekerbt.

Ich weiß,
wie man den Kopfschwänzler fängt,
und wo der Turm steht, der am Himmel aufgehängt wurde.
Wenn der Adler der Schlange davonfliegt,
komm zur Schlangeninsel,
und um den Preis eines Lebens
werde ich dich lehren,
wie Schlangen siegen.

Was für ein Unsinn! Er kannte die Schlangeninsel, obwohl dieser verfluchte Ort auf den meisten Seekarten nicht eingezeichnet war. Sie war kaum mehr als eine Steilklippe, die sich unweit des Alkenfelsens erhob. Ringsherum gab es tückische Riffe. Es war kein Ort, an den man einen Drachen lenkte, auch wenn es hieß, dass dort Schätze aus alter Zeit verborgen lagen. Beorn schob den Walrosszahn zwischen die Falten des Umhangs. War dies ein Scherz der Skaldin? Wer sonst hätte ihm die Nachricht unbemerkt unterschieben können? Er würde herausfinden, was sie damit bezwecken wollte. Glaubte sie, sich so interessanter zu machen?

Er schlang den Arm um ihre Hüften und zog sie dicht an sich heran. »Wach auf, hier gibt es einen mächtigen Turm, der sich danach sehnt, den Himmel zu erreichen«, flüsterte er in ihr Ohr.

Thorwal,
dreißigster Tag im Frostmond

Salarin Trauerweide hatte in Thorwals Traviatempel freundliche Aufnahme gefunden. Obwohl er bereits einige Jahre die Städte der Menschen bereiste, war dem Elfen noch immer unklar, ob die Geweihten der Göttin von Heim und Herd Fremden Obdach, Wärme und Speise gewährten, weil dies die Gebote Travias waren. Vielleicht verhielt es sich auch umgekehrt, und solche Menschen, deren Melodie ein Lied von Gastfreundschaft und Harmonie sang, traten in diese Kirche ein. Gestern hatte er Schwester Shaya danach befragt. Ihre Geschichte legte nahe, dass es tatsächlich die Regeln ihrer Glaubensgemeinschaft waren, die derlei Gutes bewirkten, denn sie hatte bereits mit sieben Jahren die hellgelbe Robe des Gänsleins angelegt. In diesem Alter waren die Lebenseinstellungen eines Menschen noch ungefestigt.

Die anderen Elfen der Goldregenglanzsippe hätten Salarin allerdings auf Shayas warmherziges Wesen hingewiesen, auf das Lächeln, das beinahe immer das sommersprossenübersäte Gesicht der kleinen Frau erhellte. Einem solchen Menschen ließ seine Natur gar keine andere Wahl, als jedermann freundlich zu begegnen.

Heute lächelte Shaya nicht. Vielleicht lächelte heute niemand in der Stadt. Schließlich war in der Nacht das Lied eines Menschen in greller Disharmonie zu einem vorzeitigen Ende gezwungen worden. Da die Melodie jedes Menschen – mal subtil, mal dominant – in die Melodie der Gemeinschaft einfloss, in der er lebte, schwang dieser Misston nun in ganz Thorwal.

Salarin saß mit untergeschlagenen Beinen auf dem Speicherboden, der im Traviatempel für zusätzlichen Stauraum sorgte.

Hier lagerten Stockfisch, Getreide, korngefüllte Kissen und Decken für die Gäste. Unentschlossen drehte er seine Flöte in den Händen. Gern hätte er mit einer sanften Melodie ein wenig Linderung eingebracht, aber er befürchtete, dass dies die Geweihten stören könnte.

Der Lagerboden zog sich wie eine Galerie entlang der Wand der Tempelhalle. Er ließ den größten Teil frei, schon damit der Rauch der vielen Feuer abzog, die hier bei Feiern brannten. Aber auch, damit die Gäste nicht das Gefühl hatten, erdrückt zu werden, wie Shaya Salarin erklärt hatte. So konnte Salarin von hier aus beinahe die gesamte Halle einsehen.

Er betrachtete die beiden Geweihten nahe dem Herdfeuer. Schwester Shayas Lippen waren unbewegt. Resolut drückte sie Eichward, einem Hünen, dem sie gerade einmal bis zum Zwerchfell reichte, eine Axt in die Hand. Er sollte sie in den Wald begleiten und Holz für ein Floß schlagen. Sie gab ihm seinen Umhang und legte sich selbst einen gelborangefarbenen Mantel um die Schultern, bevor sie das Haus verließen.

Auch Schwester Lenyas Lippen bildeten einen geraden Strich. Sie war nicht schlanker als Shaya, aber bei ihr fiel es stärker auf, weil sie größer war. Lenya erinnerte Salarin an eine Linde, ein Eindruck, den er in ein Lied gefasst hatte. Lenya hatte es nicht verstanden, als er es am Herdfeuer vorgetragen hatte, aber die Melodie hatte ihr gefallen, und am nächsten Tag hatte sie ihm als Dank einen Karottenkuchen gebacken. Jetzt strich sie sich eine Strähne des langen, blonden Haares, die sie beim Binden ihres Zopfes nicht eingefangen hatte, aus dem Gesicht und schob sie unter das um den Kopf geknotete Tuch.

Lenyas Hände zitterten, als sie den Schwamm in den Wassereimer tauchte und fortfuhr, den zerschundenen Leichnam abzutupfen. Von dem Sirup, der an ihm geklebt hatte, als man ihn aufgebahrt hatte, war kaum noch etwas zu sehen. Binden lagen bereit, um die schrecklichen Wunden zu bedecken, sobald Lenya ihren bitteren Dienst vollendet hätte.

Als Salarin hörte, dass jemand im Windfang war, beugte er sich vor, um zu sehen, wer Travias Haus betrat. Für Shaya und Eichward war es zu früh, um heimzukehren, sie hatten sicher noch nicht einmal den Wald erreicht.

Direkt am Eingang stand die Statue einer Gans, die ihre Flügel ausbreitete. Im Vergleich zu den überwucherten Götterbildern, die Salarin in seiner Heimat zwischen Bosquir und Yaquir gesehen hatte, war ihre Ausführung plump. Der Eindruck, die Figur könne sich jeden Moment bewegen oder zum Betrachter sprechen, wie Salarin ihn bei dem Bildnis Simias empfunden hatte, blieb aus. Die Statue des Elfengottes der schöpferischen Kräfte, über den kaum noch jemand mehr als ein paar Oberflächlichkeiten zu sagen wusste, hatte eine Eleganz besessen, zu der sich Stein nur selten betören ließ. Dennoch hatte die Gans eine naive Schönheit, wie das Bild eines Kindes. Sie war aus dem Gold von Plündergut gegossen, das die Ottajaskos dem Tempel geschenkt hatten. Ihren Respekt für die Göttin und vor allem deren Geweihte hörte Salarin in dem Metall nachklingen.

Eine weißhaarige Greisin verbeugte sich knapp vor dem Bildnis, dann ging sie schweren Schritts zu den Waffenhaken. Trotz ihres Alters war sie eine stattliche, wenn auch wenig weibliche Erscheinung. Goldene Scheiben hielten die Kette, die ihren Pelzmantel schloss. Kaum Schnee lag darauf, sie schien sich also nur kurz im Freien aufgehalten zu haben. Wie es der Sitte des Tempels entsprach, zog sie die Axt aus dem Eisenring an ihrem Gürtel und hängte sie an eine Wandhalterung.

Mutter Cunia, die Tempelvorsteherin, folgte ihr. Auch ihr Haar war ergraut, wie man an den Zöpfen erkannte, die unter der

Haube hervorkamen und bis zur Hüfte über den Rücken fielen. Sie hatte Mühe, ihre geschwollenen Fingerglieder durchzustrecken. Salarin vermutete, dass sie oft Schmerzen litt, obwohl er sie in dem halben Mond, den er hier zu Gast war, niemals hatte klagen hören.

Stumm deutete Cunia auf die Bahre, von der sich Lenya respektvoll zurückzog.

Mit geballten Fäusten schritt die Greisin zu der Leiche. Ihre blauen Augen zeigten nichts von dem Entsetzen, das Salarin in Lenyas Gesicht gesehen hatte. Stattdessen spiegelten sich Abscheu und Zorn in ihren Zügen.

»Wir wissen noch nicht, wer er ist«, sagte Cunia. »Er ist so entstellt, dass ihn niemand erkennen kann, und er hatte auch nichts bei sich, das etwas über ihn verriete.«

»Ich habe meine Leute ausgeschickt, um überall zu fragen, ob jemand vermisst wird. In den dunklen Nächten schlafen viele nicht dort, wo sie zu Hause sind, aber bis heute Abend werden wir wissen, wer fehlt.«

Cunia nickte. »Ausgerechnet während des Hjaldings, wenn alle daheim sein sollten, im Kreis ihrer Ottajasko oder zu Gast an warmem Feuer.«

Die Handschuhe der Besucherin knirschten. »Für solch eine Tat gibt es keine Rechtfertigung. Viel Ehre liegt darin, sich einem ebenbürtigen Gegner zu stellen und ihn zu überwinden, das wohl! Und auch für ein schweres Verbrechen mag der Tod eine angemessene Strafe sein. Aber wenn jemand in Thorwal eine Klage zu führen hat, dann soll er zu seinem Hetmann gehen. Wer dort kein Recht bekommt, dem steht meine Tür offen. Doch ganz gleich, welches Unrecht geschehen sein mag und welchen Richter man anruft, es gibt kein Verbrechen, für das man bei lebendigem Leibe aufgefressen werden soll!«

»Du hast recht, Garhelt. Solche Taten sind in den Augen der Götter ein Gräuel.«

Interessiert beugte sich Salarin vor. Bei der Besucherin handelte es sich also um Garhelt, die Hetfrau der Windzwinger und Gischtreiter und zugleich Oberste Hetfrau der Thorwaler. Salarin war überrascht, eine so zornige Frau zu sehen. Nach dem, was er über sie gehört hatte, setzte sie sich entschlossen für Frieden ein und missbilligte Plünderfahrten in die Nachbarländer, obschon sie außergewöhnliche Leistungen der Drachenführer anerkannte.

»Ganz gleich, wie lange es dauern mag – wir werden denjenigen finden, der den Frieden und die Sitten unserer Stadt mit Füßen getreten hat, und er wird sich vor mir verantworten, das wohl!«

»Das wäre gerecht in den Augen der Götter«, stimmte die Tempelvorsteherin beflissen zu.

Garhelt winkte Lenya heran. »Ich will dich nicht aufhalten. Fahre fort mit deinem Dienst.«

Die Schwester verbeugte sich und trat wieder an die Bahre.

»Ich habe Shaya in den Wald geschickt, um Holz zu holen«, berichtete Cunia. »Wir werden die Stämme bereitlegen, damit seine«, sie zeigte auf den Toten, »Ottajasko das Floß rasch bauen kann.«

Garhelt nickte. »Sie sollen es schnell erledigen.«

»Ich werde deine Worte ausrichten.«

Garhelt wandte sich der goldenen Gans zu. Eine Weile lang betrachtete sie das Bildnis schweigend. »Ist das der Zorn deiner Göttin, den sie uns jetzt spüren lässt? Geht es um deine Bitte, die ich abgewiesen habe?«

Cunia verschränkte die Arme. »Travia ist anders als Swafnir. Sie lässt sich nicht von Wut überwältigen.«

Garhelt wiegte den Kopf. »Aber du hast mich gewarnt. Ist dies Travias Strafe? Wendet sie sich von Thorwal ab und raubt uns den Frieden unserer Heimat?«

»Es war keine Warnung. Manchmal geben uns die Götter einen Hinweis, wie wir die Welt besser machen können.«

»Mit einer Wettfahrt, die Thorwals beste Kapitäne um ganz Aventurien herumführt? Entschuldige, ich respektiere deine Göttin, und ich weiß, wie sehr du dich um diese Stadt verdient machst. Aber ein solcher Vorschlag erscheint mir seltsam. Ich vermag keinen Nutzen darin zu sehen, das Leben meiner besten Leute für solch ein unsinniges Unterfangen zu wagen.«

»Die Wege der Götter sind oft rätselhaft. Sterbliche können sie unmöglich verstehen.«

Salarin fragte sich, wie Cunia das meinte. Viele Menschen glaubten, Elfen seien unsterblich, weil sie nicht alterten. Dachte Mutter Cunia, jemand wie Salarin würde die Götter besser verstehen, als das Menschen möglich war? Dann täuschte sie sich. Salarin spürte eine tiefe Sehnsucht nach Göttern in sich, seit er auf das verfallene Bildnis Simias gestoßen war, und suchte deswegen häufig Orte auf, an denen man sie verehrte. Aber je mehr er über Travias Herdfeuer, Borons Schweigen oder Ingerimms Esse lernte, desto stärker verwirrten ihn diese Geschichten. Die Melodien der Götter waren im Rauschen der Welt schwer zu verstehen.

»Bist du dir der Bitte Travias gewiss?«, fragte Garhelt.

»Die Göttin spricht nicht so zu mir, wie Menschen zueinander sprechen. Aber ich hege keinen Zweifel. Travia wünscht, dass wir unsere besten Kapitäne aussenden, und wir sollen es jetzt tun.«

»Mitten im Winter.« Garhelt klang anklagend.

»Hinauf in das Eis des Nordens, ja.«

»Dort friert einem die Lunge ein, wenn man einen unbedachten Atemzug tut.«

»Deswegen sollen es erfahrene Kapitäne sein, die selten Unbedachtes tun.«

Garhelt schüttelte ärgerlich den Kopf. »Es missfällt mir, etwas in Gang zu setzen, das ich einfach nicht verstehe. Drachenführer wie die, nach denen du gefragt hast, werden in einer Generation nur einmal geboren ... Die Göttin verlangt ein großes Opfer.«

»Wenn du die Zweitbesten schickst, werden wir an der Aufgabe scheitern, und du wirst sie mit Sicherheit verlieren.«

Garhelt sah zu, wie Lenya den Eimer wegstellte und begann, die zerfressenen Beine zu umwickeln.

»Ich werde niemanden zwingen«, murmelte Garhelt.

»Aber du erwägst, Travias Wunsch zu erfüllen?« Hoffnung lag in Cunias Worten.

Salarin staunte noch immer darüber, wie rasch die Stimmung eines Menschen kippen konnte. Es lag wohl an ihrer Kurzlebigkeit.

»Wenn ich meine besten Leute auf eine so gefährliche Reise schicke ...«, Garhelt sah Cunia in die Augen, »... wird dann auch Travias Haus ein solches Opfer bringen?«

Cunias Blick huschte zu Lenya und zurück zu Garhelt. Sie nickte knapp.

Garhelt ging zurück zum Windfang und nahm ihre Axt wieder an sich. »Ich denke darüber nach.« Mit einem Nicken verabschiedete sie sich.

Salarin Trauerweide hob die Flöte an die Lippen und spielte eine Melodie von Abschied und Hoffnung.

Thorwal,
dreißigster Tag im Frostmond

Haushoch ragte der Holzstoß auf der Klippe auf. Drei Fässer Premer Feuer hatte die Oberste Hetfrau über die Nordseite des Haufens ausgießen lassen, um die Flammen leichter zu entfachen. Sie fauchten wie ein Drache, wenn der Seewind von Westen hineinfuhr. Asleif Phileasson sah auf das Meer hinaus. Nur vereinzelt warf eine Welle das silbrige Licht des beinahe vollen Mondes zurück, zu dicht war die Wolkendecke. Die Horizontlinie war nicht auszumachen, Schwarz in Schwarz gingen Wasser und Himmel ineinander über. Die große Dunkelheit der längsten Nacht forderte ihre Herrschaft ein.

Mehrere Tausend Thorwaler hatten sich um das Feuer versammelt. Es war Zeichen ihres Starrsinns. Sie trotzten der Finsternis, indem sie das Licht durch die lange Nacht trugen, bis morgen die Tage wieder heller würden. Ifirns Milde nannten sie dieses Fest, nach der sanftmütigen Tochter des grimmen Wintergottes.

Als die Flammen so hoch schlugen, dass niemand befürchten musste, sie würden vor der Dämmerung verlöschen, trat Ohm Follker vor Garhelt.

»Wo sind die Hetleute?«, rief er. »Sind die Recken unter uns, die ihre Drachen über die Wellen an ferne Küsten lenkten? Wollen sich die Edelsten Thorwals etwa verstecken?«

Grinsend ging Phileasson an der Hitze des Feuers entlang zu seinem Freund. Die Ottajasko von Oreta Hjilmasdottir schob ihre Hetfrau vor. Eldgrim Oriksson war mit seinen fünfzig Jahren etwa in Ohms Alter. Er vollführte einige tanzende Sprünge, bevor er sich zu dem Skalden begab.

Auch Beorn der Blender kam. Er war etwas kleiner als Phileasson und für einen Seefahrer schmächtig. Noch immer trug er den Flügelhelm, wie damals, als er und Phileasson noch Freunde gewesen waren. Ein unnützes Stück, in dem sich Prunksucht zeigte. Wer mit solch einem Helm in den Kampf zog, der forderte es geradezu heraus, mit gebrochenem Genick zu sterben, wenn die Waffe eines Gegners mit Kraft auf die metallenen Flügel niederfuhr. Einen Vorgeschmack auf den Tod hatte Beorn schon bekommen, als ein Sklavenjäger ihm das rechte Auge ausgeschlagen hatte. Auf dieser Seite ließ Beorn nun das schwarze Haar länger in die Stirn fallen, um die Klappe zu verdecken. Verdammter eitler Stutzer!

»Diese Nacht passt zu ihm«, raunte Ohm, als er Phileasson das Trinkhorn reichte.

Phileasson nickte. Das Premer Feuer brannte durch seine Kehle. Er gab das Horn weiter.

Hatte die Dunkelheit damals, als der Godi seine Prophezeiung gesprochen hatte, in Beorns Herz Einzug gehalten? Viele hielten ihn für den größten Kapitän Thorwals, und zweifellos war er in den letzten Jahren der erfolgreichste Plünderfahrer gewesen, so wie Phileasson der Erste unter den Entdeckern war. Aber es gab so viele Erzählungen von Beorns Grausamkeiten, dass sicher etwas Wahres daran war. Mehr noch, als dass er allen Sklavenjägern das Augenlicht nahm, um dem Patriarchen von Al'Anfa zu zeigen, welchen Preis es kostete, einem Thorwaler ein Auge auszustechen. Beorn selbst kleidete sich in diese Geschichten wie in einen Ruhmesmantel. Sogar jetzt trug er sein mit Leinöl gedunkeltes Kettenhemd. Trotz seines schmalen Körperbaus schien ihm die Rüstung niemals schwer zu werden. Im Gegenteil, die geschmeidigen Bewegungen kündeten davon, dass er seine Kraft zurückhielt, als er zu den anderen Hetleuten trat. Mit festem Griff nahm er das Trinkhorn. Das Premer Feuer rann seine Mundwinkel hinab, als er einen tiefen Schluck nahm.

»Nun, Hetleute!«, rief Ohm. »Wer ist eure Oberste Hetfrau?«

»Garhelt Rorlifsdottir-Jandasdottir!«, brüllte Phileasson mit den anderen Drachenführern.

»Wer?«, schrie Ohm zurück.

»Garhelt Rorlifsdottir-Jandasdottir!«

»Ich höre euch nicht, Hetleute!«

»Garhelt Rorlifsdottir-Jandasdottir!«

»Wo ist diese Garhelt? Zeigt sie mir!«

Garhelt stand bereits auf ihrem Kampfschild, in einer Hand eine Axt, in der anderen ein Trinkhorn. Die Hetleute drängten sich um sie, fassten den eisenbeschlagenen Rand des Schildes und hoben ihn auf ihre Schultern, sodass die Oberste Hetfrau über den Häuptern der Hetleute stand.

»Garhelt! Garhelt!«, riefen mehrere Tausend Thorwaler. Phileasson reckte die freie Faust in die Höhe.

Der Mord, der sich in der vergangenen Nacht zugetragen hatte, war nicht vergessen. Krieger aus der Walsturm-Ottajasko, der das Opfer angehört hatte, hielten die Totenwache. Aber die Thorwaler weigerten sich, die Angst in ihre Herzen kriechen zu lassen. Sie würden Ifirns Milde begehen, wie sie es immer taten.

Garhelt trank aus ihrem Horn. Auf dem Schild trug man sie durch die Menge zur Ottaskin der Hetleute, wo die Große Halla auf die zweihundert Gäste wartete, die geladen waren, mit der Obersten Hetfrau durch die Nacht zu feiern. Dieses Fest war zugleich der Abschluss des Hjaldings. Alle Entscheidungen waren in den vergangenen zwei Wochen gefallen. Erst im Sommer würden sich die Hetleute wieder beraten.

Am Eingang der Halla sammelten Garhelts Leute die Waffen ein. Nur Dolche durfte man behalten, was Ohm Follker mit den sechs Klingen in seinem Gürtel zum schwerstbewaffneten Mann der Versammlung machte.

Die beiden Schwestern des Traviatempels, die blonde Lenya und die feuerrote Shaya, tischten dampfenden Wildschweinbraten auf. Phileasson drängte sich vor und säbelte sich ein großes Stück ab.

»Man nennt dich nicht umsonst den Foggwulf!« Oreta hieb ihm auf den Rücken. »Du schlingst wie ein Wolf!«

»Das wohl!« Phileasson hämmerte die Faust auf den Tisch. »Deswegen bin ich auch so stark!«

»Wie viel Kraft hat der große Foggwulf wirklich?«, rief Ragnor, ein junger Mann und guter Ruderer. Grinsend setzte er sich Phileasson gegenüber, krempelte den rechten Unterarm frei und rammte den Ellbogen auf den Tisch.

»Mit dir nehme ich es auf!« Phileasson knackte mit den Fingern, bevor er die Hand des Kontrahenten ergriff. »Bringt Flammen!«

Schnell sammelte sich eine Menge um die beiden. Zwei Kerzen wurden neben ihnen aufgestellt. Ohm legte die Hand auf die gefassten Fäuste und blickte in ihre Augen. »Bereit?«

Sie nickten.

»Zeigt uns, ob ihr Jungspunde Kraft habt!«

Phileasson spannte alle Muskeln bis hinab zur Hüfte an. Dennoch drückte Ragnor Phileassons Arm so weit hinunter, dass die Hitze der Kerzenflamme ihn in den Handrücken biss, bevor Phileasson den ersten Ansturm seines Kontrahenten abfangen konnte.

Die Menge johlte. »Foggwulf!«, riefen einige, »Ragnor!« andere. Die meisten riefen beides.

Phileasson biss die Zähne zusammen. Fingerbreit um Fingerbreit gewann er zurück.

»Pull, Ragnor! Pull!«, riefen die Freunde seines Gegners. »Pull! Pull! Pull!«

Tatsächlich gewann Ragnor neue Stärke, bevor die gefassten Fäuste den Zenit erreichten. Er stemmte sich gegen Phileassons Hand wie gegen einen Riemen, wenn die Ruderer dem Sturm trotzten. *Das hältst du nicht durch*, dachte Phileasson. *Nicht lange genug, um mich zu brechen*.

Sein Arm neigte sich, aber wenn Ragnor nachließ, gewann Phileasson zurück. Er lächelte. Das verunsicherte seine Gegner auch auf dem Schlachtfeld.

»Pull, Ragnor, pull!« Die Gesichter mancher Anhänger wurden durch das Geschrei ebenso rot, wie es das von Ragnor nun war.

Aber auch Phileassons Freunde glaubten an den Sieg. »Foggwulf! Foggwulf! Foggwulf!«

Schweiß brannte in Phileassons Augen. Um den Blickkontakt aufrechtzuerhalten, ließ er die freie Hand auf dem Tisch, statt sich die Stirn abzuwischen.

Ragnor war stark, aber die Wucht seiner Angriffe flaute ab. Mit beständigem Zug zwang Phileasson seine Hand über den Scheitelpunkt und dann hinunter. Er spürte die Hitze von Ragnors Kerze an den eigenen Fingern, als sie zum Halten kam. Sein Gegner ächzte.

»Foggwulf! Foggwulf!«

Beorn beteiligte sich nicht an dem Geschrei, benutzte aber seine Ellbogen, um sich unmittelbar hinter Ragnor einen Platz zu erobern. Stumm legte er Phileassons Kontrahenten eine Hand auf die Schulter.

Durch die Winterkleidung und in der Hitze des Kampfes konnte Ragnor das kaum bemerken, aber Phileasson hob gegen seinen Willen den Blick, bis er sich in Beorns rauchgraues Auge bohrte.

Die Rufe hinter seinem Rücken dröhnten ihm in den Ohren. »Foggwulf! Foggwulf!« Sie berauschten ihn wie gutes Honigbier, pulsten in seinen Muskeln und gaben ihm Kraft. »Foggwulf! Zeig es ihm! Foggwulf! Glutsröhm-Ottajasko! Foggwulf!«

Phileasson stellte sich vor, es wäre Beorns Faust, die er in seiner quetschte. Die Hand, die ihm so manchen Ruhm weggeschnappt hatte. Desjenigen Mannes, den die Skalden des Nordens häufiger besangen als ihn selbst. Beorn der Blender, Schrecken der Südmeere. Plünderer der Goldhallen, Schlitzer, Waisenmacher.

Und dennoch war Beorn nur der zweitbeste Kapitän Thorwals!

Ragnors Handrücken zermalmte die Kerze, als er ihn auf die Tischplatte schmetterte.

Phileassons Anhänger jubelten, und selbst die, die zu Ragnor gehalten hatten, stimmten ein. Nur Beorn blieb stumm, ein unbewegter Schatten. Einen Moment noch maßen sie einander mit kaltem Blick, dann wandte sich der Blender ab und verschwand in den Tiefen der Halla.

Erst jetzt sah Phileasson wieder Ragnor an. Der junge Mann wirkte, als wollte er sich nicht anmerken lassen, dass ihm jemand einen Dolch in den Bauch gerammt hatte. Er hatte den Sieg gespürt und doch verloren.

»Lenya!«, rief Phileasson. »Bring ein Horn mit Honigbier für meinen Freund Ragnor!«

Ragnor drückte den Rücken durch. Der Schmerz wich dem Stolz, sich mit dem Foggwulf gemessen zu haben.

Phileasson nahm seinen Dolch wieder auf. Das angebissene Stück Wildschwein steckte noch auf der Spitze. »Ich würde mich freuen, dich bei meiner nächsten Fahrt auf der *Seeadler* rudern zu sehen«, sagte er.

Grinsend nickte Ragnor. »Ich hoffe, es wird keine Fahrt für Kinder.«

»Sei unbesorgt. Deine Muskeln werden wie bester Zwergenstahl sein, wenn wir zurückkehren.« Er tat, als würde er erschrecken. »Bei Swafnir! Ich muss den Verstand verloren haben! Am Ende wirst du mich im nächsten Winter schlagen!«

Die Umstehenden lachten.

Die Gäste wussten, dass sie für etliche Monde zum letzten Mal in dieser Runde zusammen feierten. Zwar brächen nur wenige in den nächsten Tagen auf, aber man würde die ersten Wochen des Grimfrostmondes in den eigenen Langhäusern oder denen der Freunde verbringen. Die Schiffe würden ausgebessert, und nach und nach würden die Drachenführer sie dann aus dem Winterhafen lenken. Manche würden Pelze ins Mittelreich bringen, andere almadanischen Wein erhandeln. Phileasson selbst hatte sich noch nicht entschieden, in welche Wellen die Riemen der *Seeadler* tauchen sollten. Die Kälte weckte Lust auf die Charyptik. Das bedeutete eine Fahrt von vielen Monden an der Westküste Aventuriens entlang und um Kap Brabak herum. Vier oder fünf Schiffe wären für eine solche Reise angemessen. In Port Stoerrebrandt könnte er die Drachen ausbessern, und dann lockten die Küsten unentdeckter Inseln. Leicht konnte man in jenen Gewässern auch einer al'anfanischen Galeere begegnen. Beorn war nicht der Einzige, der sich darauf verstand, die Schiffe der Sklavenjäger aufzubringen. Das würde Irulla gefallen. Dabei könnte die Waldmenschenfrau, die schon lange auf seinem Drachen fuhr, ihre Besessenheit vom Tod ebenso ausleben wie ihre Abneigung gegen jene ruchlosen Sklavenjäger, die sie einst verschleppt hatten. Grinsend spürte Phileasson dem Brand des Premer Feuers in seiner Brust nach.

Ohm hatte den rechten Fuß mit denen von drei anderen Thorwalern verhakt und hüpfte mit ihnen einbeinig im Kreis. Sie versuchten, möglichst wenig zu verschütten, während sie dabei aus ihren Hörnern tranken. »Ist der Foggwulf genauso geschmeidig, wie er stark ist?«, rief Ohm.

Phileasson winkte ab. »Sing uns lieber eine Saga!«

Begeistert wurde die Aufforderung aufgenommen. »Eine Saga! Eine Saga!«, rief die Menge.

Garhelt beugte sich vor. »Recht so, Ohm! Lass deine Leier hören!«

Ein betrunkener Krieger zog Shaya auf seinen Schoß. »Wir wollen gemeinsam lauschen, Süße!«

Doch die kleinwüchsige Traviageweihte war kein Kind, das sich hätte herumstoßen lassen. Ohne zu zögern, rammte sie Zeige- und Mittelfinger in die klobige Nase ihres Verehrers, der daraufhin erschrocken aufschrie und sein Trinkhorn fallen ließ. Unter dem Gelächter der Menge drehte Shaya ihre Hand, was den Krieger zwang, die Bewegung mit seinem Kopf nachzuvollziehen. Als er von der Bank rutschte, sprang Shaya in Sicherheit.

»Wer mich freien will, braucht bessere Manieren!«

Unter dem Jubel der Menge suchte sich Shaya einen Platz an der anderen Seite der Halla. Der Gemaßregelte schaute ihr nach. Lachend schüttelte er den Kopf. »Hätte nicht gedacht, dass man sich an Travias heimeligem Feuer so leicht verbrennen kann!«

Ohm stand auf einem Tisch und befreite das Instrument von seinem Lederumschlag. Während er die Saiten stimmte, kehrte Ruhe ein. Auch Phileasson war gespannt, welche Saga sein Freund für diese Nacht wählen würde. Das Jurgalied, das die Überfahrt der Hjaldinger aus dem Güldenland besang, wäre für eine Zusammenkunft in der Halla der Obersten Hetfrau angemessen gewesen, aber für diese Feier zu lang. Außerdem hatte Thure Hjalmarson diese Saga bereits zu Beginn des Hjaldings vorgetragen. Hätte Ohm sich nun ebenfalls daran versucht, hätte man dies als Herausforderung an den berühmten Skalden von Thures Tor verstehen müssen.

Ruhige Akkorde leiteten Ohms Vortrag ein. Mit verschmitztem Blick sah er sich um.

»Als die Nostrier sich vergaßen,
wollten sie uns frech bespaßen.
Sie brachten einen Drachen auf,
beschworen Eldgrimms Zorn herauf!«

»Das wohl!«, brüllte Eldgrimm Oriksson begeistert und prostete dem Skalden mit seinem Horn zu.

»›Der Ingval ist ein schöner Fluss,
auf dem ein Drache fahren muss!‹,
dachte sich der Eldgrimm schlau,
schlug die Nostrier grün und blau!«

Die Krieger hämmerten den Takt mit ihren Fäusten mit.

»Hört, ihr Nostrier, bleibt zu Haus!
Das weite Meer ist euch ein Graus!
Dort ziehn Thorwals Drachen schlank –
euch jedoch, euch macht es krank!«

Die Menge grölte wild die letzte Zeile.

»Damit ihr das auch niemals je vergesst,
hat Eldgrimm euch in Kendrar zugenässt.
Denn Kendrar ist 'ne schöne Stadt,
die reichlich Gold für Eldgrimm hat.«

Sogar Garhelt sang inbrünstig mit, als der Skalde Eldgrimms Eroberung von Kendrar in zwanzig weiteren Strophen rühmte. Offenbar hatte sie dem Seewolf verziehen, dass sein Kleinkrieg mit Nostria vor sechs Jahren ihre Bemühungen um Frieden mit den Südländern erheblich erschwert hatte. Immerhin war ihr schließlich auf einer Reise in die Kaiserstadt Gareth doch noch der Abschluss eines Vertrages gelungen.

Am Ende sank Eldgrimm selig erschöpft vom wilden Tanz mit seiner Ottajasko auf eine Bank und küsste eine dreißig Jahre jüngere Frau, die sich das gern gefallen ließ. Die »Das wohl!«-Rufe hallten noch eine Weile nach, bis sich die Menge beruhigte.

»Ruhmreich sind die Taten von Eldgrimm, Oriks' Sohn!«, ließ sich Garhelt vernehmen. »Doch auch das vergangene Jahr hat Mut, Schläue und Siege von Thorwals Kindern gesehen! Die Nacht ist noch lang. Lasst uns hören, ihr Recken, welche Heldentaten ihr vollbracht habt!«

Plötzlich verstummten die Gespräche. Nur das Knirschen einer Holzbohle war noch zu vernehmen. Sie gehörte zu dem Tisch, auf dem Beorn der Blender stand. Die Gestalt in dem dunklen Kettenhemd schien das Licht zu schlucken.

»Der Sommer sah die *Seeschlange* weit im Westen.«

Schon der Name seines Schiffes ließ manche Abergläubische Eisen berühren, um das Unglück abzuwenden, das von Hranngar ausging, der gewaltigen Seeschlange, mit der Swafnir, der Gottwal, um das Schicksal der Welt rang. Phileasson vermutete, dass Beorn seinen Drachen genau deswegen so genannt hatte, um jene, die nicht für ihn ruderten, bis ins Mark zu erschrecken. Schrecken, das war Beorns schärfste Waffe.

»Zwölf Tage und mehr glitten wir durch dichten Nebel. Die Sonne ging nicht auf und nicht unter. Um uns herum war nur Grau, als führen wir durch den Rauch einer gewaltigen Schlacht.«

Mit ausgestrecktem Arm beschrieb er einen weiten Kreis und blickte den Anwesenden dabei in die Augen. Bei Phileasson verharrte er etwas länger als bei den anderen.

»Doch Furcht ist jenen fremd, die mit mir auf Plünderfahrt

gehen. Mit grimmigem Trotz eiferten wir Swafnirs Mut nach. Wohin der Gottwal schwimmt, können auch seine Kinder folgen. So besiegten wir den Nebel. Zwölf Tage und mehr ruderten wir ohne Schlaf. Dann tauchte die Küste vor uns aus den Fluten. Wir wussten: Dies war das Güldenland, die Heimat unserer Ahnen!«

Raunen erhob sich, und viele Blicke trafen Phileasson. Bislang galt er als einer von einer Handvoll Kapitäne, die Güldenlands Küsten befahren hatten und lebend zurückgekehrt waren.

Betont lässig lehnte sich Phileasson zurück und stützte sich mit den Ellbogen auf dem Tisch ab. In seiner Brust aber brannte eine Hitze, die jene des Premer Feuers übertraf. Beorn war ihm als Plünderer immer überlegen gewesen, aber er hatte niemals versucht, sich als Entdecker hervorzutun. Zwar war Phileasson bereits zweimal zum Güldenland gesegelt, aber was bedeutete es schon, einmal Vollbrachtes zu wiederholen? Hatte Beorn nun bewiesen, dass er alles zu tun vermochte, was Phileasson zustande brachte – und mehr?

»Die Völker unserer alten Heimat sind schwach geworden!«, rief Beorn. »Gegen die Kraft und den Mut eines Thorwalers sind sie nicht mehr als kleine Kinder! Sie gaben uns ihre Schätze und bettelten darum, dass wir wieder fahren sollten!«

Die Krieger lachten. Einer brachte Beorn einen Sack, den dieser auf dem Tisch ausleerte. Becher, Reife und Münzen roten Goldes klapperten auf die Bohlen. Jubelrufe dröhnten durch die Halla.

Phileasson reckte den Hals. Gern hätte er gesehen, ob die Gegenstände Runen oder Bilder trugen, die er aus dem Güldenland kannte, etwa von dreiäugigen Priestern. Von seinem Platz aus konnte er es jedoch nicht erkennen, und wenn er zu Beorn gegangen wäre, hätte es nach Schwäche ausgesehen.

So blieb ihm nur ein spöttisches Auflachen. »Ist es eines starken, mutigen Thorwalers würdig, Kindern ihr Spielzeug zu stehlen?«

Beorns graues Auge funkelte ihn an. »Die Güldenländer zitterten vor unserer Tapferkeit.«

»Und womit habt ihr diese Tapferkeit bewiesen?«

»Ich habe mich mit ihrem stärksten Krieger geschlagen.«

»Dem stärksten der Kinder?«

Vereinzelt lachte jemand.

Beorn ballte die Fäuste und öffnete sie langsam wieder. »Nach dem Kampf fürchteten sie uns, als wären sie Kinder. Sie sind ehrlichen Stahl nicht gewohnt, doch sie sind doppelt so groß wie wir. Ihre Köpfe gleichen denen von Kranichen, mit langen, spitzen Schnäbeln.«

Phileasson sprang auf. »Welches Garn willst du hier spinnen, Beorn? So wahr ich mit meiner *Seeadler* die Küste Güldenlands hinauf und hinab gekreuzt bin – die Menschen dort sehen aus wie wir! Und du, Beorn, wärst bei den fantastischen Geschichten, die du hier zum Besten gibst, besser ein Skalde geworden als ein Drachenführer, der sich seine Fahrten nur erträumt!«

In dem Schweigen, das Phileassons Rede folgte, war das Scharren von Dolchen zu hören, die langsam aus den Scheiden gezogen wurden. Phileasson fragte sich, wie viele der Versammelten wohl zu ihm und wie viele zu Beorn halten würden. Es stand schlecht. Garhelts Krieger würden wohl Beorn unterstützen, denn Phileassons Provokation stand außer Frage.

»Nennst du mich einen Lügner?« Beorn wirkte so gelassen, als habe er nur auf eine Gelegenheit zum Streit gewartet.

Phileasson ärgerte sich, dass er zu seinem auf dem Tisch stehenden Rivalen aufsehen musste. »Deine Geschichte enthält weniger Wahres als die Märchen der Amme, die dich gesäugt hat!«

»Dann nenne ich dich einen toten Mann.« Beorn bedachte ihn mit einem kalten Lächeln. »Komm mit mir nach draußen, und ich werde dir im Feuerschein von Ifirns Milde zeigen, wie ich meinem güldenländischen Gegner seinen Kranichkopf vor die Füße gelegt habe.«

Phileasson spürte das Premer Feuer in den Schläfen brennen. »Darauf warte ich schon lange! Es wird Zeit, dass wir endlich …«

»Ruhe in meiner Halla!«, donnerte Garhelt.

Die Stimme der Obersten Hetfrau zeugte davon, dass sie Drachen durch Stürme befehligt hatte. Phileasson fühlte sich, als hätte ihm jemand ein nasses Tuch ins Gesicht geklatscht, und auch Beorns überlegenes Lächeln war verschwunden.

»Setzt euch!«, forderte Garhelt. »Alle! Sofort!«

Sie stellte sich in die Mitte der Halla, zwischen die verfeindeten Kapitäne.

»Ich werde nicht dulden, dass sich meine besten Drachenführer wegen solcher Lappalien die Kehlen durchschneiden. Beorn und Phileasson, ihr zählt zu den Kapitänen, die meine Thorwaler am meisten bewundern, und zahllose Lieder berichten von euren Heldentaten, das wohl. Nun ist es an der Zeit festzustellen, welcher von euch der Größte ist. Wurde euch nicht schon in der Jugend geweissagt, dass einer von euch den Titel *König der Meere* führen würde, so wie einst Hrolf Axtbrecher?«

Beide nickten.

»Dann soll es auch so sein!«, beschied Garhelt. »Ihr sollt eine Reise antreten, die euch in die fernsten Winkel Aventuriens führen wird. Ihr werdet euch an Aufgaben beweisen, denen sich noch kein Mensch zu stellen wagte. Es wird eine Fahrt sein, wie sie nie zuvor ein Recke gewagt hat. Es wird ein Weg von Blut und Tränen sein. Ein Weg, so gefährlich, dass vielleicht keiner von euch beiden je wieder vor mich treten wird. Wer siegreich zu mir zurückkehrt, der darf sich fortan König der Meere nennen. Und kein anderer soll diesen Titel führen, solange er lebt!«

Sie sah Cunia an, Thorwals höchste Traviageweihte. Die alte Priesterin mit den grauen Zöpfen wirkte merkwürdig zufrieden, als sie der Obersten Hetfrau zunickte.

»Heuert nun wagemutige Seeleute, Glücksritter und Söldner an, denn niemand aus eurer eigenen Ottajasko soll euch auf dieser Reise zur Seite stehen. Es genügt, wenn meine beiden besten Drachenführer auf diese Fahrt des Schreckens gehen, ich will nicht auch noch Thorwals beste Ottajaskos den Gefahren dieser Reise überlassen. Rüstet die *Seeadler* und die *Seeschlange* aus, und findet euch in sechs Tagen wieder in meiner Halla ein. Dann werde ich euch die Regeln für einen Wettkampf nennen, über den selbst der Gottwal staunen wird, das wohl!«

Thorwal,
erster Tag im Grimfrostmond

»Bist du müde?«, fragte Salarin Trauerweide.

Ertappt nahm Shaya die Hand vom Mund. Sie lächelte. »Nach dem Fest mussten wir noch Garhelts Halla fegen. Ich habe heute Nacht nicht geschlafen.«

Salarin nickte. Menschen fiel es sehr schwer, eine Nacht nicht zu schlafen. Anders als Elfen konnten sie keine Woche durchwachen, um dann mit einer längeren Ruhepause die Kräfte aufzufrischen. Shaya kniete auf dem Boden. Sie tunkte die Bürste wieder in den Eimer, beugte sich vor und fuhr fort, die steinernen Platten der Tempelhalle zu schrubben.

»Ich frage mich, wie sich die Hetleute auf die Jagd konzentrieren können«, sagte sie.

Salarin hatte das Fest, das die Menschen den Tag der Jagd nannten, schon an anderen Orten kennengelernt. In manchen

Gegenden, wo sonst nur der Adel das Recht hatte, dem Wild nachzustellen, war am ersten Tag des Firunmondes jedermann gestattet, mit Speer und Bogen sein Glück zu versuchen. Hier in Thorwal durften alle das ganze Jahr über jagen, und der Mond war nach dem Grimfrost benannt, nicht nach dem Gott der Jagd und des Winters. Trotzdem nutzte man das Fest gern, um gemeinschaftlich auf die Pirsch zu gehen. Auch Lenya hatte sich den Jägern angeschlossen, was bedeutete, dass Shaya ganz allein die Vorbereitungen für das morgige Festmahl aufgebürdet waren. Wo Mutter Cunia war, wusste Salarin nicht.

Anders als in einer Herberge musste man in einem Traviatempel nicht für seine Unterkunft bezahlen. Dafür wurde erwartet, dass man sich an der Hausarbeit beteiligte. Das galt auch für Eichward und Salarin. Eichward stand auf einer Leiter und mühte sich mit einer Axt und einem Schnitzeisen an dem neuen Querbalken, der den gerissenen ersetzen sollte. Doch der neue Balken weigerte sich, den ihm zugedachten Platz einzunehmen. Er war eine unvollkommene Arbeit, wie sie so oft von Menschenhand geschaffen wurde. Salarin hatte auf den ersten Blick gesehen, dass das breite Ende niemals in den Spalt passen würde, den der alte Balken gefüllt hatte. Doch Eichward verweigerte sich trotzig der Erkenntnis. Er versuchte nun schon zum dritten Mal, mit Kraft und roher Gewalt passend zu machen, was einfach nicht passen konnte.

Salarin fragte sich, ob mangelndes Augenmaß oder Dickköpfigkeit Eichward daran hinderten, das Offensichtliche einzusehen. Auch erschienen dem Elfen die Schläge, mit denen der Ritter das Holz bearbeitete, ungelenk und willkürlich. Salarin hätte versucht, die Melodie des Balkens zu erlauschen und zu verstehen, wie er gewachsen war und wie er sich künftig biegen wollte. Dann hätte er das Überflüssige weggenommen. Vorher noch hätte er den Baum, aus dem der Balken geschnitten war, gefragt, ob er sein Holz geben wolle, um ein Langhaus zu stützen. Bäume antworteten nicht wie Elfen oder Menschen, deswegen musste man sie oft besuchen, um sich der Antwort gewiss zu sein. In gleicher Weise hätte er auf den Gesang des Hauses gelauscht, um zu verstehen, was ihm fehlte.

Am Ende hätte er einen Balken gehabt, der sich in perfekter Harmonie in das Langhaus eingefügt hätte.

Hätte er diese Gedanken mit Eichward geteilt, wäre die Antwort gewesen, dass Salarins Vorgehensweise so lange gedauert hätte, dass der Traviatempel vor der Vollendung der Aufgabe in einem Sturm zusammengestürzt wäre. Und damit hätte Eichward recht gehabt.

Salarin lächelte, weil er sich freute, die Denkweise der Rosenohren zumindest in vielen Fällen zu verstehen. Ob es wohl gelingen mochte, aus der Weltsicht von Elfen und Menschen ein neues Verständnis zu entwickeln, das Harmonie und Entschlossenheit miteinander verband? Oder lastete allein schon auf dem Gedanken daran der Fluch des Hochmuts, der das Unmögliche zu erreichen strebte? Darüber würde er in den nächsten Jahren nachdenken.

Salarins Aufgabe war das Schmücken des Raums. Nachdem er die Schnitzereien an den tragenden Säulen frisch bemalt hatte, wandte er sich nun den farbigen Bändern zu. Die meisten waren gelb oder orangerot, aber die Färber hatten nicht exakt gearbeitet, und entsprechend ihres Alters waren die Stoffe in unterschiedlichem Grade ausgebleicht oder von Ruß verschmutzt. Während er ein dreißig Schritt langes Band quer durch die Halle vom Herdfeuer bis zum letzten Stützpfosten spannte, überlegte Salarin, ob eine harmonische Anordnung oder eine abwechslungsreiche Komposition besser zu der Melodie eines Festessens am Tag der Jagd passte. Zusätzlich musste er die Gestecke aus getrockneten Blumen berücksichtigen. Sie standen dort bereit, wo gestern noch die Leiche aufgebahrt gewesen war.

Salarin betrachtete die Durchgangstür, die zu dem kleinen Raum führte, in dem der Tote jetzt lag. Ein Krieger der Walsturm-Ottajasko war bei ihm.

»Warum darf er nicht mitfeiern?«, fragte Salarin.

Shaya hielt inne, folgte seinem Blick und wischte sich den Schweiß von der Stirn. »Er wird bald abgelöst. Nur ein Recke wird ständig bei dem Toten sein.«

»Warum?«

»Es ist ein Zeichen von Respekt, über die Ruhe eines Verstorbenen zu wachen.« Sie setzte ihre Arbeit fort.

»Ist seine Seele denn noch hier?«

»Sie ist auf dem Weg zu Boron. Dem Totengott.«

Salarin kannte alle Zwölfgötter. Und dann auch wieder nicht. Immer wenn er glaubte, etwas über die Götter verstanden zu haben, lernte er Neues, das ihn verwirrte. Boron war in Almada hoch verehrt. Man nannte ihn dort den dunklen Cumpan. Wenn in Taladur jemand starb, feierte die Familia ein lautes Fest. Das war gänzlich verschieden von der stillen Wache, die man hier hielt.

»Warum liegt sein Körper im Haus der Travia, wenn die Seele zu Boron geht?«, fragte Salarin.

»Wir haben keinen Borontempel in der Stadt.«

Das war noch so eine Merkwürdigkeit. Die Geweihten stimmten darin überein, dass die Zwölfgötter Geschwister waren. Aber die Frage, wer von ihnen der Bedeutendste sei, rief erbitterten Streit hervor. In Almada war Boron ein Fürst und Travia eher unwichtig. Die Thorwaler dagegen sahen sich als Kinder Swafnirs, des göttlichen Wals, und ehrten jene, die seine heilige Wut ergriff. Dabei war Swafnir nicht einmal einer der Zwölf.

»Trauert ihr nicht um eure Toten?«, fragte Shaya.

»Störrisches Holz!«, rief Eichward und rammte den Balken aus dem Spalt, in dem er nur zur Hälfte einsinken konnte.

Eichward war ebenso groß wie Salarin, aber viel massiger. Er war kein Schreiner, sondern ein Ritter, was – so wie Salarin es verstanden hatte – ein Krieger mit einem besonderen Ehrenkodex war. Eichward stammte nicht aus Thorwal. Seine Heimat war das Königreich Andergast, weswegen er Garethi sprach, wenn er sich nicht konzentrierte.

»Manchmal vermissen wir unsere Toten«, sagte Salarin. »Aber ihr Licht ist ewig, so wie unser eigenes. Also werden wir sie irgendwann wiedertreffen.«

»Was geschieht mit diesem Licht, wenn der Körper stirbt?«

»Es sucht sich einen neuen Körper. Den eines Elfen oder eines Tieres. Früher oder später kehrt es zurück in das große Licht.«

»Warten eure Götter dort auf euch? Im großen Licht?«

Salarin blinzelte. Darüber hatte er niemals nachgedacht, obwohl Shayas Frage ihm jetzt durchaus naheliegend erschien. Es lag wohl daran, dass die Götter unter den Elfen, die er getroffen hatte, keine Rolle spielten. Es gab alte Statuen, verfallene Schreine, sogar Tempelruinen. Aber die Elfen sahen diese Stätten als etwas Vergangenes an. Manche sagten, es sei verwegen, Wesen zu verehren, die einem unbegreiflich waren. Andere meinten, die Melodie der Welt und des Lebens gebe einem Elfen alles an Orientierung, was gut für ihn sei. Wer nach anderem strebe, entferne sich von seinem eigenen Licht. Den meisten seiner Verwandten in der Goldregenglanzsippe war Salarins Sehnen unbegreiflich, und jene, die es verstanden hatten, waren überzeugt, dass es nur Unglück bringen konnte. Seine Fragen hatten die Musik des gemeinsamen Salasandra gestört, sodass Salarin die Sippe hatte verlassen müssen, um in der Welt Antworten oder wenigstens Frieden zu finden.

»Ich weiß kaum etwas von unseren Göttern«, gestand er. »Weiß Travia etwas von den Elfen?«

Shaya erhob sich in eine hockende Position. »Mutter Travia heißt jeden willkommen, der Wärme im Herzen trägt. Wenn wir an ihre Tafel kommen, wird sie all unsere Tränen trocknen.« Sie lächelte, als hätte sie etwas sehr Kostbares und Schönes gefunden.

Geräusche aus dem Windfang kündigten Besucher an. Shaya stand auf und trocknete die Hände an der Schürze.

Sie waren zu dritt. Da sie kein Gepäck dabeihatten, mussten sie bereits Unterkunft in der Stadt gefunden haben. Das schwarze Haar trugen alle drei auf Kinnlänge geschnitten. Bei einem zog sich eine Narbe durch das Gesicht, einem anderen fehlte die linke Hand.

»Travia zum Gruße, Niobald«, sagte Shaya.

»Travia zum Gruße«, erwiderte der mit der Narbe.

»Hast du Freunde mitgebracht?«

»Meinen Bruder Murro«, der Einhändige verbeugte sich, »und meine Schwester. Sie heißt Asmodette.«

Beim letzten Besucher handelte es sich also um eine Frau. Salarin betrachtete sie näher. Sie wirkte abgehärmt. Ihr Gemüt erschien ihm so dunkel wie ihr Haar. Ihr Bruder hatte mit einem Akzent gesprochen, der ihn als Nostrier verriet. Die Melodie ihrer Sprache hatte etwas so monoton Plätscherndes, dass Salarin vermutete, sie fingen ihre Fische, indem sie sie in den Schlaf redeten.

»Seid willkommen«, sagte Shaya. »Legt eure Waffen ab, und setzt euch. Bis zum Mittagessen dauert es noch eine Weile.«

Niobald musterte Eichward mit einem finsteren Blick, den dieser von der Leiter herab erwiderte.

»Wir kommen nicht wegen eures Essens, Schwester.«

»Ganz gleich, was euer Begehr ist«, Shaya machte einige Schritte auf die drei zu, »in Travias Haus ist der Platz für Waffen die Wand mit den Haken, dort neben dem Eingang!«

Asmodette flüsterte ihren Brüdern etwas zu. Sie lösten die Schwertgehänge und folgten der Aufforderung der Geweihten.

»Ich habe noch etwas zu tun.« Shayas Stimme war wieder freundlich. »Wollt ihr euch erst einmal an unserem Herdfeuer wärmen?«

Eichward schien zu glauben, dass der Balken nun so weit zurechtgeschnitten war, dass er ihn mit dem Hammer in die Halterung zwingen könnte. Die Schläge knallten durch die Halle.

Shaya kehrte zu Bürste und Eimer zurück, blieb aber stehen und beobachtete die Nostrier, die tuschelnd Platz nahmen und dabei immer wieder zu Eichward hinaufsahen.

Salarin ging zu Shaya. Er spürte, dass die Melodie der Besucher ein neues Lied in das Haus trug. »Wer sind diese Leute?«

»Sie haben einen Hader mit Eichward«, flüsterte Shaya. »Aber Travias Heim ist der falsche Ort dafür.«

Niobald zog die Stiefel aus und streckte die Füße dem Herd entgegen. »Ganz recht, Asmodette!«, rief er auf Garethi. »Ich bin sicher, denn ich habe ihn bis hierher verfolgt. Das ist der Kindermörder!«

Die Hammerschläge setzten aus.

»Ich habe niemals ein Kind getötet«, sagte Eichward auf Thorwalsch.

»Das stimmt!« Niobald wechselte ebenfalls in diese Sprache. »Du hast nur Väter und Mütter ermordet, die Felder hätten bestellen können. Dass die Waisen jetzt verhungern, schert einen edlen Ritter wenig.«

»Wenn sie sich mit ihren Mistgabeln ihren Ställen gewidmet hätten, statt auf mich loszugehen, wären sie nicht unter meinem Schwert gefallen.« Eichward stieg die Leiter herunter.

Shaya trat zwischen ihn und die Bank, auf der die Nostrier saßen. »Mutter Cunia hat dir bereits gesagt, dass der Friede des Herdfeuers heilig ist, Niobald«, mahnte sie. »Respektiere Travias Gebote!«

»Oh, ich bin voller Liebe für die Herrin der Gänse. Sie bietet jedem Abschaum Obdach.«

»Sprichst du von dir selbst?«, grollte Eichward.

»Ich bin nicht derjenige, der sich seit Wochen in diesem Tempel verkriecht.«

»Hier verkriecht sich niemand.«

»Nein? Warum traut sich der stolzen Ritter dann nur am Rockschoß einer Geweihten auf die Straßen? Hast du etwa deine Vorliebe dafür entdeckt, Gemüsekörbe vom Markt zu schleppen?«

»Ich habe schon Schlimmeres getan.«

Niobald übersetzte ins Garethi, woraufhin seine Geschwister spöttisch auflachten. »Keiner wird deine Verbrechen in Abrede stellen. Du hast Glück, dass die Herrin Travia der Ehre weniger Wert beimisst als die Löwin Rondra. Um in einen Eisenharnisch gepanzert ein paar Bauern zu erschlagen – wie feige muss man da sein?«

»Niemand nennt mich einen Feigling!«, rief Eichward.

Shaya wollte einschreiten, aber keiner beachtete sie. Stattdessen sprangen die Nostrier auf und schlossen Eichward in einem Halbkreis ein.

»Ich nenne dich einen Feigling, jetzt und hier!«, rief Niobald.

»Dann sollst du auch jetzt und hier deinen Lohn dafür erhalten!«

Eichward überragte Niobald um mehr als einen Kopf. Mit einem einzigen langen Schritt war er bei ihm und rammte ihm eine Faust ins Gesicht.

Niobald versuchte, dem Schlag auszuweichen. Er war zu langsam. Knackend brach sein Nasenbein, und ein Schwall dunklen Bluts floss ihm über Lippen und Kinn.

»Eichward!«, rief Shaya.

Die beiden anderen Nostrier sprangen den Hünen an. Sie klammerten sich an ihn und wollten ihn umreißen, aber er stand breitbeinig und fest.

Asmodette schlug ihm ins Gemächt.

Er grunzte und schüttelte die beiden ab, als wären sie Hunde und er selbst ein Bär. Murro riss drei Stühle um, bevor er gegen die Wand prallte.

Asmodette zog ein Messer, das sie unter ihrem Gewand verborgen hatte, und stach nach Eichward.

Der Ritter versuchte, den Arm der Messerstecherin zu packen, griff zu kurz und fasste in die Klinge. Mit einem triumphierenden Lachen riss Asmodette die Waffe aus seiner Faust. Dicke Blutstropfen spritzten über den frisch gewischten Tempelboden.

Eichward warf einen schnellen Blick auf die anderen Gegner, die sich aber gerade erst wieder aufrappelten, und ging mit vorgebeugtem Oberkörper und ausgebreiteten Armen auf Asmodette los.

»Wollt ihr wohl aufhören!«, rief Shaya. Sie schwang eine Decke wie die Fischer auf dem Valquir ihre Netze. Tatsächlich fing sie Asmodette damit ein und riss sie zu Boden.

Eichward nutzte die missliche Lage seiner Gegnerin und versetzte ihr einen Tritt.

»Lass das!«, kreischte Shaya. »Hör auf und … Vorsicht!«

Eichward wirbelte herum, konnte aber dem Stuhl nicht mehr ausweichen, den Murro nach ihm schwang. Die Lehne zerbrach auf seiner Schulter. Er taumelte seitwärts und schüttelte benommen den Kopf.

Murro setzte nach.

Eichwards Ellbogenschwinger belehrte ihn, dass der Ritter trotz seiner Orientierungslosigkeit noch ein gefährlicher Kämpfer war.

Niobald nahm ein Scheit vom Feuerholzstapel und benutzte es als Knüppel.

Eichward schützte seinen Kopf mit den Unterarmen und drängte den Gegner zugleich gegen die Wand. Er war viel schwerer als der Nostrier, sodass der Kleinere nur zurückweichen konnte.

»Was ist hier los?« Der Krieger der Walsturm-Ottajasko stand unentschlossen an der Durchgangstür. Da er Totenwache hielt, war er mit Speer und Schild bewaffnet.

Eichward nahm Niobald in den Schwitzkasten. Sein Gegner bearbeitete den Rücken des Ritters mit Keulenschlägen, konnte aber nicht weit genug ausholen, um Wirkung zu erzielen.

Als Murro zu Hilfe kam, hielt Eichward ihn mit einem Tritt in den Bauch auf Abstand. Der Nostrier übergab sich.

Dafür befreite Asmodette sich aus dem Tuch und eilte zu den Waffenhalterungen.

Salarin erkannte ihre Absicht und stellte sich dazwischen. »In Travias Haus sind keine Waffen erlaubt!«, rief er.

»Die gütige Herrin wird nicht wollen, dass dieser Kindermörder ihre Gastfreundschaft beschmutzt!«, blaffte Asmodette.

»Keine Waffen!«, wiederholte Salarin.

Die Stärke der Nostrierin überraschte ihn. Sie schob ihn zur Seite und griff nach einem Schwert.

Er warf sich in ihren Arm, sodass sie die Klinge nicht aus der Halterung befreien konnte.

Die Tür des Windfangs flog auf. »Welchen Wahnsinn muss ich hier antreffen?«, donnerte Mutter Cunia. Sie legte den Kopf in den Nacken, verschränkte die Arme und musterte das Geschehen.

Salarin spürte, wie das Lied im Tempel sich abermals wandelte.

Ihm war, als ließe sich eine neue Stimme in der Melodie vernehmen. Machtvoll. Ganz anders als die der Menschen, denen er bislang begegnet war.

Asmodette nahm die Hand von der Waffe. Auch die anderen Kämpfer kamen zur Ruhe. Als Eichward Niobald losließ, fiel dieser zu Boden, wo er hustend liegen blieb.

Cunia schritt zu Shaya, die sich gerade mit weiteren Decken ausgestattet hatte. »Schwester?«

»Ja, Mutter?«, fragte Shaya kleinlaut.

»Was hat sich hier zugetragen?«

»Niobald und seine Geschwister …«

Sie sah zu den Nostriern hinüber, die sich nun in einer Gruppe sammelten.

»Sie haben schlecht über Eichward geredet, und er ist wütend geworden.«

»Das höre ich ungern. Wer hat zuerst zugeschlagen?«

Shaya legte die Decken ab. Danach schien sie nicht zu wissen, wohin sie ihre Hände tun sollte, und faltete sie im Schoß.

»Muss ich nochmals fragen, Schwester Shaya?«

»Nein, Mutter. Ich glaube, Eichward hat den ersten Schlag geführt.«

»Jawohl!«, rief Eichward. »Ich hätte diesem Fratz schon lange das Gesicht verschönern sollen!«

Niobalds Nase war zertrümmert, Kinn und Wangen blutbesudelt. Der Kampfrausch mochte dafür sorgen, dass er den Schmerz noch nicht empfand, aber seine Augen tränten wie ein zerschnittener Wasserschlauch.

»Dieser Dreckskerl folgt mir seit dreihundert Meilen!«, fuhr Eichward fort.

»Ich würde dich bis ans Ende der Welt jagen!« Niobalds Stimme klang dumpf.

»Gib endlich Frieden! Ich will dich nicht töten!«

»Du bist ein Feigling, Eichward vom Stein! Stell dich zum Kampf!«

»Habt ihr immer noch nicht genug?« Mit geballten Fäusten ging Eichward auf die Nostrier zu.

»Wollt ihr alle Travias Frieden verlieren?«, donnerte Mutter Cunia. »Schon euer Gezanke ist unerträglich! Wir haben einen Toten unter unserem Dach! Ihr steht an unserem Herdfeuer! Ich hätte nicht übel Lust, einen Fluch auf euch zu legen, auf dass ihr auf Jahr und Tag keine Ruhe mehr finden und keine Nacht mehr wohlbehütet schlafen sollt, das wohl!«

Die Drohung zeigte Wirkung. Als Niobald sie für seine Geschwister übersetzte, senkten die Nostrier die Köpfe.

Eichward trat zurück. »Es war Krieg«, sagte er. »In meiner Heimat ist immer Krieg.«

»Hier ist nicht deine Heimat«, versetzte Cunia streng. »Dies ist das Heim Travias, und hier wird wieder Frieden einziehen. Geht mir aus den Augen. Ihr alle!«

Eichward sah sie an.

»Jawohl, auch du, Eichward«, bestätigte Cunia. »Du kannst in Ruhe deine Sachen packen, aber dann wirst du dieses Haus verlassen. Wer keinen Frieden wahren will, ist hier nicht willkommen.«

Thorwal,
zweiter Tag im Grimfrostmond

Tylstyr Hagridson stützte sich auf seinen Zauberstab und sah zum Anleger hinüber. Dort stieg Lenya, die blonde Schwester aus dem Traviatempel, auf das Totenfloß, das ein Seil mit dem Langschiff der Walsturm-Ottajasko verband. An dessen Bug war der fauchende Drachenkopf angebracht, als wollte die Besatzung zu einer Heerfahrt auslaufen.

»Herr Boron, Unausweichlicher, diesen Menschen empfehle ich dir an!«

Nicht alle, die zum Hafen gekommen waren, würden Lenyas Stimme hören. Der Wind rauschte, und die Grausamkeit des Mordes mitten in der Stadt hatte viele dazu bewogen, dem Toten die letzte Ehre zu erweisen, obwohl ihn kaum jemand gekannt hatte.

Anders als Tylstyr. Er hatte mit Atagord Jalson, dem Sohn des Dorfschmiedes, einst Krebse am Strand vor Stainakr gesammelt. Jetzt hatten Krebse den Gefährten seiner Kindheit gefressen.

»Atagord ging von uns.« Lenya strich durch die Luft über der aufgebahrten Leiche. Der Körper war in Leinenbinden gewickelt, die man mit Lampenöl begossen hatte, damit er gut brannte. »Wir, die wir zurückbleiben, wissen nicht, in welches der zwölfgöttlichen Paradiese seine Seele Einlass begehrt.«

Tylstyr hatte sich kaum mit den Zwölfgöttern beschäftigt. Wenn er betete, richtete er seine Worte an Swafnir. Sein Vater hatte ihn gelehrt, dass es wenig nützte, den Gottwal um etwas zu bitten. Besser, man rief ihn an, um ihn aufzufordern, Zeuge der eigenen Stärke zu werden. Das war eines Thorwalers würdig und gefiel Swafnir. Wenn auch Atagord es so gehalten hatte, dann hätte er sich gewünscht, dass ihn der Gottwal für den ewigen Kampf gegen die Seeschlange Hranngar an seine Seite rief. Aber Tylstyr wusste nicht, zu was für einem Mann Atagord herangewachsen war. Er hatte ihn zuletzt vor vielen Jahren gesehen. Damals, als Meister Eddrik gekommen war, um ihn zurück zur Akademie zu holen. Wieder dachte er an das Mädchen. Diese Schuld lag ihm wie ein Fels auf dem Herzen.

»Schirme seine sterbliche Hülle, auf dass ihr kein Unheil widerfahre, und sende den Totenraben aus, diese Seele zu finden und zur Seelenwaage zu führen.«

Tylstyr schob sich durch die Menge an die Seite eines Mannes, den er ebenso lange nicht mehr getroffen hatte. Der in eine Krötenhaut gewandete Krieger mit der Axt am Gürtel war Tjorne Warulfson. Auch der dritte Sohn des Hetmannes von Stainakr war zu einem stattlichen Recken geworden, der wenig mit dem Knaben von einst gemein hatte. Tylstyr hätte gezögert, einfach auf ihn zuzugehen, wären da nicht die bis zur halben Höhe angewachsenen Ohrmuscheln, eine Eigenheit von Tjornes Familie.

Lenya hockte sich an den Rand des Floßes und tauchte ein Trinkhorn in das Wasser des Hafenbeckens. Sie goss es über der Leiche aus. Dann stieg sie zurück auf den Anleger und löste das Seil, mit dem das Floß festgebunden war.

»Es ist lange her, nicht wahr, Tjorne?«

Der Angesprochene fuhr zu ihm herum, nahm die Finger von der Halskette aus Möwenknochen und starrte ihn an. »Tylstyr!«, rief er. »Tylstyr Hagridson!«

»Der bin ich.«

Die Ottajasko brachte die Riemen aus. Ihr Schiffsführer rief die Kommandos. Im Gleichtakt tauchten die Blätter ins Wasser.

Tjorne musterte Tylstyrs Zauberstab. »Du bist jetzt ein richtiger Magier.«

»Schon ein paar Jahre. Ich helfe in den Wintern an der Akademie aus.«

Das Drachenschiff zog das Floß hinter sich her aus dem Hafen in den Bodir. Eine Meile würde die Ottajasko auf das Meer hinausfahren, dann das Seil kappen und das Totenfloß mit Pfeilen in Brand schießen.

»Hast du die Leiche gesehen?«, fragte Tylstyr.

»Ich war im Traviatempel, bevor sie ihn verbunden haben. Aber ich habe ihn nicht erkannt.«

»Wirklich nicht?«

Tjorne sah sich um. Sie standen inmitten der Menge. »Lass uns ein paar Schritte gehen«, bat er.

Der Wind pfiff um die Ecken der Gebäude in der Weststadt. Die meisten von ihnen nahmen eine geringere Grundfläche ein als ein Langhaus, dafür waren manche höher gebaut. Fremde lebten selten in so großen Verbänden zusammen wie Thorwaler, aber in einem Kontor oder einer Gesandtschaft legte man Wert darauf, dass der Anführer weiter oben wohnte als das Gesinde. Bei manchen Häusern ragten Eisendornen aus den Mauern, um Dieben das Erklettern zu erschweren. Bei den Thorwalern bot die Gemeinschaft Sicherheit. Ein Langhaus war niemals leer und daher immer bewacht, und ein Fremder fiel in den Ottaskins schnell auf.

»Der Mord geschah auf die gleiche Weise wie damals«, murmelte Tjorne.

»Das wissen wir beide.«

»Atagord war dabei.«

»So wie wir.«

Tjorne ging, als trüge er ein Fass auf den Schultern. »Ich. Du nicht.«

»Ich auch«, widersprach Tylstyr.

»Du warst dagegen, das habe ich von Anfang an gespürt.« Er lächelte traurig. »Ich habe oft über den Tag nachgedacht, an dem ich dich zu ihr gebracht habe. Du hast dich nicht an ihr vergangen, oder?«

Tylstyr zögerte, offen zu antworten. Zu lange hatte er Tjorne nicht gesehen. Zu schwer war einzuschätzen, was ihn wirklich bewegte. »Ich habe nicht verhindert, was ihr getan habt. Auch ich trage an meiner Schuld.«

»Du bist doch ein Magier. Glaubst du, sie hat einen Fluch auf uns herabbeschworen?«

Tylstyr zuckte mit den Schultern. »Beschwörungen sind nicht meine Stärke. Mit meinen Zaubern kann ich Dinge erforschen, aber ich rufe ungern Wesenheiten aus anderen Sphären herbei. Es macht mir Angst, wenn ich nicht mehr unterscheiden kann, was wirklich ist und was Einbildung.«

Tjorne spie aus. »Ich fürchte, was damals geschehen ist.«

»Und sich jetzt wiederholt hat.«

Heftig schüttelte er den Kopf. »Das meine ich nicht. Ich meine das davor. Was ich getan habe.«

»Wir.«

Tjorne blieb stehen und umfasste Tylstyrs Ellbogen. »Ich bin froh, dass wir uns getroffen haben. Ich habe oft daran gedacht, dass ich mit dir reden will.«

»Warum bist du nicht in die Akademie gekommen?«

Der kräftige Mann sah unsicher auf den Boden. »Ich weiß es nicht. Wir tun nicht immer, was wir wollen.« Er schluckte. »Aber damals wollte ich es. Ich wollte es der Kleinen zeigen. Besser als die anderen. Ich musste der Größte sein. Der Beste.« Sein Griff wurde kräftiger, als hielte er sich an Tylstyr fest. »Wenn ich heute jemanden träfe wie mich damals, ich würde ihn erschlagen wie einen tollwütigen Hund. Ich ekle mich vor mir selbst, wenn ich an das denke, was ich getan habe.«

Tylstyr machte sich los.

»Du hast nicht nur das Mädchen gerettet«, fuhr Tjorne fort. »Du hast mich davor bewahrt, zu jemand noch Schrecklicherem zu werden, als ich schon war.«

»Ich habe sie nicht gerettet.«

Tjorne sah ihn ungläubig an. »Was? Ich verstehe nicht … Ich dachte immer, du hättest sie da herausgeholt.«

Tylstyr war nicht minder überrascht. »Und ich dachte, ihr hättet sie fortgebracht. Ich wollte sie befreien. Aber als ich zurückgekehrt bin, war sie nicht mehr dort. Ich dachte …« Ihm versagte die Stimme.

»Wir hätten sie getötet? Nein!« Tjorne seufzte. »Ich war immer überzeugt, du hättest sie dort herausgeholt. Wir alle haben das geglaubt.«

»Und deshalb bist du nie zur Akademie gekommen.«

Tjorne nickte. »Ich hatte Zeit, nachzudenken. Ich fand, dass du das Richtige getan hast. Ich hätte dir nicht in die Augen blicken können …«

»Dann müsst ihr auch gedacht haben, dass ich an Eigils Tod Mitschuld trage.«

»Er hatte es verdient«, entgegnete Tjorne leise. »Er war wie ein böser Geist. Er hat uns zu ihr gebracht, einen nach dem anderen. Ich hatte noch nie ein Mädchen gehabt. Und ich wusste, es würde noch lange dauern … Es war so leicht. So …« Er schüttelte den Kopf. »Heute verstehe ich nicht, wie ich so tief sinken konnte. Wir dachten, du wärest es gewesen, der …«

»Eigil getötet hat?« Tylstyr war schockiert. Er hatte Schlitzmaul nie gemocht. Aber ihn töten? Er war aus Stainakr gewesen. Aus seinem Dorf!

»Vielleicht mithilfe des Magiers, der dich geholt hat. Er war doch …«

»Nein«, unterbrach ihn Tylstyr entschieden. »Eddrik hat nichts damit zu tun. Ich habe ihm nie verraten, was geschehen ist. Er hat gespürt, dass etwas war … Aber er war so feinfühlig, niemals in mich zu dringen. Er hat nie verlangt, dass ich über Dinge spreche, die ich einfach nur tief in mir begraben wollte.«

»Aber wer hat Eigil dann getötet? Wenn du und dein Lehrer nichts damit zu tun hattet … Das Mädchen war doch viel zu klein und zartgliedrig. Die hätte ihn niemals von der Stelle bewegt bekommen … Und schon gar nicht Atagord. Sie sagen, er wäre zu dem Pfeiler unter der Brücke gebracht worden. Er war ein Hüne. Ein Bär von einem Mann …«

»Dunkle Taten gebären Dunkles«, sagte Tylstyr, und ein Schauder überlief ihn bei den Worten. »Unsere Grausamkeit ruft Geister und Dämonen in diese Welt. Vielleicht hat das Böse, das wir getan haben, Gestalt angenommen.«

Eine Weile gingen sie schweigend weiter. Als seien sie in einen unsichtbaren Sog geraten, führten ihre Schritte sie zur Nordbrücke des Kapitän-Kerlok-Kanals, wo die Krebse Atagord gefressen hatten.

Vielleicht wollten sie sich gegenseitig ihren Mut beweisen, indem sie ihren gleichmäßigen Schritt beibehielten und erst auf den Bohlen haltmachten. Die Wachen auf den Türmen, die die Einfahrt zum Winterhafen schützten, sahen gelangweilt zu ihnen herunter. Ein Lastkahn brachte Fässer. Wahrscheinlich waren sie für die beiden Knorren bestimmt, die an den geschützten Liegeplätzen ausgerüstet wurden. Über ihr genaues Ziel wusste niemand etwas, aber es war bekannt, dass sie der Versorgung der großen Fahrt dienten.

Tylstyr und Tjorne lehnten sich auf das Geländer und sahen auf den Kanal hinaus.

»Das Floß wird jetzt wohl brennen«, sagte Tylstyr.

»Vielleicht ist es sogar schon gesunken«, meinte Tjorne.

Obwohl er ihn von hier aus nicht sehen konnte, zog es Tylstyrs Blick unwillkürlich in Richtung des Pfahls, an dem der Mörder Atagord festgebunden hatte.

»Wenn sie uns einen Dämon auf den Hals gehetzt hat, haben wir es verdient«, flüsterte Tjorne. »Ich mehr als du.«

»Niemand hat es verdient, so zu sterben«, widersprach Tylstyr.

Tjorne zog die Axt aus dem Eisenring an seinem Gürtel und betrachtete das Blatt. Der Keiler, das Zeichen seines Vaters, war hineingraviert. »Ich werde nicht kampflos bei den Krebsen landen! Wusstest du, dass es auch Stig erwischt hat?«

Tylstyr sah vom eisgesäumten Wasser auf. »Nein.« Er hatte keine Verbindung mehr zu Stainakr. Nachdem Eddrik ihn geholt hatte, war er nie wieder in sein Dorf zurückgekehrt.

»Vor zwei Jahren haben sie ihn weit draußen auf dem Meer gefunden. Er lag in seinem Boot. War an die Ruderbank gefesselt, und das Boot war voller Krebse.« Tjorne ließ die flache Seite der Axt in seine offene Hand klatschen. »Wenn der Dämon der Kleinen zu mir kommt, wird er das hier zu schmecken kriegen.«

Tylstyr glaubte nicht, dass eine Axt einen Dämon aufhalten würde. »War sie noch bei anderen?«

Sein Freund zuckte mit den Schultern. »War seit dem Sommer nicht mehr in Stainakr. Kol ist gegangen. Er wollte …« Tjorne zögerte. »Er ist fort.«

Tylstyr begriff, dass Tjorne sehr wohl wusste, wohin Kol gegangen war, es ihm aber nicht anvertrauen wollte. Glaubte Tjorne etwa immer noch, dass er etwas mit den Morden zu tun hatte? »Und Veli?«

»Der redet nur davon zu gehen. Ich glaube, er wird die Herden seines Vaters niemals verlassen. Du kennst ihn. Im Plänemachen ist er groß, aber es folgen keine Taten.«

»Drei von uns Jungmannen sind also tot«, murmelte Tylstyr und beugte sich wieder über das Geländer der Brücke. »Drei von sieben, die damals dabei waren.« Würde er auch so enden? Von Krebsen gefressen. Er starrte auf das dunkle Wasser.

Man hatte den Kanal gründlich freigeschlagen, um das Drachenschiff der Walsturm-Ottajasko ausfahren zu lassen. Obwohl die Sonne am höchsten Punkt ihrer Bahn stand, war es so kalt, dass sich das Eis bereits wieder am Rand festsetzte und von dort aus in die Mitte schob.

»Können Dämonen Krebsen befehlen?«, fragte Tjorne.

»Was wissen wir schon?«, entgegnete Tylstyr. Als er an die Akademie gekommen war, war er überzeugt gewesen, er würde die Welt verstehen, wenn er nur fleißig genug lernte. Inzwischen wusste er, dass hinter jeder Antwort ein Dutzend neue Fragen lauerte. Er vermisste Eddrik. Sein Tutor war ein guter Steuermann auf der rauen See des Lebens gewesen. Vor zwei Jahren war er auf eine Reise in die Khôm-Wüste gegangen und nicht zurückgekehrt. Eddriks Rat fehlte ihm. Nach Meinung seines Tutors war Zauberei stets die letzte aller Möglichkeiten. Vieles erklärte sich bereits, wenn man mit offenen Augen und wachem Verstand durch die Welt ging.

Tylstyr dachte an den grässlich verstümmelten Leichnam Atagords. Hatte er vielleicht etwas übersehen? War es ein Fehler, sofort zu glauben, dass Dämonen etwas damit zu tun hatten? In Gedanken hörte er, wie Eddrik ihn verspottet hätte, weil er so schnell mit einer vorgefertigten Meinung bei der Hand war. Welche Fakten hatte er? Gab es überhaupt einen Beweis, dass dämonische Kräfte im Spiel waren? Atagords Halswunde erforderte einen präzisen Schnitt, aber wenn das Opfer bewusstlos war, ließ sich das leicht bewerkstelligen. Der Sirup auf Atagords Haut war unwiderstehlich für die Tiere, die in den Hafenbecken und im Kanal lebten und sich von den Abfällen der Stadt nährten. Gab es vielleicht gar keinen Dämon? War es womöglich nur das namenlose Mädchen, das sie gequält hatten?

Er pflichtete Tjorne bei, dass das Mädchen von damals, das heute eine Frau sein musste, jedes Recht auf Rache hatte. Wenn er jetzt von ihr spräche, mochte Tjorne seine Furcht ablegen und nach ihr suchen. Gleich, was damals geschehen war, die Hetleute würden sie verurteilen, weil sie Unfrieden nach Thorwal gebracht hatte. Vor allem, wenn ihr Wort gegen das eines bewährten Recken stand. Die Walsturm-Ottajasko würde mit Nachdruck ihre Bestrafung fordern.

Und was würde er, Tylstyr, dann tun?

Sollte er seine Autorität als Magier nutzen, um für sie zu sprechen?

Er, der Täter?

Und was dann? Sollte er Tjorne anklagen? Und alle anderen?

Tylstyr war sehr bewusst nicht mehr nach Stainakr zurückgekehrt. Er wollte nichts mehr mit diesem Teil seiner Vergangenheit zu tun haben. Als hätte niemals stattgefunden, was in den Klippen geschehen war. Und doch suchte das Mädchen ihn immer wieder in seinen Träumen heim. Er hatte sich nie verziehen, dass er zu spät gekommen war, um noch zu helfen.

Vielleicht täuschte er sich auch. Warum hätte das Mädchen in Thorwal bleiben sollen? Es hatte vermutlich gerade einmal ein paar Brocken ihrer Sprache gesprochen. Hätte es nicht versucht, zurück nach Havena zu gelangen? Und ebenfalls zu vergessen, was geschehen war?

War es möglich, dass ein ganz anderer Mörder am Werk war? Gab es vielleicht einen weiteren Überlebenden des Schiffbruches? Aber warum sollte er sich an den Jungmannen rächen? Hätte er nicht zuerst Hetmann Warulf töten müssen?

Oder handelte es sich um einen Wahnsinnigen, der vom Mord an Eigil gehört hatte und nun diese schreckliche Bluttat nachahmte?

Tylstyr lächelte freudlos. Eddrik hätte ihm jetzt vorgeworfen, Scheinargumente aus Luft zu schmieden, um die Welt so sehen zu können, wie er sie sich wünschte.

Ein anderer Mörder hätte nicht dreimal einen der Täter von damals als Opfer gewählt. Dieser Zufall war einfach zu groß.

Nachdenklich sah er Tjorne an. »Wirst du noch lange in Thorwal bleiben?«

»Ich will mit Phileasson fahren, wenn er mich nimmt.«

»Nicht mit Beorn?«

»Der Blender ist der bessere Krieger, aber Phileasson ist als Seefahrer unübertroffen. Er wird gewinnen.«

Die Fahrt würde Tjorne um ganz Aventurien führen. Er würde bald aufbrechen, sich weit entfernen und lange fortbleiben.

»Gut.« Tylstyr nickte. »Sehr gut, das wohl!«

2 REISEVORBEREITUNGEN

Thorwal,
dritter Tag im Grimfrostmond

Vergeblich versuchte Salarin Trauerweide, die Melodie des Reisesegens zu erlauschen, den Schwester Shaya Lifgundsdottir über dem Kohlebecken sprach. Sie stand am Anleger vor den beiden Knorren. Die bauchigen Schiffe waren in den vergangenen Tagen mit Versorgungsgütern für die große Fahrt von Beorn dem Blender und Asleif Foggwulf Phileasson beladen worden, von der die ganze Stadt sprach. Salarin hatte auch Eichward getroffen, als er Vorräte an Bord geschleppt hatte. Nun war er jedoch nirgends am Hafen zu sehen. Er würde also nicht auf den Schiffen seine Flucht vor den Nostriern fortsetzen.

»Wir alle, die wir hier versammelt sind, bitten um die Gnade unserer guten Mutter Travia«, sprach Shaya.

Da nur zwei einzelne Stücke Kohle in der Eisenschale lagen, waren sie längst ausgekühlt. Ihre Farbe hatte sich von einem leuchtenden Orange über ein kräftiges Rot zu Schwarz verdunkelt.

»Seid frohgemut, ihr Reisenden! Die Wärme Travias wird euch begleiten, bis ihr in euer Zuhause zurückkehrt.«

Trotz der Worte hörte Salarin keine Freude in Shayas Stimme. Er überlegte, ob dies daran lag, dass er ein Elf und deswegen taub für die Melodien der Götter war, zu denen die Menschen beteten.

Ganz sicher zeigten die Liturgien Wirkung – er war selbst dabei gewesen, als ein Geweihter der Peraine einem Ruhelosen heilsamen Schlaf geschenkt hatte. Auch damals hatte er nichts gehört oder gesehen, das ihn an die Magie erinnerte, die sein eigenes Volk wirkte.

Shaya fasste die Kohlen mit einer Zange und tat sie in kleine Lederbeutel. Die Kapitäne der Knorren nahmen sie entgegen und gingen an Bord ihrer Schiffe, wo die Mannschaften das Auslaufen vorbereiteten.

Die Geweihte hob feierlich segnend die Hände, dann trat sie vom Anleger zurück.

»Darf ich dich ansprechen?«, fragte Salarin.

»Der Segen ist vollendet.« Sie hob noch einmal grüßend die Hand. Auf den Knorren wurden bereits die Seile eingeholt, mit denen sie an den dunklen Pfählen des Anlegers vertäut gewesen waren. Einige Gefährten und Kinder riefen den Mannschaften Abschiedsgrüße zu. Es flossen reichlich Tränen. Jeder wusste, wie gefahrvoll eine Reise über das winterliche Meer war.

»Was willst du wissen, Salarin?« In dem diffusen Licht, das durch die Wolken sickerte, wirkten Shayas Sommersprossen wie Wildhonigtropfen in einer Schale voll Grießbrei.

»Ich würde gern diesen Wettkampf verstehen. Weshalb ist es so wichtig, König der Meere genannt zu werden?«

»Es ist eine Frage der Ehre. Der Anerkennung.«

»Von wem?«

Shaya blinzelte. Ihre Augen glänzten feucht, was an den feinen Eiskristallen liegen mochte, die der Wind gegen den Anleger trieb. Wie weißer Staub lösten sie sich aus der gefrorenen Takelage der Schiffe, als die Segel gehisst wurden. »Beorn und der Foggwulf sind unsere besten Drachenführer, aber an der Spitze kann es nur einen geben.«

»Warum?«

Shaya sah ihn seltsam an.

Als die Knorren aus dem Hafen liefen, zerstreute sich die Menge. Shaya und Salarin gingen den kurzen Weg zum Marktplatz, wo Travias Haus neben der Markthalle stand. Der Tempel Swafnirs war so groß wie die beiden Gebäude zusammen. Er schloss den Platz an der Seite gegenüber dem Kanal komplett ab.

Shaya hielt inne und sah ihr Heim an. Die gelb bemalte Gans am Giebel strahlte in den grauen Tag.

Sie verschränkte die Arme und seufzte.

»Mir scheint, du bist traurig«, sagte Salarin. »Wieso? Betrübt dich der grausame Tod noch immer?«

»Das auch …« Sie malte mit einer Fußspitze im Schnee. »Aber eigentlich habe ich gerade nicht daran gedacht.«

Salarin holte die Flöte aus dem Futteral, das an seinem Gürtel hing, befeuchtete die Lippen und begann zu spielen. Er suchte eine Melodie, die mit dem Rauschen des Windes harmonierte, der wieder von See her wehte.

»Ich muss Thorwal verlassen«, flüsterte Shaya.

Salarin sah sie an, spielte aber weiter.

»Mutter Cunia sagt, es ist wichtig, dass Lenya und ich mit den Schiffen fahren. Wir müssen darauf achten, dass sich die Drachenführer an die Regeln halten, und ihnen Botschaften aus Thorwal übermitteln, die sie brauchen, um ihre Aufgaben zu lösen.«

Salarin spielte ein fragendes Trällern.

Seufzend rang Shaya die Hände. »Ich verstehe meine eigenen Gefühle nicht«, gestand sie. »Jede Thorwalerin und jeder Thorwaler wäre stolz, bei dieser Wettfahrt dabei zu sein. Aber ich kann nur daran denken, dass ich mein Zuhause verlassen muss. Den Herd unseres Tempels, an dem ich es gut habe.«

Salarin erinnerte sich, wie hart Shaya in den Tagen, die er hier zu Gast war, gearbeitet hatte. Obwohl auch sie manchmal traurig oder ärgerlich war, erfüllte eine frohe Wärme ihr ganzes Wesen, wie ein Grundton eine Melodie prägte.

»Vielleicht bin ich einfach zu feige. Ich will nicht weg von Travias Haus.«

Salarin setzte die Flöte ab. »Ich verstehe wenig von euren Göttern, aber sind sie nicht überall? Efferds Wellen umspülen ganz Aventurien, und wo immer sich eine Gemeinschaft um ein Lagerfeuer versammelt, ist Travia bei ihr.«

Shaya sah ihn an. »Manchmal sind deine Worte von seltener Weisheit, Salarin, aber ein Herz fühlt nicht immer weise …«

Thorwal,
dritter Tag im Grimfrostmond

Asleif Phileasson stand am Südufer der Bodirmündung und sah den beiden Knorren nach, wie sie in den Golf von Prem hinausruderten. Die dickbauchigen Schiffe waren langsamer als ein Drache, fassten aber erheblich mehr Ladung. Offensichtlich würden sie Beorn und ihn nicht begleiten, sondern fuhren zu einem Treffpunkt voraus. Das legte nahe, dass zumindest ein Teil der Reise über Land ginge und die Knorren die dafür benötigte Ausrüstung transportierten.

Eine halbe Meile auf See zogen sie die Riemen ein. Eines der Schiffe hatte Schwierigkeiten mit seinem großen, rot-weiß gestreiften Segel. Das Tuch schlug im Wind, statt sich zu blähen. Der Westwind brachte die schwerfällige Knorr ins Schlingern.

Der Kapitän beorderte drei weitere Seeleute nach steuerbord, um den Zug auf die Leinen zu verstärken. So schwang das Segel doch noch herum. Die Knorr lag nun gut am Wind, schloss zu ihrem Schwesterschiff auf und hielt Kurs Südwest.

Phileasson hatte das Südufer des Bodir gewählt, um das Auslaufen ungestört zu beobachten. Hier standen kaum Häuser, nur Büsche und einige Eichen trotzten dem Seewind. An diesem grauen Tag erschien das dicht verschneite Buschwerk wie eine Hügellandschaft. Sein Blick wanderte weiter zur Stadt mit ihren Straßen voller Schneematsch. Rauch trieb zwischen den niedrigen Giebeln dahin, und obwohl es noch Stunden bis zur Dämmerung dauern würde, hatte man bereits das Leuchtfeuer entfacht.

Er wandte sich ab und sah sehnsüchtig den beiden Schiffen nach. Er vermisste es, am Ruder der *Seeadler* zu stehen.

Den Südwestkurs konnten die Knorren nicht beibehalten. Er führte nirgendwohin, nur immer weiter hinaus auf das Meer der Sieben Winde, fort von Aventurien.

Wenn sie nach Süden abdrehten, würden sie erst nach Nostria kommen und dann vor die Küste des Mittelreiches gelangen. Phileasson bezweifelte, dass sie es bis ins Liebliche Feld schaffen würden, bevor die Drachen sie einholten. Ihr Vorsprung betrug nur drei Tage.

Als die Böen einen Moment aussetzten, hörte Phileasson Rufe. Sie kamen von Süden, aber das Buschwerk verbarg die Rufenden vor seinen Blicken. Wenigstens zwei Stimmen konnte Phileasson unterscheiden, eine war ein auffällig tiefer Bass.

Er sah zu den Knorren hinüber, die noch immer Kurs Südwest hielten und sich somit von der Küste entfernten.

Der Wind frischte wieder auf. Phileasson machte sich gemächlich auf den Weg nach Süden. Zwar hatten die Rufe nicht nach Hilfeschreien geklungen, aber mit Sicherheit wusste er das nicht zu sagen. Vielleicht hatte jemand im Schnee ein Loch übersehen, war eingebrochen und hatte sich den Fuß verstaucht. Da mochte ein zweites Paar Schultern nützlich sein, um dem Verunglückten in die Stadt zurück zu helfen.

Die Knorren holten ihre Segel ein. Der Kapitän, dem eben das Missgeschick unterlaufen war, trieb seine Mannschaft zu besonderer Eile an. Sein Schiff schloss das Manöver zuerst ab und brachte die Riemen früher aus.

Phileasson strauchelte, weil er nicht darauf achtete, wohin er trat. Wenn er selbst fußlahm würde, wäre auch niemandem geholfen. Also blieb er stehen und beobachtete, wie die Knorren den Bug nach Nordwesten drehten, um Kurs gegen den Wind zu setzen.

»Sie kreuzen«, murmelte er. »Es geht westwärts.«

Im Westen kam man nach Prem. Dahinter lag wieder das offene Meer, aber man konnte auch die Halbinsel umrunden und Nordkurs setzen. Der führte einen ins echte Thorwal, wie Beorn gesagt hätte. Dorthin, wo sich viele noch Hjaldinger nannten und man jene, die südlich der Grauen Berge lebten, als Weichlappen verspottete. Im Winter waren diese Gewässer tückisch. In der Meerenge bei den Olportsteinen konnten Eisbrocken treiben, die einen Rumpf aufzuschlitzen vermochten.

»Nicht zu voreilig«, ermahnte Phileasson sich selbst. Vielleicht hatten die Kapitäne Befehl, so weit hinauszufahren, dass man sie vom Ufer aus nicht mehr beobachten konnte, um dann doch noch nach Süden zu drehen. Zwar orientierten sich die meisten Thorwaler lieber an der Küste, aber heute war die See vergleichsweise ruhig, und die Gefahr, sich auf ihr zu verlieren, entsprechend gering.

Ein Schrei übertönte den Wind.

Mit den Gedanken noch bei den Knorren und ihrem möglichen Kurs, setzte Phileasson seinen Weg fort. Er sank knöcheltief in den Schnee ein.

Zwanzig Schritt landeinwärts entdeckte er eine Spur. Mehrere Menschen waren hier gegangen, dazu ein Pferd. Die Abdrücke wehten bereits wieder zu. Er folgte ihnen über einen Hügel.

In der dahinter liegenden Senke sah sich ein Hüne drei Gestalten gegenüber, deren größte er um eine Haupteslänge überragte. Er stand vor einem mit mehreren Packtaschen beladenen Pferd. Ein dunkler Wollumhang lag über dem Sattel.

Zu seinem Schutz verließ sich der große Mann auf einen grau schimmernden Harnisch. Er trug weder Helm noch Schild, dafür aber ein so gewaltiges Schwert, dass Phileasson bezweifelte, dass sich der Krieger mit dieser Waffe flink genug bewegen könnte, um es mit drei Gegnern gleichzeitig aufzunehmen. Der Hüne fasste den langen Griff mit beiden Händen. Merkwürdigerweise steckte die Klinge noch in der Scheide, obwohl er sie kampfbereit hielt.

Seine Gegner fächerten auf. Ihre Schwerter wirkten im Vergleich zu dem monströsen Bidenhänder wie Spielzeuge.

»Das ist kein Spaß!«, rief der Hüne.

»Nein!«, gab einer der drei zurück. »Für dich ist der Spaß nun vorbei!«

»Aber für uns beginnt er gerade erst!«, ergänzte ein weiterer.

Phileasson glaubte, dass die Stimme einer Frau gehörte. Wie die anderen sprach sie Garethi mit nordischem Akzent. Also kamen diese Leute aus Nostria oder Andergast. Angesichts des ewigen Streits zwischen den Ländern waren vermutlich sogar beide Nationen vertreten.

»Wir haben lange genug darauf gewartet, unsere Leute zu rächen!«, fügte die Frau an.

»Ich hegte keinen Groll gegen sie. Ich habe sie getötet, weil Krieg war.«

»Das kannst du Boron erzählen, wenn er deine Seele wiegt!«

Phileasson legte die Hand um den wolfsförmigen Griff seines Schwertes, blieb aber, wo er war.

»Reicht dir die gebrochene Nase noch nicht, Niobald? Muss ich dich wirklich umbringen?«

»Bist du zu feige dazu, Rit...?«

Weiter kam der Sprecher nicht. Der Hüne sprang auf die Frau zu, die sich von links näherte. Er schwang den Bidenhänder in einem weiten Bogen, die Spitze zog eine Spur durch den Schnee. Erst kurz vor dem Ziel riss er die Waffe hoch, sodass sie von schräg unten gegen die Flanke seiner Gegnerin krachte.

Die Parade der Frau kam zu spät. Knochen knackten. Drei Schritt weit wurde sie zur Seite geschleudert, bevor ein Busch sie auffing.

Der Hüne nutzte die Gelegenheit, aus der Umzingelung auszubrechen. Mit langen Sätzen sprang er zu einer Eiche, die er sodann zu seiner Rückendeckung machte.

Die Frau versuchte sich aufzuraffen, sank aber wimmernd zurück. Phileasson bezweifelte, dass sie eine Rüstung unter der Wollkleidung trug. Hätte ihr Gegner sie mit blanker Klinge angegriffen, statt die Scheide über dem Bidenhänder zu belassen, wäre sie jetzt wohl schon auf dem Weg zu Boron.

Ihre Gefährten mochten ähnliche Gedanken bewegen. Sie stellten sich eng nebeneinander, griffen aber nicht an.

»Wie geht es weiter, Niobald?«, rief der Hüne. »Hörst du die Schmerzen deiner Schwester? Was passiert, wenn ich dir den Schädel breche und deinen Bruder in der Mitte entzweischlage? Soll sie hier verhungern, oder willst du sie doch lieber in den Traviatempel bringen? Man wird sie dort gut versorgen.«

Das Pferd schnaubte.

Erst jetzt sah Phileasson, dass einer der Männer nur eine Hand hatte. Mit gesenktem Haupt stapfte er auf den großen Mann zu, während Niobald zurückblieb.

»Verfluchte Dickschädel!«, rief der Hüne. »Wozu das alles?«

»Hast du keine Ehre, Ritter?«

Phileasson wusste nicht, ob Mut oder Dummheit den Einhändigen leitete. Er mochte in einigen Kämpfen gestanden haben, aber wohl nur gegen Ungerüstete. Das Schwert führte er wie einen Knüppel, in runden Schwüngen. Das konnte einen Raufbold beeindrucken, aber keinen Kämpen, der sich durch einen eisernen Harnisch geschützt wusste. Man musste sein Körpergewicht in einen Stoß legen, um eine solche Rüstung zu durchbohren, oder weit ausholen und dem Schlag mit einem Ausfallschritt zusätzliche Wucht verleihen.

Der Hüne riss den Griff seiner Waffe über den Kopf, sodass sie eine senkrecht abfallende Wehr bildete, als er in die Bahn des gegnerischen Schwerts sprang.

Dumpf schlug die Klinge auf das Holz der Scheide.

Mit ungewöhnlicher Geschmeidigkeit neigte sich der riesige Oberkörper. Ein Ellbogen krachte seitlich in das Gesicht des kleineren Mannes. Gefällt stürzte dieser in den Schnee.

Der Hüne zog sich an die Eiche zurück. »Reicht das jetzt?«

Niobald half seinem Bruder auf.

Wenn Phileasson es richtig erkannte, blutete er aus dem Ohr. In jedem Fall hatte der Kopf Schaden genommen. Der Einhändige musste dreimal nach dem am Boden liegenden Schwert greifen, bis er es zu fassen bekam.

Die Frau wimmerte etwas, das Phileasson nicht verstand. Unentschlossen blickte Niobald zwischen ihr und dem Hünen hin und her.

Phileasson fand, dass es jetzt reichte. Er schritt in die Senke hinab.

»Der ist euch über!«, rief er. »Hätte er es gewollt, wärt ihr alle drei bereits tot.«

Niobald runzelte die Stirn. Seine Nase hatte Form und Farbe einer überreifen Pflaume. »Dann hilf uns, diesen Mörder endlich zur Strecke zu bringen!«

Alarmiert verstärkte Phileasson den Griff um sein Schwert. »Mörder? Die Sache an der Brücke?«

Niobald blinzelte. »Mit den Krebsen? Nein. Er hat nostrische Kinder umgebracht.«

»Das habe ich nicht«, zischte der Mann. »Es war Krieg, und ich habe diejenigen erschlagen, die sich mir entgegengestellt haben.«

»Halbwüchsige!«, klagte Niobald.

»Wenn jemand mit einem Spieß nach dir sticht, überlegst du nicht, ob er schon einen Bartflaum im Gesicht trägt.«

»Inzwischen gehst du bedächtiger vor«, meinte Phileasson.

Er sah die Wut des Hünen. An sich war das kein ungewohnter Ausdruck in einem Kampf, aber da war noch etwas anderes in der Miene dieses Mannes. Trauer? Melancholie?

»Wie heißt du?«

»Ich bin Eichward vom Stein«, antwortete der Mann in einem Thorwalsch, das den Fremdländer verriet.

»Ein Ritter?«

Er nickte.

»Und du, Niobald, was ist dein Beruf?«

»Ich bin Fischer.«

Phileasson hielt die Augen des Schwarzhaarigen mit seinem Blick gefangen. Nicht nur die Nase war lädiert, auch eine alte Narbe zog sich über sein Gesicht.

»Und deine Geschwister?«

Der Einhändige stand schwankend, die Frau hatte sich aufgesetzt, vermochte aber wohl nicht aus eigener Kraft auf die Beine zu kommen.

»Die auch. Wir fahren oft gemeinsam raus.« Er schluckte. »Früher auch mit meiner Schwester. Bis sie ...«

»Er hat sie erschlagen?«

»Das hat er!« Niobald spie die Worte aus, als seien sie Galle.

»Woher willst du das wissen?«, fragte Eichward.

»Sie fiel in der Schlacht im Wald bei Joborn, und du warst auch dort!«

»Das stimmt, aber ich war nicht der Einzige.«

»Ob es nun dein Schwert war oder das eines deiner Freunde, ist mir gleich! Helasine kam in zwei Teilen zurück nach Hause.« Mit dem Finger zog er eine Linie von seiner linken Schulter zur rechten Hüfte. »Jemand muss dafür büßen!«

Eichward seufzte. »So geht es immer schon, und es wird auf ewig andauern. Ich will nichts mehr damit zu schaffen haben.«

»Dann komm her, dass ich dir den hässlichen Hals durchschneide! Dann hast du mit gar nichts mehr zu tun!«

»Wenn er wirklich herkommt«, sagte Phileasson ruhig, »wird es nicht sein Hals sein, der Schaden nimmt. Ein angehender Ritter wird auf das Kämpfen vorbereitet, von dem Tag an, an dem er stark genug ist, ein Schwert zu heben. Er lebt dafür. Und er ist dafür ausgerüstet.«

Er befühlte Niobalds Brust. »Was trägst du unter der Wolle? Ist das Leder?«

»Ja, Herr.«

»Es ist deine Entscheidung, aber ich glaube, das wird dich nicht retten. Du wirst genauso heimkehren wie deine Schwester.«

Der Einhändige taumelte und fiel hin. Ächzend hielt er sein blutendes Ohr.

»Er braucht jemanden, der die Wunde versorgt«, sagte Phileasson. »Du solltest ihn wirklich zum Traviatempel bringen.«

Niobald zog seinen Bruder hoch. Dann sah er grimmig zu Eichward hinüber. »Na gut, Andergaster! Diesmal entkommst du uns, aber beim nächsten Treffen sind wir besser vorbereitet! Ich habe geschworen, dich bis ans Ende der Welt zu verfolgen, und bei Efferd, ich werde meinen Schwur erfüllen!«

Gemeinsam halfen er und sein Bruder der Schwester auf. Niobald stützte beide, als sie sich Richtung Stadt davonmachten.

Eichward prüfte die Scheide seines Bidenhänders. Das Holz war an einigen Stellen gesplittert.

»Sie denken einfach«, meinte Phileasson. »Für ihre Not gibt es einen Schuldigen, und dazu haben sie dich erwählt. Die Jagd auf dich gibt ihrem Leben Sinn.«

»Sinn!«, schnaubte Eichward. »Ich habe auch einmal geglaubt, mein Leben hätte einen Sinn.«

»Und jetzt denkst du das nicht mehr?«

Er schnallte den Bidenhänder schräg über seinen Rücken. »Mein Vater sprach ständig von Andergasts Ehre. Davon habe ich wenig gesehen, wenn die Menschen auf dem Schlachtfeld verblutet sind. Eine Weile habe ich es mir eingeredet. Wir haben uns gegenseitig versichert, dass es edel sei, einen Gesunden zu einem Krüppel zu machen. Mit genug Bier konnte man es leichter glauben.«

Er ging zu seinem Pferd, zögerte dann aber.

»Du bist der Foggwulf, nicht wahr?«

»So nennt man mich.«

»Weißt du, wie es ist, eine Schwester zu verlieren?«

»Nein«, antwortete er tonlos. Aber Beorn wusste es. Er gab Phileasson die Schuld am Tod seiner Schwester. Aber es war ein Unfall gewesen!

»Ich habe meine Schwester und meinen jüngeren Bruder gegen die Nostrier verloren. Mein älterer Bruder ist gestorben, als ich noch ein Kind war. Das waren die Orks. Damals habe ich zum ersten Mal getötet. Mit zehn Jahren habe ich einen Schwarzpelz erschlagen. Ich weiß, wie Niobald fühlt. Ich verspürte dasselbe. Ich wünschte, ich könnte sagen, dass er auf dem falschen Weg ist, aber es fühlte sich so unsagbar gut an, den Mörder meines Bruders in seinem Blut liegen zu sehen.«

»Du hast doch gesagt, dass du die Kleine nicht erschlagen hättest?«

»Nur die Götter wissen, ob ich es war oder ein anderer. Es war ein wildes Getümmel in der Dämmerung. Diese Bauern, die ihren Acker verlassen hatten, um ihn gegen ein Feld voll Ehre zu tauschen, hatten es für eine gute Idee gehalten, uns einen Hinterhalt zu legen. Wen ich alles erschlagen habe ...? Ich weiß es nicht. Die Schatten des Waldes sind trügerisch, und ich versuche die Gesichter derjenigen, die unter meinem Schwert fielen, zu vergessen.«

Phileasson kraulte die Mähne des Pferdes. »Manchmal ist es richtig, zu kämpfen.«

Eichward schwang sich in den Sattel. »Ja. Als wir gegen die Orks gekämpft haben, war das gut und richtig. Eine Rotte habe ich vier Tage durch die Messergrassteppe verfolgt und ihr die Mädchen abgenommen, die sie verschleppt hatte. Darauf bin ich heute noch stolz.« Er tätschelte den Hals seines Pferdes. »Aber von vielem wünschte ich, es nicht getan zu haben.«

Phileasson sah in die Richtung, in der die Nostrier verschwunden waren. »Sie wollen dich bis ans Ende der Welt verfolgen.«

»Ich fürchte, das werden sie auch.«

Phileasson blickte dem Ritter in die Augen. »Wollen wir es herausfinden?«

»Wir?«

»Du weißt, dass ich zu einer Fahrt aufbreche, auf die ich niemanden aus der Glutströhm-Ottajasko mitnehmen darf. Ich könnte einen kräftigen Ruderer gebrauchen, und jemand, der nicht nur zuschlagen, sondern auch denken kann, ist immer wertvoll.«

Eichwards Blick schweifte zu einer kahlen Baumkrone, die sich in der Brise neigte. »Müsste ich dir Treue schwören?«

»Auf jedem Schiff gibt es nur einen Kapitän. Er bestimmt, wohin der Bug zeigt und welchen Takt die Riemen schlagen.«

»Ich will nie wieder für eine Sache kämpfen, die ich nicht verstehe.«

Phileasson überlegte. »Bist du schon einmal in einer Ottajasko gefahren?«

»Mit meiner Familie? Nein.«

Phileasson lächelte. »Das Wort ›Ottajasko‹ hat mehrere Bedeutungen. Es kann die Sippe meinen, in die man geboren wurde. Aber auch die Gemeinschaft, die das Schicksal auf einer Otta, einem Drachenschiff, verbindet, nennen wir so. Auf einer solchen Fahrt müssen sich alle aufeinander verlassen. Für viele Monde teilt man mit den anderen Recken mehr als mit seiner Sippe. Ob zum Ruhm oder in den Untergang, wir rudern gemeinsam durch die See des Schicksals. Verstehst du?«

»Nicht ganz.«

»Thorwaler respektieren ihre Anführer, aber sie lassen sich nicht das Denken abnehmen. Jeder muss selbst entscheiden, was er tun will.«

»Ich dachte, es gäbe immer nur einen Kapitän?«

»Das stimmt. Aber wenn du nicht weiter mit mir kommen willst, werde ich dich aus meiner Ottajasko entlassen, und wir werden uns ohne Groll trennen.«

»Ein gefährliches Versprechen. Was, wenn ich dich in einer Schlacht alleinlasse?«

»Das wirst du nicht. Du bist ein Mann von Ehre.«

Eichward schnaubte. »Was ist schon Ehre?«

»Für einen Ritter aus Andergast?«, fragte Phileasson. »Alles.«

Eichwards Pferd tänzelte.

»Auch wenn du nur ein paar Tage mit mir fährst, wirst du so weit fort sein, dass Niobald und seine Geschwister drei Monde brauchen werden, um deine Spur wiederzufinden.« Phileasson streckte die Hand aus. »Fahr mit mir auf der *Seeadler!*«

Eichward schlug ein.

Thorwal,
dritter Tag im Grimfrostmond

Zwanzig Schritt voneinander entfernt lagen die Drachen der beiden Kontrahenten im Winterhafen. Heute stand keine Wolke am Himmel, was den Seefahrern aus Phileassons Glutströhm-Ottajasko Gelegenheit gab zu prüfen, ob der Rumpf irgendwo Wasser zog. Grotta glaubte tatsächlich, ein kleines Leck gefunden zu haben, und beriet sich mit den anderen, wie es am besten zu schließen sei. Aus dem Fass, das geöffnet neben ihr stand, wehte Teergeruch herüber. Mit dem Inhalt tränkte man Rosshaar, um es zwischen die Eichenplanken zu quetschen und sie so abzudichten, aber bei einem größeren Leck reichte das nicht aus. Schlimmstenfalls musste dann eine neue Planke aus einem geeigneten Baum geschlagen werden. Das war eine zeitraubende Angelegenheit, denn sie benutzten Äxte, um den Stamm zu bearbeiten, damit das Holz entlang der Maserung aufsprang. Sägen zerstörten die Fasern und ergaben deswegen weniger haltbares Schiffbaumaterial.

Nach dem anfänglichen Stolz auf ihren Hetmann war die Stimmung bei den Recken aus Brattasö inzwischen gedrückt, weil nach den Regeln niemand mit auf die Fahrt gehen durfte, der einer der Ottajaskos der Wettkämpfer angehörte. Shaya Lifgundsdottir hatte auf Phileassons Nachfrage geklärt, dass sich diese Regel tatsächlich nur auf den Familienverbund bezog. Damit stand es ihm durchaus frei, Männer und Frauen mitzunehmen, die zuvor mit ihm gefahren waren, solange sie nicht zur Glutsröhm-Ottajasko zählten. Wenn er die bewährten Recken seiner kleinen Flotte zusammennahm, konnte er so immerhin dreißig Ruderplätze besetzen. Die Menschen in der Menge, die im Halbkreis um das Fass stand, auf dem er saß, waren begierig darauf, zu den verbleibenden vierzehn zu gehören.

Die Männer und Frauen der Glutströhm-Ottajasko musterten diese Bewerber noch kritischer als Phileasson selbst. Wenn sie schon nicht mitfahren konnten, wollten sie ihren Hetmann und die *Seeadler* wenigstens den Besten anvertrauen. Durch ihre provozierenden Fragen kam es immer wieder zu Rangeleien, die Phileasson sehr genau beobachtete. Er brauchte weder Hitzköpfe noch solche, die sich wegduckten, wenn ihnen der Wind ins Gesicht blies.

Er sah hinüber zur *Seeschlange*, wo Beorn das gleiche Ritual absolvierte. Möglich, dass bei ihm noch mehr Bewerber standen, obwohl bekannt war, dass er nur unter ungewöhnlichen Umständen jemanden akzeptierte, dessen Heimat südlich der Grauen Berge lag. Aber für viele Thorwaler war nur das, was man sich mit Axt und Schwert genommen hatte, etwas, das man sich wirklich verdient hatte. Beorn der Blender, Schrecken der Meere, war der berühmteste Plünderfahrer Thorwals.

Phileasson hatte zwei Frauen seiner Ottajasko abgestellt, um auf diejenigen zu achten, die Beorn abwies. Sie gaben ihm Zeichen, wenn sich die Abgelehnten unter die Bewerber für die *Seeadler* mischten. Er wollte niemanden an Bord haben, der eigentlich Beorn für den Besseren hielt.

Phileasson sprach mit einem rothaarigen Axtschwinger aus Auplog, der seine Waffenkunst von den wilden Gjalskern erlernt hatte. Dann wandte er sich an eine stotternde Frau von den Olportsteinen, die behauptete, anhand der Meeresströmung selbst auf offenem Ozean die Position eines Schiffes bestimmen zu können. Als er nachfragte, gestand sie jedoch ein, niemals südlich der Tommel gewesen zu sein. Er schickte sie fort und ließ sich von dem Rothaarigen mit dem wirren Schopf einige Axtschwünge vorführen, die teils anerkennende, teils spöttische Bemerkungen der Umstehenden hervorriefen.

Schwester Shaya beobachtete alles mit würdevoller Distanz. Wenn er sich für ein Mannschaftsmitglied entschied, verlangte sie einen Eid von dem Neuen, dass er nicht der Glutströhm-Ottajasko angehörte. Das war Teil ihrer Aufgabe als Schiedsrichterin, eine Rolle, die sie während der gesamten Reise ausfüllen würde.

Die kleine Geweihte hatte Phileassons Skepsis schnell zerstreut. Zwar war sie zierlich gebaut, aber bei einem Gespräch während einer steifen Brise auf den Klippen hatte sie ihn von ihrer Zähigkeit überzeugt. Sie konnte eine Stunde gegen den Sturm anschreien, ohne heiser zu werden. Als eine Böe sie umgeworfen hatte, war sie wieder aufgestanden, hatte sich den Schnee vom orangefarbenen Umhang geklopft und ihre Ausführungen fortgesetzt, ohne diesem Missgeschick irgendeine Bedeutung beizumessen.

Jetzt sah sie in die Menge, statt den sich redlich mühenden Axtschwinger zu beachten. Phileasson folgte ihrem Blick und fand einen hochgewachsenen Mann, der über den Anleger zur *Seeadler* schritt. Er trug thorwalsche Winterkleidung, was seiner Gestalt Fülle gab, war aber darunter vermutlich schlank. Über der Schulter trug er einen Köcher und einen Bogen.

»Kennst du ihn?«, fragte Phileasson.

Shaya nickte, wobei die kupferfarbenen Zöpfe zuckten. »Er ist seit zwei Wochen zu Gast in Travias Haus. Sein Name ist Salarin Trauerweide.«

»Ein Elf«, stellte Phileasson fest. Die Fellmütze verdeckte die Ohren, und das helle Haar war auch bei Thorwalern häufig zu finden, aber die großen Augen und die befremdliche Anmut des Gesichts bestätigten, was der Name vermuten ließ.

Der Axtschwinger brüllte, um seinen Luftschlägen zusätzliche Kraft zu verleihen und auch, um Phileassons Aufmerksamkeit zurückzuerlangen. Er beendete die Vorführung, indem er herumwirbelte und einen Spalthieb nur eine Fingerbreite vor der Stirn eines Zuschauers abfing, der viel zu spät, aber lauthals fluchend zurückwich.

»Beeindruckend«, meinte Phileasson. »Kann es ihm einer gleichtun?«

Nur ein anderer Mann trat vor. »Ich bin Tjorne Warulfson«, sagte er in einem Ton, als müsse man den Namen kennen. »Ich bin schon mit großen Kapitänen gefahren.« Er entblößte seinen Bauch und zeigte eine schlecht zusammengewachsene Narbe. »Diesen Stich empfing ich in Kendrar, als Eldgrimm Oriksson die Stadt nahm.«

»Und was gabst du dafür demjenigen, der dich mit diesem Andenken beschenkte?«

Tjorne stutzte. »Ich konnte nicht weiterkämpfen. Meine Kameraden haben mich gerettet.«

»So!«, rief Phileasson in die Runde. »Brauchen wir noch jemanden auf der *Seeadler,* den wir retten können, wenn uns langweilig wird?«

Die Versammelten lachten.

»Verzeih mir den Scherz, Tjorne«, bat Phileasson. »Du wolltest von deinen Taten erzählen.«

»Schon eine Woche später habe ich wieder gekämpft, das wohl!«, berichtete er trotzig. »Die Nostrier hatten eine Kette über den Fluss gespannt, aber wir haben uns den Weg zurück ins Meer erzwungen. Frag Eldgrimm, er wird bezeugen, wie tapfer ich bin!«

Auf der *Seeadler* wurden ärgerliche Rufe laut.

»Was macht der Elf da?« Phileasson stand auf.

Salarin war auf das Schiff geklettert. Genau genommen hing er außen am Bug und schmiegte sich an den Vordersteven, über dem der dunkelgrüne Drachenkopf prangte. Für die merkwürdigen Runen, von denen auch Ohm Follker lediglich sagen konnte, dass sie sehr alt waren, interessierte er sich jedoch ebenso wenig wie für die Eisenmaske mit den drei Augenschlitzen, die darauf festgenagelt war. Phileasson hatte das Stück in genau diesem Zustand auf seiner zweiten Güldenlandfahrt erworben. Seitdem schmückte es die *Seeadler*.

»Salarin denkt manchmal anders als wir Menschen«, erklärte Shaya, die versuchte, mit Phileasson Schritt zu halten.

»Er kann so verrückt sein, wie er will, aber nicht auf meinem Schiff.«

Salarin wandte den Kopf und sah ihn mit amethystvioletten Augen an. »Dieses Holz will fahren. Es singt eine Melodie voller Fernweh.«

Entwaffnet blieb Phileasson stehen. »Der ist wirklich verrückt!«

Salarin lächelte breit. Mit zwei Stimmen, deren eine die andere umspielte, sang er etwas in der wohlklingenden Sprache der Elfen, als stünde ein unsichtbarer Zwilling neben ihm. »Bian bha la da'in …« Die Worte klangen wie aus Licht und Traum gewoben, aber zugleich schien es Phileasson, als entgingen ihm einige der Töne, als seien seine Ohren nicht für derartigen Wohlklang geschaffen. Vielleicht war es auch die raue Welt, in der er lebte, die solche zarten Harmonien nicht zuließ.

»Aber irgendwie mag ich ihn«, murmelte Phileasson.

Gewandt sprang Salarin vom Vordersteven zurück auf den Anleger. »Ich will mit dir fahren, Asleif Phileasson.«

»Und warum?«

»Ich will auf das Lied der Götter lauschen, wo die Welt so leise wird, dass sie es nicht übertönt.«

Ratlos sah Phileasson zu Shaya hinunter.

»Salarin fragt oft nach den Ewigen.« Ihre Hände fuhren durch die Luft, als könnten sie dort eine nachvollziehbare Erklärung einfangen. »Er vermutet, dass ihr auf dieser Reise viel in der Wildnis unterwegs sein werdet.«

»›Wir‹. Nicht ›ihr‹. Du wirst mit uns fahren, Shaya.«

»Ja, natürlich. Wir.«

»Was will ein Spitzohr auf einem Drachen?«, fragte Grotta laut genug, damit jeder sie verstand.

Phileasson sah auf Salarins Bogen. »Kann dein Pfeil die Möwe von der Rah holen?« Er zeigte auf den weißen Vogel, der drohte, das eingerollte Segel zu verdrecken.

»Auf diese Entfernung könnte das jeder!«, protestierte Grotta.

Phileasson runzelte die Stirn, obwohl der Einwand berechtigt war. Unerklärlicherweise wollte er diesen Elfen auf der *Seeadler* haben.

Er schüttelte den Kopf. Er konnte niemanden mitnehmen, nur weil er ihn auf Anhieb mochte.

»Geh zu jenem Wachturm.« Er zeigte auf die runde Holzkonstruktion, die die Palisade im Norden schützte. »Sag der Wache, dass ich dich schicke. Du schießt von dort.«

Der Elf lächelte noch immer, als er nickte und sich in lockerem Laufschritt auf den Weg machte.

Tjorne wartete indessen geduldig auf Phileasson. Als der Kapitän sich wieder auf das Fass setzte, entdeckte er in der Nähe den Magier, der in der Mordnacht so rasch gekommen war. Der Zauberer stützte sich auf einen Stab, der ihm bis zum Scheitel reichte. Sein graues Gewand war so dick wattiert, dass es sowohl warm hielt als auch den Schutz einer leichten Rüstung versprach. Phileasson nickte ihm zu. Er erwiderte den Gruß.

»Nun, Tjorne«, nahm Phileasson das Gespräch wieder auf. »Ich habe gehört, dass du oft gekämpft hast und keine Wunde scheust. Aber kannst du auch rudern? Auf langen Strecken? Wenn wir den Drachen eine Woche lang nicht an Land ziehen können und kein Windhauch geht, der das Segel bläht?«

»Ich traue es mir zu! Ich habe Kraft!«

Phileassons Blick streifte noch einmal den Magier. Zauberkundige waren selten. Wollte dieser hier bei ihm anheuern? Brächte seine Kunst Phileasson einen Vorteil? Oder holte er sich nur einen unnützen Esser an Bord?

»Salarin ist so weit«, sagte Shaya.

Der Elf stand jetzt auf dem Turm. Inzwischen hatte sich eine zweite Möwe auf der Rah eingefunden.

Salarin zog die Sehne bis an sein Kinn. Zu Phileassons Überraschung zielte er aber nicht auf die Vögel. Die Pfeilspitze zeigte beinahe senkrecht nach oben. Noch während er rätselte, was der Schütze damit bezweckte, zischte das Geschoss in die Höhe.

Es schrumpfte zu einem schwarzen Punkt vor dem hellblauen Himmel.

Dann wurde es wieder größer, als Strich erkennbar, der rasch dem Boden entgegenstürzte.

In weniger als einer Handspanne Entfernung schoss es an den Möwen vorbei, die kreischend aufflogen und das Weite suchten. Der Pfeil bohrte sich in die Planken, und Phileasson war froh, dass seine Leute von Bord gegangen waren. Sie hatten wohl mit einem Fehlschuss gerechnet.

Gemurmel kam in der Menge auf.

Phileasson beugte sich zu Shaya hinunter. »Erlauben die Regeln, dass ein Magier auf meinem Drachen mitfährt?«

Die Geweihte stand noch unter dem Eindruck des Schusses. Sie brauchte einen Moment, um seine Frage zu erfassen. »Nichts spricht dagegen, solange er nicht zur Glutströhm-Ottajasko gehört«, antwortete sie dann.

Die Menschen bildeten eine Gasse für Salarin. Er lief leichten Schrittes zur *Seeadler*, sprang an Bord und holte den Pfeil zurück. Dann kam er zum Kapitän.

»Ein guter Schuss«, befand Phileasson. »Aber du hast die Möwe verfehlt.«

»Ich sah keinen Grund, ihr Lied zu beenden. Ich sollte sie nur von der Rah holen.«

»Außerdem hat er auf diese Weise einen Pfeil gespart«, gab Shaya zu bedenken. »Hätte er direkt auf den Vogel geschossen, wäre er ins Wasser gefallen.«

Phileasson nickte anerkennend. Das merkwürdige Gefühl der Verbundenheit zu dem Elfen war fort, wahrscheinlich war es nur eine flüchtige Laune gewesen. Aber seine Kunstfertigkeit als Schütze hatte Salarin bewiesen, und auch zauberische Kräfte waren seinem Volk zu eigen.

»Du willst, dass ich ihn mitnehme?«, fragte Phileasson die Geweihte.

»Ich bin nur die Schiedsrichterin.« Shaya verschränkte die Arme. »Du musst deine Mannschaft selbst zusammenstellen.«

»Wir können nur gewinnen, wenn alle ihren Pflichten auf dem Schiff nachkommen. Den Elfen sagt man eine gewisse Leichtlebigkeit nach. Kannst du für ihn bürgen?«

»Das werde ich nicht!«, sagte Shaya entschlossen. »Ich kann dir lediglich versichern, dass Salarin allen Pflichten in Travias Haus nachgekommen ist, das wohl.« Sie kaute auf ihrer Unterlippe. »Jedenfalls, wenn er verstanden hat, was wir von ihm wollten.«

Lachend schlug Phileasson auf die schmale Schulter des Elfen, der unter dem Hieb merklich wankte. »Willkommen an Bord, Salarin Trauerweide!«

Lautes Gemurmel folgte der Entscheidung.

»Nun aber endlich zu dir, Tjorne Warulfson!«

Der Magier trat vor. »Auf ein Wort, Foggwulf!«

Phileasson runzelte die Stirn. »Magus, ich habe diesen Mann schon zu lange warten lassen.«

»Ich bitte dich, Foggwulf.«

Selbst gegenüber einem Drachenführer war es ungewöhnlich, wenn sich ein Magier zu einer Bitte herabließ, zumal vor Zeugen. Er musste ein echtes Anliegen haben, das keinen Aufschub duldete, und das machte Phileasson neugierig. Der Magier hatte immerhin schon eine Weile in der Menge gestanden, ohne Anzeichen von Ungeduld zu zeigen. War etwas geschehen, das Phileasson übersehen hatte? War er durch den Bogenschuss abgelenkt gewesen?

»Also reden wir«, beschied er.

Der Magier bat ihn etwas abseits, auf den Anleger hinaus. Hier könnten nur die Leute aus der Ottajasko ihre Worte hören, und selbst die müssten lauschen.

»Ich erinnere mich an dich«, sagte Phileasson. »Wie war noch dein Name?«

»Tylstyr Hagridson.«

»Was willst du von mir, Tylstyr Hagridson?«

»Ich verbürge mich für Tjorne. Er ist ein guter Mann, du wirst mit ihm zufrieden sein, wenn du ihn an Bord nimmst.«

»Deswegen wolltest du mich sprechen?«

Tylstyr nickte ernst.

Phileasson zeigte auf die Kette aus aufgefädelten Knöchelchen, die Tylstyr um den Hals trug. »Ich habe gesehen, dass Tjorne auch so eine hat.«

»Wir stammen aus dem gleichen Dorf.«

»Ich glaube dir, dass dein Freund ein guter Recke ist, aber hier gibt es viele gute Männer und Frauen, die mit mir fahren wollen. Gut zu sein allein reicht nicht. Ich brauche die Besten. Solche mit besonderen Fähigkeiten.« Er sah dem Magier tief in die Augen.

»Ich wusste, dass es so kommen würde«, murmelte Tylstyr, als habe ihn ein lange gefürchtetes Schicksal ereilt. »Es hat keinen Sinn, den Dingen auszuweichen. Nimm Tjorne an Bord, und auch ich werde an einem Riemen sitzen.« Er streckte die Hand aus.

Tylstyrs Anliegen erschien Phileasson merkwürdig. Vielleicht hätte er der Sache auf den Grund gehen sollen. Aber das hätte den Magier verleiten können, seine Entscheidung zu überdenken, und ein zweiter Zauberkundiger käme so schnell nicht des Weges.

»Tjorne Warulfson!«, rief Phileasson über die Schulter. »Du wirst mit mir auf große Fahrt gehen, das wohl!«

Sichtlich erleichtert ging der Krieger zu Shaya, um zu schwören, dass ihn keine Verwandtschaft mit dem Kapitän verband. Phileasson hatte das Gefühl, dass Tjorne ebenso wie Tylstyr nicht allein der Ehre wegen gekommen war. Sie brachten ein Geheimnis mit an Bord.

Thorwal,
vierter Tag im Grimfrostmond

Tylstyr Hagridson fand die Spektabilität Cellyana von Khunchom im kleinen Seminarraum des Haupthauses der Akademie, einem Eckzimmer im Obergeschoss. Durch das Westfenster sah man die Möwen, die wie schwerelos auf dem Seewind segelnd nach Beute Ausschau hielten.

Cellyanas Aufmerksamkeit galt einem brusthohen Block aus Koschbasalt. Dort befestigte sie gerade ein kugelförmiges Drahtgeflecht, in dessen Innerem ein violettes Licht waberte. Zweifellos eine Vorbereitung für die nächste Lehrstunde in Artefaktanalyse. In dieser Halterung würden auf das Objekt gesprochene Zauber keine unerwünschten Nebenwirkungen auf die Umgebung entfalten.

Tylstyr verbeugte sich tief.

»Was führt dich zu mir, Magus?«, fragte Cellyana. »Habe ich dich nicht in die Kartothek geschickt?«

»Genau darum geht es. Es ist mir unmöglich, Garhelt dabei zu helfen, die Strecke für den Wettstreit festzulegen.«

Cellyana runzelte die Stirn und sah von ihrer Arbeit auf. Es war Tylstyr stets wie ein ironischer Scherz der Götter erschienen, dass sie solch imposante Zaubermacht in diesen so zierlichen, ja, beinahe zerbrechlich wirkenden Körper gelegt hatten.

»Dürfte ich erfahren, was dich an einer dermaßen einfachen Aufgabe scheitern lässt?« Sie legte eine Hand auf den grauen Steinblock. Ihrer Haut war die Herkunft aus dem Süden anzusehen, sie wurde auch im tiefsten Winter nicht heller als Buchenholz, ein Farbton, der vorzüglich mit dem Gold ihres breiten Fingerrings harmonierte. Das Schmuckstück war als geflügelte Sonne ausgeformt, wobei die Schwingen Zeige- und Ringfinger überdeckten. »Immerhin hat die Oberste Hetfrau darum gebeten, dass die Akademie ihr bei dieser Aufgabe zur Seite steht.«

»Das ist mir bewusst«, beteuerte Tylstyr, »aber ich habe vor, selbst an der Expedition teilzunehmen.«

Cellyana war nicht nur wegen ihrer ausgezeichneten Kenntnis des Elfenvolkes berühmt, sondern auch eine der besten Hellsichtmagierinnen Aventuriens. So schwer es war, seine Gedanken vor ihr zu verbergen, blieb ihr eigenes Gesicht eine undeutbare Maske, bar jeder Emotion, als sie sich aus der vorgebeugten Haltung aufrichtete. Tylstyr wusste, dass sie beinahe fünfzig Jahre alt war. An ihrem Gesicht war es nicht abzulesen. Die Jahre schienen dort ebenso wenig Spuren zu hinterlassen wie ihre Gefühle.

»Wie kommst du zu diesem Entschluss?«

»Ich werde nie wieder Gelegenheit haben, auf eine solche Abenteuerfahrt auszuziehen.«

Ihre Mundwinkel zuckten. »Schweigen ist klüger als der Versuch, seine Spektabilität anzulügen.«

Hitze flammte in Tylstyrs Wangen auf. »Ich wollte nicht ...«

»Doch, du wolltest mich täuschen.«

Ertappt wandte Tylstyr den Blick von ihren Augen ab und sah auf den schwarz-weiß gebänderten Onyx, den sie an einer Kette um den Hals trug. Der Stein ruhte auf ihrem dunkelroten Seidengewand, das Symbole für die Wandelsterne und die Elemente zierten.

»Du wolltest mich über deine Absichten im Ungewissen lassen.«

Schweiß trat auf Tylstyrs Stirn. Die Vorstellung, er hätte Cellyana etwas entgegenzusetzen, wenn sie in seinen Gedanken hätte lesen wollen, war absurd. Zweifellos kannte sie Wege, die weit über das hinausführten, was in den Lehrplänen der Akademie stand. Sie hätte ihm sogar die Erinnerung an alles nehmen können, was sie mit ihm täte. Er konnte nur hoffen, dass sie sich an den Ehrenkodex der Magier hielt und ihm kein Wissen gegen seinen Willen entriss.

»In den vergangenen Sommern bist du weit gewandert«, sagte Cellyana. »Hast du auch die Olportsteine besucht?«

»Nein, Meisterin.«

»Warst du einmal auf einer Plünderfahrt dabei?«

»Niemals.«

»Bist du überhaupt schon einmal auf einem Drachen mitgefahren? Länger als eine Woche, meine ich?«

Er presste die Lippen zusammen und schüttelte den Kopf.

»Aber jetzt willst du den ganzen Kontinent umrunden?« Sie verschränkte die Hände auf dem Rücken und trat ans Fenster. »Weshalb?«

Tylstyr trocknete die Handflächen an seinem grauen Gewand. Konnte er es wagen, mit einer Halbwahrheit zu antworten? Dass er Tjorne getroffen hatte und mit ihm fahren wollte?

Aber dann hätte Cellyana unweigerlich gefragt, warum er plötzlich so sehr an einem Jugendfreund hing, dem er zehn Jahre lang nicht begegnet war. Wenn er dann antwortete, dass der Freund in Gefahr schwebte und Tylstyr ihn beschützen wollte, müsste er begründen, wie er zu dieser Annahme kam. Er wäre gezwungen, von den Morden zu erzählen, dem am letzten Tag des Frostmondes und den Bluttaten in seinem Heimatdorf. Und auch das würde noch nicht ausreichen. Er müsste glaubhaft machen, warum die Mörderin es auch auf Tjorne abgesehen haben könnte und womöglich sogar auch auf ihn. Und dann würde er auch über das Schiff sprechen müssen, das sie geplündert hatten, und Cellyana wüsste alles.

Wie würde sie darauf reagieren? Auch wenn sie an der Akademie von Khunchom gelernt hatte, stammte sie aus Al'Anfa, der

Stadt der Sklavenhalter. Vielleicht fand sie gar nichts dabei, ein Mädchen zu vergewaltigen, das in Gefangenschaft gefallen war, und ein Schiff mit einem Leuchtfeuer in den Untergang zu locken. Möglicherweise war es in ihren Augen aber auch ein todeswürdiges Verbrechen. Man fürchtete sie in den philosophischen Debatten, die sie mit den Schülern oder während der Dispute zu Ehren Hesindes, der Göttin der Weisheit, führte. Oftmals nahm sie übergangslos die gegenteilige Position ein, sobald sie alle anderen von der zuvor vertretenen Meinung überzeugt hatte.

»Du schweigst«, stellte Cellyana fest. »Gut. Stehe dazu, wenn dein Wissen niemanden etwas angeht.«

Sie drehte sich zu ihm um.

»Dein Entschluss bedeutet auch, dass du deine Lehrzeit in diesem Winter frühzeitig abbrechen wirst.«

»Das tut mir leid.«

»Natürlich hast du die zwanzig Dukaten dabei, die du an die Gilde entrichten musst, wenn du dieser Pflicht nicht nachkommst.«

Tylstyr blinzelte. »Nun, ich …«

»Du willst mir sagen, dass du den Obolus vergessen hast?«

»Im letzten Jahr war ich viel in der Wildnis unterwegs. Ich habe mich mit zwei Druiden getroffen und bin lange bei ihnen geblieben. Sie haben mich in der Runenkunde unterwiesen und …«

»Du hast die Dukaten nicht.«

»Nein.«

Cellyana wandte sich wieder der Aussicht zu. Die Dämmerung war sich ihres Sieges gewiss, auch wenn noch ein heller Streifen über dem Horizont lag.

»Ich habe aber schon einen Mond lang unterrichtet«, sagte Tylstyr vorsichtig. »Vielleicht wäre ein Nachlass möglich?«

Sie blickte ihn über die Schulter an. »Willst du mit deiner Spektabilität feilschen?«

»Nein, Meisterin!«

»Und doch tust du es in diesem Augenblick. Aber du fürchtest meinen Zorn.«

Er seufzte. »So ist es. Ich glaube, wenn du wütend auf mich wirst, wird dir noch mehr einfallen, um mir das Leben schwer zu machen.«

Sie lächelte. »Du bist nicht dumm. Aber weshalb sollte ich dir zürnen?«

»Weil ... die Akademie ohnehin schon zu wenige Lehrkräfte hat. Und weil es peinlich ist, die Bitte der Obersten Hetfrau abzuschlagen.«

Cellyana klatschte in die Hände, was Tylstyr zusammenzucken ließ.

»Aber ich kann doch jemand anderen zu Garhelt schicken! Oder ich könnte auch selbst gehen.«

»Natürlich könntest du auch selbst ...«

Ihre dunklen Augen glichen denen einer Spinne.

»Ich meine ...«, stotterte Tylstyr, »... das wäre natürlich ganz und gar unangemessen.«

»Warum? Ist es nicht eine Ehre, der Obersten Hetfrau einen Gefallen zu erweisen?«

»Doch, natürlich, aber ...« Während seiner Reise durch das Moor bei Svegan hatte er sich auf sichererem Grund gefühlt. »Eine Spektabilität deiner Bedeutung sollte ihre Zeit nicht mit Aufgaben vertun, die ein einfacher Magus erledigen kann.«

»Eine Spektabilität darf also nicht über ihre Zeit verfügen, wie es ihr beliebt?«

»Doch, selbstverständlich.«

»Dann hat sie also keine Pflichten, die ihren Wünschen Grenzen setzen?«

»Die Wünsche einer Spektabilität werden ihren Pflichten niemals zuwiderlaufen.«

Cellyana hob eine Augenbraue.

Tylstyr zwinkerte den Schweiß fort.

»Manche Menschen denken, bevor sie reden«, meinte Cellyana. »Andere, während sie reden, und wieder andere, nachdem sie geredet haben. Welche Methode ist einem Magus angemessen?«

Tylstyr überlegte. »Ein Magus sollte sprechen, wenn er sich seiner Sache sicher ist.«

»Und bist du dir bei dieser Expedition sicher?«

»Das bin ich!«

War seine Antwort ungebührlich enthusiastisch?

Cellyana verschränkte die Arme. »Verrate mir noch, Magus Tylstyr Hagridson, wirst du mit dem Blender oder mit dem Foggwulf fahren?« Das letzte Abendlicht brach sich golden auf der geflügelten Sonne ihres Ringes.

»Auf Phileassons *Seeadler* ist ein Platz an einem Riemen für mich frei.«

»Das hast du bereits geklärt, bevor du mit mir gesprochen hast?«

»Ich wollte mir meiner Sache sicher sein.«

Diesmal lag ein Hauch von Anerkennung in Cellyanas Nicken. Bestimmt gefiel ihr, dass er nicht mit Beorn fuhr. Der Blender war für seine Grausamkeit gegenüber den Seefahrern ihrer Heimatstadt bekannt.

»Du wirst viele Länder bereisen.« Cellyanas Gedanken schienen in weite Ferne auszugreifen. »Möglicherweise wirst du in Gegenden gelangen, die noch niemals der Fuß eines Menschen betreten hat. Aber das bedeutet keineswegs, dass sie unbewohnt wären.«

Tylstyrs Nackenhärchen stellten sich auf. Sprach sie von Dämonen? Welchen Preis kostete es, einen Drachenführer zum König der Meere zu machen?

»Ich kann mir vorstellen, die zwanzig Dukaten in deinem Namen an die Gilde zu zahlen«, sagte Cellyana. »Aber ich will, dass du alles aufzeichnest, was du über die Elfen lernst, und mir hinterher berichtest.«

Ein Seufzer der Erleichterung entwich Tylstyr. Natürlich. Nichts faszinierte Cellyana mehr als das rätselhafte Volk der Elfen. Wenn man ganz sicher war, dass sie nicht zuhörte – also nur außer Sichtweite der Akademie und unter vier Augen, die Lippen verborgen von den hohlen Händen, die gegen das Ohr des anderen gepresst waren –, erzählten sich die Eleven, ihre Spektabilität sei wie eine Motte, die vom Licht der Feya angezogen wurde, bis sie eines Tages darin verbrennen würde.

»Ich werde eine getreuliche Abhandlung verfassen, Spektabilität.«

»Komm morgen wieder. Ich werde ein Buch vorbereiten, dem du deine Aufzeichnungen anvertrauen kannst.«

»Spare dir die Mühe, ich kann mir selbst ein solches Buch besorgen.«

»Wird dieses Buch, das du besorgen kannst, auch Wasser und Feuer widerstehen, als sei es aus Stein gemacht?«

Er biss sich auf die Zunge »Nein, Spektabilität«, gestand er demütig.

»Beachte stets deinen Vorsatz, zu denken, bevor du redest.«

Thorwal,
fünfter Tag im Grimfrostmond

Kaum jemand brachte die Oberste Hetfrau mit Milde in Verbindung, aber wenn sie von ihrer Kartothek sprach, schlich sich immer so etwas wie Zärtlichkeit in ihre Stimme. Als er das steinerne Gebäude innerhalb der Ottaskin der Hetleute betrat, dachte Asleif Phileasson daran, mit welcher Ausdauer Garhelt das Hjalding von diesem Vorhaben überzeugt hatte. Sie war damals jünger gewesen, unbeherrschter, und gerade von einer Plünderfahrt zurückgekehrt. Begeistert hatte sie von einem Haus im Lieblichen Feld berichtet, wo man die ganze Welt bereisen konnte, ohne unter freien Himmel zu treten. Mit dem Finger fuhren die Gelehrten dort Linien nach, die zeigten, wie Länder beschaffen waren, die man nur in vielen Monden hätte erreichen können. Binnen eines Wimpernschlages durchwanderte das Auge Wüsten, so trocken, dass dort keine Träne über die Wange laufen konnte, ohne zu verdunsten, bevor sie das Kinn erreicht hätte. Die Federstriche der Kartografen erschlossen undurchdringliche Wälder, unbezwingbare Höhen und endlose Ebenen, die steilsten Küsten und die sanftesten Strände. Davon hatte Garhelt berichtet, und ihre Augen hatten dabei so hell geleuchtet, dass niemand auf den Gedanken verfallen war, ihr auszureden, ein ebensolches Haus in Thorwal zu errichten. Nur der fremdländische Begriff *Kartothek* sorgte noch ab und zu für sanften Spott, den die Oberste Hetfrau großmütig ertrug.

Inzwischen war die hier gelagerte Kartensammlung eine der größten Aventuriens. Garhelt betrachtete sie als ihr Vermächtnis an die Nachwelt und war immer darauf bedacht, ihren Wert zu erhöhen. Sie kaufte Karten von Reisenden oder schickte selbst Expeditionen in unbekannte Gebiete aus. Auch Phileasson hatte einige Stücke beigesteuert, weswegen er manchmal den Verdacht hatte, Garhelt könne freundschaftliche Gefühle für ihn hegen.

Wenn das zutraf, beeinflusste es ihre Neutralität bei der Vorbereitung des Wettstreits in keiner Weise. In den vergangenen Tagen war sie immer wieder in ihrer Kartothek gewesen. Mutter Cunia hatte sie oft begleitet, ansonsten waren zahlreiche Gelehrte, Magier und Geweihte gekommen und gegangen. Es wäre mit Phileassons Ehrverständnis unvereinbar gewesen, ihre Verschwiegenheit auf die Probe zu stellen. Aber wenn Ohm Follker von einem Skalden hörte, dass die beiden Knorren mit den Versorgungsgütern das Kap bei Prem umrundet hatten und mit Nordkurs an der Halbinsel entlanggesegelt waren, wäre es eine sträfliche Dummheit gewesen, dieses Wissen ungenutzt zu lassen.

Die unteren Geschosse der Kartothek wiesen nur schmale Fensterschlitze auf. Dieses Gebäude war einmal die Kommandantur der mittelreichischen Besatzer gewesen, die klugerweise mit einer rebellischen Bevölkerung gerechnet hatten. Auch bei Tage benötigte man hier eine Lichtquelle, zumal die meisten der ehedem mühevoll herbeigeschafften Fenstergläser inzwischen zerbrochen und durch halb durchsichtige Tierhäute ersetzt worden waren. Ohm Follker entzündete eine der bereitstehenden Laternen. Sorgfältig verschloss er die Glasklappe, bevor er die Lampe an Irulla weiterreichte.

Schon mancher Fremdländer war mit Phileasson gefahren, aber die Waldmenschenfrau war die fremdländischste von allen. Daran änderte auch die thorwalsche Wollkleidung nichts, zumal sie selten eine Kopfbedeckung trug. Das mochte an der Spinnenzeichnung liegen, die vom halb geschorenen Schädel bis auf ihre Wangen reichte. Jeweils zwei der dünnen Beine umfassten auf jeder Seite ihr Gesicht, zwei weitere umklammerten den Schädel hinter den Ohren, und das letzte Paar verschwand unter dem schwarzen Haar. Dort schien auch der ovale Leib der Spinne herauszukriechen, der sich über die komplette Schädeldecke streckte, sodass der Kopf mit den gekrümmten Fresszangen oben auf Irullas Stirn lag. Nur die Umrisse dieser Zeichnung waren in die Haut gestochen, das Innere pflegte sie mit weißer Farbe auszumalen, wobei sie den Kopf manchmal mit neun roten Punktaugen versah. Auf ihrer dunkelbraunen Haut ergab das Weiß einen starken Kontrast, den ihre Augen aufnahmen. Dort bildeten die beinahe schwarzen Iriden mit den Pupillen abgründige Löcher in knochigem Weiß.

Während sich Ohm an einer zweiten Laterne zu schaffen machte, begann Irulla ihre Spurensuche. Phileasson wusste nicht, wie die meist schweigsame Frau es anstellte, ob sie wirklich die Geister von Toten zu Hilfe rief oder einfach nur schärfere Augen hatte als jemand, der nicht in den grünen Schatten der Regenberge aufgewachsen war. Jedenfalls war sie die beste Fährtensucherin, der er je begegnet war. Jetzt sollte sie herausfinden, welche Aufzeichnungen aus den weniger offensichtlichen Bereichen in den letzten Tagen bewegt worden waren.

Ohm und Phileasson sammelten unterdessen die Karten der nördlichen Meere ein. Manche lagen aufgerollt in wabenförmigen Regalen, andere ausgebreitet in Schränken mit flachen, sehr tiefen Schubladen. Sie trugen die vielversprechendsten drei Treppen hinauf in das oberste Stockwerk des Rundturms. Hier waren die Fenster größer, auch wenn man noch immer eine Lampe benötigte, um Einzelheiten zu erkennen.

»Du wirkst unzufrieden«, meinte Phileasson, während sie sich über eine Karte Nordthorwals beugten. Der Atem stand ihnen in Wolken vor dem Mund. Da offenes Feuer in Garhelts Kartothek strengstens verboten war, herrschte bei dieser Witterung eisige Kälte.

»Wen interessiert das schon?«, brummte Ohm. »Wir sind hier, um dich zum Sieger der größten Abenteuerfahrt zu machen, von der die Skalden jemals singen werden.«

»Das wohl.« Phileasson unterdrückte ein Lachen.

»Vielleicht geht es auf die Olportsteine«, murmelte Ohm.

»Gut möglich.« Phileasson zog die Karte auf dem großen Tisch mit der niedrigen Platte zurecht, sodass die in einer Wellenlinie angeordneten Inseln im Licht lagen.

»Reichlich Steilküste«, stellte Ohm fest.

»Deswegen konnte sich so viel Gesindel auf den Steinen festsetzen.« Die Inseln waren ein Rückzugsort für Friedlose und andere, die nicht in Gemeinschaft mit gesitteten Menschen leben konnten. »Denkst du, Garhelt will, dass wir die Seeräuber zur Strecke bringen?«

Ohm schnaubte. »Im Süden hält man jeden Thorwaler für einen Seeräuber.«

»Das ist aber falsch.«

»Sag das den Menschen in den Dörfern, die Beorn niedergebrannt hat.«

»Beorn ist anders als andere Thorwaler. Aber ich gebe zu, dass ein Körnchen Wahrheit in dem Vorwurf liegt.«

»Hast du zugehört, als ich Eldgrimms Fahrt den Ingval hinauf besungen habe?«

»Na gut, gelegentlich plündert auch der eine oder andere anständige Thorwaler. Der Vorwurf, wir alle seien Seeräuber, ist zwar etwas zu weit gegriffen, aber gänzlich von der Hand zu weisen ist nicht, dass in seltenen Fällen …« Er zuckte mit den Schultern.

Ohm seufzte. »Und was war mit deinem Ausflug zum Weilwasser?«

»Na ja …« Phileasson kraulte sich den kurzen Bart. »Na gut, niemals ist etwas Wahreres gesagt worden. Wir Thorwaler sind Seeräuber. Aber das Gesindel auf den Olportsteinen ist anders.«

»In welcher Weise?«

»Anders eben.«

»Verstehe.«

Phileasson lehnte sich wieder auf den Kartentisch. »Mit den Klippen hast du recht. Um diese Jahreszeit ist es dort noch ungemütlicher. Das Eis umschließt die Küsten, und wenn es taut, reißen einem die Brocken den Rumpf auf.«

Ohm brummte etwas Unverständliches.

»Hast du Schmerzen?«, fragte Phileasson.

»Unsinn! Du glaubst wohl, die Kälte macht meine Knochen spröde? So alt bin ich noch nicht.«

»Eine solche Unterstellung würde ich mir auch nie erlauben.«

Ohm schnaubte. »Was, wenn es nicht die Steine sind? Vielleicht geht es rauf zu den Gjalskern.«

»Dann hoffe ich, dass die Knorren auf See ausharren, bis wir dort eintreffen. Die Barbaren würden die Vorräte um jeden Preis an sich bringen.«

»Und aus den Häuten der Besatzung Mäntel nähen?«

»Ich weiß nicht, wie gut sie nähen können.«

Wieder brummelte Ohm. »Was ist mit Riva?«

»Ich wüsste nicht, was es in Riva zu tun gäbe«, überlegte Phileasson. »Im Gjalskerland haben die Karten noch weiße Stellen, aber in Riva?«

Ohm zuckte mit den Schultern.

Phileasson suchte eine Karte heraus, die die Einzelheiten der Küsten nahe des Gjalskafjords besser darstellte. Er rief sich die Küsten in Erinnerung, an denen er vor Jahren entlanggesegelt war. Die grauen Steinstrände mit dem Wall von Fichten dahinter, der bis fast ans Meer reichte.

»Die Karte taugt nichts.« Er zeigte auf Nordaport. »Hier müsste sich im Osten eine große Bucht anschließen. Diese gerade Küstenlinie kam wohl zustande, weil der Kapitän Eis mit Land verwechselt hat.«

Phileasson rollte die Karte ein und legte sie beiseite.

Er suchte noch nach einer besseren, als Irulla zu ihnen hinaufstieg. Sie reichte Phileasson ein gebundenes Buch.

»Das wurde kürzlich angesehen?«, fragte er.

»Gestern«, antwortete sie mit ihrer dunklen Stimme.

Phileasson hatte sich abgewöhnt zu fragen, woran sie solche Dinge erkannte. Nach mehreren Jahren gemeinsamer Fahrten reichte ihm, dass sie stets richtig lag.

Er schob das Buch in den Leuchtkreis der Laterne. Der Einband war aus Holz gefertigt und mit blauem Leinen überzogen. Den Titel hatte man wohl einst mit schwarzer Farbe darauf geschrieben, aber jetzt fanden sich davon nur noch unleserliche Reste.

Phileasson schlug das Buch auf.

»›Die Querung des Nordmeers‹«, las Ohm.

»Das sind Hetmann Arjolfs Reiseaufzeichnungen!«, rief Phileasson. Jeder Kapitän, der etwas auf sich hielt, wusste von dem Hauptwerk des großen Entdeckers, dem erstmals die Umrundung des Landes der Schneeschrate gelungen war. Arjolf hatte somit bewiesen, dass es sich um eine Insel handelte und nicht um die Südspitze eines Kontinents. Er hatte auch von Vogelschwärmen berichtet, die über dem Innern dieser Insel flogen, als gäbe es dort etwas anderes als eisüberzogene Berge, von denen Rauch und Asche aufstiegen.

»Es ist eine illustrierte Abschrift«, erkannte Ohm. Auf beinahe jeder Seite fanden sich Bilder von treibenden Eisbergen oder Firunsbären. Die Karten waren nur ungenaue Skizzen der Küstenlinien, aber die eingezeichneten Meeresströmungen hatte Arjolf mit mehr Sorgfalt dokumentiert. Ihnen widmete sich auch ein Großteil der Beschreibungen.

»Wie alt schätzt du dieses Buch?«, fragte Phileasson. Arjolf hatte vor vierhundert Jahren gelebt.

Ohm betastete Papier und Bindung. Er roch an den Seiten und besah sich die Schwünge der Buchstaben. »Höchstens hundert Jahre. Älter nicht.«

Phileasson blätterte rasch durch das gesamte Werk. »Es beschäftigt sich ausschließlich mit Arjolfs Fahrten ins Eismeer.«

»Dann geht es wohl weit in den Norden. Über das Gjalskerland hinaus.«

»Arjolf ist im Sommer gefahren. In den warmen Monden bricht das Eis auf. Im Winter können wir unmöglich so weit rudern wie er.«

»Wir werden alle sterben«, ließ Irulla ihre dunkle Stimme vernehmen.

»Unsinn!«, widersprach Phileasson. »Ich habe die *Seeadler* zu vielen Orten geführt, an denen kein Thorwaler vor uns gewesen ist, und jedes Mal bin ich zurückgekehrt.«

»Vielleicht werden wir nicht im Eis sterben. Aber wir werden sterben. Jeder Mensch stirbt.«

»Danke für den Hinweis.«

»Der Tod vergisst niemanden.«

Phileasson nickte. Irulla hatte wieder eine Möglichkeit gefunden, das Gespräch auf ihr Lieblingsthema zu lenken.

»Drachenführer dagegen vergessen schon einmal den ein oder anderen«, murmelte Ohm.

»Was hast du gesagt?«

»Nichts von Bedeutung.«

»Vielleicht doch«, meinte Phileasson.

»Wer will schon hören, was ein alter Skalde zu sagen hat?«

»Ich.« Er sah zu Irulla hinüber, die ihre Laterne gelöscht hatte, sodass das weiße Spinnenbild im Halbdunkel schimmerte. »Sie bestimmt auch.«

»Wenn alle tot sind, wird sich niemand an die Lieder erinnern, die wir singen«, widersprach die Waldmenschenfrau.

»Das wohl. Dann behalte deinen Kummer einstweilen für dich, Ohm. Du kannst mir später davon berichten.«

»Wann sollte das sein? Du brichst morgen auf.«

»Und ich habe noch einen Platz an meinen Riemen frei.«

Schlagartig hellte sich Ohms Gesicht auf. »Du meinst … ich könnte?«

»Ich brauche einen Skalden, der meine Saga dichtet.«

»Kein anderer als ich wird dieser Skalde sein!« Ohms Faust donnerte auf den Kartentisch. »Ich fahre mit dir bis ans Ende der Welt und zurück! Noch in tausend Jahren soll man der Phileasson-Saga lauschen, das wohl!«

Die Freunde umarmten sich.

»Hast du alles, was du brauchst?«, fragte Phileasson.

»Ich brauche nur meine Leier.«

»Was ist mit warmer Kleidung?«

Ohm winkte ab. »Das wird kein Problem sein. Aber ich muss noch etwas erledigen.«

»Kann ich dir dabei helfen?«

Ohm schüttelte den Kopf. »Ich will mich mit den anderen Skalden treffen. Hoffentlich kennt einer von ihnen die Arjolf-Saga besser als ich.«

»Es wäre gut, wenn wir genau wüssten, was er im Norden entdeckt hat«, stimmte Phileasson zu. Er sah Irulla an. »Das könnte uns helfen, im Eis zu überleben.«

3 AUF SEE

Thorwal,
sechster Tag im Grimfrostmond

Kurz vor dem Morgengrauen fanden sich die beiden Mannschaften in der Halla der Obersten Hetfrau ein. Vierundvierzig Recken hatte Asleif Phileasson ausgewählt, zusätzlich würden Schwester Shaya und er selbst auf der *Seeadler* fahren.

Um sich auf die Seereise vorzubereiten, hatte Shaya mehrere Lagen Kleidung unter ihrer orangeroten Kutte angezogen. Weil sie so klein war, verlieh ihr das eine ungewohnt füllige Gestalt, die bereits für einige wohlwollend spöttische Bemerkungen gesorgt hatte. Nun aber strahlte sie die Würde ihres Amtes aus.

Unter den Augen Garhelts und Mutter Cunias schritt sie mit einer Schüssel die Reihe von Phileassons Leuten ab. Sie wuschen ihre Gesichter und ihre Ohren in dem gleichen Wasser, in das ihr Drachenführer als Erster die Hände getaucht hatte. Das verband sie für die Dauer der Reise zu einer Schiffsgemeinschaft, einer Ottajasko. Jeder würde seinen Gefährten ohne Arglist gegenübertreten, würde auf die Worte des Kapitäns hören, seine Sinne und sein Denken in das Wohl der Gemeinschaft stellen.

Lenya vollzog den gleichen Ritus bei Beorns Mannschaft.

Auch die anderen in der Stadt anwesenden Hetleute waren in die Halla gekommen und beobachteten, wie sich die Ottajaskos einschworen. Wie Phileasson und Beorn trugen sie Prunkgewänder, während die Recken robuste Winterkleidung angelegt hatten, bereit, ihre Plätze an den Riemen einzunehmen. Keiner von ihnen würde zu seiner Sippe zurückkehren, bevor die Reise vollendet wäre.

Als sich der Letzte gewaschen hatte, stellten Lenya und Shaya die Schalen zu Füßen von Bridgera Karvsolmfara, der obersten Geweihten des Walgottes Swafnir ab. Erst dann wuschen sie sich selbst.

Bridgera war mit über zwei Schritt eine außergewöhnlich große Frau. Sie hatte niemals Annehmlichkeiten gesucht, sondern sich, wie ihr Gott, den rauen Seiten des Lebens gestellt. Dreiundfünfzig Jahre hatten tiefe Linien in ihr Gesicht gegerbt. Sie gaben ihr die Würde eines alten Baumes.

Nun beugte sie sich vor und betrachtete das Wasser in den Schüsseln. »Euer Vorhaben kündet von Mut und Stolz, Drachenführer!«

Erst als Bridgera sprach, wurde Phileasson klar, wie still es in der Halla war.

»Mögt ihr eure Kraft beweisen und Thorwal stolz machen! Swafnir wird euch beobachten. Erweist euch des Wals würdig!«

Die Kapitäne traten vor. Die Glutströhm-Ottajasko hatte Phileassons eisengefassten Schild neu bemalt, sodass der Seeadler, der eine Schlange in den Fängen hielt, in frischem Glanz erstrahlte. Beorn hatte neue Flügel an seinem Helm befestigt. Wenn sich Phileasson nicht täuschte, stammten sie von einem jungen Adler.

Garhelt richtete sich auf. In diesem Moment trug sie nicht nur den Kriegermantel der Obersten Hetleute. Sie sprach auch im Namen all ihrer Vorgänger, seit Jurga erstmals ihr Langschiff auf einen aventurischen Strand gezogen hatte.

»Nun, edle Drachenführer! Vernehmt die Regeln, die für euer Duell gelten: Ihr werdet zwölf Aufgaben zu lösen haben, und euer Weg wird um das bekannte Aventurien führen, das wohl! Manchmal sogar darüber hinaus.«

Sie stand auf einem halbschritthohen Podest am Ende der Halla, sodass sie nicht nur gut sichtbar war, sondern auch auf die Kapitäne herabschaute.

»Ihr dürft eure Konkurrenten behindern, aber es ist euch verboten, sie zu töten. Ihr werdet als Fürsten und als Bettler reisen. Mut und Stärke allein werden zu wenig sein, um euch ans Ziel zu bringen.«

Sie hob den Blick und ließ ihn über die Mannschaften schweifen.

»Achtzig Wochen gebe ich euch, dieses gewaltige Abenteuer zu bestehen. Um zu bezeugen, dass ihr die Aufgaben auf ehrenvolle Weise löst, wird jede Gruppe von einer Traviageweihten begleitet.«

Mutter Cunia ergriff das Wort. »Shaya und Lenya, begebt euch zu euren Gefährten. Phileasson und Beorn, ihr seid mir persönlich dafür verantwortlich, die Schwestern wohlbehalten zurück in Travias Haus zu bringen.«

»Die Geweihten wachen darüber, dass bei dem Rennen die Regeln der Ehre eingehalten werden«, fuhr Garhelt fort. »Ihr Urteil kann am Ende über Sieg und Niederlage entscheiden.«

Phileasson und Beorn nickten.

»Eure ersten beiden Aufgaben erfahrt ihr nun, die restlichen werden euch im Verlauf der Reise enthüllt. Mutter Cunia wird sie den Geweihten zum passenden Zeitpunkt übermitteln.«

Garhelts Blick schien über die Halla hinauszugreifen.

»Fahrt zunächst zur Insel der Schneeschrate und überwindet dort einen der riesenhaften zweizahnigen Kopfschwänzler! Gebt acht und fangt das Tier lebend, damit es in die Ottaskin der Hetleute gebracht werde. Sobald die Bestien gefangen sind, sollt ihr Kapitäne mit wenigen Auserwählten in den äußersten Norden aufbrechen, um dort den Turm zu finden, mit dem die Welt am Himmelsgewölbe aufgehängt ist und den die Firnelfen deswegen Himmelsturm nennen. Ergründet seine Geheimnisse, bevor ihr nach Riva reist, um dort eure dritte Aufgabe zu erfahren.«

Sie sah die Drachenführer an.

»Habt ihr alles verstanden, was ich gesagt habe?«

Entschlossen bestätigten Beorn und Phileasson. Ihre Ottajaskos schwiegen grimmig.

»Vor der Küste der Schneeschrate wird euch ein rotes Leuchtfeuer den Weg zu zwei Knorren weisen«, erklärte Garhelt. »Die beiden Schiffe werden euch mit allem versorgen, was ihr für das ewige Eis brauchen werdet. Möge euer Ehrgeiz weiterhin in euch brennen, denn dort wird es sonst nichts geben, das euch wärmt. Und vergesst nicht, warum ihr auf diese Reise geht. Thorwal ist zu klein für zwei Drachenführer wie euch. Der Wettkampf wird euren Streit endgültig entscheiden. Nur einer kann König der Meere sein. Der Sieger wird fortan unwidersprochen der Erste unter unseren Kapitänen sein. Brecht nun auf, Drachenführer! Zeigt der Welt, wozu Thorwaler fähig sind, und macht uns stolz!«

Phileasson und Beorn wandten sich um. Ohne einen Blick zurück schritten sie aus der Halla. Ihre Mannschaften schlossen sich ihnen an.

Draußen bildeten die Thorwaler ein Spalier von der Ottaskin der Hetleute durch die Weststadt bis hinunter zum Hafen. Sie schlugen ihre Waffen auf ihre Schilde, und ein ausgelassenes Lärmen, das selbst einen Gewittersturm übertönt hätte, begleitete die Mannschaften auf dem Weg zu ihren Schiffen.

Als er die *Seeadler* sah, wie sie auf den sanften Wellen am Anleger schaukelte, vergaß Phileasson das Getöse. Er roch den Wind und das Meer und erkannte, dass Salarin recht gehabt hatte. Diese Planken sehnten sich danach, sie zu unbekannten Ufern zu tragen.

Die Ruderer nahmen ihre Plätze auf den Kisten ein, in denen sie ihren Proviant und ihre persönliche Habe verstaut hatten. Die Riemen glitten ins ruhige Wasser des Hafenbeckens. Der Mast war bereits aufgerichtet, aber das Segel noch gerefft.

Phileasson sah hinüber zu Beorns *Seeschlange*. In die Blätter seiner Riemen war das Wappentier seines Rivalen eingebrannt. Wie auch Phileasson nahm Beorn den Platz am Heckruder ein, und da die *Seeadler* backbord von Beorns Schiff lag, wandte der Blender ihm den Rücken zu.

Die aus Walrossleder geflochtenen Leinen wurden eingeholt.

Endlich waren die Schiffe frei.

Hunderte Thorwaler umsäumten das Hafenbecken, als die Langboote gemächlich an Fahrt aufnahmen. Beorn hielt seine Mannschaft zurück, sodass Phileasson zuerst die Ausfahrt passierte. Die Strömung des Bodir zog die *Seeadler* auf die Flussmündung zu. Die Wellen wurden höher, aber der Drache fuhr genau auf dem Kiel. Phileasson atmete tief ein. Er liebte es, sein Schiff zu spüren, wie es sich in der Dünung hob und senkte.

Das Nordufer des Bodir stieg rasch zu einer Steilklippe an. Dort oben drängten sich noch mehr Krieger. Jeder, der einen Schild tragen konnte, war an diesem Tag auf den Beinen. Äxte und Schwerter schlugen auf das Holz der Schilde, um ihre berühmtesten Drachenführer zu ehren.

Vor ihnen wuchs der Alte Ugdalf aus dem grauen Fels der Steilklippen. Die schwarzen Mauern der verwitterten Festung wachten über der Bodirmündung. Auf dem höchsten Turm tanzte die

Flamme eines Leuchtfeuers im auffrischenden Wind. Phileasson winkte hinauf.

»Beorn ist gleichauf!«, rief Ohm Follker, der den ersten Riemen an Backbord pullte.

Phileasson sah über die Schulter. Tatsächlich hatte der Bug der *Seeschlange* das grüne Drachenhaupt am Vordersteven der *Seeadler* beinahe erreicht, und Beorn machte bessere Fahrt. Phileassons Lächeln gefror.

»Ottajasko …« Er zog die Brauen zusammen. »Pull!«

Bislang waren die Riemen in ruhigem Takt durch das Wasser gezogen, wie die neue Mannschaft es auf dem Bodir eingeübt hatte. Jetzt beschleunigten sie und folgten Phileassons Rufen.

»Pullt! Pullt! Pullt!«

Phileasson kam es vor, als funkle Beorns verbliebenes Auge spöttisch. Seine *Seeschlange* zog vorbei, ohne dass er brüllen musste.

»Habt ihr Butter in den Armen?«, schrie Phileasson. »Pullt! Meine Großmutter schlägt euch ja im Armdrücken! Pullt! Pullt! Pullt!«

Die *Seeadler* sprang nach vorn, als hätte ein Wal ihr Heck gerammt.

»Jetzt zehn schnelle! Pullt! Pullt!«

Phileassons Drache hielt den Abstand zu Beorns Schiff. Er überlegte, ob er Segel setzen lassen sollte. Der Wind stand zu ungünstig. Sie hätten kreuzen müssen und wären unter den Augen der Thorwaler am Ufer zurückgefallen, auch wenn sie Beorn dann bald auf hoher See überholen würden.

Beide Hände fest auf dem Ruder, ließ er das Schiff die stärker werdende Dünung abreiten. Shaya klammerte sich an die Reling und kämpfte offensichtlich gegen ihren rebellierenden Magen an.

»Alles gut!«, keuchte sie.

Sie ist eine schlechte Lügnerin, dachte Phileasson.

»Beug dich bloß tief vor!«, rief Tjorne. »Sonst fegt dir der Wind das Abendessen von gestern ins Gesicht.«

»Legt euch in die Riemen, ihr Memmen!«, schrie Phileasson, um das allgemeine Gelächter zum Verstummen zu bringen. »Pullt! Pullt!«

Sie holten auf, aber Phileasson wusste, dass seine Mannschaft diese Anstrengung nur kurze Zeit aushalten könnte. Er hatte sich überrumpeln lassen! Seine Faust krachte auf die Reling. Wie hatte er nur annehmen können, ausgerechnet Beorn gewähre ihm den Vortritt? Er ahnte, wie die Zuschauer auf der Klippe spotteten, weil er sich schon zu Beginn des Wettkampfes abhängen ließ!

Bei Swafnir, sie würden nicht mehr lange lachen!

»Pullt! Pullt!«

»Dämliches Langohr!«, rief Ragnor. Er saß in der dritten Reihe steuerbord, unmittelbar hinter Salarin Trauerweide. Der Elf hatte kaum Erfahrung an den Riemen. Zudem fehlte ihm die Kraft. Während der Fahrt auf dem Bodir hatte er sich noch gut in den Taktschlag der Ruderer eingefühlt. Er könne die Melodie von Schiff und Mannschaft spüren, behauptete er. Sich länger als ein paar Augenblicke mit aller Kraft in die Riemen zu legen schien ihm jedoch nicht gegeben zu sein. Er kam völlig aus dem Takt. Immer wieder schlug sein Ruderblatt krachend gegen Ragnors Riemen, und Phileasson spürte, wie die *Seeadler* Drift nach steuerbord bekam.

»Verflucht, Salarin, füg dich ein!«, brüllte er.

Zorn und Anstrengung färbte die Gesichter der Ruderer rot. Einige fluchten, andere hatten sich Beißhölzer zwischen die Zähne geschoben. Salarin hingegen wirkte entspannt. In seinen Augen lag ein verträumter Ausdruck.

Weil das Durcheinander auf der Steuerbordseite sie immer weiter vom Kurs driften ließ, musste Phileasson gegensteuern. Die *Seeadler* schlingerte in der rauen See. Ein Brecher donnerte gegen den Bug. Gischt sprühte über die Reling und durchnässte die Ruderer der vordersten fünf Reihen.

»Salarin!«

Die Antwort des Elfen ging im Knarren der Riemen und in den Flüchen der Mannschaft unter.

Beorn vergrößerte den Abstand.

Wenn sie so weitermachten, würden sie scheitern! Stumm verfluchte sich Phileasson dafür, den Elfen aus einer Laune heraus in seine Mannschaft aufgenommen zu haben. Das Wettrennen gegen Beorn könnte er nur mit einem erfahrenen Ruderer an Salarins Stelle für sich entscheiden.

Er musste selbst Salarins Platz einnehmen!

»Shaya!«, brüllte er. »Übernimm das Ruder!«

»Das darf ich nicht!«, protestierte die Geweihte.

»Bei Swafnirs Schwanzflosse, Beorn wird uns nicht zum Gespött machen! Ohm, komm her!«

Der Skalde zog seinen Riemen ein und übernahm das Steuer. Da war Phileasson schon auf dem Weg.

Er packte Salarin, zerrte ihn wütend von der Seekiste und stieß ihn Richtung Heck. »Halt die *Seeadler* auf Kurs, oder ich werde dich mit den Spitzohren an die Rah nageln, das wohl!«

Er griff Salarins Riemen, setzte sich auf dessen Seekiste und wartete, bis der Mann vor ihm sich aufrichtete. Dann fand er in den Takt der Mannschaft. Das Ruderblatt stieß ins Wasser, und er beugte sich vor, gemeinsam mit allen anderen. Vor und zurück, vor und zurück.

Ohm nahm seinen Platz wieder ein, Salarin steuerte, aber sie hatten eine weitere Schiffslänge gegen Beorn verloren.

»Pullt, ihr verweichlichtes Pack!«, brüllte Phileasson. »Pullt, bis euch der Schiss aus den Hosenbeinen rinnt!«

Sie mussten den Drachen wieder auf Geschwindigkeit bringen. Hastig blickte Phileasson zum Elfen. Wenn an dessen Geschwafel über sein Gefühl für das Schiff etwas dran war, dann war das Steuerruder sein Platz. Und wenn nicht ... Er stellte sich vor, das Langohr kielholen zu lassen.

»Pullt, ihr Hundedreck! Pullt! Pullt!«

Seine Stimme und das rhythmische Auf und Nieder seines Oberkörpers, das war alles, woraus seine Welt noch bestand. Er spürte kaum das Brennen in seinen Handflächen, ebenso wenig das Reißen der fein gewebten Tunika oder das Spritzwasser in seinem Gesicht. Nichts blieb, außer verzweifeltem Zorn. Ein rotes Wallen vor seinen Augen.

Es ging Phileasson zwar auch um die eigene Ehre, vor allem aber um die *Seeadler*. Dieses Schiff hatte ihn zweimal durch den Efferdswall über das Meer der Sieben Winde bis zum Güldenland und wieder zurück getragen. Auf endlosen Fahrten entlang von Aventuriens Küsten war es seine Heimat gewesen. Über die Jahre war jedes Stück Holz ausgetauscht worden. Das Schiff, das er einst auf Kiel gelegt hatte, gab es nicht mehr. Aber was bedeutete das schon! Planken, Segel und Riemen waren wichtige Dinge, doch was einen Drachen eigentlich ausmachte, war das Versprechen, die Sehnsucht nach dem Horizont zu stillen. Als Kapitän musste Phileasson seinem Schiff helfen, dieses Versprechen zu erfüllen. Für sich selbst, für seine Ottajasko. Für alles, was gut und richtig war im Leben eines Thorwalers.

»Pullt, ihr Nachgeburten von Landratten! Pullt!«

Nur langsam drangen die Jubelrufe in Phileassons Bewusstsein.

Er blinzelte.

Die *Seeschlange* ...

Sie lag hinter ihnen.

Beorn blieb zurück! Seine Mannschaft hatte das Rennen zu früh begonnen und sich verausgabt! Sie ruderte noch, aber ihr Wille zu siegen war gebrochen. Sie konnte nicht mehr mit dem Rudertakt der *Seeadler* mithalten.

Phileasson fiel in den Jubel ein.

»Verzeih, Schwester!«, rief Ohm Follker. »Aber ich muss unbedingt …«

Er stand auf, ging an Shaya vorbei, löste seinen Gürtel und reckte den blanken Hintern über das Heck Beorn entgegen.

Salarin schmunzelte. »Dieses Schiff hat eine lustige Melodie.«

Premer Halbinsel,
achter Tag im Grimfrostmond

Shaya Lifgundsdottir dachte an Mutter Cunias Versicherung, eine Ottajasko auf der Reise sei so etwas wie eine Familie, und mit Travias Segen könne man aus jedem Lager ein Heim machen. Sie fragte sich, wie lange sie sich wohl in den Schlaf weinen würde, weil sich ihr Herz beim Gedanken an das zurückgelassene Herdfeuer verkrampfte. Wenigstens hatte niemand ihre Tränen gesehen, und ihr Schluchzen hatte sie unterdrückt, so gut es ging. Die dreiunddreißigjährige Frau war klein und zierlich wie ein Mädchen, da wollte sie nicht, dass die anderen merkten, dass sie auch wie eines heulte. Shaya hatte drei Viertel ihrer Decke unter sich gelegt, wie die erfahrenen Reisenden ihr geraten hatten, weil der Boden die Wärme viel schneller aus dem Körper zog als die Luft. Dennoch fror sie.

Am Abend hatten sie die *Seeadler* auf einen flachen Strand an der Westküste der Premer Halbinsel gezogen. Jetzt war das Schiff so ausgerichtet, dass es den Seewind abhielt. Mehrere Planen waren vom Rumpf abgespannt, um vor dem Schnee zu schützen, der dünn aus dem dunklen Nachthimmel rieselte. Shaya sah die Flocken im Schein des niedrig brennenden Lagerfeuers, denn das kümmerliche Dach reichte nicht bis zum Boden, sondern war an schritthohen Stöcken befestigt. So fand die gesamte Mannschaft darunter Platz.

Shaya erwachte nicht zum ersten Mal in dieser Nacht. Ihr unruhiges Herz verscheuchte den Schlaf. Ihren Gefährten waren solche Probleme fremd. Nach dem gegen Beorn gewonnenen Ruderduell hatten die Jäger, die im letzten Abendrot aufgebrochen waren, auch noch Glück gehabt und einen Hirsch erlegt. Shaya bedauerte, dass keine Zeit für eine ordentliche Zubereitung gewesen war. Sie hätte das Fleisch gern abhängen lassen, dann eingelegt und mit dem passenden Gemüse gut abgeschmeckt aufgetragen. Stattdessen hatte man den Braten auf einem Spieß gedreht und jeder, der fand, das Fleisch sei gar genug, hatte sich ein Stück abgesäbelt. Shaya wusste, dass der Verzicht auf gute Küche eine der Entbehrungen war, auf die sie sich während der endlos lang erscheinenden Reise einstellen musste. Sie beschloss, tapfer zu sein. Doch heimliche Tränen konnte ihr niemand verwehren.

Sie versuchte, sich durch Eichwards gleichmäßiges Schnarchen einschläfern zu lassen. Das war ihr bereits zweimal gelungen.

Diesmal jedoch verspürte sie einen unangenehmen Druck in der Blase. Sie drehte sich auf die andere Seite, aber jetzt, da sie darauf achtete, konnte sie ihr Bedürfnis nicht mehr verdrängen.

Widerstrebend wickelte sie sich aus der Decke und zog ihre Stiefel an. Die Kälte kroch sofort durch ihre Kutte. Sie tastete nach ihrem Umhang, zog ihn um die Schultern und verschloss ihn mit der Gänsespange. Sie war schon fast unter der Plane hinausgekrochen, als sie noch einmal umkehrte und ihr Messer holte. In die Wildnis sollte man niemals unbewaffnet gehen. Bei diesem Frost waren sicher auch die Wölfe hungrig. Sie dachte daran, dass sie die Eingeweide des erlegten Hirschen nicht hinauf in den Wald getragen hatte. Mit anderen Worten, sie hatte den Köder gelegt, der die Raubtiere zum Lager locken mochte. Ängstlich schloss sich ihre Hand um den Messergriff.

Der Schnee fiel so spärlich, dass der um das Feuer platt getretene Bereich noch gut zu erkennen war. Hier hatten sie gestern im Kreis gesessen und Ohm Follker gelauscht, wie er die unheimliche Saga von Arjolf dem Nordmeerfahrer vorgetragen hatte. Von einer verlassenen Burg in einem Land, wo das Wasser in den Augen gefror, war darin die Rede, und von bleichen Schneegeistern, die in schwarzen Rüstungen auf dem Eis Jagd nach verirrten Wanderern machten. Das Fell der Schrate hatte Arjolfs Mannschaft vor dem Erfrieren bewahrt, aber viele hatten trotzdem Zehen, Finger oder die Nase verloren.

Shaya schauderte. Zu diesem ungastlichen Ort waren sie unterwegs. Konnte man sich noch weiter von Travias Wärme entfernen?

Mit auf dem Schnee knirschenden Schritten erreichte sie den ersten Baum. Hier war es sehr dunkel, ihr Umhang blieb an dornigem Gesträuch hängen. Sie zerrte ihn ungeduldig frei, weil der Druck nun wirklich störte. Zudem erfasste sie hier der Seewind.

Sie hockte sich hinter den Stamm und erleichterte sich.

Auf dem Rückweg gab ihr der Schein des Lagerfeuers Orientierung. Sie hob die Hand, um die Wache zu grüßen, die etwas abseits an einem Felsen lehnte.

Shaya ärgerte sich, weil ihr stummer Gruß unerwidert blieb, rief sich aber sogleich zur Ordnung. Wenn man traurig war, tröstete man am besten einen anderen. So entfachte man ein Licht, an dem man sich selbst wärmen konnte. Bestimmt war auch dem

Wächter kalt, und vielleicht fühlte er sich hier in der Wildnis ebenso fremd und einsam wie sie.

Also änderte Shaya die Richtung und ging zu dem Posten. Es war Ragnor, der muskulöse Ruderer, der Salarin so sehr verflucht hatte. Im Schoß des jungen Mannes lag seine Axt, als wäre er bereit, sofort aufzuspringen und sie zu schwingen. Aber sein Kopf war auf die Brust gesackt, und scharrende Atemgeräusche verrieten, dass er schlief.

Shaya lächelte. Sie war also nicht die Einzige, die sich mit den Härten und Entbehrungen dieser Winterreise schwertat. Natürlich durfte man nicht schlafen, wenn man Wache hatte, das war Shaya klar. Da verdiente Ragnor, dass sie ihm einen kleinen Streich spielte.

Sie brach einen Zweig von einem Busch und schlich sich näher. Vorsichtig strich sie damit über ein Ohr des Schlafenden.

Ragnor zuckte zusammen und schrie so laut auf, dass Shaya rückwärts stolperte und hinfiel. Panischer Schrecken stand in seinen aufgerissenen Augen, die Axt hatte er zum Schlag erhoben.

»Ich bin es!«, rief Shaya. »Keine Gefahr!«

Die Mannschaft reagierte schnell. Binnen weniger Herzschläge stand sie im Halbkreis vor dem Schiff. Jeder hatte eine Handwaffe dabei, viele sogar ihren Schild.

»Was ist hier los?«, verlangte Phileasson zu wissen. Er wirkte hellwach.

»Er hat …«, begann Shaya.

In Phileassons eisgrauen Augen stand die Kälte von Stahl.

Shaya schluckte. Cunia hatte ihr und Lenya eingeschärft, dass sie sich nicht zu sehr von den Drachenführern beeindrucken lassen sollten. Sie waren die Schiedsrichterinnen und genossen als solche Travias Schutz. Die Kapitäne durften ihnen nur befehlen, wenn es um die Sicherheit der Ottajasko ging.

»Ich habe ihn geweckt.« Shaya stand auf und klopfte den Schnee von ihrem Umhang. »Ich wollte Ragnor nicht erschrecken. Dafür bitte ich um Verzeihung.«

Phileasson drehte den Kopf, bis er Ragnor ansah. »Du bist während deiner Wache eingeschlafen?« Seine Stimme war kaum lauter als ein Flüstern, aber kein Brüllen hätte mehr Autorität erzwungen.

»Es stimmt«, gestand Ragnor.

Phileasson nahm ihm die Axt ab.

Mit der Mannschaft geschah etwas Seltsames. Waffen wurden in die Gehänge geschoben, die Schilde weggelegt und die geschlossene Formation aufgelöst. Doch die Anspannung blieb, von der Fröhlichkeit des vergangenen Abends war nichts mehr zu spüren. Shaya sah Wut in den Gesichtern.

Während sich Phileasson unter den Drachenkopf am Bug der *Seeadler* stellte, nahm Ohm Follker Ragnor am Oberarm. Widerstandslos ließ sich der kräftige Mann wegführen.

»Was geschieht hier?«, fragte Shaya. Die Mannschaft bildete eine Gasse zwischen Phileasson und dem mit gesenktem Haupt stehenden Ragnor.

Im Osten rissen die Wolken auf und gewährten dem ersten Licht des Tages Durchlass.

»Es ist doch nichts Schlimmes geschehen!«, rief Shaya. »Ich habe doch nur mit einem Zweiglein über sein Ohr gewischt!«

Ohm kam zu ihr und sah ihr ernst in die Augen. »Es war sein Glück, dass dein Scherz ihn geweckt hat und nicht ein Speer in den Bauch, das wohl! Oder ein Schnitt durch die Kehle. Seine Nachlässigkeit hätte uns alle umbringen können.«

Shayas Knie wurden weich. »Er hat Honigbier getrunken, so wie wir alle. Das wird ihm den Kopf schwer gemacht haben.«

»Wer das Saufen nicht verträgt, muss es lassen«, versetzte Ohm.

»Was geschieht jetzt mit ihm?«

»Das liegt bei uns allen.«

Ohm stellte sich in die Doppelreihe.

»Was ist mit dir, Elf?«, rief er. »Gehörst du zu dieser Ottajasko? Dann ist dein Platz bei uns.«

Verwirrt beobachtete Shaya, wie sich Salarin bei den anderen einreihte. Sie konnte sein Gesicht nicht erkennen. Ob er besser als sie verstand, was hier vorging?

Phileasson zog sein Breitschwert und stellte es mit der Spitze auf den Boden, die Hände über dem Elfenbeingriff mit dem Wolf. Er sah zu Ragnor hinüber, der den Blick jetzt wieder gehoben hatte.

»Komm zu deinem Drachenführer!«, rief Phileasson.

Ragnor hatte die Hände geballt, als er losschritt.

Ohm war der Erste in der Gasse aus grimmigen Recken, an dem er vorüber musste. Der Skalde versetzte ihm einen Fausthieb in den Bauch.

Ragnor krümmte sich vor Schmerz, fasste sich aber und ging weiter.

Klatschend schlug ihm Tjorne seine lederne Schwertscheide über den Rücken.

Ragnor stolperte.

Hieb um Hieb traf ihn. Auch Salarin schlug zu. Manche benutzten ihre Fäuste, andere ihre Ellbogen, Knie oder einen Ledergürtel. Swafnilds schwarze Mähne wogte, als sie so viel Kraft in den Schienbeintritt legte, dass sie Ragnor von den Füßen holte.

Shaya bedeckte ihr Gesicht.

War das ihre Schuld? Warum hatte sie den Gefährten nicht einfach angesprochen? Dann hätte er die anderen nicht mit seinem Geschrei geweckt.

Auch jetzt schrie Ragnor. Schmerz mischte sich mit Wut. Trotzig stemmte er sich hoch. Er wehrte sich nicht gegen die Angriffe, sondern schritt stur weiter auf Phileasson zu.

Shaya zwang sich hinzusehen. Sie musste sich ihrer Schuld stellen und sie gut im Gedächtnis behalten, um nie wieder eine solch kindische Dummheit zu begehen.

Oder war das, was hier geschah, eine gute Sache?

Die Häuser Travias gewährten Verfolgten Obdach, aber auch eine gerechte Strafe war im Sinne der Götter und förderte den Frieden unter den Menschen. Ragnor hatte diejenigen in Gefahr gebracht, die ihn jetzt schlugen. Und sie hielten sich zurück. Keiner trat gegen Ragnors Kopf, wenn dieser am Boden lag.

Dennoch zeigten die Schläge Wirkung. Das letzte freie Stück taumelte Ragnor auf Phileasson zu. Er hustete schwer, bevor er sich aufrichtete. Dunkles Blut glänzte unter seiner Nase und troff von seinem Bart.

Phileasson sah ihn stumm an.

Der Drachenführer steckte sein Schwert zurück in die Scheide. »Machen wir, dass wir hier wegkommen!«

Die Mannschaft brach das Lager ab.

Shaya verteilte das Brot, das sie noch im Tempel gebacken hatte. Es war kalt, ja halb gefroren, und erinnerte kaum noch an die fluffige Köstlichkeit, die erst vorgestern aus dem Ofen gekommen war. Und dennoch aßen die Recken gierig davon. Für Salarin hatte Shaya Möhren mitgenommen, der Elf vertrug nichts, was einen Gärprozess durchgemacht hatte.

Er hockte vor Ragnor, der sich wieder an den Stein gesetzt hatte. Salarin legte seine Hand auf die Brust des Kriegers und sang eine ruhige Melodie.

Wie jedes Mal, wenn sie ihn mit zwei Stimmen zugleich singen hörte, lief Shaya ein Schauder über den Rücken. Es gab Augenblicke, da erschien ihr der Elf fast menschlich, und dann tat er so etwas. Sie war sich bewusst, wie etliche aus der Ottajasko ihn gerade argwöhnisch beäugten. Doch Salarin ignorierte das.

Ragnor schob den Arm des Elfen weg und stand auf. »Ich brauche keine Zauberei, um zu rudern und meine Pflicht zu tun«, sagte er.

Shaya zwang sich, ihm ins Gesicht zu sehen. »Es tut mir leid. Ich wusste nicht, welche Folgen mein Handeln haben würde.«

»Nicht dein Handeln hat mir dies eingebracht, sondern mein eigenes«, stellte Ragnor klar. Im morgendlichen Dämmerlicht erkannte Shaya dunkle Prellungen an Stirn und Wangen. Das Blut auf der Oberlippe war verschwunden.

Salarin nahm die Möhren dankend entgegen, während Ragnor half, die Plane zu verstauen.

»Warum hast du mitgemacht?«, fragte Shaya. »Wieso hast du ihn geschlagen?«

»Es war richtig.« Knackend kaute er eine Möhre. »Es passt zur Melodie unserer Reise.«

Fragend sah Shaya ihn an. Mit seinen fein geschnittenen, vollkommen symmetrischen Zügen wirkte er überhaupt nicht wie ein Krieger. In Thorwal hatte er oft Flöte gespielt. Wohl deswegen sah sie ihn eher als einen Barden, so wie jene, denen sie in ihrem Jahr in Rommilys begegnet war. Jemand, der musizierte und die Welt mit der Unschuld eines Kindes sah. Keiner, der andere verprügelte.

»Siehst du all die Äxte, die Schwerter und Schilde?«, fragte Salarin. »Sie singen von Kampf und Blut.«

Insel Manrek,
achter Tag im Grimfrostmond

Am Ende des zweiten Tages auf See hatte Salarin recht gut in die Melodie des Ruderschlages hineingefunden. Irgendwann auf dem Weg entlang der Premer Halbinsel hatte Phileasson die Riemen ausbringen lassen, weil das Segel schlaff von der Rah gehangen hatte. Sie waren in eine Flaute geraten und unter bleigrauem Himmel über spiegelglatte See getrieben. Beorns *Seeschlange* war nirgends zu sehen.

Inzwischen begriff Salarin, dass der Ruderschlag Teil eines größeren Lieds war, das auch die Melodien im knarrenden Holz der *Seeadler*, in Atem und Rufen der Mannschaft, im Wellenrauschen und in der Kälte der Luft umfasste. Alles spielte zusammen, und wenn sich die Ruderer harmonisch einfügten, glitt das Drachenschiff dahin, wie ein Greifvogel auf warmer Luft schwebte. Die Menschen hörten diese Melodien nicht, aber dennoch mussten sie die Harmonien auf irgendeine Art erfassen. Wie hätten sie sonst ihre Bewegungen so genau darauf abstimmen können?

Bei fortgeschrittener Dämmerung zogen sie die *Seeadler* auf den schmalen Kieselstrand der Insel Manrek.

Salarin ging auf die Jagd. Wegen einer warmen Meeresströmung war der Winter hier weniger harsch als auf dem Festland. Er erlegte zwei Hasen.

Bei seiner Rückkehr brannte das Lagerfeuer, und die Planen waren vom Rumpf abgespannt, obwohl es nicht schneite. Die Menschen saßen in einem Kreis, der nur im Osten eine Lücke ließ, weil dorthin der Rauch zog. Niemand sprach, viele hatten die Augen geschlossen. Shaya schritt durch die Gruppe der müden Gefährten, legte jedem die Hände auf den Kopf und rief Travias Segen herab.

Als sie Salarin bemerkte, lächelte sie ihn an und lud ihn mit einer Geste ein, sich dazuzusetzen.

Sachte schüttelte er den Kopf. Er hielt sich lieber abseits.

Als Shaya fertig war, lieferte Salarin die Beute ab. Er war nicht der einzige erfolgreiche Jäger. Irulla, die Spinnenfrau, war geschickt mit dem Netz, sie hatte damit drei Möwen gefangen. Andere hatten einen Sack voll Knollen ausgegraben. Rasch fand die Ottajasko wieder zu den Gesprächen über vergangene Abenteuer, zurückgelassene Liebste oder ersehnte Schätze.

Als sich die ausgenommenen Hasen und Möwen über dem Feuer drehten, kam Shaya zu Salarin.

»In dem Segen, den ich auf uns herabgerufen habe, lag keine Verpflichtung«, sagte sie. »Du hättest dich gern anschließen können.«

»Dein Gebet hat einen schönen Klang. Es gleicht dem Knistern des Herdfeuers in Travias Haus. Die Melodie flüstert von Respekt und Geborgenheit.«

Shaya lächelte. »Du sprichst so gut darüber. Warum willst du kein Teil davon sein?«

»Ich weiß es nicht. Meine Sehnsucht nach den Göttern wächst beständig, aber ich glaube, dass Travia mich nicht kennt.«

»Du bist ein Jäger. Hast du einmal mit einem Geweihten des Firun gesprochen?«

Salarin schüttelte den Kopf. »Möglicherweise sind die Götter der Menschen nicht meine Götter.«

»Vielleicht noch nicht«, meinte Shaya.

Die Töne einer Leier drangen zu ihnen. Salarin blickte sich um, suchte den Skalden aber vergeblich.

»Ohm Follker ist beim Runenstein«, erklärte Shaya.

»Wo?«

Sie lachte. »Komm mit!«

Salarin folgte ihr auf einen Pfad über grob behauene Steinstufen, der zwischen lockerem Buschwerk einen Hügel hinaufführte. Im kalten Licht der Sterne war Shayas eigentlich orangeroter Mantel nur noch ein grauer Fleck vor dem Weiß des Schnees und dem Schwarz der kahlen Zweige.

Auf halber Höhe hielt sie inne und sah zurück auf das Lager. »Sie tragen Ragnor nicht nach, dass er während seiner Wache eingeschlafen ist.«

Der kräftige Ruderer drehte den Spieß mit den Hasen.

»Weil sie ihn bestraft haben.«

»Glaubst du, Strafe wäre ein Weg zur Versöhnung?«

Salarin widerstand der Versuchung, sich durch die Töne von Ohm Follkers Leier ablenken zu lassen. Wie könnte er Shaya erklären, was er bei dem morgendlichen Ritual gespürt hatte?

»Wir Elfen leben in Sippen«, setzte er an. »Jeder von uns hat seine Melodie, und wenn sich die Sippe zusammenfindet, weben diese Melodien ein großes Lied. Etwas Gemeinsames entsteht, das die Elfen in sich tragen, auch wenn das Salasandra beendet ist.«

»Was ist ein Salasandra?«

Die Frage rief Salarin ins Gedächtnis, wie fremd die Welten der Menschen und der Elfen einander waren. »Ich glaube, ihr habt kein Wort dafür.« Ziellos strich seine Hand durch die Luft. »Alle Angehörigen der Sippe finden darin zueinander. Das Salasandra ist das Heim der Seelen.«

»Das klingt schön.«

Salarin spürte den Schmerz, der ihn erfasst hatte, als das Salasandra der Goldregenglanzsippe seine Andersartigkeit offenbart hatte. Auch er selbst hatte begriffen, dass sein Sehnen zu fremd geworden war, sich zu weit von der Gemeinschaft entfernt hatte. Noch in jener Nacht war er aufgebrochen und hatte alles hinter sich gelassen, was er bis dahin sein Leben genannt hatte.

Aber darum ging es jetzt nicht.

»Diesen Thorwalern bedeutet Ehre, dass man zu seinen Fehlern steht«, erklärte er, was er gespürt zu haben glaubte. »Ragnor hat sich seiner Bestrafung gestellt. Jeder aus der Mannschaft hat so fest zugeschlagen, wie er es für angemessen hielt.« Er überlegte. »Dieses Ritual war Strafe und Rückkehr zugleich. Es hat den Zorn fortgenommen.«

Shaya zog den Mantel um ihre Schultern. »Mir wird kalt.« Sie gingen weiter.

Ohm Follker saß auf einem umgestürzten Baumstamm vor einem drei Schritt hohen Monolithen und zupfte an seiner Leier. In der Dunkelheit war er kaum mehr als ein Schatten.

»Komm«, lud Shaya Salarin ein und ging zu dem Stein.

Er ließ zu, dass sie seine Hand nahm und über die verwitterte Oberfläche führte.

»Spürst du die Vertiefungen?«

Salarins Fingerkuppen glitten durch Rillen. Manche davon waren so tief in den Stein geschnitten, dass seine ersten beiden Fingerglieder hineinpassten.

»Runen«, erklärte Shaya. »Unsere Vorfahren haben uns diese Botschaften hinterlassen. Die Skalden können sie lesen.«

»Nicht alle«, meldete sich Ohm. »Ich hoffe, wir bleiben morgen früh lange genug, damit ich mir diese hier genauer anschauen kann. Aber ich fürchte, dass sie sehr alt sind. An manchen Steinen schlägt man sie nach, damit sie nicht verwittern, doch wenn der Meißel abrutscht oder Stümper am Werk sind, wird die Schrift verfälscht.«

Salarin runzelte die Stirn. Es war tatsächlich sehr dunkel, und tastend wollte sich kein Gesamtbild einstellen.

Er schürzte die Lippen und legte die Hände an die Schläfen. Etwas Licht kam von den Sternen. Die obere Hälfte des Monds wäre zwar voll, aber noch verbarg er sich unter dem Horizont. Salarin wollte jedoch nicht warten. Er wollte die Runen jetzt betrachten.

Der Elf kleidete seinen Wunsch in ein Lied. »A'dao biunda visya'eor«, sang er. Mit den Fingerspitzen beschrieb er kleine Kreise.

Die Schatten gewannen an Vielfalt. Wo der Stein zuvor nur dunkel gewesen war, sah Salarin nun auch Grautöne. Shayas Gewand leuchtete beinahe, und der Schnee stach ihm grell in die Augen.

Er sah die Runen. Gezackt wie Blitze bildeten sie verschlungene Symbole. In schrägen Reihen zogen sie sich über den Stein, gleich einem Band, das jemand darum gewunden hatte. Aber das war nicht der Fall. Die Ohm zugewandte Seite war offensichtlich geglättet worden, ansonsten war der Fels aber nur grob in die Form einer Kerzenflamme gehauen und hatte sicher keine Schriftzeichen getragen.

Ein tiefer, beständiger Ton schien von diesem Ort auszugehen. Er mochte zu einer Melodie gehören, die durch die Jahrhunderte über das Meer hinausklang.

Salarin blickte auf die Wellen. Trotz der Finsternis sah er ihren Tanz jetzt so deutlich wie in der Dämmerung, als sie gekommen waren. Vereinzelte Eisbrocken, teils vielfach größer als der Runenstein, trieben nach Süden.

Vor einem davon sah Salarin den Schattenriss eines Drachen.

»Beorn«, sagte er.

Ohm hielt im Leierspiel inne. Er spähte nach Osten, aber seine Augen waren natürlich zu schwach.

»Dort fährt die *Seeschlange*«, erklärte Salarin.

»Es ist mitten in der Nacht«, wandte Ohm ein. »Beorn würde Gefahr laufen, vom Kurs abzukommen, wenn er jetzt noch unterwegs wäre.«

Shaya trat neben Salarin. »Auch zwischen den Olportsteinen und dem Festland?«

»Vielleicht nicht«, räumte Ohm ein. »Aber ein Eisbrocken könnte ihn rammen. Die Dinger sind tückisch. Und wenn er anlanden will, kann er leicht auf einen Felsen laufen.«

Er kniff die Augen zusammen.

»Ich sehe noch immer nichts«, sagte er. »Bist du sicher, Salarin?«

Die *Seeschlange* fuhr mit gesetztem Segel. Nur vier Riemenpaare waren ausgebracht. »Beorn selbst steht am Ruder.«

Ohm spie aus. »Elfenaugen! Na gut, dann sollten wir dem Foggwulf Bescheid sagen.«

Eilig stiegen sie den Hügel hinab.

Phileasson sprang auf, um sich selbst zu vergewissern. Die Mannschaft folgte ihm an den Strand.

»Dort ist er.« Salarin zeigte mit ausgestrecktem Arm.

Phileasson spähte. »Wenn er jetzt erst hier ist, muss er unterwegs in Schwierigkeiten geraten sein.«

»Oder er hat zu lange geschlafen!«, rief Tjorne.

Die Gefährten lachten.

Phileasson rieb sich das behaarte Kinn. »Welchen Kurs läuft er?«

»Er zieht vorbei«, sagte Salarin. »Weiter nach Norden.«

»Er kann unmöglich die ganze Nacht durchrudern.« Fragend sah er Ohm an.

»Fünfzig Meilen bis zum Festland«, murmelte dieser. »Aber dort wird er nur auf Steilküste treffen.«

»Vielleicht will er die Flussmündung am Kap finden und dort einen guten Ankerplatz suchen.«

»Bei Nacht? Zwischen den Felsen? Das wäre tollkühn.«

Phileasson lachte aus vollem Hals. »Was erwartest du? Er ist ein Thorwaler!«

Phileasson lief zurück zur *Seeadler* und holte seinen Schild. Damit stellte er sich erneut an den Strand, zog die Wurfaxt aus dem Gürtel und schlug sie gegen das Holz. Dumpf dröhnten die Schläge auf das Meer hinaus.

Er musste nicht lange warten, bis sein Gruß erwidert wurde. Beorns Mannschaft schlug die Schilde, sodass ein vielfältiges Donnern ertönte.

Das ließen sich die Gefährten nicht bieten. Auch sie holten Schilde und Waffen. Salarin spürte die wilde Kraft, die in dieser gegenseitigen Respektsbezeugung lag.

Irgendwann war Beorn nicht mehr zu hören. Und selbst für Salarins Augen war die *Seeschlange* nun in der Dunkelheit verschwunden.

Vor der Schlangeninsel,
neunter Tag im Grimfrostmond

Beorn lauschte auf das ruhige Atmen. Einzelne Schnarcher störten den Frieden. Wellen klatschten an den Rumpf der *Seeschlange*. Das Langboot lag keine zehn Schritt vom Strand entfernt vor Anker. Der Mast war auf den beiden großen Gabeln im Mittelgang niedergelegt, das Segel als Zeltplane darüber gebreitet und fest in den Ruderlöchern der Bordwand vertäut.

Wind zerrte an dem dicht gewobenen Tuch. Beorn setzte sich auf. Es war kein Zufall, dass sie ausgerechnet bei dieser kleinen Insel Zuflucht gesucht hatten. Die rätselhafte Botschaft auf dem Walrosszahn hatte ihn hierher geführt. Wer war es, der gewusst hatte, was geschehen würde? Der die ersten beiden Aufgaben benennen konnte, noch bevor sie gestellt waren? Ein Seher? Ein Magier? Ein Verbündeter?

Leise erhob er sich und stieg über die Leiber der Schlafenden hinweg. Er trat zum Schlangenhals am Bug und sah hinüber zum Strand. Undeutlich sah er Hrolf auf und ab gehen. Der stattliche Krieger wanderte gegen die Müdigkeit an. Den Tag und die halbe Nacht hindurch hatten sie viele Stunden gerudert. Nun Wache zu stehen war hart.

Hrolf war nicht sonderlich beliebt unter den Männern. Seine Sympathien lagen bei Phileasson, und er machte keinen Hehl daraus. Beorn lächelte. Er hatte den blonden Hünen erpresst, an Bord zu kommen. Er war ein guter, ausdauernder Ruderer und stand wie ein Fels im Schildwall. Er war ein Mann wie einer der Helden aus den Sagas der Skalden. Jeder Kapitän wäre froh gewesen, ihn zu seiner Mannschaft zu zählen. Er würde der Schlüssel zum Sieg werden, dachte Beorn. Doch weder im Schildwall noch auf der Ruderbank.

Eine Bewegung schreckte den Blender aus seinen Gedanken. Zidaine trat unter der Segelplane hervor. Eine Hand ruhte auf ihrem schlanken Schwert. Misstrauisch blickte sie zum Ufer. »Sind wir in Gefahr?«, flüsterte sie.

Sie bewegte sich, ohne dass eine Planke unter ihren Füßen knarrte. Sie hatte etwas Katzenhaftes an sich. Zweimal hatte sie Beorn bereits auf dessen Fahrten begleitet. Sie war ihm bei einer Schlägerei aufgefallen. Ein Gerangel, wie es oft unter Betrunkenen geschah. Ein Kerl hatte sie zu sich gezogen und versucht, ihr einen Kuss zu stehlen. Zidaine hatte ihm die Unterlippe abgebissen und danach ihn und zwei seiner Zechkumpane niedergeschlagen. Das alles war binnen weniger Augenblicke geschehen. Ihr zierlicher Leib verbarg, welche Kräfte in ihr schlummerten. Sie vermochte den ganzen Tag zu rudern und scheute vor keinem Kampf zurück. Auch hatte sie ein fast schon unheimliches Gespür für Gefahren.

Die Kriegerin musterte den Strand und den verschneiten Wald, der sich dahinter erhob.

»Wir sollten Hrolf zurück an Bord holen«, sagte sie.

»Magst du ihn?«

Zidaine sah Beorn an, ein spöttisches Lächeln auf den Lippen. »Er ist zu harmlos. Nicht mein Geschmack. Aber können wir uns leisten, einen Ruderer zu verlieren?«

»Kein Riemen wird unbemannt sein, wenn wir in See stechen«, entgegnete er knapp. Beorn sah ihr an, dass sie mit der Antwort nicht zufrieden war. Sie wandte sich ab und blickte schweigend zum Ufer hinüber.

Eine Weile standen sie stumm beieinander. Es reizte ihn, mit ihr das Lager zu teilen. Ihre selbstsichere Art gefiel ihm. Ein paarmal hatte er erlebt, wie sie sich einen seiner Männer genommen hatte, stets nur für zwei oder drei Nächte. Sie an Bord zu haben war schlecht für den Frieden in der Mannschaft. Immer folgten ihr lüsterne Blicke, und Lenya, die Traviageweihte, machte keinen Hehl daraus, dass sie Zidaine nicht leiden konnte. Sie würde Ärger machen. Beorn lächelte. Sie war genau die Sorte Frau, die er mochte.

»Etwas beobachtet uns?«

Beorn sah überrascht zu ihr hinüber. Jenseits des Ufers erkannte er nur Schatten. »Etwas …«

»Auf dieser winzigen Insel wird doch wohl kein Mensch leben.«

»Da ist nichts.«

»Siehst du den Felsen, der wie eine gesplitterte Säule aufragt? Da hinten im Wald. Von dort werden wir beobachtet.« Sie wirkte keineswegs beunruhigt.

»Hast du Angst?«

Zidaine lachte leise. »Angst … Angst habe ich schon sehr

lange vor gar nichts mehr. Außerdem wird es sich Hrolf holen. Hier an Bord sind wir in Sicherheit.«

»Dann sollte ich ihn wohl warnen.« Er sah sie ernst an. »Du bleibst hier. Du bist nun die Wache! Folge mir auf gar keinen Fall.«

Sie zuckte mit den Schultern. »Wie du befiehlst, Beorn.«

Diese Art mochte er nicht an ihr. Sie klang herablassend, als gehorche sie ihm nur aus einer Laune heraus. Kurz erwog er, sie mit auf die Insel zu nehmen und Hrolf an Bord zu schicken. Aber er würde in den nächsten Wochen sicherlich noch oft Spaß daran haben, ihr auf den Hintern zu starren. Da konnte Hrolf nicht mithalten.

Beorn ließ sich an der Bordwand hinab und glitt leise ins eisige Wasser. Schnell watete er zum Strand. Obwohl er gegen die dunkle Silhouette des Drachenbootes nur schwer zu erkennen sein konnte, hatte Hrolf ihn bemerkt. Der Krieger war eine aufmerksame Wache. Hatte auch er gespürt, dass er beobachtet wurde? Beorn wusste, dass dieses Gefühl, dass dort droben im Wald etwas lauerte, keineswegs Zidaines Fantasie entsprungen war.

Schlangeninsel,
neunter Tag im Grimfrostmond

Hrolf sah Beorn zum Ufer waten. Was wollte er hier? Unsicher sah der Krieger zum Himmel hinauf. Der Mond stand hoch. Es war noch nicht die Zeit zur Wachablösung. Wollte er ihn dennoch an Bord holen? Etwas war dort oben, am Waldrand. Er war nicht hinaufgegangen. Sein Auftrag bestand darin, am Strand Wache zu stehen. Aber dort lauerte etwas im Schatten der tief verschneiten Kiefern.

»Irgendwas gesehen?«, fragte Beorn ohne Umschweife, als er wassertriefend den Strand heraufkam.

»Gesehen habe ich nichts ...«, entgegnete er mit einem vielsagenden Blick zum Wald.

»Aber du glaubst, dort oben ist jemand?«

Hrolf war sich bewusst, dass die ganze Mannschaft über ihn spotten würde, wenn er sich irrte. Also sagte er lieber nichts.

»Dann gehen wir mal nachsehen.« Beorn zog die Axt aus dem Gürtel und schritt über den knirschenden Kies auf einen Felspfeiler zu, der sich ein Stück entfernt über den Strand erhob.

Hrolf schnallte den Schild von seinem Rücken. Seine Linke schloss sich um den lederumwickelten Griff unter dem Schildbuckel. Dieser Stein war ihm nicht geheuer. Obwohl er immer wieder den Strand auf und ab gegangen war, hatte er es vermieden, ihm zu nahe zu kommen.

Beorn schien keine Angst zu kennen. Ohne zu zögern, ging er voran. Merkte der Kapitän denn nicht, dass mit dem Stein etwas nicht stimmte? Der halbvolle Mond verschwand immer wieder hinter den Wolken, und nur wenige Sterne standen am Himmel. Es war eine düstere Nacht, aber diesen Pfeiler schien eine Dunkelheit zu umgeben, die ihn deutlich von allen anderen Felsen abhob.

Beorn ging einfach an dem Felsen vorbei und stieg die Böschung hinauf zum Waldrand. Der Schnee, der am Strand nur knöchelhoch gelegen hatte, erschwerte nun ihr Fortkommen.

Hrolf zog seine Axt aus dem Gürtel und äugte misstrauisch zu dem dunklen Stein. Wenn hier oben etwas war, dann verbarg es sich bestimmt im Schatten des Felspfeilers.

Nichts rührte sich.

Beorn führte sie am Rand des Waldes entlang.

»Es gibt keine Spuren«, stellte der Blender nüchtern fest. »Zidaine sieht Gespenster.«

Und genau die würden keine Spuren hinterlassen, dachte Hrolf beklommen.

»Gehen wir noch ein wenig tiefer in den Wald«, entschied Beorn.

Hrolf mochte ihn nicht, aber niemand konnte dem Drachenführer vorwerfen, dass er ein Feigling war. Grausam war er und manchmal ein Aufschneider, aber er hatte seiner Mannschaft in den letzten Jahren stets reiche Beute eingebracht. Dennoch wäre Hrolf lieber auf der *Seeadler* gewesen. Auch Phileasson war ein harter Bursche, aber es war besser, einem Kapitän zu dienen, der nicht jede Schurkerei begehen würde, um Erfolg zu haben.

Schweigend stiegen sie zwischen dunklen Kiefernstämmen den Hang hinauf. Es war ungewöhnlich still im Wald. Kein Lüftchen regte sich. Nicht einmal Schnee fiel von den Ästen. Das Geräusch ihrer Schritte war das einzige, was zu hören war.

Hrolf blieb in der Spur, die Beorn durch den Schnee bahnte. Der Blender ging so unbeirrt, als sei er schon einmal hier gewesen. Dabei verbargen sich unter dem Schnee Äste und Steine, sodass Hrolf jeden Schritt mit Bedacht setzte.

Links im Wald sah er weitere der unheimlichen schwarzen Felspfeiler. Wie versteinerte Schildwachen flankierten sie den Weg, den sie nahmen. Plötzlich war da eine Bewegung am Hang. Ein helles, unstetes Gleiten. Nebel? Ja. Nebel kroch dicht über dem Schnee zwischen den Bäumen dahin. Und jetzt war da auch ein Geräusch. Wasser, das eilig über Felsen strömte.

Beorn hielt kurz inne. »Dorthin!« Er deutete mit seiner Axt auf den Nebel.

»Hast du etwas gesehen?« Hrolfs Stimme war rau. Allzu deutlich konnte man ihr seine Beklommenheit anhören. Etwas Flattriges, Unruhiges schien sich tief in seinem Bauch eingenistet zu haben. Es war ein Gefühl, wie er es auch empfand, wenn er im

Schildwall stand, Augenblicke, bevor die Kampflinien aufeinanderkrachten.

»Wenn ich mich verstecken wollte, würde ich es im Nebel tun«, erklärte Beorn. »Lass uns dicht beieinanderbleiben. Jetzt spüre ich es auch. Da ist etwas. Jemand beobachtet uns.«

Hrolf schluckte. Er war kein Feigling! Aber das hier ... Er war es gewohnt, Feinden in die Augen zu sehen. Zu wissen, wer ihn bedrohte. Die Gefahr abzuschätzen ...

Er folgte Beorn, der quer zum Hang auf den Nebel zuging. Der Dunst sickerte vom Kamm herab. Ein Sturm hatte eine Schneise in den Kiefernwald geschlagen. Eine Bresche, die fast bis zum Ufer hinabreichte, zerteilte den Wall der Bäume. Hrolf sah das Drachenboot tief unter ihnen nah am Ufer. Eine dunkle Silhouette auf schwarzsilbernem Wasser. Alles hätte er jetzt dafür gegeben, an Bord zu sein.

Sie traten in den Nebel. Er reichte ihnen nur bis zu den Knien.

»Ich glaube, wir müssen doch noch weiter den Hang hinauf«, flüsterte Beorn. »Wer soll vorne gehen? Du oder ich?«

Hrolf brauchte einen Moment, um sich zu fassen. Wo lauerte der Feind? Waren sie an ihm vorüber, oder wartete er irgendwo dort oben?

»Ich geh vorn.« Es war, als spräche ein Fremder aus ihm. Sein verlorener Mut hatte die Stimme erhoben. Beorn war bislang vorausgegangen. Krieger wechselten sich ab in der Gefahr.

Hrolf spürte, wie das Flattern in seinem Bauch noch stärker wurde. Seine Faust schloss sich so fest um den Griff unter dem Schildbuckel, dass die Lederumwicklung leise knirschte.

Entschlossen schritt er vorwärts. Solange der Blender ihm den Rücken deckte, musste er keine Gefahr fürchten.

Der Nebel stieg an, so als schreite er vom sicheren Ufer immer tiefer ins Meer. Jetzt reichten ihm die wogenden Dunstschleier schon bis zu den Hüften. Es war hier wärmer als unten am Strand. Schmelzwasser troff von den Kiefern. An den wenigen Stellen, an denen der Nebel einen Blick auf den Boden gewährte, war der Schnee von Wassertropfen durchlöchert.

Ein Ast splitterte unter Hrolfs Füßen. Schneller und schneller eilte er den Hang hinauf. Er wollte es hinter sich bringen. Er … Ein gelbes Licht leuchtete durch den Nebel. Abrupt blieb er stehen. »Was ist das?«

»Wir werden es herausfinden«, flüsterte Beorn. Er stand ihm so nah, dass Hrolf den warmen Atem des Blenders im Nacken spürte. »Wenn wir den, der dieses Licht entzündet hat, überraschen wollen, solltest du allerdings nicht länger wie ein zorniger Ochse durch den Schnee stapfen.«

Hrolf biss die Zähne zusammen. Beorn sprach mit ihm wie mit einem Kind. Und das Schlimmste war, dass sein Tadel auch noch gerechtfertigt war.

Der Blender berührte ihn sanft am Arm. »Wir schaffen das. Ich nähere mich von rechts dem Licht. Du überquerst den Hügelkamm und schleichst dich von links an.«

Hrolf nickte. Etwas vor Augen zu haben war besser, als einem bloßen Verdacht nachzujagen. Einem Geist, der sie aus dem Dunkel beobachtete.

Er stieg weiter bergan. Als er noch einmal zurückblickte, war Beorn zwischen den Kiefernstämmen verschwunden.

Es war ein guter Plan, dachte Hrolf und wog seine Axt prüfend in der Hand. Wer immer dieses Licht entzündet hatte, wollte sie herausfordern. Herausforderungen musste man sich stellen!

Als er den Hügelkamm erreichte, wurde der Nebel dünner. Ein leichter Wind wehte von Nord und drückte den wirbelnden Dunst in den Wald am Hang hinab. Der Kamm stieg nach Norden hin weiter an. Und dort, im Norden, brannte das Licht. Dicht unterhalb des Hügelkamms floss ein Bach. Das Wasser war warm. Es war der Quell des Nebels. Aber mit dem Bach stimmte etwas nicht. Geröll ragte aus dem Wasser. Der Schnee war durch die Wärme geschmolzen. Zumindest an den Ufern. Dicke Moospolster wucherten über den Steinen, die den Wasserlauf einfassten. Und genau diese Steine beunruhigten Hrolf. Sie waren behauen. Das Bachbett war künstlich angelegt. Wer hatte es gebaut? Zu welchem Zweck? Auf einer unbewohnten Insel, am Ende der Welt. Er musste wieder an den stehenden Stein über dem Strand denken. An die anderen Steine im Wald. Diese Insel war nicht geheuer!

Er blickte zum Licht auf und stieg entschlossen weiter den Hügelkamm hinan. Die Bäume ließ er hinter sich. Bald gab es nur noch Schnee, Felsen und Moos.

Verbargen sich da eingesunkene Mauern unter den Schneehügeln auf der Bergflanke?

Endlich erreichte Hrolf eine große, flache Steinplatte, schwarz wie die Nacht. Sie neigte sich leicht nach Westen, zu der vom Ankerplatz der *Seeschlange* abgewandten Seite des Hügels. Mitten auf der Platte stand eine aus dunklem Eisen gefertigte Laterne mit Scheiben aus trübem Glas.

Das Licht betonte die tiefen Linien, die in den schwarzen Fels geschnitten waren. Ein großes Spiralmuster, das von seltsamen Zeichen durchbrochen wurde. Runen waren es nicht, so viel vermochte Hrolf zu erkennen. Er strich über die Linien.

»Ich würde die alten Glyphen nicht berühren!«

Erschrocken blickte der Krieger auf. Eine schlanke Gestalt war in den Lichtkreis der Laterne getreten. Der Fremde war ganz in Weiß gewandet und trug einen merkwürdigen Helm, der silbern glänzte, als sei er gerade erst poliert worden. Das vorgewölbte, von Luftlöchern durchbrochene Visier erinnerte an eine kurze Hundeschnauze.

»Wer bist du?« Hrolf wich einen Schritt zurück. Der Fremde trug ein Schwert an seinem Gürtel, wirkte aber nicht, als wollte er nach der Waffe greifen. Er stand völlig entspannt. Der Wind spielte mit seinem schweren weißen Umhang. Eine eng anliegende Lederrüstung schützte den Rumpf. Auch sie war schneeweiß, so wie alles, was er trug. Die Stulpenhandschuhe, die hohen, leicht abgewetzten Lederstiefel, Hose und Hemd aus dichtem Tuch.

»Wer bist du?«, wiederholte Hrolf die Frage.

»Galayne ist der Name, der für deine nordische Zunge wohl der gefälligste ist«, erklärte der Fremde. Er sprach Thorwalsch, doch begleitete ein seltsamer Akzent seine Worte. Es klang ein wenig so, als wollte er eigentlich singen.

»Du hast mehr als einen Namen?« Hrolf musste sich beherrschen, um nicht auffällig ins Dunkel zu starren. Wo steckte Beorn? Er müsste doch längst hier sein.

»Du nicht? Gibt es keinen Ehrennamen, den deine Gefährten dir für deine Ruhmestaten im Kampf gegeben haben? Und wie nennt dich deine Geliebte, wenn ihr einander in inniger Umarmung umschlingt?«

»Ich heiße einfach nur Hrolf.« Darüber, was sein Weib im Bett tuschelte, würde er nicht mit einem Fremden reden. Die selbstgefällige Art dieses Hundskopfs ärgerte ihn. Wo blieb nur Beorn? »Was ist das hier?« Hrolf deutete auf die Steinplatte.

»Dies ist ein alter Ort. Als die Welt noch jung war und die Geschuppten ihre Geschicke lenkten, stand hier ein Tempel. Sie beteten die große Schlange und andere Scheußlichkeiten an.« Er deutete die westliche Hügelflanke hinab. »Dort gibt es einen Spalt, der tief in den Fels führt. Wenn du in stillen Nächten daran lauschst, kannst du hören, dass sich irgendwo in diesem Abgrund Wasser bewegt. Die Glyphen auf diesem Stein hier behaupten, dort unten läge etwas gefangen. Eine Kreatur von großer Macht. Ich weiß nicht, ob das stimmt. Doch irgendetwas gibt es, das manchmal dort unten das Wasser aufschäumen lässt, und ganz gewiss ist dieser Ort von einer Beschaffenheit, die die Kraft eines jeden Zaubers stärkt, der hier gewirkt wird.«

Hrolf leckte sich nervös über die Lippen. Wo steckte nur der Kapitän?

»Du spürst die dunkle Macht dieses Ortes, nicht wahr, Hrolf? Jeder fühlt es anders. Ein Kribbeln in den Gliedern, ein Flattern im Bauch ... Es war dir schon vor deiner Geburt bestimmt, hierherzukommen, Hrolf. Hier triffst du dein Schicksal.«

Das klang bedrohlich. »Sei still!« Er hob Axt und Schild. »Tritt von diesem Stein zurück!«

Galayne breitete beschwichtigend die Arme aus. »Ich werde nicht mit dir kämpfen. Du kannst ganz ruhig sein. Oder vielleicht auch nicht ... Du bist in etwas Großes hineingeraten, Hrolf. Es geht hier nicht darum, irgendwelche zweizahnigen Kopfschwänzler zu fangen. Das ist eine vordergründige Geschichte. Ein banales Täuschungsmanöver. Ich habe dich vor sehr langer Zeit in einem schwarzen Stein gesehen, stolzer Krieger. Dich, die beiden Kapitäne und ihre Reise nach Norden.«

Hrolf beäugte misstrauisch die Steinplatte. Er konnte nichts darin erkennen.

Galayne lachte. »Nicht dieser Stein, du Tropf! Ich habe nur Bruchstücke dessen gesehen, was geschehen wird. Aber ihr werdet an eines der ältesten Geheimnisse dieser Welt rühren. Ihr werdet etwas erwecken ... Ich wollte daran teilhaben. Deshalb warte ich hier. Ich kann euch helfen.«

Hrolf hatte plötzlich das Gefühl, dass der Fremde gar nicht mehr zu ihm sprach. Aber wer ... Er drehte sich um. In diesem Augenblick traf ihn ein heftiger Schlag an die Schläfe.

Schlangeninsel,
neunter Tag im Grimfrostmond

Beorn blickte misstrauisch zu dem Fremden. Es war seine Botschaft gewesen, die ihn hierher zur Schlangeninsel geführt hatte. Der Runenzahn, der eines Morgens, als er im Langhaus in Thorwal erwacht war, unter seinem zum Kopfkissen gefalteten Umhang hervorgelugt hatte, war ihm nicht mehr aus dem Kopf gegangen. Der Verfasser der Nachricht hatte gewusst, dass sie einen zweizahnigen Kopfschwänzler fangen sollten und zum Himmelsturm reisen würden.

Was wusste der Fremde in Weiß noch?

»Schön zu sehen, dass du hergefunden hast, Beorn.« Der Fremde nickte zu Hrolf. »Eine Jungfrau wäre nützlicher gewesen.«

Beorn schnaubte. Was sollte das? War das ein dummer Scherz? »Jungfrauen, die eine Otta rudern oder auch nur daran denken würden, mit einem Rudel halb verwilderter Männer und Frauen an Bord eines Schiffes zu kommen, sind seltener als ein Praiosgeweihter in einem Hurenhaus.«

Galayne gab ein amüsiertes Schnauben von sich. »Ich glaube, du hast ein falsches Bild von den Dienern des Praios. Doch lassen wir das. Ich möchte gern in deiner Mannschaft anheuern.«

»Warum?«

»Neugier. Ich habe vor langer Zeit gesehen, wie eure Reise beginnt. Ich möchte wissen, wie sie verläuft und vor allem, wie sie endet.«

»Vor langer Zeit?« Beorn sprach die Worte langsam und mit Bedacht. »Von wie viel Zeit sprichst du?«

Der Fremde blickte zum Himmel hinauf, als erwarte er ein Zeichen. Mond und Sterne waren hinter Wolken verschwunden. Nur das gelbe Licht der Laterne erhellte die Nacht.

Galayne schob das Visier seines Helmes hoch, löste den ledernen Kinnriemen und nahm den Helm ab. Schulterlanges, silberblondes Haar wallte darunter hervor. Er hatte ein schmales Gesicht, ja, er hätte weibisch gewirkt, wären da nicht die schmalen Lippen und die harten, himmelblauen Augen gewesen.

»Du bist ein Elf?«

Ein spöttisches Lächeln umspielte die Lippen. »Schön, dass dir Offensichtliches nicht entgeht. Und bevor du weiter fragst, mein Leben zählt nach Jahrhunderten.«

Beorn versuchte sich ein Leben vorzustellen, das so lange währte wie Herrscherdynastien. Bislang hatte er wenig mit Elfen zu schaffen gehabt. Was dieser hier von ihm wollte, war ihm nach wie vor ein Rätsel, und er war sich ganz sicher, dass es etliches gab, das Galayne vor ihm verheimlichte.

»Welchen Nutzen genau sollte ich von dir haben? Auch Hrolf ist ein sehr guter Ruderer.«

»Und ein Mann, der nicht damit hinter dem Berg hält, dass er lieber im Boot des Foggwulf säße.« Er hob die Hände in einer halb resignierenden Geste. »Wenn du deine Wettfahrt schon jetzt verloren geben möchtest … Der Foggwulf hat einen Elfen und einen Magier an Bord. Und das werden nicht die einzigen Zauberwirker sein, die sich seiner Mannschaft anschließen werden. Was hast du dem entgegenzusetzen? Männer und Frauen mit kräftigen Armen? Glaubst du wirklich, dass das genügen wird?«

Beorn wusste, wie sehr er im Nachteil war. »Mit dir hätte ich dann also einen Elfen. Gibt es hier auch noch einen Zauberer?«

Galayne sah wieder zum Himmel hinauf. Was suchte er dort?

Der Elf setzte seinen Helm auf und schnallte ihn fest. »Ich werde den Elfen und den Zauberer mehr als aufwiegen. Dir ist bekannt, dass ich um einige der Dinge weiß, die geschehen werden. Wie hoch schätzt du diesen Vorteil ein?«

Darüber hatte Beorn in der Tat nachgegrübelt, seit er die Botschaft gefunden hatte. Was genau Galayne wusste, war unklar. Und der Elf selbst hatte gestanden, dass auch ihm nicht bekannt war, wohin diese Wettfahrt letztlich führte. Beorn hätte keinen Augenblick gezögert, wäre Galayne weniger überheblich und selbstgerecht.

»Und für einen wie dich soll ich einen guten Thorwaler opfern?«, fragte Beorn.

»Hast du vielleicht einen Wunsch?«

»Dass Phileassons Schiff zerschellt und der Bastard ein nasses Grab auf dem Meeresboden findet!«, brach es aus dem Blender hervor.

Der Elf wiegte den Kopf. »Ganz gleich, was wir tun, Phileasson wird nicht sterben. Nicht so früh. In einem halben Jahr vielleicht ... Aber nicht jetzt schon. Ich könnte einen Sturm rufen, der Schiff und Mannschaft schweren Schaden zufügt. Du wirst wieder den ersten Platz in diesem Wettrennen einnehmen, und der Foggwulf wird ihn dir für lange Zeit nicht nehmen können. Genügt dir das?«

Beorn zögerte. Er wollte nicht auf diese Art gewinnen. Andererseits lag der Sieg noch in weiter Ferne. Achtzig Wochen mochte die Reise dauern. Es konnte nicht schaden, jetzt einen guten Vorsprung herauszuholen. Fast hätte er eingeschlagen, da fiel ihm auf, dass das Versprechen des Elfen einen Haken hatte. »Der Sturm wird auch uns aufhalten ...«

»Nein.« Galayne schloss das Helmvisier. »Wo die *Seeschlange* ist, wird es keinen Sturm geben. Das Meer wird ruhig bleiben. Kaum ein Lüftchen wird sich regen. Wir werden rudern müssen. Die Reise wird uns viel Kraft kosten ... Alles hat seinen Preis.«

Beorn nickte. »Ja, alles hat seinen Preis.« Er sah zu Hrolf hinab, der noch immer bewusstlos war. Kaum jemand an Bord würde ihn vermissen. Ursa und ihre beiden Schwestern vielleicht … Er war ein gut aussehender Mann. Aber sonst …

»Tauschst du ihn gegen den Sturm?«

Beorn nickte. Er brachte es nicht über sich, etwas zu sagen. Er hatte schon viele Dinge in seinem Leben getan, auf die er nicht stolz war. Aber bislang hatte er noch nie jemanden aus seiner Ottajasko verraten. »Wozu …«

»Was glaubst du, was wir hier tun?« Der Elf klang eher überrascht als verärgert. »Das hier hat nichts mit den Zaubern zu tun, wie sie irgendein dahergelaufener Magier oder ein verträumter Wald-und-Wiesen-Elf wirken. Weißt du, was es bedeutet, einen solchen Sturm zu entfesseln? Welche Kräfte hier wirken werden? Frag besser nicht. Diese Magie schreit nach Blut. Und sie wird nur deshalb gelingen, weil die Große Schlange dir wohlgesonnen ist, Beorn. Hilf mir, Hrolf auf den Opferstein zu legen.«

Beorn packte den bewusstlosen Krieger bei den Füßen, und gemeinsam mit Galayne hob er ihn auf den schwarzen Stein.

»Es ist besser, wenn du nicht siehst, was ich jetzt tue.«

»Ich habe schon viel …«

»So etwas hast du noch nicht gesehen«, unterbrach ihn der Elf. »Und es ist besser, wenn es so bleibt.« Galayne löste Hrolfs Umhang und reichte ihn dem Blender. »Geh dort vorne etwa fünfzig Schritt den Hang hinab. Dann findest du auf einem Felsvorsprung einen Holzhaufen für ein Signalfeuer. Ein Stück dahinter stehen mehrere Kiefern. Binde den Umhang an einen der Kiefernstämme, sodass er im Wind wehen kann. Dann erwarte mich im Schutz der Bäume unten am Strand. Ich will mit dir zusammen an Bord gehen.«

Beorn gefiel nicht, wie sehr der Elf das Kommando übernahm. Zweifelnd blickte er auf Hrolf. Die Augenlider des Kriegers flatterten. Hrolf würde jeden Augenblick aus seiner Ohnmacht erwachen. Doch Beorn hatte ihn schließlich nur mitgenommen, um ihn zu opfern. Wenn Galayne auch nur die Hälfte von dem hielt, was er versprochen hatte, dann würde er den Verlust des Recken mehr als ersetzen. Selbst wenn er ein schlechter Ruderer war. Beorn dachte auch daran, wie Hrolf immer wieder darüber gesprochen hatte, wie sehr er Phileasson bewunderte.

»Ruf den Sturm«, entschied der Blender und stieg den Hang hinab. Er würde Hrolf einfach vergessen. Ein schlechtes Gewissen zu haben war etwas für Weichlinge. Wer eine Otta führen wollte, musste harte Entscheidungen fällen können.

Schlangeninsel,
neunter Tag im Grimfrostmond

Beorn spähte zur *Seeschlange* hinüber. Die Otta war nur eine Silhouette vor der dunklen See. Manchmal, wenn das Mondlicht durch eine Lücke zwischen den Wolken fiel, konnte er Bewegung an Bord erkennen. Jetzt gab es mindestens drei Wachen, die zum Strand spähten. Zidaine musste das Schiff in Alarmbereitschaft versetzt haben. Sie gebärdete sich zwar manchmal etwas seltsam, aber sie war eine umsichtige Kämpferin. Vielleicht könnte er sie im Verlauf der Reise mit einem eigenen Kommando betrauen. Sie hatte das Zeug dazu, eine Anführerin zu sein.

»Der Sturm wird aufziehen.«

Beorn zuckte zusammen. Er hatte Galayne nicht kommen hören. Als er sich zu der Stimme umwandte, brauchte er einen Herzschlag, um den Elfen zu erkennen. Er trug jetzt die Kapuze seines Umhangs tief in die Stirn gezogen. Ganz in Weiß gewandet, verschmolz er fast mit dem Weiß des tief verschneiten Waldes.

»Gehen wir!« Beorn ärgerte sich, hinaus auf die See geblickt zu haben, statt den Wald zu beobachten. Der Elf musste ihn für einen arglosen Trottel halten. Dann dachte er daran, dass Galayne sich mit derselben Leichtigkeit an Nachtwachen heranschleichen konnte, die Phileasson aufstellen würde. Ihnen standen noch viele Wochen in Eis und Schnee bevor. Galayne, der ein Geschöpf des Winters zu sein schien, an seiner Seite zu haben, würde gewiss noch von Nutzen sein. Hrolf hätte ihm nur Ärger bereitet und wäre vielleicht sogar übergelaufen.

Sie traten aus dem Wald und gingen zum Strand hinab. Der Schnee knirschte unter Beorns Füßen. Galayne hingegen verursachte nicht das geringste Geräusch. Wie ein Geist war er, dachte Beorn beklommen.

»Wer da?«, rief Zidaine sie vom Schiff aus an.

»Euer Kapitän, ihr Hasenfüße!« Beorn trat ins eisige Wasser und watete zum Drachen hinüber. Galayne blieb an seiner Seite.

Das mattgelbe Licht einer Laterne erschien über der Reling. Hände streckten sich Beorn entgegen. Er ergriff Zidaine beim Handgelenk und war überrascht, welche Kraft die zierliche Frau besaß. Scheinbar ohne Mühe zog sie ihn ein Stück hinauf, dann wurde er bei den Schultern gepackt und über die Reling gehoben.

Galayne sprang aus dem Wasser, griff selbst nach der Reling und schwang sich behände an Bord. All dies tat er mit solcher Anmut, dass Beorn sich neben ihm wie ein plumper alter Mann fühlte, dem die Gicht bereits die Glieder steif werden ließ.

»Das ist der Elf Galayne«, kam Beorn allen Fragen zuvor. »Er wird uns von nun an auf unseren Reisen begleiten.«

»Wo steckt Hrolf?« Ursa, die älteste der drei Schwestern, trat aus der Gruppe der Recken vor und maß den Elfen mit abfälligem Blick. Wie Hrolf gehörte sie nicht zu Beorns Stammbesatzung, aber er hatte viel Gutes von ihr gehört. Zimperlichkeiten jeder

Art schienen ihr fremd zu sein. Allerdings hatte sie sich bereits in den wenigen Tagen der Reise als störrisch erwiesen.

»Du weißt, dass Hrolf nicht gern an Bord war. Er hat es vorgezogen, auf der Insel zu bleiben.«

»Einer Insel der Olportsteine?« Sie fuhr sich durch das strähnige rote Haar. »Ein Ort für die Ausgestoßenen. Und den soll unser edler Hrolf gewählt haben? Eher hätte er sich die Kehle durchgeschnitten. Aber vielleicht hast du ihm diese Arbeit ja abgenommen …«

»Oder ich.« Galayne nahm seinen Helm ab. »Wie der Kapitän bereits sagte, ich bin ein Elf. Ein seelenloses, unsterbliches Geschöpf. Mir ist jede Schandtat zuzutrauen, und deshalb werdet ihr mich brauchen, wenn ihr auf dieser Wettfahrt siegen wollt, um in den Sagas der Skalden unsterblich zu werden. Unsterblichkeit ist mein Geschäft.« Er lächelte breit. »Natürlich könnte ich auch wieder gehen und euch der Niederlage überlassen. Vielleicht gelingt es euch sogar, Hrolf zu überreden, noch mal an Bord zu kommen. Ich glaube zwar nicht daran …« Der Elf zuckte lässig mit den Schultern. »Aber was weiß ich schon über euch Menschen.«

Beorn blickte aus dem Augenwinkel zu Galayne. So viel Kaltblütigkeit hätte er dem Elfen nicht zugetraut. Er hatte seinen Mord an Hrolf gestanden! Und obwohl jedes Wort, das er gesagt hatte, wahr gewesen war, las der Kapitän in den Gesichtern seiner Gefährten, dass keiner von ihnen Galayne glaubte.

Ursa wandte den Blick vom Elfen. »Was hast du mit Hrolf gemacht, Blender?«

»Ihm kein Haar gekrümmt. Auch wenn er verdient hätte, dass ich ihm die Kehle durchgeschnitten hätte, wie einem Lamm auf dem Opferstein. Ich weiß, dass er versucht hat, euch gegen mich aufzuhetzen.«

»Wenn einer von uns etwas sagt, das dir nicht gefällt, bringst du ihn also um?«

Beorn legte die Hand auf die Axt an seinem Gürtel. »Wenn ich der Mann wäre, von dem du gerade redest, hättest du dich jetzt auf einen sehr schmalen Grat begeben.«

»Wenn du kämpfen willst, dann red nicht so geschwollen.« Mit ihren gedrungenen Fingern strich sie über das Blatt ihrer Axt.

»Ich werde nicht …«

»Feuer!«, unterbrach ein Ruf Beorn. »Dort oben auf der Klippe! Ein Signalfeuer. Lass lieber die Finger von der Axt, Schlampe.« Olav, der zweite Steuermann, deutete die bewaldete Steilklippe hinauf. »Da ist er, dein Hrolf. Da bei dem Feuer zwischen den Bäumen. Ich sehe seinen Umhang im Wind flattern.«

»Er winkt uns«, behauptete Galayne und setzte seinen Helm wieder auf.

Beorn wusste, dass kein winkender Arm zu sehen sein konnte. »Ja, er winkt uns«, bekräftigte er. »Holt die Anker hoch und richtet den Mast auf. Verlassen wir diese Insel und nutzen den auffrischenden Wind.«

Ursa blickte mit zusammengekniffenen Augen zur Klippe. »Ich sehe nur seinen Umhang«, sagte sie leise.

»Wenn dir der Sinn danach steht, Bälger großzuziehen, dann spring über Bord und wate zum Strand«, fuhr Beorn sie an. »Wenn du aber willst, dass die Skalden über dich singen, dann bleib hier und halt dein Maul. Der Foggwulf hat einen Elfen und einen Zauberer an Bord. Galayne wird uns helfen, mit ihm gleichzuziehen.«

Sie reckte trotzig das Kinn vor. »Ich hoffe, dein Elf hält, was du dir von ihm versprichst.«

Nördlich von Olport,
neunter Tag im Grimfrostmond

Nur vereinzelte Wolken zogen über den Himmel. Die *Seeadler* segelte über das kabbelige Meer. Vielleicht sollte er bald die Riemen ausbringen lassen, damit der Mannschaft warm wurde, dachte Asleif Phileasson. Immer mehr Eisbrocken trieben in den Wellen, die Temperatur fiel beständig. Selbst die Mittagssonne hatte keine Kraft gehabt. Phileassons Ottajasko hatte sich in Umhänge und Decken gewickelt, die klamm von der Nässe des Spritzwassers waren.

Tjorne Warulfson stand am Ruder. Am Morgen hatte Phileasson gehört, wie er mit Tylstyr, dem Magier, über den Mord an der Brücke in Thorwal gesprochen hatte. Offenbar hatten die beiden den Toten gekannt.

Neben Tjorne saß Ohm Follker auf der Reling und sang die Arjolf-Saga. Sicher würden sie bald selbst die Eisberge sehen, von denen ihre Verse berichteten. Auch auf Schneeschrate würden sie wohl treffen. Bislang hatte Phileasson diese Mischwesen aus Bär und Mensch nur aus der Ferne gesehen. Arjolfs Mannschaft hatte einige erschlagen, um sich mit ihren Pelzen vor dem Erfrieren zu retten. Phileasson war zuversichtlich, dass die Versorgungsschiffe alles dabeihatten, was man in der harschen Witterung benötigte. Oder war das Überleben in der weißen Wüste ein Teil der Prüfung?

Er beobachtete die Küstenlinie. Das angelagerte Eis machte es schwer, den Übergang von Wasser zu Land zu bestimmen, aber gerade hatten sie Olport passiert, daher kannte er ihre Position. Manche in der Mannschaft hatten sicher gehofft, sie würden in der größten Stadt Nordthorwals einlaufen, den wie einen Wal gestalteten Swafnirtempel besuchen und in den Langhäusern die

Kleidung trocknen. Doch die Tatsache, dass Beorn vor ihnen lag, beunruhigte Phileasson. Er wollte das wenige Tageslicht des Grimfrostmondes nutzen.

Wie weit würden sie heute kommen? Die Küste war nicht nur vereist, sondern auch felsig. Hier gab es keinen flachen Strand wie auf der Insel Manrek.

In sechzig Meilen würden sie ein von vorgelagerten Inseln geschütztes Kap erreichen. Südlich davon öffnete sich ein Fjord, an dessen Mündung die Thorfinn-Ottajasko den kleinen Ort Wardby bewohnte. Phileasson kannte die genügsamen, ein wenig rauen Menschen dort und fände sicher Aufnahme bei ihnen. Er hoffte nur, dass Beorn nicht auf den gleichen Gedanken verfiel und vor ihm dort eintraf. Dann würden sie die Gastfreundschaft der Ottajasko stark strapazieren, und in dem nur wenige Häuser umfassenden Ort könnte es leicht zu Zusammenstößen zwischen den Mannschaften kommen.

Phileasson runzelte die Stirn, als Tjorne das Ruder nach steuerbord drückte. Schnell erkannte er den Grund. Es ging nicht darum, auf die Küste zuzuhalten, sondern die Veränderung der Windrichtung auszugleichen. War die eisige Luft bisher aus dem Norden gekommen, drehte die Brise jetzt auf Nordost, was genau ihrer Fahrtrichtung entsprach. Sie würden rudern müssen, um einigermaßen Fahrt zu machen.

Phileasson bückte sich unter dem Segel hindurch und schritt mit kältesteifen Gliedern zum Bug. Er spie aus. Über den unruhigen Wellen lag eine dunkle Wolkenbank, die schnell in ihre Richtung zog.

»Auf die Beine! Zeit, dass uns wieder warm wird! Swafnild, nimm dir drei Leute! Refft das Segel, und legt den Mast um!«

Sofort sprang Swafnild auf und gab die Kommandos für Ragnor, Gesgard und Eichward. Phileasson schätzte die hochgewachsene Frau mit der schwarzen Mähne als hervorragende Seefahrerin. Wenn Swafnild eine solche Aufgabe übernahm, konnte er beruhigt sein, dass sie meisterlich erledigt wurde, und sich anderen Dingen widmen.

»Bewegung, Bewegung! Schmust schon mal ein bisschen mit euren Riemen, ihr werdet sie gleich brauchen!«

Ohm verstaute die Leier im Lederüberzug.

Phileasson löste Tjorne am Ruder ab.

»Tylstyr! Irulla! Nehmt den Drachenkopf ab!«

Er hatte gehofft, Beorn heute wieder einzuholen und die Zier der *Seeadler* deswegen anbringen lassen. Wenn die See nun unruhig wurde, verstaute er sie besser sicher. In einem Unwetter würde sie ohnehin niemand sehen, und der Verlust des kostbaren Schmucks aus dem Güldenland wäre ein böses Omen.

Phileasson hielt einen östlichen Kurs, um die Küste auch dann noch im Blick zu haben, wenn die Sicht schlechter würde. Andererseits musste er genügend Abstand zu den Klippen wahren, damit Wind und einsetzende Flut die *Seeadler* nicht auf die Riffe vor der Steilküste trieben.

Die schwarze Wolkenfront kroch unerbittlich über den sich rasch verdunkelnden Himmel. Phileasson sah nach achtern. Dort war das Firmament noch von kaltem Blau. Vielleicht hatten sie Glück, und der Sturm würde nicht lange dauern.

Wenn sie zu viel Zeit verlören, müsste er Eghöje anstelle von Wardby ansteuern. Die kleine Siedlung lag an der Westseite des Kaps, am Ende eines Fjords. Phileasson kannte den Ort nur aus Garhelts Kartothek. Er war noch nie dort gewesen.

Die See wurde rauer, und bald wurde Phileasson klar, dass die Wolkenbank nicht einfach nur schweres Wetter brachte. Sie verschlang den Tag so gründlich, dass er den Vordersteven nur noch als dunklen Pfeiler sah und die Bewegungen der im Bug sitzenden Ruderer mehr erahnte als mit den Augen erfasste. Eisige Böen peitschten die Wellen auf. Das Drachenschiff bockte wie eine Kutsche auf einem Knüppeldamm. Die See warf das Schiff hin und her, sodass sie mal drohten, auf die vereisten Felsen zu laufen, und kurz darauf wieder aufs offene Meer hinausgezogen wurden.

Phileasson zählte einen gleichmäßigen, langsamen Ruderschlag vor. Die Riemen sollten dem Schiff genug Vortrieb geben, damit es auf das Steuer reagierte. In solchem Sturm Geschwindigkeit machen zu wollen wäre absurd gewesen. Stattdessen galt es, Ausdauer zu beweisen, bis das Unwetter sie freigab.

Die *Seeadler* sackte so plötzlich in ein Wellental, dass es Phileasson beinahe von den Füßen gerissen hätte. Er hielt sich an der Pinne fest und federte in den Knien ab.

Zu beiden Seiten ragten dunkle Wellen auf, gekrönt von schäumender Gischt. Doch eine helle Fläche blieb bestehen, als der Sturm die Gischtflocken fortriss.

Ein Eisbrocken! Und er rutschte in das Wellental, auf die *Seeadler* zu!

»Steuerbord Riemen einziehen!«, brüllte Phileasson und drückte gleichzeitig das Schiff herum. Es legte sich gefährlich auf die Seite. Eichward rutschte von seiner Seekiste und schlug sich den Kopf am Mast an.

Der Eisbrocken erwischte sie am Heck und riss die *Seeadler* herum, sodass sie jetzt wieder in das Wellental stürzte, aber damit lag er hinter ihnen. Als sie den nächsten Kamm erklommen, war diese Gefahr endgültig überwunden.

Die Ruderer fluchten auf die verderbte Schlange Hranngar, die für alle Unbill herhalten musste, die Seeleuten widerfuhr.

Immerhin war keiner der Riemen beschädigt.

Dafür stand der Drache jetzt quer zum Wind. Er rollte ihn weit auf die Seite. Die Mannschaft lehnte sich nach backbord, bis die Wellen ausgeritten waren.

»Pullt!« Phileasson zog den Bug wieder herum.

Inzwischen wirbelten feine Hagelkörner aus den Wolken und bissen in Gesicht und Augen. Phileasson konnte die Lider nur noch einen Spalt öffnen.

»Salarin, halt Ausschau nach Eisbrocken! Shaya, ich will, dass du den Hagel und das Sprühwasser aus dem Schiff schaufelst! Hol dir den Ledereimer vom Bug.«

»Ich weiß nicht, ob ich das darf!«, rief die Geweihte zurück. »Ich bin Schiedsrichterin!«

»Darfst du denn mit uns gemeinsam absaufen?«, brüllte Phileasson. »Wir liegen jetzt schon zu tief im Wasser!«

»Tu, was er sagt!«, rief Ohm. »Du hättest reichlich grimmige Gesellschaft in deinem nassen Grab!«

Allerdings schätzte Phileasson die Gefahr nicht so dramatisch ein. Er hatte schon heftigere Stürme erlebt, etwa die Wirbelwinde und Wasserhosen in der Charyptik. Aber er wollte, dass sich die Geweihte an der Arbeit auf dem Schiff beteiligte. Sie sollte Teil der Mannschaft werden, und damit das geschah, mussten die anderen sie schuften sehen. Sie brauchte mehr Aufgaben, als nur einen abendlichen Segen zu spenden!

Shaya holte den Eimer und begann, Wasser zu schöpfen. Das Schiff bockte. Immer wieder taumelte die Geweihte und stürzte, bis Ohm ihr zurief, sich anzuseilen. Shaya wirkte verdattert.

»Beim Mast findest du Tauwerk!«, brüllte Phileasson gegen den Sturm.

Der Mast ruhte jetzt auf zwei hölzernen Gabeln, die sich mittschiffs erhoben. Dort hingen auch die Hanfseile der Takelage. Shaya nahm sich eine der Seilrollen, knotete ein Ende um den liegenden Mast und schlang sich das andere um die Hüfte, bevor der Sturz in ein Wellental sie erneut aus dem Gleichgewicht brachte.

»Eisbrocken zehn Schritt backbord!«, meldete Salarin, ohne den Takt der Riemen zu unterbrechen. Er war zwar weniger kräftig als die anderen, fügte sich aber inzwischen gut ein.

Phileasson grinste in den Sturm, als er nach steuerbord lenkte. Wenn diese Fahrt so weiterginge, wäre Salarin hinterher der einzige Elf mit Oberarmen wie ein hjaldingscher Berserker.

Die Böen wurden heftiger, Blitze zuckten durch die Dunkelheit. Noch immer war dieses Unwetter kein Vergleich mit einem Orkan weit draußen auf dem Meer der Sieben Winde, wo die Wellen so hoch aufstiegen wie der Turm der Kartothek. Aber es baute sich unglaublich schnell auf, und nichts deutete darauf hin, dass es nur ein kurzer Sturm werden würde. Im Gegenteil, der ganze nördliche Horizont war ein Schlund der Finsternis, und die Küste glich unter den gleißenden Blitzen einem schwarzen Gebirge wie aus Ohms düsteren Sagas. Falls die Dunkelheit auf den nächsten fünfunddreißig Meilen nicht weichen sollte, liefen sie Gefahr, die Einfahrt zum Fjord von Eghöje zu verpassen. Selbst wenn Signalfeuer entzündet wurden, müsste Phileasson den Drachen durch eine ihm unbekannte Enge steuern, mit Steilwänden zu beiden Seiten und einer Mannschaft, die vom Sturm erschöpft wäre. Zudem kamen sie gegenwärtig kaum von der Stelle. Mehr als fünf Meilen in der Stunde würden sie in der schweren See nicht schaffen. Sie müssten den Fjord also mitten in der Nacht finden, unter einem sturmverdunkelten Himmel. Er fluchte.

Wenn sie Eghöje verfehlten, wären es noch einmal vierzig Meilen nach Wardby, die Hälfte davon zwischen Steilküste und Felsinseln, wo sich das Eis festgesetzt haben mochte. Dann wären sie die gesamte Nacht hindurch unterwegs, und wenn Hranngar ihr Unglück bringendes Auge auf sie richtete, fänden sie auch Wardbys Hafen vereist und unschiffbar vor.

»Eisbrocken steuerbord!«, rief Salarin. »Drei Stück.«

Phileassons Faust krachte auf die Reling, bevor er den Drachen nach Norden drehte. Er könnte diese Richtung halten und das offene Meer gewinnen, weit hinausfahren in die Swafnirsrast. Doch dann käme die Küste außer Sicht, und er würde die einzige Orientierung verlieren, die ihm bei diesem Unwetter blieb. Auf See wäre der Drache Sturm und Eis ausgeliefert, und selbst wenn sich das Wetter besserte, fänden sie kein Land für ein Nachtlager. Es sei denn, sie wären inzwischen so weit nach Westen abgetrieben, dass sie auf die Olportsteine zurückgeworfen würden.

»Swafnirs Zorn über diesen Wind!«, fluchte Phileasson.

Wie es Beorn wohl in diesem Moment erging? War er noch vor der *Seeadler*, oder hatten sie ihn bereits am Morgen überholt, während er noch irgendwo gerastet hatte? Wenn er vor ihnen fuhr, hatte er jetzt die gleichen Probleme.

Ein Brecher barst am Bug und durchnässte die Ruderer.

Phileasson lachte aus vollem Hals. Ja, das Unwetter machte ihm Schwierigkeiten. Aber waren genau solche Augenblicke nicht der Grund, warum es ihn immer wieder hinaus aufs Meer zog? Unbekannte Küsten hatten ihren Reiz. Es machte ihn stolz, ferne Länder zu entdecken, die nie zuvor ein Thorwaler betreten hatte, Früchte zum ersten Mal im Leben zu schmecken oder exotische Schmiedekunst zu erhandeln. Aber wenn die *Seeadler* unter seinen Füßen zitterte wie ein mühsam im Zaum gehaltener echter Drache mit Feuer im Herzen, wenn die Muskeln der Ruderer hervortraten wie Taue, wenn jeder sein Bestes gab und das Schiff Welle um Welle bezwang, wenn er selbst alle Kraft aufwandte, um das Ruder auf Kurs zu halten, dann war er ganz er selbst. Dafür war er auf der Welt.

Trotz der Anspannung las er das Vertrauen in den Gesichtern seiner Ottajasko. Sie würden ihm überallhin folgen!

Aber er war nicht nur aufgebrochen, um irgendwohin zu fahren. Er wollte beweisen, dass er und nicht Beorn der rechtmäßige König der Meere war. Dafür musste er das Land der Schneeschrate mit einem seetüchtigen Schiff und einer einsatzfähigen Mannschaft erreichen.

Er stemmte sich gegen das Ruder und zwang den Drachen auf Südwestkurs. Es versetzte ihm einen Stich ins Herz. War Beorn irgendwo dort vorne, unter der dunklen Wolkenbank? Schenkte Phileasson ihm einen Tag Vorsprung? Oder gar mehr? Manchmal konnte so ein Wintersturm eine ganze Woche dauern. Er biss die Zähne zusammen. Umzukehren war keine stolze, aber eine kluge Entscheidung.

Sofort machte die *Seeadler* mehr Fahrt. Die Wellen schoben sie nun an, anstatt sich ihnen entgegenzuwerfen. Sie drückten in die gleiche Richtung, in die die Riemen zogen.

»Pullt, Leute!«, brüllte Ohm. »Heute Nacht feiern wir in Olport!«

Phileasson grinste, weil der alte Freund seine Absicht so schnell erkannt hatte. Die *Seeadler* war schon oft in Olport gewesen. Die Einfahrt hatte ihre Tücken, aber waren diese einmal gemeistert, bot der Hafen Schutz auch vor den schwersten Stürmen. Sie hatten ihr Tagesziel für heute bei Weitem nicht erreicht, aber nach einer Nacht in warmen Quartieren würden sie morgen ausgeruht weiterziehen. Sie würden Segel setzen und zusätzlich rudern, um den Verlust aufzuholen, das wohl!

Der Sturm und der Drache spielten ein raues Spiel miteinander. Andere Schiffe wären wohl gekentert, aber die Planken der *Seeadler* nahmen die Stöße, wie ein geübter Schläger Fausthiebe einsteckte, ohne dem Gegner die Schmerzen zu zeigen. Wieder und wieder warf sich der Bug in die Wellen. Jede Fingerbreite, die das Steuerruder aus dem Kurs zog, musste sich das Unwetter hart erkämpfen.

»Siehst du die Lichter, Salarin?«, rief Phileasson.

Der Elf spähte voraus. »Ein gelbes und ein blaues«, bestätigte er.

Phileasson lachte seinen Triumph hinaus. »Nicht nachlassen, Leute! Das sind das magische Leuchtfeuer der Runajasko und Olports Signalturm! Heute frisst Hranngar uns nicht!«

Die Mannschaft jubelte. Ohm schmetterte ein paar Verse der Orkantrutzer-Saga, und Ragnor brüllte unartikuliert in den Wind.

»Swafnild!«, rief Phileasson. »An den Vordersteven! Halt Ausschau nach den Felsen!«

Trotz des schwankenden Schiffes zog die Thorwalerin geschickt den Riemen ein und ging breitbeinig am umgelegten Mast entlang zwischen den Ruderern zum Bug. Einen Unterschenkel schwang sie über die Reling, mit beiden Armen klammerte sie sich an den vom Drachenhaupt befreiten Steven. So spähte sie voraus.

Der Sturm hatte sie aus der geordneten Welt ins Chaos gezerrt. Rundherum nur Brecher, Eis, Hagel und Blitze in der Dunkelheit. Tag oder Nacht hatten keine Bedeutung, und die Küste war nur die schwache Erinnerung an eine Richtung, die das Ruder erzwingen musste, um durch das Chaos zurück in die Wirklichkeit zu gelangen, in der es so etwas wie Zeit gab. Jetzt aber rasten sie auf diese Realität zu. Sie hatte die Form des Kreidefelsens, der sich in Olports Hafeneinfahrt erhob wie ein Speer, den ein missgünstiges Meeresungeheuer den Seefahrern in den Weg gerammt hatte.

Er war zwar das imposanteste Hindernis, aber nicht das einzige. Kleinere Klippen ragten rings um den Fels aus dem Wasser, und unter der Oberfläche verbargen sich Hunderte scharfkantiger Felsen, die schon so manchen Rumpf aufgeschlitzt hatten. Olports Lotsen gehörten zu den besten. Sie ehrten Swafnirs Schläue und jagten normalerweise auf ihren kleinen Booten durch die Untiefen auf ankommende Schiffe zu, da der Erste, der sich an Bord schwang, das Lotsensilber verdiente. In diesem Unwetter aber sah niemand die *Seeadler* kommen. Phileassons Magen zog sich angesichts der tosenden Gischt um die Felsen zusammen. Sein Gedächtnis und seine Steuerkunst mussten sie in den Hafen bringen.

Swafnild war inzwischen bis auf die Knochen durchnässt. Immer wieder rief sie Warnungen, wenn die *Seeadler* einem Felsen zu nahe kam.

Phileasson presste die Zähne aufeinander, lehnte sich zurück und zog das Ruder nach backbord. Das Holz ächzte, aber der Drache drehte sich, bis der Bug knapp neben den Kreidefelsen zeigte. Gut zwanzig Schritt war er hoch, man nannte ihn den Efferdpfeiler. Immer noch stach der Hagel in Phileassons Gesicht und machte es noch schwerer, bei der ohnehin schon schlechten Sicht etwas zu erkennen. Er hoffte, dass die Geweihten regelmäßig ihre Opfer für den zornigen Meeresgott gebracht hatten, auf dass dieser den Seefahrern gnädig sei.

Die *Seeadler* rollte auf die Steuerbordseite. Nur die ausgebrachten Riemen verhinderten ein Kentern. Die langen Schäfte schlugen den Ruderern vor die Rippen oder unter das Kinn. Das Meer wehrte sich, es wollte sie noch nicht freigeben.

»Pullt!«, forderte Phileasson. »Pullt! Über die Mütze voll Wind lachen wir doch! Zeigt dem Wal, dass wir seine Kinder sind! Pullt!« Trotzig lachte er dem Sturm entgegen.

Drei Blitze in schneller Folge blendeten ihn, als antworteten die Götter auf seinen Hochmut.

Etwas traf das Schiff an Backbord. Ein treibender Eisbrocken?

Ein Felsen? Swafnild schrie auf, fiel beinahe über die Reling, konnte sich aber im letzten Moment zurück ins Boot ziehen.

Phileasson drückte das Ruder nach steuerbord.

Zu spät sah er den milchigen Schemen aus dem Hagelsturm auftauchen.

»Festhalten!«, brüllte er.

Der Drache legte sich herum, aber der Felsen war zu nah. Ein Brecher schleuderte die *Seeadler* gegen den Pfeiler. Wie dürre Äste zersplitterten die Riemen auf der Backbordseite, die Ruderstangen fegten die Männer und Frauen gleich Spielzeugpuppen von den vertäuten Seekisten. Sirrend flogen Holzsplitter über das Schiff. Brennend riss einer davon eine Strieme in Phileassons rechte Wange.

Aber sie waren am Kreidefelsen vorbei und hielten auf den Hafen zu. Der nächste Blitz offenbarte die Durchfahrt zwischen den Klippen, das gelbe Feuer der Runajasko lag steuerbord voraus.

»Mann über Bord!«, rief jemand. »Wir haben Ragnor verloren!«

Phileasson knirschte mit den Zähnen.

Ein Mann im Wasser.

Fünfundvierzig Seelen an Bord.

Er musste die *Seeadler* in den Hafen bringen.

Phileasson dachte daran, wie Ragnor jetzt gegen die haushohen Wellen ankämpfte. »Swafnir gebe dir Kraft!«

Er brauchte nichts zu befehlen. Swafnild sorgte dafür, dass einige intakte Riemen nach backbord wechselten, sodass der Drache wieder sauberen Vortrieb bekam.

Immerhin rollten die Wellen auf die Küste zu. Ragnor würde nicht auf das Meer hinausgezogen. War er stark genug, um sich an Land zu retten, bevor ihn die Kälte lähmte? Würde er es schaffen, der zerrenden Brandung zu entfliehen und die Felsküste hinaufzuklettern?

Für die *Seeadler* wurde die Fahrt ruhiger. Sie durchpflügte das kabbelige, aber nicht mehr feindselige Wasser und gelangte in den Hafen hinein.

Am flachen Strand, auf dem ein halbes Dutzend Drachenboote lagen, hatte sich eine Menge versammelt. Mitten im Hagel standen etwa zwanzig durchnässte Menschen.

Phileassons Ottajasko sprang von Bord. Sie zogen die *Seeadler* an Land. Der Bug kam zwei Schritt vor einem kleinen Mädchen zur Ruhe, von dem die Erwachsenen Abstand hielten, als läge ein Fluch auf ihm.

4 IM REICH DES WALS

Olport,
neunter Tag im Grimfrostmond

Das Mädchen trug ein dünnes Kleid, das vom Hagel durchnässt an seinem Körper klebte. In eingerissenen Samtpantoffeln stand es auf dem vereisten Kies. Das dunkle Haar reichte ihm bis über die Schultern, war aber durch das Wasser so schwer, dass der Wind es nicht bewegte. Für ein Kind aus dem Norden waren seine Züge zu fein und zu weich. Phileasson hätte ein solches Mädchen eher in den zivilisierten Städten südlich von Nostria vermutet.

Trotz der schneidenden Kälte zitterte es nicht. »*Etwas Altes fährt auf den Fluten, dessen Herz härter ist als das Eis der Gletscher.*« Die Stimme des Mädchens klang so dunkel, als käme sie aus der Brust eines kräftigen Ruderers. Es sprach Garethi mit einer Lautfärbung, die Phileasson vermuten ließ, dass es sogar noch südlich des Mittelreiches aufgewachsen war. »*Weißes Fleisch wandert, wo es nicht sein sollte. Ahnungsloser Geist beschwört den Frevel der Alten.*«

Von unheimlicher Faszination gebannt, starrte Phileasson das Mädchen an. Die Kleine stand nicht zufällig hier. Sie hatte gewusst, dass die *Seeadler* in diesem Moment anlanden würde. Was hatten ihre seltsamen Worte damit zu tun?

»Das reicht jetzt!«, brüllte ein Mann mit struppigem rotem Bart und fahler Haut. Er trat vor und spie vor dem Kind aus. »Ich sage: Wir werfen sie ins Meer! Sie bringt Unglück, das wohl!«

Phileasson sah über die Schulter zurück. Seine Leute hockten erschöpft an der Leeseite des Schiffes. Einige waren verletzt, die anderen halfen, Splitter aus den Wunden zu ziehen. Salarin legte jemandem die Hand auf die Brust und sang eines dieser unheimlichen, zweistimmigen Elfenlieder.

Sie waren Efferds Zorn entkommen. Aber nicht alle von ihnen.

Weitere Olporter kamen zum Hafen herab. Männer und Frauen mit harten, ausgezehrten Gesichtern. Sie sahen nicht aus, als seien sie schreckhaft, doch vermieden sie, in die Nähe des noch immer unbewegt stehenden Mädchens zu kommen. Das Kind sah an Phileasson vorbei zur Hafenausfahrt. *»Altes Leid gebiert neues Unglück.«*

»Sie soll damit aufhören!«, rief der Rotbart, der sie ins Meer werfen wollte. »Wer so redet, lockt das Verhängnis an!«

»Das wohl!«, stimmten andere ihm zu.

Ein spindeldürrer Kerl in grauer Kleidung drängte sich durch die Umstehenden und stürzte zu dem Kind. Neben ihm ging er in die Knie und nahm es in den Arm. »Du sollst doch nicht weglaufen, Leomara!« Sein Garethi hatte den gleichen Akzent wie die Worte des Mädchens. Sein Schnurrbart ähnelte zwei waagerecht stehenden Dornen.

»Der Sturm ist wütend«, sagte das Kind mit der unpassend tiefen Stimme. *»Seine Beute ist ihm entkommen.«*

»Was hat das zu bedeuten?«, fragte Phileasson.

»Sie hat wieder eine Vision«, erklärte der Mann.

»Böse Geister geben ihr das ein!«, rief einer der Gaffer.

Phileasson starrte ihn an. »Wie kommst du darauf?«

»Sie weiß Dinge, die niemand wissen kann!«

»Das hat nichts mit Geistern und Dämonen zu tun«, sagte der Mann mit dem Spitzbart.

So interessant Phileasson den Vorgang fand, so klar war ihm, dass seine Verantwortung woanders lag. Er hatte die Mannschaft in Sicherheit gebracht, aber für einen seiner Ruderer galt das nicht.

»Ein Mann ist über Bord gegangen!«, rief er. »Vielleicht wurde er an die Klippen gespült! Eine Dukate demjenigen, der ihn lebend zu mir bringt!«

Einer der Männer lachte auf. »Den gibt Efferd nicht mehr her! Sieh dir den Sturm an.«

»Ich habe schon schlimmere Unwetter durchfahren!«

»Ach ja? Und wer bist du, großer Seefahrer?«

»Hast du keine Augen im Kopf, dass du meine *Seeadler* nicht erkennst? Du sprichst mit Asleif Phileasson.«

»Der Foggwulf!«

Für einen Moment war das Mädchen vergessen.

»Verzeih meine rüde Rede«, sagte der Mann. »Aber wir kennen uns hier aus. Wir sind die Lotsen von Olport. Es ist unmöglich, jemanden bei solchem Sturm von den Klippen zu bergen.«

»Wenn es mich scheren würde, was andere für unmöglich …«

Die dunkle Stimme des Mädchens unterbrach ihn. *»Salzwasser drückt in seinen Mund. Er spuckt es wieder aus. Die Finger sind ohne Gefühl. Er zwingt sie in den Fels wie Steigeisen.«*

»Ragnor ertrinkt«, meinte Irulla. Die Brecher hatten die Farbe von dem Spinnenbild auf ihrem Gesicht gewaschen, sodass es nur noch aus dem gestochenen Umriss bestand. Ihre dunklen Augen glichen klaffenden Löchern.

»Er ist am Felsen des Gottes.« Das Mädchen zeigte auf die Hafeneinfahrt. *»Wasser füllt seine Lunge, doch er will leben.«* Das Kind sackte in den Armen des Spitzbärtigen zusammen.

»Sie meint den Efferdpfeiler«, erkannte ein Lotse.

»Dann bring uns hin!«, rief Phileasson. Sein Blick fand die Riemen der *Seeadler*, die an dem hoch aus dem Wasser ragenden Kreidefelsen zersplittert waren. »Wir müssen ihn holen!«

Der Lotse grinste schief. »Niemand kommt an den Efferdpfeiler heran. Erst recht nicht bei so einem Sturm.«

»Nach dem Unwetter wird es zu spät sein!«

»Das ist das Problem deines Mannes, nicht unseres. Der Gott des Meeres will ein Opfer. Geben wir es ihm.«

»Diesen Sturm hat nicht Efferd geschickt!«, protestierte Phileasson. »Efferd gewährt dem Kundigen Warnungen! Nichts hat dieses Unwetter angekündigt! Es kam so plötzlich, wie ein Hai aus den Tiefen der See auftaucht!«

»Der Foggwulf mag recht haben. Dieses Dämonenkind hat den Sturm gerufen! Werfen wir es von der Klippe!«

»Niemand rührt Leomara an!« Der Mann mit dem spitzen Bart hob sie an und breitete seinen grauen Umhang über sie, so gut es ging. »Ich bringe sie jetzt zurück ins Warme.«

Murrend ließen die Lotsen ihn ziehen.

»Gebt uns wenigstens ein Boot«, bat Phileasson. »Die *Seeadler* ist nicht wendig genug, um an den Efferdpfeiler heranzukommen.«

»Du bist ein großer Seefahrer, Foggwulf, aber du musst mir glauben, dass niemand bei so einem Sturm den Efferdpfeiler erreichen kann.«

Phileasson trat nah an den Rotbart heran. »Und du musst mir glauben, dass ich niemanden aus meiner Ottajasko zurücklasse.«

Jemand mit Phileassons Ruf wäre sicher zum Hetmann vom Nader vorgelassen worden, der in Olport das Sagen hatte. Auch das Folkehjalding, in dem die freien Männer und Frauen ihre

Entscheidungen fällten, hätte ihn angehört. Aber dafür fehlte die Zeit. Jede der peitschenden Wellen mochte Ragnors Ende bedeuten.

»Ich bin eine Mutter!«, rief eine Frau, in deren Mund eine hässliche Lücke klaffte, wo die Schneidezähne hätten sein sollen. »Ich muss an meine Familie denken. Ich kann nicht mit euch kommen, aber Swafnir würde mir ewig zürnen, wenn ich dem Mut des Foggwulfs im Wege stünde. Nehmt mein Boot!«

Das Gefährt war lang und flach. Es bot acht Ruderern Platz, aber je weniger Tiefgang sie hätten, desto besser wären ihre Aussichten, über die Felsen zu kommen. Phileasson wählte Eichward und Tjorne, die gegen den Sturm anrudern sollten, und Salarin, der den Ertrinkenden am ehesten erspähen könnte. Irulla kam mit zwei Rollen Seil. »Ich will in die salznassen Augen seiner Leiche sehen«, erklärte sie.

Sie zogen das Boot ins Wasser, sicherten sich gegenseitig und ruderten der Hafeneinfahrt entgegen. Zu beiden Seiten stiegen steile Kreidefelsen an. Auf dem westlichen stand die weit über den Norden hinaus bekannte Runajasko, eine Akademie, die Magier und Skalden ausbildete. Östlich der Durchfahrt erhob sich die in dem Unwetter kaum zu erkennende Zwingburg, die der Hetmann vom Nader bewohnte. Ihre Wehrhaftigkeit ließ zu wünschen übrig, weil sie nie zu Ende gebaut worden war und man zudem wenig Wert auf ihre Instandhaltung legte.

Obwohl der stundenlange Kampf mit der See sie an den Rand ihrer Kräfte gebracht hatte, zogen Eichward und Tjorne die Riemen in weiten, gleichmäßigen Schlägen durch. Phileasson saß neben Irulla, die mit den Jahren eine geschmeidige Rudertechnik entwickelt hatte. Ihr lag alles, was Geduld und Beständigkeit erforderte. Salarin hockte im Bug und spähte zum Efferdpfeiler, der als nebelgraue Silhouette im Hagel aufragte.

»Warum vertrauen wir eigentlich einem Kind, das mit den Toten spricht?«, rief Tjorne über den Sturm.

»Ihre Melodie kommt nicht aus dem Tod«, sagte Salarin mit trotz des Sturms erstaunlich deutlich zu verstehender Stimme.

»Das will ich hoffen!«, gab Tjorne zurück. »Die Toten wollen uns nämlich überlisten, weil sie uns das Leben neiden. Sie wollen uns in ihr nasses Grab ziehen.«

»Spar dir den Atem, und pull!«, rief Phileasson.

Widerwillig gestand er sich ein, dass Tjornes Worte Zweifel in ihm weckten. Zwar glaubte er nicht, dass böse Mächte Besitz von dem Mädchen ergriffen hatten – aber was, wenn die Kleine einfach verrückt war? Falls sie irre redete, war Ragnor vielleicht schon längst ertrunken, und sie würden sein Schicksal teilen, wenn das Boot am Efferdpfeiler zerschellte. Ein weiteres Opfer für den launischen Gott des Meeres.

Aber wenn sie nur eine Irre war, warum wich dann selbst die Kälte von ihr zurück? Konnte ein kleines Mädchen eine so tiefe Stimme haben, wenn nicht mystische Mächte aus ihr sprachen?

Phileasson drängte diese Gedanken fort. Er hatte seine Entscheidung getroffen, jetzt würden sie nach Ragnor suchen.

»Siehst du etwas, Salarin?«

Wieder sang der Elf. Vielleicht half ihm das, sich zu konzentrieren.

»Die Bosheit ist im Wind«, sagte Salarin.

»Freundlich ist er uns fürwahr nicht gesinnt«, stellte Phileasson fest.

»Aber dem Wasser sind wir gleichgültig.« Salarin richtete sich im Bug auf. »Wir sind ihm egal. Es hat keinen Zorn auf uns.« Damit sprang er in die Wellen.

Die plötzliche Entlastung ließ das Boot beinahe umkippen.

»Das Langohr hat den Verstand verloren!«, rief Eichward.

Phileasson beobachtete, wie sich das Seil abrollte, das Salarin um den Bauch geknotet hatte. Im Boot war es an einem Zapfen gesichert. Nach drei Schritt verschwand es in den Wellen. Von dem Schwimmer war nichts zu sehen, aber er musste sich schnell bewegen. Schlaufe um Schlaufe wickelte sich ab.

»Weiter!«, befahl Phileasson. »Auf den Pfeiler zu!«

Das Boot kämpfte mit den Wellen, doch Salarin schwamm offenbar wie ein Fisch. Bald waren alle vierzig Schritt abgewickelt, und das Seil spannte sich. Es war keine Hilfe mehr, sondern eine Fessel, so wie eine Angelschnur für einen Fang, der zu entfliehen versuchte.

»Pullt! Pullt!«

Der Rumpf schrammte über einen Felsen. Die Dünung zerrte sie zurück. »Steuerbord!«, schrie Phileasson. Verzweifelt stemmte sich die Ottajasko in die Riemen. Das Boot schwang ein wenig nach rechts, als es von einer Welle angehoben wurde und diesmal das Hindernis passierte.

Phileassons Muskeln brannten in Rücken, Armen und Oberschenkeln, und er wusste, dass es seinen Gefährten nicht anders ging. Keiner wollte der Erste sein, der nachließ.

»Pullt!«

Dreißig Schritt vor dem Efferdpfeiler verlor das Seil den Zug. Kletterte Salarin auf den Felsen, oder hatte sich der Knoten gelöst?

»Ruhig, Leute!«, befahl Phileasson. »Position halten!«

Das war leichter gesagt als getan. Hier ging es nicht darum, eine beständige Strömung auszugleichen. In einem Wellental wirkte das Wasser kaum auf das Boot ein, aber der nächste Brecher schob es vor sich her. Wenn die Besatzung mit den Riemen gegenhielt, rutschte das Boot umso schneller den Wellenrücken hinunter. So zitterte es in einem Areal von zehn Schritt Durchmesser umher. Immer wieder schlug es gegen verborgene Felsen. Phileasson versuchte sie in der tosenden See zu erspähen und zu vermeiden, aber die tückischen Hindernisse ließen sich in dem Auf und Ab nur schwer entdecken.

»Der Elf ist tot«, schrie Irulla gegen den Sturmwind.

Ja, er mochte ertrunken sein, dachte Phileasson. Oder die wütenden Brecher hatten seinen Kopf an einem Stein zerknackt. Aber ein Elf mochte andere Möglichkeiten haben als ein Mensch. Salarin drückte sich oft seltsam aus. Er hätte jedoch nicht jahrelang allein durch Aventurien wandern können, wie er am Lagerfeuer berichtet hatte, wenn er Gefahren unterschätzt hätte. Er besaß weniger Muskelkraft als die anderen Ruderer, aber seine Fähigkeiten mit dem Bogen übertrafen alles, was Phileasson bisher gesehen hatte, und auf der Insel Manrek hatte er als Einziger Beorns Schiff erspäht.

»Irulla, Tjorne – ihr rudert weiter! Eichward, zieh den Riemen gegenläufig! Wir drehen den Bug Richtung Hafen!«

Phileasson und Eichward lehnten sich weit nach steuerbord, als eine Welle drohte, das kleine Boot kentern zu lassen. Gischt sprühte über sie hinweg, und Tjorne wäre über Bord gegangen, wenn er nicht an dem Ritter festgebunden gewesen wäre.

Salarins Seil war noch immer schlaff.

»Auch Elfen müssen sterben«, rief Irulla.

»Wir warten!«, beharrte Phileasson.

Mit dem Bug zu den Anlegeplätzen ausgerichtet, sahen sie Brecher schlechter kommen, die durch die enge Einfahrt in den Hafen rollten. Phileasson musste ständig über die Schulter schauen, um die Ruderkommandos rechtzeitig zu geben.

»Jemand zieht an dem Seil!«, rief Tjorne.

Tatsächlich straffte sich die Leine mit einem Ruck. Dann hing sie wieder durch.

Plötzlich gab es noch einen Ruck. Und dann einen weiteren.

»Irulla, du hilfst mir! Tjorne und Eichward, rudert uns in den Hafen!«

Gemeinsam mit der Waldmenschenfrau holte er das Seil ein. Sie achteten nicht darauf, es ordentlich abzulegen, sondern ließen es als wirres Knäuel ins Boot fallen. Je näher sie dem Strand kamen, desto ruhiger wurde das Fahrwasser.

Salz brannte in Phileassons Augen. Das nasse Seil schnitt ihm in die Hände. Immer noch versuchte das Meer, ihnen den Fang streitig zu machen. Dann sah er zwei Köpfe in den weiß schäumenden Fluten. »Da sind sie!«, jubelte Phileasson.

Salarin hatte die Arme unter Ragnors Achseln hindurchgeschoben und umklammerte seine Brust.

»Nicht loslassen, Elf!«, rief Phileasson. »Wir haben euch gleich!«

Mit vereinten Kräften zogen sie die beiden ins Boot. Ragnor zitterte wie ein Wimpel im Wind, aber das war Anlass zur Freude. Es bewies, dass er noch lebte.

Olport,
zehnter Tag im Grimfrostmond

Der Tag war so hell, wie er zu dieser Jahreszeit so weit im Norden nur werden konnte. Kein einziges Wölkchen erinnerte an das gestrige Unwetter.

Tylstyr Hagridson und Ohm Follker stiegen den steilen Weg zur Westwindklippe hinauf, um zur Runajasko zu gelangen. Der Geruch von Holz- und Torffeuern blieb zurück. Am Abzweig zum Efferdtempel wandten sie sich zum Hafen um. Aus der Entfernung bot die *Seeadler* keinen ganz so schrecklichen Anblick mehr. Als sie die obersten beiden Planken an Backbord entfernt hatten, um an die dritte, gesplitterte, zu kommen, hatte selbst Tylstyr das Herz geblutet, obwohl er erst seit Kurzem auf dem Drachen fuhr. Man hätte auch diese Planke ausbessern können, so wie die anderen Beschädigungen des Schiffes, aber Phileasson hatte sich entschieden, sie auszutauschen. Schließlich hatten sie noch eine weite Reise vor sich, und es war besser, sie verloren jetzt ein paar Tage, als dass sie auf Dauer langsame Fahrt machten.

»Sie wird schon wieder«, sagte Ohm. »Der Foggwulf hat ein paar erfahrene Zimmerleute mitgenommen, um einen passenden Eichenstamm zu finden. Und dazu den Elfen, der auf die Melodie des Holzes lauscht.«

»Können wir uns darauf einigen, das Spitzohr bis zum Abend unerwähnt zu lassen?« Die Heftigkeit seines Ausbruchs erstaunte Tylstyr selbst.

Ohm sah ihn an, aber da er nichts hinzufügte, gingen sie weiter. Sorgfältig setzten sie ihre Schritte auf dem vereisten Steig. Tylstyr nutzte seinen Zauberstab als zusätzlichen Halt.

»Wenig Schlaf?«, fragte Ohm, als Tylstyr gähnte.

»Gar keiner.« Missmutig sah er hangaufwärts. Zwei Windungen machte der Weg noch, dann würden sie das Tor in der weißen Palisade der Runajasko erreichen, deren Aufbau einer übergroßen Ottaskin glich. »Ich habe die ganze Nacht mit Salarin gesprochen.«

»Ich dachte, du wolltest seinen Namen nicht mehr hören.«

Das nächste Stück schwiegen sie.

»Habt ihr euch gestritten?«, fragte Ohm.

»Wie soll man sich mit jemandem streiten, der nicht trinkt?«

Ohm lachte. »Er ist eben kein Thorwaler. Er verschmäht alles, was gut ist, und rudern kann er auch nicht.«

Tylstyr lächelte freudlos. Die Luft stach kalt in seine Lunge, als er tief einatmete.

»Für ihn ist das Zaubern so mühelos. So ...« Er überlegte. »Selbstverständlich.«

Ohm blieb stehen und sah ihn an.

Tylstyr seufzte. »Ich musste neun Jahre lernen, bevor man mein Siegel stach.« Er hielt Ohm die linke Handfläche hin, wo das bunte Hautbild eine verschlungene Linie zeigte, deren Bögen vor einem Kreis drei Symbole bildeten, die an Augen erinnerten. Ein auf verwirrende Weise in sich selbst übergehendes und daher endlos wirkendes, geflochtenes Band umfing das Zeichen. »Thesen in mein Hirn meißeln, für die ein menschlicher Verstand ungeeignet ist. Tausend und mehr Wiederholungen, bis ich einen Spruch beherrsche, und wenn es darauf ankommt, habe ich ihn dennoch nicht parat.«

»Woher weißt du das?«

Tylstyr ließ die Hand sinken und sah wieder hinunter zum Hafen. Vereinzelt drang noch ein Hammerschlag herauf.

Jetzt, da er begonnen hatte, konnte er Ohm ebenso gut alles erzählen. Oder fast alles.

»Salarin glaubt, dass das Unwetter keinen natürlichen Ursprung hatte. Das meint er, wenn er sagt, seine Melodie passe nicht zum Wind und zu den Wellen. Sie sei disharmonisch gewesen, dem eigentlichen Wetter aufgezwungen.«

»Ein Fluch, der uns getroffen hat?«

Unschlüssig zuckte Tylstyr mit den Schultern. »Das wüsste ich, wenn ich gestern die richtigen Zauber gesprochen hätte. Ist das nicht lächerlich? Ich unterrichte in den Wintern an der Schule der Hellsicht, und jetzt versage ich, wenn es um die einfachsten Einsichten geht.«

»Du musstest rudern. Wie wir alle.«

Tylstyr lachte auf. »Sicher. Der Foggwulf hat mich bestimmt angeheuert, weil ich so gewaltige Muskeln habe.«

Grinsend kniff Ohm Tylstyr in den Arm. Als er merkte, dass sein Scherz nicht auf fruchtbaren Boden fiel, wurde er ernst.

»Salarin atmet die Magie«, fuhr Tylstyr fort. »Er nimmt sie wahr, wie wir Dinge sehen oder riechen. Wenn er einen Zauber wirkt, dann muss er ihn nicht seinem Verstand abringen. Er singt einfach seine Melodie in die Welt hinaus, damit sie sich mit dem, was bereits ist, zu einem neuen Lied verbindet. Er konnte zu Ragnor vordringen, weil er Wasser geatmet hat!«

»Das habe ich mitbekommen.«

»Sicher.« Die Erzählung war seit der tollkühnen Rettung in aller Munde. »Würdest du noch Sagas vortragen, wenn deine Stimme die einer Krähe wäre?«

»Ein Skalde *ist* man. Es ist nichts, das man *tut*.« Noch einmal versuchte er ein Lächeln. »Nur wird man wenige Zuhörer finden, wenn der Gesang in den Ohren schmerzt.«

»Ein solcher Skalde sollte wohl nicht in der Halla singen.«

»Das stimmt.«

»Und vielleicht sollte ich Kindern in der Akademie etwas vom Zaubern erzählen und die echten Aufgaben jenen überlassen, die auch dann Magie wirken, wenn es darauf ankommt.«

Forschend sahen Ohms helle Augen ihn an. »Willst du uns verlassen?«

»Ich denke darüber nach.«

»Und was hält dich bei uns?«

Atagords von den Krebsen zerfressene Leiche tauchte vor Tylstyrs geistigem Auge auf. Inzwischen waren sie weit vom Ort des Geschehens entfernt. Tjorne würde die Reise bestimmt fortsetzen. Tylstyr hatte die Frauen an Bord genau beobachtet. Keine von ihnen war das Mädchen aus der Höhle bei Stainakr, selbst in zehn Jahren hätte es sich unmöglich so sehr verändern können.

Doch was, wenn die Rächerin wirklich mit dämonischen Mächten im Bund stünde? Wenn sie diesen Sturm beschworen hatte? Gegen solche Wesenheiten müsste Tjornes Kraft versagen. Zudem mochte sie dadurch die Möglichkeit haben, ihnen unerkannt zu folgen. Wenn ein Elf mühelos unter Wasser atmete, konnte das auch einer Frau gelingen, wenn sie einem Dämon dafür einen angemessenen Preis bot.

»Wir sind eine Schiffsgemeinschaft«, sagte Ohm ernst. »So etwas gibt man nicht leichtfertig auf. Sprich mit Shaya, sie wird es dir bestätigen. Es wäre, als würdest du deine Familie verlassen. Eine schwere Entscheidung, für dich wie für die, die bleiben.« Der Schalk blitzte in seinen grauen Augen. »Außerdem wird es dich noch als Urgroßvater reuen, wenn du daran denkst, dass du zurückgeblieben bist, als andere mit dem Foggwulf um Aventurien gefahren sind und ihn zum König der Meere gemacht haben, das wohl!«

Tylstyr dachte an das beinahe unzerstörbare Buch, das Spektabilität Cellyana ihm mitgegeben hatte. Noch war es leer. Er wartete wohl besser noch ein paar Tage, damit sein Widerwille ihn nicht verleitete, Ungebührliches über das zu schreiben, was er von Salarin gelernt hatte. Selbst wenn er sich kurzfasste, würden diese Erkenntnisse sicher zwei Seiten füllen.

Aber zwei Seiten wären zu wenig, um ihm den Spott zu ersparen, wenn er nach Thorwal zurückkehrte. Cellyana erwartete mehr für die zwanzig Golddukaten, die sie für ihn an die Gilde abgeführt hatte.

Er seufzte. »Lass uns herausfinden, ob die Magier der Runajasko etwas über diesen Wind wissen.«

Innerhalb der Palisade aus weißstämmigen Firunföhren standen mehrere Langhäuser, deren Dächer fast bis zum Boden gezogen waren. Der Sturm hatte eines davon schwer beschädigt. Kinder sammelten heruntergewirbelte Schindeln auf und prüften, ob sie noch zu gebrauchen waren, während Erwachsene die Löcher ausbesserten. Die Runajasko verstand die Magie als Teil des gemeinschaftlichen Lebens, als eine der drei hohen Künste, zu denen auch der Schiffbau und der Skaldensang zählten. Deswegen gab es hier eine Drakkenhalla, wo Phileasson heute Morgen vorstellig geworden war, und eine Skaldenhalla. Die Torwache empfahl ihnen jedoch die sechzig Schritt lange Große Halla, die im Zentrum der Anlage stand. Dort würden sie die Meister finden, die ihnen weiterhelfen könnten.

Als sie eintraten, blieb Ohm ehrfürchtig stehen. Er sah die riesige Harfe an. »Der Anblick überwältigt mich immer wieder«, murmelte er. »Man braucht drei Skalden, um sie zu spielen.«

Oben an dem Instrument waren zwei Sitze angebracht. Der dritte Skalde würde im Stehen spielen, so wie die grauhaarige Frau, die jetzt immer wieder die gleiche Saite zupfte. Sie hatte den Kopf schräg gelegt und lauschte wohl, ob der rechte Ton getroffen sei.

Als sie die Neuankömmlinge bemerkte, lächelte sie und kam mit ausgebreiteten Armen zu Ohm. »Ich habe gehört, dass du mit dem Foggwulf fährst!«

»Norhild! Wie lange ist es her? Vier Jahre?«

»Sieben!«, korrigierte sie. Tylstyr fiel auf, dass ihre Augen schräg standen. Es gab viel nivesisches Blut in Olport. »Ich kenne dich noch aus der Zeit, als du keine Berühmtheit warst!«

»Übertreib nicht!«

»Doch, wirklich! In der Skaldenhalla schwitzen unsere Zöglinge über Orm Follkersons Eldgrimm-Saga!«

Er lächelte säuerlich. »Nenn mich nicht so.«

»Wie? Orm?«

»Ich habe den Namen noch nie gemocht.«

Norhild lachte. »Das stimmt, ich erinnere mich, dass man dich damit gut foppen konnte, Orm.« Sie kniff ihn in die Wange.

Protestierend drehte er den Kopf weg, dann fiel er in ihr Lachen ein.

Die beiden lösten die Umarmung. Für einen Moment schienen sie nicht zu wissen, was sie sagen sollten.

Tylstyr schüttelte den Kopf. Ihm war neu, dass Ohm Follker eigentlich Orm Follkerson hieß, denn jeder nannte ihn nur Ohm. Er war eben, wie der Spitzname sagte, jedermanns Onkel, sodass Tylstyr nicht darüber nachgedacht hatte. Besser, er sprach den alten Gefährten auch nicht darauf an.

Junge Burschen fegten die Asche aus der großen Feuerstelle. Durch die kleinen Fenster schien nur wenig Licht in die Halla, was den Dimensionen etwas Unbestimmtes gab, wie bei einer Höhle, die es zu erforschen galt. Schnitzereien an den Balken zeigten Elementargeister als Funken sprühende Flammen oder wirbelndes Wasser und besonders häufig einen blasenden Wal.

»Wollt ihr etwas trinken?«, fragte Norhild.

»Gern«, sagte Ohm. »Aber eigentlich bin ich gekommen, um meine Erinnerung an die Saga über den Himmelsturm aufzufrischen.«

»Da hast du Glück. Ich kenne verschiedene Geschichten über Ometheon.«

»Nein«, warf Tylstyr ein. »Uns geht es um den Himmelsturm. Die Oberste Hetfrau hat uns aufgetragen, seine Geheimnisse zu erforschen.«

Norhild sah ihn verständnislos an.

Lachend schlug ihm Ohm auf den Rücken. »Ometheon ist der lyrische Name für den Himmelsturm.«

»Tatsächlich?«, staunte Tylstyr.

»Sicher, Junge«, sagte Norhild. »Was hast du denn gedacht?«

Tylstyr runzelte die Stirn und stützte sich auf seinen Zauberstab. »In der Akademie zu Thorwal habe ich manche Lehrstunde zur Magietheorie erhalten. Ometheon ist einer der Namen, den man dort dem Begründer der Magierphilosophie zuschreibt.«

Ein nachdenklicher Ausdruck trat auf Norhilds Gesicht. »Die Lehre, dass jeder, der genug Verständnis über die Geheimnisse der Welt erlangt, zu einem Gott wird?«

»Das ist sehr vereinfacht ausgedrückt die radikalste Auslegung.«

Norhild spie aus. »Lästerliches Zeug.«

Tylstyr entschied, dass es unklug gewesen wäre, Spektabilität Cellyanas Affinität zu dieser Theorie zu erwähnen. Stattdessen bemühte er sich, zu beschwichtigen. »Die Magierphilosophie ist hoch spekulativ. Selbst ihre fanatischen Anhänger glauben, dass man über lange Zeit viele Tausend Verehrer braucht, um sich in göttliche Sphären zu erheben. Und kaum erreichbare magische Kraft wäre zudem vonnöten.«

Ihm wurde heiß unter Norhilds gestrengem Blick, zumal Ohm sich zwei Schritte zurückzog, als befürchte er einen Gewaltausbruch.

»Wir reden hier von Talent und Kenntnissen, wie Aventurien sie seit Rohal dem Weisen nicht mehr gesehen hat«, schob Tylstyr nach.

»Dann soll Rohal ein Gott gewesen sein?«

»Das sagte ich nicht.«

Norhild schnaubte. »Mit solchem Unfug hat die Ometheon-Saga nichts zu tun. In ihr geht es um den Turm, an dem das Himmelsgewölbe aufgehängt ist. Ein Werk solcher Vollkommenheit, dass es Firun erzürnte, sodass er die Erbauer vertrieb und den Norden mit grimmigem Frost überzog, damit dort niemand einen Schritt tun kann, ohne dass ihm die Knochen splittern.«

Die Gefährten sahen sich an.

»Wenn das stimmt, ziehen wir uns besser warm an«, meinte Ohm.

»Wollt ihr etwa selbst zum Himmelsturm reisen?«

»Ich fürchte, Phileasson wird nicht davor zurückschrecken, wenn er dafür König der Meere wird.«

»Ach, diese alte Geschichte! Ist Beorn auch unterwegs?«

»Er ist uns sogar voraus.«

Lachend schüttelte Norhild den Kopf. »Dann ist es aussichtslos, den Foggwulf davon abbringen zu wollen. Ich erzähle euch, was ich über den Himmelsturm weiß, das wohl! Und dann nehmt ein Fass von unserem stärksten Premer Feuer mit. Ihr werdet es brauchen.«

Olport,
zwölfter Tag im Grimfrostmond

Asleif Phileasson stieg aus dem dampfenden Zuber. Er wrang das heiße Wasser aus dem schulterlangen Haar und drückte es aus dem frisch gestutzten Bart. Angenehm benommen ging er zu dem Stapel Kleidung, die zusammengefaltet auf einem Schemel bereitlag. Shaya hatte darauf bestanden, dass die Sachen, die er seit ihrem Aufbruch getragen hatte, gewaschen wurden. Seine Prunkgewandung, die er beim Auslaufen in Thorwal zerrissen hatte, wurde ordentlich genäht. Sie hatte bei Bruder Rorlif vorgesprochen und Ersatz organisiert, den Phileasson heute tragen konnte.

Während er sich trocken rieb, lauschte er auf das Jurgalied, das die Tischgemeinschaft im Hauptraum des Traviatempels sang. Es handelte sich um eine stark vereinfachte Fassung der Saga über die Frau, die die Hjaldinger nach Aventurien geführt hatte. An der gleichen Stelle, an der die *Seeadler* Zuflucht vor dem Sturm gefunden hatte, war auch die Stammmutter der Thorwaler an Land gegangen. Der Gottwal Swafnir hatte ihr den Weg zwischen den Klippen hindurch gewiesen.

Phileasson genoss die neu gewonnene Sauberkeit. Gestern war er den ganzen Tag damit beschäftigt gewesen, die Zimmerleute aus der Runajasko einzuweisen und den aufkommenden Streit mit den Handwerkern aus der Hammerfaust-Ottajasko zu schlichten. Nur so konnten diejenigen, die als die Besten ihrer Zunft galten, an der *Seeadler* arbeiten. Er hatte das richtige Holz ausgesucht, alle auszubessernden Stellen bestimmt, neue Riemen geordert, die beweglichen Teile unter Dach gebracht und sich überzeugt, dass auch die störrischsten Raubeine ihre Wunden versorgen ließen. Bald wären Phileassons Seekunde, seine Kraft und Schläue wieder gefordert, aber für den Moment war alles erledigt. Nachdem er drei Nächte halb durchwacht hatte, sah er auch ein, dass es sinnlos war, sich über Beorns Vorsprung zu ärgern, solange er nichts daran ändern konnte.

Und falls der Sturm seinem Rivalen ebenfalls zugesetzt hatte, würde Beorn in mehr als hundert Meilen Umkreis keine Reparaturmöglichkeiten finden, die denen von Olport nahekamen. Phileasson grinste, als er die Tür zum Hauptraum öffnete.

Das Lied kam mit einem dreifachen »Jurga, Jurga, frisch voran!« zu seinem Ende.

»Der Zuber ist frei!«, rief Phileasson.

Tylstyr machte Anstalten, sich von der Tafel zu erheben, setzte sich aber wieder, als Irulla geschmeidig von der Bank glitt. Die Mannschaft respektierte die Waldmenschenfrau als Spurenleserin und geschickte Jägerin. Nie drückte sie sich vor einer Arbeit, aber selbst Tylstyr hielt bereits Abstand zu ihr. In der Regel war sie schweigsam, doch ein gemeinsam genutzter Badezuber wäre der ideale Ort für das Bedürfnis nach Konversation, das sie manchmal überkam. Diese Gespräche verliefen schnell einseitig. Irulla schilderte dann alle Todesarten, deren Zeugin sie angeblich geworden war. Seit Neuestem fand sich darunter eine Schilderung, wie es sich anfühlte, wenn einen Krebse lebendigen Leibes auffraßen. Diese mochte Irullas Meisterstück werden. Sie erstreckte sich über eine halbe Stunde und hatte selbst Phileasson ein Schaudern nach dem anderen über den Rücken gejagt, bis er sein Nachtlager außer Hörweite verlegt hatte.

Die Halle im Hauptgebäude des Traviatempels maß der Länge nach zwanzig Schritt. In der Mitte lief eine Grube durch den Lehmboden, in der Kohlen glühten, was den Raum in warmes Rot tauchte. Unter an Dreibeinen hängenden Kupferkesseln hatte man die Glut zu Hügeln aufgeschoben.

Die Tafel zog sich entlang der Südostwand, wo die Fenster etwas größer waren als an der anderen Seite. Deswegen hingen hier auch weniger Kellen, Töpfe, Spinnräder und Gestecke aus getrockneten Blumen. Manches davon mochte im Gebrauch sein, meist handelte es sich aber um Weihegeschenke an die Göttin von Heim und Herd. Obwohl es Phileasson immer aufs Meer hinausgezogen hatte, verstand er, was die Menschen in Travias Haus fanden. Auch er wollte sich der Geborgenheit nicht verschließen, die von der Tischgemeinschaft ausging, als handelte es sich um eine über Generationen gewachsene Familie. Ein Blick in Shayas glückliches Gesicht bestätigte, dass es jetzt und hier weder Sorge noch Gefahr gab.

Phileasson setzte sich zu seinen Leuten auf den Platz, den Irulla frei gemacht hatte, und riss ein Stück aus dem warmen Brot. Ragnor reichte ihm den Krug mit Ziegenmilch. Wenn die Tatsache, dass er beinahe ertrunken wäre, ihm noch nachhing, überspielte er das gut. Er prahlte schon wieder damit, Eisenstangen mit bloßen Händen verbiegen zu können. Allein Salarin mied er, seit sie in Olport waren. Er suchte wohl noch nach den rechten Worten, sich für seine Rettung zu bedanken.

»Noch ein Lied!«, forderte Bruder Rorlif. »Oder sind die Recken des Foggwulfs heiser?«

Phileassons Mannschaft belegte den Großteil der Tafel. Nur Salarin hatte Shayas Einladung ausgeschlagen. Der Elf war fasziniert vom heiligen Eiskristall in der Grimfirn-Halla, in der er seit dem gestrigen Sonnenaufgang meditierte.

Vorschläge für den nächsten Gesang flogen hin und her, als sich die Tür öffnete und ein kalter Windstoß in den Tempel fuhr. Ein Erwachsener und ein Kind kamen herein. Das Mädchen, das die *Seeadler* erwartet hatte, und sein Beschützer.

»Travia zum Gruße.« Der Mann schlug seine Kapuze zurück und stellte einen gut gefüllten Sack an die Wand. Allerlei Beulen verrieten, dass er ein buntes Sammelsurium enthielt.

»Seid willkommen an unserem Tisch«, lud Bruder Rorlif die beiden ein.

Einige Gäste, die nicht zu Phileassons Mannschaft gehörten, murmelten unbehaglich und berührten das Eisen ihrer Messer, um Böses abzuwenden. Auf den Boden des Tempels zu spucken wäre ungebührlich gewesen. Man rückte eng zusammen, um Abstand zu den Neuankömmlingen zu halten.

Rorlif stellte dampfende Teller auf den Tisch, während die beiden ihre Umhänge ablegten. Er blickte zu dem Sack. »Wenn ich nicht irre, braucht ihr eine Unterkunft?«

»Kannst du langsamer sprechen?«, bat der Mann in gebrochenem Thorwalsch. Als er die Handschuhe abzog, bemerkte Phileasson, dass der kleine Finger der linken Hand fehlte.

Rorlif wechselte ins Garethi. »Werdet ihr bei uns übernachten?«

»Wir wollen niemandem zur Last fallen«, sagte er.

»Dann geht dorthin, woher ihr gekommen seid«, murmelte einer der Gäste und lachte in seinen Teller.

Rorlif strich dem Mädchen über das brünette Haar. »Irgendwo müsst ihr schlafen.«

»In der Herberge sind wir nicht länger willkommen«, erklärte der Mann zerknirscht. »Aber auch eure Gäste könnten Anstoß an uns nehmen.«

Rorlif hob die Stimme. »Wer Travias Gebote achtet, ist unter diesem Dach willkommen.« Leiser fuhr er fort: »Wenn ihr auf den Straßen schlaft, könnt ihr leicht erfrieren.«

Zweifelnd sah der Mann das Mädchen an, nickte dann aber. »Lasst uns ein wenig essen, dann werde ich mich sogleich wieder auf die Suche nach einem Nachtquartier machen. Wenn uns niemand aufnehmen will, komme ich gern auf dein Angebot zurück, Bruder.«

»Erlaube mir, die Schande zu mildern, die das Verweigern der Gastfreundschaft auf Olport lädt, Bruder.«

Phileasson horchte auf. »Bruder« war nicht nur ein Rang innerhalb der Traviakirche, sondern auch eine Anrede, die man allgemein für einen Geweihten der Zwölfgötter gebrauchte. Handelte es sich bei dem Fremden um einen solchen?

An der grauen Kleidung war nichts zu erkennen, was auf einen Kleriker hätte schließen lassen. Sie war für lange Reisen ausgelegt, bei näherem Hinsehen vielleicht sogar von besonderer Güte. Die Nähte saßen sauber, die Wattierung war in kleinen Quadraten aufwendig ausgeführt. Das Mädchen trug jetzt nicht das südländische Gewand, mit dem es sie im Hagel erwartet hatte, sondern ebenfalls Reisekleidung. Sie mochte vom gleichen Schneider stammen.

Phileasson nahm seinen Teller und setzte sich zu den beiden. »Seid ihr Vater und Tochter?«, fragte er.

Der Mann sah auf. Er mochte die fünfzig überschritten haben, war also etwa in Ohm Follkers Alter. Seine braunen Augen huschten über Phileassons Gesicht, als läse er darin. »Leomara ist meine Nichte«, sagte er dann. »Und Ihr seid der Foggwulf.« Er benutzte die höfliche Anrede, die das Garethi im Gegensatz zum Thorwalsch kannte.

Phileasson streckte die Hand über den Tisch. »Es freut mich, Eure Bekanntschaft zu machen …?«

Der Mann schlug ein. Sein Händedruck war so weich, dass er wohl weit weniger Zeit in der Wildnis verbracht hatte, als seine Kleidung vermuten ließ. »Vascal della Rescati, wenn es Euch beliebt. Ich bin geehrt, den berühmtesten Entdecker Thorwals kennenzulernen.«

Phileasson grinste. »Bald noch berühmter, will ich hoffen. Ich werde Aventurien umrunden.«

»Davon hörte ich.«

»Wir fahren ins Land der Schneeschrate, um einen zweizahnigen Kopfschwänzler zu fangen.«

»Was ist ein Kopfschwänzler, Onkel Vascal?«, fragte Leomara.

Der Stimme des Mädchens fehlte die dunkle Tönung, über die sich Phileasson so gewundert hatte. Die Härchen an seinem Nacken stellten sich auf. Hatte tatsächlich ein Geist aus ihr gesprochen? Unauffällig berührte Phileasson seine Messerklinge.

»Ein zweizahniger Kopfschwänzler ist ein Mammut«, erklärte Vascal. »Die großen, bepelzten Tiere, die wir an der Quelle des Bodir gesehen haben.«

Phileassons Blick wanderte ungläubig zwischen dem Mann und dem Mädchen. »Ihr wart mit einem Kind im Orkland?«

»Nur auf der Durchreise.«

»Aber doch nicht allein?«

»Wir können auf uns aufpassen.«

Wieder erhob sich Gemurmel am Tisch. »Wahrscheinlich haben sie Freunde unter den Orks. Die wilden Stämme tanzen doch auch für die Dämonen.«

Phileasson schüttelte den Kopf. Das ging ihn nichts an. »Jedenfalls werden wir für Garhelt einen Kopfschwänzler fangen und …«

»Warum nennt er ein Mammut Kopfschwänzler, Onkel?«

»Wegen des Rüssels. Der sieht so ähnlich aus wie ein Schwanz, der vom Kopf hängt.«

»Aber das ist doch kein Schwanz!«

»Nein, und ein Mammut hat auch mehr als zwei Zähne. Die anderen ragen aber nicht aus dem Maul.«

Phileasson runzelte die Stirn. »Ein zweizahniger Kopfschwänzler ist kein einfaches Mammut!«

»Was ist er denn sonst?«, fragte Vascal ruhig.

»Nun …« Phileasson überlegte.

»Ich habe von Eurer Wettfahrt gehört.« Vascal griff nach dem Brot auf dem Tisch.

Deutlich sah Phileasson den Stumpf an der linken Hand des Mannes. Die Verletzung, die ihn seinen kleinen Finger gekostet hatte, war gut verheilt. Es war blasses, altes Narbengewebe.

»Ich habe nicht verstanden, warum Ihr bis zur Insel der Schneeschrate fahrt, um ein Mammut zu fangen«, fuhr Vascal fort. »Wieso holt Ihr Euch keins im Gjalskerland? Das wäre viel näher und weniger gefährlich. Jedenfalls, was das Eis angeht.«

»Ich fürchte mich nicht so leicht«, knurrte Phileasson.

»Mutig ist, wer sich der Gefahr stellt, um das Notwendige zu tun. Doch wie nennt man den, der sich unnötig in Gefahr begibt?«

»Wir müssen den Kopfschwänzler im Land der Schneeschrate fangen.«

»Wieso?«, fragte Leomara unschuldig.

»Weil das die Aufgabe ist, die die Oberste Hetfrau uns gestellt hat.«

»Aber ihr könntet doch viel leichter ein Mammut bekommen.«

Wieder streichelte Vascal Leomaras Hinterkopf. »Bei dieser Aufgabe scheint es nicht darum zu gehen, ein Tier zu fangen, sondern darum, besondere Schwierigkeiten zu überwinden.«

»Das wohl!«, stimmte Phileasson zu. »Ich muss beweisen, dass ich der König der Meere bin.«

Diejenigen aus seiner Ottajasko, die Garethi verstanden, pochten beifällig mit ihren Bechern auf den Tisch.

Es war Zeit für den Eintopf. Die Gäste stellten sich mit ihren Tellern an, während zwei von ihnen mit Kellen das Essen aus den Kesseln schöpften. Als Vascals Ärmel hochrutschte, erspähte Phileasson einen silbernen Schlangenreif.

»Warum habt Ihr solchen Streit mit den Olportern?«, fragte er, als sie sich wieder setzten.

»Es begann mit einem Seher«, berichtete Vascal. »Er weissagte einen Jagdunfall, aber für die falsche Nacht. Die Jäger blieben zu Hause. Als es dann geschah, wusste Leomara, wo man den Verwundeten fände. Der Seher war nicht glücklich, dass ihn alle verspotteten. Er behauptet, Leomara sei mit Geistern im Bunde, die ihn erst getäuscht hatten und dann den Ast abbrachen, als der Jäger darunterstand.«

»Stimmt das?«, fragte Phileasson.

Natürlich hätte Vascal gelogen, wenn an der Sache etwas dran gewesen wäre. Phileasson beobachtete sein Gesicht genau. Er war gut darin, Lügner zu erkennen.

»Die Schneelast war zu schwer für den Ast und der Wind zu stark«, sagte Vascal.

»Geister können Schnee und Wind schicken!«, widersprach ein Olporter und zog geräuschvoll den Rotz seine krumme Nase hinauf.

»Wohl wahr«, erwiderte Vascal. »Aber wenn es Geister waren, dann keine, die Leomara gerufen hätte.«

»Wieso bist du dir da sicher?« Der Mann stand auf. Eine Narbe leuchtete weiß auf seiner Stirn. »Vielleicht haben die Geister dieses Kindes auch deinen Verstand verwirrt?«

»Ich kenne Leomara seit ihrer Geburt.« Vascal sprach mit ruhiger Stimme, aber in seinen Augen loderte unterdrückter Zorn. »Der Fluch ihrer Gabe sind Menschen, nicht Geister. Menschen wie euer Seher, die nicht verstehen wollen. Oder solche, die zu sehr nach Wissen gieren und denen gleich ist, dass Leomara das Recht hat, ein Kind zu sein. Keine Kuriosität, die man herumzeigt.«

»Das höre ich mir nicht länger an!« Die Faust des Olporters krachte auf den Tisch.

Langsam stand Phileasson auf. »Hast du ein Problem?«, fragte er.

»Die ganze Stadt hat ein Problem, solange dieses Blag hier ist! Ich hoffe, die beiden verschwinden bald, sonst werfe ich sie von den Klippen!«

Er griff seinen Umhang und stapfte hinaus.

»Zeit für den Abwasch!«, rief Shaya mit bemühter Unbeschwertheit. Sie teilte die anstehenden Pflichten unter den Gästen auf. Während sich Phileasson am Spülstein wiederfand, durfte Leomara den Gänsen die Essensreste bringen. Vascal räumte das saubere Geschirr ein.

Als die Hausarbeit erledigt war, verabschiedeten sich die meisten Gäste. Einige aus der Mannschaft wollten sich an den Waffen üben, andere zog es zu den Freunden, die sie in Olport hatten, zur

Seeadler oder in den Zuber, dessen Wasser wieder aufgewärmt wurde.

Phileasson hielt Vascal zurück. »Ich habe mich noch bei Euch zu bedanken. Ohne Euch wäre mein Mann ertrunken.«

»Das ist nicht mein Verdienst.«

»Ihr habt recht.« Er ging in die Hocke, damit er auf Leomaras Augenhöhe war. »Scher dich nicht darum, wenn dumme Leute dich verurteilen. Du hast uns sehr geholfen. Wir stehen in deiner Schuld.«

»Meint Ihr das ernst, Asleif Phileasson?«, fragte Vascal.

Unsicher sah er hoch in das Gesicht mit dem spitzen Oberlippenbart. In diesem Moment erschien ihm der Mann fremdländischer als zuvor. Es lag nicht an seiner dunklen Haut, dem schwarzen Haar, den weichen Zügen oder dem Geruch des Duftwassers. Sein Blick hatte etwas Berechnendes, aber nicht wie bei jemandem, der einfach nur auf seinen Vorteil bedacht war. Er ähnelte eher dem eines bornländischen Kaufmannes, der gleich mehrere Rechenschieber bediente, um eine komplizierte Kalkulation anzustellen.

»Ich stehe zu meinem Wort«, sagte Phileasson vorsichtig.

»Ihr könnt Eure Schuld abtragen, Kapitän. Nehmt uns mit.«

Phileasson lachte auf. »Ein Kind und eine Landratte?«

»Glaubt Ihr, Euch werden Segelkünste nützen, wenn Ihr Aventurien umrunden wollt?«

Stirnrunzelnd richtete sich Phileasson auf. Tatsächlich war auch ihm der Gedanke gekommen, dass sich die Reise nicht gänzlich mit dem Schiff bewältigen ließ, wenn Garhelt die Aufgabe wörtlich verstand. Zwischen Ifirns Ozean und der Tobrischen See lagen mehr als fünfhundert Meilen trockenes Land.

»In Thorwal habe ich die Fähigsten unter jenen ausgesucht, die mich begleiten wollten«, sagte Phileasson.

»Die Fähigsten – für was? Kennt Ihr schon die Aufgaben, die vor Euch liegen?«

»Wenn wir das Mammut ... den zweizahnigen Kopfschwänzler haben, geht es zum Himmelsturm.«

»Per Schiff? Wie dick darf das Eis sein, damit Eure *Seeadler* es noch brechen kann?«

Phileasson hasste es, wenn man die Fähigkeiten seines Drachen in Zweifel zog. Er knirschte mit den Zähnen. »Es gibt andere Möglichkeiten, im hohen Norden zu reisen.«

»Das hörte ich auch. Die genaue Position des Himmelsturms ist mir jedoch unbekannt. Kennt Ihr sie?«

»Wäre der Himmelsturm nur ein Märchen, würde Garhelt uns nicht aussenden, sein Geheimnis zu erkunden.«

»Und danach?«

»In Riva werden wir erfahren, wie es weitergeht.«

»Und Ihr wisst bereits jetzt, dass Eure Mannschaft die beste für die Aufgaben ist, die Ihr noch nicht kennt?«

»Ihr verdreht die Worte wie ein Händler auf einem tulamidischen Basar.«

»Verzeiht. Die Kunst des Disputes begleitet mich seit Jahrzehnten.«

Phileasson zeigte auf den Ärmel, unter dem er das Schlangenarmband wusste. »Ihr dient Hesinde, der Göttin der Weisheit?«

»Ich folge dem Pfad ihres Sohnes.«

»Nandus also.«

Vascal nickte.

Phileasson wusste wenig über die Gefolgsleute des Halbgottes. Letztes Jahr war wohl einer bei den Hesindedisputen in der Thorwaler Akademie aufgetaucht. Er hatte die Mittelländer erzürnt, weil er von der zufälligen Verteilung des Verstandes auf die Menschen aller Stände gesprochen hatte, die daher auch gleichen

Anteil an allen Entscheidungen und letztlich der Herrschaft haben sollten. Phileasson erinnerte sich an zwei Philosophen, die sich erst lautstark empört, dann aber bis zum Verlust ihrer Muttersprache betrunken hatten.

»Man sagt, Nandus' Jünger seien unübertroffen darin, Rätsel zu lösen.«

Die Spitzen von Vascals gewachstem Schnurrbart zuckten, als er lächelte. »Wir versuchen uns gern daran.«

»Im Lieblichen Feld grasen keine Mammute.«

»Nein, meine Heimat ist zu warm für solche Tiere.«

»Und doch wisst Ihr über sie Bescheid.«

»Es gibt viele Bibliotheken in unseren Städten.«

»Ich weiß nicht, ob Ihr Bücher finden werdet, wohin wir gehen. Wisst Ihr Euch auch ohne Bibliotheken zu helfen?«

»Wir haben das Orkland überlebt … Und zumindest erwartet uns das Rätsel des Himmelsturms. Sagtet Ihr nicht, Ihr müsstet es lösen, um König der Meere zu werden?«

Nachdenklich strich sich Phileasson über den Bart. »Vielleicht könnte ich Euch tatsächlich gebrauchen, Vascal della Rescati. Aber für das Kind ist es zu gefährlich.«

»Gefährlicher, als von einer Klippe geworfen zu werden?«, fragte Vascal traurig. Zweifelnd betrachtete Phileasson das Mädchen.

»Ich hätte Leomara nicht in die Wildnis geführt, wenn die Zivilisation sicher für sie wäre«, flüsterte Vascal. »Mit fünf Jahren hat sie einen Magier enttarnt, der sich auf einen Maskenball bei meiner Schwester geschlichen hat. Seitdem wurde sie von Akademie zu Akademie gereicht. Die Zauberkundigen wollten sie sogar ihrer Mutter abkaufen.«

Leomara schmiegte sich an Vascals Bein.

»Aber ihre Eltern waren zu stolz, um auf den Status zu verzichten, den Leomara ihnen einbrachte.« Bitterkeit lag in Vascals

Stimme. »Sie haben nicht begriffen, dass kein Kind vergisst, was man ihm antut, auch wenn es darüber schweigt. Sie wollten nicht auf mich hören. Die Musik der Bälle und das Geplauder auf den Empfängen haben ihre Eltern taub gemacht.«

Leomaras Augen waren blau wie ein wolkenloser Himmel.

»Könnt Ihr ausschließen, dass diese Magier einen bösen Geist in sie hineingehext haben?«, fragte Phileasson.

»Leomara ist ein Medium. Ein Fenster in die Welt der Geister und der anderen Wirklichkeiten. Sie spürt Dinge, für die wir keine Sinne haben.«

Phileasson dachte an Salarin Trauerweide. Auch der Elf nahm die Welt anders wahr als ein Mensch. Er hatte gezögert, ihn an Bord zu nehmen, aber seine Andersartigkeit war letztlich ein Vorteil für die Ottajasko.

»Ich hoffe, ich werde es nicht bereuen«, murmelte Phileasson. »Ihr dürft auf meinem Schiff fahren, aber Ihr werdet rudern wie jeder andere.«

»Du. Wenn ich recht informiert bin, verzichten Thorwaler auf eine formale Anrede.«

Phileasson grinste. Das gefiel ihm. »Ihr kommt mit, bis wir den Kopfschwänzler haben. Zum Himmelsturm wird mich ohnehin nur eine kleine Gruppe begleiten. Ich werde sehen, wie du dich machst, und dann entscheiden.«

»So soll es sein. Aber ich kann Leomara nicht allein lassen. Wenn du willst, dass ich im Himmelsturm Rätsel für dich löse, musst du auch sie mitnehmen.«

Sie reichten sich die Hände. Leomara legte die ihre darauf, als wollte sie einen Schwur bezeugen.

Olport,
vierzehnter Tag im Grimfrostmond

»Warum ich?«

»Mutter Cunia weiß, dass du stark genug für diese Aufgabe bist.«

Shaya Lifgundsdottir erschrak, weil Bruder Rorlifs Antwort bewies, dass sie ihre Frage laut ausgesprochen hatte.

Die Kiste mit ihren Sachen stand neben der Tür des Traviatempels, fest verschlossen mit zwei Riemen. Reisefertig. Darauf lag der Beutel, aus dem der Duft des Nussbrotes stieg, das über Nacht am Rand der Kohlerinne durchgebacken war.

Shaya legte den Kopf in den Nacken und blinzelte die Tränen weg. Sie wollte nicht weinen. Wenn Mutter Cunia sie auf diese Reise schickte, dann konnte sie nichts Schlechtes sein. Die oberste Traviageweihte Thorwals war streng, aber sie liebte Shaya und Lenya.

Das Holpern und Knarren eines Fuhrwerkes drang von der Straße herein. »Sie kommen.«

Rorlif half ihr, die Reisekiste aufzunehmen. »Sie brauchen dich.«

Shaya stutzte. Der kurze Satz berührte etwas in ihrem Innern. Natürlich war sie die Schiedsrichterin des Wettkampfes, hatte die Regeln zu überwachen und musste beobachten, wie die Aufgaben gelöst würden. War es möglich, dass sie darüber hinaus wichtig für diese Gruppe rauer Seeleute und Abenteurer war?

Sie wollte Rorlif fragen, wie er seine Aussage gemeint hatte, aber da klopfte es schon an der Tür.

Sie öffneten.

Die Schiffsgemeinschaft hatte verteilt in verschiedenen Ottaskins geschlafen. Wessen Seekiste noch nicht in einem der

Schuppen am Hafen stand, der hatte sie auf den Ochsenkarren geladen. Phileasson hielt ein aus Knochen geschnitztes Modell der *Seeadler* im Arm, als wiege er einen Säugling. Shaya, Leomara und Vascal wurden als Letzte eingesammelt, weil sich der Traviatempel nahe am Jurgaplatz befand.

Rorlif half ihr, das Gepäck auf den Karren zu wuchten. Er blieb im orangeroten Viereck der geöffneten Tür zurück und winkte ihr nach. Die Eiseskälte ließ Shaya frösteln. Sie atmete Wolken in die Nachtluft, als sei sie ein Dampfkessel.

Der Himmel war ein schwarzes Tuch, auf dem die Sterne wie Schneeflocken leuchteten. Vom Mond war nur noch ein schmaler Bogen zu sehen, wie der Bogen eines silbernen Tors, hinter dem nichts als Dunkelheit wartete.

Phileasson führte die Mannschaft zwischen den Häusern auf den Platz, der im Norden und Osten mit einem Kiesstrand ins Wasser abfiel. Die *Seeadler* lag wieder dort, wo sie nach dem Sturm angelandet war. Tjorne hielt bei dem Schiff Wache. Als er sie bemerkte, stand er auf und streckte seine Glieder.

Stumm luden sie die Kisten, die ihnen auch als Sitzplätze dienten, in das Schiff. Ein Geweihter des Swafnir kam zu ihnen, sprach aber kein Wort. Die Wellen plätscherten auf den Strand, und Eis schimmerte, wo das Wasser zwischen dem Kies zurückblieb.

Phileasson wandte sich dem Swafnirtempel zu. Wegen seiner ungewöhnlichen Form erschien der zehn Schritt hohe Kalksteinbau im trügerischen Sternenlicht wie ein Pottwal, der an der Südseite des Jurgaplatzes lag.

Die Mannschaft stellte sich hinter ihrem Kapitän auf, der jetzt wieder das Miniaturschiff trug. Vascal band sich ein Stirnband um, das ein Einhorn als Stickerei zierte.

»Wir sind noch nicht vollzählig«, wagte Shaya zu flüstern. Die ersten Worte, die in dieser Nacht in der Gemeinschaft gesprochen wurden.

»Wigdulf, Sloki und Rogdyr werden nicht kommen«, gab Phileasson finster zurück.

Verständnislos sah sich Shaya um, als sich die Gefährten bereits in Bewegung setzten.

Ohm Follker beugte sich zu ihr herunter. »Sturm und Härte legen das Herz bloß«, flüsterte er. »Dann sieht man, ob Mut oder Feigheit darin wohnt.«

»Sie sind fortgelaufen?«, fragte Shaya.

»Was sie in der Wildnis gebrauchen können, fehlt in ihren Seekisten. Vielleicht verkriechen sie sich auch in irgendeinem Langhaus, bis wir fort sind. Der Foggwulf hat entschieden, dass sie nicht wert sind, dass wir sie suchen.«

»Sie werden sterben«, sagte Irulla, obwohl sie Ohms Flüstern kaum gehört haben konnte.

Verwirrt schloss sich Shaya den anderen an. Nur der Swafnirgeweihte blieb zurück, um ein Auge auf die *Seeadler* zu haben.

Der Weg zum Tempeltor führte über eine Zugbrücke, die man erst erreichte, wenn man im Schatten eines überhängenden Gebäudeteils stand. Der Eingang glich dem aufgerissenen Maul eines Wals. Innen erstreckte sich eine gewaltige Halla, die mehreren Hundert Gläubigen Platz geboten hätte. Jetzt stand jedoch nur ein Geweihter neben einem Springbrunnen, dessen schillernde Wassersäule an einen blasenden Wal erinnerte.

Der Mann trug einen schweren, blauschwarzen Pelzmantel. Das grünblaue Licht der in die Wand eingelassenen Efferdfeuer spiegelte sich auf seinem Silberhelm, der die Form eines Delfinkopfs nachahmte.

Da Shaya noch nie in Aventuriens bedeutendstem Swafnirtempel gewesen war, erschrak sie, als sie den gewaltigen Schädel sah, der hier unter der Decke hing. Er maß gut und gern fünfzehn Schritt, also etwa so viel wie ein kleines Langschiff. Der Unterkiefer fehlte, von oben ragten monströse Zähne herab.

»Eine Seeschlange«, flüsterte Ohm ihr zu. »Solche Bestien bezwingt der Gottwal in den Tiefen des Meeres, aber diese hat Jurga selbst erschlagen.«

Shaya scheiterte bei dem Versuch, sich die Größe des gesamten Tieres vorzustellen.

»Warum bist du gekommen, Foggwulf?«, fragte der Geweihte.

»Um Swafnir zu sagen, dass wir keine Furcht vor den Schrecken der Meere haben. Dass Sturm und Wellen unseren Mut nicht erschüttern, und dass wir uns auf die Gefahren freuen, die uns erwarten, denn in ihnen werden wir uns beweisen.«

»Wohl gesprochen!« Der Geweihte nickte. »Und was bringst du dem Gottwal?«

»Ein Bildnis der *Seeadler*, damit er weiß, auf welchem Drachen seine tapfersten Kinder reisen.«

Phileasson hielt das beinerne Schiff hoch. Dann zog er sein Wurfbeil, ritzte mit der Schneide seinen Arm und ließ einige Blutstropfen in das Modell fallen, bevor er es an Irulla weiterreichte.

Die Spinne auf dem Kopf der Waldmenschenfrau leuchtete in frischem Weiß. Als sie sich über das Knochenschiff beugte, sah es aus, als ob sich die Zeichnung bewegte.

Einer nach dem anderen fügten sich die Gefährten oberflächliche Schnitte zu und opferten Tropfen von ihrem Blut. Sogar Salarin beteiligte sich so selbstverständlich, als hätte er von Kindesbeinen an den Sagas über Swafnirs Kampf gegen die finstere Seeschlange Hranngar gelauscht.

Vascal setzte den Schnitt an Leomaras dünnem Ärmchen. Am Ende erreichte das Schiff auch Shaya.

Niemand hätte sie angeklagt, wenn sie es einfach an den Geweihten weitergegeben hätte. Sie war die Schiedsrichterin.

Shaya dachte an Rorlifs Worte. Brauchte die Schiffsgemeinschaft sie wirklich? War sie der weiche Kern, ohne den die harte Schale dieser Männer und Frauen verdorrte?

War sie nur dabei, oder war sie ein Teil dieser Ottajasko?

Tief atmete sie durch, dann streckte sie fordernd die Hand nach Phileassons Wurfbeil aus.

Die Klinge war so scharf, dass sie den Schnitt kaum spürte. Sie hatte sogar zu tief durchgezogen, ein dünner Strahl gluckerte in das Blut, das sich bereits in dem Schiff befand. Sie presste ihren Ärmel auf die Wunde, um die Blutung zu stoppen.

»Möge Swafnir euch im Sturm und auf den Wogen beschützen, solange sein Leib durch die dunklen Tiefen zieht«, betete der Geweihte mit der Opfergabe in den Händen.

Einige Gefährten traten vor und legten Haifischzähne und andere kleine Gegenstände neben dem Springbrunnen ab.

Als sie den Tempel verließen, dampfte das Blut in der kalten Luft. Über den Hügeln im Osten zeigte sich die fahle Helligkeit des heraufdämmernden Tages. Der Kies knirschte unter ihren Füßen, und der Rauch der Torffeuer, die die Nacht hindurch gebrannt hatten, lag in jedem Atemzug.

Der Geweihte tauchte die Finger in das Blut der Ottajasko und bestrich damit die Planken am Bug. Der runenverzierte Drachenkopf starrte durch seine dreiäugige Maske auf die Gefährten herab. Nur wenige Zuschauer beobachteten das Geschehen aus respektvollem Abstand.

Gemeinsam schoben sie die *Seeadler* ins Wasser. Die Planken knarrten, als wollten sie jubeln.

Auf See an der Mündung des Golfs von Riva, achtzehnter Tag im Grimfrostmond

Es war die erste Nacht, in der sie die *Seeadler* nicht an Land zogen. Zwischen Nordaport und der Arjolfsspitze drückte ein beständiger Westwind den Drachen über die ruhige See, wo sich das Wasser des Golfs von Riva mit Ifirns Ozean mischte. Der Großteil der Ottajasko drängte sich halb liegend und halb sitzend, eingerollt in Felle und Decken, zwischen den Kisten mit ihren Habseligkeiten und suchte Schlaf. Shayas leises Schnarchen kündete davon, dass die kleinwüchsige Geweihte in Borons sanfte Arme gefunden hatte.

Vier Recken hielten Ausschau nach Eisbrocken, die bei sternklarem Himmel gut zu erkennen waren. Wenn sie dem Schiff zu nahe kamen, benutzten sie die Riemen als Staken und drückten sie so auf Abstand. Manchmal gelang das nur zu zweit, sodass man zwischen den Schlafenden die Position wechseln musste und diese dabei weckte. Unwilliges Grummeln war dann die Reaktion.

Asleif Phileasson hockte im Bug und lauschte, wie die Wellen gegen die Planken schlugen und die gefrorenen Seile der Takelage knirschten. Land war nirgendwo zu sehen, ringsherum spannte sich das Sternengewölbe über dem leicht gebogenen Horizont. Der Atem der Besatzung stieg über dem Schiff empor wie dünner Rauch.

Irgendwo dort draußen war Beorn der Blender. Wahrscheinlich schlief auch er jetzt. Er konnte es sich erlauben, der Aufenthalt in Olport hatte Phileasson fünf Tage gekostet.

Ob Beorn wohl auch quer über die Mündung des Golfs abgekürzt hatte? Oder hatte er den längeren, sichereren Weg entlang der Küste gewählt? In letzterem Fall könnte Phileasson drei Tage aufholen, wenn er die Arjolfsspitze nicht verfehlte. Jenseits dieses Kaps begann für die Eismeerfahrer erst der Norden.

Aufmerksam beobachtete Phileasson die Sternbilder. Der Eisbär regierte diesen Mond. Er stand für Firun, den Wintergott, nach dem die Mittelreicher den Grimfrostmond benannten. Der Losstern war der wichtigste von allen, verharrte er doch zuverlässig im Norden und erlaubte so sichere Orientierung. Zwischen ihm und dem Eisbär, beinahe lotrecht über dem Mast, schimmerten die vier blassen Sterne des Ogerkreuzes.

Es begann wie ein Blitz, der viel zu langsam und quer statt senkrecht über den Nordhimmel kroch. Dann fiel das Licht gleich einem bunten Vorhang heraus, gelb und grün und blau. Lautlos, als gehöre es nicht zu dieser Welt.

Heute Nacht erschien ihm das verwunschene Nordlicht wie das Funkeln im bösen Auge der Schlange Hranngar, die zornig auf die *Seeadler* hinabstarrte. Phileasson spie aus, zog trotzig sein Breitschwert ein Stück aus der Scheide und fasste an die Klinge. Sofort klebte die Haut am Eisen fest. Er würde die anderen darauf aufmerksam machen, dass die Berührung von Metall bei der Kälte, der sie entgegenfuhren, ernste Verletzungen nach sich ziehen konnte.

Überhaupt, die Kälte. An Bord konnten sie kein Feuer machen, und ihre Kleidung war feucht von Schweiß und Spritzwasser. Seine Recken würden der Witterung sicher trotzen, doch was hatten Shaya, Salarin oder Leomara ihr entgegenzusetzen? Die Geweihte und das Mädchen lagen eng beieinander und wärmten sich gegenseitig, aber reichte das aus? Sie bräuchten noch wenigstens fünf Tage bis zur Insel der Schneeschrate und den Versorgungsschiffen. Eher länger.

Das Nordlicht war jetzt beinahe taghell. Die wechselnden Farben bewegten sich wie ein Vorhang, an dem der Wind zupfte. Ohm Follker erwachte und setzte sich auf, auch wenn er sich nicht entschließen konnte, die Decken abzulegen. »Efferds Sturmkinder spielen«, flüsterte der Skalde.

»Gibt es nicht auch eine Saga darüber, dass die Toten uns mit solchen Zeichen vor Unglück warnen?«

Ohm sah ihn an. Ein Teil des Atems war in seinem Bart gefroren. »Kennst du jemanden, der in diesem Gewässer gestorben ist, Foggwulf?«

Phileasson schüttelte den Kopf. »Nein.«

»Warum sollte dich dann jemand hier warnen?«

»Vielleicht meinen sie einen anderen auf diesem Schiff.«

Ohm ordnete die Decken und zog sie fester um die Schultern. Das gefrorene Spritzwasser darin knackte, als es brach. »Wenn das der Weg in den Tod ist, dann ist er wunderschön.«

Phileasson sah zu, wie einige der Leuchtbänder erloschen und an anderer Stelle neue erschienen. Mehrere waren verbunden, wie beim Delta eines Flusses, andere drehten sich in einem lautlosen Tanz.

»Warum fahren wir aus, wenn nicht, um so etwas zu sehen?«, fragte Phileasson.

»Und um darüber eine Saga zu dichten.« Ohm schob die Hände unter der Decke hervor und griff nach seiner Leier. Obwohl er das Instrument nicht aus der Lederhülle nahm, glitten seine Finger darüber, als würden sie die Saiten zupfen.

Phileasson ermahnte sich, die Sternbilder im Auge zu behalten, aber Tjorne, der am Ruder stand, kannte seine Pflicht. Sie hielten Kurs Nordost, was sie zur Arjolfsspitze bringen würde.

Als die Nordlichter verblassten, hörte Phileasson ein Schnauben draußen auf der dunklen See. Er drehte sich herum.

Er spähte in die Finsternis. Ein weiteres Schnauben erklang. Vierzig Schritt steuerbord voraus stieg eine Fontäne aus einem dunklen Hügel.

Ohm legte jetzt doch die Decke ab und stand auf. »Swafnir ist mit uns«, flüsterte er. »Unser Opfer hat ihm gefallen.«

Es war eine ganze Schule von Walen, wenigstens zehn Tiere, deren gewaltige Buckel im Wasser trieben.

»Wacht auf!«, forderte Phileasson halblaut. »Unsere Reise ist gesegnet.«

Die Recken richteten sich auf und stießen sich gegenseitig an, bis alle beobachteten, wie die Wale um das Schiff herumschwammen, als sei die *Seeadler* Teil ihrer Herde. Phileasson hätte gern gehört, was Vascal seiner Nichte erklärte. Sicher wusste er ganz andere Dinge als jene, die die Sagas der Skalden über die Riesen der Meere berichteten. Aber der Nandusgeweihte war zu weit weg.

Phileasson lächelte beim Anblick der Seepocken und der Muscheln, die sich auf den Walen festgesetzt hatten. »Diese Kameraden hätten viele Geschichten zu erzählen.«

»Und nicht nur freudige«, meinte Ohm finster. Er zeigte auf eine abgebrochene Harpune, die in einem Buckel steckte.

Phileasson runzelte die Stirn.

»Wir sollten den Brand in die Hütten der Walschlächter tragen!«, rief Ragnor.

»Denen ist nichts heilig!«, stimmte Tjorne zu.

Auch Phileasson spürte Wut in sich aufsteigen. Sie befanden sich ziemlich genau nördlich von Enqui, woher die Jäger gekommen sein mochten. Er hatte viele kampferprobte Recken an Bord. Mit Sicherheit genug, um den Walfängern mit einem Überfall Respekt vor Wesen beizubringen, die erhabener waren als sie.

Seine Faust schloss sich um den elfenbeinernen Schwertgriff. Er wusste, dass die Mannschaft ihm begeistert folgen würde, wenn er Südkurs befähle.

Zähneknirschend sah er am Vordersteven vorbei nach Nordosten. Beorn war irgendwo dort draußen, vor ihm. Und er täte alles, um König der Meere zu werden.

Phileasson durfte nicht nachlassen. Er musste Kurs halten.

Ein Wal tauchte unter dem Schiff hindurch und brach an Backbord an die Oberfläche. Er blies, was die Besatzung in Sprühregen badete. Der gewaltige Leib wippte auf und nieder. Die Fluke ragte wie ein dunkles Segel auf.

Die riesige Schwanzflosse krachte auf die Wellen. Hätte die Fluke die *Seeadler* getroffen, wären die Eichenplanken unter der Wucht des Hiebes wie dünnes Eis zersplittert. So aber spritzte nur Wasser auf und traf Phileasson, als hätte ihm jemand einen Eimer ins Gesicht gekippt.

Das Gelächter seiner Mannschaft schallte in die Nacht hinaus.

Auf See in der Meerlunge,
zweiundzwanzigster Tag im Grimfrostmond

»Leicht steuerbord!« Asleif Phileasson stand im Bug der *Seeadler*, den linken Arm um den Vordersteven geschlungen, und spähte in den Nebel. »Langsamer! Kurs halten!«

Er fragte sich, ob Wasserdampf diesen Dunst formte, oder ob er aus feinen Eissplittern bestand. Bei solcher Kälte musste alles gefrieren, was weniger Salz beinhaltete als eine gut gewürzte Suppe.

»Leichte Fahrt voraus!«

Die *Seeadler* konnte vierundvierzig Riemen ausbringen, aber jetzt waren nur sechs Positionen besetzt. Das reichte aus, um sich durch die nasskalten Schwaden voranzutasten, und auf diese

Weise schonten sie ihre Kräfte, indem sie sich in mehreren Schichten abwechselten. Wenn sich Phileasson umwandte, erkannte er noch nicht einmal, dass Eichward am Ruder stand. Der Hüne war nur eine dunkle Fläche in Grau und Weiß.

Das Segel hing eingerollt an der Rah. Sie hätten den Mast umlegen können, aber das hätte Platz im Rumpf gekostet.

Kleine Eisschollen trieben wie Fladenbrote auf dem Wasser. Wenn sie gegen das Schiff schlugen, hörte es sich an, als wollten sie klopfend die Festigkeit der Eichenplanken erforschen.

Vor vier Tagen, als sie in den Nebel gefahren waren, hatte die Mannschaft sie noch mit den Riemen auf Abstand gehalten. Inzwischen war das unmöglich. Man konnte die kleinen Schollen nicht mehr zählen. Manchmal trieben sie so dicht, dass man kein offenes Wasser mehr sah. Dann schob sich der Rumpf hindurch wie eine Hand, die sich in einen Haufen Silbermünzen wühlte.

»Wenn ein Schiff in solchem Nebel verloren geht, suchen die Seeleute vergeblich den Weg vor das Angesicht des Totengottes«, wisperte Ohm Follker. »Sie fahren immer weiter, und ihr Atem vergrößert das Nebelfeld.«

»Aber eine Leiche ist zu kalt für warmen Atem!«, protestierte Leomaras helle Stimme.

»Wenn sie auf ein anderes Schiff stoßen«, nahm Irulla den Faden auf, »dann bitten sie die Besatzung, ihnen den Weg aus dem Nebel hinaus zu zeigen. Wenn die Lebenden das nicht können, nehmen die Toten von ihrer Wärme, bis sie erfrieren. Deswegen ist der Atem der Leichen warm genug, um zu dampfen.«

Leomara klatschte in die Hände. »Das gefällt mir gut!«

Irulla und Ohm mühten sich seit einer knappen Woche, das Kind mit ihren Geschichten zu erschrecken. Noch nie hatte Phileasson die Spinnenfrau so gesprächig erlebt. Er vermutete allerdings, dass ihre Bemühungen bei einigen Besatzungsmitgliedern stärkere Wirkung entfalteten als bei dem kleinen Mädchen, das erstaunlich gut Thorwalsch sprach. Viel besser als sein Onkel, für den es die Geschichten auf Garethi nacherzählte. Dabei schmückte Leomara die Berichte mit Versatzstücken anderer Erzählungen aus. Beinahe immer kam ein Kapitän vor, der die Herzen alter Männer verspeiste. Vascal wusste, dass er bei dieser Stelle furchtsam aufstöhnen musste, um seine Nichte glücklich zu machen.

»Halt! Riemen hoch!«

Die Ruderer drückten die Griffstücke hinunter, sodass sich die Blätter aus dem Wasser hoben.

Phileasson hatte ein Geräusch gehört, das nicht hierher passte. Etwas anderes als das Plätschern der Wellen, das Knarren der Planken und das Klopfen der Eisschollen am Rumpf.

Vielleicht hatte sich in der Ferne ein weißer Berg gelöst. Als sie die Nebelzinnen noch im Blick gehabt hatten, war das oft geschehen. Die Gletscher kalbten.

Jetzt hatten sie seit einer halben Woche kein Land mehr erblickt. Tag und Nacht umgab sie Nebel. Einmal hatten sie den Drachen auf festes Eis gezogen, um auf Fellen und Decken außerhalb des Schiffes schlafen zu können, aneinandergedrängt, aber ausgestreckt, doch sie wussten nicht, wohin die Scholle getrieben war.

»Halt mich fest«, forderte Phileasson Tjorne auf.

Er beugte sich so weit über die Reling, dass er die Hand in das Wasser tauchen konnte. Arjolfs Aufzeichnungen zu den Strömungen dieses Gebietes waren die einzige Auskunft über Navigation im Eismeer, die Phileasson in Garhelts Kartothek gefunden hatte. Manche Nordfahrer behaupteten, die Richtungen änderten sich mit den Jahreszeiten, aber Phileasson glaubte, dass das Wasser zumindest grob nach Süden floss. Wie hätte das Eis sonst dorthin gelangen sollen, wenn es im Frühjahr von den durchgängigen Flächen brach?

Mehrfach war festes, undurchdringliches Eis vor ihrem Bug aufgetaucht, sodass sie hatten zurückrudern und einen Umweg finden müssen. Er fürchtete, dass sie längst vom Kurs abgekommen waren. Die Alternative zum Ausweichen bestand darin, einige angeseilte Gefährten mit Äxten auf das Eis hinauszuschicken und eine Rinne freizuschlagen. Eine Verzweiflungstat, der sich Phileasson nicht mehr lange würde verweigern können.

Er zog sich zurück ins Schiff. »Weiter langsame Fahrt! Kurs halten!«

Salarin nahm Gesgards Finger in seine Hände und sang leise eines dieser merkwürdigen, zweistimmigen Elfenlieder. Sie hatten die Mannschaft vor Erfrierungen bewahrt, wo Shayas Gebete und die dicke Kleidung nicht ausreichten.

Dunklere Schwaden mischten sich in den hellen Nebel. Phileasson fragte sich, woher sie wohl kamen. Brannte irgendwo ein Feuer? Vielleicht das Signallicht?

Er hoffte darauf, dass die Sonne für klare Sicht sorgen würde, aber offenbar fehlte ihr die Kraft dazu.

Er korrigierte die Richtung nach steuerbord, um einem Eisberg auszuweichen, der höher als der Mast aufragte. Der neue Kurs brachte sie jedoch zu nah an eine massive Scholle, groß wie der Hafen von Olport. Schließlich mussten sie erneut beidrehen.

»Fünf feste Schläge!«, befahl Phileasson. Dann zogen sie die Riemen ein und steuerten das Schiff knapp an der Scholle entlang, um Abstand zu dem vorbeitreibenden Eisberg zu wahren.

Der weiße Brocken drehte sich in einem langsamen Tanz um seine eigene Achse, was ihm eine unberechenbare Drift gab. Obwohl Ragnor und Tjorne ihre Riemen gegen ihn stemmten, kam er der *Seeadler* so nahe, dass die unter Wasser verborgenen Ausläufer des Berges unter dem Rumpf entlangkratzten. An Steuerbord wurde der Drache leicht angehoben. Drei Recken wechselten auf diese Seite, um mit ihrem Gewicht ein Kentern zu vermeiden.

Phileasson hielt den Atem an. Er wusste, mehr konnten sie nicht dagegen tun. Sein Schiff und seine Mannschaft waren dem Schicksal ausgeliefert. Für einen Moment schien es, als ob der Eisberg die *Seeadler* umwerfen würde.

Eine leichte Drehung des stummen Riesen ließ das Langboot zurück ins Wasser gleiten. Er verschwand im Nebel hinter dem Achtersteven.

Sie setzten die Fahrt fort.

»Habt ihr gesehen, wie sich der Berg gedreht hat?«, fragte Tjorne. »So etwas tun Eisberge nicht.«

»Offenbar weiß dieser Eisberg das nicht«, meinte Ohm.

Er erntete vereinzelte Lacher.

»Eisberge treiben mit der Strömung«, beharrte Tjorne. »Die zieht sie nach Süden, bis sie schmelzen. Es sei denn …«

»Was?«, fragte Tylstyr.

»Es sei denn, sie geraten in einen Strudel.« Er ließ den Gedanken wirken. »Habt ihr von der Flutkehle gehört? Sie öffnet und schließt sich wie ein Schlund. Wenn sie durstig ist, verschlingt sie Eisberge und alles andere, was auf dem Meer schwimmt.«

Ragnor verstaute seinen Riemen und spähte in den Nebel. »Bei Swafnir, ich kenne die Geschichten über die Flutkehle. Sie ist eine Riesin, die Efferd auf dem Meeresgrund in Ketten geschlagen hat.«

»Warum ertrinkt sie nicht?«, wollte Leomara wissen.

»Sie atmet wie ein Fisch. Efferd gab ihr Kiemen, damit sie auf immer leidet.«

»Und wieso ist sie durstig, wenn sie von Wasser umgeben ist?«

»Weil ein heißes Feuer in ihrem Bauch lodert. Sie kann es nicht löschen, aber sie versucht es immer wieder.«

»Ein Feuer wäre jetzt schön«, murmelte Shaya. Die Geschichte über die Riesin schien sie nicht zu berühren, doch Phileasson wusste es besser. Es gab etwas in der Meerlunge, das Schiffe verschlang. Sie sollten auf der Hut sein!

»Dieses Feuer ist nicht wie die Herdstelle in Travias Haus«, erklärte Tjorne, hörbar verärgert über Shayas Bemerkung. »Es will nicht wärmen, sondern verbrennen. Es verschmort den Leib der Riesin von innen.«

»Du redest zu viel«, murrte Ohm. »Das lockt die Geister an. Wenn wir still sind, mögen wir unentdeckt an ihren Schiffen vorbeitreiben.«

»Dafür haben Irulla und du aber viel geschwatzt.«

»Wir wollten nur, dass ihr vorbereitet seid.«

»Besser, man ist vorbereitet, wenn der Tod kommt«, bestätigte Irulla.

Phileasson fuhr herum. Da war tatsächlich ein Laut, der nicht hierhergehörte! Zu hell, zu … metallisch.

Ohm stellte sich neben ihn in den Bug. Gemeinsam lauschten sie in den Nebel hinaus.

»Ein Glockenschlag«, flüsterte Phileasson, als das Geräusch nochmals ertönte.

Ohm fasste an einen seiner vielen Dolche.

»Sagt man nicht, unter den Toten gäbe es Verräter, die die Lebenden warnen, bevor es zum Zusammenstoß kommt?«, fragte Ragnor.

Plötzlich kam Bewegung in die Besatzung, als sei eine kaiserliche Kogge auf Enterkurs zu ihnen gegangen. Schilde wurden hochgerissen, Äxte hervorgeholt. An der Backbordreling bildete sich eine so dichte Kampflinie, dass sich der Drache bedenklich zur Seite neigte.

»Ruhe bewahren!«, mahnte Phileasson.

Noch ein Glockenschlag, näher diesmal.

Phileasson holte seinen Helm, setze ihn auf und schnallte den Kinnriemen fest. Er spürte, wie die Angst an Bord kroch. Er musste die Entschlossenheit der Recken stärken, ihnen etwas Vertrautes inmitten der Ungewissheit des Nebels geben.

Sein Blick traf den von Ohm, der mit Schild und Axt in der Kampflinie stand. Entschlossen stimmte der Skalde ein Kampflied an.

»Als Hetmann Jarholfs Lust erwacht
auf Südlands prächtig goldnen Hort,
da hat er laut und lang gelacht,
zwölf Recken holt er sich an Bord!«

Die Ottajasko schlug die Waffen gegen ihre Schilde. Tjorne setzte den Aal, das einzige Geschütz der *Seeadler*, auf die Halterung an der Reling, während Ragnor die schweren Bolzen bereitlegte.

»Jarholf war ein schlauer Mann,
der wusste um so manchen Schatz
Ehre er im Kampf gewann
auf seiner Heerfahrt goldner Hatz!«

Wieder donnerten die Waffen auf die Schilde. Sie übertönten die Glocke draußen im Nebel. Sollten die Totenschiffe nur kommen, dachte Phileasson grimmig und sang noch lauter.

»Recke, schau auf Jarholfs Bild,
nimm dir Axt und Speer und Schild!
Tapfer für Gold und Swafnirs Freud
hat keinen je der Tod gereut!«

Phileasson legte seinem Freund eine Hand auf den Arm. Ohm verstand und hörte auf zu singen. »Still, Recken!« Er hatte etwas entdeckt. War das dort drüben nur ein Schatten im wirbelnden Dunst? Näherte sich tatsächlich ein Schiff?

Ein heiserer Ruf krächzte durch die Kälte.

Die Ottajasko schrie ihren Kampfesmut heraus. Sie schleuderten zwei Harpunen in den Nebel. Ein Wurfbeil folgte, und die Sehne des Aals krachte, als sie den Bolzen über das Wasser katapultierte.

»Walwütige Wahnsinnige!«, rief jemand mit sich überschlagender Stimme. »Hat Efferd euch ins Hirn gerotzt? Haltet ein!«

»Ruhig Blut, Leute!«, forderte Phileasson.

»Hier ist die *Wasserpelz* aus Glyndhaven!«, rief die Stimme aus dem Nebel. »Wer dort?«

»Die *Seeadler* unter Asleif Phileasson auf dem Weg zur Insel der Schneeschrate!«

»Ihr seid spät dran! Man erwartet euch schon!«

Der kleine Robbenfänger ging längsseits, und Phileasson gab Befehl, die Schiffe miteinander zu vertäuen. Ein Mann mit ledriger Haut, der aus den Resten seiner Haarpracht eine Unzahl von Zöpfen geflochten hatte, stellte sich als Kapitän Wodjeff vor. Er war mit fünf Gefährten unterwegs, um Pelze zu erbeuten.

»Leider hatten wir bislang wenig Glück«, klagte er. »Aber wenigstens lässt sich mit eurer Sorte gut saufen. Thorwaler vertragen mehr als Nivesen!«

»Dann hast du die Knorren gefunden«, folgerte Phileasson.

»Getroffen habe ich sie, aber gefunden? Ich habe sie schließlich nicht gesucht. Zwei Stück sind es jedenfalls, die da an der Packeisgrenze warten.«

Zu Phileassons Erleichterung deutete Wodjeff bei diesen Worten in die Richtung, in der sie ohnehin unterwegs waren.

»Haben gutes Zeug dabei, und ein paar Händler sind auch dort. Nivesen mit ihren Hundeschlitten. Verdammt schnell, und noch trägt das Eis. Die meiste Zeit jedenfalls.«

»Hast du auch ein Drachenboot gesehen?«

Mit kahlem Kopf wurde es Wodjeff nun wohl doch zu kalt. Er klaubte eine ausladende Fellmütze auf und zog sie über.

»Ja, leider. Mit den Thorwalern in den Knorren habe ich mich gut angefreundet, aber als dieser dunkle Drachenführer kam, war der Spaß vorbei. Klein für einen Thorwaler, der Kerl, aber da ist etwas an ihm …«

»Beorn!«

»So heißt er, ja. Ein geflügelter Helm, über dem rechten Auge eine Klappe, zieht das Kettenhemd noch nicht einmal beim Trinken aus. Als wäre er mit einem Schwert in der Hand geboren.«

»Wie weit ist er uns voraus?«

Wodjeff zuckte mit den Schultern. »Er ist vor fünf Tagen aufgetaucht. Aber ihr könnt schneller bei den Knorren sein, wenn ihr direkt fahrt. Wir haben Zeit verloren, weil wir nach Robben gesucht haben.«

»Brennt das Signalfeuer?«

»Rot und hell, Tag und Nacht. Sie stehen Wache, damit es niemals erlischt.«

»Ihr habt es gehört, Leute!«, rief Phileasson. »Man erwartet uns!«

Die Recken jubelten. Sie standen treu zu ihm, sehnten sich aber danach, wieder einmal die Beine zu bewegen und etwas anderes als schimmeliges Brot und kalten Fisch zu essen. Als sie kleine Geschenke mit dem Robbenfänger ausgetauscht und sich verabschiedet hatten, brauchte Phileasson keinen Befehl zu erteilen, damit alle Riemen ins Wasser tauchten.

Auf See in Ifirns Ozean,
fünfundzwanzigster Tag im Grimfrostmond

Den Nebel hatten sie hinter sich gelassen, aber die Eisberge trieben nun so dicht auf der See, als wollten sie sich zu einem Wall aus Eis zusammenschließen. Immer wieder stießen die weißen Kolosse aneinander, als seien sie miteinander rangelnde Riesen. Krachend splitterten dann Teile ab, und manche Brocken, die danach eigenständig ihre Reise fortsetzten, waren schwer und scharfkantig genug, um dem Drachen den hölzernen Bauch aufzureißen. Jedenfalls sahen sie für Tylstyr Hagridson so aus. Er scheute sich, die erfahreneren Seefahrer zu fragen. Weder wollte er Furcht wecken, noch die eigene Unkenntnis offenbaren.

Nicht alle treibenden Eiskolosse waren spitze Zacken. Manche hatten auch die Gestalt von Tafelbergen, mit senkrecht aufragenden Wänden und abgeflachtem Plateau. Phileasson hielt auf einen Durchlass zwischen zweien solcher Giganten zu. Jeder von ihnen durchmaß wenigstens achtzig Schritt.

Wie alle anderen Besatzungsmitglieder mit Ausnahme von Leomara saß Tylstyr an einem Riemen. Sogar Schwester Shaya ruderte inzwischen. Mittschiffs lag der umgelegte Mast auf den hölzernen Gabeln. So war der Drache wendiger, sein Schwerpunkt lag tiefer, und das Segel vereiste nicht.

An Backbord, nördlich von ihnen, stiegen dunkle Rauchwolken in den Himmel und wurden in der Höhe vom Wind zerzaust. »Glaubst du, dort wird gekämpft?«, fragte Tylstyr, als er sich, dem Takt der Ruderschläge folgend, nach vorne lehnte.

Vor ihm saß Tjorne. »Das könnte sein. Gut möglich, dass ein ganzes Dorf brennt. Oder mehrere. Die Rauchsäulen liegen weit auseinander.«

»Wir ziehen etwas an, Leute!«, rief Phileasson. »Ich will schnell zwischen diesen Tafelbergen hindurch! Pullt! Und … pullt! Und … pullt!«

Als die *Seeadler* in den Schatten des Eisbergs an Steuerbord fuhr, fiel die Temperatur spürbar ab. Tylstyr fröstelte.

Aus der Nähe betrachtet zeigte sich, wie ungleichmäßig die Ränder der treibenden Berge waren. Als hätte ein Riese mit seiner Axt einen gewaltigen Diskus aus dem Eis schlagen wollen, aber die Lust verloren, bevor er die Oberfläche geglättet hätte. Mit harten Kanten gingen die Flächen ineinander über.

»Schneller, Leute!«, forderte Phileasson. »Pullt! Pullt!«

Der Eisberg an Steuerbord knarrte. Bewegte er sich etwa auf seinen Bruder zu?

Als Tjorne nach oben sah, legte auch Tylstyr den Kopf in den Nacken. Obwohl man im Kanal zwischen den Eisbergen nichts davon spürte, musste der Wind auf Norden gedreht und aufgefrischt haben. Schnee wirbelte über die Kante, mit der in zwanzig Schritt Höhe die unregelmäßige Wand in das Plateau überging.

»Ist euch schon warm?« Phileasson steuerte leicht backbord. »Pullt! Pullt!«

Tylstyr wollte sich weit in den Riemen legen, aber obwohl sie bereits einige Wochen auf See waren, blieb seine Ruderkunst hinter der seiner Kameraden zurück.

Als Tjorne sich schon zurückgelegt und das Holz vor seine Brust gezogen hatte, war Tylstyr gerade einmal knapp hinter der Hälfte angelangt. Dennoch musste er das Blatt aus dem Wasser heben und neu ansetzen, um den gemeinsamen Taktschlag zu wahren.

»Hranngars verfluchtes Blendwerk!«, rief Phileasson. »Riemen halten! Halt, ihr hirnlosen Landeier!«

Tylstyr sah zwar nicht, was in Fahrtrichtung geschah, aber hinter dem Heck näherten sich die Eisberge bedrohlich an. Schweiß brach aus jeder Pore seiner Haut. Wieso verlangsamten sie die Fahrt? Phileasson musste doch versuchen, so schnell wie möglich aus dem Eiskanal zu entkommen! Anderenfalls würde die *Seeadler* zerdrückt wie ein Käfer unter einer Schuhsohle!

Die Panik schrie in Tylstyrs Innerem, er sollte rudern, auch wenn er der Einzige wäre.

Aber die Akademie hatte ihn Disziplin gelehrt. Sein Verstand mahnte, dass Phileasson besser als jeder andere wusste, wie das Schiff sicher durch die Enge gebracht werden konnte.

»Zieht die Riemen ein!«, forderte der Drachenführer.

Wie alle anderen befolgte Tylstyr den Befehl. »Swafnirs Schläue!«, murmelte er. »Lass den Foggwulf bei klarem Verstand sein!«

Die Welle, die der Eisberg an Steuerbord vor sich herschob, drückte die *Seeadler* zur Seite. Phileasson hielt nicht dagegen. Sie liefen jetzt schräg auf die helle Wand zu, die backbord aufragte.

Tylstyr zwang sich, die Augen offen zu lassen. Keinesfalls wollte er als Feigling sterben, der den Anblick seines Schicksals nicht ertrug.

Mit konzentriertem Gesicht drückte Phileasson den Drachen nach backbord.

Ein Schlag traf den Bug und schüttelte die Mannschaft durch, aber das Drachenschiff glitt weiter. Es schrammte am Eis entlang und fuhr in eine Ausbuchtung, weit genug, um die *Seeadler* aufzunehmen.

Mit gewaltigem Donner krachten die Eisberge zusammen. Kopfgroße Eisbrocken stürzten in das Wasser neben dem Schiff.

Der Vordersteven der *Seeadler* stieß gegen die Eiswand, was einen noch heftigeren Ruck zur Folge hatte als den ersten. Tylstyr betete, dass keine Planken rissen.

»Da sind wir!« Phileasson grinste. »Sicher wie in Ifirns Schoß!«

Zweifelnd sah sich Tylstyr um. Sie waren nicht nur auf allen Seiten eingeschlossen, auch unter Wasser schimmerte die weiße Masse. Nur über ihnen gab es eine Lücke, durch die der blaue Himmel hinter dem Schleier von Pulverschnee zu sehen war, der noch immer vom Berg an Backbord herüberwehte.

»Dann zeigt mal, dass ihr Muskeln habt!«, rief Phileasson. Er selbst nahm Shaya den Riemen ab und drückte ihn gegen das Eis an Steuerbord.

Die Gefährten schoben nach beiden Seiten, um die Eisberge auseinanderdriften zu lassen. Bald hallten Flüche von den Wänden der eisigen Kaverne zurück. Gesichter wurden dunkel, Halsadern traten hervor.

Nach einer halben Stunde sah auch Phileasson ein, dass sich die gewaltigen Massen nicht auf diese Art bewegen ließen. Missmutig musterte er die Öffnung über ihnen.

»Jemandem, der unter Wasser atmen kann, fällt doch sicher auch für eine solche Lage das passende Liedchen ein«, meinte Eichward.

Alle Augen richteten sich auf Salarin.

Natürlich. Auch Tylstyr hoffte auf die Kräfte des Elfen. Beschämt dachte er, dass er ein Jahrzehnt eifrig studiert und manche Mühsal auf sich genommen hatte, nur um jetzt ebenso wie die kleine Leomara darauf zu hoffen, dass Elfenzauberei sie rettete. Wieder einmal.

Er lächelte bitter. Wenigstens würde er dann eine weitere Seite in Cellyanas Buch füllen können.

Salarin betrachtete nachdenklich ihr Gefängnis. Dann schloss er die großen Augen und lauschte.

Als er sie wieder öffnete, schüttelte er den Kopf. »Die Melodie dieses Eises ist fest gefügt. Es tut nur, was in seiner Natur liegt.«

»Was soll das heißen?«, rief Phileasson. »Ich werde nicht tatenlos hinnehmen, dass wir hier gefangen sitzen! Wenn sich die Natur gegen uns stellt, dann gilt es zu beweisen, wer aus härterem Holz ist und wessen Schicksalsrunen tiefer in den Stein gegraben sind. Wenn sich das Eis nicht freiwillig öffnet, müssen wir es eben zwingen!«

Salarins Hände fuhren in einer hilflosen Geste durch die Luft. »Ich kann nicht. Das Eis will nicht.«

Phileasson lachte auf. »Und ich will hier nicht verrecken! Also fände ich es sehr freundlich von dir, wenn du eines deiner Zauberlieder anstimmen und uns hier herausholen würdest.«

»So geht das nicht. Meine Melodien verbinden sich mit dem, was ist, und schaffen so ein neues Lied. Aber in dem Lied, das diese Berge singen, findet sich nichts, mit dem meine Melodien harmonieren würden.«

Phileasson starrte ihn an.

Lange.

»Das ist wirklich schade«, sagte er dann.

Weitere Brocken lösten sich aus der Wand und stürzten herab. Diesmal schlugen mehrere Eisklumpen auf dem Schiff ein. Die Gefährten rissen die Schilde hoch. Tylstyr kauerte sich unter Ragnors Schutz. Wie Faustschläge hämmerten die Brocken auf das Holz. Ein Keil, so lang wie der Mast der *Seeadler*, verfehlte das Schiff nur um Haaresbreite. Er klatschte ins Wasser, eiskalt spritzte das Nass über die Bordwand. Erschrockene Rufe hallten von den Wänden zurück. Sie mischten sich mit Schmerzensschreien. Drei Gefährten brachen getroffen zusammen.

Zwei kamen fluchend wieder hoch, aber Gesgard hatte sich eine Rippe gebrochen. Shaya und Salarin kümmerten sich um ihn.

Diese Eisberge waren wie die Pranken eines Riesen, der mit der *Seeadler* spielte wie mit einem Mäuschen. Wenn er die Lust verlor, konnte er die Planken zerdrücken, wie ein Mensch ein Pergament knüllte.

»Wir müssen hier raus«, sagte Phileasson mit rauer Stimme.

»Lass mich die Wand erklettern«, schlug Tjorne vor. »Vielleicht finde ich dort oben eine Möglichkeit, wie wir uns befreien können.«

»Ich begleite dich«, sagte Tylstyr entschieden.

Phileassons Blick schweifte über seine Mannschaft, dann entlang der Begrenzungen ihres Kerkers. »Wir versuchen es«, stimmte er zu. »An die Riemen! Schiebt das Schiff so weit es geht nach steuerbord!«

Sanft drückten sie den Rumpf an die Wand. Tjorne und Tylstyr seilten sich aneinander und nahmen jeder zwei kurze Äxte in die Fäuste. In Tjornes eigene Waffe war der Kopf eines Keilers graviert.

»Wie damals, an den Klippen, als wir Kinder waren«, raunte Tjorne.

Tylstyr nickte mit mulmigem Gefühl. Er wusste nur zu gut, dass in eine Eiswand zu steigen etwas ganz anderes war, als eine Felsklippe zu erklettern.

Sorgfältig besprachen sie den Weg, den sie die Wand hinauf nehmen wollten, während Salarin einen Heilzauber sang. Die anderen hoben wieder ihre Schilde, um sich damit gegen die Eisbrocken zu schützen, die immer wieder aus den Steilwänden ihres Gefängnisses herniedergingen.

Schließlich stellte sich Tjorne auf die Reling und schlug seine Äxte in die Eiswand. Eichward stützte ihn, damit er das erste Stück Höhe leicht überwand. Tylstyr folgte einen Schritt nach rechts versetzt.

Beifällige Rufe begleiteten sie die ersten zehn Schritt. Dann knackte das Eis. Zwar tat sich nichts an der Wand selbst, aber der Eisberg im Ganzen änderte seine Lage wie ein Bär, der unruhig schlief. Er neigte sich ein Stück weiter über die *Seeadler*. Gemessen an seiner Größe war das nur ein unbedeutendes Zittern, aber die Kletterer gerieten dadurch in Rücklage. Die Füße baumelten im Nichts, das Gewicht hing allein an den eingeschlagenen Äxten.

»Von hier oben sieht es viel höher aus als von unten«, keuchte Tjorne.

Besorgte Gesichter waren auf sie gerichtet. Phileasson, Ohm, Shaya, Ragnor. Salarin.

Tylstyr biss die Zähne zusammen und rammte die rechte Fußspitze in eine Kerbe, die er beim Aufstieg geschlagen hatte. Viel Entlastung brachte es nicht, aber das Wenige musste reichen. Vorsichtig löste er die Linke von der Axt und führte sie zum Mund. Mit den Zähnen zog er den Handschuh ab.

Die Akademie von Thorwal war berühmt für ihre Hellsichtzauber, aber sie hatten für ein Jahr eine Meisterin aus der Halle des Windes zu Olport gehabt. Sie hatte die Schüler mit etlichen Lektionen zur Magie der sechs Elemente gequält. Obwohl er das Fach gehasst hatte, war Tylstyr gar nicht so schlecht darin gewesen.

So wie jeder Mensch gut und böse war, klug, aber manchmal dumm, stark und dann wieder schwach, schlummerten in jedem Element nicht nur seine primären und sofort sichtbaren Eigenschaften, sondern auch verborgene. Humus konnte eine Zeit lang mit dem Wind treiben, Feuer unter festem Erz glühen. Und beinahe überall gab es Wasser, vielleicht nicht in der materiellen Form, wohl aber als Idee, die für die Matrix der Magie entscheidend war. Erst recht im Element Eis, das Tylstyr jetzt vor sich hatte.

Er presste die Hand auf die Fläche vor sich. Die Kälte biss in seine Haut wie eine Flamme.

Die Formel hatte nur wenige Worte, aber er musste sie auf Hjaldingsch sprechen, in der Sprache der Ahnen, die im Alltag niemand mehr benutzte. Auf der Reise hatte er sich kaum mit seinen Zaubern beschäftigt. Sein Herz pochte gegen die Rippen. Schweiß trat auf seine Stirn.

Bange Augenblicke verstrichen. Dann endlich spürte Tylstyr eine Veränderung! Das Eis wurde weich wie Kerzenwachs, das man in den Händen rieb, und es ließ sich ebenso leicht verformen, wenn auch nur für kurze Zeit. Tylstyr knetete es zu einem Bogen, einem Griff, wie es sie in Brunnenschächten gab. Kaum löste er seine Finger, fand das Eis zurück zu beinahe metallischer Festigkeit.

Tjorne starrte ihn an. Sein Atem dampfte aus dem offenen Mund.

»Ich bin ein Magier.« Erschöpft grinsend zeigte ihm Tylstyr das in seine Linke tätowierte Akademiesiegel. »Schon vergessen?«

Beide fanden an dem Griff sicheren Halt. Tylstyr steckte seine Äxte in die Ringe an seinem Gürtel und sprach den Zauber noch dreimal, bis sie oben ankamen.

Der Eisberg war offenbar durch ein Unwetter getrieben. Schneewehen bedeckten das Plateau. Die Jugendfreunde hinterließen frische Spuren in dem ansonsten unberührten Weiß, mussten aber aufpassen, nicht auszurutschen, denn unter der weichen Decke befand sich kein rauer Fels, sondern spiegelglattes Eis.

»Nur vier Schritt trennen die *Seeadler* von der Freiheit«, stellte Tjorne fest. »Wir hätten es beinahe geschafft.«

»Nicht mit voller Länge«, gab Tylstyr zu bedenken. »Wir sind nur mit knapper Not in die Ausbuchtung geglitten. Hätte der Foggwulf auf Geschwindigkeit gesetzt und den Kurs beibehalten, hätte der Zusammenprall das Heck zerquetscht.«

»Das mag sein, aber jetzt sollte es gelingen! Wenn wir die größten Äxte nehmen und uns am Bug abwechseln, können wir einen Tunnel durch das Eis schlagen.«

»Das sollten wir auch tun.« Tylstyr zeigte hinüber zu dem anderen Eisberg. Ein Riss zog sich halbkreisförmig um die Ausbuchtung, in der das Schiff lag. Noch hatte er den Bogen nicht ganz geschlagen, aber es war nur eine Frage der Zeit, bis ein Stück, das größer als die *Seeadler* war, abbrach und hinabstürzte. Dass die beiden Eiskolosse knirschend gegeneinanderdrückten, beschleunigte das absehbare Unglück. Selbst wenn sie sich so weit an der anderen Wand hielten, wie ihre Kaverne es erlaubte, könnten sie unmöglich ausweichen.

»Wir haben keine Zeit zu verlieren.«

Sie stiegen hinab und berichteten von der Entdeckung. Phileasson folgte ihrem Vorschlag. Zuerst schickte er Eichward und Ragnor mit den Äxten vor, weil sie am kräftigsten waren.

Es erwies sich als mühsames Geschäft. Das Eis war härter als Eichenholz. Immer wieder lösten sich Brocken, teilweise so groß wie das Geschoss eines Katapults, und krachten auf die Schilde. Leider war Tylstyrs Verformungszauber, der ihm in der Eiswand so gute Dienste geleistet hatte, gänzlich ungeeignet, einen Durchlass zu schmelzen, der für das Schiff ausreichend gewesen wäre.

Sie wechselten gerade das dritte Mal die Axtschwinger aus, als über ihnen ein ohrenbetäubendes Knirschen davon kündete, dass sich der Riss nun einige Schritt tiefer durch das Eis zog.

Der Magier blickte die blau schimmernde Wand hinauf, die sie jeden Moment unter sich begraben mochte. Unablässig brachen kleinere Stücke ab und prasselten auf das Schiff nieder. Wer nicht damit beschäftigt war, die Gefährten im Bug mit Schilden zu schützen, las Eisbrocken auf und warf sie über Bord. Allen stand die Todesangst ins Gesicht geschrieben, außer Irulla, die seltsam verklärt wirkte.

»Wir haben keine Zeit mehr«, raunte Tjorne ihm zu. »Gerade einmal die Hälfte ist geschafft.«

»Wenn ich nur etwas mehr Talent hätte, gäbe es eine Möglichkeit«, gab Tylstyr kleinlaut zu.

Tjorne sah ihm in die Augen. »Wir können jede Hilfe gebrauchen, ganz gleich, wie klein sie ist.«

Tylstyr ließ den Kopf hängen. »Es hat keinen Zweck. Ich …«

Plötzlich stand Phileasson vor ihm. »Willst du etwas vorschlagen, Tylstyr?«

»Ich … nein. Wenn ich ein besserer Magier wäre, dann könnte es gelingen. So kann ich nur anbieten, eine Axt zu schwingen wie jeder andere auch.«

»Du bist der beste Magier an Bord«, stellte Phileasson fest. Selbst im Schatten der Schilde erkannte Tylstyr, dass die grauen Augen des Kapitäns ihn unerbittlich musterten. »Welche Kunst kann uns aus diesem Gefängnis befreien?«

Tylstyr zögerte. »Der Zauber heißt Ignifaxius Flammenstrahl«, sagte er dann. »Eigentlich ein Kampfspruch, aber er schafft eine Lanze, die heiß genug ist, um dieses Eis zu schmelzen. Nicht mit dem Radius, den wir brauchen, aber wir hätten einen Durchstich.«

»Das klingt hervorragend.« Nur mühsam übertönte Phileasson das neuerliche Knirschen des Eises und das Geprassel der Brocken, die auf die Schilde niedergingen.

»Das würde es, wenn ich den Zauber beherrschen würde.«

»Du hast ihn also noch nie gewirkt?«

»Ich war immer schlecht darin. Meist kam nur ein kümmerliches Flämmchen heraus, gerade genug, um Stroh zu entzünden. Nur einmal war es eine echte Flammenlanze.«

»Dann ist heute Zeit für das zweite Mal.«

Heftiger schüttelte Tylstyr den Kopf. »So einfach ist das nicht. Damals war ich ausgeruht. Ich befand mich in einem Raum, den man für solche Zauber gebaut und speziell vorbereitet hat. Hier draußen werde ich es niemals schaffen.«

»Doch, das wirst du. Genau jetzt.«

Die Worte hätten eine Drohung sein können, aber so klangen sie nicht. Überrascht erkannte Tylstyr, dass Phileasson ihm vertraute.

Der Drachenführer drückte seine Schulter. »Du wirst es schaffen, Tylstyr. Du oder keiner.«

»Und das wäre bedauerlich«, meinte Ohm Follker. Offenbar hörte das gesamte Schiff zu. »Dann würde meine größte Saga nämlich kläglich enden, bevor sie richtig begonnen hätte.«

Wie ein Schlafwandler ließ sich Tylstyr zum Vordersteven schieben.

Er straffte sich. »Also gut. Aber so geht es trotzdem nicht. Ich brauche etwas Abstand zum Ziel.«

Die Gefährten stakten das Schiff in seinem Eisgefängnis ein Stück zurück. Wieder krachten Eisbrocken auf die Schilde.

Salarin trat neben ihn. »Dein Wunsch, uns zu retten, hat eine starke Melodie«, flüsterte der Elf in sein Ohr. »Nichts hier kann sie übertönen. Du wirst es schaffen.«

Tatsächlich hatte Tylstyr das Gefühl, dass sich die magische Energie bereits jetzt in seinem Körper und in seiner Aura sammelte. Mit jedem Atemzug schien seine rechte Hand anzuschwellen, obwohl nichts von diesem Effekt zu sehen war. Sie fühlte sich heiß an.

Er hob den Arm. Zeige- und Mittelfinger streckte er dem begonnenen Tunnel entgegen. Tylstyr schloss die Augen.

»Zweifle nicht«, flüsterte Salarin. »Zweifel helfen niemandem.«

»Kann mal jemand den Elfen hier wegschaffen?«, rief Tylstyr. »Ich muss mich konzentrieren! Außerdem brauche ich meinen Zauberstab.«

Salarin zog sich ans Heck zurück. Seine Mimik war undeutbar. Dennoch reute Tylstyr der Ausbruch. Er hatte schlicht zu viel Kraft in sich, die in die Welt hinausdrängte.

Das war nichts Schlechtes, wenn er ihr das richtige Ziel gab. Wieder hob er den Arm, schloss die Augen und atmete tief durch.

Trotz aller Anspannung durfte er nicht verkrampfen. Das war für ihn das Schwierigste an diesem Zauber. Wenn er gelang, entfesselte er eine elementare Macht, die einen Menschen binnen eines Wimpernschlags verbrennen konnte. Dennoch musste der Geist des Magiers locker bleiben, entspannt, um die astrale Kraft aufzunehmen, die er dann mit Gewalt hinausschleudern würde. So als ginge es darum, diese unpersönliche Energie in Sicherheit zu wiegen und anzulocken – oder mit einem Lied zu betören, das sich harmonisch in die Umgebung einfügte. So hätte Salarin es gesagt. Im Stillen leistete Tylstyr dem Elfen Abbitte, der ihm nur hatte helfen wollen. Aber auch das war nun belanglos.

Er unterdrückte ein Lächeln, als er sich bei dem Gedanken ertappte, dass niemand jemals davon erführe, wenn er jetzt versagte. Beorn würde Aventurien umrunden und zum König der Meere werden, und in Thorwal würde man sich fragen, was wohl aus Phileasson geworden war. Vielleicht spräche irgendwann jemand mit dem Robbenfänger, dem sie im Nebel begegnet waren.

Dieser wäre dann der letzte Mensch, der sich rühmen dürfte, den großen Entdecker getroffen zu haben. Zudem fiele ihm die zweifelhafte Ehre zu, der *Seeadler* die Richtung gewiesen zu haben, in der sie mit ihrer gesamten Besatzung untergegangen war.

Tylstyrs Linke umklammerte den Zauberstab, den ihm irgendjemand in die Hand gedrückt hatte. Diesen Stab hatte er noch nicht besessen, als er sich das letzte Mal am Ignifaxius versucht hatte, und kein Siegel hatte seine Handfläche geziert. Damals war er noch kein Magus gewesen, sondern nur ein Adept. Eine Menge war seitdem geschehen. Er war an Thorwals Küste entlanggewandert, hatte die Olporter Akademie besucht und dort mit Elementarmagiern disputiert, und er hatte selbst Eleven unterrichtet. Viele von ihnen hatten gut bei den Prüfungen abgeschnitten, also konnte er doch nicht ganz unfähig sein.

Während Tylstyr all dies überlegte, beschäftigte sich ein anderer Teil seines Verstandes mit Dingen, für die der menschliche Geist eigentlich nicht geschaffen war. Er sondierte die Ströme magischer Energie, die ihn umgaben, zog sie an, bündelte sie. Kaum merklich übernahm dieser Teil in ihm auch die Kontrolle über seinen Körper. Die Hand erschlaffte, der Ellbogen beugte sich und fiel ab. Keine Anstrengung, nur das Gespür für das Auf und Ab der astralen Kraft, die dem sanften Schaukeln des Drachen auf den Wellen glich.

Plötzlich wusste er, dass alles bereit war.

Er riss die Augen auf und stieß Zeige- und Mittelfinger vor, als wolle er mit ihnen allein das Eis zerbrechen. »Ignifaxius Flammenstrahl!«, schrie er.

Unnatürliche Hitze erfüllte seine Brust, schoss durch seinen Arm und brannte in seiner Hand, als müsse diese augenblicklich zu Asche zerfallen.

Aber das tat sie nicht.

Die Hitze war gar nicht wirklich in seinem Körper. Sie existierte in einer anderen Realität. Seine fleischlichen Sinne versuchten nur zu deuten, was geschah.

Der Feuerstrahl, der aus den Fingern schoss wie aus dem Maul eines Drachen, war jedoch real. Er stieß in den durch die Äxte geschaffenen Tunnel und verbreiterte sich kegelförmig, sodass er auf einer Fläche von zwei Schritt Durchmesser aufschlug.

Das Zischen der Flammen übertönte das Knirschen des Berges.

Drei Herzschläge lang erhielt Tylstyr den Flammenstrahl aufrecht. Heißer Wasserdampf schlug ihm aus dem Tunnel entgegen. Er brach in irres Gelächter aus. Niemals hatte er sich so mächtig und so erleichtert gefühlt.

Als es vorbei war, wäre er in die Knie gegangen, wenn seine Gefährten ihn nicht gestützt hätten. Sein Kopf fühlte sich taub an, so dumpf, als wäre er in eine Wolldecke gewickelt. Er wusste, dass bald rasender Schmerz folgen würde, wahrscheinlich müsste er sich übergeben. Auch körperlich forderte die völlige Verausgabung der astralen Kraft ihren Preis.

Vorsichtig brachten sie ihn nach hinten, während die Riemen ins Wasser tauchten und sich Phileasson und Eichward mit Äxten in den Bug stellten.

Sie blickten einer leichten Aufgabe entgegen.

Der Durchbruch ins offene Meer war so groß, dass die *Seeadler* beinahe jetzt schon hindurchgepasst hätte.

5 AUF DEM PACKEIS

Packeisgrenze,
sechsundzwanzigster Tag im Grimfrostmond

Die wenigen Stunden des Tageslichts verabschiedeten sich mit blaugrauer Dämmerung. Im Osten lag die Dunkelheit schon auf dem Eis, den Nordhimmel verfinsterten die Rauchsäulen, die sie beobachteten, seit sie aus dem Nebel gekommen waren. Vascal della Rescati hatte Asleif Phileasson überzeugt, dass es sich um Vulkane handelte, die Asche spuckten. Der Nandusgeweihte aus dem Lieblichen Feld kannte solche Feuerberge von den Zyklopeninseln.

Noch immer waren Eisberge ihre größte Sorge, aber ein neues Problem war das feste Eis, das undurchdringlich die Passage nach Norden verwehrte. So arbeitete sich die *Seeadler* unter beständigen Richtungswechseln durch die breiten Kanäle zwischen den Schollen nach Osten vor. Hätte sie den direkten Weg nehmen können, wie es im Sommer möglich gewesen wäre, würde sie die Insel der Schneeschrate inzwischen bestimmt erreicht haben. So aber befand sich das Schiff nach Phileassons Schätzung einhundert Meilen südlich davon.

Das stellte sich als Glücksfall heraus. In der Dunkelheit des südsüdöstlichen Horizonts erspähte Ragnor ein rotes Licht. Während sie eine knappe halbe Stunde darauf zuhielten und es beständig größer wurde, bestätigte sich die Hoffnung, dass es sich um das vereinbarte Signal handelte. Shaya Lifgundsdottir berichtete, dass man den Knorren ein Pulver mitgegeben hatte, durch das die Flammen eines Feuers aus Holz oder Torf rot aufschienen.

Phileasson brachte das Drachenhaupt auf dem Vordersteven an. Dreißig Recken setzten sich an die Riemen, während die anderen die Eisbrocken vom Rumpf fernhielten.

Eikolf Gradurson aus der Windzwinger-Ottajasko hielt vor einem aufgeschütteten Schneehügel Wache am in einer Kupferschale brennenden Signalfeuer, als der Bug der *Seeadler* gegen die im Sternenlicht glitzernde Kante des Packeises stieß.

Er benutzte ein Scheit als Fackel und kam auf sie zu, während Phileasson eine Sturmlaterne entzündete.

»Es tut gut, euch zu sehen, Foggwulf!« Eikolf löste das Signalhorn von seinem Gürtel und stieß hinein. Ein Laut wie das Röhren eines Elches hallte über das Eis.

Phileasson sprang auf das Schelf. Er schlitterte über den schlüpfrigen Grund, konnte aber mit rudernden Armen das Gleichgewicht halten.

»Wo sind die anderen?«, fragte er.

Bewundernd sah Eikolf zu dem Drachenkopf empor. »Wir haben die Knorren hundert Schritt weit auf das Eis gezogen, damit uns nicht der Boden unter dem Hintern wegbricht. Beorns Drache liegt auch dort.«

Phileasson spähte in die Dunkelheit und erahnte Schattenrisse auf dem Eis. Brannten dort auch Feuer?

Er wandte sich zu seiner Ottajasko um. »Ihr habt es gehört! Ein bisschen schleppen müssen wir noch, um uns das Nachtlager zu verdienen!«

Die Gefährten konnten kaum erwarten, aus dem engen Schiff zu kommen und wieder festen Boden unter den Füßen zu spüren. Shaya weinte vor Freude. Manche hatten den Druck ihrer Blase in den letzten zwei Stunden bekämpft, um ihm jetzt auf sicherem Grund nachzugeben. Einige bewarfen sich mit Schneebällen, und manche, darunter Ohm Follker, Swafnild und Tylstyr Hagridson, machten sich schweigend daran, Zugseile an Mast, Vorder- und Achtersteven zu binden.

Wölfe heulten den Mond an, bei dem sich der Kelch bereits gefüllt hatte, sodass die Helligkeit nun mit jeder Nacht in die obere Hälfte wuchs. Phileasson fragte sich, wie genau die Karten waren, die er von dieser Gegend kannte. Soweit er wusste, zogen Wölfe nicht aufs Eis hinaus, und die Insel der Schneeschrate war weit entfernt. Gab es hier noch anderes Land?

Auch Gebell war zu hören. Es klang sehr nah, aber in dieser Ödnis konnte man sich leicht täuschen. Wenn der Wind passend stand, wehte er Geräusche vielfach weiter als in einem Wald.

»Na los, Leute!«, rief Phileasson, als alles bereit war. »Wir werden nicht ohne unseren Drachen bei den Versorgungsschiffen ankommen!«

Es fiel schwer, auf dem Eis Halt zu finden. Mit den Äxten schlugen sie Kerben, in die sie ihre Füße stemmten. So konnten sie sich in die Seile legen und das Schiff aus dem Wasser wuchten. Phileasson hätte gern gesehen, in welchem Zustand sich der Teil des Rumpfes befand, der unter der Wasserlinie gelegen hatte. Einige Planken mochten durch die Eisbrocken, die sie nicht hatten fernhalten können, beschädigt worden sein, und auch Bohrmuscheln, die Eichenholz als Delikatesse betrachteten, lauerten in diesen Gewässern. Aber die Inspektion würde auf das Tageslicht warten müssen.

Knirschend folgte der Kiel dem Zug auf das Eis.

Als das Gewicht erst einmal aus dem Wasser war, ging es leichter. Jetzt konnten auch einige den Rumpf anschieben, während die anderen weiter an den Seilen arbeiteten.

Die Thorwaler aus dem Lager begrüßten sie lautstark, erkannten aber, dass Phileassons Mannschaft nicht ruhen würde, bis der Drache seine Liegeposition erreicht hätte. Kurzerhand fassten sie mit an.

Nach einer halben Stunde war die Strecke bewältigt. Das härteste Stück bildete ein Presseisrücken, der Windschutz für das Lager bot.

Die *Seeadler* lag nun neben der *Seeschlange*. Das andere Drachenschiff war mit einer feinen Eisschicht überhaucht. Der Widerschein des niedrigen, auf einer ehernen Schale aufgeschichteten Lagerfeuers tanzte darin, als wollte er Phileasson verhöhnen.

»Wie weit ist Beorn uns voraus?«, fragte er.

»Er ist vor acht Tagen aufgebrochen«, antwortete ihm Kapitän Knot Gennarson.

Phileasson schloss die Augen. So lange schon.

»Aber du musst nicht niedergeschlagen sein.« Obwohl sein Atem verriet, dass er sich seit Tagen mit Premer Feuer warmhielt, lallte Knot nicht. Er war das Trinken gewohnt. »Beorn hat uns noch keinen Kopfschwänzler gebracht.« Offenbar glaubte er, Phileasson bedürfe seines Trostes.

»Bei dieser Prüfung kommt es nicht auf die Zeit an«, erklärte Shaya. »Wenn ihr beide einen Kopfschwänzler fangt, habt ihr auch beide die Aufgabe gelöst.«

Phileasson hasste es, wenn andere versuchten, ihn aufzumuntern. Dann kam er sich schwach vor. Wenn unter denen, die ihn bedauerten, auch noch ein Trinker war, machte das die Sache noch schlimmer. »Wir werden einen verdammten Kopfschwänzler fangen«, erklärte er fest.

»Und wir werden ihn für dich nach Thorwal bringen, das wohl!« Knot zeigte auf die beiden Knorren, bauchige Schatten jenseits des Lagerfeuers. »Eure Ausrüstung ist ausgeladen.« Er hielt inne, als überlegte er, ob das wirklich stimmte. Dann rülpste er. »Jetzt haben wir Heu geladen. Heu, Heu, nichts als Heu. Bis an die Reling Heu.«

»Wo habt ihr das her?«

»Von denen.« Knot nickte zu einem Dutzend Halbkugeln aus Schnee, die hinter der südlichen Knorr zu erahnen waren. Sie durchmaßen um die zweieinhalb Schritt. »Nivesische Händler. Fleißige Burschen, guter Schnaps. Und mit den Hunden können sie umgehen wie keiner sonst.«

Daher kam also das Bellen! Jetzt erkannte Phileasson im Licht kleiner Feuer die Schlitten und auch die angepflockten Tiere. Einige warfen den Kopf zurück. Atem dampfte aus ihren Lefzen, als sie den Mond anheulten.

»Die sind nicht so zahm wie ein Olporter Hütehund.« Lachend hob Knot eine Hand. »Gut, dass die Handschuhe so dick sind, sonst hätte ich jetzt ein paar Finger weniger.«

»Spüren sie auch Kopfschwänzler auf?«

Knot schüttelte den Kopf. »Die musst du selbst finden, Foggwulf, und bis zur Insel der Schneeschrate sind es noch gut und gern einhundert Meilen. Mit dem Schiff kommst du nicht weiter.«

Schwer legte er Phileasson einen Arm um die Schultern. Sein alkoholgeschwängerter Atem stieg noch stärker in die Nase.

»Also bleiben dir nur Hundeschlitten oder Eissegler. Wir haben ein paar davon für euch dabei.«

Phileasson nickte. Er war noch nie mit einem solchen Gefährt unterwegs gewesen, hatte sie aber schon einmal über das Eis flitzen sehen. Sie glichen kleinen Booten mit Dreieckssegeln, unter denen Kufen angebracht waren wie bei einem Schlitten.

»Wann können wir dort sein?«, fragte Phileasson.

»Bei ebenem Eis und gutem Wind sind die Eissegler dämonisch schnell. Zwei Stunden bis zur Insel, vielleicht drei.«

Phileasson pfiff anerkennend.

»Aber das Eis ist tückisch.« Knot tippte ihm vor die Brust. »Spalten überall, manche davon unter dünner Schneedecke verborgen. Nichts ist, wie es scheint. An anderen Stellen hat sich das Eis zu Mauern erhoben, wo sich mannshohe Schollen übereinandergeschoben haben. Ihr werdet Tage brauchen, vielleicht eine Woche. Man muss ein Nivese sein, um sich hier zurechtzufinden.«

Phileasson sah hinüber zu den runden Schneehütten.

Packeisgrenze,
siebenundzwanzigster Tag im Grimfrostmond

Asleif Phileasson schlug die Augen auf.

Neben sich hörte er das Atmen der vier Nivesen, in deren Schneehaus er nächtigte. Auch die anderen Gefährten hatten sich auf die Iglus verteilt, sodass ihnen erspart geblieben war, ein eigenes Lager zu errichten, um der nächtlichen Kälte zu trotzen. Tatsächlich war es in den aus Schnee und Eis gefügten Halbkugeln überraschend warm, Phileasson hatte den Großteil seiner Kleidung abgelegt. Crottet, der Wortführer der Nivesen, weil er am besten Thorwalsch sprach, schlief sogar nackt unter den Robbenfellen.

Mangelnde Bequemlichkeit konnte nicht der Grund für Phileassons Erwachen sein.

Fehlte ihm etwa das Schaukeln des Schiffes?

Seine Rechte lag auf dem Wolfsgriff des Schwertes.

Trübes Eis verschloss die beiden winzigen Fenster des Iglus. Er machte sie als dunkelgraue Flecken in der schwarzen Umgebung aus, sah aber ansonsten nichts. Vor dem Eingang, durch den man nur mit Mühe nach draußen kriechen konnte, lag ein Ballen Robbenfelle.

Phileasson hielt die Luft an und lauschte.

Da waren Geräusche. Das waren nicht die Hunde, sondern menschliche Stimmen, auch wenn die Wand des Iglus die Laute so weit dämpfte, dass die Worte unverständlich wurden.

Er steckte das Wurfbeil in den Hosenbund, schob das Schwert vor sich her und tastete sich zum Ausgang. Dort zog Phileasson die Stiefel über die Füße. Sie waren mit Robbenfell umwickelt, das Crottet ihm zur Begrüßung geschenkt hatte. Er zog den Ballen von der Öffnung weg und kroch hinaus. Phileasson ignorierte die Kälte, die in sein Gesicht und durch die dünne Kleidung biss, und richtete sich auf.

Die Iglus der Nivesen standen südöstlich der Schiffe. Die beiden Drachen und die zwei Knorren *Walross* und *Auerochse* fassten das Lagerfeuer ein, das aber von Phileassons Position aus durch Knots Knorr verdeckt wurde. Sie war ein dunkler Hügel auf dem Eis, wohingegen die Iglus hell im Licht von Mond und Sternen schimmerten.

Phileasson hörte weitere Rufe, verstand die Worte aber noch immer nicht. Der Wind kam von Osten und trieb feinen Schnee vor sich her.

Mit knirschenden, kurzen Schritten ging er nach Norden, bis die *Auerochse* seinen Blick nicht mehr verstellte. Phileasson sah den weiten, flachen Hügel, den die Plane bildete, unter der die Vorräte lagerten. Nahrung, Harpunen, Schneeschuhe, Decken, Lampen, Seile. Alles, was man auf dem Packeis benötigte. An den Rändern beschwerten Eisblöcke die Abdeckung.

Hinter den Vorräten, nordöstlich der Schiffe, erahnte Phileasson die Iglus, die die Thorwaler gebaut hatten. Sie waren weniger stabil als jene der Nivesen, aber wenigstens stürzte nicht mehr jede Nacht einer ein, behauptete Knot. Kamen die Rufe von dort?

Crottet folgte Phileasson. Er war nicht nur selbst vollständig angekleidet, sondern brachte auch Umhang und Helm des Drachenführers. Phileasson nahm beides dankbar entgegen. Seine Finger klebten kurz am Metall des Helms, als er ihn aufsetzte.

Sie umrundeten die südliche Knorr, sodass die große, eherne Feuerschale in den Blick kam. Sie lag verlassen. Phileasson hatte seinen Leuten freigestellt, wie sie die ersten Stunden zurück auf festem Boden verbrachten. Er hatte ihnen aber eingeschärft, dass sie noch vor Sonnenaufgang Hundeschlitten und Eissegler bereit machen würden, um die kurze Spanne des Tageslichtes vollständig für die Fahrt zur Insel der Schneeschrate zu nutzen. Auch wenn Schwester Shaya versicherte, dass unwichtig war, ob Beorn oder er zuerst einen Kopfschwänzler fing, musste er die gesamte Reise um Aventurien herum doch innerhalb von achtzig Wochen bewältigen. Von diesen waren nun bereits drei verstrichen, ohne dass er eine einzige Aufgabe gelöst hätte. Befriedigt stellte er fest, dass auch seine Ottajasko genug Vernunft und Siegeswillen besaß, um auf ausgelassene Feiern zu verzichten, und stattdessen die Nachtruhe suchte, um die Jagd mit ganzer Kraft zu beginnen.

Ein Hornstoß scholl durch die Nacht.

Phileasson sah zwischen den Knorren und den Drachen hindurch zu dem Ort, wo die Reste des roten Signalfeuers in einer Kupferschale, groß wie der Schild Rondras, glommen. Man ließ es ausbrennen, weil nun beide Kapitäne die Versorgungsschiffe erreicht hatten. Nur wegen der umgebenden Dunkelheit war noch die letzte Glut auf dem Hügel aus Schnee und Eistrümmern zu sehen, den man jenseits des Pressrückens aufgeschüttet hatte.

Von dort kamen der Hornstoß und auch die Rufe, wie Phileasson jetzt erkannte.

Als der Wind erstarb, klangen metallische Schläge herüber.

»Das ist kein Streit zwischen Betrunkenen!«, rief Phileasson. »Das ist ein Kampf!«

»Alarm!«, brüllte Crottet. »Wacht auf! Überfall!« Er wiederholte es in der Sprache der Nivesen und riss das aus einem Knochen geschnitzte, an einer Seite mit Sägezähnen bewehrte Kurzschwert aus der Scheide.

Phileasson hörte ein Zischen und Knattern, das er nicht einordnen konnte, bis Crottet auf zwei große Schatten zeigte, die nördlich einen Bogen um das Lager fuhren und auf die Iglus der Thorwaler zuhielten. Im ersten Augenblick vermochte Phileasson in der Dunkelheit nicht zu erkennen, um was es sich handelte. Sie waren lang gestreckt, wie Lindwürmer, doch viel zu schnell für diese Schreckenskreaturen. Aus ihrem Körper wuchs ein hohes Dreieck. Eine Finne?

Nein, jetzt begriff er. Das waren Segel. Eissegler griffen sie an!

Ein weiteres Gefährt setzte mit solcher Geschwindigkeit über den Pressrücken, dass es einen Satz machte, bevor die Kufen wieder auf das Eis schlugen.

Phileasson hastete mit glitschenden Schritten zu den nördlichen Iglus, aus denen jetzt die ersten Kameraden krochen. Crottet lief sicherer auf dem Eis. In die Sohlen seiner Stiefel waren Nägel geschlagen, die ihm Halt gaben. Das glich die kürzere Schrittlänge aus.

Phileasson hörte einen Schrei und sah, wie ein Thorwaler vor einem Iglu zusammenbrach.

Ein Eissegler fuhr eine enge Kehre, schlitterte noch ein kurzes Stück weiter und kam dann zum Stehen. Ein halbes Dutzend brüllender Gestalten sprang heraus. Sie stürzten sich mit Äxten und Harpunen auf die Schneehäuser und brachten sie zum Einsturz. Offenbar wollten sie die Bewohner überrumpeln, noch bevor diese zu den Waffen greifen konnten. Wo sich zwischen den Trümmern etwas regte, schlugen sie zu.

Phileassons Schwert Fejris flog aus der Scheide. Der Stahl schimmerte in der kalten Nacht wie der unbarmherzige Blick des Wintergottes. Der Drachenführer brüllte, um die Angreifer von den schutzlosen Gefährten abzulenken, und rannte, so schnell er es sich auf dem rutschigen Untergrund zutraute.

Er verzichtete auf eine vorsichtige Kampfhaltung. Stattdessen rammte er mit vollem Schwung gegen eine der Schattengestalten, die eine Axt über den Kopf erhoben hatte. Der Aufprall war weich, der andere trug keine Rüstung, sondern dicke Pelze. Diese schützten ihn auch vor Phileassons Schwertklinge, die sich in der Kleidung verfing. Der Gegner ging zu Boden. Phileasson sprang über ihn, schlitterte ein Stück über das Eis und fand im Schnee eines eingestürzten Iglus Halt.

Die Feinde riefen einander etwas in einer Sprache zu, die Phileasson nicht verstand. Zwei von ihnen drangen mit Spießen auf ihn ein. Er hatte gerade noch Zeit, dem niedergerannten Gegner gegen den Kopf zu treten, als der sich aufrappeln wollte. Dann stellte er sich der neuen Gefahr.

Phileassons Linke reagierte schneller als sein Verstand. Sie hatte den vorzuckenden Spieß bereits unmittelbar hinter der Spitze gepackt, bevor er sich des Angriffes gänzlich bewusst war. Er griff mit der Rechten den Speerschaft und riss die Waffe an seinem Bauch vorbei, sodass sie ins Leere ging. Diese Bewegung verlängerte er mit starkem Zug. Zugleich machte er einen Schritt auf den Gegner zu und stieß das Schwert entschlossen nach vorn. Das genügte, um die Distanz zu überwinden. Die Fellkleidung nahm der Klinge etwas von ihrer Wucht, aber was durchkam, reichte aus, um den kalten Stahl einen Spann tief in den Leib des Feindes zu treiben. Sofort verebbte der Widerstand am Spieß. Mit einem kläglichen Schrei brach der Gegner in die Knie.

Aber sein Kamerad war noch da. Brüllend rammte er die Harpune vor.

Phileasson drehte sich weg. Er bekam sein Schwert nicht sofort aus dem gestürzten Leib frei, also benutzte er den Spieß des gerade überwundenen Gegners. Da er ihn unmittelbar hinter der Spitze hielt, setzte er ihn wie einen langen Knüppel ein und schlug ihn gegen den Kopf des Schattens vor sich. Dumpf krachte das Holz an einen Helm.

Sein Gegner wankte zurück.

Phileasson trat gegen die Brust des Gefallenen und zerrte an der Waffe, während er zugleich den zurückgedrängten Gegner im Auge behielt. Mit einem Ruck riss er Fejris frei.

Plötzlich war eine Bewegung hinter ihm. Phileasson wirbelte herum.

Er hielt das Schwert zurück. Es war Crottet, der mit seiner beinernen Klinge dem am Boden liegenden ersten Gegner die Gurgel durchschnitt.

Der Feind, den Phileasson am Kopf getroffen hatte, zog sich zurück, bis er wieder am Eissegler stand.

»Sammeln!«, rief Phileasson. »Zum Lagerfeuer!«

Die schattenhaften Gestalten zwischen den teils eingestürzten Iglus ließen keuchend voneinander ab. Einige bewegten sich wie von Phileasson gefordert um die nördliche Knorr, die *Walross*, herum zum Lagerfeuer. Die anderen sammelten sich bei den Eisseglern, die jetzt in einer Gruppe vor dem Vorratslager standen.

»Sie machen sich an der Plane zu schaffen«, sagte Crottet.

Jetzt hörte auch Phileasson das Poltern der Eisklötze, die den Witterungsschutz beschwerten. »Räuber«, stellte er fest.

Vereinzelt wurde noch gekämpft. Phileasson und Crottet eilten vorbei an einigen Thorwalern, die einen Kameraden stützten, zu einer Schneewehe. Dort standen Shaya mit ihrem Wanderstab und Irulla mit ihrem Speer vor einer kleinen Gestalt, vermutlich Leomara. Die Gesichtszeichnung der Waldmenschenfrau war unter der Fellmütze nur zu erahnen. Ihre schlanke Waffe dagegen wirkte drohend wie eine aufgerichtete Giftschlange. Die Spitze glänzte feucht, ein Feind humpelte.

Bevor sich die Räuber auf die beiden zusätzlichen Gegner einstellen konnten, waren Phileasson und Crottet unter ihnen. Ihre Klingen krachten auf die Abwehr ihrer Feinde. Phileasson führte Fejris mit solcher Kraft, dass die in den Schlag gehaltene Axt nicht zur Parade taugte. Das Schwert traf mit kaum gebremster Wucht den Kopf des Räubers, der Schädel knackte, und der Mann taumelte zurück.

Irulla nutzte die Verwirrung gnadenlos aus. Ihr Speer stieß in einen Unterleib. Wegen des hellen Schmerzensschreis vermutete Phileasson, dass sie eine Frau getroffen hatte.

Shaya blieb nah bei Leomara, den Stab abwehrbereit vor dem Körper.

Phileasson trat dem nächsten Gegner brüllend und mit hoch über den Kopf erhobenem Schwert entgegen. Dadurch richtete sich die gesamte Aufmerksamkeit des Feindes nach oben. Auch die Abwehr ging dorthin.

Phileasson aber führte Fejris in einem weiten Bogen. Als das Schwert das Knie traf, hatte es genug Schwung, um den Unterschenkel abzutrennen. Dunkel spritzte das Blut in den Schnee. Phileasson beendete das Leiden mit einem Stich in den Hals.

Die restlichen Räuber verlegten sich nun endgültig darauf, ihre Stellung um die Eissegler zu sichern. Sie plünderten die Vorräte und schafften sie in die bootsähnlichen Gefährte.

Crottet durchsuchte mit einigen weiteren Nivesen die Trümmer der Iglus. Sie bargen drei Verwundete, die sie zum Sammelpunkt am Lagerfeuer mitbrachten.

Phileasson ordnete die Truppe. Er sorgte dafür, dass die vorhandenen Waffen gleichmäßig verteilt wurden, wobei er selbst sein Wurfbeil an Tjorne abgab. Crottet schickte einige Nivesen zu den aufgeregt bellenden Schlittenhunden. Phileasson hatte davon gehört, dass gute Tiere selten und ihre Ausbildung aufwendig waren, entsprechend wertvoll mussten sie sein.

»Wir dürfen dieses Raubgesindel nicht mit unseren Vorräten davonkommen lassen!«, rief Kapitän Knot. »Allein von der Jagd können wir uns hier nicht ernähren! Wir brauchen den Stockfisch!«

Die Räuber hielten die Thorwaler beschäftigt, indem sie Fackeln in die *Walross* schleuderten. Zwar war das geladene Heu durch den Schneefall der vergangenen Tage feucht, aber wenn Phileasson nichts dagegen unternähme, verlören sie das Versorgungsschiff an die Flammen.

Er ließ das Lagerfeuer löschen, damit dem Gegner verborgen blieb, was vor sich ging. Aus den nur noch bedingt Einsatzbereiten stellte er einen Löschtrupp zusammen, aus den besonders Kühnen eine Gruppe, die zwischen den Knorren frontal gegen die Räuber vorstoßen sollte. Deren Führung vertraute er Eichward an, der als Ritter über Erfahrung mit Sturmangriffen verfügte. Phileasson selbst leitete den stärksten Trupp südlich um die *Auerochse* herum, um dem Gegner in die Flanke zu fallen.

Hinter dem Schiff kamen sie den Iglus der Nivesen nahe.

»Wir sollten die Hunde mitnehmen«, schlug Crottet vor.

»Sind sie nicht zu kostbar, um sie als Ablenkung zu benutzen?«

Crottets Zähne schimmerten im Sternenlicht, als er grinste. »Firnläufer sind wilder als die Hunde, die ihr haltet. Sie sind

Geschwister der Wölfe, wie wir. Diese Tiere und wir sind wie ein Rudel. Das Rudel kämpft zusammen.«

Phileasson zuckte mit den Schultern. »Ich denke, du weißt, was du tust.«

Geduckt verschwand der Nivese in der Nacht.

Phileasson vergewisserte sich, dass seine Streitmacht bereit war. Da sich außer der Besatzung der *Seeadler* auch der Großteil der Mannschaften der Knorren angeschlossen hatte, befehligte er etwa einhundert Kämpfer. Salarins magische Kräfte wirkten nur in Harmonie mit ihrem Ziel, hatte der Elf erklärt. Da dies in einer Schlacht niemals der Fall war, würde er seine hervorragenden Bogenschießkünste einbringen. Tylstyr dagegen war zuversichtlich, nochmals eine Feuerlanze wie jene schleudern zu können, die sie aus dem Griff der Eisberge gesprengt hatte. Drei Recken sollten den Magier schützen, damit sich dieser auf die arkanen Kräfte konzentrieren könnte.

Eichward brüllte Kommandos durch die Nacht.

Die Schatten bei den Eisseglern wurden unruhig. Sie sammelten sich, um dem ungestümen Angriff des Ritters zu begegnen.

Phileasson winkte seinen Leuten. Sie liefen los.

Geschrei erhob sich, als Eichwards Ablenkungsangriff die Stellung der Räuber traf. Ein Eissegler setzte sich in Bewegung. Phileasson sah die Silhouette eines Bogenschützen. Metall krachte auf Metall.

Ein Pfeil bohrte sich neben Phileasson ins Eis. Ganz so abgelenkt waren die Räuber also nicht, aber sie befanden sich nur noch zehn Schritt entfernt.

Als die Thorwaler erkannten, dass sie bemerkt waren, brüllten sie, als seien sie Dämonen aus Hranngars Gefolge. Brutal stürzten sie sich auf die Gegner. Phileasson schlitzte einen Mann vom Schritt bis zum Brustkorb auf.

Von dem Eissegler, der sich von den anderen entfernt hatte, griffen Bogenschützen in das Gefecht ein. Es musste sich um eine Handvoll Räuber handeln, reichlich versorgt mit Pfeilen. Unablässig zischten Geschosse in Phileassons Richtung. Neben ihm schrie einer von Knots Recken auf. Die Wucht des Treffers riss ihn herum, bevor er auf das Eis stürzte.

»Schilde hoch und ran an den Feind!«, brüllte Phileasson, obwohl er selbst keinen Schild trug. Hätten sie den Gegner erst einmal erreicht und wären in dessen Reihen eingebrochen, böten sie den Schützen nur noch unklare Ziele.

Eine Flammenlanze loderte durch die Dunkelheit. Sie verfehlte den Eissegler, flößte seinem Steuermann aber so viel Respekt ein, dass das Gefährt in die Nacht abdrehte.

Ein unmenschlicher Schrei ließ Phileasson zu Tylstyr herumwirbeln. Dreißig Schritt entfernt stand der Magier in Flammen wie eine lebende Fackel. Seine Leibwächter rissen ihn zu Boden und wälzten ihn im Schnee.

Dafür fehlte Phileasson jetzt die Zeit. Er sprang in einen der fünf verbliebenen Eissegler. Das war das erste Mal, dass er ein an Land liegendes Boot enterte.

Der schmale Rumpf bot kaum Beinfreiheit. Er konnte dem Axthieb nicht ausweichen, also ließ Phileasson Fejris' Klinge senkrecht abfallen und parierte den Angriff. Mit der freien Hand griff er den Hals seines Gegners und drückte zu.

Der andere löste die Axt vom Schwert und holte erneut aus.

Phileasson war schneller. Er brachte die Waffe hoch und stach die Spitze in den Bauch, um sie von dort aufwärts in den Brustkorb zu rammen.

Blut quoll aus dem Mund des Gegners und rann warm auf Phileassons Hand.

Er schleuderte den Sterbenden auf das Eis.

In der Dunkelheit war es kaum möglich, einen Überblick über den Kampf zu gewinnen. Die Thorwaler waren größer als ihre Gegner, was die Unterscheidung ermöglichte, wenn man nahe heran war. Aber dass man nicht versehentlich einen von Crottets Nivesen angriff, konnte Phileasson nicht garantieren; erst recht nicht, da die Nahkämpfe zu einem chaotischen Getümmel geworden waren. Hätte er Zeit gehabt, sich auf das Gefecht vorzubereiten, hätte er all seinen Kämpfern befohlen, eine weiße Armbinde zu tragen, damit sie einander erkannten. Jetzt musste er einen anderen Weg finden.

»Möge Hranngar ihre Zähne in diese Räuberbrut schlagen!« Phileasson nahm einen Schild auf, der einem Gegner gehört haben mochte. Da der Eissegler mit den Fernkämpfern fort war, konnte er vielleicht riskieren, wieder eine geschlossene Gruppe zu bilden. Jedenfalls würde das die Gefahr reduzieren, einen Freund zu erschlagen.

»Alles bei mir sammeln!«, brüllte er. Mit gespreizten Beinen stellte er sich auf die Reling des Eisseglers, um seiner Stimme größere Reichweite zu verschaffen. »Hierher! Alle hierher!«

Ein Pfeil schlug in den Schild. Unbeirrt sammelte Phileasson seine Truppe. Die Verwundeten stöhnten und schrien in der Nacht. In den Schmerzenslauten glichen sich Freund und Feind.

Ein Teil der Räuber zog sich nach Westen zurück, was von Orientierungslosigkeit zeugte. Dort gerieten sie zwischen die Knorren, sodass sie inmitten von Phileasson und Eichwards Trupp gefangen waren. Geschwächt durch den Kampf streckten sie die Waffen, als der Hüne mit seinem gewaltigen Zweihandschwert den Angriff befahl.

Die anderen Räuber versuchten, sich draußen auf dem Eis zu gruppieren. Aus dieser Entfernung erkannte Phileasson kaum etwas, aber er hörte das Bellen der Hundemeute. Schnell ging es in Knurren und Reißen über. Panische Schreie schallten über das Eis.

»Na los!« Phileasson sprang vom Boot.

Trotz der schneidenden Kälte hatte er für einen Moment die Umgebung vergessen und wäre auf dem glatten Eis gestürzt, wenn Ragnor ihn nicht gehalten hätte.

»Geben wir dem Gesindel den Rest!«

Packeisgrenze,
siebenundzwanzigster Tag im Grimfrostmond

»Ich habe seine Verbrennungen behandelt«, sagte Salarin Trauerweide, als ob der Zauber etwas so Selbstverständliches gewesen wäre wie das Atmen. »Aber diese Wunde widersetzt sich meinem Lied. Vermutlich steckt noch etwas darin.«

Shaya Lifgundsdottir brachte eine Laterne so nah heran, wie sie es wagte. Tylstyr hatte verständlicherweise Angst vor Feuer, war er doch vor ein paar Stunden beinahe verbrannt, weil seine Flammenlanze ihn selbst entzündet hatte. Salarin erklärte das mit einer Zaubermelodie, deren Töne einen eigenen Willen hätten.

Shaya interessierte das nicht. Für sie ging es um einen Verletzten, dem der Güte der Mutter Travia gemäß geholfen werden musste.

Eine Wunde wie diese hatte sie noch nie gesehen. Durch Salarins Magie war die Haut so weich und faltenlos wie die eines Neugeborenen. Am Bauch befand sich eine Öffnung, die wie ein Schnitt in einem abgehangenen Schinken aussah. Kein Blut, kein Fleisch, das über die Wundränder hinausgequollen wäre.

Offenbar entfaltete Salarins Zauberlied Wirkung, auch wenn es nicht vollständig erfolgreich war.

»Kalt«, stöhnte Tylstyr.

Der Morgen dämmerte fahl über dem Eisfeld im Osten. Ohne die Lampe hätte Shaya nur graue Schatten gesehen. Dort draußen unternahmen einige Gefährten unter Swafnilds Führung bereits die erste Erkundungsfahrt.

Sie beugte sich tiefer über die Wunde, um im schwachen Licht besser sehen zu können. Verfärbte sich die Haut blau?

Tylstyr lag nackt in den Fellen abseits der neu entzündeten Feuerschale. Jetzt schob Shaya die Pelze so zurecht, dass nur ein kleiner Bereich um die Wunde herum unbedeckt blieb.

»Ist es so besser?«, fragte sie.

»Kalt.«

Shaya biss sich auf die Unterlippe. Sie wusste, dass sie Tylstyr wehtun musste, damit er gesunden könnte. Um sicherzugehen, legte sie zwei Finger neben die Wunde und drückte sanft zu.

Tylstyr schrie. Salarin hatte große Mühe, seine Hände niederzuhalten. Am liebsten hätte der Verletzte Shaya wohl weggestoßen.

Ohne viel Hoffnung bog sie die Wundränder auseinander. Tylstyr schrie lauter, aber sie konnte keinen Fremdkörper erkennen.

Shaya öffnete die Laterne und zog die Klinge ihres Messers durch die Flamme. Sie sah in die großen, violetten Augen des Elfen. »Ich hole jetzt heraus, was in der Wunde ist. Dafür muss ich mich dazu durchschneiden.«

»Ich schätze, es ist eine Pfeilspitze«, sagte Salarin. »Wenn wir Glück haben, ist sie noch in einem Stück. Sobald du sie hast, werde ich die Wunde verschließen.«

Shaya schob Tylstyr den Griff eines anderen Messers zwischen die Zähne. »Das wird jetzt wehtun.«

Nochmals sengte sie die Klinge ab. Sie glaubte Mutter Cunia mahnen zu hören, dass sie nicht trödeln solle.

Einmal atmete sie noch durch, dann führte sie das Messer ein und schnitt.

Tylstyr biss auf den Griff und bog den Rücken, um von der Klinge fortzukommen. Zwei kräftige Thorwaler kamen hinzu und hielten ihn fest. Der eine hieß Ulw, den Namen des anderen kannte Shaya nicht. Sie gehörten zu den Knorren.

Nachdem sie einmal begonnen hatte, arbeitete Shaya unbeirrt. Sie fühlte, wie die Messerklinge auf etwas Metallisches stieß. Sie griff in die Wunde, spürte das warme Blut und das zitternde Fleisch, bekam den Fremdkörper aber nicht zu fassen. Beherzt setzte sie zwei weitere Schnitte.

Salarin behielt recht. Sie gab ihm die Pfeilspitze.

»Für den Krieg gemacht, nicht für die Jagd«, sagte er. »Widerhaken, sodass sie stecken bleibt. Der Schaft war nicht festgebunden, damit sich die Spitze löst, wenn man ihn herauszieht.«

Angewidert betrachtete Shaya den Beweis der perfiden Grausamkeit der Räuber.

Während Salarin seinen Heilzauber sang, säuberte sie die Messerklinge und steckte ihr Werkzeug weg. Sie nahm den Wanderstab, mit dem sie bei dem nächtlichen Überfall einige Angriffe geblockt hatte, bevor Phileasson und Crottet die Räuber vertrieben hatten. Dafür musste sie ihnen noch danken.

Sie fand die beiden neben der *Seeadler*. Dort saßen die gefangenen Räuber mit auf den Rücken gebundenen Armen. Etwa ein Dutzend hatte überlebt. Von ihrer Position aus konnten sie den Leichenhügel sehen. Wenn die Verwundeten versorgt wären, würde Shaya den Totensegen sprechen.

Jetzt ging sie zu ihnen.

»Was hat er denn nun gesagt?«, fragte Phileasson Crottet.

Der Nivese verschränkte die Arme vor der Brust. »Du bist zu ungeduldig!« Er nickte zu einem Gefangenen, der eine gelbe Schärpe über der Fellkleidung trug. »Ich verstehe ihn schlecht.«

»Er spricht doch deutlich.«

»Ja, aber er hat einen seltsamen Dialekt. Ich weiß nicht, wer so ein Nujuka benutzt. Lauter Wörter aus dem Süden dabei.«

»Na, mach schon!«, forderte Phileasson.

Shaya erkannte, dass dies ein ungünstiger Zeitpunkt für ihren Dank war. Aber im Dämmerlicht des Morgens sah sie auch, dass viele Gefangene verletzt waren. Derjenige mit der gelben Schärpe hatte ein Ohr verloren. Wo es hätte sein sollen, saß ein Klumpen gefrorenes Blut.

»Vielleicht kann ich helfen«, bot Vascal della Rescati an. Er kam von den vier erbeuteten Eisseglern. Sie hatten einige Hunde verloren, sodass sie Schlitten durch die bootsähnlichen Gefährte ersetzen mussten. Dem Drachenführer war das recht, er wollte schnell vorwärtskommen.

»Sprichst du auch Nujuka?«, fragte Phileasson.

»Keine Sprache ist Nandus fremd.«

»Ist das wieder ein Rätsel?«

Vascal lächelte. »Diesmal nicht. Gib mir einen Moment.«

Er musterte die Gefangenen, danach Phileasson, Shaya und Crottet. Dann breitete er die Arme aus und blickte zum Himmel.

Die Sprache, in der er dann redete, verstand Shaya nicht. Sie glaubte aber, sie schon einmal in der Magierakademie vernommen zu haben.

Vascal wechselte die Sprache. Die Wörter hörten sich für Shaya jetzt abgehackt an, als unterbräche Vascal sie, bevor sie vollständig ausgesprochen waren. Zudem wiesen sie viele Kehllaute auf.

Er sprach bereits seit einigen Sätzen Garethi, als Shaya den Sinn des Gesagten erfasste. »… gewähre uns die Gunst, Gesprochenes und Verstandenes eins werden zu lassen. Verstehen ist der Quell eigenen Denkens und die Wurzel des Erkennens.«

Nachdem er geendet hatte, sahen alle Vascal an.

»Du kannst jetzt deine Fragen stellen«, sagte er zu Phileasson.

Shaya wunderte sich darüber, dass der Liebfelder das Thorwalsch plötzlich so flüssig sprach, als wäre er in Olport aufgewachsen.

Phileasson runzelte die Stirn, wandte sich aber an den Gefangenen mit der gelben Schärpe. »Steckt Beorn hinter dieser Sache?«

Der Mann starrte Phileasson an, dann Vascal, um danach zu Phileasson zurückzukehren. »Ich kenne keinen Beorn«, behauptete er in tadellosem Thorwalsch.

Auch Phileassons Blick ruckte wieder zu Vascal.

»Ihr wolltet reden«, stellte dieser fest. »Jetzt redet auch.«

Phileasson räusperte sich. »Ein kleiner Mann … ich meine: Etwas größer als du ist er schon. Er trägt einen geflügelten Helm, ist schwarz gewandet und bedeckt das rechte Auge mit einer Klappe.«

»So jemanden habe ich noch nie gesehen.«

»Dann wart ihr also nur hinter unseren Vorräten her.«

»Vor drei Tagen haben wir das Signalfeuer entdeckt und euch seither beobachtet.«

»Aber von der Ankunft der *Seeadler* haben eure Kundschafter nichts mitbekommen«, meinte Phileasson zufrieden.

»Nein. Auf eine halbe Hundertschaft zusätzlicher Kämpfer waren wir nicht vorbereitet.«

»Das ist Pech.« Phileasson hockte sich hin, sodass die beiden Männer auf gleicher Augenhöhe waren. »Ich verstehe das. Wirklich. Plünderfahrten sind mir vertraut. Und jeder, der zu solch einem Vorhaben auszieht, weiß, wie viel er dabei verlieren kann.«

»Werdet ihr uns umbringen?«

»Vielleicht. Kannst du mir einen Grund nennen, warum wir euch durchfüttern sollten?«

Shaya ächzte. Sie hielt sich jedoch zurück. Phileasson war der Kapitän, die Entscheidung lag bei ihm.

»Die anderen Sturmpfeifen werden uns rächen.«

»Sturmpfeifen? So nennt ihr euch?«

Der Mann nickte.

Fragend sah Phileasson zu Crottet. »Hast du schon einmal von ihnen gehört?«

»Piraten«, meinte der Nivese. »Sie haben ihr Nest auf einer Insel. Einige von uns handeln mit ihnen. Ich nicht.«

»Warum nicht?«

Crottet zuckte mit den Schultern.

Phileassons Blick schweifte über die Gefangenen. Wieder fiel Shaya auf, dass die meisten verletzt waren.

»Ihr seid ein trauriger Haufen«, stellte Phileasson fest. »Wenn ihr der kaiserlichen Armee von Gareth angehören würdet, könnte ich mir vorstellen, dass euren Kameraden etwas an euch liegt und sie euch rächen würden. Aber Piraten denken anders. Ihr habt euch in dieser Nacht eine blutige Nase geholt, und wer davongekommen ist, wird das mit einem Becher Premer Feuer feiern, statt sich um die Zurückgebliebenen zu sorgen.«

Der Mann von den Sturmpfeifen presste die Lippen zusammen. Er wusste, dass Phileasson die Wahrheit sagte. Sie hatten keine Hilfe zu erwarten.

Der Drachenführer richtete sich auf. »Ruft die Leute zum Lagerfeuer. Immerhin haben wir alle gemeinsam gegen diese Schurken gekämpft. Wer etwas dazu sagen will, was mit ihnen geschehen soll, dessen Meinung werde ich anhören.«

Vascal stapfte davon, um die Nachricht weiterzugeben.

»Das ist ein interessanter Zauber, den er da gewirkt hat«, murmelte Phileasson.

»Kein Zauber«, korrigierte Shaya. »Ein Wunder. Er hat es von Nandus erbeten.«

»Das soll mir auch recht sein. Jedenfalls kann er noch mehr, als nur schlau zu reden.«

»Er hat auch tapfer gekämpft«, meinte Crottet. »Ohne Schild, mit einer langen und einer kurzen Klinge. Hast du die Schramme an seiner Stirn gesehen?«

Phileasson nickte lächelnd. »In einem Kampf wie in der vergangenen Nacht scheiden sich die Mutigen von den Feiglingen.«

Shaya fragte sich, in welche Kategorie er sie einsortierte. Ihre Gefährten hatten Menschen getötet, und Shaya sah ein, dass das notwendig gewesen war. Dennoch war sie froh, es nicht selbst getan zu haben. Doch wenn jemand Leomara zu nahe gekommen wäre, hätte sie das Mädchen bis zum Letzten verteidigt.

»Du hast auch gut gekämpft, Crottet«, sagte Phileasson, während sie die wenigen Schritte zum Lagerfeuer gingen und sich auf einen Getreidesack setzten. Shaya blieb bei ihnen, weil sie nicht allein bei den Gefangenen sein wollte, die sie teils hoffend, teils feindselig anstarrten.

»Dies ist mein Land«, sagte der Nivese. »Ich weiß, wie man hier kämpft.«

»Du warst auch schon in anderen Weltgegenden«, meinte Phileasson. »Sonst würdest du nicht so gut Thorwalsch sprechen. Auch ohne Zauber.« Entschuldigend sah er zu Shaya hinunter. »Oder göttlichen Beistand.«

»Ich ziehe seit Langem mit Händlern umher. Aber du verstehst auch etwas von unseren Sitten.«

»Wie kommst du darauf?«

»Als der Firnläufer dich angefallen hat, hast du ihn abgeschüttelt, statt ihn zu erstechen.«

»Ach, das.« Phileasson winkte ab. »Durch die Winterkleidung

habe ich seine Zähne kaum gespürt. Und du hast mir doch gesagt, dass die Hunde für euch zur Familie gehören.«

Shaya horchte auf.

»Hören, Verstehen und Tun sind unterschiedliche Dinge.«

Shaya irritierte die Art, wie er sprach. Wie Phileasson gesagt hatte, war sein Thorwalsch auch vorher schon korrekt und flüssig gewesen, aber man hatte deutlich gehört, dass er kein Thorwaler war. Diese Lautfärbung war jetzt verschwunden, obwohl die Stimme gleich klang.

»Da hast du recht.« Phileasson sah in die schrägen Augen des Nivesen. »Trotzdem sind uns die Eigenheiten dieses Landes fremd. Ich will Beorns Vorsprung aufholen. Dabei könnte ich einen guten Führer gebrauchen, der weiß, wie man den schnellsten Weg über das Eis findet.«

»Der schnellste Weg führt meist schnell in eine Eisspalte.«

Phileasson lachte. »Dann eben den besten, nicht den schnellsten. Es soll dein Schaden nicht sein.«

Die Männer reichten sich die Hände.

Shaya hielt den Zeitpunkt für günstig. »Ich möchte mich bei euch bedanken.«

»Wofür?«, fragte Phileasson.

»Ihr habt mich gerettet. Und Leomara und Irulla natürlich auch.«

Phileasson lachte röhrend. »Der Tag, an dem Irulla der Rettung bedarf, muss erst noch anbrechen.« Er wurde ernst. »Und der Tag, an dem ich jemanden aus meiner Ottajasko zurücklasse, wird niemals kommen.«

Die grauen Augen hatten etwas von einem Raubtier. Shaya fröstelte.

»Ich würde mich jetzt gern um die Gefangenen kümmern«, sagte sie. »Viele von ihnen sind verletzt.«

»Das ist deine Sache«, meinte Phileasson. »Aber ich an deiner Stelle würde unsere Beratung abwarten. Vielleicht lohnt sich die Mühe nicht mehr.«

»Denkst du, man wird ihren Tod beschließen?«

»Ich bin der Drachenführer. Ich treffe die Entscheidung, das wohl. Aber ich werde mir anhören, was dazu gesagt wird. Was meinst du, Shaya? Diese Räuber hätten auch vor einer Geweihten nicht haltgemacht.«

Shaya sah zu Irulla hinüber, die zu denen gehörte, die sich um das Feuer sammelten. Andere flickten Segel, um die Eissegler flottzumachen.

»In Travias Haus findet jeder Zuflucht, egal, wie verwerflich sein Tun vorher war«, sagte Shaya.

»Wir sind nicht in Travias Haus.«

Shaya sah zu den Gefangenen hinüber. In ihrer Gesamtheit waren sie ein zitternder Haufen Elend. »Sie sind keine Bedrohung mehr.«

Phileasson nickte. »Ich werde deine Meinung bedenken.«

Am Ende beschloss er, zwei Geiseln bei den Knorren gefangen zu setzen. Alle Waffen und die Eissegler behielten die Thorwaler und die Nivesen.

Die restlichen Sturmpfeifen durften sich zu Fuß auf den Weg über das Eis machen. Sie erhielten ein Nebelhorn, damit sie Signale geben und ihre Kameraden sie leichter finden konnten.

Packeis,
achtundzwanzigster Tag im Grimfrostmond

Eissplitter spritzten auf, als der Segler sich in eine enge Kurve legte und die Kufen tief ins unebene Packeis schnitten. Das

Gefährt verlor schnell an Fahrt. Einen Augenblick flatterte das Segel im Wind. Ein scharfer Befehl des Elfen, dann wurde es geborgen.

Beorn beobachtete resigniert, wie die übrigen Segler viel weitere Kurven fuhren und deutlich länger brauchten, um zum Stillstand zu kommen. Niemand von ihnen konnte es mit den Fertigkeiten Galaynes auch nur im Entferntesten aufnehmen. Wenn er ihn erklomm, war es, als würde der Eissegler ein Teil von ihm. Segel und Tauwerk waren Verlängerungen von Muskeln und Sehnen des Elfen. Und sobald er von Bord sprang, war das Gefährt wieder tot.

Galayne eilte einige Schritte vor den mit Raureif bedeckten Bug und drehte den Kopf in den Wind. Sein schwerer, weißer Umhang bauschte sich in einer plötzlichen Bö.

»Der sieht aus wie ein Jagdhund, der Witterung aufnimmt«, murmelte Olav. Der drahtige Steuermann konnte den Elfen nicht leiden. Er hatte ihm zu viele Ratschläge erteilt, wie er die *Seeschlange* besser führen könnte, und jedes Mal recht behalten.

Beorn schwieg. Dieser Elf war ein Problem. Galayne war eine unschätzbare Hilfe, aber er zerrüttete den Frieden in der Mannschaft. Den meisten war er unheimlich. Er versuchte nicht, sich in die Ottajasko einzufügen. Stets wirkte er, als blicke er auf sie herab, und seine Taten bestätigten seine Überlegenheit auch noch.

»Schauen wir, was er treibt?« Olav kletterte ein wenig umständlich vom Eissegler. Ihm machte die Kälte mehr zu schaffen als den anderen. Der Recke war das älteste Mitglied der Mannschaft. Im nächsten Jahr würde er schon seinen fünfzigsten Sommer erleben. Doch was ihm an Kraft inzwischen fehlte, hatte er durch Erfahrung ausgeglichen. Bis Galayne gekommen war.

Der Blender sprang vom Eissegler und folgte seinem Steuermann. Olav hinkte, seit er sich im Kampf mit den Sklavenjägern

Al'Anfas eine üble Wunde über dem Knie zugezogen hatte. Auch roch er schlecht, und Beorn hatte schon Bettler gesehen, die sich besser kleideten als sein Steuermann. Aber all das hatte kein Gewicht für Beorn. Er wusste, dass er sich auf Olav verlassen konnte. Nur darauf kam es an, wenn man in einer Ottajasko ruderte.

Galayne atmete tief ein, als Beorn den Elfen erreichte. Dann nickte er. »Sie sind auf dem Eis. Eigentlich zu früh im Jahr.«

»Wer?«

»Ich glaube, bei euch nennt man sie Schneeschrate.« Galayne sprach höflich und doch klang es von oben herab.

Olav warf Beorn einen kurzen Blick zu, und der Blender wusste, dass sein Kamerad es genauso empfunden hatte.

»Woher weißt du das?« Beorn starrte über die Ebene. Der Wind trieb Schleier von aufgewirbeltem Schnee vor sich her. Die Sonne stand schon tief. Die Sicht war nicht sonderlich gut.

»Ich kann sie riechen«, entgegnete der Elf so beiläufig, als sei es das Selbstverständlichste der Welt.

»Bist ja ein richtiger Windhund.« Olav kicherte gehässig.

Der Elf bedachte den Steuermann mit einem knappen Blick. »Ich würde eher sagen: ein Bluthund.«

Olav blieb das Lachen im Halse stecken. »Was …«, setzte er an.

»Sind es nicht Bluthunde, die ihr Menschen benutzt, um ein Wild zu hetzen?« Er machte eine kurze Pause. »Weil sie so empfindliche Nasen haben, natürlich.« Wieder bedachte er Olav mit einem knappen Blick. »Es gibt freilich Gesellschaft, in der eine feine Nase einem nicht zum Vorteil gereicht.«

»Willst du sagen, ich stinke?« Der Steuermann tastete nach der Axt an seinem Gürtel.

»So wie wir alle«, schritt Beorn ein. Er hielt dem Blick des Elfen stand, der ihn durchdringend ansah. »Muss schwer sein, wenn man als Einziger nicht nach Schweiß, Rauch und sogar nach Pisse stinkt. Ich sehe auch nicht, dass sich daran in nächster Zeit was ändern wird.« Beorn machte eine weit ausholende Geste. »Ich sehe keinen Badezuber in der Nähe.«

Der Elf wandte sich wieder der weißen Ödnis zu. »Sie wissen, dass wir hier sind.«

»Kannst du das auch riechen?«, stichelte Olav.

»Wir stehen gegen den Wind«, mischte sich Beorn ein. Es war an der Zeit, wieder sachlicher zu werden. Gezänk brachte ihnen nichts.

»Sie spüren es.« Auch Galayne klang jetzt etwas weniger von oben herab. »Dies hier ist ihr Land. Sie wissen, wer es bereist. Sie werden uns einen Boten schicken.«

Beorn beschlich ein ungutes Gefühl. Konnte das stimmen? Soweit er wusste, waren die Schneeschrate einfach nur große Affen. Stellten sie eine Gefahr dar?

Inzwischen standen auch die übrigen Eissegler.

»Dein Harem rückt an«, murmelte Olav.

Beorn blickte voraus in den treibenden Schnee. Auch er hatte aus dem Augenwinkel gesehen, wer da kam. Ursa und ihre beiden *Schwestern*. Ursa war eine exzellente Kriegerin und talentierte Anführerin. Sie hätte längst eine eigene Ottajasko befehligt, wäre sie nicht so verdammt hitzköpfig gewesen.

»Was ist los?«, rief die Rothaarige übers Eis. »Wir hatten gute Fahrt und hätten noch mindestens eine Stunde segeln können. Warum halten wir?«

Wie alle brannte auch Ursa darauf, endlich wieder festen Boden unter den Füßen zu haben. Seit Tagen lag die große Insel scheinbar zum Greifen nahe, aber Presseisrücken und tiefe Spalten hatten sie immer weiter nach Osten gezwungen, statt in geradem Kurs auf die Insel zuzuhalten, über der Rauchsäulen aufstiegen, so groß, als würden dort Städte brennen.

»Schneeschrate.« Beorn deutete in die Richtung, in die der Elf spähte, auch wenn dort nichts zu sehen war.

»Wir könnten ein paar zusätzliche Pelze gut gebrauchen. Gehen wir hin?«

Ursa hatte recht. Die Kälte setzte ihnen allen zu, obwohl sie sich schon fast bis zur Unbeweglichkeit vermummt hatten. Und Galayne hatte mehrfach darauf hingewiesen, dass es noch schlimmer werden würde.

»In Stimmung für einen kleinen Jagdausflug?« Ursa wandte sich an Gera, eine hochgewachsene Kriegerin, die sie fast um Haupteslänge überragte.

Die Reckin nickte, ohne eine Miene zu verziehen. Außer mit Ursa sprach sie mit niemandem an Bord. Sie liebte Waffen und keine Menschen. Im engen Eissegler hatte sie sich auf das Nötigste beschränkt. Drei Wurfäxte steckten in ihrem breiten Gürtel, ein langes Schwert hing an ihrer Seite, und nun ließ sie die schwere Windenarmbrust von ihrem Rücken gleiten. Seit Beorn sie kannte, hatte Gera immer das Gefühl, mindestens eine Waffe zu wenig zu tragen.

»Was du vorhast, ist selbst für deine Verhältnisse außergewöhnlich töricht«, bemerkte Galayne.

»So töricht, wie als Elf mit uns ins ewige Eis zu segeln?« Sie sah ihn herausfordernd an. »Du hast Glück, dass du kein warmes Fell trägst. Sonst fände ich dich vielleicht verlockend.«

Galayne schien einen Moment zu brauchen, bis er begriff, dass sie gerade angedeutet hatte, dass sie ihn häuten würde, wenn sich die Gelegenheit ergäbe.

»Ich schlafe ruhig, Ursa, denn ich weiß, dass Dummheit hier im Norden eine äußerst kurzlebige Charakterschwäche ist.«

»Und jetzt genügt es, ihr beiden Streithähne!«, zischte Beorn. Ursa warf ihm einen schneidenden Blick zu, hielt aber den Mund.

Gera hatte ihre schwere Armbrust mit dem eisernen Fuß auf den Boden gestellt und begann, die Sehne mit den seitlich angebrachten Winden zu spannen. Es war eine große Waffe, wie man sie vor allem bei Belagerungen einsetzte. Ihre Bolzen konnten mühelos jeden Harnisch durchschlagen. Jetzt, in der Stille der Polardämmerung, klang das metallische Klicken des Spannmechanismus unnatürlich laut.

Zidaine kam über das Eis. »Alle Segler sind sicher vertäut«, meldete sie ruhig. Auch sie gehörte zu Ursas Gruppe. Die rebellische Reckin hatte alle Frauen der Ottajasko auf ihrem Eissegler versammelt.

»Werden wir hier unser Nachtlager aufschlagen? Soll ich Befehl geben, die Segler abzuladen? Wir …«

Beorn brachte Zidaine mit einer harschen Geste zum Schweigen. Da bewegte sich etwas im Schneetreiben. Eine riesige weiße Gestalt kam auf sie zu.

Eine gebeugte Kreatur mit unnatürlich langen Armen, die sich beim Gehen hin und wieder auf die Fäuste stützte, kam bis auf drei Schritt an ihre kleine Gruppe heran.

»Keiner rührt sich!«, befahl Beorn. Er hatte in seinem Leben schon Oger und Trolle gesehen, und dieses Geschöpf brauchte sich vor beiden nicht zu scheuen. Seine Arme waren dick wie Fichtenstämme, sein Kreuz so weit wie eine Tür. Selbst halb gebückt überragte der Schneeschrat Beorn um mehr als zwei Haupteslängen.

Ihr Gast hatte etwas Dunkles hinter sich hergezogen, das er nun mit beiden Händen aufhob und in fast demütiger Geste vor Galayne auf das Eis legte. Offenbar hielt der Schrat den Elfen für den Anführer, dachte Beorn grimmig. Und als Geschenk hatte er ihm eine tote Robbe gebracht.

Der Schrat stieß einige knurrende Laute hervor, die Galayne mit einem ernsten Nicken quittierte.

»Das ist Gal von den Narm Narm, was so viel wie *Eisbootsippe* heißt«, erklärte der Elf. »Er lagert mit den Seinen etwa vierhundert Schritt voraus an einer Spalte im Eis. Sie jagen dort Robben. Er bittet uns, den Frieden ihres Lagers zu wahren. Es sind Kinder dort. Er fürchtet, wir könnten sie erschrecken. Wir sollten uns unbedingt von ihnen fernhalten. Es wäre dumm, die großen Schneegänger zu verärgern.«

»Dumm wäre es, auf das schöne Fell zu verzichten, das vor uns steht«, sagte Ursa leise.

Gal richtete sich ein wenig auf und ließ seine Arme pendeln. War er nervös? Verstand er etwa, was gesprochen wurde?

Was für ein absurder Gedanke, schalt sich Beorn stumm. Diese Kreatur war nicht mehr als ein Affe. Er kannte solche Bestien aus dem tiefen Süden.

»Es gibt Hunderte von den Schneegängern auf der Insel«, sagte Galayne so bestimmt, als habe er jeden einzelnen von ihnen gezählt. »Lass sie in Frieden, Beorn, oder wir werden keine ruhige Stunde mehr haben. Du beginnst einen Krieg, der deine Ottajasko viel Blut kosten wird, wenn wir nicht weitersegeln.«

Das war mit Gewissheit übertrieben, dachte Beorn. Diese Schrate waren Tiere. Sie waren gar nicht in der Lage, einen Krieg zu führen! Vielleicht vermochten sie zu jagen wie ein Wolfsrudel, aber ein Krieg … Nein! Beorn wusste nicht, welche Hintergedanken der Elf hegte, aber es gab irgendeinen anderen Grund, warum er wollte, dass sie die Schneeschrate schonten. Angst vor ihnen konnte es nicht sein.

»Wer gibt hier eigentlich die Befehle, Drachenführer? Bist noch du es, oder stehen wir alle schon unter dem Kommando von diesem Langohr?« Ursa sah ihn herausfordernd an. Träumte sie vielleicht wieder davon, den Titel Königin der Meere zu erringen?

»Wir brauchen mehr Felle«, entschied Beorn ruhig.

»Finde ich auch!« Ursa nickte Gera zu. Die Hünin hob die schwere Armbrust und legte einen Bolzen in die gefettete Führungsschiene.

Gal beugte sich neugierig vor. Offensichtlich hatte er noch nie eine Armbrust gesehen. Er begriff wohl nicht einmal, dass es eine Waffe war.

Gera zog den Abzugsbügel zurück, und der vierkantige Bolzen stanzte ein kleines, rotes Loch mitten in die Stirn des Schneeschrats. Die Bestie wurde von der Wucht des Treffers zurückgerissen. Sie war tot, bevor sie auf dem Schnee aufschlug. Rasch bildete sich eine dampfende, rote Lache um den Kopf.

»Bringt mir ein Häutermesser!«, befahl Ursa. »Diesen Pelz werden sie im Süden mit Gold aufwiegen.«

»Ihr verdammten Narren!«, fluchte Galayne. »Ihr wisst nicht, was ihr da getan habt.«

Der Ausbruch des sonst so stillen Elfen überraschte Beorn. Mochte es sein, dass Galayne nicht wusste, wie man eine Hetzjagd organisierte? »Ursa, du rufst alle Bogenschützen zusammen. Ihr umgeht das Lager, das dort irgendwo vor uns liegt, und greift es von hinten an. Wir anderen erwarten die Schrate mit Speeren. Ihr treibt sie auf uns zu. Bevor der Mond aufgeht, wird jeder von uns ein Fell haben.«

Packeis,
achtundzwanzigster Tag im Grimfrostmond

Galayne vermochte den Blutdurst der Menschen nicht zu verstehen. Zielgerichtete Grausamkeit war ihm vertraut. Aber was hier geschah, war einfach nur dumm. Niemand würde einen Nutzen davon haben.

Der Elf schnallte den Helm von seinem Gürtel. Bald würde der Mond am Himmel stehen. Er musste sich vor seinem schneidenden Licht hüten.

Die engen Sehschlitze ließen seine Welt schrumpfen. Sah so das Weltbild der Menschen aus? Zwei schmale Fenster, gestanzt aus der Wirklichkeit. Sie waren unfähig, das größere Bild zu sehen.

Überdeutlich nahm Galayne den Geruch der Schneeschrate wahr. Hier im ewigen Eis gab es keinen Humus, keine Bäume, weder Pflanzen noch Tiere – nichts, das ablenkte. So wurde jeder Duft unendlich prägnanter, ebenso wie jede Farbe vor dem konturlosen Weiß der Landschaft an Strahlkraft gewann.

Es roch nach Robbenfett und Blut, nach feuchtem Fell und Reviermarken. Die Schrate schienen tatsächlich nicht zu bemerken, wie der Tod sie umzingelte. Sie rechneten nicht mit dem, was geschah. Und sie vermissten ihren Boten noch nicht. Vor langer Zeit hatte sich Galayne einige Jahre mit den Schneeschraten beschäftigt. Er hatte sie heimlich beobachtet, sie studiert. Bis jener seltsame Gast unter ihnen erschienen war. Dies hatte er als Zeichen aufgefasst, dass es an der Zeit gewesen war, sich zurückzuziehen. Sie wirkten wie Bestien, wenn man sie zum ersten Mal sah, und sie fraßen rohes Fleisch. Aber Galayne hatte gesehen, wie liebevoll sie mit ihren Jungen umgingen, wie viele Regeln es in ihrem Leben gab, wie sie endlos palaverten und feierten.

Er blickte zu den Thorwalern, die neben ihm über das Eis schritten. Ihre Gesichter waren grimmige Grimassen. Fest umklammerten sie Speere und Harpunen. Sie waren bereit, eine ganze Sippe auszulöschen, die nichts getan hatte, als sie höflich darum zu bitten, nicht ihren Weg zu kreuzen. Die Bestien hier im Eis waren nicht die Schneeschrate! Er musste mit diesen Barbaren ziehen, aber er würde nicht mit ihnen kämpfen. Nicht in dieser Schlacht! Bei anderen Gelegenheiten mochte sich ihre Tobsucht allerdings als nützlich erweisen.

Galayne roch jetzt die Thorwaler auf der anderen Seite des Lagers, und die Schrate würden ganz gewiss auch jeden Augenblick die fremde Witterung bemerken.

Ein gellender Schrei zerriss die Stille.

»Stürmt vor!«, befahl Beorn. Mordlust funkelte in seinem verbliebenen Auge.

Ein junger Schrat taumelte ihnen entgegen. Ein Pfeil ragte aus seiner Schulter. Beorn stieß ihm mit einem Schrei den Speer in die Brust. Binnen weniger Herzschläge war er noch von drei weiteren Speeren durchbohrt und lag tot im Schnee.

Beorn versuchte erst gar nicht, die Waffe aus der Wunde zu ziehen. Stattdessen riss er seine Axt aus dem Gürtel und schwenkte sie über dem Kopf. »Mir nach! Schnell!«

Galayne beobachtete interessiert, wie die Menschen agierten. Beorn war ein guter Anführer. Ihm war klar, dass sie den Vorteil der Überraschung so gut ausnutzen mussten, wie es nur ging. Wenn die Schneeschrate sich erst einmal vom ersten Schrecken erholten und ernsthaft anfingen zu kämpfen, würde auch Menschenblut fließen.

Der Elf hielt sich hinten, während sich die Thorwaler durch das Lager metzelten. Sechs Schrate lagen bereits tot auf dem Eis. Eine hünenhafte Gestalt stürmte Beorn entgegen. Mehr als drei Schritt hoch, die Arme mit den messerscharfen Klauen drohend über den Kopf erhoben. Zwei Pfeile steckten in ihrer Flanke, schienen ihr aber gar nichts auszumachen.

Die Krieger um Beorn wichen erschrocken zurück. Nur der Drachenführer kannte keine Angst.

Jetzt war es der Schneeschrat, der überraschend kehrtmachte. Er packte ein Jungtier seiner Sippe, kaum halb so groß wie er, und warf es über die breite Spalte im Eis, an der die Schratsippe ihr Lager aufgeschlagen hatte.

»Schieß ihn nieder, Gera!«, schrie Beorn. »Keiner darf entkommen!«

Wenigstens das hatten sie begriffen, dachte Galayne.

Aber Gera war beschäftigt. Ein Schneeschratweibchen griff die Bogenschützen an, und Gera selbst versuchte in fliegender Hast, ihre Windenarmbrust nachzuladen.

Ein ungestümer Hieb traf den Mann an ihrer Seite. Sein Hals knickte, sodass ihm der Kopf in groteskem Winkel auf den Rücken gerissen wurde.

Das Weibchen hielt sich nicht damit auf weiterzukämpfen. Mit der Linken presste sie ein Neugeborenes an ihren Leib und folgte dem Riss im Packeis, der nach Osten führte.

»Folgt ihr!«, rief Beorn und duckte sich unter einem Hieb des Leittiers der Sippe.

Mit stiller Genugtuung sah Galayne, wie Ursa zögerte, ihrem Kapitän beizustehen und den riesigen Schneeschrat anzugreifen.

Das Junge, das der Anführer über die Spalte geworfen hatte, war bereits außer Sicht. Es hätte keine Überlebenden geben dürfen! In ein paar Stunden würde die erste benachbarte Sippe wissen, was geschehen war, und dann würde sich die Nachricht vom Angriff auf der großen Insel wie ein Lauffeuer verbreiten.

Fluchend wich Beorn vor den Hieben seines Gegners zurück. Er vermied es, einen der Schläge mit seinem Schild abzufangen, wohl wissend, dass ihn ein Treffer auf dem eisenumrahmten Holz über das Eis schlittern lassen würde. Und die Spalte mit dem tödlich kalten Wasser war nicht fern.

Jetzt fassten sich die Krieger aus dem Gefolge des Drachenführers ein Herz und hoben ihre Speere. Mit einem wilden Schlachtruf stürmte Ursa vor.

Der Schneeschrat reagierte erstaunlich behände. Er drehte sich halb herum, und ein Rückhandschlag traf Ursas Schild. Die Rothaarige wurde von den Beinen gerissen und landete drei Schritt entfernt in einer Schneewehe. Mit einem weiteren Hieb knickte er zwei Speere mit einer Leichtigkeit, als seien sie nur Grashalme.

Ein Pfeil traf den Schrat in den Rücken. Gera führte ihre Bogenschützen heran. Im Vorbeigehen stach sie jedem der toten Schrate mit ihrem langen Schwert in die Brust.

Noch ein Pfeil fand sein Ziel, doch der Schrat ließ sich nicht ablenken. Er trieb Beorn vor sich her, auf die Spalte im Packeis zu.

Der Kapitän duckte sich, sprang vor, fintete und verlor doch Schritt um Schritt an Boden.

Seine Axt schlug eine tiefe Wunde in den Arm des Schrats, doch dieser schien den Schmerz nicht einmal zu spüren. Er war ganz und gar auf Beorn fixiert und hatte wohl beschlossen, den Drachenführer mit in den Tod zu reißen.

Leise zischend glitt Galaynes Schwert aus der ledernen Scheide. Er hatte zu lange zugesehen! Die Menschen sollten für ihre Dummheit bluten, doch konnte er nicht zulassen, dass Beorn etwas geschah.

Mit drei weiten Schritten war der Elf neben dem Schneeschrat. Ein glatter Hieb durchtrennte die Sehnen im Kniegelenk des Hünen.

Die Kreatur stöhnte auf und knickte ein.

Er stieß sein Schwert unter dem Rippenbogen hinauf ins Herz.

Eine Krallenhand hob sich, um ihn zu zerfetzen, und sank kraftlos wieder zurück. Mit weiten Augen sah der Schrat ihn an, während Galayne sein Schwert aus der Wunde zog.

»Verzeih mir, großer Schneewanderer«, sagte er leise in seiner Muttersprache.

Der schwere Leib sank zurück. Dampfendes Blut quoll in Stößen aus der Wunde.

Galayne kniete sich halb auf den bepelzten Körper, sah zu, wie sich die Augen schlossen und der Rhythmus, in dem sich die Brust hob und senkte, langsamer und flacher wurde. Der Elf legte dem Schrat die Hand über das Herz. Spürte den ersterbenden Schlag und die Lebenskraft, die dem mächtigen Leib entströmte.

»Danke!« Beorn nickte ihm knapp zu.

Galayne wischte das Schwert am Pelz des sterbenden Schrats ab. Hoffentlich würde sich Ursa über den schmierigen Streifen ärgern, wenn sie das Fell verkaufen wollte. Er zog die Handschuhe von der linken Hand, erst den dicken Fäustling, dann die feinere Arbeit mit den ausgeformten Fingern, die er darunter trug. Der Frost biss in seine Haut, aber nur kurz. Dann vergrub er die nackte Hand in dem dichten Pelz, und sofort wurde sie warm.

Jetzt ging es schnell. Das Leben verließ den Schrat, wie Wasser aus einer Vase entwich, die auf einem Pflaster zersprang.

»Gera!«, rief Beorn und deutete auf den Flüchtling auf der anderen Seite der Spalte. »Schieß den Jungen dort hinten nieder!«

Die blonde Schützin nahm sich Zeit und zielte sorgfältig auf das Junge, das sich mehr als hundert Schritt entfernt einen Pressrücken hinaufquälte. Das verdammte Mondlicht war sein Verhängnis, es leuchtete das Eis aus.

Gera zog den Abzugshebel.

Galayne sah den Schrat straucheln und dann abrutschen.

»Hab ihn erwischt«, verkündete die Kriegerin stolz.

Eine Wolke schob sich vor den Mond. Beorn hetzte die Bogenschützen dem flüchtenden Weibchen mit seinem Jungtier hinterher.

Galayne richtete sich auf, zog die Handschuhe an und blickte hinaus aufs Eis. Der Junge stand wieder auf. Mit weit ausgreifenden Schritten lief er der Insel der Schrate entgegen. Der Elf bezweifelte, dass er überhaupt etwas abbekommen hatte. Vielleicht war er gestolpert oder hatte sich einfach geistesgegenwärtig hingeworfen. Er würde Verstärkung holen.

Die Menschen verfolgten nun alle das flüchtende Weibchen.

Ruhig hob Galayne sein Schwert auf und schob es in die Scheide. Er betrachtete die Toten. Neun Schneeschrate waren niedergemacht worden. Zwei davon waren Geras mörderischer Armbrust zum Opfer gefallen. Die Waffe mochte von Nutzen sein, wenn sie ins Tal der Donnerwanderer kamen. Dort gab es weit bedrohlichere Kreaturen als Mammuts. Einen Streit mit den Schraten konnten sie wirklich nicht gebrauchen. Verdammte Narren, dachte er, während er den Kerl betrachtete, dem der Leitbulle mit einem einzigen Hieb das Genick gebrochen hatte. Dem Thorwaler hing die Zunge aus dem Maul, und seine toten Augen starrten so überrascht, als hätte er noch gar nicht begriffen, dass er nicht mehr unter ihnen weilte.

Es dauerte nicht lange, bis Beorn zurückkehrte. Der Blender wirkte verärgert. Ursa ging als Letzte in der Gruppe.

»Ist sie entkommen?«

Beorn knurrte etwas und ging einfach weiter.

Zidaine war es, die ihm antwortete. »Die Bestie hat drei Pfeile im Rücken. Sie wird es wohl nicht mehr weit schaffen.«

»Die *Bestie* ist ein Weibchen, das versucht, sein Junges zu retten. Sie wird laufen, bis ihr Herz aufhört zu schlagen. Niemand kann sagen, wie weit ihre Füße sie noch tragen werden. Vielleicht zu weit …«

»Zieht den Viechern die Felle ab!«, befahl Beorn. Er wirkte müde.

Galayne war sich sicher, dass der Drachenführer jedes Wort gehört hatte. Doch schätzte er Beorn so ein, dass er sich jedem direkten Rat widersetzen würde. Sie waren so entsetzlich starrköpfig, diese Thorwaler!

»Du meinst, sie werden uns hier angreifen?«, fragte Zidaine.

Der Elf zuckte mit den Schultern. »Vielleicht haben wir Glück. Vielleicht verreckt das Weibchen draußen im Eis. Aber ich wäre froh, wenn unsere Zukunft nicht auf einem Vielleicht gründen würde. Klug wäre es, ausnahmsweise in der Nacht über das Eis zu segeln. Wir sollten so schnell wie möglich so viele Meilen wie möglich zwischen uns und diesen Ort hier bringen.«

Er hatte Beorn beobachtet.

Der Kapitän hatte verstanden.

Auch Galayne hatte dazugelernt. Er würde dem Drachenführer nicht mehr vor versammelter Mannschaft irgendwelche Ratschläge geben.

Das Reißen der Felle war weithin zu hören, als die Sieger den Schraten die Haut vom Fleisch zogen, und warmes Blut dampfte in Lachen auf dem Eis.

Packeis,
achtundzwanzigster Tag im Grimfrostmond

Tylstyr Hagridson spürte das Eis in seinem Bart, als er die Lippen schürzte. Während sie mit dem Segler über das sanft gewellte Weiß glitten, gefror der Atem so schnell, dass man glitzernde Flecken auf die Bordwand hauchen konnte. Die kleine Leomara tat das unermüdlich, um dann verschlungene Runen hineinzukratzen. Ihre Linien ergaben zwar keinen Sinn, ähnelten aber den Zeichen, die sie auf den Trinkhörnern, den Waffen und den Schiffen der Thorwaler sah. Obwohl sie sicher kaum Gefühl in den mit dicken Fäustlingen geschützten Händen hatte, führte sie

Crottets Beinmesser so geschickt, dass sie auf diese Weise die Planken an Steuerbord verziert hatte wie den Giebel eines Langhauses.

»Leicht backbord!«, rief Crottet.

Der Nivese bediente die Zugseile, mit denen sich die Lenkkufen des Eisseglers bewegen ließen, aber für weite Manöver musste auch das dreieckige Segel in die richtige Stellung zum Wind gebracht werden. Tylstyr und Salarin Trauerweide schwenkten den Baum zur angegebenen Seite. Wie bei allen Verrichtungen, die für ihn neu waren, tat sich der Elf schwer. Beim Rudern auf der *Seeadler* war es ebenso gewesen. Inzwischen verstand Tylstyr, dass er sich zunächst in die *Melodie* eines Vorgangs einfühlen musste.

»Zieh die Leine straff«, bat Tylstyr, während er selbst das Segel weiter drückte und in Stellung hielt, nachdem der im Bug hockende Crottet bestätigte, dass es so stand, wie er es brauchte.

Das Schleifen der Kufen nahm Tylstyr nur noch wahr, wenn er bewusst darauf achtete. Zu allgegenwärtig war es in den vergangenen zwei Tagen geworden und hatte sich mit dem Säuseln des Windes, dem leisen Prasseln der Schneekristalle und dem Knarren des Eisseglers zu einem ständig präsenten Klangteppich verwoben. Diese monotonen Geräusche wurden kaum von Gesprächen unterbrochen. Selbst bei Shaya und Leomara erstarrte das Geplauder im klirrenden Frost, den der Fahrtwind noch verstärkte.

Die schnellen Gefährte waren auf sechs Besatzungsmitglieder ausgelegt. Es gab keine festen Gruppen. Heute hatten sich diejenigen zusammengefunden, die flüssig Garethi sprachen. Vascal, der Liebfelder, mit seinem Mündel Leomara. Shaya, die als Gänslein der Göttin Travia ein Jahr im Haupttempel im mittelreichischen Rommilys gedient hatte. Salarin, der auf weiten Reisen durch die Lande der Menschen nach den Göttern gesucht hatte, ohne sie zu finden. Der nivesische Händler Crottet und er selbst,

Tylstyr, der auf der Akademie gelernt hatte, sich auf Garethi mit fremdländischen Gelehrten auszutauschen.

Für Tylstyr war dieser Grund, die Besatzung zusammenzustellen, nur vorgeschoben. Phileasson war welterfahren genug, um fließend Garethi zu sprechen, und Eichward konnte sich problemlos in dieser Sprache verständigen, auch wenn sein Akzent den Andergaster verriet. Dennoch fuhren die beiden auf einem der anderen Eissegler oder auf einem Hundeschlitten. Zudem wusste inzwischen jeder von der Gnade des Halbgottes Nandus, die auf Vascal lag. Er hatte die Verständigung mit den Räubern ermöglicht und hätte das Gleiche wohl auch mit thorwalschen Gefährten vermocht, wäre es nötig gewesen. Niemand sprach den Geweihten darauf an, von heiligen Dingen sollte man nicht sinnlos schwatzen. Ohm Follker hielt sogar Abstand zu Vascal, wie Tylstyr im letzten Nachtlager bemerkt hatte.

Tylstyr war wegen Salarin auf diesem Boot. Er wollte in der Nähe des Elfen bleiben, der die Glut aus seiner Haut gesungen hatte. Noch immer fühlte er sich gedemütigt, wenn er daran dachte, wie leicht dem Spitzohr die Zauberei zufiel. Jetzt, nach der Flammenlanze, die Tylstyr selbst in Brand gesetzt hatte, war noch offensichtlicher, dass er niemals die selbstverständliche Leichtigkeit des Elfen erreichen würde, was den Umgang mit der Magie anging, die für ihn allgegenwärtiger Gesang war. Doch Rivalität und Eitelkeit drohten, Tylstyrs Ehre zu beschädigen. Er stand in Salarins Schuld, und diese musste er begleichen. Da Tjorne auf dem offenen Eis kaum von der Rächerin bedroht war, konnte sich Tylstyr dieser Sache zuwenden. Dabei war es seltsam, auf eine Gefahr zu hoffen, aus der er den Elfen retten könnte. Aber dann hätte er wenigstens diese Schuld abgetragen. Außerdem mochte er durch die Nähe zu Salarin Dinge erfahren, die einen Platz in dem Buch verdienten, das Cellyana von ihm erwartete.

Sie sprangen über einen Presseisrücken. Für einen Augenblick fühlte sich Tylstyr wie auf der *Seeadler*, wenn eine große Welle unter ihnen weggesackt war, dann schlugen sie hart auf. Nochmals forderte Crottet eine Korrektur des Kurses, was zu einem kurzen Kampf mit Wind und Segel führte. Hatte der Nivese etwas Besonderes entdeckt?

Mit viel Glück hätten sie die Insel der Schneeschrate schon längst erreicht, aber sie waren auf eine Spalte gestoßen, die so breit war, dass man von einer Schlucht im Packeis sprechen konnte. Zahlreiche kleinere Risse zweigten davon ab wie die Verästelungen eines Blitzes. Dadurch hatten sie sich lange nach Osten bewegt, manchmal sogar nach Südosten, anstatt nach Norden, wo die Aschewolken über ihrem Ziel standen. Fast ein Tag war deswegen verloren gegangen, erst seit Kurzem konnten sie Nordwestkurs fahren.

Der Auftrag der Eissegler bestand darin, den besten Weg für die mit den Versorgungsgütern nachfolgenden Hundeschlitten zu finden. Spätestens bei Einbruch der Nacht traf sich die Ottajasko im gemeinsamen Lager. Vier verlassene Ruhestätten von Beorns Mannschaft lagen schon hinter ihnen, kenntlich an den Spuren im Schnee, halb verscharrten Fäkalien, Ascheresten, die aus den Feuerschalen gefegt worden waren, und Löchern im Eis, wo die Pflöcke für die Zelte Halt gefunden hatten. Sie holten also auf. Steuerte Crottet nun ein weiteres Lager an?

Tylstyr hob den Kopf, um in die Ferne zu blicken. Das Eis zog an seinen Barthaaren, aber nur so konnte er durch die schmalen Schlitze in der Schneebrille über den Bug hinausspähen. Crottet hatte sie angefertigt, damit das gleißende Sonnenlicht auf dem Weiß sie nicht blendete. Der Nachteil lag darin, dass das Blickfeld zu kaum mehr als einer haardünnen Linie schrumpfte.

Das Schiff war unübersehbar, und ebenso erkannte Tylstyr auf den ersten Blick, dass es nie wieder das offene Meer befahren würde. Es hatte etwa die Größe der Knorren, die die Ottajaskos von Beorn und Phileasson versorgt hatten. Genau ließ sich das nicht sagen, denn der Bug versank im Eis. Das Heck ragte in die Höhe, sodass man unter dem Ruderblatt hätte durchgehen können. Vom Mast war nur ein zwei Schritt hoher, abgebrochener Stumpf übrig. Etliche Planken des Rumpfes waren gesplittert. Das Achterkastell ließ sich nur noch in den Trümmern einer Balkenkonstruktion vermuten.

»Eine Kogge«, sagte Vascal. Sein Schnurrbart bestand inzwischen aus zwei Eisdornen, in denen das schwarze Haar lediglich als Schatten erkennbar war.

»Mit solchen Schiffen kommen viele Kauffahrer aus dem Süden nach Thorwal«, meinte Shaya. Tylstyr war froh, sie dabeizuhaben. Gestern Abend hatte sie nach seinen Verletzungen gesehen. Sie hatte nichts mehr gefunden, aber er würde sie später bitten, ihn nochmals zu untersuchen. Er fühlte, wie die Hitze im Fleisch schwelte. Dass die anderen munkelten, er hege eine romantische Zuneigung zu der sommersprossigen Geweihten, war ihm egal. Im Nichts der Eiswüste brauchten sie etwas, worüber sie schwatzen konnten.

»Offenbar fahren diese Schiffe auch weiter in den Norden«, sagte Vascal.

»Wir machen gute Geschäfte mit Südländern.« Crottet korrigierte den Kurs. »Aber mit denen dort vorn wohl nicht mehr.«

Die Fahrt wurde unruhiger, viele Pressrücken hoben sich aus dem Untergrund. Offenbar arbeitete das Eis in dieser Gegend.

»Wir holen besser das Segel ein«, schlug Crottet vor.

In solchem Gelände konnte die Schnelligkeit des Gefährtes gefährlich werden. Gestern hatten sie über eine zwei Schritt breite Spalte gesetzt, bevor diese ihnen aufgefallen war. Nur die niedriger liegende Kante auf der anderen Seite hatte sie vor einem Sturz in den Abgrund gerettet.

Noch während Salarin und Tylstyr das Segel refften, forderte Crottet sie auf, sich festzuhalten. Er fuhr eine enge Kehre, was die Geschwindigkeit aufzehrte und den Eissegler zum Halten brachte. Vascal warf den Anker über Bord.

Tylstyr löste die Axt von seinem Gürtel. Er hatte die Waffe, mit der er nun eine Kuhle ins Eis schlug, in der sich der Anker verkeilen ließ, einem der Räuber abgenommen. Zwar konnte er kaum damit umgehen, aber dennoch war ihm derzeit wohler bei dem Gedanken, sich mit einer Axt in einem Kampf zu behaupten. Schon bei der Vorstellung, erneut eine Flammenlanze zu schleudern, stieg ihm der Geruch verbrannter Haut in die Nase. Selbst sein Zauberstab fühlte sich fremd an. Er hoffte, dass den Gefährten seine Unsicherheit entging.

Vascal nahm seine Brille ab. »Was sind das für merkwürdige Dinger?«

Auch Tylstyr nahm den Schutz von seinen Augen. Vascal meinte nicht das Wrack, dessen eisüberzogener Rumpf in der hier immer tief stehenden Sonne glitzerte. Er sah nach Osten, wo einen bis drei Schritt durchmessende Kugeln im Schnee lagen.

Als sich Tylstyrs Augen an die Helligkeit gewöhnten, erkannte er, dass die Gebilde eher Sternen als Bällen glichen. Ihre Strahlen waren klar wie Kristall und warfen das Sonnenlicht so vielfältig zurück, dass der Eindruck einer glatten, gleißenden Oberfläche entstand. Die nächsten von ihnen befanden sich zwanzig Schritt entfernt. Dahinter lagen Dutzende auf dem Eis.

»So etwas habe ich noch nie gesehen.« Unsicher berührte Crottet seinen aus schwarzem Obsidian geschnitzten Seehundanhänger.

»Da ist jemand an Bord!«, rief Shaya. Sie zeigte hinauf zum Achterkastell, wo ein Arm über die Reling hing.

Das Eis überzog die zu Krallen gekrümmten Finger und die dicken Pelzärmel ebenso wie das ganze Wrack. Aus der Nähe offenbarte sich das Ausmaß des Schadens. Obwohl die Form des Schiffes noch erhalten war, schien es keine Planke zu geben, die die Naturgewalten unbeschädigt gelassen hätten. Wenn die Kogge zu Beginn des Winters eingefroren war, arbeiteten die Schollen bereits seit Monden daran, sie zu zermalmen. Aber warum war die Mannschaft dann auf dem Schiff geblieben? Und weshalb lag ein Toter einfach auf dem Deck herum?

Tylstyr sammelte Speichel im Mund, um auszuspeien und sich so vor bösen Mächten zu schützen. Das war gar nicht so leicht. Obwohl sie von gefrorenem Wasser umgeben waren, trockneten Mund und Nase schnell aus, und die Flüssigkeit in den Trinkflaschen fror, kurz nachdem man das Lagerfeuer verließ. Für den Notfall, wenn sie die anderen verfehlen sollten, hatten sie ein paar Ballen Torf und eine Metallschale an Bord, damit sie nicht in der Eiswüste erfrieren würden. Der Gedanke daran, ein Feuer zu entzünden, war Tylstyr jedoch unangenehmer als die beißende Kälte.

»Ist da jemand?«, rief Vascal.

Da er den Rumpf hinaufspähte, entging ihm der Blick, mit dem Leomara die kristallenen Sterne musterte. Das in eine Jacke aus Seehundfell gekleidete Mädchen verschränkte die Arme und runzelte die Stirn, was es aussehen ließ wie eine erwachsene Frau, die über Unerfreuliches nachsann.

Auch Salarin schien unruhig zu sein.

Mit knirschenden Schritten ging Tylstyr zu ihm. »Stimmt etwas nicht?«, fragte er, während Shaya, Vascal und Crottet dort, wo der Bug ins Eis gesunken war, an Deck kletterten.

Der Griff von Salarins Degen verschwand vollständig unter dem Fell seines Handschuhs. Er fasste die Waffe mit der Linken, nicht so, als ob er sie ziehen wolle. Es wirkte mehr wie die Suche nach einem Halt. »Alles an diesen Wesen ist falsch. Ihre Melodie ist ein Riss in der Welt, wie die große Leere am Himmel zwischen den Sternen klafft oder die Spalte das Eis auseinanderzwingt.«

»Ich habe die Eisigel geschaffen, um die Qual in das Land zu tragen«, sagte Leomara mit viel zu tiefer Stimme.

Tylstyr schauderte. Während Salarin weiter die Kugeln anstarrte, die offenbar Kreaturen waren und nicht nur seltsame Formationen aus gefrorenem Wasser, versuchte Tylstyr, im Gesicht des Mädchens zu lesen. Leomara wirkte entrückt. Ihr Antlitz erschien dem Magier erschreckend verändert. Unnatürlich blass und fast durchscheinend, so als sei es aus gefrorener Milch geschnitten. Nur die Druckstellen von der Schneebrille bewiesen, dass die Haut zu einem Kind aus Fleisch und Blut gehörte.

»Wer spricht aus ihr?«, murmelte Tylstyr.

Salarin schien ihn nicht zu hören. Die unter der Pelzmütze hervorlugenden Strähnen seines hellblonden Haares bewegten sich im von den Eisigeln herüberwehenden Wind wie Tentakel.

»Kann einer von euch eine Laterne mitbringen?«, rief Vascal zu ihnen herüber. Shaya, Crottet und er waren zu weit entfernt, als dass sie Leomaras Worte hätten verstehen können. »Hier sind alle tot. Wir wollen uns den Laderaum ansehen.«

Tylstyr sah hinüber zu den Eisigeln. Pulverschnee wehte ihm in die Augen. Er blinzelte. Die schrittgroßen Kugeln verharrten bewegungslos. Was waren sie? Ganz gewiss eine Geschichte für sein Buch!

Er zog den Umhang eng um die Schultern, riss sich von dem unheimlichen Anblick los und stapfte zum Eissegler, wo er zwei Lampen holte. Eine davon drückte er Leomara in die Hand, was sie in die Wirklichkeit zurückholte. Von einem Augenblick auf den nächsten vergaß sie die Eisigel. Um Salarins violette Augen lag nach wie vor ein besorgter Zug, aber er kletterte dennoch mit ihnen auf das Wrack.

»Leomara hat etwas …«, begann Tylstyr.

»Hier liegt noch jemand!«, unterbrach ihn Shayas Ruf.

Sie eilten zu ihr. Die Geweihte stand neben einem Beiboot, vor dem sich eine Schneewehe gesammelt hatte. Salarin glitt auf dem Eis der schräg stehenden Planken aus und stürzte der Länge nach hin. Tylstyr half ihm auf.

Fragend sah er den Gefährten an. Hätte er nicht gewusst, dass der Elf keinen Tropfen anrührte, hätte er vermutet, dass Salarin betrunken gewesen wäre. Er war geschickter als jeder Mensch, den Tylstyr kannte. Warum stürzte ausgerechnet er, wenn die anderen sich, wenn auch wenig elegant, aufrecht hielten?

»Der hier starb ganz sicher nicht an Hunger oder Krankheit«, stellte Vascal fest.

Tylstyr verstand, was er meinte, als er den Toten sah. Zwar war dieser abgemagert, und im offenen Mund klafften Lücken zwischen den Zähnen, aber der senkrechte Spalt im Schädel war unübersehbar. »Das könnte eine Axt gewesen sein«, vermutete Tylstyr.

Vascal hockte sich neben die Leiche, die verdreht hinter dem Beiboot lag. Sie war ausgemergelt, aber die zu weite Kleidung verriet die Muskeln vergangener Tage. Für einen Thorwaler wäre der Mann kleinwüchsig gewesen, seine Züge passten zu einem Südländer. Er trug mehrere Lagen gewebter Wolle. Vascal besah sich die Zierborte des Umhanges.

»Albernia, nehme ich an«, meinte er.

Abgesehen von der Wunde war der Körper in gutem Zustand. Im Eis gab es kaum Aasfresser.

»Wir müssen sie bestatten«, sagte Shaya mit bleichem Gesicht.

»Natürlich.« Vascal nickte. »Aber ich wüsste zu gern, was hier geschehen ist.«

»So weit im Eis kommt keine Rettung«, meinte Crottet.

»Also haben sie sich gegenseitig getötet, als die Vorräte knapp wurden?«

Unter Deck machten sie einen Fund, der Vascals Vermutung bestätigte. Einer der vier weiteren Toten hatte sich offenbar selbst umgebracht. Er saß in einem am Boden verankerten Sessel, als sei er der schlafende König eines Verlieses aus Kälte und Dunkelheit. Die Bolzen, die seinen Sitz an den Planken befestigten, waren schief und einer verbogen, so als hätte ein Wahnsinniger versucht, ihn mit großer Ungeduld einzuschlagen. Ein Schnitt lief längs durch den linken Unterarm, ein Messer lag in seinem Schoß.

»Sechs Seeleute sind zu wenige, um ein solches Schiff zu steuern«, gab Tylstyr zu bedenken.

»Die Übrigen werden ihr Glück auf dem Eis versucht haben«, meinte Vascal.

»Und sie haben nicht versucht, die Ladung zu retten«, ergänzte Tylstyr.

Der Lichtschein der Laterne in Shayas Hand fiel auf einige Säcke und Fässer. Dahinter schimmerten mächtige Mammutstoßzähne.

»Ein großzügiges Geschenk haben uns diese Albernier gemacht«, freute sich Tylstyr.

»Wozu braucht man solche Zähne?«, fragte Salarin.

»Wenn wir sie nach Thorwal bringen, kriegen wir eine Menge Gold dafür. Das wird Phileasson freuen.«

»Ich habe nie verstanden, wieso ihr Menschen das Gold so schätzt. Man kann es nicht essen, und es hält auch nicht warm.«

Tylstyr lachte. »Mein Herz wärmt es sehr wohl.«

»Hier sind auch Pelze!«, rief Vascal. »Die taugen zum Wärmen!«

»Wir haben doch genug«, sagte Salarin.

»Man merkt, dass du niemals auf Plünderfahrt gewesen bist«, versetzte Tylstyr.

»Du doch auch nicht.«

»Aber ich bin ein Thorwaler. Deswegen habe ich ein grundsätzlich freundschaftliches Verhältnis zum Beutemachen.«

»Dies ist keine Beute«, sagte Shaya. »Es ist ein Geschenk der Toten. Zum Dank müssen wir sie begraben.«

Tylstyr lachte auf. »Wie stellst du dir das vor? Sollen wir Löcher ins Eis hacken? Im Sommer, wenn diese Schollen nach Süden treiben, werden die Leichen Fischfraß.«

Sie presste die Lippen zusammen, bevor sie antwortete. »Dann verbrennen wir sie mit dem Schiff.«

Tylstyr schauderte beim Gedanken daran, wie hoch die Flammen schlagen würden, wenn das Wrack erst einmal Feuer finge. Und wenn die Leichen brannten … Er schwieg.

»Obsidian und Bernstein«, murmelte Vascal, während er die Säcke untersuchte. »Nahrung scheinen sie tatsächlich nicht mehr gehabt zu haben.«

»Obsidian und Bernstein!« Tylstyr versuchte, seine Angst mit einem fröhlichen Ausruf zu verscheuchen. »Das ist viel besser als etwas zu essen.«

»Ob das hier Wein ist?« Crottet hebelte ein Fass auf.

Der ranzige Geruch verriet, dass es sich um etwas anderes handelte. Mit in böser Vorahnung zusammengezogenen Brauen kam Tylstyr näher.

Crottet beugte sich tief über das Fass. Es war zu drei Vierteln mit einer zähen Flüssigkeit gefüllt. »Waltran«, sagte der Nivese.

Tylstyr presste die Zähne aufeinander. Hatte er zuvor Mitleid mit den in der Einsamkeit des Eises umgekommenen Seeleuten empfunden, wallte jetzt Zorn durch seine Adern. »Waljäger!«, spie er aus.

»Ich glaube nicht, dass sie die Wale selbst erlegt haben«, meinte Crottet. »Sie werden in der Brecheisbucht …«

Er verstummte, als Tylstyr ihn anstarrte.

»Wir nehmen ihnen alles, was von Wert ist«, knurrte Tylstyr. »Waren. Waffen. Sogar die Kleidung, wenn sie zu gebrauchen ist.«

»Und dann verbrennen wir ihr Schiff«, sagte Shaya. Im spärlichen Licht der Laternen glaubte Tylstyr, mühsam bezähmte Wut in ihrem Gesicht zu erkennen. »Wir schicken sie als Ehrenwache für das, was von den Walen übrig ist, in das Land hinter dem Tod.«

Grimmig nickte Tylstyr. Vascal, Salarin und Crottet wagten nicht, etwas zu sagen.

Gemeinsam trugen sie Pelze, Säcke und Stoßzähne von Bord. Vier Leinensäcke, in die man weitere Tote eingenäht hatte, ließen sie zurück. Sie mussten ein Dutzend Mal gehen, um den Laderaum zu leeren, und hatten am Ende ein kleines Lager auf dem Eis gesammelt. Keinesfalls passten all die Waren in den Segler, aber das Feuer würde Phileasson den Weg zu ihnen weisen.

Das Feuer.

Vergeblich versuchte Tylstyr, an etwas anderes zu denken. Er glaubte, die Hitze bereits jetzt zu spüren. Gern hätte er mit Vascal über die Eisigel gesprochen, aber er fürchtete sich vor dem Zittern seiner Stimme. Deswegen blieb er stumm, obwohl die seltsamen Wesen mit der Brise nach Westen wanderten und inzwischen den Eissegler und das Wrack umgaben. Der Wind säuselte und pfiff durch ihre Stacheln. Oder erzeugten sie diese Laute selbst? Aber womit? Tylstyr entdeckte weder Sinnesorgane noch einen Mund oder Gliedmaßen.

Obwohl auch Shaya den Mord an den Walen missbilligte, sprach sie den Totensegen, bevor sie von Bord ging. Unter Deck hatte Vascal Stoffballen locker angeordnet, damit Luft dazwischen drang. Tylstyr fragte nicht, ob er irgendwo Lampenöl gefunden oder den Waltran benutzt hatte, um den Brand zu entfachen.

Shaya umwickelte eine zerbrochene Stange mit einem ölgetränkten Lappen.

Tylstyr zitterte. Hoffentlich dachten die anderen, der Schweiß vom Schleppen ließe ihn frieren. Er brauchte etwas, um sich abzulenken. Sein Blick schweifte über die Eisigel. Sie strahlten nicht mehr, die Sonne war beinahe versunken.

»Ihre Melodie missfällt dem Eis«, murmelte Salarin. »Sie gehört noch nicht einmal zu dieser Welt. Sie leben, aber das sollten sie nicht. Es ist falsch.«

Salarin war manchmal schwer zu verstehen, vor allem, wenn er von magischen Dingen sprach. Waren die Eisigel vielleicht auch aus Magie geboren? Wollte der Elf das sagen?

Aber die Magie gehörte zu Aventurien. Aus der Sicht Salarins, für den sich die Welt aus einer unüberschaubaren Vielzahl von Melodien zusammensetzte, noch viel mehr als für ihn, Tylstyr, der mühsam hatte erlernen müssen, wie die magischen Kräfte zu nutzen waren.

Er drängte die Furcht vor dem Feuer und den Neid auf Salarin zurück. Stattdessen wanderte er zwischen den Eisigeln umher, wobei er sich von dem Wrack entfernte, das bald lichterloh brennen würde. Er riss die Gedanken von den Flammen los.

Die kristallenen Stacheln dieser Eisigel sahen hart und spitz aus. Und kalt. Sie würden eher schmelzen als Feuer fangen.

Tylstyr hörte das Prasseln des Brandes. Er wagte nicht, sich umzusehen. Schon das Geräusch war schrecklich! Auch der Geruch war wieder da. Seine eigene Haut, die gebrannt hatte. Von innen. Der zweite Zauber jener Nacht hatte keine Lanze erzeugt, die von den Fingern ausgegangen wäre. Die Flammen waren aus dem Fett seines Körpers gebrochen. Wie bei einer Öllampe, die auf dem Boden zersprang, sodass das Feuer in alle Richtungen spritzte.

Tylstyr stützte sich auf den Zauberstab, um auf dem Eis nicht auszurutschen. Mit der Linken befühlte er durch den Handschuh hindurch das Blatt seiner Axt.

Dieser Zauber hatte sie aus dem Griff der Eisberge befreit, und auch den Räubern hatte er anfangs zugesetzt. Einmal war Tylstyr jetzt damit gescheitert, aber er würde die Flammenlanze wieder brauchen! Ihre Reise war noch weit, und sie träfen nicht nur auf Freunde. Sie hatten noch nicht einmal die erste Aufgabe bewältigt!

Er betrachtete einen besonders großen Eisigel. Dieses Exemplar überragte ihn um Haupteslänge. Seine Stacheln ähnelten Schwertklingen.

Tylstyr musste diese Angst in den Griff bekommen. Besser früher als später. Sonst wäre er nutzlos für die Ottajasko.

Aber er konnte die Fantasien von heißem Feuer nicht verdrängen. Im Gegenteil, sie wurden immer stärker. Über die Stacheln des Eisigels schienen Flämmchen zu züngeln und auf die Spitzen zuzulaufen, auf Tylstyr zu. Er wollte sich abwenden, aber auch das misslang ihm.

Stattdessen zogen die Flämmchen seinen Blick an. Orangerot, blau und grün leckten sie nach ihm. Sie schienen zu wachsen. Er glaubte, ihr Prasseln zu hören, obwohl dieses Geräusch nur von dem Wrack kommen konnte. Aber hatte er sich davon nicht bereits zu weit entfernt? Vierzig Schritt mussten es wenigstens sein. Er konnte sich nicht umwenden, um nachzusehen. Das Feuer des Eisigels würde ihn verschlingen, wenn er es auch nur einen Moment aus den Augen ließe.

Schon jetzt konnte sein Blick es kaum noch bannen. Er umfasste seinen Zauberstab so fest, als wolle er ihn zerbrechen. War dieser Begleiter seiner Magierzeit Halt oder ein Feind, der sich heimlich mit den Mächten verschworen hatte, die ihn bedrohten? Welchen Anteil hatte der Zauberstab an der missratenen Flammenlanze, die sich gegen Tylstyr gewandt hatte? Wollte der Stab vielleicht frei sein, sich dem Bindungszauber entziehen, mit dem Tylstyr ihn belegt hatte?

Was für ein absurder Gedanke!

Und doch …

Die Flammen – sie umzingelten ihn! Aus dem Augenwinkel erkannte Tylstyr, wie sie einen brennenden Kreis um ihn zogen. Auf dem Eis, wo es nichts Brennbares gab!

Schweiß trat auf seine Stirn und wurde sofort zu Eiswasser, dessen Kälte nicht weniger brannte als Flammen. Trotz der Hitze, die ihn umgab. Nährte sich das Feuer vielleicht aus dämonischen Sphären? Ebenso wie die Eisigel, von denen Salarin meinte, sie gehörten nicht in diese Welt?

Plötzlich brach das Inferno los. Flammen schossen aus dem Boden, sie schlugen Tylstyr vom Eisigel aus entgegen und regneten aus dem Himmel auf ihn herab. Hüllten ihn vollständig ein, ließen seine Kleidung unbeschädigt, brannten aber seine Haut binnen eines Wimpernschlags zu einer knusprigen Kruste. Sie verdampften sein Fett, verschmorten sein Fleisch zu schwarzen Klumpen. Hitze jagte durch seine Adern.

Tylstyr schrie.

Er ließ den Zauberstab fallen und rannte los. Die Richtung war ihm egal, das Feuer raubte ihm ohnehin die Sicht. Fort, nur fort! Er schlug sich auf die Augen, ein verzweifelter Versuch, die Flammen dort zu löschen. Aber was nützte das? Die Hände brannten doch auch!

Sein Hals schmerzte. Nicht nur wegen der Hitze, sondern auch, weil seine Schreie an den Stimmbändern zerrten. Er stürzte auf das brennende Eis, rappelte sich auf und rannte weiter in immer neue Flammen. Die ganze Welt war ein Feuersturm.

Er glaubte Rufe zu hören, aber das Prasseln des Brandes machte sie unverständlich. Schrie jemand seinen Namen?

Vielleicht.

Unwichtig. Er rannte weiter.

Er war verloren! Wenn sogar Eis brannte, wo wäre er sicher gewesen?

Eine kalte Lanze stach in seinen Arm. Ein Eisigel?

Die Welt zerriss in einem Knall, um ihn herum wurde es dunkel.

Als Tylstyr erwachte, zitterte er.

Er lag auf Decken gebettet im Eissegler. Da er kein Ruckeln verspürte, stand das Gefährt wohl still. Laternenschein tanzte auf Shayas Gesicht. Die Geweihte beugte sich über ihn und tupfte seine Stirn mit einem Tuch ab.

»Das Feuer …«, ächzte er.

»Welches Feuer?«, fragte sie.

»Flammen … überall Flammen …«

»Wir sind in der Eiswüste«, sagte Shaya.

»Du bist gegen einen Eisigel gerannt«, erklärte Salarin. Der Elf stand außerhalb von Tylstyrs Sichtfeld. »Einen besonders großen. Er ist geplatzt. Wir haben die Splitter aus dir herausgezogen.«

»Du …« Mühsam hob er den Arm, um auf die Striemen in Shayas Gesicht zu zeigen. »… auch verletzt.«

Sie lächelte. »Das sind nur Kratzer.«

Packeis,
neunundzwanzigster Tag im Grimfrostmond

Beorn ging ein Stück den Eiswall entlang, der ihre Flucht beendet hatte. Er machte sich nichts vor, es anders als eine Flucht zu nennen wäre Heuchelei gewesen. Er spürte die Blicke des Elfen in seinem Rücken. Galayne hatte sie noch weiter vorantreiben wollen. Hundert Meilen hätten sie zwischen sich und den Schauplatz der Morde bringen sollen.

Beorn schnaubte. Hundert Meilen! Nicht einmal dreißig Meilen hatten sie geschafft, wenn er sich nicht irrte. Die Fahrt durch die Nacht war nur ein vorsichtiges Vorantasten mit zu zwei Dritteln gerefften Segeln gewesen. Und auch am Tag hatte dieses verfluchte gefrorene Meer alles aufgeboten, um ihr Vorankommen zu verlangsamen. Breite Spalten im Eis. Ein Feld aus unheimlichen Kristallsternen, das sie auf Galaynes Weisung in weitem Bogen umfahren hatten. Und nun dieser verfluchte Presseisrücken. Vor ihnen ragte ein mehr als zwei Schritt hoher Wall aus blankem Eis auf. Er reichte bis zum Horizont und zwang sie immer weiter nach Osten zu segeln, obwohl die verdammte Insel scheinbar zum Greifen nahe lag. Zwei oder drei Meilen nur … Wenn sie sich entscheiden würden, die Segler zurückzulassen, wäre es ein Fußmarsch von nicht einmal zwei Stunden bis zur Insel. Aber sie konnten sie nicht hier lassen. Sie waren auf der Flucht, und zu Fuß würden sie den Schneeschraten niemals entkommen, sollten sie doch aufgespürt werden. Beorn hatte diese affenähnlichen Ungeheuer laufen sehen. So groß und plump sie auch waren, sie waren verflucht schnell. Schneller als der beste Läufer seiner Ottajasko.

Olav kam über das Eis zu ihm. »Du solltest im Lager sein«, sagte er ruhig. »Sie brauchen dich dort. Ist nicht gut, wenn sie mit dem verdammten Elfen allein sind. Der Kerl hat wieder seinen verdammten Helm aufgesetzt, und ich sage dir, diese Eiswand ist heiß wie das Blut der Erde im Vergleich zu diesem kaltschnäuzigen Mistkerl. Ursa ist kurz davor, Streit mit ihm anzufangen.«

Beorn seufzte. Ursa! Am liebsten würde er ihr die Kehle durchschneiden. Es war ihre Idee gewesen, diese Schrate niederzumetzeln. Ohne sie würden sie jetzt nicht in diesem verdammten Schlamassel stecken.

Misstrauisch blickte er zur Bruchkante der Eiswand hinauf. Der Wind trieb Schnee darüber hinweg. Manchmal sah es aus, als bewegten sich weiße Schemen dort oben. Beorn wusste, dass ihm seine Sinne einen Streich spielten. Er hatte zu lange nicht geschlafen, und das Mondlicht war ungeeignet, um irgendetwas deutlich zu erkennen. Da war nur Schnee! Die Schrate würden sie hier nicht finden. Nur zwei Feuer waren angezündet. Die Eiswand verbarg sie vor Blicken von der Insel. Sie hatten Planen aus Segeltuch über den Feuerschalen aufgespannt, damit kein verräterischer Lichtschein oberhalb der Bruchkante zu sehen war.

»Kommst du?«, drängte Olav. »Wir …«

Beorn schlug die Hände gegeneinander. Trotz der dicken Fäustlinge drang die Kälte tief in die Knochen. Er verspürte wenig Lust, bei den anderen zu sitzen. Sie hatten die Eissegler in einem engen Halbkreis um das Lager gestellt. Zusammen mit der Eiswand waren sie ein guter Windschutz. Er stellte sich vor, beim Feuer zu stehen und die Hände den wärmenden Flammen entgegenzustrecken. Er musste das Problem mit Ursa lösen. Sie mitzunehmen war ein Fehler gewesen. Wenn sie wieder Unfrieden schürte, würde er ihr einfach die Kehle durchschneiden. Sie war der böse Geist, der sich in ihre Ottajasko geschlichen hatte. Seit Tagen schon brütete er darüber, wie er sie loswerden konnte.

Wann immer er morgens erwachte, fühlte er sich müde und zerschlagen. Selbst im Schlaf ließ ihn die Sorge nicht los.

So wie es aussah, lagen sie vor Phileasson. Sie hatten gute Aussichten, die Aufgabe mit dem verdammten Kopfschwänzler als Erste zu lösen und mit einem ordentlichen Vorsprung die Suche nach dem Himmelsturm zu beginnen.

Doch der Ärger mit den Schraten mochte all seine Pläne über den Haufen werfen. Er hätte auf Galayne hören sollen.

Übellaunig folgte er Olav, der es aufgegeben hatte, ihn noch einmal aufzufordern, zum Feuer zu kommen, und gegangen war.

Beorn drängte sich zwischen den Seglern hindurch, die fest auf dem Eis vertäut lagen. Alle blickten auf, als er in den unstet flackernden Lichtkreis der beiden Feuerschalen trat. Die Flammen waren unter dicken Torfklumpen fast erstickt. Zäher, grauer Rauch kratzte in der Kehle, sammelte sich unter den Segelplanen, die sich über dem Lagerplatz spannten, und quoll in trüben Schlieren unter den Tuchrändern in die sternenklare Nacht.

Ursa und ihre beiden Schwestern hielten blutige Fleischklumpen auf Eisenspießen in die kümmerlichen Flämmchen. Beorn dachte mit Schaudern daran, woher dieses Mahl stammen musste. Sie waren mehr als nur Affen, diese Schrate, so viel war er inzwischen bereit, Galayne zuzugestehen.

»Schmeckt's?«

Ursa biss ein halb rohes Stück ab und sah herausfordernd zu ihm auf. »Besser als gefrorenes Pökelfleisch.« Saft troff von ihren Lippen.

»Wo steckt Galayne?« Beorn konnte den Elfen nirgends entdecken.

Gera deutete mit ihrem Fleischspieß nach Westen. »Irgendwo dort draußen.«

»Er zieht die Einsamkeit der Sterne unserer Gesellschaft vor«, ergänzte Ursa.

Beorn entging nicht, wie einige zustimmend nickten. Galayne hielt zu oft Abstand zu den Übrigen. So würde er nie als Teil der Mannschaft akzeptiert werden. Und es war dumm von ihm, jeden Abend zu zeigen, dass er darauf auch keinen Wert legte.

Olav rückte ein wenig vom Feuer ab und deutete auf ein dichtes Schneeschratfell, das auf dem Eis ausgebreitet lag. »Komm, setz dich.«

Beorn zog sein Schwert und seine Axt aus dem Gürtel und legte sie griffbereit neben sich. Die meisten aus der Ottajasko hatten ihre Waffen an die Eiswand gelehnt. Selbst hier am Feuer spürte Beorn die Kälte, die davon ausging. Dieses Wasser war vielleicht schon seit Jahrhunderten gefroren. Möglicherweise würde es nie wieder tauen. Diese Reise in den Norden war nichts für ihn. Er liebte das tropische Meer im tiefen Süden.

Geistesabwesend glitt sein Blick über die Reihe der verschrammten Schilde an der Eiswand. Auch der seine befand sich darunter. Eingefasst mit einem eisernen Rahmen, dem Zeichen der Hetmannswürde, zeigte er eine sich im Kreis windende Seeschlange.

»Magst du was essen?« Ohne eine Antwort abzuwarten, drückte Olav ihm ein Stück Trockenfleisch in die Hand.

»Das ist ja warm«, stellte Beorn überrascht fest.

»Natürlich! Ich hab es schließlich den ganzen Tag unter meiner Achsel getragen.«

Zidaine, die ihnen gegenüber an der Feuerschale saß, prustete leise.

»Was?«, fuhr Olav sie an.

»Könnte sein, dass das Fleisch ein wenig salzig schmeckt«, entgegnete sie grinsend.

»Ich mag's salzig«, erklärte der Blender, bevor das Gespräch eine unangenehme Wendung nahm. Olav konnte manchmal erstaunlich humorlos sein.

Das Fleisch war zäh und roch schlecht, aber er hatte seit dem Aufbruch im ersten Morgenlicht nichts mehr gegessen und fühlte sich wie ein …

Die Segeltuchplane zerriss. Ein riesiges Knäuel aus Tuch und Fell stürzte in die linke Feuerschale. Unmittelbar neben ihm landete ein Schneeschrat. Beorn warf sich zur Seite. Ein Tatzenhieb verfehlte ihn nur um Haaresbreite.

Gera fasste eine Axt und sprang den Schrat mit einem wilden Schrei an.

Ein aufwärtsgerichteter Hieb schlitzte ihre Kehle auf. Eine der messerlangen Krallen spaltete ihren Unterkiefer. Blut spuckend versenkte sie ihre Axt in der Schulter des Schneeschrats.

Olav griff nach Geras Windenarmbrust, als ihn ein Eisklumpen am Kopf traf und ihn niederstreckte.

»Schnappt euch die Schilde!«, befahl Beorn, denn am Rand der Klippe waren mehr als ein Dutzend weitere Schrate erschienen. Offenbar Weibchen und Junge. Sie brachen mit ihren kräftigen Krallenhänden Brocken aus dem Eis der Steilklippe und schleuderten sie auf die Mannschaft herab.

Zidaine tänzelte um den Schneeschrat herum und stach ihr schlankes Rapier seitlich in seinen Oberschenkel.

»Vorsicht!«, schrie Beorn.

Die Bestie, die durch das Segeltuch in ihr Lager gesprungen war, hatte sich aus dem zähen Stoff befreit und versuchte, Zidaine in die Krallen zu bekommen.

Beorn trat gegen die Feuerschale. Sie schlitterte über das Eis, stieß gegen eines der Felle, und ein Strom aus glühendem Torf und Holzkohle ergoss sich in Richtung des Schneeschrats. Die Bestie stieß einen schrillen Entsetzensschrei aus. Beorn wollte nachsetzen und ihr sein Schwert in die Kehle rammen, als ihn ein Eisklumpen auf der Brust traf und von den Beinen riss.

Ursa griff die Ungeheuer mit einer Harpune an. Wild schreiend stürmte sie vor.

Immer mehr Geschosse aus Eis prasselten auf sie herab. Olav eilte mit einem Schild an Beorns Seite.

Der Blender rang um Luft.

»Rippe gebrochen?«, fragte sein Steuermann.

Beorn schüttelte den Kopf. »Das Einzige, was in mir zerbrochen ist, ist mein Stolz. Warum habe ich Idiot nur Ursas Drängen nachgegeben!«

Ein Eisbrocken krachte donnernd gegen Olavs Schild. Die meisten Geschosse prasselten auf die Eissegler nieder. Inzwischen war ein dritter Schneeschrat von der Klippe gesprungen und drosch mit einer Keule auf das größte der Fahrzeuge ein.

»Schildwall, zu mir!«, schrie Beorn über den Lärm der Schlacht hinweg. »Die erste Reihe die Wehr voraus, die zweite Reihe die Wehr hoch.«

Sogar Ursa gehorchte. Sie ließ von den Schraten ab und griff sich einen der letzten Schilde, die noch an der Eiswand lehnten.

»Zidaine!«

»Ja, Drachenführer!«

»Du nimmst die Windenarmbrust und schießt aus der Deckung des Schildwalls auf die Weibchen oben am Klippenrand.« Beorn hob den Schild eines Kriegers auf, der leblos am Boden lag. »Lasst uns diesen Affen in den Arsch treten, dass sie unsere Stiefelspitzen auf den Zungen schmecken!«

Die Ottajasko machte Front gegen die Schneeschrate. Die Schilde schoben sich übereinander. Speere ragten aus der Formation. Eisklumpen prasselten auf sie nieder oder zerplatzten auf den Rümpfen ihrer Segler. Eines der Gefährte war bereits zerstört. Die Kufen verbogen, der Rumpf zerschmettert, das Segel hing in Fetzen. Sie durften kein weiteres Boot verlieren, wusste

Beorn. Wenn sie zusammenrückten, würden noch alle Platz auf den restlichen Seglern finden. Verloren sie einen weiteren, dann müssten sie Lose ziehen, wen sie im Eis zurücklassen würden.

»Vorwärts!«, schrie Beorn voll kalter Wut.

Der Schildwall bewegte sich in geschlossener Linie auf die Bestien zu. Die Schneeschrate ließen von den Schiffen ab. Sie zeigten keine Angst. Einer hatte den Mastbaum aus dem Rumpf des zerstörten Boots gerissen. Er hielt ihn wie eine riesige Keule. Gegen diese Waffe würden sie nicht einmal ihre Schilden schützen.

»Neues Ziel!«, rief Beorn. »Zidaine! Erschieß den Kerl, der unseren Mast hält.« Er sah über die Schulter. Die schlanke Kriegerin hatte die Waffe gespannt. Sie wirkte unsicher.

»Ich bin keine sonderlich ...«

»Triff ihn einfach, und dann wirst du ...« Ein wilder Schrei ließ Beorn herumfahren. Alle drei Schneeschrate stürmten ihrem Schildwall entgegen.

»Die Speere hoch!« Beorn stemmte seine Füße gegen das raue Eis des Bodens. Er wusste, wie wenig er dem Aufprall dieser Ungeheuer entgegenzusetzen hatte. Wusste, was geschehen würde. »Jetzt, Zidaine!«

Der Armbrustbolzen zischte so dicht an seiner Wange vorbei, dass er den Luftzug spürte. Die Zeit schien den Atem angehalten zu haben. Er sah das Geschoss, sah, wie es nur am linken Oberarm des Schneeschrats zupfte, ein wenig Fell davonriss und einen blutigen Striemen hinterließ.

»Nachladen!«, sagte er ruhig. Dann fuhr der Mastbaum auf den Schildwall nieder. Es war, als hätte ein Rammbock sie getroffen. Dadurch, dass die Schilde einander überlappten, spürten alle in der ersten Reihe die Wucht des Treffers.

Olav und ein weiterer Mann wurden von den Beinen gerissen.

Ursas zweite Schwester sank auf das Eis. Blut quoll in pulsierenden Stößen über ihre Lippen. Sie hustete ihr Leben auf das Eis.

Die Krallen der beiden anderen Schneeschrate schrammten über die Schilde, die noch hochgehalten wurden.

Aus dem Augenwinkel sah Beorn, wie Zidaine in verzweifelter Hast die beiden Kurbeln der Armbrust drehte. Fingerbreite um Fingerbreite spannte sich die dicke Sehne der Waffe.

Beorn hob die Harpune auf, die der sterbenden Reckin aus der Hand gefallen war. Lenya lag am Boden. Der Drachenführer konnte nicht sehen, ob sie verwundet war. Sie hatte sich zusammengerollt, presste die Hände auf die Schläfen und betete mit bebender Stimme um Travias Gnade.

Der Blender ließ seinen Schild sinken, trat aus der schwankenden Kampfreihe und schleuderte mit aller Kraft die Harpune. Sie traf einen der Schrate mitten in der Brust. Das kalt geschmiedete, dreikantige Eisen der Spitze fraß sich tief ins Fleisch der Bestie. Taumelnd wich sie zurück.

Der Schrat, der den Mast hielt, sah ihn mit hasserfüllten Augen an. Er brüllte etwas. Beorn musste diese tiefe, kehlige Sprache nicht verstehen, um zu wissen, dass dieses Ungeheuer ihm versprochen hatte, ihn zu zerfetzen.

Er schwang den Mast herum. Sein Ende streifte den Schildwall und ließ die Männer hilflos durcheinanderpurzeln.

Der Schrat würdigte seine Opfer keines Blickes. Unverwandt starrte er Beorn an und hob erneut seine mörderische Waffe.

Der Drachenführer zog die Axt aus dem Gürtel. Sie beide würden es untereinander austragen. Es war am besten so. Wenn er der König der Meere sein wollte, dann sollte er auch wie ein König handeln. Und ein König stellte sich vor die Seinen, wenn die Stunde der Gefahr kam.

Der Schneeschrat vollführte eine Geste mit dem Mast, die

Beorn ein Gruß zu sein schien. Die Bestie hatte das Duell angenommen. Galayne hatte behauptet, dass die Bestien nach Regeln lebten.

Vielleicht stimmte das ja.

Der Schrat nickte ihm zu, bewegte sich aber nicht weiter. Wartete er darauf, dass er die Geste erwiderte? Beorn war sich bewusst, dass er gegen die riesenhafte Kreatur nicht gewinnen konnte. Die Bestie war stärker, und mit dem Mast als Waffe hatte sie eine viel größere Reichweite.

Beorn sah zur Eisklippe. All die anderen Schrate hatten aufgehört, Eisklumpen zu schleudern. Sie sahen zu ihnen herab, warteten auf den Ausgang des Duells.

Der Blender dachte daran, wie verwundert der erste Schrat die Armbrust betrachtet hatte. Diese Waffe war den Bestien fremd. Das mochte … Er sah über die Schulter. Zidaine hatte nachgeladen.

»Du schießt ihm mitten durch die Stirn, wenn ich es dir sage.« Er sprach leise, ganz so, als ginge es um etwas Banales. Beorn hoffte, dass keiner der Schrate Thorwalsch verstand.

Der Schneeschrat stieß einen leisen, grollenden Ton aus.

»Nur mit der Ruhe, mein Hübscher, du beißt noch früh genug ins Gras«, sagte Beorn lächelnd. Dann nickte er dem Hünen zu. »Fangen wir an.«

Die Worte waren kaum über seine Lippen, als der Schneeschrat ihm den Mast entgegenschleuderte. Beorn ließ sich nach hinten fallen und hob den Schild. Holz schrammte über den Schildbuckel. *Drecksack*, dachte er, wohl wissend, was kommen musste. Wie hatte er annehmen können, dass so ein Ungeheuer einen gerechten Kampf suchte? Auch der Schrat wollte um jeden Preis siegen, und er stand kurz davor, denn kaum, dass er den Mast geschleudert hatte, war er vorgestürmt und stand nun über Beorn, der hilflos am Boden lag.

Eine Krallenhand fuhr herab. Der Drachenführer riss seinen Schild hoch. Holz splitterte unter der Wucht des Tatzenhiebs. Krallen drangen durch den Schild und trafen sein Kettenhemd.

Er führte liegend einen Hieb mit der Axt und traf den Schrat am Knöchel. Grunzend zuckte sein Gegner zurück.

Beorn ließ seinen Schild fallen, rollte sich zur Seite und versuchte, mit einem Satz wieder auf die Beine zu kommen. Doch sein Gegner hatte die Bewegung vorhergesehen. Als er aufsprang, traf ihn der nächste wuchtige Tatzenhieb seitlich vor die Brust. Der Treffer trieb ihm die Luft aus den Lungen und riss ihn erneut von den Beinen.

Der Schrat versuchte, ihn mit einem wuchtigen Tritt auf das Eis zu zermalmen.

Gerade eben schaffte es Beorn noch, zur Seite zu rollen. Er wollte rufen, wollte Zidaine den Befehl geben, endlich zu schießen, doch er brachte nur ein heiseres Röcheln hervor.

Sein Gegner grunzte eine Herausforderung, während die Schrate auf der Klippe in laute Jubelrufe ausbrachen. Es war klar, wer dieses Duell gewinnen würde.

Schwankend kam Beorn auf die Beine. Er spuckte Blut in den Schnee. »Willst du dich ergeben, Großer? Dann schenke ich dir dein Leben.«

Der Schrat legte den Kopf schief und sah ihn verwundert an. Hatte die Bestie verstanden, was er gesagt hatte?

Wohl eher nicht. Wahrscheinlich wunderte sich der Hüne darüber, dass Beorn nicht auf den Knien um Gnade winselte. Darauf könnte er lange warten! Beorn hob die seine Axt. »Komm und hol dir eine Abreibung!«

Die Geste war eindeutig. Der Schneeschrat blickte kurz zu seinen Gefährten, dann brüllte er plötzlich, dass Beorn die Ohren klingelten. Leicht hinkend stürmte er auf den Drachenführer zu.

Beorn wartete, bis der Schrat kaum noch drei Schritt entfernt war. Dann stürmte er vor, duckte sich unter den Tatzen hinweg und hieb dem Ungeheuer mit aller Kraft die Axt zwischen die Schenkel.

Wenn du gebaut bist wie jeder andere Mann, den ich kenne, dann wirst du den Rest deines Lebens eine schmerzliche Erinnerung an dieses Duell behalten, dachte Beorn, als sein Gegner ein schrilles Jaulen ausstieß.

Ein wütender Tatzenhieb in den Rücken schmetterte den Blender zu Boden. Sein engmaschiges Kettenhemd hatte ihn davor bewahrt, dass die Pranke ihm die Lunge aus dem Rücken fetzte, aber Beorn spürte warmes Blut in seine Pelze sickern. Verzweifelt hielt er den Griff seiner Axt umklammert. Wann würde Zidaine endlich schießen? Jetzt wäre der beste Augenblick!

Der Schneeschrat packte ihn beim Rücken und hob ihn hoch.

Beorn holte mit seiner Axt aus, als ein kräftiger Hieb seine Hand traf und ihm die Waffe aus den Fingern prellte.

Der Hüne hielt ihn nun unmittelbar vor sein Gesicht. Stinkender Atem schlug Beorn aus dem Maul voller dolchlanger Zähne entgegen. Die Bestie brüllte ihn an. Er konnte ihr geradewegs in den Schlund blicken.

Das war es, dachte er. Jetzt blockierte er die Schussbahn für Zidaine. Der Bolzen hätte die Bestie in die Stirn treffen müssen, um sie zu töten. Ein Treffer in Bauch oder Beine würde nicht genügen. Es war …

Nein! Er würde bis zuletzt kämpfen, dachte Beorn wütend. Er war kein Opfer, egal, wie aussichtslos alles erschien! Er packte nach der langen Zunge des Monsters und zog sie aus dem Schlund.

Augenblicklich verstummte das Gebrüll des Ungeheuers. Verblüfft starrte es ihn mit dunklen Augen an. »Na, willst du mich beißen?«, lallte Beorn, benommen von den Treffern, die er eingesteckt hatte. »Versuch es, und du verabschiedest dich von deiner Zunge.«

Der Schneeschrat wand den Kopf zur Seite, doch Beorn hielt die Zunge mit eisernem Griff. Er zog sie hinab auf die spitzen Zähne im Unterkiefer und sah mit tiefer Befriedigung, wie sich das Maul des Schrats mit Blut füllte.

»Schmeckt dir das?«, zischte er.

Als Antwort gruben sich die Krallen der linken Tatze des Ungeheuers in Beorns Oberschenkel. Die Bestie drehte ihre Hand, sodass die Klaue das Fleisch zerfetzte.

Beorn stiegen Tränen ins Auge. Er würde diesen Kampf... Etwas schrammte über seine Nase. Scharfer Schmerz ließ ihn aufkeuchen.

Warmes Blut spritzte ihm ins Gesicht. Benommen blinzelte er durch den roten Schleier, der aus der Stirn des Schrates sprühte. Der Hüne schwankte. Aus seiner Stirn ragte die letzte halbe Fingerbreite eines Armbrustbolzens.

Er musste verbergen, was hier geschehen war, dachte Beorn. Die Schrate mussten ihn für den Sieger halten. Er bäumte sich zurück und rammte dem Hünen mit aller Kraft den Kopf gegen die Stirn, genau auf das Ende des Armbrustbolzens. Er spürte, wie das verräterische Geschoss durch den harten Schlag ganz im Kopf des Hünen versank.

Der riesige Schrat geriet aus dem Gleichgewicht. Er taumelte einen Herzschlag lang, so als brauche der massige Leib ein wenig Zeit, um zu verstehen, dass das Leben in ihm verloschen war. Dann stürzte er hintenüber. Immer noch hielt die Tatze Beorns dicke Pelzjacke. Am Boden liegend, machte sich der Kapitän frei. Seine Beinwunde blutete stark. Ärgerlich sah er zu seinen Recken. Warum hatte Zidaine so lange gebraucht, um zu schießen?

Nicht sie war es, die die Armbrust in Händen hielt. Ursa hatte die Waffe an sich genommen.

Olav war als Erster bei ihm. Er presste eine Hand auf die Wunde, doch das Blut quoll zwischen seinen Fingern hindurch. »Von diesem Kampf werden die Skalden noch in hundert Jahren berichten«, sagte der Steuermann atemlos. »Das war ...« Ihm fehlten die Worte. »So etwas habe ich noch nie gesehen.«

»Es war irre!«, murmelte Beorn und versuchte, sich aufzurichten. Er löste den Waffengurt von seiner Hüfte und wickelte ihn fest um das verletzte Bein. Dann schob er den Stiel seiner Axt unter den Gürtel und drehte ihn enger, bis die Blutung versiegte.

Schweigend stiegen die Schrate von der Eisklippe und versammelten sich um ihren toten Anführer. Fassungslos blickten sie immer wieder von ihm zu Beorn.

Der Blender versuchte ihnen mit Gesten klarzumachen, dass sie ihren Toten mit sich nehmen sollten.

Ein Schrat, der mit Lederbändern und farbigen Fellbüscheln geschmückt war, tastete vorsichtig über die kleine Wunde im Schädel ihres Anführers. Dann fuhr er mit seinen blutbesudelten Fingern über Beorns Stirn. Offensichtlich versuchte er zu begreifen, wie der Drachenführer diese Wunde geschlagen hatte.

Der Blender stemmte sich hoch, doch Olav musste ihn stützen. Deutlich hörte er das Klacken, mit dem die Armbrust gespannt wurde.

»Kein weiterer Schuss!«, fuhr er Ursa an. Wenn die Schneeschrate erneut in kämpferische Stimmung gerieten, waren sie alle tot. Auch wenn nur Weibchen und Kinder von der Klippe herabgestiegen waren, sie waren in der Überzahl, und jeder von ihnen überragte den größten Thorwaler.

Plötzlich senkte sich blendend helles Licht vom Himmel herab. Eine gleißende kleine Kugel schwebte auf Beorn zu, und ein

Befehl in der kehligen unverständlichen Sprache der Schrate hallte über das Eis.

Galayne trat zwischen den vertäuten Eisseglern hervor. Mit einer leichten Handbewegung ließ er die Lichtkugel in Richtung des Schrats schweben, der sich mit Lederbändern geschmückt hatte. Der sprang erschrocken auf und fuchtelte abwehrend mit den Pranken.

Wieder rief Galayne etwas in der Sprache ihrer Feinde, woraufhin einige der Schrate niederknieten und ihren toten Anführer aufhoben.

Beorn hinkte zu seinen Kriegern und bedachte Zidaine mit einem finsteren Blick, dem sie gelassen standhielt. »Warum hast du nicht geschossen?«

»Bin ne schlechte Schützin«, entgegnete sie ruhig. »Mein erster Versuch war ja schon nicht besonders glorreich …«

»Ich hab dir den Arsch gerettet, Blender«, unterbrach Ursa sie triumphierend. »Du stehst in meiner Schuld.«

»Tue ich das?« Er spuckte vor ihr aufs Eis. »Wage nicht zu hoffen, dass ich jemals vergessen werde, wer die Schuld daran trägt, dass dieses Blut heute vergossen wurde.« Er nickte in Richtung Gera, die reglos neben der Feuerschale lag. »War ein Schneeschratfell es wert, dass sie dafür draufgegangen ist?« Er machte eine Geste zu den anderen Toten. »Sie warten auf dich, wenn du zu Swafnir gehst, Ursa. Und sie werden dir nicht verzeihen, dass sie für deine Gier nach Gold gestorben sind.«

Die Kriegerin setzte an, etwas zu antworten, doch Beorn schnitt ihr mit einer harschen Geste das Wort ab. »Beleidige unsere Toten nicht durch Ausflüchte. Jetzt nimm dir drei Recken, und schlag eine Nische in die Eisklippe. Wir wollen Gera und den anderen ein würdiges Grab schenken.«

Er wandte sich an Zidaine. »Du wirst ihr helfen!«

Die schlanke Kriegerin nickte stumm.

Beorn wusste, dass es die bessere Entscheidung gewesen war, Ursa schießen zu lassen. Hätte der zweite Bolzen nicht so perfekt getroffen, wäre er jetzt tot. Allerdings fragte er sich, ob Ursa nicht auf ihn gezielt hatte. Sie hatte den schwierigen Schuss wagen müssen. Einen Schuss, bei dem die Aussichten, ihn umzubringen, genauso groß gewesen waren, wie die, den Schneeschrat zu töten.

Wäre er verreckt, hätte Ursa das Kommando an sich gerissen. Er wusste, dass sie davon träumte, Königin der Meere zu werden. Aber den Titel konnte sie höchstens dann erringen, wenn sowohl er als auch Phileasson starben. Niemand hatte sie ins Rennen geschickt. Sie konnte nur dann triumphieren, wenn es keinen mehr gab, dem der Titel eigentlich zuerkannt werden sollte.

Wie würde sich Lenya verhalten, wenn Ursa hier das Kommando übernähme? Würde die Traviageweihte die Reckin unterstützen oder die Reise abbrechen? Der Gedanke an die Geweihte ließ seinen Zorn noch weiter anschwellen. Er hinkte zu ihr hinüber.

Lenya kauerte bei den Toten. Sie schloss gerade Geras Augen und murmelte einen Segen.

»Du gehörst zu dieser Ottajasko«, fuhr Beorn sie an. »Und ganz gleich, wie heilig du dich fühlst, dulde ich nicht, dass du durch dein Verhalten den Kampfeswillen meiner Mannschaft schwächst.«

Lenya verstummte und senkte demütig den Kopf.

»Wenn wir noch einmal in einen schweren Kampf geraten, erwarte ich von dir, dass du ein Messer ziehst und tapfer stehen bleibst. Ich erwarte nicht, dass du kämpfst, aber für wimmernde Feiglinge ist kein Platz an meiner Seite. Wirst du das schaffen?«

»Ich …« Sie wagte es immer noch nicht, zu ihm aufzublicken. »Es war … Ich werde mich bemühen. Ich hatte noch nie solche Angst. Sie hat mich übermannt. Ich dachte, wir alle würden sterben.«

»Das wären wir auch, wenn sich die anderen so verhalten hätten wie du. Wirst du dich ändern? Wenn nicht, schicke ich dich mit den Verwundeten zur Knorr an der Packeisgrenze zurück. Heute noch!«

»Aber …«

»Ich werde eine andere Geweihte finden, die mich begleitet. Die Götter wollen dieses Rennen, Lenya. Horche in dich hinein, dann weißt du es. Und wenn du nicht in der Lage bist, dann werden sie uns jemanden schicken, der deinen Platz einnimmt. Das wohl!«

Beorn sah, wie sie schluckte. Wenn sie jetzt anfing zu weinen, würde er sie zurückschicken, dachte er kalt. Er war sich nicht sicher, ob die Götter ihm wirklich jemanden schicken würden, aber er war sich sicher, dass eine weinerliche Traviageweihte sie alle das Leben kosten konnte. Sie wollten dorthin gehen, wo vor ihnen noch kein Mensch gewesen war, in den von düsteren Legenden umwobenen Himmelsturm. So schlimm der Kampf heute auch gewesen sein mochte, im Vergleich zu dem, was sie dort, am Ende der Welt, erwartete, war es sicherlich nur eine Balgerei unter Kindern gewesen.

»Du wirst dich auf mich verlassen können, Drachenführer«, sagte Lenya mit rauer Stimme.

Er sah sie fest an. Sah die Scham in ihren Augen. Doch es gab keine Tränen.

»Ich werde dich nicht mehr enttäuschen. Nie wieder!«

»Bereite unseren Toten ein würdiges Grab. Wir werden sie nicht unter das Eis bringen. Sie sollen hier am Wall sitzen. Sie werden auf den Himmel schauen und warten, bis Swafnir seine tapfersten Recken ruft, um an seiner Seite in die letzte Schlacht gegen Hranngar zu ziehen.«

»Das wohl«, sagte sie mit fester Stimme.

Er wandte sich ab. Er würde sie genau beobachten. Wenn sie noch ein einziges Anzeichen von Schwäche zeigte, würde er sie mit dem zweizahnigen Kopfschwänzler zurück nach Thorwal schicken und sie der ewigen Schande überlassen, im Angesicht der Götter versagt zu haben.

»Du warst zu hart zu ihr«, raunte Olav ihm zu, sobald sie außer Hörweite Lenyas waren. »Sie ist eine Dienerin der Göttin des Herdfeuers. Sie ist nicht für das Schlachtfeld geschaffen. Ich finde, sie hat sich gar nicht so schlecht geschlagen.«

Beorn bedachte den Steuermann mit einem durchdringenden Blick. »Du meinst, sich nicht vor Angst eingenässt zu haben ist schon genug?«

»Auf jeden Fall mehr, als ich in meiner ersten Schlacht vollbracht habe.« Er grinste. »Sei nicht zu hart zu ihr.«

Beorn war nicht in der Stimmung für Scherze. Er deutete auf die Toten. »Das geschieht, wenn ich nicht zu hart bin. Ich schulde euch, hart zu sein. Und nun mach dich nützlich. Ich habe mit dem Elfen zu reden. Allein!«

Der Blender ließ seinen Gefährten stehen und trat zwischen den vertäuten Seglern hindurch. Galayne stand fast hundert Schritt entfernt. Der Elf sah den Schneeschraten nach, die mit ihren Toten am Fuß der Klippe nach Osten zogen.

»Du bist spät gekommen«, sagte Beorn bitter, als er den Elfen erreicht hatte. »Wolltest du sehen, wie ein Drachenführer stirbt? Fehlt dir das noch in deiner Sammlung denkwürdiger Augenblicke, die du dein Leben nennst?«

Galayne lachte. »Versuche nicht, wie ein Weiser zu klingen, Kapitän. Du hast viele Vorzüge, aber ein Philosoph zu sein gehört ganz gewiss nicht dazu.«

»Warum also warst du nicht dort? Und sag mir nicht, dass du sie diesmal nicht gerochen hast.«

Das Gesicht des Elfen war hinter seinem silbernen Helm verborgen. Doch das spielte keine Rolle. Beorn hatte längst aufgegeben, in Galaynes Zügen lesen zu wollen. Sein Antlitz war kein Spiegel seiner Gefühle.

»Natürlich habe ich sie gerochen. Aber die beste Art, dir zu helfen, Beorn, war, dir nicht zu helfen.«

Der Blender atmete langsam aus. Er ballte die Hände zu Fäusten. Alles in ihm schrie danach, dem Elfen einen Schlag in den Magen zu verpassen. Er mochte es nicht, wenn man mit ihm Spielchen trieb. »Geht es etwas klarer? Du erinnerst dich vielleicht, ich bin kein Philosoph.«

Galayne lachte leise. »Nicht schlecht für einen Menschensohn. Wirklich eine schöne Antwort. Ich fange an, Gefallen an dir zu finden.«

»Du hingegen gefällst mir immer weniger«, entgegnete der Kapitän eisig.

»Du hast guten Grund, verärgert zu sein. Ich bin das Problem. Ich habe, wie ich eingestehen muss, die Konsequenzen meines Erscheinens nicht zu Ende gedacht. Ich habe dich zu oft beraten. Und jeder meiner Ratschläge war gut, aber in ihrer Summe haben sie deine Autorität unterhöhlt. Das habe ich nicht vorhergesehen. Ich musste dich in diesen Kampf ziehen lassen. Er hat den Respekt deiner Mannschaft vor dir wiederhergestellt.«

»Verlogener Drecksack!«

»Geht es dir jetzt besser?« Der Elf klang amüsiert.

»Nein! Diese Bestie hätte mich fast zerfleischt! Wie konntest du …«

»Ich habe fest darauf vertraut, dass du die größere Bestie bist. Und dein Kampf war wirklich bemerkenswert. Du wirst sogar unter den Schneeschraten eine Legende werden. Sie haben schon einen Namen für dich. Wie übersetze ich es am besten …« Nachdenklich sah er über das Eis zu der großen Insel im Norden. »Man kann es nicht ganz perfekt wiedergeben … Es heißt etwa so viel wie Schädelknacker. Die Schrate haben eine Sprache von schlichter Eleganz. Sich selbst nennen sie Yeh-Ti. Das bedeutet Schneekinder. Hübsch, nicht wahr?«

Beorn interessierte es einen Dreck, wie sich diese Riesenaffen nannten. »Haben sie genug Angst vor dem Schädelknacker, um uns künftig in Frieden zu lassen?«

»Ich glaube, wenn wir weiter nach Osten gehen würden, ließen sie uns unbehelligt. Aber unser Weg führt uns mitten auf ihre Insel. Sie werden in uns Eindringlinge sehen. Ungeheuer, die aus dem Nichts gekommen sind, um ihren Kindern das Fell abzuziehen.« Er lachte leise. »Sie nennen uns Landhaie. In ihren Augen haben wir viel zu wenig eigenes Fell, um Geschöpfe mit Seele zu sein.«

»Stehst du auf ihrer Seite oder auf unserer, Elf?«

»Wenn du diese Frage ernst meinst, wie könntest du dann meiner Antwort vertrauen? Ich werde dir helfen, deinen zweizahnigen Kopfschwänzler zu fangen, und dich zum Himmelsturm bringen. Morgen sollten wir weit nach Osten segeln. Vielleicht glauben die Schneeschrate dann, dass wir weiterziehen. Außerdem wird Phileasson für reichlich Ablenkung sorgen, wenn er erscheint.«

»Wie meinst du das?«

»Für die Schrate sehen wir Landhaie alle gleich aus. Sie werden Phileasson genauso überfallen wie uns. Nur, dass er nicht damit rechnen wird. Das ist das einzig Gute, das aus Ursas Unvernunft erwachsen ist. Und nun lass mich nach deinem Bein sehen, oder du wirst auch morgen nur humpeln können.«

Packeis,
dreißigster Tag im Grimfrostmond

Shaya Lifgundsdottir war zu sorglos wegen ihrer eigenen Verletzungen gewesen. Gestern hatten sie keine Probleme gemacht, weder bei der Reise mit einem Eissegler noch davor, beim Umpacken der Ladung. Die wertvollsten Beutestücke aus dem Wrack waren auf vier Schlitten verstaut worden, die zu den Knorren zurückfuhren. Mit dreißig Besatzungsmitgliedern, verteilt auf drei Eissegler und fünf Schlitten, setzte Phileasson die Reise fort.

Heute Morgen war Shaya nach unruhigem Schlaf mit einem Stechen in der Seite aufgewacht. Zwar hatte sich die Wunde bereits geschlossen, aber der Körper erinnerte sich wohl noch daran. Sie hatte das Morgengebet wie immer über die Ottajasko gesprochen, aber nie hatte es dabei so viel Murren gegeben. Nicht nur sie schlief schlecht, die Kälte machte die Muskeln steif und die Leute unzufrieden. Shaya selbst hatte geträumt, die Traviakirche hätte sie verstoßen und eine Schiffsgemeinschaft hätte sie auf dem Packeis ausgesetzt, wo sie nun allein durch die weiße Ödnis wandern müsste. Die anderen kamen nachts auf ähnlich seltsame und verstörende Gedanken. Tjorne Warulfson etwa war schreiend aus dem Schlaf gefahren und hatte seine Arme und Beine gedrückt, als seien sie Schlangen, die er erwürgen wollte. Eichward hatte ihn festgehalten, bis er zu sich gekommen war. Nachdem Shaya mit ihm gemeinsam um die Güte der Mutter Travia gebetet hatte, war Tjorne vor und zurück gewiegt wie ein kleines Kind. Wie lange, wusste Shaya nicht zu sagen. Am Lagerfeuer hatte sie in ihren eigenen Albtraum zurückgefunden.

Wegen der schmerzenden Seite war sie vor dem Aufbruch zu Phileasson gegangen, um ihn zu bitten, diesmal mit den Hundeschlitten statt mit einem der Eissegler fahren zu dürfen. Das machte die Reise ruhiger. Trotz ihrer Verletzung wäre es Shaya nicht in den Sinn gekommen, die Ottajasko zu verlassen und bei nächster Gelegenheit zu den Knorren zu fahren. Schließlich war sie die Schiedsrichterin und musste daher bezeugen, wie der Kapitän seine Aufgaben löste. Außerdem hatte Mutter Cunia Shayas Zweifel Lügen gestraft: Inzwischen war Phileassons Mannschaft tatsächlich so etwas wie eine Familie. Und diese Familie litt. Die Einsamkeit des Eises zerrte an den Nerven. In den milden Spott, der die Schiffsgemeinschaft auf der *Seeadler* begleitet hatte, mischten sich Bemerkungen echter Boshaftigkeit. Tjorne nannte Leomara unnützen Ballast, und Ohm Follker rezitierte mit Blick auf Irulla eine Saga, in der ein Fremder eine ganze Ottajasko vergiftete, um mit ihrem Blut Runen zu malen, die Hranngar priesen.

Nach den schlechten Erfahrungen umfuhren sie die Eisigel weiträumig, was sie nach Westen abbrachte und Zeit kostete, ihnen aber sicherer erschien. Als die Sonne unterging, die hier auch mittags nicht höher als eine Handbreit über dem Horizont stand, machten die Hunde Schwierigkeiten. Der Mond prangte im vollen Rad am Himmel, und die Tiere erwiesen sich als störrisch. Wie Wölfe heulten sie das große Himmelslicht an.

Crottet war wieder mit einem Eissegler unterwegs, und die beiden Nivesen, die Phileasson als Hundeführer angeheuert hatte, sprachen weder Thorwalsch noch Garethi. Sie berieten sich, fluchten und zerrten am Geschirr der Hunde, was aber immer nur kurz Erfolg zeitigte. Bei jedem Stopp, den man nutzte, um in dem feinen Schleier treibenden Pulverschnees nach dem Signalfeuer der Eissegler Ausschau zu halten, hob das Geheul von Neuem an. Tjorne und Tylstyr, die heute ebenfalls mit den Schlitten reisten, lockten die Tiere mit Robbenfleisch, aber die gefrorenen Streifen waren nicht so attraktiv wie der pralle Mond. Schließlich benutzten die Hundeführer die Peitschen, was Shaya zwar leidtat, aber für die Firnläufer mit ihrem dicken Fell wohl weit weniger schlimm war, als es für Menschen gewesen wäre.

Ihr Ziel, die Insel der Schneeschrate, konnte nicht mehr weit sein. Gleich einem Bergmassiv ragte sie im Norden auf, und sogar im Westen und Osten erhoben sich in einiger Entfernung Hügel. Wo Mond- und Sternenlicht auf Schnee und Eis fielen, schimmerten die Hänge wie die grauen Zierbänder, mit denen Lenya im letzten Jahr den Wintertroll geschmückt hatte. Shaya schmunzelte, als sie sich an das Lachen der Kinder erinnerte, während sie die Puppe mit Schneebällen beworfen hatten.

»Da ist das Signalfeuer!«, rief Ragnor. Der kräftige Ruderer stand hinter Shaya auf dem Schlitten, auf dem sie auf der zu Ballen verschnürten Ladung saß. Der vermummte Hüne zeigte leicht backbord voraus.

Wieder lächelte Shaya. In Thorwal hätte sie noch links gesagt, nicht backbord. Ihr gefiel, wie sie selbst Teil der Ottajasko wurde und wie eine Seefahrerin zu denken lernte.

Ohne innezuhalten, rief Ragnor den anderen Schlitten zu, wohin sie sich wenden sollten. War seine Stimme rauer als sonst? Auch er sah morgens übernächtigt aus, obwohl Phileasson beinahe alle dunklen Stunden für die Ruhe gewährte.

Jetzt bemerkte Shaya den orangeroten Feuerschein. Sie freute sich auf die Wärme, die er versprach. Wo ein Lagerfeuer war, da war ein Zuhause, wenn auch nur für kurze Zeit. Sie kuschelte sich in ihre Felle, während die hechelnden Hunde den Schlitten durch die Nacht schießen ließen, und drängte den Albtraum von der einsamen Wanderung in der endlosen Eiswüste weit fort.

Asleif Phileasson erwartete sie mit einer Fackel, die im kalten Wind fauchte. Er war heute mit einem Eissegler gefahren. »Wir haben etwas für dich zu tun, Shaya«, meinte er ernst.

Erst als sie vom Schlitten kletterte, merkte sie, wie steif gefroren ihre Gelenke waren. Auch die Wunde in der Seite stach wieder. Sie schmerzte sogar stärker als am Morgen.

Shaya versuchte sich nichts anmerken zu lassen. Schließlich war sie keine Memme. »Was gibt es?«, fragte sie.

Phileasson zeigte auf eines der beiden Feuer. Es brannte in einer kupfernen Feuerschale. Dahinter erhob sich zwei Schritt hoch geborstenes Eis mit beinahe senkrecht aufgeschobenen Schollen. Dieser Wall erstreckte sich so weit, dass er sich rechts und links in der Dunkelheit verlor. Shaya fragte sich, warum man eine Einbuchtung in diese unregelmäßige Wand geschlagen hatte, ähnlich einer Nische in einem Tempel. Das mochte den vier Recken, die dort saßen, Schutz vor dem Wind bieten, aber war eine solche Annehmlichkeit die Mühe wert?

Neben der Erhebung stand ein Eissegler – oder das, was davon übrig war. Steuerbord waren der Rumpf gesplittert und die Kufe verbogen. Der Mast endete in einem Bruch, das Segel fehlte.

»Was ist hier passiert?«, fragte Shaya.

Eis glänzte in Phileassons Bart, den er hier, in der Kälte, länger als üblich wachsen ließ. »Wie es aussieht, hat es Beorn erwischt.« Die grauen Augen waren ausdruckslos wie Rauch. »Oder zumindest einige seiner Leute.« Er deutete auf den frischen Schnee. »Darunter verbirgt sich sehr viel gefrorenes Blut. Es muss einen schweren Kampf gegeben haben.«

Während Tylstyr bei den Hunden zurückblieb, trat Shaya mit den anderen näher an das Feuer. Tatsächlich, die drei Frauen und der Mann, die dort saßen, gehörten nicht zu Phileassons Ottajasko. Die mit Reif überzogenen Gesichter kamen Shaya vage bekannt vor, vielleicht, weil sie sie in Thorwal gesehen hatte. Die Toten trugen Rüstung und Helm, aber keine Fellumhänge, die sie vor der Kälte geschützt hätten. Einer blonden Frau hatte man einen Zopf quer über den Mund gelegt, als hätte sie ruckartig den

Kopf gewandt. Der wahre Grund war wohl, dass man die Wunde verdecken wollte, die ihr Kinn spaltete.

Die vier saßen hier wie Krieger, die darauf warteten, dass Swafnir sie in den großen Kampf gegen die verderbte Schlange Hranngar rief. Lange Kerben auf ihren Rundschilden zeugten von den Treffern, die sie eingesteckt hatten. Alle hielten Waffen in den bloßen Händen. Die blonde Kämpferin jedoch hatte drei Äxte und ein Schwert auf ihrem Schoß liegen. Ihre Hände ruhten auf den Waffen, als könne sie sich nicht entscheiden, welche sie wählen sollte.

Shaya sah wieder zu Phileasson auf.

»Sie sind so ehrenhaft bestattet, wie sie gefallen sind«, sagte er. »Auf einer großen Abenteuerfahrt.«

»Das wohl!«, bestätigte Ohm Follker. Gemeinsam mit den anderen hatte er abseits einen zweiten Lagerplatz errichtet. Dort bildeten Phileassons Eissegler einen Halbkreis vor dem Eiswall, der den Wind abhielt, und ein Feuer brannte in einem Becken, das auf einem niedrigen Dreibein stand.

Shaya hockte sich neben die Toten. Ihre Augen waren offen, die Feuchtigkeit darin gefroren. Sie würden noch lange Zeit beobachten, wie die Sonne über den südlichen Horizont rollte.

Trotz der kriegerischen Ehren spürte Shaya, dass Friede auf dieser letzten Ruhestätte lag. »Hier wurde schon ein Grabsegen gesprochen.«

»Von Lenya?«, fragte Phileasson.

Shaya zuckte mit den Schultern, was einen Stich in ihrer Seite zur Folge hatte. Sie versuchte, den Schmerz unter einem schiefen Grinsen zu verbergen. »Das nehme ich an.«

Phileasson nickte. »Gut. Mehr können wir nicht tun. Mögen diese Toten uns zur Vorsicht mahnen.«

»Was ist mit ihnen passiert?«, fragte Shaya, als sie neben Ohm zum Lager ging.

»Große und schwere Geschosse haben den Eissegler getroffen«, sagte er.

»Wie von einem Katapult?« Shaya dachte an die Wurfmaschinen, die sie in Darpatien gesehen hatte. Dort umgaben die Fürsten ihre Städte mit steinernen Mauern und bauten Festungen wie jene, deren Überreste in Olport standen. Man brauchte Belagerungsgerät, um sie einzunehmen.

»Ja, vielleicht war es ein Katapult«, bestätigte Ohm. »Aber die Schrammen auf Schilden und Rüstungen sehen nicht nach Waffen aus, wie wir sie kennen. Auch nicht die Wunden. Das waren eher Tiere. Sehr große Bestien, das wohl.«

Shaya fröstelte unter dem Umhang, als sie sich ans Feuer setzte. »Schneeschrate?«

»Es ist zu dunkel, um Spuren auf dem Boden zu lesen, aber wir sind in ihrem Land.«

Phileasson teilte die Neuankömmlinge den Wachschichten zu. Niemand murrte, obwohl die vorgeschobenen Posten weit in der Dunkelheit stehen würden, wo der Feuerschein sie nicht verriete.

Während sie von den Schlitten holten, was sie für die Nacht brauchten, drehte der Wind auf Südwest. Die Hunde schlugen an.

»Sie wittern etwas«, erklärte Crottet. Selbst er, der den hohen Norden gewohnt war, schlief in dieser verlassenen Ödnis schlecht, wie die Ringe unter den schräg stehenden Augen verrieten.

Phileasson stellte einen Trupp zusammen, nahm eine Handvoll Hunde mit und verschwand in der Dunkelheit.

Shaya begab sich zu den anderen, die sich vor den Schlitten versammelten. Sie umfasste den Wanderstab, mit dem sie sich bereits beim Überfall gegen die Räuber zur Wehr gesetzt hatte. Keinesfalls würden sie sich die Ausrüstung stehlen lassen, von der ihr Überleben in dieser Wildnis abhing.

Gespannt lauschte Shaya auf Kampfgeräusche, doch außer dem Säuseln des Windes hörte sie nur Knurren und Hundegebell.

Nach einiger Zeit kehrte Phileassons Trupp zurück. Die Gefährten hatten keine Gegner gefunden, dafür aber eine mit weißem Fell bewachsene Pranke, abgetrennt auf der Hälfte des Unterarms. Shaya erkannte sofort, dass eine solche Hand genug Kraft besaß, um ihren Schädel zu zerquetschen.

Schweigend trug Phileasson den Fund zu Beorns Toten. Die Krallen an den kältestarren Fingern passten zu den Schrammen auf den Kampfschilden.

6 DAS VOLK DES SCHNEES

Packeis,
erster Tag im Goimond

Einer der Eissegler blieb jetzt immer bei den Hundeschlitten, und auch die anderen entfernten sich nicht mehr allzu weit. Hier in der vereisten Bucht, in der sich die Felshänge nur nach Süden hin öffneten, konnten sie ihre Schnelligkeit ohnehin nicht ausspielen. Überall brachen Basaltbrocken hervor, und manchmal lauerten sie unter dünnem Schnee, wo sie die Kufen zu zerbrechen drohten. Vor allem aber wollte Phileasson die Expedition zusammenhalten, da sie sich offensichtlich in Feindesland befanden.

Die drei ausgeschickten Eissegler suchten nach einem günstigen Aufstieg in den Hängen. An vielen Stellen waren die Berge von Eis überzogen, aber wo die Sonne lange auf sie schien und der Wind den Schnee davontrug, war dunkler Fels zu erkennen. Meist fielen die Klippen steil in das Eis ab, von dem Shaya Lifgundsdottir vermutete, dass es nur im Hochsommer schmolz.

Die Gefährten, die bei den Schlitten geblieben waren, kümmerten sich darum, die Nahrungsvorräte mit Frischfleisch aufzufüllen. Sie hatten eine Kolonie von ein paar Hundert Boronskuttentauchern entdeckt, Vögeln, die auf ihren mit Schwimmhäuten ausgestatteten, ledrigen Füßen kerzengerade standen und so einem Menschen bis zum Knie reichten. Ihren Namen verdankten sie dem schwarzen Gefieder, das sie überall bis auf den hellen Bauch bedeckte. Dadurch ähnelten sie entfernt den Dienern des Gottes von Tod, Schweigen und Vergessen. Boron schenkte den Menschen auch den Schlaf, ein Segen, den die einsame Gruppe in diesem verlassenen Land gern angenommen hätte. Viele sprachen kaum noch miteinander und stierten stumpf hinter ihren Atemwolken her. Auch Shaya schwelgte in der Sehnsucht nach den heimeligen Tempeln des Südens. Sie kicherte freudlos, weil sie Thorwal zuvor nie mit dieser Himmelsrichtung in Verbindung gebracht hatte. Süden!

Da die Boronskuttentaucher nicht fliegen konnten und das Wasser gefroren war, blieb ihnen nur der aussichtslose Versuch, mit watschelnden Schritten zu fliehen. Man brauchte noch nicht einmal Pfeile zu verschwenden, um sie zu erlegen. Nur vor den hackenden Schnäbeln musste man sich in Acht nehmen, wenn man ihre Eier stahl.

Shaya fragte sich, von welcher Nahrung diese Tiere lebten. Mehrere Dutzend Meilen im Umkreis schien es kein offenes Wasser zu geben. Oder war das auf der Insel anders? Erklommen sie etwa die Hänge? Das war den tapsigen Kreaturen kaum zuzutrauen. Oder hatten sie sich in den wärmeren Monden genug Speck angefressen? So wie Bären, die auf diese Weise durch den Winter kamen?

Shaya saß auf einem der Schlitten und nahm die erbeuteten Vögel aus. Sie wunderte sich, dass sie es als so angenehm empfand, die Hand zwischen die Eingeweide zu schieben, aber noch waren sie warm, was den Fingern eine lange vermisste Geschmeidigkeit gab. Sie warf die Innereien auf das Eis, wo die Hunde sie verschlangen. Unter den Firnläufern gab es eine klare Rangfolge. Der Leithund fraß zuerst, achtete aber darauf, dass für alle etwas abfiel.

Salarin Trauerweide kam mit drei erschlagenen Boronskuttentauchern zurück. Offenbar hatte er die Melodie des Eises verinnerlicht. Während die Menschen ihre Schritte vorsichtig setzten, um nicht auszurutschen, bewegte er sich wie auf einer Frühlingswiese. Die Kälte musste allerdings auch der Elf respektieren. Er war in Kleidung aus Robbenfell gehüllt, und der Schal vor seinem Mund war starr von seinem gefrorenen Atem. Er schlug einen leichten Bogen und legte die Beute auf einen der anderen Schlitten.

»Hast du Streit mit dem Spitzohr?«, fragte Eichward.

Am Morgen hatte Shaya ihre Wunde untersucht. Schon am Tag der Verletzung hatte sie sich durch Salarins Lied geschlossen, aber vollständig geheilt hatte sie der Zauber wohl dennoch nicht. Eine Beule bildete sich an ihrer Seite, so groß wie ein Hühnerei und hart, wenn man darauf drückte. Vielleicht ahnte Salarin seinen Misserfolg und schämte sich dafür. Aber diese Vermutung konnte Shaya nicht äußern, ohne selbst als wehleidig zu gelten. Keinesfalls würde sie sich über das bisschen Schmerz beklagen, wo doch andere Mannschaftsmitglieder, wie etwa Gesgard, Zehen eingebüßt hatten!

»Warum sollten wir uns streiten?«, wich sie daher aus.

Eichward zuckte mit den Schultern. Wie alle Männer in der Ottajasko – mit Ausnahme von Salarin und Vascal, der sich auf eine Oberlippenzier beschränkte – trug er jetzt einen Bart. Wo die sonst kaum sichtbare Narbe über seine linke Wange lief, klaffte eine Schneise in dem blonden Gestrüpp. »Vielleicht ist er eifersüchtig auf Tylstyr.«

Shaya runzelte die Stirn. Dass die Gefährten sie ab und zu neckten, etwa wegen ihrer geringen Körpergröße, machte ihr nichts aus. Im Gegenteil, das bewies, dass man sie als Teil der Gruppe sah. Aber die Gerüchte um amouröse Verstrickungen ärgerten sie. Um jeden anderen hätte sie sich ebenso gekümmert, wenn er ihrer bedurft hätte!

Na gut, eigentlich hatte Tylstyr die abendlichen Untersuchungen nicht nötig. Die Brandwunden waren vollständig verheilt, an jedem Flecken von Tylstyrs Haut. Sogar das in die linke Hand tätowierte Siegel seiner Magierakademie leuchtete, als seien die Farben erst vor ein paar Tagen hineingestochen worden. Aber der Vorfall mit dem misslungenen Zauber hatte ihn verunsichert, er brauchte Halt. Seine Bedürfnisse richteten sich bestimmt nicht auf Shaya als Frau. Obwohl sie noch nie bei einem Mann gelegen hatte, kannte sie sich mit den Eigenheiten des anderen Geschlechts gut genug aus, um die eindeutigen Zeichen zu bemerken, die auf Begierde schließen ließen. Tylstyr kannte keine Scham, wenn es um die Untersuchungen ging.

»Mir steht der Sinn nicht nach einem flüchtigen Abenteuer!«

Allerdings musste sich Shaya eingestehen, dass sie sich manchmal vorstellte, wie Salarin wohl bei einem Bad aussah. Als sie bei den Knorren die Kleidung gewechselt hatten, war ihr ein seltsames, sternförmiges Mal an seinem rechten Oberarm aufgefallen. Ob es stimmte, dass Elfen unterhalb der Wimpern keine Haare hatten?

»Ich bin eine Geweihte der Travia. Ich suche nach dem Mann, der mich ein Leben lang glücklich machen und unsere Kinder mit mir aufziehen wird.«

Dieser Aspekt der Verehrung ihrer Göttin sorgte bei den Thorwalern stets für milden Spott. Während der Reise einer Schiffsgemeinschaft wechselte man häufig das Lager, und die Nächte in den Langhäusern führten so manche Alternative vor Augen. Kinder wurden nicht nur von den Eltern, sondern von der gesamten Ottajasko aufgezogen. Viele hatten Halbgeschwister.

Eichward schwieg, und bald rief Phileasson zum Aufbruch. Die Hundeführer schirrten die Tiere an, die Schlitten setzten sich

Richtung Nordwesten in Bewegung. In der Ferne stiegen die gewohnten Aschewolken über dem Massiv der Insel auf. Eichward stand hinter Shaya, um das Gefährt zu lenken.

»Ich habe dich nie gefragt, ob du eine Familie hast«, sagte sie.

Der Fahrtwind spielte mit dem Fell in ihrer Kapuze. Die Kufen schabten über das Eis, der Schlitten knarrte, und die Seile, mit denen die Ladung festgezurrt war, knirschten. Vergeblich lauschte Shaya auf eine Antwort.

Sie wollte sich im Sitzen umdrehen, aber das schmerzte zu sehr in der Seite. »Hast du Kinder?«, rief sie.

Er schwieg so lange, dass sie schon glaubte, er würde wieder nicht antworten. »Einen Sohn«, sagte er dann.

Shaya runzelte die Stirn. »Warum hast du nie von ihm erzählt, während du bei uns im Traviatempel gewohnt hast?« Sie erschrak, weil ihr einfiel, dass sie möglicherweise an eine Wunde rührte. »Er ist doch nicht …?«

»Hartbert ist sechs Jahre alt. Seit einigen Nächten träume ich, dass er von einem Pferd oder in einen Brunnen fällt. Aber als ich ihn zuletzt gesehen habe, war er gesund.«

»Lebt er bei deiner Familie?«

»Bei seiner Mutter.«

Trotz der Schmerzen drehte sie sich nun doch um. Eichward starrte mit hartem Gesicht geradeaus. Er trug keine Schneebrille, hier in der Bucht blendete das Weiß weniger.

Er war immer freundlich zu Shaya gewesen und hilfsbereit, was die Arbeiten im Tempel anging. Auch auf dem Schiff hatte er sich als zuverlässiger Gefährte erwiesen, obwohl die allgemeine Dünnhäutigkeit während der Reise auf dem Eis ihn ebenfalls erfasste.

Shaya hätte ihm seinen Frieden lassen sollen. Aber vielleicht tat es ihm gut zu sprechen?

»Seine Mutter ist sicher eine liebenswerte Frau«, tastete sie sich vor.

Eichwards Augen blieben starr. Die Bewegung der Lippen ließ seinen Bart zittern. »O ja. Holdlinde ist eine Dame, für die so mancher Ritter in die Schlacht zieht.«

Warum war er nicht bei ihr? Lag das an den Nostriern, die ihm nachstellten? Sogar den Frieden des Traviatempels hatten sie gebrochen. Vielleicht wollte Eichward diesen Streit von seiner jungen Familie fernhalten. »Dein Sohn und deine Gemahlin erwarten sicher mit Sehnsucht deine Heimkehr.«

»Ich habe keine Gemahlin.«

»Aber …« Shaya wandte sich wieder nach vorn, als sie merkte, wie ihr die Hitze in die Wangen stieg. Thorwalsche Sitten waren wohl auch in Andergast verbreitet.

Der Schlitten setzte über einen Eisrücken hinweg.

»Holdlinde und ich waren verlobt«, sagte Eichward. »Wir wollten heiraten, aber man rief mich zu den Bannern. Ich zog mit den Rittern und dem Fußvolk nach Westen. In irgendeinem namenlosen Wald trafen wir auf die Nostrier. Diesmal hatten sie sich gut vorbereitet, Gruben ausgehoben und uns erwartet. Ein großer Sieg wurde es dennoch nicht für sie, eher ein Unentschieden. Aber mir erschlugen sie das Pferd, prügelten den Verstand aus meinem Schädel und nahmen mich mit. Ich wachte in einem Kerker auf, in dem das Wasser von den Wänden lief und die Sonne durch ein Fenster schien, das ich mit einer Hand abdecken konnte.«

Solche Verliese kannte Shaya aus Darpatien. In Thorwal sperrte man Gefangene in einen Pferch. Dort schützte zwar allenfalls ein Unterstand gegen die Witterung, aber wenigstens war die Luft frisch, und man spürte die Sonne auf der Haut.

»Zwei Monde lag ich in Ketten«, fuhr Eichward fort. »So

lange brauchten die Nostrier, um meine Eltern ausfindig zu machen und an das Lösegeld zu kommen.«

»Haben sie dich gefoltert?«

»Nein, aber ich war dennoch ausgezehrt und schwach, als ich zu Holdlinde kam. Es machte mir schon Mühe, aufrecht zu stehen. Vielleicht war das gut so. Sonst hätte ich der Versuchung erliegen können, den Kerl zu erschlagen, den sie inzwischen geheiratet hatte.«

»Was?«, rief Shaya.

»Man hatte mich für tot gehalten.«

»Nach nur zwei Monden!«

»Sie trug ein Kind unter dem Herzen. Hätte sie es allein versorgen sollen? Sie war froh, dass jemand ihre Hand nahm.«

»Aber du bist der Vater dieses Kindes!«

»Wenn Holdlinde es nicht vermeiden konnte, habe ich Hartbert besucht. Bei Empfängen, zu denen alle Ritter geladen waren, oder zum Fest der Heimkehr. Aber sie war dagegen.«

»Warum das?«

»Sie hat nicht mehr mit mir gesprochen, seit ich aus der Gefangenschaft zurückgekehrt bin und sie mich aus ihrer Burg gejagt hat.«

»Aber das ist unmenschlich!«

»Es ist das Gesetz deiner Göttin.«

»Travia lächelt, wenn die Familie vereint ist!«

»Holdlindes Gemahl ist der einzige Vater, den Hartbert kennt. Er hat meine Nase, und doch bin ich nur der Fremde, der ihm einmal ein Pferd aus Holz geschenkt hat.«

»Deine Stimme zittert! Du liebst deinen Sohn!«

»Vor deiner Göttin hat das keine Bedeutung.«

»Wie kannst du das sagen?«

»Holdlinde hat nicht zu mir die Worte der Treue gesprochen,

sondern zu dem anderen. Travias Segen liegt auf dem Bund dieser beiden. Ich bin dabei unwichtig.«

Shaya wusste darauf nichts zu entgegnen. Der Traviabund war das heiligste Ritual ihrer Kirche, er war unauflöslich. Es gab Märchen, in denen sich ein Ehepartner eher von einem Arm trennte als von dem Menschen, dem er auf diese Art verbunden war. Shaya hatte solchen Geschichten immer gern gelauscht, sie fand sie romantisch. Aber bei Eichward wurde das Versprechen von einem lebenslangen Zweierbund, der in allen Stürmen und Anfechtungen Halt gab, zu einem unbarmherzigen Gesetz.

Was hätte Cunia gesagt? Dass Eichward keinen Grund zur Trauer gehabt hätte, wenn er sich nicht vor dem Bund zu seiner Liebsten gelegt hätte?

Aber solche Schwäche war menschlich! Wieder dachte Shaya an die lockeren Sitten der Thorwaler. Bei ihnen wäre der Vater allerdings immer in dem Langhaus willkommen gewesen, in dem sein Sohn aufwuchs. Viele brachten ihren Kindern und dem früheren Partner Geschenke von ihren Fahrten mit, auch wenn sie inzwischen mit anderen zusammenlebten. Cunia beklagte oft die Unverbindlichkeit thorwalscher Beziehungen, aber konnte sie gutheißen, wie Holdlinde Eichward von seinem Sohn fernhielt?

Shaya wünschte, sie hätte dieses Gespräch nie begonnen! Wie sollte sie es fortführen? Verständnisvoll? Oder strikt auf Travias Geboten bestehend?

Sie war froh, als Phileasson die Schlitten sammelte, weil er etwas entdeckt hatte. Sie sprang so hastig von der Ladung, dass sie ihren Wanderstab brauchte, um nicht auszurutschen.

Die Freude verflog, als Shaya begriff, dass gefrorenes Blut den Schnee besudelte. Fußspuren, die denen eines Bären ähnelten, führten nach Nordwesten. Von dort drang ein Wimmern herüber. Der Atem dampfte zwischen ihnen, als sich die Gefährten ansahen. Shaya fand kein einziges Gesicht, auf dem nicht die Spuren unruhigen Schlafes gestanden hätten.

Phileasson zog sein Schwert. Gemeinsam mit Crottet übernahm er die Führung.

Hinter einem Hügel aus Eis, das sich an einem Felsen hochgeschoben hatte, lag ein Wesen auf dem Boden, das wie eine Kreuzung aus einem Bären und einem Affen aussah. Der massige Körper war drei Schritt groß, die Arme so lang, dass sie bis zu den Knien reichten. Wo die Pfeile im Rücken steckten, verdunkelten Blutklumpen das weißgraue Fell.

Phileasson schickte die Kämpfer aus, damit sie einen Sicherungsring bildeten.

Shaya näherte sich vorsichtig dem Wesen, um es zu betasten. Die Glieder waren steif und kalt, im Pelz klebte Eis. »Ich glaube, es ist tot.«

»Ist das ein Schneeschrat?«, fragte Eichward.

Phileasson sah Crottet an, der jedoch mit den Schultern zuckte.

»Es passt zu den Beschreibungen in der Arjolf-Saga«, meinte der Drachenführer.

Wieder erklang das Wimmern.

»Da liegt jemand unter ihm!« Shaya erkannte, dass der Schneeschrat einen Arm unter den Bauch geschoben hatte, als hätte er dort etwas verbergen oder schützen wollen.

Gemeinsam wälzten sie den schweren Leib herum.

Ein kleiner Schneeschrat versuchte sich am Fell des Toten festzuklammern, war aber wohl zu schwach. Er rutschte in eine Kuhle zurück und heulte herzerweichend.

»Das hier ist ein Weibchen«, stellte Crottet in seinem gebrochenen Thorwalsch fest. Er schob den Pelz auseinander, sodass eine Zitze zum Vorschein kam.

»Und der Kleine hier ist ein Säugling«, meinte Shaya.

Der Schreihals war so groß wie ein dreijähriges Menschenkind. Abgesehen vom schneeweißen Fell war er nackt. Die Handflächen waren schwarzes Leder, und auch die wulstigen Lippen waren dunkel. Zunge und Mundhöhle leuchteten in zartem Rosa, Zähne hatte er noch nicht. Die Augen glichen Knöpfen in einem Teppich aus weichen Fransen.

»Seine Mutter ist tot«, stellte Crottet fest.

Der Säugling war leichter, als er aussah. Unter dem dicken Fell ertastete Shaya einen dürren Körper. Sie konnte ihn problemlos anheben, und als sie das Gesicht streichelte, nuckelte er an ihrem Handschuh.

»Er hat Hunger«, stellte sie fest.

Ihr Blick fiel auf Crottets Knochenmesser.

»Wir werden ihn auf keinen Fall töten!«, rief sie. Unwillkürlich machte sie mit dem Kleinen auf dem Arm einen Schritt zurück und glitt auf dem Eis aus. Ohne den Wanderstab, den sie für die Untersuchung zur Seite gelegt hatte, fehlte ihr der Halt. Sie plumpste auf den Hintern.

»Seine Mutter kann ihm keine Milch mehr geben«, sagte Phileasson. »Wie sollen wir ihn durchbringen?«

Trotzig sah Shaya in das weiße Gesicht.

Das Kind gluckste und griff nach einem ihrer Zöpfe. Die kupferne Farbe sah es sicher zum ersten Mal.

Trotz seiner Fremdartigkeit fand Shaya den Säugling niedlich, wie ein Katzenjunges oder ein flauschiges Küken. Aber weder sie selbst noch eine andere Frau in der Ottajasko würde ihm die Brust geben können.

Tränen stiegen in Shayas Augen. Da die Mutter schon steif gefroren war, musste sie seit mehreren Stunden hier liegen, vielleicht sogar seit Tagen. Sie hatte sich mit den Pfeilen im Rücken hierher geschleppt, um ihr Kind in Sicherheit zu bringen. Wohin hatte sie gewollt? Fühlten diese Wesen die gleiche Verzweiflung, die auch Menschen in einer solchen Lage erfasst hätte? Hatte die Mutter gehofft, dass andere Schneeschrate sie fänden? Wenn nicht lebend, dann wenigstens früh genug, bevor auch ihr Kind unter ihrem erkaltenden Körper erfror.

Wieder wimmerte der Kleine. Wie viele Stunden er unter der Leiche seiner Mutter gelegen? Schon lange konnte er keine Milch mehr bekommen haben. Sicher hatte er Hunger, so dünn, wie er war.

Es musste doch noch eine andere Möglichkeit geben, als ihm die letzte Gnade zu gewähren! Es war ein kleines Wunder, dass er so lange überlebt hatte. Das durften sie nicht zunichtemachen!

Hilfe suchend blickte Shaya sich um.

Crottet hatte den Handschuh von seiner Linken gezogen und nestelte an dem Beutel, den er am Gürtel trug. Er zog ein Stück Seehundspeck heraus und schob es in den Mund.

In Eichwards müden Zügen sah sie Mitgefühl. Dachte der Hüne aus Andergast an seinen eigenen Sohn?

Phileassons graue Augen blieben undeutbar. Er war der Anführer, er musste an die Ottajasko denken und abwägen, was machbar war.

Schützend drückte Shaya den Säugling an ihre Brust, als Crottet zu ihnen kam. Es war sicher unvernünftig, aber sie empfand dieses Kind als Beginn einer neuen Familie. Nicht für sie allein, sondern für die Gruppe, die an der Einsamkeit des Eises zu zerbrechen drohte.

Der Nivese hockte sich neben sie. Seine schräg stehenden Augen musterten das Kind, als er mit der noch immer nackten linken Hand in den Mund griff. Er nahm den weich gekauten Speck heraus und fütterte den Schneeschrat damit. Er schmunzelte, weil der Säugling die Lippen schmatzend um seine Finger schloss.

Der Kleine schluckte, und dann lachte er beinahe wie ein Menschenkind. Wieder stiegen Tränen in Shayas Augen, aber diesmal nicht vor Verzweiflung.

Crottet richtete sich auf. »So wird es gehen.«

Hoffend sah Shaya zu Phileasson auf.

»Wenn du willst, dass er lebt, Schwester, musst du für ihn sorgen«, bestimmte er.

»Das werde ich!«, rief sie.

Nickend wandte er sich ab. »Zurück zu den Schlitten!«

Eichward half ihr auf und reichte ihr den Wanderstab. »Ich baue eine Trage für den Kleinen«, bot er an. »Dann kannst du ihn dir auf den Rücken schnallen.«

Packeis,
erster Tag im Goimond

Asleif Phileasson sah ein, dass er keinen idealen Pfad die Hänge der Insel hinauf fände. Die Jahreszeiten hatten das Eis immer wieder anwachsen und abschmelzen lassen, sodass es alles Erdreich vom Fels geschliffen hatte. Übrig geblieben waren dunkle Klippen aus Basalt und Granit. Zwar gab es einige sanfter abfallende, meist mit Geröll aufgefüllte Stellen, doch auch diese endeten immer vor schroffen Steinbrocken.

Phileasson entschied sich, die Schlitten mit den Versorgungsgütern mitzunehmen, die Eissegler aber zurückzulassen. Selbst wenn sie die Gefährte auf das Plateau hätten wuchten können, wären sie dort kaum von Nutzen gewesen. Sie brauchten weite, freie Flächen, um ihre Geschwindigkeit zu entfalten. Er ließ die

Masten umlegen und die Boote sicher vertäuen. Da niemand wusste, wie lange sich die Suche nach den zweizahnigen Kopfschwänzlern hinzöge, wäre es leichtsinnig gewesen, allein auf die Anker zu vertrauen.

Versonnen strich er über den Rumpf eines Eisseglers und dachte an die Träume, die ihn seit einigen Nächten plagten. Sie unterschieden sich nur in Kleinigkeiten. Immer ruderte Phileasson auf einem riesigen Drachen. Er saß irgendwo in der Mitte, und das Schiff war so groß, dass sowohl Bug als auch Heck unter dem Horizont verschwanden. Tausende Thorwaler legten sich für ihren Kapitän in die Riemen, und dieser Kapitän war Beorn, der Blender. Ab und zu kam er an Phileasson vorbei, kniff ihm in die Wange, als wäre er ein kleines Kind, und bedankte sich dafür, dass Phileasson versagt und ihn, Beorn, zum König der Meere gemacht hatte. Unwillig schüttelte Phileasson den Kopf. So weit würde es nicht kommen.

Sie nutzten das letzte Tageslicht, um den Aufstieg zu beginnen. Zwischen den Felsen wären sie vor dem Wind geschützt, und auf den Erhebungen ließen sich Wachen postieren. Das gewährte ihnen einen guten Überblick, auch wenn man sie wegen der Kälte oft austauschen müsste.

Es tat gut, festen Grund unter den Füßen zu wissen. Die Reise auf dem Eis erschien Phileasson unsicherer, als wenn er auf den Planken eines Drachenschiffes stand, und er brauchte sich nur umzuschauen, um zu erkennen, wie sehr sie an der Konstitution seiner Mannschaft zehrte. Der *Seeadler* vertraute er nach all den Fahrten zu fernen Gestaden ohne Bedenken. Die Bewegungen des Packeises mit den immer neuen Rissen, dem ständigen Knacken und Knirschen dagegen waren ihm nicht geheuer.

Die Hundeführer schirrten die Firnläufer ab, um die Schlitten leichter über Hindernisse heben zu können. Nochmals wählte man aus, welche Ausrüstung unverzichtbar war und was bei den Eisseglern und ihren zehn Wächtern zurückgelassen werden konnte, um es bei Bedarf nachzuholen. Wie Beorn diese Aufgabe wohl gelöst hatte? Nach der Entdeckung der Toten aus seiner Mannschaft waren sie auf keine Spur von ihm gestoßen.

Phileassons Leute begannen den Aufstieg. Es galt nur dreißig Schritt Höhenunterschied zu überwinden, aber das Eis machte die Felsen so schlüpfrig, dass man sich besser anseilte. Shaya trug den Säugling der Schneeschrate auf dem Rücken. Als sie an Phileasson vorbeistieg, strahlte ihm eine Wärme aus ihrem sommersprossigen Gesicht entgegen, die er seit Tagen nicht mehr gesehen hatte.

Phileasson dachte über den Rhythmus nach, in dem er die Wachen wechseln wollte, als ein Steinschlag vom nördlichen Hang niederging. Ragnor rief eine Warnung. Wer einen Schild griffbereit hatte, hielt ihn schützend über sich und seine Kameraden. Die anderen suchten natürliche Deckung.

Ein gewaltiger Brocken, halb Eis, halb Fels, zertrümmerte einen der Eissegler.

»Der hat sich nicht zufällig gelöst«, murmelte Phileasson. Er zog sein Breitschwert aus der Scheide.

Weitere, deutlich kleinere Brocken prasselten auf seine Leute herab. Einige fanden ihr Ziel. Swafnild und Tylstyr Hagridson verloren den Halt und schlitterten den Hang hinunter.

»Wir werden angegriffen!«, rief Phileasson. »Zu den Waffen!«

Sofort war Ohm Follker neben ihm. »Die Schneeschrate?« Seine Axt hing noch am Gürtel, stattdessen hatte er zwei Dolche in den Händen. Phileasson wusste, dass er sie treffsicher zu werfen verstand.

»Sieht so aus!«

Zwischen den Felsen entdeckte er helle Gestalten.

Die Recken formierten sich zu einem Schildwall. Eichward hielt sich abseits, um Raum für das Zweihandschwert zu haben. Breitbeinig stellte er sich in den Kies, als wollte er Wurzeln schlagen.

Kopfgroße Steine flogen auf sie zu wie ein Schwarm Krähen.

»Vorsicht!«, rief Phileasson und warf sich über Shaya.

Mitsamt dem Kind auf ihrem Rücken riss er sie um.

Erschrocken schrie sie auf. Wo sie gerade noch gestanden hatte, schlugen zwei Steine ein.

Der Säugling heulte wie eine junge Robbe. Es riss den zahnlosen Mund so weit auf, dass das Rosa von Zunge und Gaumen aufleuchtete.

»Rückzug!«, befahl Phileasson.

Auf dem Eis waren offensichtlich keine Gegner, sonst hätte man sie gesehen. Also verbargen sich die Schneeschrate zwischen den Felsen, was ihnen einen Vorteil verschaffte. Bei den Eisseglern, besser noch etwas weiter vom Hang entfernt, könnten sich die Recken formieren und dann in Ruhe entscheiden, wie sie vorgehen wollten. In jedem Fall mussten sie auf diesen vereisten Felsklotz von einer Insel! Phileasson würde keinesfalls noch vor der ersten Aufgabe, die ihn zum König der Meere machen sollte, aufgeben.

Aber die Schneeschrate errieten seine Absicht. Plötzlich sprangen ihm zwei der Ungetüme entgegen.

Er machte einen Satz zur Seite, was ihn außer Reichweite der Pranken eines Gegners brachte. Vor den Hieben des zweiten rettete ihn nur der eisenumrahmte Schild. Der Schlag fühlte sich an, als wäre ein Stier gegen den Schutz gerannt. Phileasson flog zurück und riss Ohm Follker um. Sein Kopf stieß an einen Felsen, was ohne den Helm übel ausgegangen wäre. Auch so dröhnte sein Schädel.

Mit wildem Gebrüll versperrte Ragnor den Schneeschraten den Weg zu seinem Drachenführer. Er reichte den Bestien gerade einmal bis zur Brust, was ihn jedoch nicht zu ängstigen schien. Sein Axthieb war ohne Raffinesse geführt und fand dennoch das Ziel. Tief schlug das Blatt in den bepelzten Schenkel. Der Schneeschrat schrie vor Schmerz.

»Zurück, Ragnor!« Sein eigenes Gebrüll vibrierte in Phileassons angeschlagenem Kopf. »Sammeln!«

Die Gefährten kamen auf dem Geröllfeld des Hanges zusammen, mit möglichst viel Abstand zu den Felsen, hinter denen die Schneeschrate lauerten. Shaya nahm den Säugling vom Rücken und wiegte ihn, konnte ihn aber nicht beruhigen. Er plärrte in einem fort.

Das Dämmerlicht machte die Gegner zu huschenden Schemen. Immer wieder schleuderten sie Felsbrocken. Wenigstens fünf Gefährten hatten bereits Knochenbrüche erlitten. Nun, mit bereitgehaltenen Schilden, konnte man sich besser schützen, aber in der nahenden Dunkelheit wären die Angriffe schlechter zu erkennen.

»Vorschläge?«, forderte Phileasson.

»Wir haben eines ihrer Kinder!«, rief Tjorne Warulfson. »Wir sollten es aufschlitzen, wenn sie nicht aufhören!«

»Auf keinen Fall!« Shayas Augen funkelten mit einer Wildheit, die Phileasson noch nie an ihr beobachtet hatte. Überhaupt erschien sie ihm in letzter Zeit merkwürdig. Das endlose Eis bekam ihr schlecht.

Er starrte sie an.

Shaya senkte den Blick. »Es ist deine Entscheidung. Du bist der Drachenführer.« Sie zitterte.

»Gib ihn mir!« Phileasson steckte sein Schwert weg.

Der Säugling war etwa einen Schritt groß, aber erstaunlich

leicht. Er nuckelte an einem Daumen und schaute mit schwarzen Augen zu Phileasson auf.

Shaya schien nicht zu wissen, wo sie ihre Hände lassen sollte. Sie trat einen Schritt zurück, zwischen die Gefährten, und hielt den Blick auf den Boden gerichtet.

Phileasson gab Ohm seinen Schild und hob den kleinen Schneeschrat hoch über den Kopf. Erschrocken heulte der Säugling wieder los.

Hinter den dunklen Felsen lugten einige grauweiß bepelzte Gesichter hervor. Steine flogen nicht mehr.

»Wir haben dieses Kind gerettet!«, rief Phileasson. Seine Stimme trug weit, er hatte oft Befehle in einen Sturm gebrüllt, aber unter dem Helm pochte eine Schwellung. »Jetzt sollt ihr es wiederhaben!«

Langsam entfernte er sich zehn Schritte von der Ottajasko und legte den Säugling ins grobe Geröll, wo er sich sofort zusammenrollte. Zügig ging Phileasson zurück in den Schutz der Schilde.

Drei Schneeschrate sprangen hinter den Felsen hervor. Während einer das Kind aufnahm, stellten sich die beiden anderen zwischen ihn und die Menschen. Nicht nur ihre Gestalt, auch ihre Haltung erinnerte an riesenhafte Affen. Sie vermochten aufrecht zu gehen, stützten sich aber gern auf den Fäusten ab, was ihnen die überlangen Arme ermöglichten. Der Wind spielte in ihrem Pelz, während sie zu Phileasson herüberstarrten. Ein Schneeschrat trommelte sogar gegen seine Brust, als sie abzogen.

Phileasson achtete darauf, wer beim Anblick der drei Schritt großen Wesen zurückwich und wer seine Waffe fester packte. Bald würden sie alle gemeinsam einen zweizahnigen Kopfschwänzler fangen, aber danach müsste er die richtigen Gefährten für die Reise zum Himmelsturm auswählen. Davon hinge ab, ob er die zweite Aufgabe lösen könnte, die ihn zum König der Meere machen sollte.

Leise klang Salarins zweistimmiger Gesang durch die Dämmerung. Der Elf kümmerte sich um jene, deren Knochen unter den Wurfgeschossen gesplittert waren, wie etwa Swafnild. Der linke Arm der schwarzmähnigen Seefahrerin wies ein paar Gelenke zu viel auf. Wenigstens hatte der Angriff keine Toten gefordert.

»Wir holen unsere Schlitten, und dann ziehen wir uns zu den Eisseglern zurück!«, befahl er.

Nach allen Seiten sichernd setzten sie sich in Bewegung.

Sie hatten das erste Gefährt wieder aufgerichtet, als ein einzelner Schneeschrat zwischen den Felsen hervorkam. Eine Faust unterstützte seinen Gang. Den anderen Arm hielt er vorgestreckt. Etwas metallisch Schimmerndes lag auf der Hand. Fünf Schritt vor dem waffenstarrenden Schildwall blieb er stehen.

»Er will dich zum Zweikampf fordern«, vermutete Ohm.

»Das werden wir sehen.« Phileasson ließ das Schwert in der Scheide, hatte aber die Hand am Griff, als er zu dem Wesen ging, das ihn um mehr als einen Schritt überragte, wenn es sich zu voller Größe aufrichtete.

Der Umfang der Arme erinnerte an den Mast eines Eisseglers. Beorns Tote hatten gezeigt, welche Wunden diese Krallen zu schlagen vermochten. Phileasson war bereit, den Schild sofort hochzureißen. Beim Ziehen würde er das Schwert auf den Gegner ausrichten und sich mit vollem Gewicht in den Stoß legen. Das sollte ausreichen, um Fejris' stählerne Spitze durch Fell und Lederhaut zu treiben.

In der fortgeschrittenen Dämmerung brauchte Phileasson eine Weile, um zu erkennen, dass der Schneeschrat ihm einen Fisch darbot. Der silbergraue, geschuppte Körper war so lang wie ein menschlicher Unterarm.

Phileasson löste die Hand vom Schwert und nahm die Gabe entgegen. »Ich danke dir.«

Der Fisch war kalt, aber nicht gefroren, wie es zu erwarten gewesen wäre, wenn der Schneeschrat ihn längere Zeit herumgetragen hätte. Nur eine dünne Eisschicht umhüllte den Körper.

Der bepelzte Riese grunzte.

Phileasson sah ihn an. Wurde ein Gegengeschenk erwartet? Oder behielt Ohm doch recht, und der Fisch war Zeichen einer Herausforderung, die Phileasson jetzt angenommen hatte?

Der Schneeschrat richtete sich auf. Seine Arme schwangen hangaufwärts, als wolle er einen Sack in diese Richtung werfen. »Muddär Galandel«, waren zwei Worte, die aus dem Gegrunze hervorstachen. Er wiederholte sie mehrfach, während er nach Nordwesten gestikulierte.

Phileasson machte einen Schritt zurück und wandte sich zu seinen Leuten um. Sein Blick suchte Vascal della Rescati. »Sind diese Laute etwa eine Sprache?«

Der Liebfelder kam zu ihm. »Mit Nandus' Gnade werden wir das gleich herausfinden.« Er breitete die Arme aus und sah zum Nachthimmel auf.

Während sich der Schneeschrat weiterhin mit Armen und Kehllauten um Verständigung bemühte, rief der Geweihte seinen Gott in mehreren Sprachen um Hilfe an. Eine davon war Garethi, eine andere glaubte Phileasson im Land der Ersten Sonne, auf den Basaren in Khunchom, gehört zu haben.

Plötzlich verstand Phileasson den Schneeschrat.

»... ähnlich wie ihr«, sagte dieser gerade. »Mutter Galandel weise, lange Zeit. Sehr lange Zeit. Viele Gletscherschmelzen schon. Länger als alle leben.«

Die Worte klangen in Phileassons Ohren wie bestes Thorwalsch, aber einige schienen zu fehlen. Die Sätze wirkten unvollständig. Fragend sah er Vascal an.

»Das ist … faszinierend!«, meinte der Nandusgeweihte. »Er hat eine Sprache, aber sie ist viel weniger weit entwickelt als alle Menschensprachen. Das ist unglaublich!«

Verdutzt sah der Schneeschrat ihn an. Für ihn musste es so scheinen, als grunzte ihn der Mensch an.

»Du klug«, stellte er fest. »Du reden, nicht zwitschern. Wie Erwachsener. Sag anderen Kleinwüchsigen, Dorf in der Nähe.«

»Entara di Mallio hat recht!«, rief Vascal verzückt. »Es gibt eine Brücke zwischen den präkognitiven Lauten des Tierreiches und den Sprachen der kultivierten Völker!« Kurz hielt er inne, als fiele ihm etwas ein. »Womöglich trifft das auf die Schneeschrate im Ganzen zu! Wir könnten eine Kultur entdecken, die noch völlig ohne Berührung mit der Zivilisation lebt. Eine Abhandlung darüber würde uns unsterblich machen!«

»Dazu wäre es von Vorteil, wenn wir erst einmal dieses Dorf besuchen würden«, versetzte Phileasson trocken.

»Warum Kind retten und Erwachsene morden?«, fragte der Schneeschrat.

»Wir haben keinen von euch umgebracht«, stellte Phileasson klar.

»Doch! Genau gesehen!«

Entschieden schüttelte Phileasson den Kopf. »Nein. Das waren wir nicht.«

»In dieser Gegend sind noch andere Menschen unterwegs«, sprang Vascal ihm bei.

»Aber mit denen haben wir nichts zu tun!«, fügte Phileasson an.

»Kannst du die Schneeschrate voneinander unterscheiden?«, raunte Vascal ihm zu.

»Wie sollte das gehen? Groß, grauweißes Fell, nackt. Sie sehen alle gleich aus.«

»Sie werden bei uns vor demselben Problem stehen.«

»Du meinst, sie verwechseln uns mit Beorn?« Phileasson wandte sich wieder dem Schneeschrat zu. »Ein kleiner Mann befehligt die andere Ottajasko.« Als er die Größe des Blenders mit der Hand andeutete, wurde ihm klar, dass die paar Spann Unterschied aus drei Schritt Höhe kaum bemerkenswert erschienen. »Er trägt meist dunkle Kleidung.« Was aber durch die wetterfesten Jacken, die die Knorren mitgebracht hatten, negiert wurde. »An seinem Helm hat er Flügel befestigt.« Und den mochte Beorn abgenommen haben, um sich mit einer Pelzmütze vor dem Frost zu schützen.

Phileasson seufzte.

»Also gut. Wir sehen uns wohl ziemlich ähnlich.«

»Kopf tut weh von Denken«, meinte der Schneeschrat. »Mutter Galandel leichter denken. Immer überlegen. Klug reden. Im Dorf.«

Phileasson wandte sich um und sah Ohm Follker an. Sein Freund nickte ihm zu.

»Also gut. Wir nehmen die Einladung an. Bring uns in euer Dorf.«

Insel der Schneeschrate,
zweiter Tag im Goimond

Die Melodie, mit der das Licht der kalten Morgensonne auf den Häusern der Schneeschrate glitzerte, fügte sich perfekt in das Lied von Eis und Fels ein, das ihre Insel prägte. Die im Tal verstreuten Halbkugeln ähnelten den Iglus, die die Gefährten während der

Reise über das Packeis unter Crottets Anleitung gebaut hatten, waren aber größer und robuster. Zusätzlich bewohnten die etwa sechzig Schneeschrate des Hrm-Hrm-Stamms Höhlen wie jene, in der das Willkommensmahl stattgefunden hatte. Nachts war diese Zuflucht der hellste Ort der Umgebung, weil blaues Licht aus dem Eis ihrer Wände leuchtete.

Obwohl sich das gestrige Treffen lange hingezogen hatte, waren viele bereits wieder wach. Vielleicht lag das nicht nur an den drückenden Träumen, von denen die meisten Gefährten berichteten und die den Schlaf zur Qual machten, sondern auch daran, dass ihre Gastgeber nur handwarmes Blut ausgeschenkt hatten, keine berauschenden Getränke. Salarin Trauerweide erinnerte sich an die Gelage in Thorwal, bei denen die Menschen Hörner mit Honigbier und Premer Feuer leerten, um danach den ganzen Tag zu verschlafen. Jene Feste spielten ihre eigene, polternde Melodie, die zu den Nordleuten passte, aber nicht in dieses Tal gehörte. Hier kleidete der flüsternde Wind die Stämme der Tannen in ein Gewand aus Schneekristallen. Sogar die Menschen zeigten ein Gespür für dieses Lied. Anders als bisher brüllten sie nicht herum, sondern gingen die paar Schritte zueinander, wenn sie miteinander reden wollten.

Die Nivesen fütterten die Hunde. Die Schlitten würden sie nicht mehr lange begleiten. Die gestrigen Beratungen hatten ergeben, dass man in den kommenden Tagen nur noch wenig Ausrüstung bräuchte und diese besser in Rucksäcken zu transportieren wäre.

Salarin atmete tief ein, bereute es jedoch sofort. Neben dem Eishaus, in dem er die Nacht wachend verbracht hatte, stank ein Hügel aus Erbrochenem. Der Elf entfernte sich rasch.

Dabei konnte er niemandem verdenken, wenn dessen Magen zu schwach für die Kost des Festmahles war. Rohen Fisch hatten sie während der Nächte auf See auch auf dem Drachenschiff zu sich genommen. Rohes Fleisch war schon eine größere Herausforderung. Der halb verdaute Mageninhalt von Boronskuttentauchern galt wohl nur bei Schneeschraten als Delikatesse. Wenn man sich die Nase zuhielt, konnte man mit Fischtran immerhin die kalte Robbenleber hinunterspülen.

Asleif Phileasson und Vascal della Rescati saßen auf einer umgestürzten Föhre und berieten sich mit Gdar, dem Sprecher des Ältestenrats. Vermutlich ging es um die zweizahnigen Kopfschwänzler, die man an einem Ort aufspüren wollte, den die Schneeschrate Tal der Donnerwanderer nannten. Noch immer fragte sich Salarin, was so wichtig daran war, König der Meere zu werden. Für die Menschen schien die Bedeutung dieses Titels ebenso offensichtlich zu sein wie für ihn die Melodien, die die Welt durchwebten. Sie ließ sich nicht erklären.

Salarin schätzte Phileasson und die Gefährten. Er würde ihnen helfen, die zweizahnigen Kopfschwänzler zu finden. Er selbst hatte jedoch bereits unverhofft eine Entdeckung gemacht, die für ihn vielfach bedeutsamer war. Die Frau, die die Schneeschrate Mutter Galandel nannten und die bei ihnen als Schamanin wirkte, war eine Elfe! Und zwar nicht irgendeine …

Gestern Abend in der Höhle mit den blau leuchtenden Wänden hatten sie sich angesehen. In ihren smaragdgrünen Augen hatte er erkannt, dass sie ebenso überrascht war wie er, so hoch im Norden auf einen Auelfen zu treffen. Sie hatten sich mit Blicken bedacht und einander zugenickt, jedoch nach der Begrüßung kein Wort gewechselt. Salarin hatte Überraschung und Neugier bezähmt. Keinesfalls wollte er die Begegnung durch tölpelhaftes Verhalten verderben. Sie sollte eine schöne, seltene Melodie in seiner Erinnerung werden. Mit der Flöte würde er den Elfen, die er in Zukunft träfe, davon künden. Die Nacht hatte er durchwacht und sich überlegt, wie er Galandel ansprechen sollte.

Als er sie an diesem Morgen entdeckte, wirkte sie nachdenklich, und das lag nicht daran, dass sie ihre Ausrüstung auf einem Stein sortierte, um dann Stück für Stück in den Rucksack zu packen. Ihre bedächtigen Bewegungen verrieten, dass tiefere Überlegungen sie beschäftigten.

Ihr Haar war so weiß wie das Fell ihrer Schützlinge, und sie war auffällig klein. Wie Shaya reichte sie den Schneeschraten nur knapp über die Hüfte. Dennoch begegneten ihr die Riesen mit tiefem Respekt. Bei den Federn und den bunten Haarbüscheln, mit denen sie behängt war, mochte es sich um Geschenke handeln, die sich in dieser Wildnis schwer beschaffen ließen. Oder um Talismane, die von ihrer Stellung als Zauberfrau des Stammes kündeten.

Der rechte Moment war gekommen.

Salarin trat zu ihr.

»Ich habe von dir gehört.« Nur ein Flüstern war nötig, um die Worte an ihr Ohr zu tragen. »Im Seelenverbund des Salasandra.«

Sie richtete sich auf und sah ihn offen an. »Dann stammst du aus der Goldregenglanzsippe?« Das Grün der heimatlichen Auen lag in ihren Augen.

»So ist es.«

Sie nickte. »Das habe ich gehofft. Aber der Mensch, den sie den Foggwulf nennen, wusste es nicht zu sagen.«

»Shaya hätte es wissen können.«

Unwillig sah sie zu der Geweihten hinüber, die als Einzige jede Speise gekostet hatte, auch wenn ihr das sichtlich schwergefallen war. Sogar den eisigen Brei aus Mastodontenhirn und die eitergelben Fettschwarten hatte sie hinuntergewürgt, um sich des Segens eines gemeinsamen Mahls würdig zu erweisen. Jetzt saß sie bei Tylstyr, der offenbar Schwierigkeiten hatte, die Tinte so weit aufzuwärmen, dass er in sein Buch schreiben konnte.

»Zürnst du Shaya, weil sie Feuer machen wollte?«, fragte Salarin. »Sie meinte es nett. Ihre Göttin liebt es, wenn die Menschen im warmen Flammenschein beisammen sind.«

»Schneeschrate fürchten das Feuer«, gab Galandel zurück. »An dieser Frau ist etwas Bedrohliches.«

Nachdenklich betrachtete Salarin das Spiel der Sonne auf dem kupferfarbenen Haar der Geweihten. Seit einigen Tagen kam ihm Shayas Melodie falsch vor. Fremd, so als hätte er nicht mit ihr gemeinsam im Haus Mutter Travias gewohnt. In der Nacht nach der Begegnung mit den Eisigeln hatte er sogar sein Lager von ihrem abgerückt. Albträume von Einsamkeit und Verlassensein hatten ihn geplagt.

»Die Zwölfe sind wohl doch nicht die Götter, nach denen ich suche«, murmelte er.

»Du suchst Götter?«, fragte Galandel.

»Ich glaube, das ist der Grundton meines Lebens«, befand Salarin. »Ich hoffte, die Melodie der Ewigen im hohen Norden, wo die Stille herrscht, leichter zu hören als dort, wo der Trubel der Welt sie übertönen mag. Aber Travia und ihre Geschwister sind mir wohl fremd. Welche Götter verehrt man hier?«

»Die Schneeschrate beten zu Grlnack, dem Großen Weißen Jäger. Außerdem besänftigen sie die Kälte, indem sie Geistern opfern, die sie Hrnarhh nennen.«

Salarin schmunzelte über die Selbstverständlichkeit, mit der sie die Wörter aussprach, die wie splitterndes Eis oder knackender Fels klangen. Er wurde schnell wieder ernst. »Was ist mit dir? Welche Götter verehrst du?«

Galandel zögerte. Sie blickte nach Norden, als läge dort die Antwort, schüttelte dann aber den Kopf.

»Das Leben, denke ich.« Sie zuckte mit den Schultern, was die Federn und Haarbüschel an den Lederbändern tanzen ließ, die sie um den Hals trug. »Die Hrm.Hrm fanden mich nach einem Schneesturm. Sie retteten mein Leben, und jetzt mache ich ihres leichter.«

»Das haben mir die anderen auch gesagt. Die anderen aus unserer Sippe, meine ich. Man kann das Leben verehren. Oder das Licht, aus dem wir alle kommen, das wir in uns tragen und in das wir zurückkehren werden.«

»Reicht dir das nicht?«

Sie erhob sich und bedeutete ihm, ihr zu folgen. Für den Moment ließen sie Galandels Ausrüstung zurück und wanderten den sanften Hang hinauf, fort von den anderen. Ihre Schritte hinterließen tiefe Spuren im frischen Schnee.

»Erinnerst du dich an die Simia-Statue in den Ruinen, wo der Flüsterbach seine Schleife zieht?« Er strich über die Nadeln einer jungen Tanne, die im Schutz zweier älterer Geschwister stand.

»Vielleicht«, antwortete sie zögernd.

»Die Ärmel seines Gewands sind weit wie Flügel, und er hält Vögel auf den emporgestreckten Händen, als wollte er sie ermuntern, zu fliegen und das Blau des Himmels bis zu seinem Ende zu erkunden.«

»Ich glaube, ich kenne die Statue, die du meinst.«

»Simias Bildnis ist verfallen. Moos und Efeu wachsen darüber.«

»Hast du die Heimat deswegen verlassen? Weil unsere Tempel der Natur übergeben sind?«

Sacht schüttelte er den Kopf. »Weil mein Lied das Salasandra störte. Meine Suche war nicht jene unserer Sippe, meine Fragen zerbrachen die Harmonie der anderen, wenn wir gemeinsam sangen, um unser Lied zu vereinen und unsere Träume zu teilen.«

Gespannt wartete er, ob sie etwas zu ihrer eigenen Suche sagen würde, die sie bis zu den Schneeschraten geführt hatte. Aber das tat sie nicht.

Stattdessen nahm sie kirschgroße gelbe Früchte aus dem Beutel an ihrem Gürtel und bot sie ihm an. »Die wachsen in dem Tal, in das wir gehen werden.«

Er nahm einige. Schon gestern hatte frisches Obst als Nachspeise gedient und so den Geschmack des Festmahls vertrieben.

»Du sagst also, dass sich die Goldregenglanzsippe noch an mich erinnert?«, fragte sie.

»Galandel Spatzensang, die mit den Vögeln tanzt.«

Ein Anflug von Wehmut war in ihrem Lächeln. »Jetzt bin ich Galandel Mutter-der-Schrate, und die Vögel dieser Insel wollen nicht mit mir tanzen.«

»Es gibt Lieder über dich und deine Begleiter. Ihr seid nach Norden aufgebrochen, um eine Stadt zu besuchen, deren Schönheit vergessen und doch unübertroffen ist, singt man.«

»Meine Gefährten von damals sind erfroren. Jetzt gibt es andere, für die ich lebe.«

Salarin spürte, dass Galandel noch nicht so weit war, über die vergangenen Geschehnisse zu sprechen. »Packst du den Rucksack für dich selbst?«, fragte er.

»Ich werde euch begleiten.«

»Dann hat der Foggwulf dich überzeugt, dass du uns helfen solltest?«

Ein Lächeln überdeckte die Nachdenklichkeit in ihren Augen, als sie ihn ansah. »Vielleicht will ich nur ein wenig Zeit mit meinem Verwandten verbringen. Erzähl mir noch etwas aus der Welt im Süden! Wie hieß diese Menschenstadt, die unter der großen Flut litt? Havena?«

Insel der Schneeschrate,
zweiter Tag im Goimond

»Ich brauche Freiwillige, die hier zurückbleiben!« Asleif Phileassons sturmgewohnte Stimme übertönte mühelos das Rauschen des Wasserfalls. »Weiter kommen wir mit Schlitten und Eisseglern nicht.«

Das war offensichtlich. Tylstyr Hagridsons Blick folgte die schwarze Klippe hinauf dem dampfenden Wasser, das einen zwanzig Schritt durchmessenden Halbkreis in das Eis geschmolzen hatte. Es fiel aus einem doppelt mannshohen Tunnel, der qualmte wie ein Feuer aus harzigem Kiefernholz. Der Dampf zog um einen überhängenden Gletscher und verschleierte damit, wie hoch sich dieser noch nach oben erstreckte. Auf die Umgebung ging er als Nieselregen aus Eiskristallen nieder, sodass die Gefährten wirkten, als wären sie mit Mehl bestäubt.

»Wir werden klettern und weite Strecken zu Fuß marschieren müssen. Danach gilt es, einen zweizahnigen Kopfschwänzler lebend zu fangen. Überlegt euch, ob ihr dieser Aufgabe gewachsen seid, oder ob ihr uns mehr nützt, wenn ihr hier bei der Ausrüstung wacht, die wir zurücklassen. Darin liegt keine Schande! Wer ein guter Zimmermann ist, kann sich an der Reparatur des Eisseglers versuchen, den unsere neuen Freunde beschädigt haben.«

Die Schneeschrate Gasohl, Rnhor und Ruschmar begleiteten die Gruppe. Oder vielleicht beschützten sie auch die Elfe Galandel, ihre Schamanin. Wer wusste das schon? Vor der Ankunft im Dorf hatte Tylstyr sogar bezweifelt, dass dieses Volk klüger war als die Affen, mit denen Schausteller manchmal nach Thorwal kamen. Beorn schien das noch immer nicht zu glauben. Wenn zutraf, was ihre Gastgeber berichteten, jagte er die Schneeschrate, um Pelze für seine Ottajasko zu gewinnen. Deswegen hatten die

Hrm Hrm den Blender verfolgt und die Eissegler, die er zurückgelassen hatte, zerstört. Sie mochten noch brauchbare Teile enthalten, mit denen man die Schäden am eigenen Fahrzeug ausbessern könnte.

Die beiden nivesischen Hundeführer blieben bei ihren Tieren, ebenso acht weitere Recken, deren Verletzungen weder Salarins Zaubergesang noch die Gebete der Geweihten gänzlich geheilt hatten. In diesem Lager der Versehrten führte Swafnild das Kommando. Auf Galandels Bitte blieb auch Gasohl zurück, um bei Kontakten mit weiteren Schneeschraten zu vermitteln.

Die anderen zwanzig Gefährten machten sich bereit für den Aufstieg, indem sie ihre Kleidung an Ellbogen und Knien schnürten, sodass Ärmel und Hosenbeine auf der Suche nach Halt nicht im Weg wären. Rucksäcke und sonstige sperrige Ausrüstung legten sie in ein Netz, das Irulla aus Seilen geknüpft hatte. Jetzt begriff Tylstyr, dass man die Frau nicht nur wegen der Zeichnung auf ihrem Kopf »die Spinne« nannte.

Die Gefährten seilten sich zu zweit aneinander. Tylstyr bildete eine Klettergemeinschaft mit Tjorne Warulfson.

»Seht gut her!« Die kehlige Färbung des Garethi passte nicht zu Galandels kleiner Gestalt. Sie verriet, dass sie sich dieser Sprache lange nicht bedient hatte. »Ich werde langsam klettern, aber ich werde nicht wieder herunterkommen, um einen von euch zu tragen. Ich nehme den einfachsten Weg und rate euch, dasselbe zu tun. Wenn ihr es euch lieber unnötig schwer machen wollt, ist das eure Sache. Aber wir haben noch eine ordentliche Strecke durch den Tunnel vor uns, bis wir das Tal erreichen. Also trödelt nicht!«

Statt Phileassons Übersetzung ins Thorwalsch abzuwarten, begab sie sich schnurstracks zur Wand. Tylstyr und Tjorne beobachteten aufmerksam, welche Vorsprünge sie griff und wohin sie die

Füße setzte, um die zehn Schritt Höhenunterschied zu überwinden. Zusätzlich querte sie fünfzehn Schritt, um den horizontalen Abstand zwischen dem tragfähigen Eis und dem Tunnel zurückzulegen, aus dem der Wasserfall dampfend herabdonnerte. Sie verschwand im Nebel.

»Also, Leute!«, rief Phileasson. »Wer noch nicht eingefroren ist, hat da oben schönere Aussicht über die Gegend!« Ohm Follker und er folgten der Elfe.

Ragnor und Shaya Lifgundsdottir warteten, bis die beiden nicht mehr senkrecht über dem Einstieg waren, damit sich lösende Steinchen die Nachfolgenden verfehlten.

Das Wasser war so heiß, dass das Gestein auch zwei Schritt an den Seiten eisfrei blieb. Es focht jedoch einen beständigen Kampf mit dem Gletscher aus. Knackend löste sich ein Eisbrocken und stürzte in den Fluss.

»Ihr bleibt besser angeseilt«, hörte Tylstyr Galandels Stimme, als er oben ankam. Sehen konnte er sie nicht, der Dunst war dicht wie bei der großen Wäsche in Junda Ridadottirs Langhaus. »Ich will keinem von euch nachschwimmen, weil die Strömung ihn mitreißt.«

Irulla war nicht nur an Eichward gesichert, sondern hatte auch die drei langen Seile um die Hüfte geknotet, die an dem Netz mit der Ausrüstung befestigt waren. Unwillkürlich dachte Tylstyr an eine Spinne, die Fäden hinter sich herzog.

Ragnor, Eichward und einige andere kräftige Gefährten zogen die Seile straff. Auch Tjorne half mit. So wie sich Tylstyr im Schlaf immer wieder von Flammen umgeben sah, träumte sein Freund davon, dass seine Muskeln verkümmerten, bis er kraftlos wie ein Neugeborenes war und sich von alten Weibern füttern lassen musste. Tylstyr sah ihm auch jetzt die Zweifel an, obwohl die Oberarme anschwollen wie Schiffstaue, als die Schneeschrate auf dem Eis das Netz losließen, sodass es unter den Tunnel schwang und die Kameraden das Gewicht der gesamten Ausrüstung halten mussten. Ächzend und fluchend hievten sie es herauf.

Tylstyr nahm seinen Rucksack und den Zauberstab an sich. Die Öltücher waren ein guter Schutz gegen den Wasserfall gewesen, in den das Netz ein paarmal gependelt war. Dennoch brauchten sie lange, um im feuchten Dunst des Tunnels die Lampen zu entzünden. Es gelang erst, als Shaya und Vascal della Rescati die Götter anriefen. Shaya rieb dazu ein Kohlestückchen zwischen den Händen, während der Nandusgeweihte im Schneidersitz auf dem Boden saß und mit geschlossenen Augen seine Schläfen massierte, wobei er unverständlich murmelte. Nur bei ihm züngelten daraufhin wundersame Flämmchen aus den Fingern. Shaya wirkte beunruhigt, als sie das Kohlestückchen wieder verstaute.

»Ich fühle mich, als wäre ich durch den Winterhafen geschwommen«, murrte Tjorne.

Auch Tylstyrs Gesicht war klatschnass. Die für die Eiswüste ausgelegte Kleidung hielt die Feuchtigkeit zwar von seiner Haut fern, aber das Fell saugte sich mit Wasser voll. Wenn sie wieder in die Kälte kämen, würde er sich in einen Eisklotz verwandeln.

Als Letzte zogen sich Rnhor und Ruschmar in den Tunnel. Die langen Arme der Schneeschrate leisteten gute Dienste bei Kletterpartien und machten ein Anseilen unnötig. Sie grunzten, was vielleicht eine Botschaft in ihrer Sprache war und Galandel sagen mochte, dass nun alle oben angekommen waren.

Die Laternen erwiesen sich als nutzlos, was die Beleuchtung der Umgebung anging, aber immerhin bildeten sie helle Flecken im Dunst, sodass zu erahnen war, wo der Träger stand.

Tylstyr ertappte sich dabei, wie er nach den kalten Leuchtkugeln Ausschau hielt, die die Elfen herbeisingen konnten. Ihm selbst war das seit der Beerdigung seiner Mutter nicht mehr gelungen. Eine Blockade in seinem Geist, hatte Meister Eddrik gesagt. Etwas, worüber er sich keine Gedanken machen solle. Irgendwann würde sie sich von allein lösen, Tylstyr stand eine andere, effektivere Möglichkeit zur Verfügung, wenn er die Umgebung erhellen wollte.

Seine Hand krampfte sich um den Zauberstab.

Keine Leuchtkugel schien durch den Dunst. Tylstyr fühlte sich schuldig, weil er die Befriedigung darüber spürte, dass sich auch bei den Elfen die arkanen Kräfte erschöpften. Die Heilzauber, mit denen sie die Verletzten nach dem Zusammenstoß mit den Schneeschraten besungen hatten, forderten ihren Preis von Galandel und Salarin. Dazu immer wieder die Behandlung von Erfrierungen …

Tylstyr schüttelte den Kopf. Er tastete über die gewundenen Rillen im Steineichenholz des Zauberstabs.

»Eine einfache Sache«, murmelte er. »Einfacher geht es nicht.«

Aber sein Herz pochte so stark wie damals, als sie gegen den Sturm in den Hafen von Olport gerudert waren. In die Nässe, die sein Gesicht herunterrann, mischte sich ein salziger Geschmack.

»Also los!«, rief Galandel. »Fünf Meilen, und wir sind am Ziel!«

Diese Frau war das Kommandieren wahrlich gewohnt. Sie hätte auch auf einem Schiff …

Tylstyr rief sich zur Ordnung. Seine Gedanken wichen aus, aber das konnte nicht die Lösung sein. Er musste sich seiner Furcht stellen.

»Es ist keine Flammenlanze«, flüsterte er. »Kein Kampfzauber. Eine ganz einfache Sache.«

»Was ist los?«, fragte Tjorne. »Bald sind wir die Letzten.«

»Einen Moment noch!«, herrschte Tylstyr ihn an.

»Schon gut!«, fauchte Tjorne beleidigt zurück. Er entfernte sich so weit, wie es das Seil zwischen ihnen erlaubte.

Tylstyrs freie Hand zitterte, als er sie zusätzlich um den Zauberstab legte. Er glaubte, wieder das verschmorte Körperfett zu riechen, doch das war unmöglich. Er versuchte zu schlucken, aber trotz des Dunstes war sein Mund zu trocken.

Er musste sich seiner Angst stellen! Besser jetzt als in einer Situation, wenn Schnelligkeit den Unterschied zwischen Leben und Tod bedeutete.

Mit geschlossenen Augen konzentrierte sich Tylstyr auf seinen Zauberstab. Durch die Bindung war etwas von ihm selbst in diesem Artefakt präsent. Sie gestattete nur Tylstyr, keinem anderen Magus, den Stab mit Magie zu belegen. Mit Zaubern wie jenem, nach dem er jetzt in dem Steineichenholz suchte. Er hatte den Eindruck, durch die Maserung zu gleiten, durch die Fasern des Holzes, die mit seinem eigenen Fleisch verbunden waren. Tylstyr spürte die schlummernde Macht, die nur darauf wartete, in die Welt gerufen zu werden.

Er tat es.

Er hörte das Prasseln, bevor er die Augen öffnete und die Flammen sah, die aus dem oberen Ende des Stabs loderten. Er hielt es weit vor sich, um die Hitze nicht im Gesicht zu spüren.

»Das ist … unglaublich!«, rief Tjorne.

Tylstyr bemühte sich um ein Grinsen, als er die magische Fackel in den Fluss tauchte. Die Strömung zog daran, aber das Wasser verdampfte zischend. Solange er den Stab in der Hand behielte, würden Sturm und Nässe diesem Feuer nichts anhaben.

»Zu etwas müssen die Jahre an der Akademie ja gut gewesen sein«, meinte Tylstyr.

Der Weg durch den Tunnel erinnerte Tylstyr an seine Wanderung im Seufzermoos. Er hatte die Entfernung zur nächsten Ottaskin falsch eingeschätzt und war zudem vom Weg abgekommen. Irrlichter hatten ihn im Nebel genarrt. Die im Dunst treibenden, verwaschenen Leuchtflecken der Lampen sahen ihnen ähnlich. Damals hatte er eine schlaflose Nacht im Geäst einer Ulme verbracht. Am Morgen hatte er Rauch über dem Wald aufsteigen sehen, sodass er die Richtung zu den Langhäusern gefunden hatte. Aber um in der Dunkelheit des Tunnels die Sonne aufgehen zu lassen, müsste der Frost dieses Land aus seinem Griff entlassen, damit der Gletscher abschmölze.

Gegenwärtig knackte das Eis im Kampf gegen den warmen Dampf. Immer wieder lösten sich Brocken. Tjorne schützte sie beide mit dem Rundschild, auf den so mancher Klumpen krachte.

»Woher kommt wohl die Hitze?«, fragte Tylstyr.

Vascal della Rescati, der mit seiner Nichte und Crottet an einem Seil ging, antwortete ihm. Offenbar wirkte das Wunder der Verständigung, das er von Nandus erbeten hatte, nicht mehr, denn er sprach das Thorwalsch wieder gebrochen. »Es sieht so aus, als lägen Firun und Ingerimm an diesem Ort im Streit. Das Eismeer drückt gegen die Vulkane der Insel wie der Gletscher auf den Fels zu unseren Füßen. Unter dem Gestein wird Feuer fließen.«

»Die Götter ringen miteinander.« Tjorne berührte das Eisen seines Axtblattes.

»So, wie dieser Tunnel beschaffen ist, tun sie das seit Jahrhunderten«, meinte Vascal. »Es müsste schon ein übler Zufall sein, wenn sie gerade jetzt zu einem entscheidenden Wurf ansetzen würden.«

Wie um ihn Lügen zu strafen, erschütterte ein Beben den Fels. Das Eis krachte noch, als sich der Untergrund wieder beruhigt hatte, und in der Ferne verriet ein Donnern, dass große Teile der Decke nachgaben.

»Beeilt euch!«, forderte Galandel. »Je schneller wir zurück im Freien sind, desto besser!«

Sie waren etwa eine Stunde unter dem Gletscher unterwegs, als dieser rechter Hand in einer weiten Ausbuchtung zurückwich, bevor sich der Gang nach fünfzehn Schritt wieder auf seine bisherige Breite verengte. Hier trieb der Dunst weniger dicht, und Schlamm bedeckte den Fels. Einige Gefährten verharrten und sahen zu einem orangeroten Leuchten, das aus einem Loch im Boden drang. Langsam wie der Atem eines Drachen schwoll es an und ab.

»Eine Esse Ingerimms«, murmelte einer der Gefährten. In der Dunkelheit konnte Tylstyr nicht erkennen, wer hier eine Werkstatt des Gottes der Schmiede und des Feuers vermutete, aber er war mit seiner Einschätzung nicht allein. Mehrere der schattenartigen Gestalten fielen auf die Knie.

»Weiter!«, rief Phileassons Stimme. »Wer den Göttern danken will, kann das tun, wenn wir hier raus sind!«

»Beweist Swafnir euren Mut!«, fügte Ohm Follker hinzu.

Als Tylstyr den anderen folgte, hielt das Seil ihn zurück. Er wandte sich um und sah Tjorne so nah vor dem Spalt knien, dass der Feuerschein sein Gesicht beleuchtete wie die Kohlen, wenn man an der Feuergrube in der Halla eines Langhauses saß.

Tylstyr presste die Zähne zusammen und ging zu seinem Freund. Unangenehm schlug ihm die Hitze entgegen. Die Nässe, die aus dem Dunst unter seine Kleidung gekrochen war, vermischte sich mit dem Schweiß. Grimmig sah er auf die Flammen, die aus dem Zauberstab loderten. Er würde nicht vor seiner Angst davonlaufen. Er machte noch einen Schritt auf den Schlund zu, obwohl die Erde grummelte.

»Dic anderen sind schon fort«, sagte er.

Tjornes Augen waren geschlossen. »Ich will nicht schwach sein. Ingerimm, erhalte meine Stärke! Stets will ich meine Kraft gebrauchen und meinen Körper üben! Niemals sollen meine

Arme erlahmen, und auf eigenen Beinen will ich stolz meine Schritte gehen.«

»Du bist stark, Tjorne«, beteuerte Tylstyr.

Zwar konnte sich sein Freund nicht mit Eichward oder Ragnor messen, aber für viele Gefährten wäre er im Armdrücken ein veritabler Gegner und würde es noch für Jahrzehnte bleiben. Er hatte keinen Grund, dermaßen an sich zu zweifeln. Doch gegen die Bilder, die im Schlaf kamen, halfen weder Rüstung noch Schild. Diese verfluchten Albträume trugen die Schuld!

Tylstyr runzelte die Stirn.

Tjorne war nicht der Einzige, der unter nächtlichen Heimsuchungen litt. Bei sich selbst vermutete Tylstyr die Katastrophe bei der Flammenlanze hinter der Scheu, die er vor Feuer empfand. Aber was war mit den anderen? Vielleicht mit Ausnahme von Irulla wirkte jeder, als brächte der Schlaf mehr Anstrengung als die Mühen des Tags.

Lag etwa ein Fluch auf ihnen?

Er erinnerte sich an die Worte, die Leomara mit dieser unnatürlich tiefen Stimme am Schiffswrack gesprochen hatte: *Ich habe die Eisigel geschaffen, um die Qual in das Land zu tragen …*

Ein infernalisches Donnern riss Tylstyr aus seinen Überlegungen. Etwas Heißes traf ihn, stieß ihn zurück, hüllte ihn ein, verbrühte seine Haut, nahm ihm die Sicht. Er schrie, glitt aus, schlug auf den harten Fels. Das Donnern wich einem Tosen wie in einem Sturm. Aus einem Loch im Felsgrund quoll kochender Schlamm hervor und machte den Boden noch rutschiger.

Ein Ruck am Seil riss ihn nach hinten. Auf dem Bauch liegend fand er keinen Halt. Mit beiden Händen packte er seinen Zauberstab.

Das war sein Glück. Tjorne musste in den Schlund gestürzt sein und zog ihn nun ebenfalls in das Loch. Er glitt hinein, Beine,

Hüfte und Schultern. Sein Kinn schlug auf den felsigen Rand, aber der unzerbrechliche Stab verkeilte sich an zwei Basaltspitzen. In der aufsteigenden Hitze begann Tylstyrs Kleidung zu dampfen.

Tjornes Gewicht zog am Seil. Zwar hatte er den Knoten so geschnürt, dass sich die Schlinge nicht zuzog, doch was nützte das, wenn sie gemeinsam ins Feuer stürzten? Tylstyr schrie unartikuliert.

Die Winterkleidung war ein guter Schutz, aber in der Hitze des Tunnels hatte er die Fäustlinge ausgezogen, sodass er sich jetzt die Handgelenke aufgeschürft hatte. Er merkte, wie sich seine Finger langsam öffneten.

Grimmig schloss er die Fäuste um den Stab. Forderte der Feuergott etwa seinen Freund als Opfer?

»Du kriegst ihn nicht!«, knirschte Tylstyr. »Wir stehen zusammen! Wenn du einen von uns willst, musst du uns beide hinabziehen. Aber für zwei Jungs aus Stainakr bist du zu schwach, das wohl, auch wenn du ein Gott bist!« Er lachte irre.

Lange könnte er sich nicht mehr halten. Er suchte nach Halt für die Füße, aber das Loch weitete sich nach unten hin. Seine Beine strampelten ins Leere.

»Tjorne!«, rief er. »Zieh dich hoch!«

Der Freund antwortete nicht. Hatte er das Bewusstsein verloren?

War dies etwa die Rache für das, was sie dem Mädchen damals angetan hatten? Man sagte, dass die Götter keine Eile hatten, die gerechte Strafe einzufordern, dass sie aber auch niemals etwas vergaßen. Nach ihrem Willen sollte Tjorne brennen, und Tylstyr würde ebenfalls den Flammen übergeben, wenn er sich diesem Urteil entgegenstellte.

Er versuchte, nach unten zu sehen. Vielleicht brannte Tjorne bereits. Wie weit mochte sich das Magma unter ihnen befinden?

Aber vorn stieß seine Stirn gegen den Fels, und seitlich behinderten die Arme die Sicht. Er erkannte nur den Tanz des Feuerscheins auf dem Gestein.

Tylstyr wollte sich allein mit der Kraft seiner Arme hochziehen, doch das Gewicht von zwei Männern mit ihren Rucksäcken war zu viel. Statt nach oben zu kommen, löste sich sein Griff um den Zauberstab ein Stück weiter.

Nur noch die vorderen Fingerglieder krallten sich um das Holz, als kräftige Hände seine Unterarme packten. Tylstyr lachte erlöst, als Phileasson und Eichward erst ihn und dann Tjorne aus dem Abgrund zogen. Blut rann aus einer Platzwunde an der Stirn des Freundes, aber er atmete.

Phileasson stemmte eine Faust in die Hüfte, die andere umschloss den Wolfsgriff seines Schwertes. »Wenn dein Drachenführer das nächste Mal befiehlt: ›Weiter!‹ – was machst du dann?«

Tylstyr wartete, bis Herzschlag und Atem sich so weit beruhigt hatten, dass er sprechen konnte. »Ich gehe weiter!«, gelobte er. »Und wenn ich eine ganze Ottajasko rebellierender Recken hinter mir her schleifen muss, ich gehe weiter, das wohl!«

7 DAS TAL DER DONNER-WANDERER

Tal der Donnerwanderer,
dritter Tag im Goimond

Shaya Lifgundsdottir erwachte von Waffengeklirr. Während die Nachwehen des Schlafes sie noch umfingen wie Nebelhände, beruhigte sich ihr Herzschlag. Sie hatte wieder geträumt, einsam und verlassen zu sein, von Mutter Cunia verstoßen und verflucht, sodass ihr niemand Obdach gewährte und alle Herdfeuer verloschen, sobald sie sich ihnen näherte. Da waren ihr auch eigentlich besorgniserregende Anzeichen willkommen, die die Nähe von Menschen bewiesen.

Als sie das Geräusch eines Schlages erkannte, der von einem Schild abprallte, schrak sie jedoch auf. Hastig blickte sie sich um.

Für das Nachtlager hatten sie einen Bereich moosüberzogener warmer Steine gewählt, auf den sie nahe hinter dem Tunnel gestoßen waren. Shaya trug das zweite Hemd, das sie in ihrem Rucksack mitgeführt hatte und das auch in dem Dunst, den sie durchwandert hatten, halbwegs trocken geblieben war. Ihre nasse Kleidung hatte sie auf die Steine gebreitet, wo sie auch jetzt noch lag. Sie fühlte die klamme Feuchtigkeit im Robbenpelz der Jacke.

In dem von gletscherbedeckten Hügeln eingefassten Tal, das

sich vor ihr erstreckte, war der Dunst zwar bei Weitem nicht so dicht wie im Tunnel, aber auch dort sorgten Geysire und heiße Quellen für Nebel. Jetzt, da die Morgensonne die Szenerie erhellte, glitzerte die Feuchtigkeit, wenn sie hoch genug in die kalte Luft aufstieg, um zu gefrieren. Sanfter Wind verwehte die Kristalle, bis sie auf Schneefeldern oder der Vegetation, die die warmen Flecken behauptete, niederging. Shaya sah Fichten und Tannen, aber auch Büsche, Laubbäume, von denen die meisten ihre Blätter abgeworfen hatten, Pilze und giftig schimmernde Flechten. Ein Vogelschwarm tanzte in einem verwirrenden und doch einer seltsamen Ordnung folgenden Gewimmel dunkler Punkte über einer gelbweißen Nebelbank.

Nach der Eiswüste war der Anblick der Farben eine Wohltat, aber Shaya riss sich los, um den Ursprung der Kampfgeräusche zu erkunden. Ihre Hand fand den Wanderstab.

Tjorne Warulfson drang auf Ragnor ein. Dreimal knallte seine Axt auf den Schild des kräftigen Mannes, dann hockte er sich so plötzlich ab, dass Shaya zuerst dachte, er fiele hin. Tjornes Füße standen jedoch sicher auf den gewölbten Felsen. In der Hocke drehte er sich um die eigene Achse und angelte weit unter Schild und Waffe seines Gegners nach dessen Wade. Die Axt traf knapp über dem Fußgelenk. Der hölzerne Schaft knallte gegen den Stiefel, das eiserne Blatt hakte hinter den Unterschenkel. Mit einem Ruck zog Tjorne den Gegner aus dem Gleichgewicht. Unter dem Johlen der Umstehenden schlug Ragnor hin.

Grinsend richtete sich Tjorne auf, steckte die Axt in den Eisenring an seinem Gürtel und half Ragnor hoch.

»Ein kluger Angriff!«, lobte Asleif Phileasson. »Erst hast du ihn gezwungen, seinen Schild hochzunehmen, was ihm die Sicht geraubt hat. Deswegen hat er zu spät gesehen, dass du von unten gekommen bist.«

Der Ärger wich von Ragnors Miene. »Nicht schlecht für einen Hänfling.« Er knuffte Tjornes Brust.

Shaya rieb sich den letzten Rest Schlaf aus den Augen. »Ein Übungskampf.« Sie gähnte. Die Recken hatten ihr erklärt, dass man seine Fähigkeiten ständig gebrauchen musste, wollte man voll auf der Höhe sein, wenn es ernst wurde. In den Lagern kämpften sie oft miteinander, wobei Eichward besonders gefragt war. Er galt als starker Gegner und focht auf ungewohnte Weise, da er keinen Schild benutzte, sondern sein Schwert beidhändig führte.

Noch während Shaya ihre feuchte Kleidung anlegte, drängte Galandel Mutter-der-Schrate zum Aufbruch. Das Tal der Donnerwanderer werde von den Grom Grom bewacht, die dafür sorgten, dass jeder Stamm der Insel den Tieren hier nur zu einer bestimmten Zeit im Jahr nachstellte. Um den Frieden zu wahren, müsse man die Grom Grom aufsuchen und die Erlaubnis für die Jagd nach dem zweizahnigen Kopfschwänzler erbitten.

Der Wanderstab gab Halt auf dem Abstieg ins Tal, aber Shayas Seite schmerzte wie nie zuvor. Deutlich fühlte sie die Beule unter ihrer Jacke.

Ihr Blick suchte Salarin. Sollte sie ihn bitten, sich dieser Sache noch einmal anzunehmen? Sein Heilzauber hatte bei der ersten Behandlung versagt, aber vielleicht hatte er nur etwas übersehen. Inzwischen müssten sich seine zauberischen Kräfte doch von der Heilung der Knochenbrüche nach dem Kampf mit den Schneeschraten einigermaßen erholt haben. Bei der nächsten Rast würde sie ihn fragen, ob er es nochmals versuchen könnte.

Bei der Gelegenheit würde sie sich auch erkundigen, warum er sie mied. Auch jetzt ging er so weit abseits, dass er in dem Nebel, den die heißen Erdlöcher mit leichtem Schwefelgeruch in die Luft atmeten, beinahe verschwand. Fraß wirklich nur verletzter Stolz an ihm?

So hatte sie ihn im Traviatempel nicht kennengelernt. Das hätte besser zu Eichward gepasst, noch mehr zu einem der Thorwaler. Shaya nahm sich vor, Salarin beiseitezunehmen und ihn zur Rede zu stellen. Wenn sie ihn versehentlich beleidigt haben sollte, würde sie sich entschuldigen. Die Kälte zwischen ihnen war schlimmer als der Frost der Eiswüste.

Während Galandel die Gefährten in ein Seitental führte, flüsterte die Geweihte ein Gebet an die Mutter Travia. Wieder hatte sie das Gefühl, ins Leere zu sprechen. Auch gestern hatte die Göttin ihr die Gnade versagt. Der erbetene Feuersegen war nur Vascal della Rescati, aber nicht ihr gewährt worden.

Ohm Follker sang die Saga vom Himmelsturm.

»Auf einer Welt im Nichts und ohne Thron
baut' Stolz vom alten Volk Ometheon
bis der Turm zum Himmel reicht
und der Erde Anker gleicht.«

Shaya lenkte sich vom Schmerz ab, indem sie über die Saga nachdachte. Ohm trug sie seit Olport immer wieder vor, sodass sie den langen Kehrvers auswendig kannte. Die Geschichte erzählte von einer Zeit, in der die Welt ziellos umhergetrieben war, bis ein altes Volk, über das man nichts mehr wusste, sie mittels eines Turmes am Himmel befestigt hatte.

»Unterm Turm ein Tempel tief
Götter in die Welt her rief.
Ometheons Volk muss fliehn,
in die Wildnis hinausziehn.
Geschmäht sind sie am heilgen Ort,
so gehn die Elfen ferne fort.«

Dies war die einzige Stelle, an der die Saga Elfen erwähnte. Der Skalde wusste nicht zu sagen, ob es sich um eine fehlerhafte Überlieferung handelte. Ansonsten war stets nur von einem alten Volk die Rede.

»Wer guten Sinns und edel war,
wacht immer noch am Tempel klar.
Von Ahnen auf die Kinder kam
bis heute Ehr und auch der Gram.«

Wenn das stimmte, gab es den Tempel, durch den die Götter nach Aventurien gekommen waren, noch immer. Darauf wagte Shaya nicht zu hoffen. Was könnten diese Tempelwächter ihr über Travia sagen? Shayas Herz schlug schneller, als sie daran dachte, dass ihre Göttin diese Reise vielleicht wünschte, um den Menschen noch näher zu kommen, sich noch weiter zu offenbaren. Doch die Saga kündete auch vom Gram der Wächter. Hatten sie Sorgen und brauchten Hilfe? Könnte Phileassons Ottajasko ihnen beistehen? Und wenn Travia sie mit der Reise zu sich rief, weshalb erschien sie der Geweihten dann in diesem Moment so fern?

Shaya bemerkte, dass sich Galandel in der Nähe des Skalden hielt. Offenbar interessierte sie sich für die Saga vom Himmelsturm.

Die Wanderung führte sie einige Schritt durch knöcheltiefen Schnee, dann wieder über Kies oder sogar Gras, wo Wärme aus dem Boden stieg. Einmal zitterte die Erde, aber das verging schnell. Die gelben und roten Pilze waren bald eine bessere Ablenkung von Shayas Schmerz als die Saga, die sie schon kannte. Wo der Nebel aufriss, sah man die Aschewolken der Vulkane in der Ferne.

Der Vergleich mit Galandel und den beiden Schneeschraten Rnhor und Ruschmar machte Shaya klar, wie erschöpft die Gefährten waren. Bei keinem von ihnen frischte der Schlaf noch die Kräfte auf. Phileasson trieb der Wunsch an, zum König der Meere zu werden, und die anderen folgten ihrem Drachenführer. Shaya hoffte, dass ihnen nur die Eiswüste auf dem Gemüt gelastet hatte und es hier im Tal der Donnerwanderer besser würde. Im Dorf der Schneeschrate war der Schlaf jedoch auch nicht erholsam gewesen, ebenso wenig wie im Lager hinter dem Tunnel.

»Travia, hilf, dass wir hier zur Ruhe kommen«, betete sie und lauschte vergeblich auf eine Antwort.

»Rette mich.« Sie wandte den Kopf, um den Sprecher zu erkennen.

Es war Vascal della Rescati, der sich zu ihr gesellte. »Tylstyr geht jedem auf die Nerven, weil er wissen will, warum wir so schlecht schlafen«, erklärte er mit vielsagendem Blick auf den Magier, der nun sogar auf Irulla einredete. »Wenn wir uns unterhalten, könnte ihn das abschrecken.«

Prüfend musterte sie das Gesicht des Liebfelders. Seit Tagen war der spitze Oberlippenbart zum ersten Mal wieder aufgetaut. An Kinn und Wangen sprossen schwarze Stoppeln. Vascal war der einzige Mann, der sie noch manchmal schabte.

»Warum glaubst du, ich würde Tylstyr abschrecken?«, fragte sie.

»Ich meinte, er respektiert es vielleicht, wenn zwei Geweihte im Gespräch sind, und sucht sich ein anderes Opfer. Ich will nicht über meine Albträume sprechen. Mir reicht es, wenn sie mich nachts heimsuchen.«

Shaya betrachtete Leomara. »Warum hat sie gestern so geweint, als wir aus dem Tunnel kamen?«

Vascal bedachte seine Nichte mit einem zärtlichen Blick. »Sie hatte Kopfschmerzen. Das passiert manchmal, wenn sie vom Warmen plötzlich in die Kälte kommt.«

»Eine Krankheit? Vielleicht kann Salarin es sich einmal ansehen.«

Er schüttelte den Kopf. »Er hat es schon versucht, bevor wir ins Eismeer kamen. Die Wunde ist zu alt.«

»Ein Unfall?«

Er lächelte bitter. »Der Unfall war, dass Leomara Eltern hat, die mehr an edler Gesellschaft als am Wohl ihrer Tochter interessiert sind. An einer der Akademien, an die man sie ausgeliehen hat, haben die Magister ihren Kopf aufgebohrt.«

»Was?«, rief Shaya.

»Die Gelehrten von Kuslik nennen euch Thorwaler Barbaren, zögern aber nicht, den Schädel eines Kindes zu öffnen, um zu prüfen, ob dadurch die Visionen stärker werden.«

Shaya schluckte. Was bedeutete schon der Schmerz in ihrer Seite verglichen mit dem Leid, das dieses Mädchen in seinem jungen Leben erduldete?

Ohm beendete den Gesang und verstaute die Leier im Lederüberzug, als sie das Dorf der Grom Grom erreichten. Es befand sich am Ende des Seitentales, wo die Gletscher herrschten. Die letzte warme Quelle lag fünfzig Schritt vom ersten Eishaus entfernt. Die fünf Schneeschrate, die sie empfingen, tauschten freundliche Grunz- und Knurrlaute mit Galandel aus. Einer von ihnen trug ähnliche Ketten aus Haarbüscheln, Federn und bunten Steinen wie die Elfe, weswegen Shaya in ihm einen Schamanen vermutete. Er war besonders interessiert an dem Kauderwelsch, mit dem Vascal das Wunder der Verständigung von seinem Halbgott erbat.

Phileasson erkundigte sich nach Beorn, dem die Schneeschrate des Tales jedoch noch nicht begegnet waren. Hatten sie den Vorsprung des Blenders aufgeholt? War er vielleicht einem anderen Stamm zum Opfer gefallen?

Das Jagdrecht für Phileassons Gruppe wurde zum Gegenstand zäher Verhandlungen. Der Foggwulf wollte nicht nur einen zweizahnigen Kopfschwänzler fangen, sondern auch andere Tiere erlegen, um in den Genuss frischen Fleisches zu kommen. Er verschwieg, dass die für Menschen schwer verdauliche Kost der Schneeschrate eine besondere Sehnsucht nach gewohntem Braten weckte.

Eine Schmerzwelle aus ihrer Seite ließ Shaya schwindelig werden. Sie setzte sich in eine Schneewehe, atmete ruhig und versuchte sich mit dem Gedanken an die letzten Gewürze abzulenken, mit denen sie die Speisen verfeinern könnte. Sie hatte verschiedene Sorten Zwiebeln dabei und sogar eine Anvalnuss, die ein Südmeerfahrer dem Thorwaler Traviatempel zum Dank für die sichere Heimkehr geschenkt hatte.

Als Phileasson den Grom Grom auf Galandels Anraten eiserne Gegenstände anbot, machten die Verhandlungen einen entscheidenden Fortschritt. Der Schamane erhielt eine Axt, woraufhin er zu ihrem Fürsprecher wurde. Die anderen wollten jedoch nicht leer ausgehen, sodass auch einige Fibeln und Ringe den Besitzer wechselten.

Eine weitere Schmerzwelle raubte Shaya die Sicht. Ächzend kippte sie in den Schnee.

Die Stimmen der Gefährten erschienen ihr fern. Sie merkte, wie ihre Muskeln verkrampften und Schweiß auf ihre Stirn trat. Welcher Verfehlung hatte sie sich schuldig gemacht? Womit hatte sie Travias Fluch auf sich gezogen? Wurde sie jetzt von den anderen getrennt und in die Eiswüste geworfen, wo sie für immer allein wäre? Sie versuchte zu schreien, aber es gelang ihr gerade einmal, den Mund zu öffnen und zu schließen wie ein Fisch.

»... locker!«, hörte sie irgendwann. Jemand zog an der Hand, die sie auf die Schwellung an ihrer Seite presste. »Lass mich ansehen, was du dort hast!«

Sie brauchte einen Moment, um Vascals Stimme zu erkennen. Unter dem Einfluss des Wunders sprach er wieder fehlerfreies Thorwalsch.

Kälte biss in ihren Bauch, weil er Jacke und Hemd hochschob.

Als sie begriff, dass er ihr helfen wollte, stiegen Freudentränen in ihre Augen. Sie war nicht allein! Sie hatte Gefährten, die sie nicht als Last empfanden, sondern ihr beistanden.

»Da ist etwas unter der Haut«, sagte Vascal. »Irgendetwas Stacheliges. Wo sind die Elfen? Ihr habt schärfere Augen! Bohrt sich dort eine Spitze von innen durch die Haut?«

Eine Spitze? Was für eine Spitze? Ein Geschwür hatte doch keine Spitzen!

»Salarin!« Vascal klang jetzt wütend. »Wenn du dich nicht sofort hierherbewegst, ziehe ich dir einen Lederriemen durch die Ohren und schleife dich zu ihr! Sieh sie dir gefälligst an!«

»Es ist etwas an ihr ...«, hörte sie die melodische Stimme des Elfen.

»Nicht an ihr, sondern in ihr! Ich sage es nicht noch einmal: Komm jetzt her, und sieh dir das an!«

Shaya blinzelte die Tränen fort.

Salarin stand unschlüssig bei Ruschmar, der neben ihm aufragte wie ein riesenhafter Bär und sich den Pelz an seinem Bauch kratzte.

Galandel, die nie mehr als unbedingt nötig mit Shaya gesprochen hatte, kam zu ihr. Ihre Smaragdaugen musterten, was Vascal ihr zeigte. Sie runzelte die Stirn.

»Seid ihr Eisigeln begegnet?«, fragte sie.

Shaya wusste nicht, ob der Begriff der Übersetzung des Zaubers geschuldet war, oder ob die Elfe tatsächlich dasselbe Wort verwendete, das auch Leomara während ihrer Vision benutzt hatte.

»Vor ein ...« Mühsam atmete Shaya ein. »Vor ein paar Tagen.«

»Das erklärt alles«, sagte Galandel. »Ich brauche ein scharfes Messer!«

Shayas Sicht verschwamm wieder. Obwohl sie spürte, wie die anderen sie gefasst hielten, fühlte sie sich, als würde sie sich von ihnen entfernen. Als verwandelte sie sich in Dunst, den der Wind mit den Nebelschleiern fortwehte, hinaus über die Gletscher und in die Einsamkeit des Eises.

Heißer Schmerz zog sich durch ihre Seite.

»Haltet sie fest!«, schrie Galandel. »Bei allem, was euch heilig ist!«

Auch andere riefen etwas, aber Shaya verstand es nur teilweise. Vascal schien Galandel zu unterstützen, und Phileassons befehlsgewohnte Stimme forderte Ordnung ein. Währenddessen bohrte sich glühendes Metall in Shayas Bauch und drohte, ihre Innereien zu zerschneiden.

Sie dachte an die Boronskuttentaucher, die sie ausgenommen hatte, und versuchte, ihren Leib von Galandel fortzubekommen. Gegen die starken Arme, die sie hielten, war diese Mühe vergeblich. Shaya schrie, ohne selbst zu wissen, was sie rief.

»... bringst sie um!« War das Ragnors Stimme? Oder Tjornes? »Siehst du nicht, wie viel Blut sie verliert?«

Shaya spürte die warme Flüssigkeit über ihr Bein und den Rücken spülen.

»Wenn ich ihr dieses Ding nicht rausschneide, verreckt sie sowieso!«, gab Galandel zurück. »Wir werden uns um die Wunde kümmern, sobald wir es draußen haben!«

Der Schmerz war jetzt wie ein Gebirge, das sich endlos erstreckte, aus dem aber einzelne Gipfel zu ungeahnten Höhen aufschossen. Galandel stieß das Messer tief in Shayas Leib und drehte die Klinge. Ihr Mageninhalt sprang durch die Speiseröhre in den Mund. Ihre Erfahrung in der Pflege von Kranken sagte ihr, dass sie das gallige Zeug aus dem Rachen kriegen musste, um nicht zu ersticken. Sie spuckte, bis ihr die Luft ausging. Gegen den Schmerz im wunden Hals atmete sie ein, was den Brechreiz sofort wieder auslöste. Shayas Körper war ein Ozean der Pein. Die Geräusche der Umgebung wurden zu einem rauschenden Sturm. Sie sah nur noch verwaschene Flächen, meist grau und weiß. Bitterer Geschmack füllte ihren Mund, und der Gestank des Erbrochenen drückte in ihre Nase. Aber sie wusste, dass sie Gefährten besaß, die sie niemals aufgaben – egal, was die Albträume ihr hatten einreden wollen.

Shaya fehlte jede Vorstellung, wie viel Zeit vergangen war, als sie tief atmend im Schnee lag und Salarins zwei Stimmen lauschte, die einen Heilzauber sangen. Sie öffnete die Lider.

Die amethystfarbenen Augen des Elfen sahen sie an. Ein zartes Lächeln spielte auf dem perfekt symmetrischen Gesicht, während die Melodie seine Lippen verließ.

Galandel trug jetzt wieder einen Handschuh. Sie hielt ihr einen faustgroßen Eisigel entgegen. Bei der Länge der Stacheln war die Zentralkugel kaum zu erkennen. Es war zwar absurd, aber Shaya hatte den Eindruck, dass das kalte Licht bösartig auf den Spitzen funkelte.

»War das in mir drin?«, fragte sie.

Galandel nickte. »Er ist in dir gewachsen. Ich dachte, du wolltest den Übeltäter sehen, der euch die Albträume bereitet hat.«

»Dieser kleine Eisigel war dafür verantwortlich?«

Die Elfe runzelte die Stirn. »Wenn du ihn zurückhaben willst, dann halte dich von mir fern!«

»Nein, ich bin nur …« Shaya betrachtete das glitzernde Gebilde. »Er ähnelt einem Schmuckstück.«

»Wer immer die Tore der Niederhöllen geöffnet hat, um diese Biester zu erschaffen, hat sich vielleicht damit schmücken wollen.«

Leomara trat wie eine Schlafwandlerin zu ihnen. *»Ich habe die Eisigel geschaffen, um die Qual in das Land zu tragen«*, sagte sie mit tiefer Stimme.

Galandel sah das Mädchen schweigend an.

Salarins Zauber umhüllte Shaya wie eine weiche Decke. Er vermochte den Schmerz nicht ganz zu vertreiben, aber sie fühlte sich, als habe ein Riese sie in seiner Faust gepresst und entließe sie nun in die Freiheit. Die feingliedrigen Hände des Elfen wuschen das Blut von ihrer Haut. Offensichtlich hatte man sie zu einer der warmen Quellen getragen, ohne dass sie es bemerkt hätte.

»Tut das Mädchen das öfter?« Galandel musterte Leomara noch immer.

»Sie ist ein Medium«, ächzte Shaya.

»Ich habe mich so sehr an die Ruhe bei den Schneeschraten gewöhnt, dass ich gar nicht mehr weiß, wie hastig sich die Dinge unter Elfen und Menschen ereignen«, sagte Galandel. »Ich denke, ich werde das noch ein wenig studieren.«

Sie reichte den Eisigel an Rnhor weiter, in dessen Pranke er beinahe verschwand.

»Sei vorsichtig damit! Du weißt, was das ist! Ich will, dass ihr ihn in den Feuerschlund im Tunnel werft.«

Shaya fragte sich, ob Galandel die Sprache der Schneeschrate benutzte. Sie vermutete aber, dass sie die Sätze in Garethi oder dem Isdira der Elfen formte, weil ihre Struktur vollständig war. Das von Vascal erbetene Wunder würde die Übersetzung erledigen.

»Macht keine Rast, bis ihr den Schlund erreicht und den Eisigel hineingeworfen habt.«

Sie ließ Rnhor die Anweisung wiederholen, dann machte er sich gemeinsam mit Ruschmar auf den Weg.

Galandel stand auf und sah Phileasson an. »Also, Drachenführer, fangen wir dir jetzt ein Mammut?«

Tal der Donnerwanderer,
vierter Tag im Goimond

»Hast du dir überlegt, wen du zum Himmelsturm mitnehmen wirst?«, fragte Ohm Follker.

Der Skalde schwamm mit ruhigen Zügen neben Asleif Phileasson in dem See, aus dessen heißem Wasser so dichter Dampf aufstieg, dass sie das Ufer nur noch schemenhaft ausmachten. Ob die Augen Salarins oder Galandels den Dunst durchdringen konnten?

»Ich hoffe, du wirst mich begleiten.« Phileasson genoss das Alleinsein mit seinem alten Freund und das erste warme Bad seit Olport.

Wegen der Nässe hingen Ohms Schläfenzöpfe ins Wasser wie Stoffbänder, als er nickte. »Das wohl.«

»Damit sind wir zu zweit, und Shaya wird ebenfalls mit uns kommen.«

»Salarins Heilzauber hat sie noch nicht gänzlich wiederhergestellt.«

»Sie ist zäh«, wiegelte Phileasson ab. »Außerdem haben wir keine Wahl, ohne unsere Schiedsrichterin können wir nicht weiter. Notfalls wirst du sie doch sicher gern tragen, oder?«

Verblüfft starrte Ohm ihn an.

Dann brachen sie gleichzeitig in schallendes Gelächter aus.

Im Haupttal waren sie auf einen weiten eisfreien Bereich gestoßen, und nach wenigen Schritten wucherte sogar eine üppige Vegetation, die zu einem Urwald anwuchs. Solche Farne, Schlingpflanzen und irisierenden Pilze hätte Phileasson allenfalls weit im Süden, jenseits der Yaquirmündung, vermutet. Im Zentrum dieser grünen Insel dampfte der See, in dem die beiden nun schwammen. Gestern hatten sie Früchte gesammelt und einen Nager gebraten, der mit gespannten Häuten zwischen den Bäumen segeln konnte. Danach waren sie in einen erquicklichen Schlaf gefallen. Was Shaya anging, so dirigierte sie Tylstyr seit dem Morgen auf der Suche nach Kräutern, die ihre Speisen interessanter gestalten würden. Einige andere Gefährten jagten, und Irulla suchte nach Spuren von zweizahnigen Kopfschwänzlern. Sie genoss sichtlich, nur mit einem Schurz bekleidet durch die Nebel in den grünen Schatten zu pirschen.

»Irulla wird dabei sein«, sagte Phileasson. »Sie findet Hinweise, wo andere sie übersehen. Außerdem fährt sie schon lange mit mir.«

Ohm nickte beifällig. Wahrscheinlich war es kein Zufall, dass er allein mit Phileasson im Teich schwamm. Vermutlich hatte der Skalde den anderen zu verstehen gegeben, dass er etwas mit dem Kapitän besprechen wollte.

»Vascal kann ich gut gebrauchen, wenn es darum geht, ein Rätsel wie das des Himmelsturms zu lösen.«

Ohms Miene verdüsterte sich. »Glaubst du, wir können auf das Mädchen aufpassen? Ohne Leomara wird er nicht mitkommen.«

»Bis jetzt ist uns das gut gelungen.«

»Bisher waren wir auch nicht in einem Turm, wo hinter jeder Ecke eine böse Überraschung lauern kann.«

»Der Grund für deine Bedenken ist ein anderer. Ich habe bemerkt, dass dich ein Meer von Vascal trennt.«

Sie näherten sich dem Ufer an einer anderen Stelle als jener, an der sie in den See gestiegen waren. Hier hing ein beinahe waagerecht gewachsener Baumstamm weit über das Wasser. Ohm nutzte ihn, um sich daran abzustützen und lässig mit den Füßen zu paddeln.

»Der Liebfelder betet zu einem Gott, der uns fremd ist«, sagte er schließlich.

»Und seine Gebete leisten uns gute Dienste.«

»Man sagt, dass Dämonen ihr Gefolge mit solchen Gaben ködern.«

»Nandus mag keinen Tempel in Thorwal haben, aber er ist kein Dämon.«

»Was weißt du von Nandus?«, schnappte Ohm. »Der Einzige, der uns sagt, dass Vascal wirklich ein Nandusgeweihter ist, ist Vascal selbst!«

»Wie kommst du zu deinem Misstrauen?«

»Hast du gesehen, dass ihm ein Finger fehlt?«

»Natürlich. Der kleine Finger an der linken Hand.«

»Die Mächte der Finsternis fordern oft solche Opfer.«

Verblüfft musterte Phileasson seinen Freund. »Aber für so eine Verletzung kann es viele Erklärungen geben!«

»Und Vascal wird sich eine gute zurechtgelegt haben, das wohl! Wen können wir fragen außer ihm?«

»Niemanden«, räumte Phileasson ein. »Aber er gibt mir keinen Grund, an ihm zu zweifeln.«

»Selbst wenn Nandus sein Herr ist, bleibt dieser Herr uns

fremd«, murrte Ohm. »Ein Thorwaler fleht nicht zu den Göttern. Wir sind Swafnirs Kinder! Mit Mut und Stärke erweisen wir uns des Wals würdig.«

»Und doch dulden wir Travias Tempel in unseren Städten.«

»Das ist etwas anderes!«

»Und wieso?«

Stur starrte Ohm auf die Wellen, die gegen seine Brust schwappten.

Ein Surren näherte sich vom Ufer.

Alarmiert sah Phileasson in die Richtung, konnte aber kein Wurfgeschoss entdecken. Der Ton hielt auch zu lange an, um ein sich näherndes Beil anzuzeigen. Doch was war es dann?

Phileasson stemmte sich ein Stück weit aus dem Wasser. »Hörst du das?«

Das Geräusch schwoll an. Ohm wandte sich um. »Hört sich an wie eine Mücke.«

»Das müsste dann aber schon ein gewaltiger Schwarm sein.«

Mit dieser Vermutung irrte Phileasson. Es waren nur drei Tiere, die sich ihnen näherten. Allerdings war jedes so lang wie ein Arm.

»So große Libellen habe ich noch nie gesehen!«, rief Ohm.

Phileasson bemerkte vor allem die beiden messerlangen, gebogenen Kiefer. Sie blitzten nadelspitz, als sich das erste Insekt auf ihn stürzte. Er hob den Arm zur Abwehr, was ihn aber das Gleichgewicht kostete. Er rutschte vom Stamm ab und fiel zurück ins Wasser.

Die Riesenlibelle ruckte in der Luft zur Seite und attackierte seine Schulter. Tief stachen die Kiefer durch die nackte Haut.

Wütend schrie Phileasson auf und schlug zu. Da er im Wasser keinen Halt hatte, fiel der Fausthieb schwach aus. Er stieß das Insekt ein Stück zur Seite, verletzte es aber nicht.

Sofort surrte die nächste Angreiferin herab, und weitere tauchten aus dem Dunst auf.

Phileasson trat gegen den Baumstamm, was ihn im letzten Moment außer Reichweite der zuschnappenden Kiefer brachte.

Ohm riss einen Ast ab und stach damit nach einer Riesenlibelle, die aber mühelos auswich, indem sie ein Stück aufstieg. Zwei ihrer Gefährtinnen fielen dafür auf Phileassons Freund herab.

Ein weiteres Insekt näherte sich Phileasson etwas bedächtiger. Spann um Spann schwebte es heran.

Phileasson fixierte die Facettenaugen. Jede der kleinen Flächen warf das einfallende Licht mit einem winzigen Punkt zurück. Auf der Stirn glänzte Flüssigkeit an drahtigen Haaren.

Phileasson wartete ab, bis der monströse Kopf ihn beinahe erreicht hatte. Er wusste jetzt, dass Faustschläge nur wenig ausrichteten, also trat er schnell mit den Beinen, warf die Arme hoch und grapschte nach den schwirrenden Flügeln.

Links griff er ins Leere, aber rechts bekam er etwas zu fassen. Fest schloss er die Faust, als er zurückfiel, und versuchte gar nicht erst, den Kopf über Wasser zu halten. Stattdessen zog er seine Gegnerin unter die Oberfläche.

Die Riesenlibelle ruckte und bog ihren Körper.

Phileasson krallte die freie Hand in ein Auge. Unbarmherzig bohrte er die Finger hinein. Er spürte, wie einer der Kiefer durch seinen Unterarm schnitt. Mit den Oberschenkeln umschloss er den segmentierten Leib und drückte zu.

Als er wieder über Wasser kam, war der Widerstand des Insekts fast erlahmt. Die anderen stürzten sich nun jedoch allesamt auf Ohm. Es war ein halbes Dutzend.

»Tauchen!«, rief Phileasson. »Du musst tauchen! Und dann zum Ufer!«

Ohm schleuderte den Knüppel und folgte dem Rat seines Freundes.

Die todwunde Gegnerin zurücklassend, zog sich Phileasson mit weiten Zügen auf die Stelle zu, an der sie ihre Ausrüstung abgelegt hatten. Als sie in den See gestiegen waren, hatte ihre größte Sorge darin bestanden, dass die Kleidung in dem Dunst nicht trocknen würde. Jetzt ging es ihnen darum, möglichst schnell die Waffen zu erreichen und festen Stand zu gewinnen.

Wann immer er auftauchte, surrten die Riesenlibellen heran. Sie waren zu dumm, um seinen Weg unter Wasser vorauszuahnen, aber wenn der weißblonde Schopf durch die Wellen stieß, war er nicht zu übersehen.

Phileasson spürte gerade Grund an den Zehen, als ein Speer über ihn hinwegzischte und dumpf in eines der Insekten schlug.

Aufgespießt platschte es ins Wasser, wo sich seine Artgenossen über den Kadaver hermachten.

Irulla stand wie ein hölzernes Idol bei der abgelegten Ausrüstung. Die braune Haut des beinahe nackten Körpers verstärkte den Eindruck noch. Das Spinnenbild leuchtete in frischem Weiß auf ihrem Kopf.

Ohm hustete Wasser aus, während er mit großen Schritten neben Phileasson an Land pflügte. Sein erster Griff ging zu dem Gurt mit den Dolchen.

Da Irulla keine Anstalten machte, sich gegen die Riesenlibellen zu verteidigen, wandte sich Phileasson um. In der Tat schienen sich die Insekten mit ihrem toten Artgenossen zufriedenzugeben. Vielleicht hatten sie so aggressiv reagiert, weil der Baumstamm, an dem Ohm und er gerastet hatten, zu ihrem Revier gehörte.

»Ich habe Spuren gefunden«, sagte Irulla.

Ein langes, dünnes Bein erschien hinter ihrer rechten Schulter, knickte ab, fand Halt und bekam Gesellschaft von einem zweiten. Ein drittes, viertes und fünftes folgten, dann hob sich der handtellergroße Körper einer Spinne neben den Hals der Waldmenschenfrau. Dieses haarige Prachtexemplar machte ihr sicher besondere Freude.

»Frisst das Tierchen auch Libellen?« Das Krächzen in Ohms Stimme verriet, dass er nur versuchte, seine Abscheu zu überspielen.

Irulla starrte weiterhin den Drachenführer an, während eines der Spinnenbeine in ihrer Ohrmuschel tastete.

»Daran werde ich mich nie gewöhnen.« Phileasson griff nach seinem Hemd. »Spuren von Mammuten?«, fragte er.

Irulla schüttelte den Kopf. »Beorn ist noch nicht tot.«

Tal der Donnerwanderer,
vierter Tag im Goimond

Mehr als dreißig Kopfschwänzler weideten in dem engen Tal unterhalb von ihnen. Galayne hatte vorhergesagt, dass die Herde im Laufe des Morgens hierherkommen würde. Wussten die Götter, wie er das vorausahnen konnte. Vielleicht kannte er die Wanderwege der Herden aus der Zeit, die er auf dieser seltsamen Insel verbracht hatte.

Beorn hatte bisher keine richtige Vorstellung von den zweizahnigen Kopfschwänzlern gehabt. Ja, er hatte gewusst, dass sie groß waren, aber sie nun leibhaftig vor sich zu sehen war etwas ganz anderes. Wie sollten sie so ein Tier gegen seinen Willen zur Knorr bringen? Wie konnten sie eines lebend fangen?

Wie die Schneeschrate hatten sie ein weißes Fell. Von ferne verschwammen sie mit der Winterlandschaft. Das Tal, durch das sie zogen, lag etwas abseits von dem seltsamen Dschungel, den Beorn mit seiner Ottajasko am Vortag durchquert hatte. Offensichtlich war es den Kopfschwänzlern dort zu heiß. Sie zogen die Seitentäler vor, wo es immer noch warm genug war, um dichten Nadelwäldern Lebensraum zu bieten.

Die Kopfschwänzler weideten die unteren Äste der Kiefern ab. Manchmal nutzten sie auch das Gewicht ihrer massigen Leiber, um einen jungen Baum zu Boden zu drücken und zu entwurzeln. Fasziniert betrachtete Beorn die Stoßzähne der Tiere. Sie schimmerten rötlich. So etwas hatte er noch nie zuvor gesehen. Galayne behauptete, es hätte mit dem Futter zu tun, dass die Kopfschwänzler zu sich nahmen. Diese Stoßzähne würden auf den Basaren der Tulamiden wahrscheinlich mit Silber aufgewogen. Ursa hatte dieses Thema angesprochen, als sie vor zwei Tagen von ferne zum ersten Mal einen Kopfschwänzler gesehen hatten. Die rötlichen Zähne hoben den Tarneffekt des weißen Fells auf. Sie sah man auch auf große Entfernung, während die Silhouette der Tiere mit der Umgebung verschmolz.

Seit dem frühen Morgen versteckten sie sich auf beiden Hängen des Tals. Galayne hatte darauf bestanden, dass sie sich alle in einer der heißen Quellen badeten, um die Kopfschwänzler nicht durch die Witterung einer seit Wochen ungewaschenen Ottajasko zu warnen. Außerdem hatten sie die Schneeschratpelze über sich ausgebreitet. Sie verbargen sie im Schnee und verströmten einen der Herde vertrauten Geruch.

Drei Stunden lagen sie nun so auf der Lauer. Längst war Beorn die Kälte tief in die Knochen gekrochen. Der größere Teil der Mannschaft verbarg sich auf der anderen Seite des Tales. Ursa führte dort das Kommando.

Obwohl er ungefähr wusste, wo sie sich am Hang versteckten, konnte er niemanden aus der Ottajasko entdecken. Hatten sie sich vielleicht zurückgezogen? Ursa traute er jede Schurkerei zu, die seine Autorität untergrub. Sollte sie so dumm sein, sich heute gegen ihn zu wenden, würde die Jagd ein Misserfolg. Aber er hätte die Genugtuung, sie am Abend für ihre Aufsässigkeit zu bestrafen. Er stellte sich vor, wie sie in den Schnee gezwungen wurde, kräftige Hände ihren Kopf festhielten und er ihr die Augen ausstach, um sie dann allein in der Wildnis zurückzulassen. Er hoffte, dass sie sich gegen ihn stellte. Einen Kopfschwänzler konnten sie auch morgen noch fangen.

»Jetzt«, flüsterte Galayne, der links von ihm lag. »Der Augenblick ist günstig. Der Leitbulle ist ein Stück voraus.«

Beorn zog ein kleines rotes Tuch unter dem dicken Schratfell hervor und winkte seinen Gefährten auf der anderen Seite des Tales.

Einen Herzschlag lang geschah nichts, und wieder sah der Blender vor seinem geistigen Auge, wie er Ursa das Augenlicht nahm und sie davonjagte, damit sie elendig in der Wildnis verreckte.

Dann plötzlich brach die Ottajasko aus ihren Verstecken hervor. Mit wilden Schreien stürmte die Mannschaft auf die Mammutherde zu, die friedlich am Talgrund graste. Dabei schwenkten sie die buntesten Kleider, die sie besaßen.

Die Tiere brachen in Panik aus und stürmten in alle Himmelsrichtungen davon. Ursa scharte ein paar Tapfere um sich und versuchte, den mächtigen Leitbullen abzudrängen, der zur Herde zurückkehren wollte.

»Bist du bereit?« Beorn blickte zu Zidaine, die an seiner rechten Seite im Schnee verborgen kauerte.

Die schlanke Kriegerin nickte und hob die schwere Armbrust. In den letzten Tagen hatte er sie täglich mit der Waffe üben lassen und sie ermahnt, die Sehne ständig eingefettet zu halten. Nie wieder wollte er sein Leben in die Hand von Ursa legen!

»Ich schlage vor, wir nehmen diesen Kopfschwänzler.« Galayne deutete auf ein Jungtier, das von der Herde abgeschnitten worden war.

»Diesen Winzling!«, empörte sich Beorn. »Damit mache ich mich zum Gespött in ganz Thorwal. Das Vieh …«

»Das Vieh braucht weniger Futter als ein ausgewachsener Bulle, und du musst dir keine Sorgen machen, ob es in einem Wutanfall die Knorr versenkt, auf der es nach Süden gebracht werden soll.«

Beorn schluckte seine Enttäuschung hinunter. Galayne hatte recht. Wie immer.

»Na los, ihr habt es gehört! Wir schnappen uns das Jungtier. Treibt es von der Herde fort. Und lasst euch nicht tottrampeln. Zidaine, du sicherst uns mit der Armbrust!«

Die kleine Gruppe warf die Tarnfelle zurück und lief durch den tiefen Schnee den Hang hinab. Zidaine und Olav begleiteten ihn, außerdem Annar und Eimnir. Die beiden waren seine stärksten Ruderer. Sie sollten versuchen, den Kopfschwänzler mit Lederschlingen einzufangen.

Die Muttertiere der Herde stießen schrille Trompetenstöße aus. Ihre Rüssel vorgestreckt und mit den Ohren schlagend, versuchten sie die Jäger zu vertreiben. Beorn sah, wie einer seiner Männer von einer wütenden Mammutkuh niedergetrampelt wurde.

Olav strauchelte und stürzte. Unter dem Schnee verbarg sich loses Geröll, das unter ihrem Gewicht in Bewegung geriet. Immer schneller stürmten sie den Hang hinab. Beorn ruderte mit den Armen durch die Luft, um das Gleichgewicht zu halten. Dabei schrie er aus Leibeskräften und schwenkte sein rotes Tuch.

Der Leitbulle drehte ab. Er lief zum oberen Ausgang des Tales, und ein großer Teil der Herde folgte ihm.

Galayne hatte sie alle überholt. Er lief mit einer Sicherheit über das verschneite Geröllfeld, als bewege er sich bei ruhiger See über das Deck einer Otta. Plötzlich erschien eine helle Lichtkugel über seiner vorgestreckten Handfläche. Sie glich jener, die die Schneeschrate erschreckt hatte. Sie schwebte dem Muttertier entgegen, das ein wenig zurückwich. Verzweifelt blickte es zu seinem Jungen. Das kleine Mammut hatte sich in ein Kiefernwäldchen geflüchtet.

Immer noch veranstalteten Ursa und die Ottajasko ein Geschrei und Spektakel wie zum Sumarblotfest. Ein Großteil der Herde war auf der Flucht. Nur der Leitbulle trotzte noch den Angreifern. Er stieß einen seltsam klagenden Laut aus.

Die Mammutkuh drehte sich um und sah zum Leitbullen herüber. In diesem Augenblick zog die Lichtkugel dicht vor ihren Augen vorbei und senkte sich nach unten, als wollte sie ihr an die Kehle gehen. Das Tier machte einen eigenartigen Satz zur Seite und stolperte fast. Noch einmal sah es zum Wald, wo das Jungtier klägliche Laute von sich gab.

Die Kuh wandte sich ab. Langsam trottete sie zum Ende des Tales, ohne sich noch einmal umzusehen.

»Vorsicht!«, ermahnte Beorn Annar und Eimnir, die sich mit ihren Seilen dem kleinen Kopfschwänzler näherten. Annar hatte beim Kampf bei der Eisklippe seinen Bruder verloren. Seitdem sprach er kaum noch ein Wort. Manche Männer vermochten einfach nicht mehr aus dem Schatten des Todes zu treten, wenn er einmal auf ihr Leben gefallen war. Beorn war sich nicht sicher, ob Annar solch ein Mann war. Er und sein Bruder gehörten zu den Neuen in der Ottajasko, ebenso wie Ursa und ihre Schwestern. Er hatte nur wenig über sie gewusst und ihnen kein Glück gebracht. Bei Eimnir war das anders. Ihn kannte er gut. Er war immer schon schweigsam gewesen. Klein und ein wenig gedrungen, hatte er ein Kreuz wie ein Stier. Feuer faszinierte ihn. Wenn es auf den Plünderfahrten darum gegangen war, Boote oder Häuser niederzubrennen, hatte sich Eimnir stets hervorgetan. Er war geradezu ein Künstler, wenn es darum ging, Feuer zu legen. Beorn erinnerte sich genau daran, wann er Eimnir zum letzten Mal hatte lächeln sehen. Es war an jenem Abend gewesen, als sie eine al'anfanische Galeere bis zur Wasserlinie abgebrannt hatten.

»Bleibt etwas zurück!«, rief Galayne den Jägern zu. Der Elf hob beschwichtigend die Hände und ging langsam auf das verängstigte Jungtier zu. Dabei murmelte er leise vor sich hin.

»Wenn es angreift, schießt du!«, befahl Beorn Zidaine, die knapp hinter ihm ging. »Wir haben mit einem Mann bezahlt. Mehr soll es nicht werden.« Er war sich nicht einmal sicher, wen es vorhin erwischt hatte. Wenn das hier vorüber war, würde er sich um den Toten kümmern. Diese Jagd auf einen verdammten Kopfschwänzler hatte sie zu viel Blut gekostet!

Galayne redete immer noch beruhigend auf das Tier ein. Die Kugel aus Licht, die der Elf gerufen hatte, war verschwunden. Wob er einen weiteren Zauber?

Beorn gab den anderen ein Zeichen, nicht näher zu kommen.

Galayne berührte jetzt den Schwanz, der vom Kopf des Jungtiers hing. Die Kreatur zitterte am ganzen Leib. Ohne Unterlass sprach der Elf.

Das kleine Mammut senkte den Kopf, und Galayne legte ihm die Hände auf die Augen. Er hatte angekündigt, dass es so sein würde, auch wenn Beorn gestern Abend, als sie gesprochen hatten, noch davon ausgegangen war, dass sie ein größeres Tier fangen wollten. Ein stattlicheres, das mehr Eindruck in Thorwal machen würde. Galayne war sehr deutlich gewesen, dass er entweder Annar oder Eimnir haben wollte. Was mit ihnen geschehen würde, hatte er allerdings nicht gesagt. Beorn dachte an

Hrolf. Diese verfluchte Reise … Er sah zu den beiden Recken. Annar stierte wieder vor sich hin. Eimnir beobachtete den Elfen. Er nahm teil an dem, was geschah, auch wenn er kaum redete. Beorn hatte nichts gegen schweigsame Männer …

»Annar! Der Elf braucht deine Hilfe.«

Der Krieger blickte auf. Seine Augen waren leer, ohne jedes Gefühl. Er ging zum Wäldchen, und Beorn wusste, dass er die richtige Entscheidung getroffen hatte.

Galayne redete immer noch beruhigend auf den Kopfschwänzler ein. Als Annar ihn fast erreicht hatte, duckte er sich plötzlich und nahm seine Hände von den Augen des Jungtiers.

Das Mammut sah sich verwundert um. Als es Annar erblickte, stieß es ein seltsames Quieken aus. Eilig strebte es dem Krieger entgegen.

Zidaine hob die Armbrust, doch Beorn legte eine Hand auf den schussbereiten Bolzen. »Nicht! Warte noch.«

Annar griff nach der Axt an seinem Gürtel, doch das Mammut war schneller. Es legte ihm den Rüssel um die Schultern, zog ihn zu sich heran und öffnete das Maul.

Zidaine atmete scharf ein.

Dann traf Annar eine große rosa Zunge im Gesicht. Der Kopfschwänzler leckte ihn ab und gab erneut einen quiekenden Laut von sich, der unglaublich erleichtert klang.

Galayne grinste breit, während er zu Beorn ging.

»Was hast du getan, Elf?«

»Der Kleine hält Annar für seine Mutter.«

»Was?« Beorn traute seinen Ohren nicht, während Zidaine auflachte und die schwere Waffe sinken ließ. Selbst Eimnir lächelte.

»Ein Zauber, Kapitän. Ich habe alle Erinnerungen an das Muttertier gelöscht. Unser Kopfschwänzler wird Annar von nun an folgen, wohin immer er auch gehen mag. Das vereinfacht es ungemein, das Vieh zur Knorr zu bringen und dort ruhig zu halten. Wir werden …« Der Elf verstummte abrupt. »Wir werden beobachtet. Dort hinten am Eingang des Tales. Siehst du sie?«

Beorn drehte sich um. Das Kieferngehölz am Südhang war von dichtem Buschwerk durchsetzt. Der Drachenführer konnte beim besten Willen nichts ausmachen.

»Ich sehe sie auch«, sagte Zidaine. »Eine Frau. Sie hat etwas im Gesicht … eine Spinne, glaube ich.«

»Du hast gute Augen«, bemerkte Galayne. »Die weiße Spinne ist nur aufgemalt. Die Frau ist eine Südländerin, wie mir scheint.«

»Irulla!«, entfuhr es Beorn. Er kannte die Jägerin, die Phileasson schon seit Langem auf seinen Fahrten begleitete. Es hieß, sie sei verrückt und suche den Tod.

»Wie es aussieht, haben die Schneeschrate ihn nicht lange aufgehalten.« Respekt schwang in seiner Stimme. Wenn es in Thorwal außer ihm einen Mann gab, der sich den Titel König der Meere verdient hatte, dann war es Phileasson.

»Wir sollten unseren Rivalen einen kleinen Besuch abstatten«, sagte er lächelnd.

»Ist das klug?« Galayne sah ihn an, und zum ersten Mal glaubte Beorn, eine Regung in den ebenmäßigen Zügen des Elfen zu erkennen. Er wirkte verwundert.

»Klug vielleicht nicht, aber frech«, entgegnete der Blender selbstsicher. »Und es wird schlecht für ihre Moral sein, wenn sie sehen, dass wir unsere Aufgabe bereits gelöst haben.«

Tal der Donnerwanderer,
vierter Tag im Goimond

Tjorne streckte die Arme nach hinten und ließ sich treiben. Das Baden hatte er eigentlich nie sonderlich geschätzt, aber nach den Entbehrungen im ewigen Eis war es eine Wohltat, einfach nur entspannt im Wasser zu liegen und die wohlige Wärme zu genießen. Morgen schon ginge es wieder in den Schnee. Die Kopfschwänzler kamen nicht in die warmen Täler herab. Sie mochten die Hitze wohl nicht.

»Ich verstehe es immer noch nicht …«

Tjorne blinzelte zu Tylstyr hinüber, der ein Stück entfernt im hüfthohen Wasser auf und ab ging. Sein Freund starrte mit grüblerischer Miene vor sich hin. Dass Tylstyr es einfach nicht lassen konnte, sich immer über alles den Kopf zu zerbrechen!

»Warum ist Beorn zu uns gekommen? Was hat er vor?«

Tjorne fand es nicht ungewöhnlich, dass sie eine Nacht lang ein gemeinsames Lager teilten. Thorwaler, die sich in der Fremde begegneten, hielten das eigentlich immer so, auch wenn sie keine ausgemachten Freunde waren.

»Der ist hier, um seinen verdammten Kopfschwänzler vorzuführen und uns zu demoralisieren.«

Tjorne gähnte. Von solchen Gedanken bekam man nur Kopfschmerzen. »So eindrucksvoll ist ihr Kopfschwänzler nicht.« Das Vieh überragte ihn zwar und wog ohne Zweifel auch mehr als der stattlichste Elch, den Tjorne je gesehen hatte, aber dennoch hatte er sich mehr darunter vorgestellt. »Der Foggwulf wird einen richtigen Bullen fangen und nicht so einen schmächtigen Welpen. Das wohl!«

»Welpen nennt man junge Hunde«, grummelte Tylstyr vor sich hin.

»Danke für den Unterricht, Herr Magister.«

»Es ist nun mal kein Welpe, sondern ein …«

»Frischling?«

»So heißen junge Wildschweine, du Depp. Du hast ja wirklich von …« Tylstyr stockte.

Tjorne grinste vor sich hin. Manchmal brauchte sein Freund eine Weile, bis er begriff, dass man ihn foppte. Das war schon immer so gewesen. Vermutlich rang er gerade um eine besonders kluge Antwort.

Das Schweigen dehnte sich. Was war los? War Tylstyr beleidigt? Tjorne seufzte. Er wollte doch nur eine Weile seine Ruhe haben und das herrlich warme Wasser genießen. War das denn so schwer? Er blinzelte in Richtung seines Magierfreundes.

Tylstyr gaffte mit offenem Mund zum Ufer.

»Was?« Dort irgendwo stand Irulla Wache. Sie sorgte dafür, dass keines von diesen seltsamen Viechern, die den Foggwulf und Ohm Follker angegriffen hatten, sie beide als Abendmahl verspeisten. Starrte Tylstyr etwa Irullas Brüste an? Sie waren zwar eher klein, aber wohlgeformt. Tjorne hätte auch gern gewusst, wie viel Spaß man mit Irulla haben konnte … Aber die Art, wie sie mit Spinnen umging, jagte ihm selbst hier im warmen Wasser eisige Schauder über den Rücken. Wahrscheinlich hatte sie wieder eine kleine Herde dieser grässlichen, haarigen Bestien um sich versammelt, während sie am Ufer wachte.

Tjorne gab es auf, in Frieden auf dem Wasser zu treiben. Er richtete sich auf. Seine Füße versanken im weichen Schlamm am Seegrund. »Wirst du …«, begann er, dann sah auch er, was Tylstyr in Bann geschlagen hatte. Am Ufer, keine zehn Schritt entfernt, stand eine schlanke, nackte Frau. Nebelschleier umhüllten sie. Sie streckte einen Fuß vor, um zu erkunden, wie warm das Wasser war.

»Mach dein Maul zu«, zischte er in Tylstyrs Richtung. »Du siehst aus wie ein Idiot!«

Jetzt stieg die Fremde in den See. Sie bewegte sich mit der Anmut einer pirschenden Katze. Eigentlich war sie viel zu hager, dachte Tjorne. Er mochte eher Frauen, die etwas auf den Rippen hatten und bei denen er wirklich was in der Hand hielt, wenn er ihre Brüste drückte. Aber diese Fremde hatte etwas an sich ... Sie übte eine düstere Faszination auf ihn aus. Und Tylstyr schien es genauso zu gehen. Sie hatte ihr Haar geöffnet, und es umgab sie wie ein feiner schwarzer Schleier, der fast bis zu ihren Hüften reichte. Abgesehen von Händen und Gesicht war ihre Haut sehr blass, ja, sie wirkte fast durchscheinend. In ihrer Erscheinung mischten sich auf beklemmende Weise Kraft und Verletzlichkeit. Tjorne wollte sie beschützen und zugleich auch besitzen. Er starrte auf ihre rasierte Scham, sehnte sich danach, mit der Fremden alle Abgründe der Leidenschaft auszukosten. So schlank sie war, wirkten die Muskeln unter der blassen Haut wie aus Stahl. Wohlakzentuiert, ließen sie auf Geschick und Ausdauer schließen.

»Ich hoffe, ich störe euch nicht.« Dunkle Augen fixierten Tjorne.

»Schöne Frauen sind hier immer willkommen.« Er klang holprig, dachte er verärgert. Eigentlich konnte er das besser.

»Dann werde ich nicht zu lange bleiben. Vielleicht kommt ja noch eine schöne Frau. Lenya ist nicht so ein Gerippe wie ich.«

»So meinte er das nicht«, platzte es aus Tylstyr hinaus.

»Nein?« Sie bedachte seinen Freund mit einem koketten Augenaufschlag. »Wie meint er es dann?« Sie stand inzwischen im hüfthohen Wasser, ließ sich nach vorne gleiten und schwamm mit kräftigen Zügen in ihre Richtung.

Tjorne bedauerte, ihre Brüste nun nicht mehr zu sehen. In der Wüste waren auch ein paar schale Wassertropfen eine Köstlichkeit. »Da mein Freund so nett ist, für mich zu sprechen, erkläre ich dir jetzt gern, was er so meint. Ich bin mir sicher, dass er sich gerade fragt, wie du so küsst. Vielleicht sogar noch mehr ... Auch wenn er nicht so aussieht, in Thorwal ist er ein gefürchteter Herzensbrecher. Seine Akademieleiterin sorgt stets dafür, dass er nicht allein mit Schülerinnen ist.«

Tylstyr schnappte hörbar nach Luft. Er wurde feuerrot. »Das ist ...«, stammelte er und warf Tjorne einen finsteren Blick zu. »So bin ich nicht. Das ...«

»Ein Herzensbrecher?« Die Fremde war inzwischen fast auf Armeslänge an sie herangekommen. Ihr schwarzes Haar schwebte wie ein Seidenschleier über ihren Schultern. »In Beorns Mannschaft gibt es nur grobe Klötze, die nicht wissen, wie man mit Frauen umgehen sollte.« Sie bedachte den Magier mit einem tiefen, einladenden Blick.

Tjorne fluchte stumm. So hatte das nicht laufen sollen. »Also er bricht ihnen wirklich die Herzen. Er ist ganz übel ... Lässt die Mädels immer sitzen, wenn sie die Liebe so richtig erwischt hat und ...«

»Wie bekommst du sie herum?«, fragte die Fremde und ignorierte Tjorne völlig. »Verstehst du dich darauf, schöne Worte zu machen, oder bist du so gut im Bett?«

Tjorne schluckte. Noch nie war er einer Frau begegnet, die so ohne Umschweife zur Sache kam.

Tylstyrs Gesichtsfarbe wechselte von Flammendrot zu Schneeweiß. Er räusperte sich. »Ich ... ähm ... Stimmt es, dass ihr das Kalb durch einen Zauber gefangen habt? Annar sagte so etwas. Es scheint ja nicht mehr von seiner Seite zu weichen ...«

Die Fremde lachte. »Bist du ein frömmelnder Betknecht, der

allein Travia dient und niemals die Schönheit einer Frau anbeten würde? Hast du eine Liebste?«

Tylstyr brachte die Zähne nicht auseinander, und endlich sah das Weibsbild auch zu Tjorne herüber. Er war den beiden entgegengegangen. »Ich hab dich angelogen. Er ist kein Weiberheld.«

»Vielleicht reizt mich ja gerade das besonders?« Eine beunruhigende Kälte lag in ihrer Stimme. »Weiberhelden hatte ich schon genug. Es gibt da so eine Sorte *echte Männer*, denen möchte ich einfach nur die Kehle aufschneiden, wenn ich ihnen begegne.«

»Durchschneiden«, sagte Tylstyr leise. »In unserer Sprache heißt die Redewendung: die Kehle durchschneiden.«

Sie sah mit funkelnden Augen zu seinem Freund. »Natürlich … Ich bin ein dummes Weibsbild, das nicht weiß, was es sagt.«

»Du hast einen Akzent«, wandte Tylstyr schwach ein. »Man hört, dass Thorwalsch nicht deine Muttersprache ist. Auch wenn du dich sehr gut ausdrücken kannst …«

Einen Augenblick herrschte betretenes Schweigen zwischen ihnen.

»Interessante Halsketten habt ihr da«, sagte die Fremde schließlich. »Sie sehen ja ganz gleich aus. Seid ihr einander zugetan? Will er deshalb nicht mit mir anbandeln?«

Jetzt sprach sie ihn endlich direkt an, doch Tjorne war jegliche Lust auf diese Furie vergangen. »Hat Beorn dich geschickt, um mit uns einen Streit anzufangen?«

»Welchen Nutzen hätte er davon?« Sie schüttelte den Kopf. »Ich spreche hier nur für mich. Und vielleicht bin ich etwas zu …« Sie zuckte mit den Schultern. »Es gibt zu viele Idioten in meiner Ottajasko. Ich hatte gehofft, ihr wärt anders.«

»Wir sind einander jedenfalls nicht zugetan«, stellte Tjorne klar. »Jedenfalls nicht auf eine Art, dass wir uns nachts eine Decke teilen würden.«

»Dann hab ich euch wohl beleidigt.« Sie klang aufrichtig zerknirscht und richtete sich im Wasser auf. Sie machte einen Schritt in Tjornes Richtung. Spielte da ein entschuldigendes Lächeln um ihre Lippen? Wesentlich interessanter als ihre schmalen Lippen fand er ihre kleinen, flachen Brüste, die nun wieder deutlich zu sehen waren. Sie hatte ungewöhnliche Brustwarzen. Erstaunlich groß. Fast so lang wie das oberste Glied seines kleinen Fingers. Es kam ihm vor, als würden sie sich ihm einladend entgegenrecken.

»Wir sind nicht nachtragend.« Seine Stimme klang rau. Sein Mund fühlte sich staubtrocken an.

»Ich auch nicht. Darf ich euch zum Mahl einladen? Meeresfrüchte!«

»Meeresfrüchte?«, fragte Tylstyr verwundert.

»Na ja, nicht ganz. Ich habe einen kleinen Bach gefunden. Dort gibt es Süßwassermuscheln und erstaunlich viele kleine Krebse. Ich wollte daraus eine Suppe kochen.«

Erneut lief Tjorne ein Schauer über den Rücken. Er verabscheute Krebse. Er hatte keine mehr gegessen, seit er Jungmann geworden war.

»Danke für die Einladung. Ich komme gern!«

Tjorne glaubte, sich verhört zu haben. Seit wann mochte Tylstyr Krebse? Er hatte es miterlebt, wie sein Freund in Olport ein Gericht aus handtellergroßen, tiefroten Krebsen wortreich abgelehnt hatte. »Wann dürfen wir kommen?«

Ich werde ganz bestimmt nicht kommen, dachte Tjorne verärgert. Was fiel Tylstyr ein, einfach für ihn mitzuentscheiden?

»Krebse kochen ist ein wenig besonders. Wenn ihr nicht sehr empfindlich seid, könnt ihr schon in einer Stunde vorbeischauen.«

»Empfindlich?«, fragte Tylstyr.

»Wenn ich die Krebse ins kochende Wasser werfe, gibt es ein Geräusch, das sich anhört wie die Schreie eines kleinen Mädchens, das man quält.« Sie lachte auf eine seltsame Art. »Natürlich können Krebse nicht schreien. Es ist die Luft, die aus ihren Körpern entweicht. Nur heiße Luft.«

Tjorne bekam ein flaues Gefühl im Magen. Er kannte das Geräusch. Gekochte Krebse war in Stainakr ein Armeleuteessen gewesen, und es gab in seinem Dorf viele, die kaum wussten, wie sie die Mäuler ihrer Kinder stopfen sollten. Aber diesen Vergleich hatte er noch nie gehört. Schreie eines gequälten kleinen Mädchens. Das passte …

»Ich bin am Meer aufgewachsen«, erklärte Tylstyr. »Ich kenne das Geräusch. Es macht mir nichts aus. Ich komme gern.«

Die Fremde lächelte. *Eigenartig, wie sehr ein Lächeln ein Gesicht verändert,* dachte Tjorne. Sie sah unglaublich aus. Warmherzig und schön.

»Dann sehen wir uns also nach Sonnenuntergang zum Krebsessen.« Mit diesen Worten wandte sie sich ab und schwamm zum Ufer zurück.

»Sie ist seltsam, nicht wahr?« Tylstyr sah ihr in Gedanken versunken nach.

»Seltsam? Mit der stimmt was nicht. Die ist irre!«

»Irre? Weil sie mich mehr mag als dich?«

Tjorne schnaubte verächtlich. »Du kannst sie ruhig haben. Mit so einem Gerippe könnte ich nichts anfangen.«

»Ist dir entgangen, dass sie uns lediglich zu einem Essen eingeladen hat?«, entgegnete der Magier indigniert.

»Da steckt mehr dahinter«, beharrte Tjorne, obwohl er nicht hätte benennen können, was das sein sollte. »Sie hat uns nicht einmal ihren Namen gesagt!«

»Wir haben unsere Namen auch nicht genannt. Mir scheint, wir sind genauso ungewöhnlich wie sie.«

»Ich wette meinen Arsch, dass Beorn uns dieses Weibsbild geschickt hat. Der will irgendwas …«

»Dann ist es umso wichtiger, dass wir dieses Abendessen nicht verpassen und herausfinden, was dahintersteckt.«

»Der will uns abwerben oder vergiften!«

Tylstyr lachte laut auf. »Ich glaube, du bist zu lange im warmen Wasser. Bei dir kocht schon das Hirn. Komm, lass uns ins Lager zurückkehren.«

Sie schwammen zurück zum Ufer, wo Irulla immer noch Wache stand. Die Spinnenfrau wirkte seltsam verzückt. Sie grinste, was bei ihr wirklich nicht oft vorkam, und kraulte dabei den haarigen Rücken einer mehr als handgroßen Spinne. »Der Tod ist stark bei diesem Mädchen. Schön, dass sie in unserem Lager ist. Es wurde schon ein wenig langweilig.«

»Dir bleibt auch nichts verborgen. Sie ist eine Massenmörderin.«

»Massenmörderin?« Irulla sah Tylstyr misstrauisch an.

»Sie wird gleich auf bestialische Art zwei bis drei Dutzend Krebse meucheln.«

Irulla nickte ernst. »Ich sagte ja: Der Tod ist stark bei ihr.«

Tal der Donnerwanderer,
sechster Tag im Goimond

Diese Demütigung nähme Asleif Phileasson keinesfalls hin! Er ließe sich nicht gleich bei der ersten Aufgabe von Beorn ausstechen. Der Blender hatte vor ihm einen zweizahnigen Kopfschwänzler gefangen, aber noch war das letzte Wort in dieser Angelegenheit nicht gesprochen. Phileasson gäbe sich nicht mit einem Jungtier zufrieden. Er würde ein kräftiges, gesundes, voll ausgewachsenes Exemplar an Garhelts Hof nach Thorwal schicken, das wohl!

Gestern hatte er Tylstyr einen geharnischten Rüffel verpasst. Schlimm genug, dass man mit Beorn ein Lager geteilt hatte – man musste nicht auch noch mit seinen Leuten Krebse essen! Als Tjorne Phileasson davon berichtet hatte, war der Kapitän schon auf einen Giftanschlag oder eine andere Heimtücke des Blenders gefasst gewesen. Aber Shaya hatte recht behalten, auch Beorns Ottajasko ehrte die Regeln des Wettkampfes. Sie durften ihre Rivalen nicht töten. So hatte Phileasson Tylstyr gefunden, wie er in beinahe andächtiger Stille Seite an Seite mit einer Frau aus Beorns Mannschaft Schalentiere geknackt und ausgepult hatte.

»Die Losung ist frisch.« Irulla reinigte ihre Hände im Schnee vom Dung und erhob sich.

Die Mammute mieden die warme Umgebung des Sees, kamen auf ihren Wanderungen aber immer wieder an die kleineren Vegetationsinseln, um zu fressen. Abgeknickte Bäume, oftmals der Rinde beraubt, waren untrügliche Spuren. An einer solchen Stelle hatte Irulla die Fährte einer Gruppe von fünf Tieren aufgenommen, der sie nun seit einem halben Tag durch den Schnee folgten. Die Waldmenschenfrau hatte ihre neuen achtbeinigen Freunde im kleinen Dschungel zurückgelassen und trug nun wieder Winterkleidung. Sie steckte die saubere Hand in den Fäustling.

»Wie nah sind wir?«, fragte Phileasson.

Heute ging kaum ein Windhauch, sodass sich die Schwaden von Geysiren und heißen Quellen im Tal sammelten und die Sichtweite nur selten dreißig Schritt überstieg. Auch jetzt konnten sie ihre Umgebung eher hören als sehen. Das Gluckern von Wasser, knisternder Niederschlag, wo gefrorene Feuchtigkeit auf Schnee fiel, schnatternde Vögel.

»Wir können sie jeden Moment erreichen«, schätzte Irulla.

»Ihr habt es gehört!«, rief Phileasson seinen Leuten zu, bevor er Salarin Trauerweide fixierte. »Du weißt, was du zu tun hast.«

Dem Elfen kam bei dieser Jagd die entscheidende Rolle zu. Auch er beherrschte ein Zauberlied, mit dem sich ein Tier betören ließ. Der Kopfschwänzler hielte Salarin für einen Artgenossen, wenn es besonders gut gelang sogar für das Leittier der Herde. Er würde dem Elfen von den anderen Mammuten fort folgen. Tylstyrs brennender Zauberstab und einige Fackelträger würden die anderen Tiere zurückhalten. Wenn Beorn sich solche Tricks erlaubte, warum sollten nicht auch sie es tun? Falls der Zauber gelang, könnten sie die von Irulla fest geknüpften Netze über den betörten Kopfschwänzler werfen. Dafür hatte Phileasson seine Leute in drei Gruppen aufgeteilt. Wenn sich eine zu dumm anstellte, zwängen noch immer zehn Jäger das Mammut zu Boden, wo man es fesseln würde. Einen simplen, aber robusten Lastschlitten hatten sie im Urwald gezimmert. Auf dem Fluss unter dem Gletscher würde er zu einem Floß werden. So wollte Phileasson Beorns Vorsprung aufholen. Am Himmelsturm träfe er als Erster ein!

Er blickte in entschlossene Gesichter und nickte seinen Leuten zu. Sie fächerten in einen Halbkreis auf und folgten der Spur.

Die Tiere erschienen wie weiße Hügel im Nebel. Ihre Schulterhöhe betrug über drei Schritt, und sicher wogen sie wenigstens so viel wie sechs Ochsen. Zwei von ihnen wälzten sich im Schnee, was das leichte Zittern im Boden erklärte, das Phileasson bei ihrer Annäherung für ein Beben gehalten hatte. Die anderen drei standen ruhig, ein Tier witterte mit erhobenem Rüssel.

Erst jetzt wurde Phileasson klar, wie sehr sich ausgewachsene Kopfschwänzler von dem Kalb unterschieden, das Beorn gefangen hatte. Diese Riesen würden noch nicht einmal bemerken, wenn ihre Säulenbeine einen Menschen aus dem Weg träten. Ihre rötlich schimmernden Stoßzähne hatten einen deutlich größeren Durchmesser als die Bolzen des Aals auf der *Seeadler*. Sie könnten ein Schiff versenken, wenn sie unter der Wasseroberfläche durch die Planken rammten. Er musste an den Transport auf der Knorr denken. Selbst wenn es gelang, ein solches Ungetüm zu fangen, würde es jemals auf dem Seeweg Thorwal erreichen?

Phileassons Fäuste fassten das Netz fest. Er wechselte einen Blick mit Ragnor, der ihm grimmig zunickte. Außer den beiden waren noch Ohm Follker und zwei stramme Recken in ihrer Gruppe.

Shaya Lifgundsdottir führte Leomara abseits, während der Elf vorsichtig auf die Kopfschwänzler zuging.

Er brauchte eine Weile, um sich für ein Tier zu entscheiden. Die beiden Mammute, die sich gewälzt hatten, waren schon wieder aufgestanden, als Salarin seinen zweistimmigen Gesang begann. Mit einladend ausgebreiteten Armen näherte er sich einem Tier, das sich ihm zuwandte, dann aber verharrte, wobei es sacht hin und her wiegte wie ein Segel, das sich nach einer Bö noch nicht wieder beruhigt hatte. Es war seltsam, die in ihrer doppelten Harmonie eindeutig nicht menschliche Stimme von jemandem zu hören, der in nivesischer Winterkleidung vor einem durch treibende Nebelfetzen verwaschen erscheinenden Koloss mit weißem Fell und wuchtigen, gebogenen Stoßzähnen stand.

Der Kopfschwänzler schwenkte unentschlossen den Rüssel, bevor er sich auf Salarin zubewegte.

Der Elf ging rückwärts, ohne den Gesang zu unterbrechen.

Die anderen Mammute beobachteten das Geschehen. Noch war es zu früh, die Netze zu werfen. Salarin würde das ausgewählte Tier außer Sicht der anderen führen, bevor sie es überwältigten. Bis dahin würden die Netztrupps die beiden begleiten.

Phileasson atmete tief in die Brust, während er sich Beorns Gesicht vorstellte, wenn dieser erfuhr, was Phileasson seinem kümmerlichen Kalb entgegensetzte. Vielleicht ließ sich der Blender in seiner Selbstsicherheit Zeit, bevor er zum Himmelsturm aufbräche. Phileasson würde seine Leute zur Eile antreiben, damit sie mit diesem Prachtexemplar die Knorren schnell erreichten. Lässig würde er von dem problemlosen Fang berichten und dann gönnerhaft würdigen, dass ein niedliches Kalb ja auch etwas Schönes war. Schon jetzt stieg ein höhnisches Lachen in ihm auf.

Tylstyr entzündete seinen Zauberstab und drohte den nachfolgenden Riesen mit dem Feuer. Tjorne und die anderen aus seiner Gruppe mühten sich, Fackeln zu entzünden, um ihn zu unterstützen. Der feuchte Nebel erschwerte diese Aufgabe, obwohl Shaya und Vascal mit ihren wundersamen Flämmchen halfen, aber bereits Tylstyr allein zeigte Wirkung. Er konnte zwei Kopfschwänzler zurückhalten, was die anderen beiden unschlüssig werden ließ, ob sie bei diesen bleiben oder doch dem von Salarin erwählten folgen sollten.

Der Bulle, der aus der entgegengesetzten Richtung kam, überraschte Phileasson völlig. Alles an ihm war größer, bis auf die Ohren, die vergleichsweise klein wirkten. Die Stoßzähne jedoch wären steuerbord aus der *Seeadler* wieder ausgetreten, hätte er sie backbord hineingerammt, und den Widerrist hätte Phileasson auch dann nicht erreicht, wenn er sich auf Ragnors Schultern gestellt hätte. Das Trompeten des Riesen ließ die Menschen zusammenschrecken und Salarin sein Lied vergessen.

In der folgenden Stille waren Galandels andächtige Worte deutlich zu vernehmen. »Das ist der König des Tals.«

Bewundernd betrachtete Phileasson das Spiel der gewaltigen Muskeln unter dem Fell, besah die fürchterlichen Waffen des Monarchen und das zornige Funkeln der von einer wulstigen Stirn beschatteten Augen. Lag darin eine Herausforderung des Königs des Tals an den zukünftigen König der Meere?

Die anderen Tiere waren vergessen. Es gab nur eines, das ein würdiges Geschenk Phileassons an Garhelt darstellte. Dieser Bulle musste es sein!

Der Koloss warf den Kopf hin und her. Er tastete mit dem Rüssel durch die Luft, sog den Geruch der kleinen Wesen ein, die es wagten, in sein Reich einzudringen und ihn und die Seinen zu belästigen.

Phileasson näherte sich mit seiner Gruppe, das Netz gespannt zwischen den Recken. Salarin schien noch im eigenen Zauber gefangen, seine Aufmerksamkeit galt dem Mammut, das er betört hatte. Die Fackelträger um Tylstyr drängten es jedoch bereits mit den anderen Tieren der Herde zurück. Eichwards Miene kündete von Entschlossenheit, als er seine Gruppe an den Bullen heranführte. Vascal schlug einen Bogen, was verhinderte, dass der Monarch seitlich ausbrach.

Vernünftig wäre gewesen, auf Salarin zu warten, sodass dieser den Bullen mit seinem Zauber lähmen könnte. Aber Phileasson legte nicht Vernunft als alleinigen Maßstab an. Dieser Kopfschwänzler war der Herrscher des Tals. Er verdiente Besseres als eine feige List. Das war Beorns Weg, nicht der seine. Er würde diesen König unter den Kopfschwänzlern in ehrlichem Kampf überwinden und sich so seinen Ruhmestitel verdienen. Ohms Saga sollte die Zuhörer zu ehrfürchtigem Staunen vor mutigen Heldentaten bringen, nicht zu amüsiertem Schmunzeln.

Der Bulle neigte das Haupt, sodass die rötlichen Stoßzähne durch den Schnee pflügten. Akzeptierte er Phileasson als würdigen Gegner?

Als seine Muskeln vor Anspannung zu zittern begannen, brüllte Phileasson seinen Kampfesmut heraus und stürmte vor. Aus dem Augenwinkel sah er, dass auch Eichward losrannte, aber seine Aufmerksamkeit galt den fürchterlichen Waffen des Mammuts.

Der Rüssel peitschte in Ragnors Seite, was diesen gegen Phileasson warf. Nur mit Mühe hielt er sich selbst auf den Beinen, brachte jedoch das Netz über die Stoßzähne.

Als das Mammut den Kopf herumwarf, riss es Phileasson und seinen Trupp mit. Phileasson jubelte. Irullas Netz hielt der urgewaltigen Kraft stand! Die Bewegung ließ es weiter Richtung Kopf rutschen. Wenn sie genug Zug ausübten, könnten sie das Mammut herumreißen! Phileasson hatte einmal mit einem Stier gerungen. Auch diesen warf man am besten um, indem man den Kopf verdrehte.

Natürlich gab sich der König des Tals noch nicht geschlagen. Trompetend warf er das Haupt in den Nacken, was Phileasson von den Füßen riss.

Dies würde ein langer Kampf unter Gleichen werden! Eichward und Vascal mussten jetzt mit ihren Netzen die mächtigen Säulenbeine einfangen, um den Koloss zum Stolpern zu bringen. Eisern klammerte sich Phileasson an das Netz, versuchte, es mit seinem Gewicht herunterzuziehen und damit auch den Kopf Richtung Boden zu zwingen.

Der Bulle wedelte mit den Ohren, dann preschte er vor.

»Salarin!«, rief Phileasson.

Der verträumte Elf stand noch immer ungeschützt herum.

Phileassons Ruf schien ihn nicht zu erreichen. Das Mammut erfasste ihn mit einem Stoßzahn und wirbelte ihn fort. Blut spritzte.

Phileasson konnte nicht erkennen, wie schwer der Elf getroffen war. Der Bulle ging durch und riss seine Netzgruppe mit sich. Hastig sprangen die Fackelträger um Tylstyr aus dem Weg. In donnerndem Galopp schlossen sich die anderen Kopfschwänzler an.

Auf ebener Strecke erreichten die Tiere eine überraschende Geschwindigkeit. Phileasson bezweifelte, dass die Gefährten sie in Eis und Schnee einholen könnten. Zwei Kameraden seiner Gruppe verloren den Halt und blieben zurück. Phileasson griff die Seile so fest, wie er das Ruder in einem Sturm umklammerte. Und tatsächlich hatte die wilde Jagd etwas von einem Orkan. Eiskristalle und raues Mammuthaar peitschten in sein Gesicht, während Phileasson immer wieder gegen die Flanke des Riesen geschleudert wurde, in der stahlharte Muskeln arbeiteten.

Er überlegte, ob es er wagen konnte, eine Hand zu lösen, um sein Schwert zu ziehen. Aber es wäre ihm wie ein Frevel vorgekommen, diesem edlen Tier eine Klinge in die Seite zu rammen. Er freute sich sogar an dessen Stärke, obwohl es ihm hart zusetzte.

Als auch Ragnor abrutschte, erkannte Phileasson, dass der Bulle gewonnen hatte – zumindest für dieses Mal. Nur noch Ohm und er selbst hielten das an den Stoßzähnen hängende Netz, wenn man das über mehrere Hundert Schritt Mitgeschleiftwerden denn als »halten« bezeichnen durfte. Diese Runde ging an den König des Tales.

»Schluss, Ohm!«, brüllte Phileasson. »Lass ihm das Netz!« Aus den Schlingpflanzen im Dschungel würde Irulla rasch ein neues knüpfen.

Die beiden Freunde ließen sich in eine Wehe fallen. Ohm riss Phileasson zur Seite, um ihn aus der Bahn eines nachfolgenden Kopfschwänzlers zu bringen. Dann war die Herde vorbei.

Lachend klopfte Phileasson den Schnee ab. »Mir tun alle Knochen weh! Das war ein Spaß!«

Als sie der ausgetrampelten Fährte zurück folgten, erkannten sie, dass das für Ragnor nicht zutraf. Er lag in einer Lache, die sich dunkelrot im Schnee ausbreitete. Dampf stieg davon auf.

Phileasson und Ohm rannten zu dem Gefährten. Ragnors Brustkorb, sonst tonnenartig gewölbt, war flach und viel zu breit. Phileasson kniete sich in das Blut, das aus Kragen und Ärmeln lief, als wäre die Jacke ein Wasserschlauch, der nur diese rote Flüssigkeit enthielt. Ohm rief nach Hilfe.

Ragnors Kopf war unverletzt, aber Augen und Mund weit aufgerissen. Phileasson griff die Hand des Gefährten. Seinen Gliedern fehlte jede Kraft. Phileasson brachte die eigenen Augen vor Ragnors Nase. Er spürte keinen Luftzug.

Er sah zu Ohm auf. »Der König des Tales hat ihn erwischt«, sagte Phileasson. »Als er gefallen ist, muss ihn eines der Beine zermalmt haben.«

»Ragnor war ein starker Krieger.« Das Zittern in Ohms Stimme strafte die ruhigen Worte Lügen. »Sicher wird Swafnir ihn in sein Gefolge rufen. Dort werden wir ihm wieder begegnen, wenn es gegen Hranngar geht.«

Phileasson drückte die Augen des Toten zu.

Als die anderen eintrafen, berichteten sie, dass Salarin verletzt war, aber lebte. Galandel kümmerte sich um ihn.

Phileasson wehrte Ohm ab, als ihm dieser mit Ragnors Leiche helfen wollte. »Ich war sein Drachenführer.« Er legte sich den schweren Körper quer über die Schultern und stemmte sich hoch. »Ich bringe ihn auch zum großen Wal.«

Tal der Donnerwanderer,
sechster Tag im Goimond

Salarin Trauerweide, Galandel Mutter-der-Schrate und Crottet waren allein im Lager am warmen See. Die anderen bestatteten Ragnor in einer Felshöhle. Der Nivese hatte sich beinahe mit Phileasson gestritten, weil er darauf bestanden hatte, dass jemand die beiden Elfen beschützen müsse, was dem Drachenführer absurd erschien. Jetzt saß Crottet abseits am Ufer unter einer dichten Baumkrone und starrte in die Vulkanasche, die auf die Wellen fiel.

Salarin hätte sich der Beisetzung des Gefährten angeschlossen, aber sein linkes Bein war trotz Galandels Heilzauber noch nicht wieder belastbar. Die Elfe bestand darauf, ihrem Sippenbruder in diesem merkwürdigen Dschungel Gesellschaft zu leisten.

Derzeit war jedoch alles friedlich, wenn auch der Wind so gedreht hatte, dass Vulkanasche auf sie herniederrieselte.

Galandel spielte auf einer beinernen Flöte, in die verschlungene, mit roter und grüner Farbe ausgemalte Verzierungen geschnitzt waren. Ihre Melodie kündete von Abschied und Hoffnung.

»Was bedrückt dich?«, fragte sie, als sie absetzte.

Salarin betastete die Wunde, die der Stoßzahn in seinen Oberschenkel gerissen hatte. Sie blutete nicht mehr, nässte aber noch leicht. Galandels Zauber musste die Harmonie mit seinem Körper finden, um vollständig zu wirken.

»Ich schäme mich, nicht erkannt zu haben, woran Shaya litt«, flüsterte er. »Sie war immer freundlich zu mir, aber als sie mich brauchte, habe ich sie alleingelassen.«

»Sie hat das Pech, besonders empfänglich für den Fluch der Eisigel zu sein. Ich habe noch nie erlebt, dass ein Splitter eine solche Wirkung entfaltet hätte.«

»Ich hätte wissen müssen, dass etwas falsch war. Ich hätte ihr beistehen sollen.«

»Bosheit wohnt den Eisigeln inne. Wir spüren ihre düstere Melodie und halten uns fern. Du konntest gar nicht anders …« Unverwandt sahen ihre grünen Augen ihn an. »Dieses Böse lauert auch im Norden.«

Salarin hätte gern gefragt, ob diese Unheil verheißenden Worte etwas mit ihrem nächsten Ziel zu tun hatten, dem Himmelsturm. Doch er bezähmte seine Neugier. Galandel war seit langer Zeit nur Schneeschrate als Gesellschaft gewohnt. Sie zog sich zurück, wenn er versuchte, sie auszuhorchen.

»Ich bin froh, dich gefunden zu haben, Schwester.« Als er es aussprach, wurde ihm bewusst, wie viel älter Galandel war, obwohl ihre glatte Haut und ihr energisches Auftreten dies verbargen. Er selbst hatte gerade einmal fünfundzwanzig Jahre gesehen. Bei Galandel mussten es wenigstens drei Jahrhunderte sein. Sie zählte die Zeit nicht mehr, hier auf der Insel der Schneeschrate waren die Jahre so bedeutungslos wie bei jenen Elfensippen, die fernab der Menschen lebten. Dennoch hatte Salarin aufgrund der Ereignisse, die Galandel aus persönlichem Erleben bekannt waren, eine ungefähre Vorstellung.

»Bruder gegen Bruder«, murmelte sie, »Schwester gegen Schwester.«

Schweigend sah er sie an. Weder er noch sie kümmerten sich um die herabregnende Asche, deren grauer Überzug nicht nur die Pflanzen um sie herum, sondern auch sie selbst in Stein zu verwandeln schien.

»Du magst deine Götter finden, dort im Norden«, flüsterte sie. »Aber ahnst du, welchem Zorn du begegnen könntest?«

Salarins Herz pochte. Was wusste Galandel von den Ewigen? Offensichtlich meinte sie nicht Travia oder die anderen der

Zwölfe, zu denen die Menschen beteten. Was aber wartete dann im Norden? Durfte er hoffen, etwas über Simia und die Götter der Elfen zu erfahren?

Galandel wischte über seine rechte Schulter und betrachtete das sternförmige Mal. Sie nannte es ein Zeichen der Größe, viele Helden hätten es getragen. Noch so eine alte Geschichte, die man in anderen Teilen der Welt vergessen hatte.

Sie klopfte die Flöte aus und legte die Finger probeweise auf die Löcher. »Es war ein Lied, das uns in den Norden gelockt hat.«

»Spielst du es mir vor?«

»Im Dorf, bei den Hrm Hrm, hast du mir gesagt, unsere Sippe erinnere sich, dass wir aufbrachen, eine Schönheit zu suchen, die vergessen und doch unübertroffen ist.«

»Das stimmt.« So sang es die Goldregenglanzsippe im Salasandra.

»Das ist nicht falsch, und doch ist es so vage, dass es auch nicht mehr richtig ist. Wir waren auf der Suche nach Vergangenem.«

»Nach unseren Göttern?«

»Nein.« Sie lächelte milde. »Aber nach etwas, das mit der Zeit zu tun hat, da das Elfenvolk noch mit Gottheiten sprach.«

»Ich bitte dich, erzähle mir davon!«

»Ich sehe deine Sehnsucht, und sie schmerzt mich. Solcher Eifer führte uns in den Schneesturm, der alle außer mir tötete. Ich weiß noch nicht einmal, ob es vielleicht eben jene Götter waren, nach denen du suchst, die meine Gefährten mordeten.«

»Warum hätten sie das tun sollen?« Das Bildnis, das Salarin von Simia kannte, wirkte erhaben, entrückt vielleicht, aber nicht zornig oder gar bösartig.

»Du hast viele Tage bei den Rosenohren verbracht. Selbst in der kurzen Zeit mit dem Foggwulf wurde mir wieder klar, wie anders sie sind. Ihr Leben ist so rasch vorüber. Sie suchen nicht nach der einen Aufgabe, die es zu erfüllen gilt. Ständig setzen sie sich Ziele und jagen ihnen hinterher, als litten sie an Fieber. Denkst du, ihre Götter ermuntern sie dazu?«

»Das weiß ich nicht. Ingerimm wünscht immerfort neue Meisterstücke der Handwerkskunst, Rondra Heldentaten, und Efferd ist so wandelbar wie Sturm und Wind.«

»Unsere Götter waren anders. Es erzürnte sie, wenn Elfen zu hoch strebten.«

Salarin wagte nicht, eine Frage zu stellen. Er war sich jetzt gewiss, dass Galandel ihm bei seiner Suche weiterhelfen konnte. Zugleich befürchtete er, dass sie ihr Wissen für sich behalten würde, wenn er zu forsch danach verlangte.

»Dieser Skalde, Ohm Follker, hat vom Himmelsturm gesungen. Das Lied, das uns lockte, handelt ebenfalls von Ometheon. Aber die Geschichte ist eine andere.«

»Lehre sie mich! Sonst gehe ich unvorbereitet in die Gefahr.«

»Und wenn ich dich bäte, nicht zu gehen?«

Stumm schüttelte er den Kopf. Wie konnte er jetzt noch zurück, da er hoffen durfte, mehr über die Götter zu erfahren, nach denen er sich sein Leben lang sehnte?

Galandel hob die Flöte an die Lippen. Die Geschichte, die sie erzählte, bestand nicht ausschließlich aus den Worten, die sie sprach, wenn sie das Instrument absetzte. Ebenso klang die Botschaft in der Melodie, ihren zu Beginn hoffnungsfrohen, dann schrillen, am Ende dumpf klagenden Tönen.

Wie Ohm berichtete Galandel von einem alten Volk. In ihrem Lied war jedoch keine Rede davon, dass es einen Tempel gebaut und damit den Göttern ein Tor nach Aventurien geöffnet habe. Vielmehr maßte es sich an, den Ewigen gleich zu sein. Dieses alte Volk sah sich nicht mehr als Teil der Natur, sondern als deren Herrscher. Zum Beweis errichtete es eine Stadt, so hoch im Norden, dass dort der Atem gefror. Damit nicht genug, baute es die Stadt, Ometheon, als einen Turm, der in den Himmel stach, den Ewigen entgegen.

Die Götter schickten einen Boten, der die Eitelkeit des alten Volkes ausnutzte. Er trug Zwietracht in seine Reihen, die zu großem Unglück führte.

»Bruder gegen Bruder, Schwester gegen Schwester«, wiederholte Galandel, was sie geflüstert hatte.

Alle fielen übereinander her. Nur eine kleine Schar entkam dem Gemetzel. »Und diese wenigen«, beschloss Galandel ihre Erzählung, »sind unsere Vorfahren. Von ihnen stammen nicht nur die Firnelfen ab, die im ewigen Eis geblieben sind, sondern auch die Auelfen. Sie sind die Ahnen der Goldregenglanzsippe. Deswegen machten wir uns auf, Ometheon zu suchen, den Himmelsturm, wo alles seinen Anfang nahm.«

»Aber wie wolltet ihr ihn in diesem endlosen Weiß finden?«

Sie lächelte traurig. »Darüber schweigt also das Salasandra?«

»Man singt nur davon, wie ihr aufgebrochen und dass ihr niemals zurückgekehrt seid.«

»Du weißt, dass Simia nicht der einzige Gott der Elfen war?«

»Natürlich. Zerzal, die den Tod bringt, wurde ebenso verehrt wie Nurti, die Göttin des Lebens.«

»Und Nurti weinte eine Träne, die zu einem Juwel gerann. Es glänzt wie Bernstein, und es weist jenen den Weg, die nach dem Himmelsturm suchen.«

Salarin brauchte einen Moment, bis er begriff. »Du besitzt diesen Edelstein!«

Sie nickte. »Ich habe ihn nicht bei mir. Nurtis Träne ist sicher im Dorf verwahrt.«

Salarin lachte auf. All dieser Firlefanz, mit dem sie sich behängte, Federn, Steine, Haarbüschel! Und dabei besaß Galandel ein Artefakt göttlichen Ursprungs. Mehr noch: etwas, das von den Göttern der Elfen zeugte, zu denen man vor jenen der Menschen gebetet hatte!

»Und wir haben uns gefragt, wie wir unser Ziel finden sollen!«, rief er.

»Vielleicht werde ich euch dabei helfen.« Galandel hob die Flöte wieder an ihre Lippen.

Tal der Donnerwanderer,
achter Tag im Goimond

Das Schwierigste am neuen Plan war gewesen, Irulla und Vascal della Rescati zusammenzubringen. Sie hegten zwar keine Abneigung gegeneinander, aber die Waldmenschenfrau zog es immer wieder zu den Spinnen und anderem Getier in den Dschungel, während der Nandusgeweihte zu schöngeistigen Betrachtungen neigte. In seiner Faszination über die rot schimmernden Stoßzähne der zweizahnigen Kopfschwänzler erzählte er den wenigen, die es hören wollten, und den vielen, die es nicht interessierte, von der sensationellen Wirkung dieser Entdeckung auf die Klassifikation der Tierwelt, wie man sie in Kuslik lehrte.

Sie waren erst vorangekommen, als Asleif Phileasson ihnen angedroht hatte, sie von Shayas köstlichem Abendessen auszuschließen, wenn sie bis dahin keinen Plan entwickelt hätten. Da der Alligatorbraten zugleich der Leichenschmaus für Ragnor war, gab sich die Geweihte besondere Mühe.

Phileasson hätte sich gern erneut mit dem riesenhaften Bullen gemessen, aber nach einem Tag erfolgloser Suche gab er sich mit einem anderen Tier zufrieden. Sie stießen auf zwei Mammute, die das Buschwerk nahe einem Geysir abweideten.

Phileasson beobachtete seine Leute, als sie sich gegen die leichte Brise anschlichen, die den Nebel weitgehend aus dem Tal trieb. Er merkte sich, wem Ragnors Unglück besonders zu schaffen machte, und beschloss, diejenigen nicht mit zum Himmelsturm zu nehmen. Dass der Tod auf jeder Abenteuerfahrt mitruderte, war eine harte Wahrheit. Diese Reise mochte noch viele Opfer fordern. Selbst Arjolf war weniger weit nach Norden gereist, als sie sich vorwagen würden, um dem Himmelsturm seine Geheimnisse zu entreißen.

Phileasson drängte die Gedanken an Ragnor zurück und beorderte die Werfer nach vorn. Vascals Vorschlag folgend, schleuderten sie die von Irulla präparierten Früchte zwischen die Büsche. Sie hatte an Kürbisse erinnernde Gewächse ausgehöhlt und mit Beeren gefüllt, an denen sich gestern Abend Gesgard und drei weitere Recken berauscht hatten, die das Premer Feuer der Knorren vermissten. Ohm Follker behauptete, er habe Irulla inmitten eines Teppichs wuselnder Spinnen gesehen, denen sie ihr Gift abgezapft habe. Phileasson hatte ihn gebeten, nicht darüber zu sprechen. Solche Geschichten konnten das Misstrauen verstärken, das gegenüber der Waldmenschenfrau schwelte.

Einer der Kopfschwänzler schnüffelte an den Früchten und fand sie verlockend genug, um mit dem Rüssel nach ihnen zu angeln und sie in sein Maul zu stopfen.

Phileasson verteilte die Netztrupps in einem Halbkreis.

Als das zweite Tier neugierig wurde, was sein Artgenosse da mit so viel Genuss verspeiste, und sich nun ebenfalls an dem Mahl bediente, warf Phileasson Irulla einen fragenden Blick zu.

»Wird es für beide reichen?«, zischte er zu ihr hinüber.

Ihr Gesicht blieb unbewegt. »Es wird sie nicht töten.«

»Das wäre auch schlecht. Aber ist die Menge groß genug, um sie zu betäuben?«

»Das weiß ich nicht.«

»Was soll das heißen?«

»Ein Mensch würde auch nach einem Viertel der Menge ewig schlafen, aber einen Kopfschwänzler habe ich noch nie gejagt.«

Missmutig starrte Phileasson zu den weißen Kolossen hinüber. Derjenige, der zuerst gefressen hatte, schwankte wie ein Ast im Wind, bei dem anderen zeigte sich keine Wirkung.

Als die Früchte verspeist waren, stapften die Tiere nach Nordwesten davon. Die Bewegung ihrer Rüssel erschien Phileasson wie ein höhnisches Winken.

»Also gut«, knurrte er. »Dann sind wieder Muskeln gefragt.«

Er zeigte auf das Mammut, das in einem schlingernden Gang wankte. »Das ist unsere Beute!«, rief er seiner Mannschaft zu. »Die Fackelträger vertreiben das andere!«

Wieder beobachtete er, wer entschlossen vorwärtsstürmte und wer sich zurückhielt. Eichwards Trupp war am schnellsten und warf zuerst das Netz um die Vorderbeine des Tiers.

Trompetend warf das Mammut den Kopf herum, als es sich in den Seilen verhedderte.

Der Trupp umklammerte das Netz, damit es sich nicht befreien konnte. Eichward aber packte einen Stoßzahn und riss mit seiner ganzen Kraft daran, als sei er ein Riemen, der gegen einen Brecher gerudert werden musste.

Phileasson erreichte das halb betäubte, unter Eichwards Attacke wankende Tier. »Hoch zielen!«, forderte er.

Ihr Netz wickelte sich um den Kopf. Es saß nicht perfekt, mochte aber reichen, solange das Mammut nicht seinen Rüssel einsetzte, um es loszuwerden.

Unter Tylstyrs Führung verscheuchten die Fackelträger den zweiten Kopfschwänzler.

Phileasson rannte mit seinem Trupp auf Eichwards Seite, wo er dem Hünen half, den Kopf so weit herumzuziehen, dass das Tier aus dem Gleichgewicht geriet und stürzte. Das Netz drohte abzurutschen, verfing sich dann aber an den Stoßzähnen.

»Vorsicht!«, rief Phileasson, als der Koloss tatsächlich kippte.

Die Jäger sprangen in Sicherheit.

Donnernd schlug der schwere Leib in den Schnee.

»Seile!«, forderte er. »Sofort fesseln!«

Erst als die Beine zusammengebunden und die Stoßzähne fixiert waren, wich Phileassons Anspannung dem Stolz. Er betrachtete seine Beute. Sie war deutlich größer als Beorns Kalb.

8 DIE ZWEITE AUFGABE

Insel der Schneeschrate,
neunter Tag im Goimond

Salarin Trauerweides Gesang beruhigte den zweizahnigen Kopfschwänzler, der noch während des Abseilens wild trompetet hatte. Die zwanzig Mannschaftsmitglieder, die mit Phileasson im Tal der Donnerwanderer gewesen waren, hatten ihn in einem von Irulla geknüpften Netz vom Tunnel aus vor dem rauschenden Wasserfall abgelassen. Mithilfe von Spannleinen hatten die zehn, die bei Schlitten und Eisseglern zurückgeblieben waren, die schwere Last fort von dem geschmolzenen Halbkreis auf das Packeis gezogen. Unter dem Gewicht war der Grund dennoch eingebrochen, aber das Tier hatte sich als guter Schwimmer erwiesen und wiegte sich jetzt friedlich neben dem singenden Elfen.

Auch der Schlitten, auf dem sie das Mammut transportiert hatten, stand nun wohlbehalten auf dem Eis. Irulla deponierte die Säcke mit den Blättern, die das Tier auf der Fahrt zu den Knorren ruhig halten sollten, auf dem Fahrzeug. Die nivesischen Hundeführer bestätigten jedoch die Bedenken, die Crottet bereits geäußert hatte.

»Wir haben zu wenige Firnläufer«, fasste der Gefährte die Beratung zusammen. »Allein können sie das Mammut nicht ziehen.

Und selbst wenn – wie sollten wir die anderen Schlitten mitkriegen? Ohne Ausrüstung schafft es niemand zurück zu den Knorren.«

Zweifellos wären Phileassons Leute mehrere Tage unterwegs. Zwar kannten sie jetzt den Weg, aber auf dem Eis verlor man leicht die Richtung, und die Spalte, die sie so viel Zeit gekostet hatte, mochte inzwischen noch weiter aufgerissen sein.

»Na ja«, brummte Asleif Phileasson. »Wenn es Beorn ebenso ergeht, treffen wir ihn vielleicht bei den Schiffen. Dann lachen wir über sein dummes Gesicht, wenn er sieht, wie groß unser Kopfschwänzler ist.« Dass es Beorn mit dem Kalb erheblich einfacher hätte, die Strecke zurückzulegen, ließ er unerwähnt.

Als alle anstehenden Arbeiten erledigt waren, sammelte sich die Ottajasko um Phileasson. Die Sonne stand niedrig über dem Horizont, aber da sie hier langsam sank, hätten sie noch zwei Stunden Tageslicht. Die Schlitten und die Eissegler, inzwischen verstärkt um ein instand gesetztes Fahrzeug, standen in einem Kreis, die Hunde warteten darauf, angeschirrt zu werden. Es war an der Zeit, dass der Drachenführer verkündete, wie es weiterginge.

»Wir haben unsere erste Aufgabe gelöst!«, rief Phileasson.

Shayas Bestätigung ging im Jubel und den »Das wohl!«-Rufen unter.

»Ich danke euch, dass ihr mir bis hierher gefolgt seid. Ragnors Schicksal mahnt uns, welche Gefahren auf der langen Reise noch vor uns liegen mögen.«

Jenen Gefährten, die vor dem Wasserfall gewartet hatten, sah man die Trauer besonders deutlich an, hatten sie doch gerade erst von dem Unfall auf der Mammutjagd erfahren.

»Ich glaube, dass es bei der Suche nach dem Himmelsturm vor allem auf Geschwindigkeit ankommt. Galandel Mutter-der-Schrate hat mir von einem Artefakt berichtet, das uns den Weg weisen kann. Das verschafft uns einen Vorteil gegenüber Beorn.«

Phileassons erhobene Hand erstickte das erfreute Gemurmel. »Aus diesem Grund werden wir nur mit Eisseglern fahren. Obwohl es so aussieht, dass wir gemeinsam zu den Knorren zurückkehren müssen, um den Kopfschwänzler abzuliefern, will ich jetzt schon verkünden, wer mich danach begleiten wird.« Er hatte bereits mit jedem seiner Erwählten gesprochen, sodass er sich deren Zustimmung sicher war.

»Könnten meine Schneeschrate helfen, die Schlitten zu ziehen?«, mischte sich Galandel ein.

»Das wäre in der Tat eine große Hilfe!«, rief Phileasson, den der Vorschlag überraschte.

Zufällig stand die Elfe neben Shaya. Von der geringen Körpergröße her hätten die beiden Zwillingsschwestern sein können, auch wenn das Sonnenlicht in Galandels Haar weiß glänzte, während das von Shaya kupfern glühte.

»Ich bin sicher, dass sich einige finden, die deine Leute nach dem Abschiedsfest begleiten, wenn ich sie darum bitte.«

Immer wieder fragte sich Phileasson, wie viele Tage Beorns Vorsprung wohl betrug und wie sie aufholen könnten. Zwar betonte Shaya stets, dass die Zeit unwichtig war, solange sie die gesamte Reise binnen achtzig Wochen vollendeten, aber es nagte an Phileassons Stolz, Zweiter zu sein. Galandel hatte ihm erklärt, dass sie Nurtis Träne zu einem lange verlassenen Heiligtum an der Nordspitze der Insel bringen mussten, um den entscheidenden Fingerzeig zum Himmelsturm zu erhalten. Wenn sie sofort aufbrächen …

»Die Gastfreundschaft der Hrm Hrm ist uns in bester Erinnerung«, log Phileasson und versuchte, nicht an das eiskalte Mastodontenhirn und das handwarme Blut zu denken, das dazu gereicht wurde. »Aber wir sind in Eile. Wären die Schneeschrate beleidigt, wenn wir die Einladung zum Festessen ausschlügen?«

Er sah die Hoffnung auf den Gesichtern seiner Mannschaft.

»Nach so langer Zeit wäre ein überhasteter Abschied unverzeihlich.«

»Welche lange Zeit?«, fragte Phileasson. »Wir kennen die Hrm Hrm doch kaum.«

»Ihr nicht. Aber ich habe lange bei ihnen gelebt. Jahrhunderte, wie Salarin mir versichert.«

Phileasson stutzte. »Du willst uns begleiten?«

»Ich werde nicht zulassen, dass mein Sippenbruder im Eis verloren geht. Daher habe ich mich entschlossen, auf ihn aufzupassen.«

Da die Elfe dabei weder ihn noch sonst jemanden ansah, sondern auf den Boden starrte, vermutete Phileasson, dass dies zumindest nicht die ganze Wahrheit war. Galandel hatte einen weiteren Grund, mit ihnen zum Himmelsturm zu kommen.

»Du bist uns willkommen«, sagte er dennoch. »Aber dir muss klar sein, dass wir eine Ottajasko sind. Es gibt nur einen Drachenführer, und seine Entscheidungen gelten für alle.«

»Ich habe gesehen, dass dir am Wohl jener liegt, die sich dir anvertraut haben.«

»Also bist du mit dieser Bedingung einverstanden?«

Sie nickte. »Ich will behandelt werden wie alle anderen.«

»Dann sei es so.« Er hob die Stimme. »Wir werden uns also von unseren Freunden, den Hrm Hrm, verabschieden.«

Säuerliche Mienen blickten ihm entgegen.

»Danach werden wir mit zwei Eisseglern zum Himmelsturm aufbrechen. So sind wir am schnellsten, können uns aber gegenseitig helfen, falls ein Fahrzeug Schaden nehmen sollte. Wir haben jedoch nur Platz für zwölf, der Rest wird Sorge tragen, dass der zweizahnige Kopfschwänzler wohlbehalten die Knorren erreicht. Bis wir dort sind, bessert ihr die *Seeadler* aus und macht sie bereit für die Weiterreise.«

Swafnild nickte ernst.

Phileasson lächelte breit. »Und grüßt mir den Blender, wenn er damit fertig ist, mit den Zähnen zu knirschen!«

Seine Leute johlten.

Phileasson wurde wieder ernst. »Galandel wird mich begleiten, ebenso Shaya, die sich überzeugen wird, dass wir auch die nächste Aufgabe ehrenvoll lösen. Und natürlich braucht Ohm Follker die eigene Anschauung, um die Saga dieses Abenteuers zu dichten.«

»Das wohl!«, stimmte sein Freund zu.

»Tylstyr und Tjorne, ihr habt einen Weg gefunden, als die Eisberge die *Seeadler* eingeschlossen haben. Ich freue mich, dass ihr dabei seid.«

Die beiden nickten.

»Irulla – wirst du eine Weile ohne Spinnen auskommen?«

»Wo ich bin, ist auch eine Spinne«, gab sie dunkel zurück. »Ich folge dir zu dem Turm, wo der alte Tod schläft. Wenn du dort stirbst, will ich deine Hand halten.«

Phileasson sah den Nivesen an. »Es ist gut, dass Galandel uns mit ihrem Wissen um das ewige Eis beisteht. Aber sie kann nur in einem Segler sein. Crottet, wirst du den anderen steuern?«

Der Nivese stimmte zu. An den Lagerfeuern seines Volkes erzählte man sich eine gänzlich andere Geschichte vom Himmelsturm. Er galt als die Leiter, über die die Wölfin Liska zum Mond emporgestiegen war, wo sie ihre toten Welpen zur Ruhe gebettet hatte.

»Die Saga kündet von Wächtern, die am Himmelsturm bereitstehen. Wir wollen ihnen nichts Böses, aber sie sollten auch nicht vermuten, dass wir leichte Gegner wären. Eichward vom Stein, ist dein Schwert stark genug für diese Aufgabe?«

»Geschmiedet aus Isenborner Stahl«, grollte der Ritter. »Und ich will es weiter für dich schwingen. Auf dieser Fahrt finde ich die Ehre, die ich im sinnlosen Schlachten in den Wäldern meiner Heimat vergeblich suchte.«

»Welche Gefahr uns auch erwartet – ohne Schrammen wird es kaum abgehen. Salarin, deine Heilkunst könnte wieder vonnöten sein.«

Der Elf wechselte einen Blick mit Galandel. »Ich werde mit euch kommen.«

Was war zwischen den Spitzohren? Nur ein besonderes Verständnis, weil beide lange nicht mehr auf einen Angehörigen ihres Volks getroffen waren?

Das ging Phileasson nichts an. Er sah zu Vascal della Rescati.

»Dein Gott erleichtert uns die Verständigung mit Fremden, denen wir begegnen mögen.«

»So es Nandus gefällt.«

Aus dem Augenwinkel sah Phileasson, wie sich Ohm Follker unwillig abwandte.

»Auch erhoffe ich mir, dass deine Lust, dich an Rätseln zu versuchen, und dein Wissen uns helfen werden, das Geheimnis des Himmelsturms zu lösen. Ich will dich dabeihaben, bitte dich aber zu überdenken, ob Leomara in Thorwal sicherer wäre. Sie könnte mit dem Kopfschwänzler zurückreisen. Ich habe genug Freunde, die sie gern in ihren Langhäusern aufnehmen werden. Mit deren Kindern könnte sie spielen, statt auf eine Reise zu gehen, die selbst für gestandene Recken gefahrvoll ist.«

»Ich werde diese Sache nicht verhandeln«, gab Vascal zurück. »Leomara und ich bleiben zusammen.«

»Auch, wenn es in große Gefahr geht?«

»Ihre eigenen Eltern waren die größte Gefahr, der Leomara bislang ausgesetzt war. Verzeih mir, aber nach allem, was geschehen ist, werde ich sie keiner fremden Familie anvertrauen.«

Phileasson nickte. »Dann soll es so sein.« Er hatte ein mulmiges Gefühl, weil er sich dabei ertappte, dass er froh um die Begleitung des Mädchens war. Ihre Visionen hatten in Olport Ragnor gerettet, und wenn sie das Kind in der Eiswüste ernster genommen hätten, wäre die Gefahr durch die Eisigel nicht so lange verborgen geblieben. Wenn sich Phileasson nicht täuschte, würde ihr nächstes Ziel auch Gefahren bereithalten, denen man nicht allein mit Axt und Schwert beikäme.

Insel der Schneeschrate,
zwölfter Tag im Goimond

Auf den letzten Stufen der verwitterten Treppe drehte sich Galandel Mutter-der-Schrate zu Salarin Trauerweide um. »Du wolltest unsere Götter sehen«, sagte sie. »Jetzt wirst du sie sehen.«

Salarin wandte den Blick von dem Plateau ab, zu dem sie aufstiegen. Die Blendschutzbrille hatte er bereits abgenommen, als er aus dem Eissegler gestiegen war. Die Treppe führte steil um eine dreißig Schritt hohe Felsnadel herum, die nördlich der Insel der Schneeschrate aus dem Eis ragte. Eigentlich hätte es hier oben windig sein sollen, aber die Welt schien den Atem anzuhalten. Die Sonne war gerade versunken. Noch war der westliche Horizont so hell, dass man dort keine Sterne sah, obwohl sie im Osten bereits in der Dunkelheit glänzten.

»Geht dir die Puste aus, Spitzohr?«, neckte Eichward.

Salarin ignorierte ihn und tat die letzten Schritte auf das Plateau.

Vier lebensgroße Statuen standen in der Dämmerung. Sie bildeten einen Halbkreis um einen grauen Altarstein, in dessen Mitte eine flache Mulde eingearbeitet war.

Sofort erkannte Salarin, dass diese Bildnisse vier der alten Elfengötter darstellten, auch wenn sich Simia nicht unter ihnen fand. Sein Mund wurde trocken.

Im Westen hob sich eine luchsköpfige Frau aus schwarzem Stein gegen den Himmel ab. Ihre krallenbewehrte Rechte schien etwas Unsichtbares zu halten, vielleicht einen auf den Boden gestützten Speer, dessen Holz Wind und Kälte zum Opfer gefallen war. In ihrer dunklen Härte konnte dies nur eine Statue Zerzals sein, der Göttin, die den Tod brachte. Allein ein farbloser, in vielen Facetten geschliffener Edelstein, den der Bildhauer in die Brust eingelassen hatte, erschien wie das Nachwehen einer verzweifelten Hoffnung.

Widerstrebend trat Salarin auf die Statuen zu, um den nachfolgenden Gefährten Platz zu machen. Gern hätte er zunächst einige Stunden der Melodie dieses uralten Ortes gelauscht.

Neben Zerzal im Südwesten stand ein Drache aus rotem Stein. Seine vier Füße berührten einander, den geschuppten Schwanz legte er darum, als wäre dieser eine Schlange, die sich einrollte. Die flache Stirn zog sich in einer Platte über die Augen, die dadurch in tiefem Schatten lagen. »Pyr'Dakon«, flüsterte Salarin.

»Stimmt es, dass dieser Gott für vier Elemente steht?«, fragte Vascal della Rescati.

Offenbar verkannte er die Heiligkeit der Stätte und sah sie nur als Objekt seiner Studien. Wobei Heiligkeit und Wissensdurst für einen Nandusgeweihten wohl eng beieinanderlagen.

»Feuer, Wasser, Luft und Erde?«, plapperte Vascal weiter. »Nur vier Elemente? Das wäre nämlich interessant, wo die Studien der Magier doch von derer sechs ausgehen. Feuer, Wasser und Luft sind beiden Vorstellungen gemein, doch die Erde fehlt. Stattdessen kennt man Erz, Eis und Humus. Was meinst du dazu, geschätzter Tylstyr?«

Salarin war froh, als die beiden ihre Spekulationen mit gedämpfter Lautstärke fortsetzten. Er blickte zur dritten Statue.

»Wer ist das?«, fragte er Galandel flüsternd.

Das Bildnis zeigte eine Elfe mit verbundenen Augen. In einer Hand hielt sie ein Füllhorn, aus dem Trauben quollen, in der anderen ein Schwert.

»Du kennst sie nicht?«, fragte Galandel zurück.

Beschämt schwieg er.

»Dann singt die Goldregenglanzsippe wohl nicht mehr von Orima«, sagte Galandel. »Blind teilt sie jedem sein Schicksal zu, die Freude und den Schmerz.«

Bislang hatte Salarin vermieden, die am weitesten östlich stehende Statue genauer zu betrachten, weil er schon auf den ersten Blick bemerkt hatte, dass sie sich grundsätzlich von den anderen drei unterschied. Auch bei ihr war ein klarer Edelstein eingearbeitet, aber hier hatte der Künstler ihn nicht wie bei Zerzal, Pyr'Dakon und Orima mittig, sondern an der rechten Schulter platziert. Die Frau betrachtete eine Kugel, die sie mit beiden Händen hielt.

Wirklich merkwürdig aber war das Gewand. Es bestand aus dem gleichen mondsilberfarbenen Gestein wie der Rest der Statue, aber Salarin konnte dabei zusehen, wie sich sein Schnitt änderte. Als er das Plateau betreten hatte, war es noch knöchellang gewesen. Jetzt reichte es links bis zur Wade, während es rechts das Knie entblößte. Auch der Ausschnitt wurde tiefer.

»Ich sehe, dass du Nurti erkennst«, stellte Galandel fest.

Stumm nickte Salarin. In der Elfensprache war der Name dieser Göttin noch immer häufig in Gebrauch, auch wenn die Zeit ihn leicht verändert hatte. Nurdra, der Gedanke des Lebens. So wie Zerzal, die Luchsköpfige, zu Zerza geworden war, Tod und Verwehen.

»Du wirst feststellen, dass sich auch ihr Gesicht verändert«, flüsterte Galandel.

Während Tylstyr und Vascal miteinander tuschelten, war Asleif Phileasson von der Erhabenheit des Ortes ergriffen. Stumm kniete er sich vor den Altar und legte einen goldenen Armreif darauf ab.

»Wir sind Fremde in diesem Land«, sagte er halblaut. »Demütig erbitten wir den Schutz des Gastrechtes. Nehmt meine Gabe als Ausgleich für die Unruhe, die unsere Suche in euer Reich tragen mag.«

Shaya betrachtete das Gebet mit Wohlwollen, obwohl sie einer anderen Göttin diente. In diesem Moment fühlte sich Salarin ihr verbunden wie nie zuvor. Er war glücklich, weil sie den Eisigel letztlich gefunden und entfernt hatten und die Wunde vollständig verheilt war.

Crottet schien die alte Macht, die an diesem Ort spürbar war, nicht geheuer zu sein. Furchtsam blickte er sich um.

Auch Ohm Follkers Gesicht zeigte Missmut. Der Skalde zog den Umhang eng um die Schultern, hielt sich abseits, so weit das Plateau dies gestattete, und stampfte mit den Füßen, als wäre ihm besonders kalt.

Leomara schwankte.

Salarin sprang zu ihr und fing sie auf. »Was ist mit dir?«

Vascal eilte herbei.

»In meinem Kopf hat sich alles gedreht«, sagte das Mädchen. »Aber jetzt geht es schon wieder.«

»Was hast du?«, fragte Vascal.

Leomara löste sich aus Salarins Armen. Ihre Knie zitterten,

aber sie hielt sich auf den Beinen. »Hier fließt …« Sie runzelte die Stirn.

»Was fließt hier?«, wollte Vascal wissen. »Hörst du etwas?«

Die Gefährten bildeten einen Kreis um sie.

Leomara schüttelte den Kopf. »Nein. Es ist warm. Aber nicht richtig. Hier ist es natürlich sehr kalt. Aber in mir drin, da …« Ihre kleinen Hände fuhren durch die Luft, als wollte sie etwas greifen, das sie mit den Fäustlingen nicht zu fassen bekam. »Wie ein Fluss aus Wärme.«

Vascal sah sich um, aber niemand wusste zu sagen, auf welches Phänomen Leomara stieß.

»Dies ist sicher ein besonderer Ort«, sagte Vascal vorsichtig. »Wenn dir wieder schwindelig wird oder du Schmerzen hast oder etwas bemerkst, sagst du mir sofort Bescheid, ja?«

Gehorsam nickte das Mädchen.

»Es ist spät«, verkündete Galandel. »Wir müssen auf die Sonne warten.«

»Dann werden wir hier oben lagern«, beschloss Phileasson. »Bei den Göttern der Elfen.«

Ohm und Crottet fügten sich schweigend, obwohl ihnen dieser Beschluss offensichtlich missfiel. Auch Tjorne fand die Bildnisse unheimlich.

Tylstyr dagegen untersuchte die Nurtistatue mit seinen Zaubern. Nach einer Weile war er sich sicher, dass jahrtausendealte Elfenmagie in ihr wirkte. Das war Salarin schon beim ersten Anblick klar gewesen. Inzwischen war es das Bildnis einer jungen Elfe, obwohl bei ihrer Ankunft eine gereifte Frau in die Kugel zwischen den steinernen Händen geschaut hatte. Auch die Farbe des Steines wandelte sich. Im Licht ihrer beiden Laternen schimmerte er jetzt grün.

Salarin meldete sich freiwillig, um die Nacht durchzuwachen.

An diesem Ort, wo er endlich ein Zeugnis der Götter gefunden hatte, konnte er unmöglich schlafen. Als sich die anderen in ihre Decken gewickelt hatten, löschte er die Lampen und betrachtete die Statuen im Sternenlicht.

Noch immer herrschte Windstille, als scheue sich die Welt, Salarins Betrachtung zu stören.

Galandel stand lange an der Kante des Plateaus, am nördlichsten Punkt der runden Fläche, und sah hinaus über die schimmernde Eiswüste. Die Sterne waren ein gutes Stück weitergewandert, als sie zu Salarin kam.

»Ich habe Angst«, sagte sie.

Fragend sah er sie an.

Da sie nicht antwortete, wandte er sich wieder den Statuen zu.

Galandel zog den Beutel, den sie an einer Lederschnur um den Hals trug, unter ihrer Felljacke hervor. Vorsichtig holte sie Nurtis Träne heraus. Als Galandel ihm den fingerlangen Edelstein im Sonnenlicht gezeigt hatte, war seine Farbe ähnlich der von Bernstein gewesen. Im blassen Sternenlicht schimmerte er grau.

»Ich bin oft hierhergekommen«, flüsterte sie. »Einmal habe ich Nurtis Träne sogar in die Kuhle auf dem Altar gelegt. Nachts. Bevor der Morgen dämmerte, habe ich sie wieder fortgenommen.«

Stumm nickte Salarin.

»Als wir in den Norden kamen, waren wir überzeugt, etwas zu tun, das die Schönheit der Welt mehren würde. Stattdessen starben alle.«

»Außer dir.«

»Außer mir. Und ich frage mich, warum ausgerechnet ich damals nicht im Schneesturm umkam. Manchmal überlege ich sogar, ob die hier«, sie zeigte auf die Statuen, »vielleicht wirklich mehr sind als Bildnisse aus Stein. Ob sich die Götter noch für uns interessieren. Ob sie etwas von mir wollen. Aber warum hätten sie die anderen sterben lassen sollen? Sind sie tatsächlich so grausam, dass sie jene töten, die in ihren Augen unwürdig sind?«

»So wie in dem Lied vom Himmelsturm«, warf Salarin ein.

»Und selbst wenn die Götter nichts damit zu tun haben ... Jeder Elf hat ein Schicksal, das er erfüllen soll. Ein Funken des Lichts, aus dem wir alle kamen, und der aufleuchtet, wenn man seine Bestimmung erreicht. Aber wenn der Himmelsturm mein Schicksal ist – was erwartet mich dann danach?«

»Dich ängstigt das Unbekannte.«

Galandel lächelte. »Eigentlich nicht. Aber diese große Leere, die mich erwarten könnte ...«

Selbst durch die dicke Kleidung sah Salarin, wie sie schauderte.

Er zeigte auf die Bildnisse. »Danke, dass du mich an diesen Ort geführt hast.«

»Hast du nun das Ziel deiner Suche erreicht?«

»Nie war ich unseren Göttern so nah wie jetzt.« Nachdenklich hielt er inne. »Ich bin glücklich, aber ich bin noch nicht dort, wohin ich gehen muss. Die Götter gehören zu meinem Schicksal, aber sie *sind* nicht mein Schicksal. Sie gleichen einem Ast, der zu einem Baum gehört.«

»Folge dem Ast, und du findest den Stamm.«

»Das werde ich.« Er blickte nach Norden, wie Galandel es getan hatte. Irgendwo dort lag Ometheon, der Himmelsturm. Wäre dieser ein weiterer Schritt auf seinem Weg?

Salarin legte den Kopf in den Nacken und betrachtete die Sterne. Warum dachte er ausgerechnet jetzt an die drohende Leere, die zwischen den Bildern prangte, die die Menschen ihren Göttern Rahja und Praios zuschrieben? An jenes namenlose Grauen, das den Sternenwall zerriss?

Lange wachten sie schweigend.

Als der Osthimmel heller wurde, erregte eine Bewegung Salarins Aufmerksamkeit. Leomara setzte sich kerzengerade auf.

Die Elfen gingen zu ihr. »Was ist, Kleines?«, fragte Galandel.

»Ich bin hier, und doch bin ich nicht hier«, sagte Leomara mit der dunklen Stimme, die von einer Vision kündete. *»Ich sitze auf der zerklüfteten Spitze dieser Felsnadel. Lange, lange Zeit. Das Eis kommt und geht, die Wellen des Meeres schlagen gegen den Stein. Stürme ziehen über mich hinweg, und Frost sprengt tiefe Narben.«*

Salarin rüttelte Vascal aus dem Schlaf. Galandel weckte die anderen und mahnte sie zur Ruhe, damit ihnen kein Wort entginge.

»Gestalten besuchen mich. Ich kann sie nicht erkennen, ihre Züge sind verschwommen. Mit bloßen Händen glätten sie den Stein, schaffen eine ebene Fläche. Sie formen die Bildnisse der Götter und den Altar.«

Mit ruhigen, aber kraftvollen Bewegungen befreite sich Leomara aus den Decken und stand auf.

»Während sie verblassen, setzen die Gestalten die Juwelen in die Bildnisse ein. Ein kleiner Edelstein leuchtet golden auf dem Altar.«

Mit starrem Blick strich Leomara über die Einbuchtung. Wegen der kurzen Kinderarme erreichte sie nur ihren Rand.

»Blitze zucken über das Plateau. Immer wieder, wie in einem Gewitter. Die Sonne steigt und sinkt schneller als eine Scheibe, die sich zwei Maraskaner zuwerfen.«

Vascal folgte Leomara an den Rand des Plateaus. Er umfasste ihre Hüfte, um sie vor einem Sturz in den Abgrund zu bewahren. Sie beugte sich vor und sah die Steilwand hinunter.

»Dort ankert ein prächtiges Schiff. Eine geflügelte Sonne leuchtet auf seinen Segeln.«

Überrascht schrie Tylstyr auf.

Salarin beachtete den Magier nicht. Gebannt beobachtete er, wie Leomara zurück zum Altar ging.

»Der Frau stehen Tränen in den Augen.« Das Mädchen hob eine Hand, als wollte es einer größeren Person über die Wange streichen. *»Sie nimmt den Edelstein fort.«*

Für fünf Herzschläge stand Leomara so unbewegt, als sei sie selbst eine Statue.

»Es ist vorbei«, verkündete sie dann.

Vascal fing sie auf, als ihr Leib erschlaffte.

»Kennst du das Symbol der geflügelten Sonne?«, fragte Phileasson an Tylstyr gewandt.

Der Magier sah hinaus in die Morgendämmerung.

»Wenn es etwas mit diesem Ort zu tun hat, müssen wir so viel darüber wissen, wie wir in Erfahrung bringen können«, mahnte Phileasson.

»Je mehr uns bekannt ist, desto leichter werden wir das Rätsel lösen, das uns erwartet«, stimmte Vascal zu.

»Ich glaube nicht, dass es etwas mit unserer Reise zu tun hat«, murmelte Tylstyr. »Bestimmt ist es nur Zufall.«

»Erzähle es uns«, sagte Phileasson.

Tylstyr räusperte sich. »Als ich mich von ihr verabschiedete, trug Cellyana von Khunchom einen Ring aus Gold, der wie eine geflügelte Sonne geformt war.«

»Wer ist diese Frau?«, wollte Crottet wissen.

»Die Leiterin der Magierakademie von Thorwal«, erklärte Shaya.

»Weißt du, was es mit diesem Ring auf sich hat?«, fragte Phileasson.

Tylstyr schüttelte den Kopf. »Vielleicht ist er nur Schmuck. Cellyana stammt aus Al'Anfa, sie schmückt sich gern. Wenn mehr dahintersteckt, ist es mir unbekannt. Ich hatte nie Grund, danach zu fragen.« Seine Sprachmelodie war so vorsichtig, dass sich Salarin fragte, ob der Magier etwas zu verbergen suchte.

Aber Phileasson nickte. »Dann werden wir uns damit zufriedengeben müssen. Vielleicht werden wir bald etwas finden, das uns eine Erklärung …«

Er verstummte, als die Sonne über den Horizont kam. Schon in ihrem ersten Glanz gleißten die vier Edelsteine in den Statuen auf. Fingerdicke Lichtstrahlen schossen heraus und kreuzten sich über der Einbuchtung im Altar, bevor sie sich wieder trennten. Einer traf Irulla, die erschrocken beiseite sprang und beinahe in die Tiefe gestürzt wäre. Als sie so auch den Weg für diesen Strahl frei gemacht hatte, verschwanden alle in der Weite der Eiswüste.

Die Gefährten bildeten einen Kreis.

Galandel Mutter-der-Schrate trug Nurtis Träne auf beiden Händen zum Altar. Sie kümmerte sich nicht um die Lichtstrahlen, die helle Punkte auf ihren Bauch malten. Feierlich bettete sie den Edelstein in die Einbuchtung.

Goldfarben leuchtete er auf und vereinte alle vier Strahlen zu einem einzigen, kräftigen Lichtfinger, der nach Nord-Nord-Ost wies.

»Wir haben unseren Kurs«, sagte Phileasson.

METRIKEN

Zeitrechnung:

In der gebräuchlichsten Zeitrechnung Aventuriens werden die Jahre nach dem Fall der Stadt Bosparan gezählt (BF).

Das Jahr beginnt und endet im Hochsommer. Es ist in zwölf Monde zu jeweils dreißig Tagen mit vierundzwanzig Stunden eingeteilt. Am weitesten verbreitet ist die Benennung der Monde nach den Göttern des zwölfgöttlichen Pantheons, während die eigensinnigen Thorwaler ihre eigenen Bezeichnungen verwenden.

Zwischen dem letzten Mond des alten und dem ersten Mond des neuen Jahres liegen fünf »Namenlose Tage«, die keinem Mond zugeordnet sind und in denen der unheilvolle Dreizehnte, der Gott ohne Namen, wirkt.

Thorwal	***Zwölfgötter***	***irdische Entsprechung***
Midsonnmond	Praios	Juli
Kornmond	Rondra	August
Heimamond	Efferd	September
Schlachtmond	Travia	Oktober
Sturmmond	Boron	November
Frostmond	Hesinde	Dezember
Grimfrostmond	Firun	Januar
Goimond	Tsa	Februar
Friskenmond	Phex	März
Eimond	Peraine	April
Faramond	Ingerimm	Mai
Vinmond	Rahja	Juni

Wochentage:

Swafnirsdag
Traviasdag
Jurgasdag
Hjaldisdag
Orozarsdag
Ifirnsdag
Firunsdag

Längenmaße:

Finger – 2 Zentimeter
Spann – 20 Zentimeter
Schritt – 1 Meter
Meile – 1 Kilometer

Ränge der Traviakirche:

Gänslein – Novize
Travienlieb – Akoluth
Bruder / Schwester – Priester / Priesterin
Hoher Bruder / Hohe Schwester – Erzpriester
Mutter / Vater – Prätor
Hohe Mutter / Hoher Vater – Patriarch

GLOSSAR

Achtersteven: Abschließende Verlängerung des Kiels am Heck eines Schiffes.

Al'Anfa: Reiche Stadt im Süden Aventuriens, beherrscht einige umliegende Stadtstaaten.

Almada: Traditionsreiches Königreich, heute Teil des Mittelreichs.

Andergast: Königreich im Nordwesten Aventuriens, geprägt von Urwäldern, dem endlosen Konflikt mit dem Nachbarn Nostria und der Nachbarschaft zu den Orks.

Aventurien: Kontinent auf der Welt Dere.

Backbord: In Fahrtrichtung links.

Baum: Querstange unten am Mast eines Bootes, die dem Ausrichten und Trimmen des Segels dient.

Boron: Gott von Schlaf, Tod, Schweigen und Vergessen.

Bruder: Anrede für männliche Geweihte; zugleich Bezeichnung für einen Priester der Traviakirche.

Charyptik: Inselreiches Meer im Südosten Aventuriens.

Drache: In Thorwal häufig für die Langschiffe verwendet, die ein Drachenhaupt auf dem Vordersteven tragen.

Drachenführer: Kapitän eines Drachenschiffes.

Efferd: Gott von Wind und Meer.

Efferdswall: Merkwürdiges Hindernis auf dem Meer der Sieben Winde, das den Schiffsverkehr zwischen dem Güldenland und Aventurien erheblich einschränkt.

Elfen: Kulturschaffende, von Natur aus magiebegabte Spezies. Nach ihrem Lebensraum haben sich verschiedene Völker wie Firn-, Au- und Waldelfen herausgebildet. Alle weisen einen ähnlichen Körperbau mit spitzen Ohren, großen Augen und einem symmetrischen Gesicht auf.

Feya: Lyrische Bezeichnung für die Elfen.

Firun: Gott des Winters und der Jagd.

Gareth: Kaiserstadt, Hauptstadt des Mittelreichs.

Geweihter: Jemand, der die Weihe eines Götterkults empfangen hat.

Gjalsker: Barbarisches Volk, das im Nordwesten Aventuriens lebt.

Godi: Thorwalscher Seher.

Güldenland: Sagenumwobener Kontinent westlich von Aventurien, jenseits des Meers der Sieben Winde.

Hesinde: Göttin des Wissens und der Magie.

Hesindedispute: Jährlich in Thorwal abgehaltene Treffen von Gelehrten und Philosophen zur Erörterung von Themen intellektuellen Interesses.

Hetleute, Hetfrau, Hetmann: Anführer der thorwalschen Sippenverbände.

Hjalding: Zusammenkunft mehrerer Hetleute, bei dem in der Regel sippenübergreifende Beschlüsse gefasst werden.

Hjaldinger: Aus dem Güldenland stammende Vorfahren der Thorwaler.

Hranngar: Die verderbte Seeschlange, Todfeindin des Gottwals Swafnir.

Hrm Hrm: Ein Stamm von Schneeschraten.

Ifirn: Tochter Firuns, die oftmals um Fürbitte beim grimmen Wintergott angerufen wird.

Ingerimm: Gott der Schmiede und des Handwerks.

Isenborn: Reichsjunkergut, berühmt für seinen hervorragenden Stahl.

Knorr: Dickbauchiges Transportschiff der Thorwaler.

Lee: Windabgewandte Seite.

Liebliches Feld: Reich im Westen Aventuriens, bekannt für seine feine Lebensart.

Luv: Windzugewandte Seite.

Magier: Zauberkundiger, der an einer Akademie ausgebildet wurde und in der Regel einer Gilde angehört.

Namenlose, der: Dreizehnter, verdammter Gott

Nandus: Sohn der Hesinde, Halbgott, Rätseln und der Forschung zugeneigt.

Nostria: Land im Nordwesten Aventuriens.

Nurti: Elfische Göttin des Lebens.

Oberste Hetfrau: Anführerin der Thorwaler.

Orima: Elfische Göttin des Schicksals.

Otta: Langschiff.

Ottajasko: Eigentlich eine Schiffsgemeinschaft, wird aber auch auf einen Sippenverbund angewendet.

Ottaskin: Wohnstätte einer Ottajasko, meist aus mehreren Langhäusern bestehend, die von einer Palisade umfriedet sind.

Premer Feuer: Hochprozentiges Getränk.

Pyr'Dakon: Elfischer Gott der Elemente.

Rah: Querstange oben am Mast zur Befestigung des Segels.

Recke: Thorwalscher Krieger und Seefahrer. Allgemeiner für einen Angehörigen einer Schiffsgemeinschaft verwendet.

Riemen: Mit einem Ruderblatt versehene Stange, die dem Vortrieb eines Seefahrzeugs dient.

Rommilys: Stadt im mittelreichischen Fürstentum Darpatien, Hauptsitz der Traviakirche.

Rondra: Göttin von Sturm und ehrenhaftem Kampf.

Ruder: Steuervorrichtung eines Seefahrzeugs.

Runajasko: Akademie in der thorwalschen Stadt Olport, an der Magie, Schiffbau und Skaldenkunst gelehrt werden.

Runen: Schriftzeichen der Thorwaler und Hjaldinger.

Salasandra: Magische Vereinigung von Gedanken und Gefühlen einer Elfensippe im gemeinsamen Gesang.

Schneeschrate: Spezies von drei Schritt großen, mit weißem Pelz bedeckten Kreaturen des hohen Nordens.

Schwester: Anrede für weibliche Geweihte; zugleich Bezeichnung für eine Priesterin der Traviakirche.

Simia: Elfischer Gott der Kreativität und Kunst.

Skalde: Thorwalscher Barde. Die Skalden sind Wahrer der Tradition und genießen als Kundige überlieferter Gesetze und der Runen höchstes Ansehen.

Steuerbord: In Fahrtrichtung rechts.

Sumarblot: Traditionelles Fest in Thorwal. Man ehrt die Ahnen und die Mächte des Schicksals und spricht dem Met und dem Premer Feuer zu.

Swafnir: Der große Wal, Gott der Thorwaler.

Taladur: Die Stadt der Streittürme, alte Königsstadt Almadas.

Thorwal: Land im Nordwesten Aventuriens. Auch Hauptstadt dieses Landes.

Travia: Göttin von Heim und Herd.

Valquir: Fluss in Almada.

Vordersteven: Verlängerung des Kiels, die am Bug hochgezogen wird. Auf dem Vordersteven eines Drachenschiffes wird der Drachenkopf befestigt.

Yaquir: Großer Strom in Mittelaventurien.

Zerzal: Elfische Göttin des Todes.

DRAMATIS PERSONAE

Personenverzeichnis Prolog

Arbolan Gorbaran (46): Handelsherr aus Havena.

Atagord Jalson (14): Sohn des Dorfschmieds von Stainakr, sehr kräftig.

Borric Dagain (42): Steuermann der *Goldener Anker*.

Eddrik Gundarson (45): Exzentrischer Magister an der Schule der Hellsicht, Tylstyrs Tutor.

Eigil Jyrkison (17): Wegen einer entstellenden Spalte in der Oberlippe »Schlitzmaul« genannt. Außenseiter unter den Jungmannen Stainakrs.

Fianna Gorbaran (14): Tochter eines Handelsherrn, den sie auf einer Fahrt nach Thorwal begleitet.

Hagrid Akison (41): Bauer in Stainakr, gelegentlich Plünderer, seit Kurzem verwitwet.

Ingrid Beradottir (10): Stigs kleine Schwester.

Jal Solvison (33): Dorfschmied von Stainakr.

Kol Swafgardson (13): Sohn eines Torfstechers, kleinster unter den Jungmannen Stainakrs.

Stig Thivarson (14): Ein Jungmann Stainakrs, der hinkt, seit er beim Sammeln von Möweneiern von einer Klippe stürzte.

Tjorne Warulfson (13): Jüngster der drei Söhne des Hetmannes von Stainakr.

Tylstyr Hagridson (15): Ein Jungmann aus Stainakr, der in der Schule der Hellsicht in Thorwal die Kunst der Magie erlernt.

Veli Hakonson (15): Jungmann aus Stainakr mit sommersprossigem, freundlichem Gesicht, Sohn eines Ziegenhirten.

Warulf Ulfson (42): Hetmann von Stainakr, rauer Krieger.

Personenverzeichnis Hauptteil

Annar Raskirson (22): Einer der besten Ruderer in Beorns Mannschaft.

Asleif »Foggwulf« Phileasson Siehe Phileasson.

Atagord Jalson (24): Ein besonders kräftiger Recke der Walsturm-Ottajasko.

Beorn Asgrimmson, der Blender (32): Berühmtester Plünderfahrer Thorwals.

Crottet (29): Ein nivesischer Händler.

Cunia Ragnildsdottir (55): Oberste Traviageweihte Thorwals.

Eichward vom Stein (34): Ein Ritter aus Andergast, enttäuscht von der Ehrlosigkeit des Krieges.

Eimnir Hermson (27): Schweigsamer Ruderer in Beorns Mannschaft mit der Leidenschaft, Dinge niederzubrennen.

Fejris Phileassons Schwert.

Foggwulf Siehe Phileasson.

Galandel Mutter-der-Schrate (ca. 350): Eine Elfe, die als Zauberweberin bei den Schneeschraten lebt.

Galayne (sehr alt): Ein uralter Elf, der weiße Kleidung und schwarze Künste liebt.

Garhelt Rorlifsdottir-Jandasdottir (73): Oberste Hetfrau der Thorwaler.

Gera Olburgadottir (22): Hochgewachsene Kriegerin in Beorns Gefolge, vernarrt in Waffen.

Hrolf Hrolfson (27): Ein stattlicher Krieger in Beorns Gefolge, der jedoch Phileasson für den besseren Kapitän hält.

Irulla (35): Eine Waldmenschenfrau und hervorragende Spurenleserin mit einer Vorliebe für den Tod.

Lenya Yasmadottir (32): Schwester der Traviakirche, Bogenschützin.

Leomara della Rescati (9): Ein Mädchen, das für Visionen empfänglich ist.

Ohm Follker (51): Ein Skalde, der gern Drachenführer auf ihren Fahrten begleitet, und alter Freund Phileassons.

Olav Stirson (49): Steuermann und nach Galayne ältestes Mitglied von Beorns Mannschaft.

Phileasson (36): Der berühmteste Entdecker Thorwals.

Ragnor Wulfgrimmson (24): Ein kräftiger Ruderer in Phileassons Schiffsgemeinschaft.

Salarin Trauerweide (25): Ein Elf, der die Welt durchwandert, um die Götter zu finden.

Shaya Lifgundsdottir (33): Eine Traviageweihte im Tempel von Thorwal.

Swafnild Jurgadottir (31): Eine hervorragende Seefahrerin in Phileassons Schiffsgemeinschaft.

Tjorne Warulfson (23): Ein tapferer Recke, jüngster Sohn eines Hetmanns.

Tylstyr Hagridson (25): Ein Magier, der in den Sommern gern durch die Wildnis reist und in den Wintern an der Schule der Hellsicht in Thorwal unterrichtet.

Ursa Oddadottir (26): Eine exzellente Kämpferin und eigensinnige Kriegerin in Beorns Schiffsgemeinschaft.

Vascal della Rescati (53): Ein etwas eitler Nandusgeweihter aus dem Lieblichen Feld, der mit seiner Nichte die Welt bereist.

Zidaine Barazklah (24): Eine für ihre schlanke Gestalt ungewöhnlich kräftige Fechterin, die auf Beorns Schiff fährt.

Das große Abenteuer geht weiter in:

BERNHARD
HENNEN
ROBERT CORVUS

HIMMELSTURM
DIE PHILEASSON-SAGA